大学文科基本用书·中国语言文学

DAXUE WENKE JIBEN YONGSHU · ZHONGGUO YUYAN WENXUE

中国古代文学作品选注
元（续）明清
（第三版）

严 冰 选注

北京大学出版社
PEKING UNIVERSITY PRESS

图书在版编目(CIP)数据

中国古代文学作品选注.元(续)明清/严冰选注.—3版.—北京：北京大学出版社，2018.2
（大学文科基本用书·中国语言文学）
ISBN 978-7-301-28623-4

Ⅰ.①中… Ⅱ.①严… Ⅲ.①中国文学—古典文学研究—元代—高等学校—教材②中国文学—古典文学研究—明清时代—高等学校—教材　Ⅳ.①I206.2

中国版本图书馆 CIP 数据核字(2017)第 194314 号

书　　　名	中国古代文学作品选注·元（续）明清（第三版） ZHONGGUO GUDAI WENXUE ZUOPIN XUANZHU·YUAN（XU）MING QING
著作责任者	严　冰　选注
责任编辑	徐　迈　蒲南溪
标准书号	ISBN 978-7-301-28623-4
出版发行	北京大学出版社
地　　　址	北京市海淀区成府路 205 号　100871
网　　　址	http://www.pup.cn　新浪微博：@北京大学出版社
电子邮箱	编辑部 wsz@pup.cn　总编室 zpup@pup.cn
电　　　话	邮购部 62752015　发行部 62750672　编辑部 62752022
印　刷　者	北京虎彩文化传播有限公司
经　销　者	新华书店
	965 毫米×1300 毫米　16 开本　21 印张　355 千字 （1 版信息缺失）2002 年 1 月第 2 版 2018 年 2 月第 3 版　2025 年 7 月第 5 次印刷
定　　　价	65.00 元

未经许可，不得以任何方式复制或抄袭本书之部分或全部内容。
版权所有，侵权必究
举报电话：010-62752024　电子邮箱：fd@pup.cn
图书如有印装质量问题，请与出版部联系，电话：010-62756370

修 订 说 明

本书原为我社出版的中央广播电视大学（现国家开放大学）中国古代文学课程的教材《中国古代文学作品选》，曾先后于 1986 和 2002 年改版与修订。为适应全国高校本科中国古代文学课程教学的发展，同时满足众多古代文学及传统文化爱好者的需求，我社特邀该书原作者于 2015—2017 年为本书作全面的修订。此书将与我社 2016 年修订出版的《中国文学史纲》配套使用。

本书全套分为三册：先秦两汉魏晋部分；隋唐五代宋辽金元部分，其元代部分只收录话本；元（续）明清部分，其元代部分则包括诗、词、曲。全书收录了中国古代文学课程教学的重点作品，即各代重要作家的代表作品，兼顾题材的广泛性和风格的多样性。这些作品按作家时代的先后编排；同一作家的作品，则以诗、词、曲、文、小说、戏剧的顺序分类编次。这与历来古代文学课程教学计划的进度安排基本吻合。为方便读者阅读，注释立足于疏通文字，尽可能简明扼要；有的地方则选列几种说法，以供参考。对作家的生平事迹仅作简略介绍，一般采用通行的观点。

本书的选编修订工作由国家开放大学经验丰富的一线教师承担：先秦两汉魏晋部分——韩传达教授、隋慧娟讲师（增加部分均由隋慧娟讲师编写），隋唐五代宋辽金元部分——谢孟教授，元（续）明清部分——严冰编审。这套历经三十余年教学实践检验的作品选注在此次全面修订中，不仅吸收了近年学界的研究成果，适当加入了作品的鉴赏引导，而且选篇也做了较大增补，如本册增加了《典论·论文》等重要古代文论篇章，以及一些颇具代表性的诗词及散文作品。我们的努力和尝试，乃为扩大读者的古代文学视野，提高传统文化修养，以便于今后的自学和提高。

希望新版的《中国古代文学作品选注》能为读者提供一条可靠、扎实的门径，不论篇章记诵还是欣赏理解，都能更上一层楼。我们也恳切期盼专家、学者及广大读者批评指正。

北京大学出版社文史哲事业部
2017 年 8 月

目 录

元

杜仁杰 ·· 3
　〔般涉调〕耍孩儿·庄家不识构阑 ································ 3
关汉卿 ·· 5
　〔双调〕沉醉东风·别情 ·· 5
　〔南吕〕一枝花·不伏老（节录） ································ 5
　　窦娥冤 ·· 6
　　单刀会·第四折 ··· 27
白　朴 ··· 32
　　梧桐雨·第四折 ··· 32
卢　挚 ··· 38
　〔双调〕沉醉东风·秋景 ·· 38
张　炎 ··· 39
　　高阳台·西湖春感（接叶巢莺） ······························ 39
　　解连环·孤雁（楚江空晚） ···································· 40
刘　因 ··· 41
　　白沟 ·· 41
康进之 ··· 43
　　李逵负荆·第一折 ··· 43
马致远 ··· 49
　〔越调〕天净沙·秋思 ··· 49
　〔双调〕夜行船·秋思 ··· 49
　　汉宫秋·第三折 ··· 51

王实甫 56
　　西厢记·第二本第三折 56
　　　　第三本第二折 60
　　　　第四本第三折 65
郑光祖 70
　　倩女离魂·第二折 70
睢景臣 74
　　〔般涉调〕哨遍·高祖还乡 74
刘时中 77
　　〔正宫〕端正好·上高监司(前套) 77
张养浩 81
　　〔中吕〕山坡羊·潼关怀古 81
张可久 82
　　〔中吕〕卖花声·怀古 82
　　〔正宫〕醉太平·失题 82
　　〔越调〕凭阑人·江夜 83
乔　吉 84
　　〔中吕〕山坡羊·寓兴 84
　　〔双调〕水仙子·寻梅 84
　　〔正宫〕绿幺遍·自述 85
贯云石 86
　　〔双调〕清江引·抒怀 86
钟嗣成 87
　　〔正宫〕醉太平·落魄 87
王　冕 88
　　伤亭户 88
　　墨梅 89
萨都剌 90
　　过嘉兴 90
　　百字令·登石头城(石头城上) 91
高　明 92
　　琵琶记·糟糠自厌 92

明

宋　濂 ·· 99
　秦士录 ·· 99
　送东阳马生序 ·· 102
刘　基 ·· 104
　梁甫吟 ·· 104
　卖柑者言 ··· 105
高　启 ·· 108
　登金陵雨花台望大江 ······························· 108
　清明呈馆中诸公 ···································· 109
王　磐 ·· 110
　朝天子·咏喇叭 ····································· 110
李梦阳 ·· 111
　秋望 ··· 111
何景明 ·· 112
　鲥鱼 ··· 112
陈　铎 ·· 113
　雁儿落带得胜令·铁匠 ···························· 113
李开先 ·· 114
　宝剑记·夜奔 ······································· 114
归有光 ·· 118
　项脊轩志 ··· 118
冯惟敏 ·· 121
　玉江引·农家苦 ···································· 121
　胡十八·刈麦有感(穿和吃不索愁) ············ 121
李攀龙 ·· 123
　杪秋登太华山绝顶(缥缈真探白帝宫) ········ 123
徐　渭 ·· 124
　渔阳弄 ·· 124
宗　臣 ·· 134
　报刘一丈书 ·· 134

王世贞 ··· 136
  钦鸹行 ··· 136
薛论道 ··· 138
  水仙子·愤世(翻云覆雨太炎凉) ································· 138
汤显祖 ··· 139
  牡丹亭·闺塾 ·· 139
         惊梦 ·· 144
高　濂 ··· 147
  玉簪记·弦里传情 ·· 147
袁宏道 ··· 151
  满井游记 ··· 151
冯梦龙 ··· 153
  沈小霞相会出师表 ··· 153
  杜十娘怒沉百宝箱 ··· 177
张　岱 ··· 191
  湖心亭看雪 ·· 191
张　溥 ··· 193
  五人墓碑记 ·· 193
陈子龙 ··· 196
  小车行 ·· 196
  辽事杂诗(卢龙雄塞倚天开) ····································· 197
  秋日杂感(行吟坐啸独悲秋) ····································· 197
夏完淳 ··· 199
  细林夜哭 ··· 199

清初至清中叶

李　玉 ··· 203
  清忠谱·闹诏 ·· 203
吴伟业 ··· 210
  圆圆曲 ·· 210
  过吴江有感 ·· 213

顾炎武 … 215
- 京口即事两首 … 215
- 秋山(秋山复秋水) … 216
- 酬王处士九日见怀之作 … 217

侯方域 … 218
- 马伶传 … 218

陈维崧 … 221
- 贺新郎·纤夫词(战舰排江口) … 221

朱彝尊 … 223
- 桂殿秋(思往事) … 223

王士禛 … 224
- 江上 … 224
- 为愚山侍讲题严荪友画 … 224

蒲松龄 … 225
- 婴宁 … 225
- 促织 … 232
- 司文郎 … 236
- 席方平 … 241

洪昇 … 247
- 长生殿·疑谶 … 247
- 　　　　惊变 … 252

孔尚任 … 256
- 桃花扇·骂筵 … 256
- 　　　　余韵 … 262

纳兰性德 … 270
- 南乡子·为亡妇题照(泪咽却无声) … 270
- 长相思(山一程) … 270

方苞 … 272
- 狱中杂记 … 272

郑燮 … 277
- 潍县署中画竹呈年伯包大中丞括 … 277
- 还家行 … 277

袁　枚	279
马嵬（莫唱当年《长恨歌》）	279
姚　鼐	280
登泰山记	280
汪　中	282
哀盐船文	282
黄景仁	286
都门秋思（五剧车声隐若雷）	286
张惠言	287
木兰花慢·杨花（侭飘零尽了）	287
方成培	288
雷峰塔·断桥	288

晚　清

张维屏	295
三元里	295
龚自珍	297
咏史	297
己亥杂诗（浩荡离愁白日斜）	298
（只筹一缆十夫多）	298
（不论盐铁不筹河）	298
（九州生气恃风雷）	299
病梅馆记	299
魏　源	301
江南吟十章（阿芙蓉）	301
寰海十章（城上旌旗城下盟）	302
黄遵宪	304
今别离（别肠转如轮）	304
哀旅顺	305
书愤（一自珠崖弃）	306
康有为	307
出都留别诸公（沧海惊波百怪横）	307

丘逢甲 309
　春愁 309
谭嗣同 310
　狱中题壁 310
章炳麟 311
　革命军序 311
梁启超 315
　少年中国说(节录) 315
秋　瑾 321
　黄海舟中日人索句并见日俄战争地图 321
柳亚子 322
　吊鉴湖秋女士(漫说天飞六月霜) 322

元

II

杜仁杰

杜仁杰(1201—1280),字仲梁,号止轩,原名之元,字善夫,济南长清(今山东济南长清)人。金末曾隐居内乡(今河南内乡)山中,入元屡征不仕。性善谐谑,才宏学博,气锐笔健。著有《善夫先生集》。

〔般涉调〕耍孩儿
庄家不识构阑①

【耍孩儿】风调雨顺民安乐,都不似俺庄家快活。桑蚕五谷十分收,官司无甚差科②。当村许下还心愿③,来到城中买些纸火④。正打街头过,见吊个花碌碌纸榜⑤,不似那答儿⑥闹穰穰人多。

【六煞】见一个人手撑着椽做的门,高声的叫"请请",道"迟来的满了无处停坐"。说道"前截儿院本⑦调风月,背后么末敷演刘耍和⑧"。高声叫:"赶散易得⑨,难得的妆哈⑩。"

【五煞】要了二百钱放过咱,入得门上个木坡⑪,见层层叠叠团圆⑫坐。抬头觑是个钟楼模样⑬,往下觑却是人旋窝⑭。见几个妇女向台儿上坐⑮,又不是迎神赛社⑯,不住的擂鼓筛锣。

【四煞】一个女孩儿转了几遭,不多时引出一伙。中间里一个央人货⑰,裹着枚皂头巾顶门上插一管笔,满脸石灰更着些黑道儿抹。知他待是如何过?浑身上下,则穿领花布直裰⑱。

【三煞】念了会诗共词,说了会赋与歌,无差错。唇天口地⑲无高下,巧语花言记许多。临绝末,道了低头撮脚,爨罢将么拨⑳。

【二煞】一个妆做张太公,他改做小二哥,行行行说向城中过。见个年少的妇女向帘儿下立,那老子用意铺谋㉑待取做老婆。教小二哥相说合,但要的豆谷米麦,问甚布绢纱罗。

【一煞】教太公往前挪不敢往后挪,抬左脚不敢抬右脚,翻来覆去由他一个。太公心下实焦懆,把一个皮棒槌㉒则一下打做两半个。我则道脑袋天灵破,则道兴词告状,刬地㉓大笑呵呵。

【尾】则被一胞尿,爆㉔的我没奈何,刚挹刚忍㉕更待看些儿个,枉被这驴颓笑杀我㉖。

①这篇套曲生动记述了金元时勾栏演出的情况。庄家:庄稼汉。构阑:即勾栏,宋元时戏曲及其他伎艺的演出场所。 ②官司:官府。差(chāi)科:即科差,指赋税和徭役。 ③许下还心愿:旧俗,祈求神灵佑庇并应许以物报答叫"许愿",应验后用香烛食物等酬答神灵叫"还愿"。 ④纸火:祭祀时焚化用的纸钱及香烛之类。 ⑤纸榜:纸招贴,类似今之海报、广告。 ⑥那答儿:那里,那地方。 ⑦院本:金元时行院演剧所用的剧本。 ⑧么(yāo)腰)末:即杂剧。敷演:表演,扮演。刘耍和:金元间著名演员,他的故事被编成杂剧演出。元高文秀有《黑旋风敷演刘耍和》杂剧,今不传。 ⑨赶散:赶场的散乐。散,即散乐。 ⑩妆哈:不详。一说妆呵,指勾栏里的演出。这里是夸说自己的精彩演出。 ⑪木坡:指用木板搭成的看台,为了便于观看演出,总体呈斜坡状。 ⑫团圞(luán 峦):聚集在一起。 ⑬觑(qù 去):看。钟楼模样:指戏台。 ⑭人旋窝:形容观众拥挤的样子。 ⑮"见几个"句:指伴奏的女艺人至乐床就座。 ⑯迎神赛社:旧俗,逢社日(祭祀土神之日)用仪仗、鼓乐、杂戏迎神出庙,周游街巷。 ⑰央人货:即殃人货,犹言害人精。 ⑱则:同"只"。直裰(duō 多):长袍。 ⑲唇天口地:信口开河,谈天说地。 ⑳爨(cuàn 窜):宋杂剧、金院本正剧演出前的某些简短表演。将么拨:将要上演杂剧。么,即么末。 ㉑铺谋:谋算,想方设法。 ㉒皮棒槌:即磕瓜,供副末打诨用的道具。状似棒槌,槌头用软皮包裹棉絮做成。 ㉓刬(chǎn 产)地:平白无故地。 ㉔爆:这里是憋胀得厉害的意思。 ㉕刚挹刚忍:勉强忍耐着。 ㉖枉:白白地。驴颓:骂人的话。颓,雄性生殖器。

关汉卿

关汉卿,名不详,号已斋,一作一斋,大都(今北京市)人,约生于金末(1220左右),卒于元成宗大德年间(1297—1307)。他以毕生精力从事戏剧创作,是元杂剧的奠基者和元前期剧坛的领袖,被后人列为"元曲四大家"之首。所作杂剧今知六十七种,现存十八种(其中几种是否关作尚无定论)。剧作揭露封建统治的黑暗腐败,表现人民的苦难和抗争,尤其着力于反映妇女的命运,具有强烈的战斗精神和理想主义色彩。塑造了众多性格鲜明的人物形象,情节生动而极富戏剧性,语言本色当行。另存散曲数十篇,多抒写离愁别恨,蕴藉风流,豪放泼辣。今人辑有《关汉卿戏剧集》。

〔双调〕沉醉东风

别　情

咫尺①的天南地北,霎时间月缺花飞。手执着饯行杯,眼搁②着别离泪。刚道得声"保重将息③",痛煞煞④叫人舍不得。"好去者⑤望前程万里。"

①咫(zhǐ止)尺:比喻距离极近。咫,古长度单位,八寸为咫。　②搁:停留。这里是含的意思。　③将息:休息,调养。　④痛煞煞:形容悲痛之极。煞,同"杀",程度副词,叠用言其极甚。　⑤好去者:送别的套语。者,语助词。

〔南吕〕一枝花

不伏老(节录)①

〔黄钟尾〕我是个蒸不烂煮不熟捶不扁炒不爆响珰珰一粒铜豌豆②;恁子弟每谁教钻入他锄不断斫不下解不开顿不脱慢腾腾千层锦套头③。我玩的是梁园月④,饮的是东京酒⑤,赏的是洛阳花⑥,攀的是章台柳⑦。我也会围棋、会蹴鞠⑧、会打围⑨、会插科⑩、会歌舞、会吹弹、会嚥作⑪、会吟诗、会双陆⑫。你便是落了我牙、歪了我嘴、瘸了我腿、折了我手,天赐与我这几般儿歹症候⑬,尚兀自⑭不肯休。则除是阎王亲自唤,神鬼自来勾,三魂归地府,七魄丧冥幽⑮,天哪,那其间才不向烟花路儿⑯上走!

①这篇套曲是作者带有自述心志性质的作品。全套共有〔一枝花〕〔梁州第七〕〔隔尾〕〔尾〕四支曲子,这里选录的是最后一支曲子。 ②铜豌豆:元曲中常用来比喻手段圆熟的老狎客。这里有隐喻性格刚强的意思。 ③恁(nín您):你。子弟:嫖客。每:同"们",用于名词或人称代词后表示复数。锦套头:网套。比喻妓院笼络嫖客的手段。 ④玩:玩赏。梁园:又名兔园,汉代梁孝王刘武所营造的豪华园林,故址在今河南省商丘市东。后用为游宴场所的代称。 ⑤东京:北宋称汴梁(今河南开封)为东京,洛阳为西京。 ⑥洛阳花:指洛阳名花牡丹。隐喻美妓。 ⑦章台柳:唐代韩翃有宠姬柳氏,后因阻于离乱,遂寄词于柳氏云:"章台柳,章台柳,昔日青青今在否?纵使长条似旧垂,亦应攀折他人手。"见唐许尧佐传奇《柳氏传》。后因以章台柳喻妓女。章台,汉长安街道名,多住妓女,旧时用作妓院的代称。 ⑧蹴鞠(cù jū促居):古代一种踢球游戏。 ⑨打围:围猎禽兽叫"打围",亦即打猎。 ⑩插科:插科打诨的省词,古代戏剧演出中用滑稽动作和诙谐语言逗趣助兴的表演。 ⑪嚥(yàn彦)作:指歌唱。嚥,通"咽"。 ⑫双陆:古代博戏之一,今已不传。 ⑬歹症候:犹言坏毛病。 ⑭尚兀自:尚、兀都是还的意思,同义词连用以加强语气。自,语助词。 ⑮冥幽:即上句的"地府"。迷信说法中人死后灵魂的去处,俗称阴间。 ⑯烟花路儿:指狎妓生活。

窦　娥　冤①

楔　　子②

(卜儿③蔡婆婆上,诗云)花有重开日,人无再少年;不须长富贵,安乐是神仙④。老身蔡婆婆是也,楚州⑤人氏,嫡亲三口儿家属。不幸夫主亡逝已过,止有一个孩儿,年长八岁。俺娘儿两个,过其日月。家中颇有些钱财。这里一个窦秀才,从去年间我借了二十两银子,如今本利该银四十两。我数次索取,那窦秀才只说贫难,没得还我。他有一个女儿,今年七岁,生得可喜,长得可爱,我有心看上他,与我家做个媳妇,就准⑥了这四十两银子,岂不两得其便。他说今日好日辰,亲送女儿到我家来。老身且不索钱去,专在家中等候。这早晚窦秀才敢待⑦来也。

(冲末扮窦天章引正旦扮端云上⑧,诗云)读尽缥缃⑨万卷书,可怜贫杀马相如⑩。汉庭一日承恩召,不说当垆⑪说子虚。小生姓窦,名天章,祖贯长安京兆⑫人也。幼习儒业,饱有文章;争奈⑬时运不通,功名未遂。不幸浑家⑭亡化已过,撇下这个女孩儿,小字端云,从三岁上亡了他母亲,如今孩儿七岁了也。小生一贫如洗,流落在这楚州居住。此间一个蔡婆婆,他家广有钱物;小生因无盘缠⑮,曾借了他二十两银子,到今本利该对还⑯他四十两。他数次问小生索取,教我把甚么还他?谁想蔡婆婆常常着人来说,要小生女孩儿做他儿媳妇。况如今春榜动,选场开⑰,正待上朝取应⑱,又苦盘缠缺少。小生出于无奈,只得将女孩儿端云送与蔡婆婆做儿媳妇去。(做叹科⑲,云)嗨!这个那里是做媳妇?分明是卖与他一般。就准了他那先借的四十两银子,分外⑳但得些少东西,够小生应举之费,便也过望了。说话之间,早来到他家门首。婆婆在家么?(卜儿上,云)秀才,请家里坐,老身等候多时也。(做相见科。窦天章云)小生今日一径的㉑将女孩儿送来与婆婆,怎敢说做媳妇,只与婆婆早晚使用。小生目下就要上朝进取功名去,留下女孩儿在此,只望婆婆看觑则个㉒。(卜儿云)这等,你是我亲家了。你本利少我四十两银子,兀的㉓是借钱的文书,还了你;再送与你十两银子做盘缠。亲家,你休嫌轻少。(窦天章做谢科,云)多谢了婆婆。先少你许多银子,都不要我还了,今又送我盘缠,此恩异日必当重报。婆婆,女孩儿早晚呆痴,看小生薄面,看觑女孩儿咱㉔。(卜儿云)亲家,这不消你嘱咐,令爱到我家,就做亲女儿一般看承他,你只管放心的去。(窦天章云)婆婆,端云孩儿该打呵,看小生面则骂几句;当骂呵,则处分㉕几句。孩儿,你也不比在我跟前,我是你亲爷,将就的你;你如今在这里,早晚若顽劣呵,你只讨那打骂吃。儿㗳㉖!我也是出于无奈。(做悲科,唱)

〔仙吕〕【赏花时】我也只为无计营生四壁贫㉗,因此上割舍得亲儿在两处分。从今日远践洛阳㉘尘,又不知归期定准,则落的无语暗消魂㉙。(下)

(卜儿云)窦秀才留下他这女孩儿与我做媳妇儿,他一径上朝应举去了。(正旦做悲科,云)爹爹,你直下的㉚撇了我孩儿去也!(卜儿云)媳妇儿,你在我家,我是亲婆,你是亲媳妇,只当自家骨肉一般。你不要啼哭,跟着老身前后执料去来㉛。(同下)

①《窦娥冤》全名为《感天动地窦娥冤》。　②楔子:元杂剧通常以四折为一本,合演一个完整的故事。楔子是在四折以外所加的短小场子,多用于剧首作为剧情的开端,

有时穿插在折与折之间以衔接剧情,作用类似于后世戏剧的"序幕"或"过场"。　③卜儿:元杂剧中扮演老年妇女的角色。　④"花有"四句:杂剧角色出场后,往往照例先念四句诗,叫作上场诗。各种类型人物的上场诗,大都有些公式化的套语。念毕有一段独白,自我介绍身份和身世,交代与剧情有关的人物和情节,叫作上场白。　⑤楚州:旧治在今江苏省淮安市淮安区。　⑥准:抵偿。　⑦敢待:莫非就要的意思。敢,莫非、大概。　⑧冲末:末是杂剧的男角色,主角为正末,另有副末、冲末等名目。正旦:旦是杂剧的女角色,主角为正旦,另有副旦、外旦、贴旦等名目。　⑨缥缃(piǎo xiāng 瞟乡):缥,淡青色的丝帛;缃,浅黄色的丝帛。古时常用来书书或作书袋,后因以"缥缃"为书籍的代称。　⑩马相如:即司马相如,汉代文学家。他客居临邛(今四川邛崃)时,与蜀中豪富卓王孙之女卓文君私奔。因贫困又回临邛,开小酒店过活。后来汉武帝读了他写的《子虚赋》,召他到朝中做官。见《史记·司马相如列传》。　⑪垆(lú卢):酒店安放酒瓮的土台子。代指酒店。　⑫京兆:地名,在长安附近,是汉代首都长安的辅佐地区,亦常借以代称长安。　⑬争奈:即怎奈。　⑭浑家:妻子的俗称。　⑮盘缠:这里指日常开支。下文"又苦盘缠缺少",指路费。　⑯对还:加倍偿还。俗称羊羔息。　⑰春榜动,选场开:是说科举考试即将举行。科举时代,进士考试和发榜多在春季,故称春榜。选场,科举考试的试场。　⑱上朝取应:赴京应考。　⑲科:杂剧术语。剧本中对演员的动作、表情及音响效果的舞台提示。　⑳分(fèn奋)外:额外,另外。　㉑一径的:直接地。　㉒看觑:照顾。则个:语尾助词,表示希望或加重语气,略近"者""着"。　㉓兀的:指示词,意即这个、这里,常带有惊异或郑重的语气。亦作兀底、兀得。　㉔咱:表示希望或命令的语气助词。　㉕处分:这里是数落、叮嘱的意思。　㉖吓(hù户):语气助词,用法略同"呵"。　㉗四壁贫:穷得一无所有,只剩四面墙壁。典出《史记·司马相如列传》:"相如乃与驰归成都,家居徒四壁立。"　㉘洛阳:这里泛指京城。　㉙暗消魂:形容离别时凄凉沮丧的心境。江淹《别赋》:"黯然销魂者,唯别而已矣。"消,通"销"。　㉚直:竟然。下的:舍得,忍心。　㉛执料:照料。来:语尾助词。

第 一 折①

(净扮赛卢医上②,诗云)行医有斟酌,下药依《本草》③;死的医不活,活的医死了。自家姓卢,人道我一手好医,都叫做赛卢医,在这山阳县南门开着生药局④。在城⑤有个蔡婆婆,我问他借了十两银子,本利该还他二十两;数次来讨这银子,我又无的还他。若不来便罢,若来呵,我自有个主意。我且在这药铺中坐下,看有甚么人来?(卜儿上,云)老身蔡婆婆。我一向搬在山阳县居住,尽也静办⑥。自十三年前窦天章秀才留下端云孩儿与我做儿媳妇,改了他小名,唤做窦娥。自成亲之后,不上二年,不想我这孩儿害弱症⑦死了。媳妇儿守寡,又早三个年头,服孝⑧将除了也。我和媳妇儿说知,我往城外赛卢医家索钱去也。(做行科,云)蓦过隅头⑨,转过屋角,早来到他家门首。赛卢医在家么?(卢医云)婆婆,家里来。(卜儿云)我这两个银子长远了,你还了我罢。(卢医云)婆婆,我家里无银子,你跟我庄上去取银子还你。(卜儿云)我跟你去。(做行科)(卢医云)来到此处,东也无人,西也无人,这里不下手,等甚么?我随身带的有绳子。兀那⑩婆婆,谁唤你哩?(卜儿云)在那里?(做勒卜儿科。孛老⑪同副净张驴儿冲上,赛卢医慌走下。孛老救卜儿科)(张驴儿云)爹,是个婆婆,争些⑫勒杀了。(孛老云)兀那婆婆,你是那里人氏?姓甚名谁?因甚着这个人将你勒死?(卜儿云)老身姓蔡,在城人氏,止有个寡媳妇儿,相守过日。因为赛卢医少我二十两银子,今日与他取讨;谁想他赚我到无人去处,要勒死我,赖这银子。若不是遇着老的和哥哥呵,那得老身性命来。(张驴儿云)爹,你听的他说么?他家还有个媳妇哩。救了他性命,他少不得要谢我;不若你要这婆子,我要他媳妇儿,何等两便?你和他说去。(孛老云)兀那婆婆,你无丈夫,我无浑家,你肯与我做个老婆,意下如何?(卜儿云)是何言语!待我回家,多备些钱钞相谢。(张驴儿云)你敢是不肯,故意将钱钞哄我?赛卢医的绳子还在,我仍旧勒死了你罢。(做拿绳科)(卜儿云)哥哥,待我慢慢地寻思咱。(张驴儿云)你寻思些甚?你随我老子,我便要你媳妇儿。(卜儿背云⑬)我不依他,他又勒杀我。罢罢罢,你爷儿两个随我到家中去来。(同下)(正旦上,云)妾身姓窦,小字端云,祖居楚州人氏。我三岁上亡了母亲,七岁上离了父亲。俺父亲将我嫁与蔡婆婆为儿媳妇,改名窦娥。至十七岁与夫成亲,不幸丈夫亡化,可早三年光景,我今二十岁也。这南门外有个赛卢医,他少俺婆婆银子,本利该二十两,数次索取不还,今日俺婆婆亲自索取去了。窦娥也,你这命好苦也呵!(唱)

〔仙吕〕【点绛唇】满腹闲愁,数年禁受⑭,天知否?天若是知我情由,怕不待和天瘦⑮。

【混江龙】则问那黄昏白昼,两般儿忘餐废寝几时休?大都来⑯昨宵梦里,和着这今日心头。催人泪的是锦烂熳花枝横绣闼⑰,断人肠的是剔团圞⑱月色挂妆楼。长则是急煎煎按不住意中焦,闷沉沉展不彻眉尖皱,越觉的情怀冗冗⑲,心绪悠悠。

(云)似这等忧愁,不知几时是了也呵!(唱)

【油葫芦】莫不是八字儿⑳该载着一世忧,谁似我无尽头!须知道人心不似水长流。我从三岁母亲身亡后,到七岁与父分离久,嫁的个同住人,他可又拔着短筹㉑;撇的俺婆妇每都把空房守,端的个㉒有谁问,有谁偢㉓?

【天下乐】莫不是前世里烧香不到头㉔,今也波生㉕招祸尤?劝今人早将来世修。我将这婆侍养,我将这服孝守,我言词须应口㉖。

（云）婆婆索钱去了,怎生这早晚不见回来?（卜儿同孛老、张驴儿上）（卜儿云）你爷儿两个且在门首,等我先进去。（张驴儿云）奶奶,你先进去,就说女婿在门首哩。（卜儿见正旦科）（正旦云）奶奶回来了,你吃饭么?（卜儿做哭科,云）孩儿也,你教我怎生说波!（正旦唱）

【一半儿】为甚么泪漫漫不住点儿流?莫不是为索债与人家惹争斗?我这里连忙迎接慌问候,他那里要说缘由。（卜儿云）羞人答答的㉗,教我怎生说波!（正旦唱）则见他一半儿徘徊一半儿丑㉘。

（云）婆婆,你为甚么烦恼啼哭那?（卜儿云）我问赛卢医讨银子去,他赚我到无人去处,行起凶来,要勒死我。亏了一个张老并他儿子张驴儿,救得我性命。那张老就要我招他做丈夫,因这等烦恼。（正旦云）婆婆,这个怕不中㉙么?你再寻思咱:俺家里又不是没有饭吃,没有衣穿,又不是少欠钱债,被人催逼不过;况你年纪高大,六十以外的人,怎生又招丈夫那?（卜儿云）孩儿也,你说的岂不是?但是我的性命全亏他这爷儿两个救的,我也曾说道:待我到家,多将些钱物,酬谢你救命之恩。不知他怎生知道我家里有个媳妇儿,道我婆媳妇又没老公,他爷儿两个又没老婆,正是天缘天对。若不随顺,他依旧要勒死我。那时节我就慌张了,莫说自己许了他,连你也许了他。儿也,这也是出于无奈。

（正旦云）婆婆,你听我说波。（唱）

【后庭花】遇时辰我替你忧,拜家堂我替你愁;梳着个霜雪般白鬏髻㉚,怎戴那销金锦盖头㉛?怪不的女大不中留㉜。你如今六旬左右,可不道到中年万事休!旧恩爱一笔勾,新夫妻两意投,枉把人笑破口。

（卜儿云）我的性命都是他爷儿两个救的,事到如今,也顾不得别人笑话了。（正旦唱）

【青哥儿】你虽然是得他、得他营救,须不是笋条㉝、笋条年幼,划的便巧画蛾眉㉞成配偶!想当初你夫主遗留,替你图谋,置下田畴,早晚羹粥,寒暑衣裘,满望你鳏寡孤独,无捱无靠,母子每到白头。公公也,则落得干生受㉟!

（卜儿云）孩儿也,他如今只待过门,喜事匆匆的,教我怎生回得他去?（正旦唱）

【寄生草】你道他匆匆喜,我替你倒细细愁:愁则愁兴阑删㊱咽不下交欢酒,愁则愁眼昏腾扭不上同心扣,愁则愁意朦胧睡不稳芙蓉褥。你待要笙歌引至画堂前㊲,我道这姻缘敢落在他人后。

(卜儿云)孩儿也,再不要说我了,他爷儿两个都在门首等候,事已至此,不若连你也招了女婿罢。(正旦云)婆婆,你要招你自招,我并然㊳不要女婿。(卜儿云)那个是要女婿的?争奈他爷儿两个自家撞过门来,教我如何是好?(张驴儿云)我们今日招过门去也。帽儿光光,今日做个新郎;袖儿窄窄,今日做个娇客㊴。好女婿,好女婿,不枉了,不枉了。(同孛老入拜科)(正旦做不礼科,云)兀那厮㊵,靠后!(唱)

【赚煞】我想这妇人每休信那男儿口,婆婆也,怕没的贞心儿自守,到今日招着个村老子㊶,领着个半死囚。(张驴儿做嘴脸㊷科,云)你看我爷儿两个这等身段,尽也选得女婿过,你不要错过了好时辰,我和你早些儿拜堂罢。(正旦不礼科,唱)则被你坑杀人燕侣莺俦㊸。婆婆也,你岂不知羞!俺公公撞府冲州,阛阓的铜斗儿家缘㊹百事有。想着俺公公置就,怎忍教张驴儿情受㊺?(张驴儿做扯正旦拜科,正旦推跌科,唱)兀的不是俺没丈夫的妇女下场头!(下)

(卜儿云)你老人家不要恼懆㊻。难道你有活命之恩,我岂不思量报你?只是我那媳妇儿气性最不好惹的,既是他不肯招你儿子,教我怎好招你老人家?我如今拼的好酒好饭养你爷儿两个在家,待我慢慢的劝化俺媳妇儿;待他有个回心转意,再作区处㊼。(张驴儿云)这歪剌骨㊽!便是黄花女儿㊾,刚刚扯的一把,也不消这等使性,平空的推了我一交,我肯干罢!就当面赌个誓与你:我今生今世不要他做老婆,我也不算好男子。(词㊿云)美妇人我见过万千向外,不似这小妮子生得十分憊赖�;我救了你老性命死里重生,怎割舍得不肯把肉身陪待?(同下)

①折:杂剧划分演唱场次的单位,相当于现代戏剧的"幕"。 ②净:杂剧角色名,多扮演粗犷勇猛、凶恶奸诈的人物。另有副净、二净等名目。赛卢医:元杂剧中对庸医的讽刺性的通称。卢医,指战国名医扁鹊。他家居卢地(其址在今山东省济南市长清区),故称卢医。 ③《本草》:我国最早的药书。本名《神农本草经》,历代加以增补修订,亦多称"本草"。 ④山阳县:今江苏省淮安市淮安区。生药局:药材铺。 ⑤在城:本城。 ⑥静办:清静。 ⑦弱症:指虚弱不足的病症。 ⑧服孝:旧时礼制,丈夫死后,妻子要守丧三年,服饰有所标志。 ⑨蓦:跨、迈。隅头:角落,拐角。 ⑩兀那:那。兀,发声词,有加强语气的作用。 ⑪孛(bó博)老:元杂剧中扮演老头的角色。⑫争些:险些,差一点儿。 ⑬背云:戏曲术语。演员背着舞台上其他角色,假定他们听不到,向观众表白自己的心理活动。后亦称"旁白""打背躬"。 ⑭禁

受:忍受,承当。　⑮和天瘦:连老天也得消瘦。　⑯大都来:大抵,多半是。　⑰绣闼(tà 榻):绣房。　⑱剔团圞:犹言滴溜儿圆。剔,加强语气的副词。团圞:圆。　⑲冗冗:杂乱,烦扰。　⑳八字儿:指命运。旧时用天干、地支记人诞生的年月日时,合为八字。迷信说法,人的命运是由所谓"八字"的好坏所注定的。　㉑拔着短筹:筹,古代计数工具,也用来赌博和占卜。筹上刻有数目,数目小的称短筹。拔着短筹,意即抽到坏签,比喻短命。　㉒端的个:端的,真的。个,语助词。　㉓偢(chǒu 丑):理睬。　㉔前世里烧香不到头:迷信说法,夫妻不能偕老,是由于前生烧了断头香而得的果报。　㉕今也波生:今生。"也波"是曲辞中为行腔需要加的衬字,有音无义。　㉖言词须应口:意谓说出的话应当算数。　㉗羞人答答的:叫人羞答答的。　㉘丑:这里是羞惭的意思。　㉙不中:不行,合适。　㉚髢髻(dí jì 敌寄):发髻。　㉛销金锦盖头:用金银线绣花的新娘的盖头巾。　㉜女大不中留:民间谚语,意谓女子到了婚龄就该出嫁,不宜留在家中。　㉝笋条:竹子的幼芽。比喻人年纪轻。　㉞巧画蛾眉:汉代张敞与其妻感情笃厚,曾为妻子描眉。后因以"画眉"比喻夫妻恩爱。蛾眉,古代女子用黛色画眉,细而长曲,形似蛾须,称作蛾眉。　㉟干生受:白辛苦。干,枉自、白白地。生受,意思是吃苦受罪。　㊱兴阑删:情绪低落,无精打采。阑删,亦作阑珊,零落、衰颓之意。　㊲笙歌引至画堂前:当时成语,意为举行婚礼。　㊳并然:断然,绝对。　㊴"帽儿"四句:宋元举行婚礼时对新郎表示赞贺的套语。娇客,女婿的代称。　㊵厮:对男子的贱称,犹言小子、家伙。　㊶村老子:粗野鄙俗的老头儿。　㊷做嘴脸:装模作样。　㊸坑杀人:害死人。燕侣莺俦:比喻夫妻。　㊹挣㨉(zhèng chuài 证踹):同"挣揣",这里是费力谋取的意思。铜斗儿家缘:形容家产殷实牢固。铜斗,铜制的盛酒器。　㊺情受:承受。　㊻恼懆(cǎo 草):忧愁,烦恼不安。　㊼区处:处置,安排。　㊽歪刺骨:犹言臭货,辱骂妇女的话,有不正经、泼辣的意思。亦省作歪刺。　㊾黄花女儿:处女。　㊿词:下场词。　51 惫(bèi 备)赖:泼辣,赖皮。

第 二 折

(赛卢医上,诗云)小子太医①出身,也不知道医死多人,何尝怕人告发,关了一日店门?在城有个蔡家婆子,刚少的他廿两花银,屡屡亲来索取,争些捻②断脊筋。也是我一时智短,将他赚到荒村,撞见两个不识姓名男子,一声嚷道:"浪荡乾坤③,怎敢行凶撒泼,擅自勒死平民!"吓得我丢了绳索,放开脚步飞奔。虽然一夜无事,终觉失精落魂;方知人命关天关地,如何看做壁上灰尘。从今改过行业,要得灭罪修因④,将以前医死的性命,一个个都与他一卷超度⑤的经文。小子赛卢医的便是。只为要赖蔡婆婆二十两银子,赚他到荒僻去处,正待勒死他,谁想遇见两个汉子,救了他去。若是再来讨债时节,教我怎生见他?常言道的好:"三十六计,走为上计。"喜得我是孤身,又无家小连累;不若收拾了细软行李,打个包儿,悄悄的躲到别处,另做营生,岂不干净?(张驴儿上,云)自家张驴儿。可奈⑥那窦娥百般的不肯随顺我;如今那老婆子害病,我讨服毒药,与他吃了,药死那老婆子,这小妮子好歹做我的老婆。(做行科,云)且住,城里人耳目广,口舌多,倘见我讨毒药,可不嚷出事来?我前日看见南门外有个药铺,此处冷静,正好讨药。(作行科,叫云)太医哥哥,我来讨药的。(赛卢医云)你讨甚么药?(张驴儿云)我讨服毒药。(赛卢医云)谁敢合⑦毒药与你?这厮好大胆也!(张驴儿云)你真个不肯与我药么?(赛卢医云)我不与你,你就怎地我⑧?(张驴儿做拖卢云)好呀,前日谋死蔡婆婆的,不是你来?你说我不认的你哩!我拖你见官去。(赛卢医做慌科,云)大哥,你放我,有药有药。(做与药科。张驴儿云)既然有了药,且饶你罢。正是:"得放手时须放手,得饶人处且饶人。"(下)(赛卢医云)可不悔气⑨!刚刚讨药的这人,就是救那婆子的。我今日与了他这服毒药去了,以后事发,越越要连累我;趁早儿关上药铺,到涿州⑩卖老鼠药去也。(下)
(卜儿上,做病伏几科)(孛老同张驴儿上,云)老汉自到蔡婆婆家来,本望做个接脚⑪,却被他媳妇坚执不从。那婆婆一向收留俺爷儿两个在家同住,只说好事不在忙,等慢慢里劝转他媳妇;谁想那婆婆又害起病来。孩儿,你可曾算我两个的八字,红鸾天喜⑫几时到命哩?(张驴儿云)要看什么天喜到命!只赌本事,做得去自去做。(孛老云)孩儿也,蔡婆婆害病好几日了,我与你去问病波。(做见卜儿问科,云)婆婆,你今日病体如何?(卜儿云)我身子十分不快哩。(孛老云)你可想些甚么吃?(卜儿云)我思量些羊肚儿汤吃。(孛老云)孩儿,你对窦娥说,做些羊肚儿汤与婆婆吃。(张驴儿向古门⑬云)窦娥,婆婆想羊肚儿汤吃,快安排将来。(正旦持汤上,云)妾身窦娥是也。有俺婆婆不快,想羊肚汤吃,我亲自安排了与婆婆吃去。婆婆也,我这寡妇人家,凡事也要避些嫌疑,怎好收留那张驴儿父子两个?非亲非眷的,一家儿同住,岂不惹外人谈议?婆婆也,你莫要背地里许了他亲事,连我也累做不清不洁的。我想这妇人心好难保也呵!(唱)

〔南吕〕【一枝花】他则待一生鸳帐眠,那里肯半夜空房睡;他本是张郎妇,又做了李郎妻。有一等妇女每相随,并不说家克计⑭,则打听些闲是非;说一会不明白打凤⑮的机关,使了些调虚嚣⑯捞龙的见识。

【梁州第七】这一个似卓氏般当垆涤器,这一个似孟光般举案齐眉⑰,说的来藏头盖脚多伶俐⑱！道着难晓，做出才知。旧恩忘却，新爱偏宜；坟头上土脉犹湿，架儿上又换新衣。那里有奔丧处哭倒长城⑲？那里有浣纱时甘投大水⑳？那里有上山来便化顽石㉑？可悲，可耻！妇人家直㥪的㉒无仁义，多淫奔㉓，少志气；亏杀前人在那里，更休说本性难移。

（云）婆婆，羊肚汤儿做成了，你吃些儿波。（张驴儿云）等我拿去。（做接尝科，云）这里面少些盐醋，你去取来。（正旦下）（张驴儿放药科）（正旦上，云）这不是盐醋？（张驴儿云）你倾下些。（正旦唱）

【隔尾】你说道少盐欠醋无滋味，加料添椒才脆美。但愿娘亲早痊济，饮羹汤一杯，胜甘露灌体，得一个身子平安倒大来㉔喜。

（孛老云）孩儿，羊肚汤有了不曾？（张驴儿云）汤有了，你拿过去。（孛老将汤云）婆婆，你吃些汤儿。（卜儿云）有累你。（做呕科，云）我如今打呕，不要这汤吃了，你老人家吃罢。（孛老云）这汤特做来与你吃的，便不要吃，也吃一口儿。（卜儿云）我不吃了，你老人家请吃。（孛老吃科）（正旦唱）

【贺新郎】一个道你请吃，一个道婆先吃，这言语听也难听，我可是气也不气！想他家与咱家有甚的亲和戚？怎不记旧日夫妻情意，也曾有百纵千随？婆婆也，你莫不为黄金浮世宝，白发故人稀㉕，因此上把旧恩情全不比新知契㉖？则待要百年同墓穴，那里肯千里送寒衣。

（孛老云）我吃下这汤去，怎觉昏昏沉沉的起来？（做倒科）（卜儿慌科，云）你老人家放精细着，你扎挣着些儿。（做哭科，云）兀的不是死了也！（正旦唱）

【斗虾蟆】空悲戚，没理会，人生死，是轮回㉗。感着这般病疾，值着这般时势；可是风寒暑湿，或是饥饱劳役；各人证候㉘自知，人命关天关地；别人怎生替得，寿数非干今世。相守三朝五夕，说甚一家一计。又无羊酒段匹，又无花红财礼㉙；把手为活过日，撒手㉚如同休弃。不是窦娥忤逆㉛，生怕傍人论议，不如听咱劝你，认个自家悔气，割舍的一具棺材停置，几件布帛收拾，出了咱家门里，送入他家坟地。这不是你那从小儿年纪指脚的夫妻㉜。我其实不关亲，无半点恓惶泪。休得要心如醉，意似痴，便这等嗟嗟怨怨，哭哭啼啼。

（张驴儿云）好也罗！你把我老子药死了，更待干罢！（卜儿云）孩儿，这事怎了也？（正旦云）我有什么药在那里，都是他要盐醋时，自家倾在汤儿里的。（唱）

【隔尾】这厮搬调㉝咱老母收留你，自药死亲爷待要唬吓谁？（张驴儿云）我家的老子,倒说是我做儿子的药死了,人也不信。(做叫科,云)四邻八舍听着:窦娥药杀我家老子哩。(卜儿云)罢么,你不要大惊小怪的,吓杀我也。(张驴儿云)你可怕么?(卜儿云)可知㊳怕哩。(张驴儿云)你要饶么?(卜儿云)可知要饶哩。(张驴儿云)你教窦娥随顺了我,叫我三声的的亲亲㊴的丈夫,我便饶了他。(卜儿云)孩儿也,你随顺了他罢。(正旦云)婆婆,你怎说这般言语!(唱)我一马难将两鞍鞴㊵,想男儿在日,曾两年匹配,却教我改嫁别人,其实做不得。

(张驴儿云)窦娥,你药杀了俺老子,你要官休?要私休?(正旦云)怎生是官休?怎生是私休?(张驴儿云)你要官休呵,拖你到官司,把你三推六问㊶,你这等瘦弱身子,当不过拷打,怕你不招认药死我老子的罪犯!你要私休呵,你早些与我做了老婆,倒也便宜了你。(正旦云)我又不曾药死你老子,情愿和你见官去来。(张驴儿拖正旦、卜儿下)
(净扮孤引祗候上㊷,诗云)我做官人胜别人,告状来的要金银;若是上司当刷卷㊸,在家推病不出门。下官楚州太守桃杌㊹是也。今早升厅坐衙,左右,喝撺厢㊺。(祗候幺喝科)(张驴儿拖正旦、卜儿上,云)告状告状。(祗候云)拿过来。(做跪见。孤亦跪科,云)请起。(祗候云)相公,他是告状的,怎生跪着他?(孤云)你不知道,但来告状的,就是我衣食父母㊻。(祗候幺喝科。孤云)那个是原告?那个是被告?从实说来。(张驴儿云)小人是原告张驴儿,告这媳妇儿,唤做窦娥,合毒药下在羊肚汤儿里,药死了俺的老子。这个唤做蔡婆婆,就是俺的后母。望大人与小人做主咱。(孤云)是那一个下的毒药?(正旦云)不干小妇人事。(卜儿云)也不干老妇人事。(张驴儿云)也不干我事。(孤云)都不是,敢是我下的毒药来?(正旦云)我婆婆也不是他后母,他自姓张,我家姓蔡。我婆婆因为与赛卢医索钱,被他赚到郊外,勒死我婆婆,却得他爷儿两个救了性命。因此我婆婆收留他爷儿两个在家,养膳终身,报他的恩德。谁知他两个倒起不良之心,冒认婆婆做了接脚,要逼勒小妇人做他媳妇。小妇人元是有丈夫的,服孝未满,坚执不从。适值我婆婆患病,着小妇人安排羊肚儿汤吃。不知张驴儿那里讨得毒药在身,接过汤来,只说少些盐醋,支转小妇人,暗地倾下毒药。也是天幸,我婆婆忽然呕吐,不要汤吃,让与他老子吃,才吃的几口,便死了。与小妇人并无干涉。只望大人高抬明镜㊼,替小妇人做主咱。(唱)

【牧羊关】大人你明如镜,清似水,照妾身肝胆虚实。那羹本五味㊽俱全,除了外百事不知。他推道尝滋味,吃下去便昏迷。不是妾讼庭上胡支对㊾,大人也,却教我平白地说甚的?

(张驴儿云)大人详情⑯:他自姓蔡,我自姓张,他婆婆不招俺父亲接脚,他养我父子两个在家做甚么?这媳妇年纪儿虽小,极是个赖骨顽皮,不怕打的。(孤云)人是贱虫,不打不招。左右,与我选大棍子打着。(祗候打正旦,三次喷水科)(正旦唱)

【骂玉郎】这无情棍棒教我捱不的。婆婆也,须是你自做下,怨他谁?劝普天下前婚后嫁婆娘每,都看取我这般傍州例⑰。

【感皇恩】呀!是谁人唱叫扬疾⑱,不由我不魄散魂飞。恰消停,才苏醒,又昏迷。捱千般打拷,万种凌逼,一杖下,一道血,一层皮。

【采茶歌】打的我肉都飞,血淋漓,腹中冤枉有谁知!则我这小妇人毒药来从何处也?天那,怎么的覆盆不照太阳晖⑲!

(孤云)你招也不招?(正旦云)委的⑳不是小妇人下毒药来。(孤云)既然不是你,与我打那婆子。(正旦忙云)住住住,休打我婆婆,情愿我招了罢,是我药死公公来。(孤云)既然招了,着他画了伏状㉑,将枷来枷上,下在死囚牢里去。到来日判个斩字,押赴市曹典刑㉒。(卜儿哭科,云)窦娥孩儿,这都是我送了你性命,兀的不痛杀我也!(正旦唱)

【黄钟尾】我做了个衔冤负屈没头鬼,怎肯便放了你好色荒淫漏面贼㉓!想人心不可欺,冤枉事天地知,争到头,竟到底,到如今待怎的?情愿认药杀公公,与了招罪。婆婆也,我怕把你来便打的,打的来怎。我若是不死呵,如何救得你?(随祗候押下)

(张驴儿做叩头科,云)谢青天老爷做主!明日杀了窦娥,才与小人的老子报的冤。(卜儿哭科,云)明日市曹中杀窦娥孩儿也,兀的不痛杀我也!(孤云)张驴儿,蔡婆婆,都取保状,着随衙听候㉔。左右,打散堂鼓㉕,将马来,回私宅去也。(同下)

①太医:本是医官名,后泛称宫廷医生,也用作对一般医生的敬称。这里是赛卢医的自我吹嘘。　②捻(niǎn 撵):揉搓。　③浪荡乾坤:犹言清平世界。　④灭罪修因:迷信说法,消弭今生罪孽,以修结来世福缘。　⑤超度:佛教语。指为死者诵经,度脱其灵魂超越苦难。　⑥可奈:岂奈,怎奈。　⑦合:配合,配制。　⑧怎地我:怎么样我,意即把我怎样。　⑨悔气:同"晦气",倒霉。　⑩涿(zhuō 卓)州:旧治在今河北省涿州市。　⑪接脚:寡妇招赘的后夫,俗称接脚婿,省称接脚。　⑫红鸾天喜:古代星命家的迷信说法,认为红鸾星主司婚姻成就,照命有喜;天喜指日支与月建相合,如寅月逢戌日,卯月逢亥日,是吉日。　⑬古门:宋元戏曲术语,舞台通往后台的出入

口。亦称古门道、鬼门道。　⑭家克计:即克家之计,持家的方法。　⑮打凤:暗设圈套,使人堕落其中的意思。下句"捞龙"义同。　⑯虚嚣:虚浮,伪诈。　⑰举案齐眉:东汉时孟光和丈夫梁鸿相敬如宾,吃饭时孟光总是将食案(有脚小托盘)高举齐眉,献给梁鸿,以示敬爱。事见《后汉书·梁鸿传》。　⑱伶俐:干净利落。　⑲奔丧处哭倒长城:民间传说,秦时孟姜女跋涉千里给筑长城的丈夫送寒衣,到长城时,她丈夫已劳累而死。她放声恸哭,竟使长城坍倒,暴露出丈夫的尸骨。　⑳浣纱时甘投大水:春秋时楚国伍子胥逃难往吴国,途中在江边得一浣纱女的同情,给他饭吃。浣纱女以为与陌生男子接触已属非礼,子胥又叮嘱她不要向追兵泄露行踪,遂投江而死,以表明自己的贞节和诚意。事见《吴越春秋》。　㉑上山来便化顽石:民间传说,古时有人外出多年不归,其妻天天登山远望,日久竟化成石头,因名"望夫石"。　㉒恁(nèn 嫩)的:这样的。　㉓淫奔:指男女违反礼教而自行结合,私相奔就。一般指女方往就男方。　㉔倒大来:即倒大,极大、绝大的意思。来,语助词。　㉕黄金浮世宝,白发故人稀:当时成语,意谓黄金是世俗所视为宝的,从小相交到白头的朋友是少见的。　㉖知契:知心人。　㉗轮回:佛教认为有所谓"六道",即天、人、阿修罗、地狱、饿鬼、畜生,众生各按所行善恶在这六道中报应循环,有如车轮旋转不停,称为轮回。　㉘证候:同"症候"。　㉙"又无"二句:意谓并非明媒正娶的夫妻。羊、酒、段匹、花红,是宋元时男方送女方的订婚聘礼。段,同"缎"。花红,聘礼中的红绢。　㉚撒手:这里指人死去。　㉛忤(wǔ 午)逆:对长辈不孝敬。　㉜指脚的夫妻:结发夫妻。　㉝搬调:搬弄,调唆。　㉞可知:当然,的确。　㉟的的亲亲:同"嫡嫡亲亲"。　㊱一马难将两鞍鞴(bèi 备):意即一女不嫁二夫,旧时要妇女守节的道德说教。鞴,把马鞍套在马身上。　㊲三推六问:多次推勘审问。　㊳孤:元杂剧中扮演官员的角色。祗(zhī 知)候:本是宋代武官名。元代各省、路、州、县各设祗候若干名,是较高级的衙役,亦用以称官府的衙役和富贵人家的仆役头。　㊴刷卷:上级官员复查下级官员处理的狱讼案卷。也叫刷照、磨刷。　㊵桃杌(wù 误):古代所谓"四凶"之一。剧中借作楚州太守的名字,以鞭挞贪官。　㊶喝撺(cuān 汆)厢:官员开庭时的仪式。撺厢,即撺箱,元代官府在衙门前所设的供人投诉状的箱子。开庭时衙役呐喊助威,同时从箱中取出状纸呈交官员,叫喝撺箱。　㊷衣食父母:旧时,衣食依靠某人供给,常称某人为衣食父母。这里借以打诨,嘲讽贪官趁人诉讼之机敲诈勒索。　㊸高抬明镜:比喻官员断案明鉴是非,如明镜高悬,无所掩蔽。旧时受审者常用以对官员作颂扬性的祈求。　㊹五味:甜、酸、苦、辣、咸。泛指各种味道。　㊺支对:支吾搪塞。　㊻详情:审察实情。详,作动词用,推详的意思。　㊼傍州例:例子,榜样。　㊽唱叫扬疾:高声吵嚷。亦作畅叫扬疾。　㊾覆盆不照太阳晖:翻扣着的盆子下面,阳光照不进去。比喻官府衙门暗无天日。　㊿委的:真的,确实的。亦作委实。　51伏状:承认罪状的书面供词。　52市曹:闹市。典刑:执法行刑。　53漏面贼:脸上好像刻了字,使人一望可知的坏蛋。宋元时有在犯人面部刺字的刑法,被刺过字的即称"漏面"。　㊴随衙听候:随时听候衙门传讯。　㊵散堂鼓:官员退堂时打的衙鼓。

第 三 折

（外①扮监斩官上,云）下官监斩官是也。今日处决犯人,着做公的②把住巷口,休放往来人闲走。（净扮公人,鼓三通、锣三下科）（刽子磨旗③、提刀,押正旦带枷上）（刽子云）行动些④,行动些,监斩官去法场上多时了。（正旦唱）

〔正宫〕【端正好】没来由⑤犯王法,不提防遭刑宪⑥,叫声屈动地惊天！顷刻间游魂先赴森罗殿⑦,怎不将天地也生⑧埋怨。

【滚绣球】有日月朝暮悬,有鬼神掌着生死权。天地也只合把清浊⑨分辨,可怎生糊突了盗跖颜渊⑩：为善的受贫穷更命短,造恶的享富贵又寿延。天地也,做得个怕硬欺软,却元来也这般顺水推船。地也,你不分好歹何为地？天也,你错勘贤愚枉做天！哎,只落得两泪涟涟。

（刽子云）快行动些,误了时辰⑪也。（正旦唱）

【倘秀才】则被这枷纽的我左侧右偏,人拥的我前合后偃⑫,我窦娥向哥哥行⑬有句言。（刽子云）你有甚么话说？（正旦唱）前街里去心怀恨,后街里去死无冤,休推辞路远。

（刽子云）你如今到法场上面,有甚么亲眷要见的,可教他过来,见你一面也好。（正旦唱）

【叨叨令】可怜我孤身只影无亲眷,则落得吞声忍气空嗟怨。（刽子云）难道你爷娘家也没的？（正旦云）止有个爹爹,十三年前上朝取应去了,至今杳无音信。（唱）早已是十年多不睹爹爹面。（刽子云）你适才要我往后街里去,是什么主意？（正旦唱）怕则怕前街里被我婆婆见。（刽子云）你的性命也顾不得,怕他见怎的？（正旦云）俺婆婆若见我披枷带锁赴法场餐刀⑭去呵,（唱）枉将他气杀也么哥⑮,枉将他气杀也么哥。告哥哥,临危好与人行方便！

（卜儿哭上科,云）天那,兀的不是我媳妇儿！（刽子云）婆子靠后。（正旦云）既是俺婆婆来了,叫他来,待我嘱付他几句话咱。（刽子云）那婆子,近前来,你媳妇要嘱付你话哩。（卜儿云）孩儿,痛杀我也！（正旦云）婆婆,那张驴儿把毒药放在羊肚儿汤里,实指望药死了你,要霸占我为妻。不想婆婆让与他老子吃,倒把他老子药死了。我怕连累婆婆,屈招了药死公公,今日赴法场典刑。婆婆,此后遇着冬时年节,月一十五,有瀽⑯不了的浆水饭,瀽半碗儿与我吃;烧不了的纸钱,与窦娥烧一陌儿⑰。则是看你死的孩儿面上！（唱）

【快活三】念窦娥葫芦提当罪愆⑱,念窦娥身首不完全,念窦娥从前已往干家缘⑲;婆婆也,你只看窦娥少爷无娘面。

【鲍老儿】念窦娥伏侍婆婆这几年,遇时节将碗凉浆⑳奠;你去那受刑法尸骸上烈㉑些纸钱,只当把你亡化的孩儿荐。(卜儿哭科,云)孩儿放心,这个老身都记得。天那,兀的不痛杀我也!(正旦唱)婆婆也,再也不要啼啼哭哭,烦烦恼恼,怨气冲天。这都是我做窦娥的没时没运,不明不暗,负屈衔冤。

(刽子做喝科,云)兀那婆子靠后,时辰到了也。(正旦跪科)(刽子开枷科)(正旦云)窦娥告监斩大人,有一事肯依窦娥,便死而无怨。(监斩官云)你有甚么事?你说。(正旦云)要一领净席,等我窦娥站立;又要丈二白练㉒,挂在旗枪㉓上:若是我窦娥委实冤枉,刀过处头落,一腔热血休半点儿沾在地下,都飞在白练上者。(监斩官云)这个就依你,打甚么不紧㉔。(刽子做取席站科,又取白练挂旗上科)(正旦唱)

【耍孩儿】不是我窦娥罚下这等无头愿㉕,委实的冤情不浅;若没些儿灵圣与世人传,也不见得湛湛㉖青天。我不要半星热血红尘洒,都只在八尺旗枪素练悬。等他四下里皆瞧见,这就是咱苌弘化碧㉗,望帝啼鹃㉘。

(刽子云)你还有甚的说话,此时不对监斩大人说,几时说那?(正旦再跪科,云)大人,如今是三伏天道,若窦娥委实冤枉,身死之后,天降三尺瑞雪,遮掩了窦娥尸首。(监斩官云)这等三伏天道,你便有冲天的怨气,也召不得一片雪来,可不胡说!(正旦唱)

【二煞】你道是暑气暄,不是那下雪天;岂不闻飞霜六月因邹衍㉙?若果有一腔怨气喷如火,定要感的六出冰花㉚滚似绵,免着我尸骸现;要甚么素车白马㉛,断送出古陌荒阡㉜!

(正旦再跪科,云)大人,我窦娥死的委实冤枉,从今以后,着这楚州亢旱㉝三年!(监斩官云)打嘴!那有这等说话!(正旦唱)

【一煞】你道是天公不可期,人心不可怜,不知皇天也肯从人愿。做甚么三年不见甘霖降?也只为东海曾经孝妇冤㉞。如今轮到你山阳县。这都是官吏每无心正法,使百姓有口难言。

(刽子做磨旗科,云)怎么这一会儿天色阴了也?(内做风科,刽子云)好冷风也!(正旦唱)

【煞尾】浮云为我阴,悲风为我旋,三桩儿誓愿明题遍。(做哭科,云)婆婆也,直等待雪飞六月,亢旱三年呵,(唱)那其间才把你个屈死的冤魂这窦娥显。

(刽子做开刀,正旦倒科)(监斩官惊云)呀,真个下雪了,有这等异事!(刽子云)我也道平日杀人,满地都是鲜血,这个窦娥的血都飞在那丈二白练上,并无半点落地,委实奇怪。(监斩官云)这死罪必有冤枉。早两桩儿应验了,不知亢旱三年的说话,准也不准?且看后来如何。左右,也不必等待雪晴,便与我抬他尸首,还了那蔡婆婆去罢。(众应科,抬尸下)

①外:杂剧角色名,外末的省称。有时也作外旦、外净的省称。 ②做公的:公人,衙役。 ③磨旗:挥动旗帜开道。 ④行动些:走快些。 ⑤没来由:无缘无故。 ⑥刑宪:刑律。 ⑦森罗殿:迷信说法,人死后鬼魂到阴间要受审判。森罗殿是阴间统治者阎王审案的殿堂。 ⑧生:甚、深的意思。 ⑨清浊:比喻是非善恶。 ⑩糊突:糊涂。盗跖:春秋战国之际的起义军首领,单名跖。颜渊:孔子的学生,春秋时的贤者。旧时常把这二人作为坏人和好人的代表。 ⑪时辰:这里指法场开刀的特定时间。 ⑫前合后偃(yǎn演):前仆后倒,站立不稳。偃,仰面倒下。 ⑬行(háng航):宋元俗语,用在人称或自称后以指示方位。哥哥行,即哥哥那里。 ⑭餐刀:吃刀,被杀的意思。 ⑮也么哥:语尾助词。这里是〔叨叨令〕曲牌规定要用的衬字。 ⑯㲋(jiǎn简):倾倒,泼掉。 ⑰一陌儿:古时以一百钱为陌。这里是一串、一叠的意思。 ⑱葫芦提:稀里糊涂。亦作葫芦题、葫芦蹄。罪愆(qiān千):罪过。 ⑲千家缘:操持家务。 ⑳凉浆:指米酒或水粥。 ㉑烈:烧。 ㉒白练:白色的熟绢。 ㉓旗枪:带枪头的旗杆。 ㉔打甚么不紧:意即没有什么要紧。 ㉕无头愿:没头没脑的誓愿。 ㉖湛(zhàn战)湛:清澈深远。 ㉗苌(cháng常)弘化碧:传说周代忠臣苌弘遭谗被杀,他的血被收藏起来,三年后化为碧玉。事见《庄子·外物》。 ㉘望帝啼鹃:传说蜀王杜宇,号望帝,被逼禅位后隐居山中,其魂化为杜鹃鸟,日夜悲啼。事见《华阳国志·蜀志》。 ㉙飞霜六月因邹衍:传说战国时燕国忠臣邹衍被诬下狱,仰天大哭。虽时值炎夏,天竟为之降霜。事见《文选·江淹〈诣建平王上书〉》李善注引《淮南子》。后因以"六月飞霜"比喻冤狱。 ㉚六出冰花:雪花。雪的结晶体多成六角形,故称六出,诗文中常用作雪的代称。 ㉛素车白马:古代用于凶丧之事的白车白马。素车,垩以白土的车,一说未经雕饰上漆的车。 ㉜断送:发送,指送葬。古陌荒阡:荒郊野外。 ㉝亢旱:大旱。亢,极度。 ㉞东海曾经孝妇冤:传说汉代东海有孝妇,少寡无子,为奉养婆婆矢志不嫁,婆婆不愿拖累她而自缢死。孝妇被诬杀人罪处死,东海地方乃枯旱三年。后任官员为之昭雪,并亲去祭墓,天即大雨。事见《汉书·于定国传》。

第四折

(窦天章冠带引丑张千、祗从上①,诗云)独立空堂思黯然,高峰月出满林烟;非关有事人难睡,自是惊魂夜不眠。老夫窦天章是也。自离了我那端云孩儿,可早十六年光景。老夫自到京师,一举及第②,官拜参知政事③。只因老夫廉能清正,节操坚刚,谢圣恩可怜,加老夫两淮提刑肃政廉访使④之职,随处审囚刷卷,体察滥官污吏,容老夫先斩后奏。老夫一喜一悲:喜呵,老夫身居台省⑤,职掌刑名⑥,势剑金牌⑦,威权万里;悲呵,有端云孩儿,七岁上与了蔡婆婆为儿媳妇,老夫自得官之后,使人往楚州问蔡婆婆家,他邻里街坊道,自当年蔡婆婆不知搬在那里去了,至今音信皆无。老夫为端云孩儿,啼哭的眼目昏花,忧愁的须发斑白。今日来到这淮南地面,不知这楚州为何三年不雨?老夫今在这州厅安歇。张千,说与那州中大小属官,今日免参⑧,明日早见。(张千向古门云)一应大小属官,今日免参,明日早见。(窦天章云)张千,说与那六房吏典⑨,但有合刷照文卷,都将来,待老夫灯下看几宗波。(张千送文卷科)(窦天章云)张千,你与我掌上灯。你每都辛苦了,自去歇息罢。我唤你便来,不唤你休来。(张千点灯,同祗从下)(窦天章云)我将这文卷看几宗咱。"一起犯人窦娥,将毒药致死公公。……"我才看头一宗文卷,就与老夫同姓;这药死公公的罪名,犯在十恶⑩不赦,俺同姓之人也有不畏法度的。这是问结了的文书,不看他罢,我将这文卷压在底下,别看一宗咱。(做打呵欠科,云)不觉的一阵昏沉上来,皆因老夫年纪高大,鞍马劳困之故。待我搭伏定⑪书案,歇息些儿咱。(做睡科。魂旦上,唱)

〔双调〕【新水令】我每日哭啼啼守住望乡台⑫,急煎煎把仇人等待,慢腾腾昏地里走,足律律⑬旋风中来。则被这雾锁云埋,撺掇⑭的鬼魂快。

(魂旦望科,云)门神户尉⑮不放我进去。我是廉访使窦天章女孩儿,因我屈死,父亲不知,特来托一梦与他咱。(唱)

【沉醉东风】我是那提刑的女孩,须不比现世的妖怪,怎不容我到灯影前,却拦截在门楦⑯外?(做叫科,云)我那爷爷⑰呵!(唱)枉自有势剑金牌,把俺这屈死三年的腐骨骸,怎脱离无边苦海?

(做入见哭科,窦天章亦哭科,云)端云孩儿,你在那里来?(魂旦虚下⑱)(窦天章做醒科,云)好是奇怪也!老夫才合眼去,梦见端云孩儿,恰便似⑲来我跟前一般;如今在那里?我且再看这文卷咱。(魂旦上做弄灯科)窦天章云)奇怪,我正要看文卷,怎生这灯忽明忽灭的?张千也睡着了,我自己剔灯咱。(做剔灯,魂旦翻文卷科。窦天章云)我剔的这灯明了也,再看几宗文卷。"一起犯人窦娥,药死公公。……"(做疑怪科,云)这一宗文卷,我为头⑳看过,压在文卷底下,怎生又在这上头?这几时问结了的,还压在底下,我别看一宗文卷波。(魂旦再弄灯科。窦天章云)怎么这灯又是半明半暗的?我再剔这灯咱。(做剔灯。魂旦再翻文卷科)(窦天章云)我剔的这灯明了,我另拿一宗文卷看咱。"一起犯人窦娥,药死公公。……"呸!好是奇怪!我才将这文书分明压在底下,刚剔了这灯,怎生又翻在面上?莫不是楚州后厅里有鬼么?便无鬼呵,这桩事必有冤枉。将这文卷再压在底下,待我另看一宗如何?(魂旦又弄灯科。窦天章云)怎生这灯又不明了?敢有鬼弄这灯?我再剔一剔去。(做剔灯科。魂旦上,做撞见科。窦天章举剑击桌科,云)呸!我说有鬼!兀那鬼魂,老夫是朝廷钦差带牌走马㉑肃政廉访使,你向前来,一剑挥之两段。张千,亏你也睡的着,快起来,有鬼有鬼。兀的不吓杀老夫也!(魂旦唱)

【乔牌儿】则见他疑心儿胡乱猜,听了我这哭声儿转惊骇。哎,你个窦天章直恁的威风大,且受你孩儿窦娥这一拜。

(窦天章云)兀那鬼魂,你道窦天章是你父亲,"受你孩儿窦娥拜",你敢错认了也?我的女儿叫做端云,七岁上与了蔡婆婆为儿媳妇。你是窦娥,名字差了,怎生是我女孩儿?(魂旦云)父亲,你将我与了蔡婆婆家,改名做窦娥了也。(窦天章云)你便是端云孩儿?我不问你别的,这药死公公是你不是?(魂旦云)是你孩儿来。(窦天章云)嗓声㉒!你这小妮子,老夫为你啼哭的眼也花了,忧愁的头也白了,你划地犯下十恶大罪,受了典刑!我今日官居台省,职掌刑名,来此两淮审囚刷卷,体察滥官污吏;你是我亲生之女,老夫将你治不的,怎治他人?我当初将你嫁与他家呵,要你三从四德:三从者,在家从父,出嫁从夫,夫死从子;四德者,事公姑,敬夫主,和妯娌,睦街坊。今三从四德全无,划地犯了十恶大罪。我窦家三辈无犯法之男,五世无再婚之女;到今日被你辱没祖宗世德,又连累我的清名。你快与我细吐真情,不要虚言支对。若说的有半厘差错,膑发㉓你城隍祠内,着你永世不得人身,罚在阴山㉔永为饿鬼。(魂旦云)父亲停嗔息怒,暂罢狼虎之威,听你孩儿慢慢的说一遍咱。我三岁上亡了母亲,七岁上离了父亲,你将我送与蔡婆婆做儿媳妇。至十七岁与夫配合,才得两年,不幸儿夫亡化,和俺婆婆守寡。这山阳县南门外有个赛卢医,他少俺婆婆二十两银子。俺婆婆去取讨,被他赚到郊外,要将婆婆勒死;不想撞见张驴儿父子两个,救了俺婆婆性命。那张驴儿知道我家有个守寡的媳妇,便道:"你婆儿媳妇既无丈夫,不若招我父子两个。"俺婆婆初也不肯,那张驴儿道:"你若不肯,我依旧勒死你。"俺婆婆惧怕,不得已含糊许了。只得将他父子两个领到家中,养他过世。有张驴儿数次调戏你女孩儿,我坚执不从。那一日俺婆婆身子不快,想羊肚儿汤吃,你孩儿安排了汤。适值张驴儿父子两个问病,道:"将汤来我尝一尝。"说:"汤便好,只少些盐醋。"赚的我去取盐醋,他就暗地里下了毒药。实指望药杀俺婆婆,要强逼我成亲。不想俺婆婆偶然发呕,不要汤吃,却让与老张吃,随即七窍流血药死了。张驴儿便道:"窦娥药死了俺老子,你要官休?要私休?"我便道:"怎生是官休?怎生是私休?"他道:"要官休,告到官司,你与俺老子偿命;若私休,你便与我做老婆。"你孩儿便道:"好马不鞴双鞍,烈女不更二夫。我至死不与你做媳妇,我情愿和你见官去。"他将你孩儿拖到官中,受尽三推六问,吊拷绷扒㉕,便打死孩儿,也不肯认。怎当州官见你孩儿不认,便要拷打俺婆婆;我怕婆婆年老,受刑不起,只得屈认了。因此押赴法场,将我典刑。你孩儿对天发下三桩誓愿:第一桩,要丈二白练挂在旗枪上,若系冤枉,刀过头落,一腔热血休滴在地下,都飞在白练上;第二桩,现今三伏天道,下三尺瑞雪,遮掩你孩儿尸首;第三桩,着他楚州大旱三年。果然血飞上白练,六月下雪,三年不雨,都是为你孩儿来。(诗云)不告官司只告天,心中怨气口难言。防他老母遭刑宪,情愿无辞认罪愆。三尺琼花㉖骸骨掩,一腔鲜血练旗悬;岂独霜飞邹衍屈,今朝方表窦娥冤。(唱)

【雁儿落】你看这文卷曾道来不道来,则我这冤枉要忍耐如何耐?我不肯顺他人,倒着我赴法场;我不肯辱祖上,倒把我残生坏。

【得胜令】呀,今日个搭伏定摄魂台,一灵儿怨哀哀。父亲也,你现掌着刑名事,亲蒙圣主差。端详这文册,那厮乱纲常当合㉗败。便万剐了乔才㉘,还道报冤仇不畅怀。

(窦天章做泣科,云)哎!我那屈死的儿,则被你痛杀我也!我且问你:这楚州三年不雨,可真个是为你来?(魂旦云)是为你孩儿来。(窦天章云)有这等事!到来朝我与你做主。(诗云)白头亲苦痛哀哉,屈杀了你个青春女孩。只恐怕天明了,你且回去,到来日我将文卷改正明白。(魂旦暂下)(窦天章云)呀,天色明了也。张千,我昨日看几宗文卷,中间有一鬼魂来诉冤枉。我唤你好几次,你再也不应,直恁的好睡那。(张千云)我小人两个鼻子孔一夜不曾闭,并不听见女鬼诉什么冤状,也不曾听见相公呼唤。(窦天章做叱科,云)嗯!今早升厅坐衙,张千,喝撺厢者。(张千做幺喝科,云)在衙人马平安!抬书案㉙!(禀云)州官见。(外扮州官入参科)(张千云)该房吏典见。(丑扮吏入参见科)(窦天章问云)你这楚州一郡,三年不雨,是为着何来?(州官云)这个是天道亢旱,楚州百姓之灾,小官等不知其罪。(窦天章做怒云)你等不知罪么!那山阳县有用毒药谋死公公犯妇窦娥,他问斩之时曾发愿道:"若是果有冤枉,着你楚州三年不雨,寸草不生。"可有这件事来?(州官云)这罪是前升任桃州守问成的,现有文卷。(窦天章云)这等糊突的官也着他升去!你是继他任的,三年之中可曾祭这冤妇么?(州官云)此犯系十恶大罪,元不曾有祠,所以不曾祭得。(窦天章云)昔日汉朝有一孝妇守寡,其姑自缢身死,其姑女告孝妇杀姑,东海太守将孝妇斩了。只为一妇含冤,致令三年不雨。后于公治狱,仿佛见孝妇抱卷哭于厅前。于公将文卷改正,亲祭孝妇之墓,天乃大雨。今日你楚州大旱,岂不正与此事相类?张千,分付该房金牌㉚下山阳县,着拘张驴儿、赛卢医、蔡婆婆一起人犯,火速解审,毋得违误片刻者。(张千云)理会得。(下)(丑扮解子㉛押张驴儿、蔡婆婆同张千上,禀云)山阳县解到审犯听点。(窦天章云)张驴儿。(张驴儿云)有。(窦天章云)蔡婆婆。(蔡婆婆云)有。(窦天章云)怎么赛卢医是紧要人犯不到?(解子云)赛卢医三年前在逃,一面着广捕批缉拿㉜去了,待获日解审。(窦天章云)张驴儿,那蔡婆婆是你的后母么?(张驴儿云)母亲好冒认的?委实是。(窦天章云)这药死你父亲的毒药,卷上不见有合药的人,是那个的毒药?(张驴儿云)是窦娥自合就的毒药。(窦天章云)这毒药必有一个卖药的医铺。想窦娥是个少年寡妇,那里讨这药来。张驴儿,敢是你合的毒药么?(张驴儿云)若是小人合的毒药,不药别人,倒药死自家老子?(窦天章云)我那屈死的儿咻,这一节是紧要公案,你不自来折辩,怎得一个明白?你如今冤魂却在那里?(魂旦上,云)张驴儿,这药不是你合的,是那个合的?(张驴儿做怕科,云)有鬼有鬼,撮盐入水,太上老君,急急如律令,敕㉝。(魂旦云)张驴儿,你当日下毒药在羊肚儿汤里,本意药死俺婆婆,要逼勒我做浑家。不想俺婆婆不吃,让与你父亲吃,被药死了。你今日还敢赖哩!(唱)

【川拨棹】猛见了你这吃敲材㉞,我只问你这毒药从何处来?你本意待暗里栽排㉟,要逼勒我和谐,倒把你亲爷毒害,怎教咱替你耽罪责!

(魂旦做打张驴儿科)(张驴儿做避科,云)太上老君,急急如律令,敕。大人说这毒药必有个卖毒药的医铺,若寻得这卖药的人来和小人折对㊱,死也无词。(丑扮解子解赛卢医上,云)山阳县续解到犯人一名赛卢医。(张千喝云)当面㊲。(窦天章云)你三年前要勒死蔡婆婆,赖他银子,这事怎么说?(赛卢医叩头科。云)小的要赖蔡婆婆银子的情是有的,当被两个汉子救了,那婆婆并不曾死。(窦天章云)这两个汉子你认的他叫做什么名姓?(赛卢医云)小的认便认得,慌忙之际可不曾问的他名姓。(窦天章云)现有一个在阶下,你去认来。(赛卢医做下认科,云)这个是蔡婆婆。(指张驴儿云)想必这毒药事发了。(上云)是这一个。容小的诉禀:当日要勒死蔡婆婆时,正遇见他爷儿两个救了那婆婆去。过得几日,他到小的铺中讨服毒药。小的是念佛吃斋人,不敢做昧心的事,说道:"铺中只有官料药㊳,并无什么毒药。"他就睁着眼道:"你昨日在郊外要勒死蔡婆婆,我拖你见官去。"小的一生最怕的是见官,只得将一服毒药与了他去。小的见他生相是个恶的,一定拿这药去药死了人,久后败露,必然连累。小的一向逃在涿州地方,卖些老鼠药。刚刚是老鼠被药杀了好几个,药死人的药,其实再也不曾合。(魂旦唱)

【七弟兄】你只为赖财,放乖㊴,要当灾。(带云)这毒药呵,(唱)原来是你赛卢医出卖张驴儿买,没来由填做我犯由牌㊵,到今日官去衙门在。

(窦天章云)带那蔡婆婆上来。我看你也六十外人了,家中又是有钱钞的,如何又嫁了老张,做出这等事来?(蔡婆婆云)老妇人因为他爷儿两个救了我的性命,收留他在家养膳过世;那张驴儿常说要将他老子接脚进来,老妇人并不曾许他。(窦天章云)这等说,你那媳妇就不该认做药死公公了。(魂旦云)当日问官要打俺婆婆,我怕他年老受刑不起,因此咱认做药死公公,委实是屈招个!(唱)

【梅花酒】你道是咱不该,这招状供写的明白。本一点孝顺的心怀,倒做了惹祸的胚胎。我只道官吏每还覆勘,怎将咱屈斩首在长街!第一要素旗枪鲜血洒,第二要三尺雪将死尸埋,第三要三年旱示天灾;咱誓愿委实大。

【收江南】呀,这的是衙门从古向南开,就中无个不冤哉!痛杀我娇姿弱体闭泉台㊶,早三年以外,则落的悠悠流恨似长淮。

(窦天章云)端云儿也,你这冤枉我已尽知,你且回去。待我将这一起人犯并原问官吏另行定罪,改日做个水陆道场㊷,超度你生天㊸便了。

(魂旦拜科,唱)

【鸳鸯煞尾】从今后把金牌势剑从头摆,将滥官污吏都杀坏,与天子分忧,万民除害。(云)我可忘了一件,爹爹,俺婆婆年纪高大,无人侍养,你可收恤家中,替你孩儿尽养生送死之礼,我便九泉之下,可也瞑目。(窦天章云)好孝顺的儿也!(魂旦唱)嘱付你爹爹,收养我奶奶。可怜他无妇无儿,谁管顾年衰迈!再将那文卷舒开,(带云)爹爹也,把我窦娥名下,(唱)屈死的於

伏⑱罪名儿改。(下)

(窦天章云)唤那蔡婆婆上来,你可认的我么?(蔡婆婆云)老妇人眼花了,不认的。(窦天章云)我便是窦天章。适才的鬼魂,便是我屈死的女孩儿端云。你这一行人听我下断:张驴儿毒杀亲爷,奸占寡妇,合拟凌迟⑮,押赴市曹中钉上木驴⑯,剐一百二十刀处死。升任州守桃杌并该房吏典,刑名违错,各杖一百,永不叙用。赛卢医不合赖钱,勒死平民;又不合修合毒药,致伤人命,发烟瘴地面⑰,永远充军⑱。蔡婆婆我家收养。窦娥罪改正明白。(词云)莫道我念亡女与他灭罪消愆,也只可怜见楚州郡大旱三年。昔于公曾表白东海孝妇,果然是感召得灵雨如泉。岂可便推诿道天灾代有,竟不想人之意感应通天。今日个将文卷重行改正,方显得王家法不使民冤。

　　题目⑲　秉鉴持衡㊿廉访法
　　正名　感天动地窦娥冤

①冠带:帽子和束带,官服的代称。丑:戏曲角色名,多扮演小人物或反面人物。祗从:即祗候,官员的随从。　②及第:科举考试中选。　③参知政事:元代官制,中书省设有参知政事,是宰相的助理官。亦省称参政。　④提刑肃政廉访使:元代于各道设提刑按察使,后改为肃政廉访使,肃属御史台,职掌纠察官吏政绩,复查刑狱案件等事。　⑤台省:指御史台和中书省。窦天章以参知政事衔任提刑肃政廉访使,故云"身居台省"。　⑥刑名:指刑狱案件的审判裁决权。　⑦势剑:皇帝赐给官员的尚方剑,受赐者有先斩后奏的威权。金牌:元制,朝廷发给官员表明其地位和职权的佩带标志。万户(武官名)佩金虎符,又称虎头金牌;千户配金符或镀金符;百户佩银符。佩金牌,表明有很高的职权。　⑧参:下级官员正式谒见上级官员。　⑨六房吏典:地方政府分管吏、户、礼、兵、刑、工等事务的部门,总称六房。吏典,指各房的属吏。　⑩十恶:旧时刑律规定的十种不可赦免的重大罪名,即谋反、谋大逆、谋叛、恶逆、不道、大不敬、不孝、不睦、不义、内乱。隋始正式以"十恶"罪名规定于法典,沿用至清。　⑪搭伏定:趴着,伏着。　⑫望乡台:迷信说法,阴间有望乡台,鬼魂登台可见阳间亲人的情况。　⑬足(jù巨)律律:形容风声和东西在风中疾速飘拂旋转的样子。　⑭撺掇(cuān duo 氽多):怂恿,催促。这里是催逼的意思。　⑮门神户尉:旧时习俗,贴神像于大门上以驱邪。左为"门丞",右为"户尉",总称门神。　⑯门楹(tīng厅):嵌着门槛的石础。这里代指门户。　⑰爷爷:这里指父亲。　⑱虚下:元杂剧术语。演员背身不动,表示已暂时下场。　⑲恰便似:正好似,好像是。　⑳为头:起先。　㉑带牌:佩带金牌。走马:指肃政廉访使有使用铺马和驰驿的特权。　㉒噤声:禁止出声,犹言住口。　㉓牒发:下公文解送。牒,公文。　㉔阴山:迷信说

法,阴间有阴山,寒冷而没有食物,是拘禁有罪鬼魂的地方。 ㉕吊拷绷扒:吊拷,吊起来拷打。绷扒,用绳索捆绑。泛指各种残酷刑法。 ㉖琼花:比喻雪花。 ㉗当合:即合当,理该如此的意思。 ㉘乔才:骂人的话。犹言恶棍、坏蛋。 ㉙"在衙"二句:元杂剧中官员升堂理事时,衙役的例行吆喝。 ㉚金牌:签发公文执照。金,通"签"。 ㉛解(jiè)子:押送犯人的公差。 ㉜着广捕批缉拿:下通缉的公文捉拿。 ㉝"有鬼"五句:模仿道士的咒语驱鬼。撮盐入水,是立刻消失的意思。太上老君,指传说中道教的始祖老子。如律令,原是汉代公文末尾的例行用语,意为要求按照律令办事。道士画符念咒时用"太上老君,急急如律令,敕"作结尾,表示促请太上老君迅速照符咒的要求去办。 ㉞吃敲材:该死的家伙。元代刑法,杖杀叫作敲。 ㉟栽排:安排,布置。 ㊱折对:对质,对证。 ㊲当面:犯人见官。衙役吆喝"当面",犯人即面对审讯的官员跪下。 ㊳官料药:官方允许经营的药物。 ㊴放乖:卖弄聪明的意思。 ㊵犯由牌:公布犯人罪状的牌子。 ㊶泉台:坟墓。 ㊷水陆道场:佛教设斋供奉以超度水陆鬼众的法会,也叫水陆斋。 ㊸生天:迷信说法,人死后灵魂或生天界,或堕地狱。堕地狱的鬼魂,阳间若有人为其设斋超度,亦可生于天界。 ㊹於(wū乌)伏:诬服,屈招。 ㊺凌迟:俗称剐刑。行刑时先把犯人的肉一片一片地割下,使之受尽痛苦再断其咽喉。 ㊻木驴:一种带铁刺的木桩。凌迟犯人前,先将受刑人捆缚其上游街示众,叫骑木驴。 ㊼烟障地面:旧时指我国西南边远地区。烟障,即烟瘴,深山丛林中蒸发出的致人疾病的湿热雾气。 ㊽充军:古代刑法之一,把重犯押到边远地区服苦役。永远充军者,罚及子孙。 ㊾题目:元杂剧剧本末尾用两句或四句对子总括全剧内容,前半部分叫"题目",后半部分叫"正名"。末句为剧名全称。 ㊿秉鉴持衡:拿着镜子,握着天平。比喻执法清明公正。

单 刀 会①

第 四 折

(鲁肃②上,云)欢来不似今朝,喜来那逢今日。小官鲁子敬是也。我使黄文持书去请关公③,欣喜许今日赴会,荆襄地合归还俺江东④。英雄甲士已暗藏壁衣之后⑤,令人江上相候,见船到便来报我知道。(正末关公引周仓上,云)周仓,将到那里也?(周云)来到大江中流也。(正云)看了这大江,是一派好水也呵!(唱)

〔双调〕【新水令】大江东去浪千叠,引着这数十人驾着这小舟一叶,又不比九重龙凤阙⑥,可正是千丈虎狼穴。大夫心别⑦,我觑这单刀会似赛村社⑧。

(云)好一派江景也呵!(唱)

【驻马听】水涌山叠,年少周郎何处也⑨?不觉的灰飞烟灭,可怜黄盖转伤嗟[10]。破曹的樯橹[11]一时绝，鏖兵的江水犹然[12]热，好教我情惨切！（云）这也不是江水，（唱）二十年流不尽的英雄血！

（云）却早来到也，报伏[13]去。（卒报科）（做相见科）（鲁云）江下小会，酒非洞里之长春，乐乃尘中之菲艺[14]，猥劳[15]君侯屈高就下，降尊临卑，实乃鲁肃之万幸也！（正云）量某有何德能，着大夫置酒张筵，既请必至。（鲁云）黄文，将酒来。二公子[16]满饮一杯。（正云）大夫饮此杯。（把盏科）（正云）想古今，咱这人过日月好疾也呵！（鲁云）过日月是好疾也。光阴似骏马加鞭，浮世似落花流水。（正唱）

【胡十八】想古今立勋业，那里也舜五人、汉三杰[17]？两朝相隔数年别，不付能[18]见者，却又早老也。开怀的饮数杯，（云）将酒来，（唱）尽心儿待醉一夜。

（把盏科）（正云）你知"以德报德，以直报怨"[19]么？（鲁云）既然将军言"以德报德，以直报怨"，借物不还者为之怨。想君侯文武全材，通练兵书，习《春秋》《左传》，济拔颠危[20]，匡扶社稷[21]，可不谓之仁乎？待玄德如骨肉，觑曹操若仇雠[22]，可不谓之义乎？辞曹归汉，弃印封金[23]，可不谓之礼乎？坐服于禁，水淹七军[24]，可不谓之智乎？且将军仁义礼智俱足，惜乎止少个信字，欠缺未完。再若得全个信字，无出君侯之右[25]也。（正云）我怎生失信？（鲁云）非将军失信，皆因令兄玄德公失信。（正云）我哥哥怎生失信来？（鲁云）想昔日玄德公败于当阳[26]之上，身无所归，因鲁肃之故，屯军三江夏口[27]。鲁肃又与孔明同见我主公[28]，即日兴师拜将，破曹兵于赤壁[29]之间。江东所费巨万，又折了首将黄盖。因将军贤昆玉[30]无尺寸地，暂借荆州以为养军之资[31]，数年不还。今日鲁肃低情曲意，暂取荆州，以为救民之急，待仓廪丰盈，然后再献于将军掌领。鲁肃不敢自专，君侯台鉴[32]不错。（正云）你请我吃筵席来那，是索荆州来？（鲁云）没、没、没，我则这般道。孙、刘结亲[33]，以为唇齿，两国正好和谐。（正唱）

【庆东原】你把我真心儿待，将筵宴设，你这般攀今揽古，分甚枝叶？我根前使不着你之乎者也、诗云子曰[34]，早该豁口截舌！有意说孙、刘，你休目下翻成吴、越[35]！

（鲁云）将军原来傲物轻信[36]！（正云）我怎么傲物轻信？（鲁云）当日孔明亲言：破曹之后，荆州即还江东。鲁肃亲为代保。不思旧日之恩，今日恩变为仇，犹自说"以德报德，以直报怨"。圣人道："信近于义，言可复也。"[37]去食去兵，不可去信[38]。"大车无輗，小车无軏，其何以行之哉？"[39]今将军全无仁义之心，枉作英雄之辈。荆州久借不还，却不道

"人无信不立[40]"!(正云)鲁子敬,你听的这剑界[41]么?(鲁云)剑界怎么?(正云)我这剑界,头一遭诛了文丑,第二遭斩了蔡阳,鲁肃呵,莫不第三遭到你也?(鲁云)没、没,我则这般道来。(正云)这荆州是谁的?(鲁云)这荆州是俺的。(正云)你不知,听我说。(唱)

【沉醉东风】想着俺汉高皇[42]图王霸业,汉光武[43]秉正除邪,汉献帝将董卓[44]诛,汉皇叔把温侯灭[45],俺哥哥合情受汉家基业。则你这东吴国的孙权,和俺刘家却是甚枝叶[46]?请你个不克己先生[47]自说!

(鲁云)那里甚么响?(正云)这剑界二次也。(鲁云)却怎么说?(正云)这剑按天地之灵,金火之精,阴阳之气,日月之形;藏之则鬼神遁迹,出之则魑魅[48]潜踪;喜则恋鞘沉沉而不动,怒则跃匣铮铮而有声。今朝席上,倘有争锋,恐君不信,拔剑施呈。吾当摄剑[49],鲁肃休惊。这剑果有神威不可当,庙堂之器[50]岂寻常;今朝索取荆州事,一剑先交鲁肃亡!(唱)

【雁儿落】则为你三寸不烂舌,恼犯我三尺无情铁。这剑饥餐上将头,渴饮仇人血。

【得胜令】则是条龙向鞘中蛰[51],虎在坐间蹲[52]。今日故友每才相见,休着俺弟兄每相间别[53]。鲁子敬听者,你心内休乔怯[54],畅好是随邪[55],吾当酒醉也。

(鲁云)臧官动乐。(臧官上,云)天有五星,地攒五岳[56],人有五德,乐按五音。五星者:金、木、水、火、土。五岳者:常、恒、泰、华、嵩。五德者:温、良、恭、俭、让[57]。五音者:宫、商、角、徵、羽。(甲士拥上科)(鲁云)埋伏了者。(正击案,怒云)有埋伏也无埋伏?(鲁云)并无埋伏。(正云)若有埋伏,一剑挥之两断!(做击案科)(鲁云)你击碎菱花[58]。(正云)我特来破镜[59]!(唱)

【搅筝琶】却怎生闹炒炒军兵列,休把我当拦者!(云)当着我的,呵呵!(唱)我着他剑下身亡,目前流血。便有那张仪口、蒯通舌[60],休那里躲闪藏遮。好生的送我到船上者,我和你慢慢的相别。

(鲁云)你去了到是一场伶俐。(黄文云)将军,有埋伏哩。(鲁云)迟了我的也!(关平领众将上,云)请父亲上船,孩儿每来迎接哩。(正云)鲁肃,休惜殿后[61]。(唱)

【离亭宴带歇指煞】我则见紫袍银带公人列,晚天凉风冷芦花谢,我心中喜悦。昏惨惨晚霞收,冷飕飕江风起,急飐飐[62]帆招惹。承管待、承管待,多承谢、多承谢!唤梢公[63]慢者,缆解开岸边龙,船分开波中浪,棹[64]搅碎江心月。正欢娱有甚迸退,且谈笑分明夜[65]。说与你两件事先生记者:百忙里趁[66]不了老兄心,急且里倒不了俺汉家节㊆!

①《单刀会》全名为《关大王独赴单刀会》。写三国时东吴鲁肃设计赚请蜀将关羽,企图先礼后兵要挟关羽交还荆州。关羽单刀过江赴会,于席间挫败鲁肃。 ②鲁肃:三国时东吴名将,字子敬,临淮东城(今安徽定远)人。周瑜死后任奋武校尉,代领其军。 ③关公:三国时蜀汉名将关羽,字云长,河东解县(今山西运城)人。封建时代被神化,尊为"关公""关帝"。汉献帝曾封他为汉寿亭侯,故剧中又称君侯(汉代对列侯的尊称)。 ④荆襄地:今湖北省荆州、襄阳一带。江东:长江在今安徽芜湖至江苏南京间为南北流向,自此以东的江南地区习称江东。吴国以江东为根据地,故称吴国及其辖域为江东。 ⑤甲士:披甲持械的武士,俗称刀斧手。壁衣:装饰墙壁的帷幕、屏帐。 ⑥九重龙凤阙(què 却):指帝王的宫殿。阙,古代宫殿、祠庙和陵墓前的高建筑物,通常左右各一,两阙间的空缺作为通道,故称阙(古时"阙"通"缺")。后亦用以代指宫殿、朝廷。 ⑦别:特别,与众不同。一本作"烈"。 ⑧赛村社:旧时农村逢社日举行的迎神赛会。 ⑨周郎:指东吴都督周瑜。史载,瑜长壮有姿貌,年二十四即授建威中郎将,吴中皆呼为"周郎"。他曾统率孙权和刘备联军大败曹兵于赤壁。其时瑜已病死,故云"何处也"。 ⑩黄盖:东吴将领。赤壁之战中曾建策火攻,并诈书降曹,用船冲入曹营纵火。伤嗟:伤感叹息。指下文所说黄盖阵亡事。 ⑪樯(qiáng 墙)橹:船上的桅杆和桨。代指战船。 ⑫犹然:依然,照旧。 ⑬报伏:同"报复",通报。 ⑭"酒非"二句:意谓没有好酒和好的歌舞伎艺招待。洞里,道家传说中神仙的居处。长春,神仙酿制的美酒。尘中,指人世间。菲艺,菲薄的伎艺。 ⑮猥劳:有辱劳驾。猥,谦辞。 ⑯二公子:民间传说有刘备、关羽、张飞桃园结义为弟兄的故事,关羽排行第二,故称。 ⑰舜五人:传说中帝舜的五个贤臣,即禹、弃、契、皋陶(yáo 摇)、后夔(kuí 葵)。汉三杰:指汉代开国功臣张良、萧何、韩信。 ⑱不付能:同"不甫能",即甫能,刚能够,好不容易的意思。"不"字以反语见义,加强语气。 ⑲以德报德,以直报怨:语出《论语·宪问》。意谓应用恩德报答别人的恩情,用公正的态度对待别人的仇怨。 ⑳济拔颠危:拯救时局使之脱离倾覆危难。 ㉑匡扶:匡正扶助。社稷:古代帝王、诸侯所祭的土神和谷神。旧时用作国家的代称。 ㉒仇雠(chóu 仇):仇敌。 ㉓"辞曹"二句:史载,关羽曾被曹操俘获,备受优礼,表封汉寿亭侯。后尽封曹操所赐,拜书告辞,重归刘备。民间传说中演化成"弃印封金"的故事。 ㉔"坐服"二句:史载,曹操部将于禁率兵在樊城与关羽交战,值汉水泛滥,所督七军皆被淹没。关羽趁机大破曹军,于禁降。民间传说中演化成"水淹七军"的故事。 ㉕之右:犹言之上。古代以右为上。 ㉖当阳:今湖北省当阳市。刘备曾在当阳长坂被曹操击败溃散。 ㉗夏口:古地名,汉水入长江处(汉水下游古亦称夏水)。在今湖北省武汉市。 ㉘主公:古代臣下对君主的称呼。这里指吴主孙权。 ㉙赤壁:山名。在今湖北省赤壁市。 ㉚昆玉:对别人兄弟的美称。 ㉛养军

之资:训练军队的基地。 ㉜台鉴:犹言尊裁。台,敬称对方。鉴,审察。 ㉝孙刘结亲:史载,刘备为荆州牧时,孙权将妹妹许配给刘备。 ㉞根前:即跟前。之乎者也、诗云子曰:形容说话咬文嚼字,引经据典。 ㉟“有意”二句:警告鲁肃不要使东吴和蜀汉成为敌国。吴、越,春秋时的吴国和越国,两国间经常交战,因喻敌对关系。㊱傲物轻信:对人傲慢,不守信用。 ㊲“信近”二句:语出《论语·学而》。意谓所守的约言符合义的道德准则,说的话就能兑现。 ㊳“去食”二句:语出《论语·颜渊》。这里对原文作了概括,意谓粮食和军备不得已时皆可去除,独有信用无论如何不能丢弃。 ㊴“大车”三句:语出《论语·为政》。古称牛车为大车,马车为小车;輗(ní倪)、軏(yuè月),分别是大车、小车上连接驾牲口的横木和车杠的木榫,没有它车就无法行进。比喻人无信用则不能立身行事。 ㊵人无信不立:语出《论语·颜渊》:“自古皆有死,民无信不立。” ㊶剑界:即剑戒。传说宝剑有灵异,遇警或杀人前即跃出剑鞘,铮然作响。 ㊷汉高皇:指汉朝开国皇帝汉高祖刘邦。 ㊸汉光武:指东汉光武帝刘秀。本西汉皇族,王莽代汉称帝,他起兵打败王莽,建立东汉王朝。㊹董卓:东汉末军阀。汉献帝时擅权乱政,被王允、吕布所杀。 ㊺汉皇叔:指刘备。刘备本东汉远支皇族,按刘氏谱系为汉献帝叔辈,故称。温侯:东汉末军阀吕布,封温侯。史载为曹操所诛。 ㊻枝叶:这里是瓜葛的意思。 ㊼不克己先生:《论语·颜渊》记载孔子言论有“克己复礼为仁”语。克己,意为抑制自己的欲望。这里借以讥诮鲁肃。 ㊽魑魅(chī mèi痴妹):传说中山泽的鬼怪。 ㊾吾当摄剑:吾,我。元杂剧中通常用作帝王的自称。当,语助词。摄剑:拔剑,执剑。 ㊿庙堂之器:犹言国宝。庙堂,宗庙明堂,古代帝王祭祀、议事的地方,亦代指朝廷。 (51)蛰(zhé哲):藏匿。 (52)踅(xué学):盘旋。 (53)间(jiàn建)别:分离,阻绝。 (54)乔怯:害怕,胆怯。(55)畅好是:真是,实在是。随邪:放肆,中魔。 (56)攒(cuán):聚集。五岳:我国古代五大名山的总称。即东岳泰山、南岳衡山(即下文的“恒”)、西岳华山、北岳恒山、中岳嵩山。北岳,明以前指今河北曲阳西北的常山,明代始指今山西浑源的恒山。(57)温、良、恭、俭、让:温和、善良、恭敬、俭朴、谦逊。语出《论语·学而》,本是孔子的学生称誉孔子所具备的五种美德。 (58)菱花:镜子的代称。古代铜镜,以其镜面光亮,日照则现光影如菱花,亦称菱花镜。 (59)破镜:“破禁”的谐音,指开杀戒。镜,鲁肃字子敬,镜与敬谐音,又暗指鲁肃。 (60)张仪:战国时魏国人。曾任秦相,游说六国连横事秦。蒯通:即蒯彻,秦末汉初人。曾为韩信的谋士。二人都是著名的舌辩之士。(61)休惜殿后:意思是要鲁肃随后护送,语含讥讽。殿后,行军时队伍的后部。 (62)急飐(zhǎn展)飐:疾风鼓帆急速摇曳的样子。 (63)梢公:即艄公,船夫。 (64)棹(zhào兆):桨。 (65)明夜:白天和夜晚。 (66)趁:通“称”。趁心,即称心。 (67)急且里:匆忙之间。汉家节:节,古代使者所持的凭信。汉代的节“以竹为之,柄长八尺,以牦牛尾为其眊(节旄)三重”(《汉官仪》)。使臣视节为朝廷和国家的象征。史载西汉苏武、张骞出使时被匈奴扣押,均持汉节而不失。这里指对蜀汉政权的忠贞。

白　朴

　　白朴(1226—约1291),字太素,号兰谷,初名恒,字仁甫,祖籍陕州(今山西河曲一带),后移居真定(今河北正定)。父白华仕金为枢密院判官。幼时遭逢金亡丧乱,入元终身不仕。晚年徙居金陵(今江苏南京)。工于律赋辞章,尤以杂剧、散曲名世,与关汉卿、马致远、郑光祖并称"元曲四大家"。所作杂剧今知十六种,现存三种。散曲清丽俊逸,间有质朴旷放之作。另有词集《天籁集》。

梧　桐　雨①

第四折

　　(高力士②上,云)自家高力士是也。自幼供奉内宫③,蒙主上④抬举,加为六宫提督太监⑤。往年主上悦杨氏⑥容貌,命某取入宫中,宠爱无比,封为贵妃⑦,赐号太真。后来逆胡称兵⑧,伪诛杨国忠⑨为名,逼的主上幸蜀⑩。行至中途,六军⑪不进,右龙武将军陈玄礼⑫奏过,杀了国忠,祸连贵妃。主上无可奈何,只得从之,缢死马嵬驿⑬中。今日贼平无事,主上还国⑭,太子做了皇帝。主上养老,退居西宫⑮,昼夜只是想贵妃娘娘。今日教某挂起真容,朝夕哭奠,不免收拾停当,在此伺候咱。(正末上,云)寡人⑯自幸蜀还京,太子破了逆贼,即了帝位。寡人退居西宫养老,每日只是思量妃子。教画工画了一轴真容供养着⑰,每日相对,越增烦恼也呵!(做哭科,唱)

〔正宫〕【端正好】自从幸西川还京兆,甚的是月夜花朝⑱。这半年来白发添多少,怎打叠⑲愁容貌!

【幺篇】瘦岩岩⑳不避群臣笑,玉叉儿将画轴高挑;荔枝花果㉑香檀桌,目觑了伤怀抱。

（做看真容科，唱）

【滚绣球】险些把我气冲倒，身漫靠，把太真妃放声高叫，叫不应雨泪嚎咷。这待诏㉒，手段高，画的来没半星儿差错。虽然是快染㉓能描，画不出沉香亭畔回鸾舞㉔，花萼楼前上马娇㉕，一段儿妖娆。

【倘秀才】妃子呵，常记得千秋节华清宫宴乐㉖，七夕会长生殿乞巧㉗，誓愿学连理枝比翼鸟㉘，谁想你乘彩凤返丹霄㉙，命夭。

（带云）寡人越看越添伤感，怎生是好！（唱）

【呆骨朵】寡人有心待盖一座杨妃庙，争奈无权柄谢位辞朝。则俺这孤辰限㉚难熬，更打着离恨天最高㉛。在生时同衾枕，不能够死后也同棺椁。谁承望马嵬坡尘土中，可惜把一朵海棠花零落了。

（带云）一会儿身子困乏。且下这亭子去闲行一会咱。（唱）

【白鹤子】挪身离殿宇，信步下亭皋㉜。见杨柳袅翠蓝丝㉝，芙蓉拆胭脂萼㉞。

【幺】见芙蓉怀媚脸，遇杨柳忆纤腰。依旧的两般儿点缀上阳宫，他管一灵儿潇洒长安道㉟。

【幺】常记得碧梧桐阴下立，红牙箸㊱手中敲；他笑整缕金衣㊲，舞按霓裳乐㊳。

【幺】到如今翠盘㊴中荒草满，芳树下暗香消。空对井梧阴㊵，不见倾城貌㊶。

（做叹科，云）寡人也怕闲行，不如回去来。（唱）

【倘秀才】本待闲散心追欢取乐，倒惹的感旧恨天荒地老㊷。快快归来凤帏悄，甚法儿捱今宵，懊恼！

（带云）回到这寝殿中，一弄儿㊸助人愁也。（唱）

【芙蓉花】淡氤氲串烟袅㊹，昏惨剌㊺银灯照；玉漏迢迢㊻，才是初更㊼报。暗觑清霄，盼梦里他来到。却不道口是心苗㊽，不住的频频叫。

（带云）不觉一阵昏迷上来，寡人试睡些儿。（唱）

【伴读书】一会家㊾心焦燥，四壁厢㊿秋虫闹。忽见掀帘西风恶，遥观满地阴云罩。俺这里披衣闷把帏屏㉑靠，业眼难交㉒。

【笑和尚】原来是滴溜溜㉓绕闲阶败叶飘，疏剌剌㉔刷落叶被西风扫，忽鲁鲁风闪得银灯爆。厮琅琅㉕鸣殿铎，扑簌簌动朱箔㉖，吉丁当玉马儿向檐间闹㉗。

（做睡科，唱）

【倘秀才】闷打颏㉘和衣卧倒，软兀剌㉙方才睡着。（旦上，云）妾身贵妃是也。今日殿中设宴，宫娥，请主上赴席咱。（正末唱）忽见青衣㉚走来报，道太真妃将寡人邀、宴乐。

(正末见旦科,云)妃子,你在那里来?(旦云)今日长生殿排宴,请主上赴席。(正末云)吩咐梨园子弟㊽齐备着。(旦下)(正末做惊醒科,云)呀,元来是一梦,分明梦见妃子,却又不见了。(唱)

【双鸳鸯】斜軃翠鸾翘㊾,浑一似出浴的旧风标㊿,映着云屏一半儿娇。好梦将成还惊觉,半襟情泪湿鲛绡○64。

【蛮姑儿】懊恼,窨约○65。惊我来的又不是楼头过雁,砌下寒蛩○66,檐前玉马,架上金鸡,是兀那窗儿外梧桐上雨潇潇。一声声洒残叶,一点点滴寒梢,会把愁人定虐○67。

【滚绣球】这雨呵,又不是救旱苗,润枯草,洒开花萼,谁望道秋雨如膏○68。向青翠条,碧玉梢,碎声儿𠴲剥○69,增百十倍歇和○70芭蕉。子管里○71珠连玉散飘千颗,平白地瀽瓮翻盆○72下一宵,惹的人心焦。

【叨叨令】一会价紧呵,似玉盘中万颗珍珠落;一会价响呵,似玳筵○73前几簇笙歌闹;一会价清呵,似翠岩头一派寒泉瀑;一会价猛呵,似绣旗下数面征鼙操○74。兀的不恼杀人也么哥!兀的不恼杀人也么哥!则被他诸般儿雨声相聒噪○75。

【倘秀才】这雨一阵阵打梧桐叶凋,一点点滴人心碎了。枉着金井银床○76紧围绕,只好把泼○77枝叶做柴烧,锯倒。

(带云)当初妃子舞翠盘时,在此树下;寡人与妃子盟誓时,亦对此树。今日梦境相寻,又被他惊觉了。(唱)

【滚绣球】长生殿那一宵,转回廊说誓约。不合对梧桐并肩斜靠,尽言词絮絮叨叨。沉香亭那一朝,按霓裳舞六幺○78,红牙箸击成腔调,乱宫商○79闹闹吵吵。是兀那当时欢会栽排○80下,今日凄凉厮辏○81着,暗地量度。

(高力士云)主上,这诸样草木,皆有雨声,岂独梧桐?(正末云)你那里知道,我说与你听者。(唱)

【三煞】润濛濛杨柳雨,凄凄院宇侵帘幕;细丝丝梅子雨,装点江干○82满楼阁;杏花雨红湿阑干○83,梨花雨玉容寂寞;荷花雨翠盖翩翩,豆花雨绿叶萧条。都不似你惊魂破梦,助恨添愁,彻夜连宵。莫不是水仙弄娇,蘸杨柳洒风飘○84。

【二煞】咪咪似喷泉瑞兽临双沼○85,刷刷似食叶春蚕散满箔○86。乱洒琼阶○87,水传宫漏,飞上雕檐,酒滴新槽。直下的更残漏断○88,枕冷衾寒,烛灭香消。可知道夏天不觉,把高凤麦来漂○89。

【黄钟煞】顺西风低把纱窗哨○90,送寒气频将绣户敲。莫不是天故将人愁闷搅,前度铃声响栈道○91。似花奴羯鼓调○92,如伯牙水仙操○93。洗黄花○94,润篱落;渍苍苔,倒墙角;渲湖山,漱石窍⑤;浸枯荷,溢池沼。沾残蝶粉渐消,洒流萤焰不着,绿窗前促织㊱叫,声相近雁影高,催邻砧㊲处处捣,助新凉分外早。斟量来这一宵,雨和人紧厮熬㊳,伴铜壶点点敲,雨更多泪不少。雨湿寒梢,泪染龙袍,不肯相饶,共隔着一树梧桐直滴到晓。(下)

①《梧桐雨》全名为《唐明皇秋夜梧桐雨》。写唐玄宗李隆基和贵妃杨玉环的爱情悲剧。玄宗谥号为至道大圣大明孝皇帝,故亦称明皇。 ②高力士:唐宦官。玄宗时知内侍省事,宠任专权,四方奏事皆经其手。加骠骑大将军,封渤海郡公。安史之乱中随玄宗入蜀。肃宗上元元年(760)发配流黔中,两年后赦归,病死途中。 ③供奉:在皇帝左右供职。内宫:后宫,皇帝后妃的居处。 ④主上:古代臣下对君主的尊称。这里指唐玄宗。 ⑤六宫提督太监:指总管皇帝六宫的太监。唐代无此官名。六宫,本指皇后的寝宫,后统称皇后妃嫔及其居处。 ⑥杨氏:即杨贵妃(719—756),名玉环,蒲州永乐(今山西永济)人。晓音律,善歌舞。初为玄宗子寿王李瑁的妃子。后入宫得玄宗宠爱,封为贵妃。安史之乱起,随玄宗逃至马嵬驿,被缢死。 ⑦贵妃:皇帝妃嫔的封号,位次于皇后。 ⑧逆胡称兵:指安禄山叛乱。胡,胡人,古代北方和西方少数民族的泛称。称兵,举兵。安禄山是营州柳城(今辽宁朝阳南)胡人,得玄宗宠信,兼领平卢、范阳、河东三镇节度使。天宝十四年(755)冬起兵叛乱,连陷洛阳、长安,称雄武皇帝,国号燕。至德二年(757)其子庆绪谋夺帝位,禄山被杀。 ⑨杨国忠(? —756):本名钊,蒲州永乐人,杨贵妃的堂兄。因杨贵妃而得玄宗宠信,赐名国忠,官至右相,身兼四十余职,权倾朝野。安禄山以"讨国忠"为名兴兵叛乱,他随玄宗逃至马嵬驿,被禁军士兵杀死。 ⑩幸蜀:天宝十五年六月,安禄山破潼关,唐玄宗逃往蜀中。幸,特指帝王驾临某地。 ⑪六军:古代军制,万又二千五百人为军,周天子有六军。后泛指朝廷的军队。这里指唐玄宗的禁军。 ⑫陈玄礼:唐将领。初任果毅都尉,玄宗时宿卫宫禁。安史之乱时随玄宗入蜀,在马嵬驿与士兵杀杨国忠,逼玄宗缢死杨贵妃。 ⑬马嵬驿:在今陕西省兴平市。驿,驿站,古时供来往官员和递送公文的人歇息、换马的处所。 ⑭还国:回京。国,帝都、京城,这里指长安。 ⑮西宫:指唐太极宫,又称西内。肃宗上元元年,玄宗迁居太极宫甘露殿,不再过问国事。 ⑯寡人:寡德之人。古代帝王自谦之称。 ⑰真容:肖像。供养:祭献,供奉。 ⑱甚的:甚么,什么。月夜花朝:比喻良辰美景。月夜,即月夕,特指农历八月十五日。花朝,旧俗以农历二月十五日为百花生日,号花朝节。 ⑲打叠:打点,收拾。 ⑳瘦岩岩:瘦削的样子。 ㉑荔枝花果:唐李肇《国史补》:"(杨)贵妃生于蜀,好食荔枝,故每岁飞驰以进。"故玄宗睹荔枝而伤情。 ㉒待诏:唐代翰林院设待诏之所,集中一批文词经学之士及有医卜书奕诸般技艺的人,随时听候皇帝的诏命,前往宫中应事,称为待诏。这里指画待诏。 ㉓快:灵巧。染:指画的着色。 ㉔沉香亭:和下句的花萼楼(即花萼相辉楼)均在唐兴庆宫内,为玄宗和杨贵妃游宴之所。回鸾舞:六朝舞

曲名。这里形容杨贵妃舞姿轻盈如鸾鸟盘旋。 ㉕上马娇:宋元时有《杨妃上马娇图》。这里指杨贵妃骑马的姿态柔美。 ㉖千秋节:唐开元十七年,百官奏请定八月初五(唐玄宗诞辰)为千秋节,后改为天长节。华清宫:唐宫殿名,在今陕西省临潼骊山。 ㉗七夕会:传说牛郎织女每年七月初七夜天河相会,旧时有七夕乞巧的风俗。长生殿:华清宫别殿,唐玄宗祭祀天神的宫殿。传说唐玄宗和杨贵妃曾于七夕在此盟誓。 ㉘连理枝:两棵树的枝干连生在一起。比翼鸟:即鹣鹣,旧传此鸟一目一翼,相比双飞。这两句用唐白居易《长恨歌》"七月七日长生殿,夜半无人私语时。在天愿作比翼鸟,在地愿为连理枝"诗意。 ㉙丹霄:天空。 ㉚孤辰限:孤独寂寞的日子。孤辰,古代星命家用十天干和十二地支计算日辰,每旬中多出的地支,称为孤辰,主孤寡。 ㉛打:这里是遭逢的意思。离恨天:佛教传说,须弥山顶正中有一天,四方各有八天,共三十三天,以离恨天为最高。多用以比喻男女分离的相思怨恨。 ㉜亭皋:水边的平地。 ㉝袅(niǎo 鸟):轻柔飘荡的样子。翠蓝丝:指青翠细长的柳枝。㉞拆:绽开。胭脂萼:红色的花蕾。 ㉟"依旧"二句:是说芙蓉和杨柳依然装点着宫中的景色,而杨贵妃却已飘然逝去。上阳宫,唐宫殿名,在东都洛阳,被贬谪的宫人常禁居于此。这里借指玄宗退居的太极宫。管,包管。一灵儿,灵魂。潇洒,这里有飘零散落之意。 ㊱红牙箸(zhù 助):即红牙,调节乐曲节拍的拍板。多用檀木制成,色红。亦名檀板、牙板。 ㊲缕金衣:绣有金丝花边或图案的舞衣。 ㊳霓裳乐:即《霓裳羽衣曲》,唐舞曲名。相传为唐玄宗根据西凉《婆罗门曲》润色而成。 ㊴翠盘:宋元时称表演歌舞伎艺的场地为盘子,翠盘当指绿玉砌成的盘子。本剧第二折有杨贵妃登翠盘跳霓裳舞的情节。 ㊵井梧阴:梧桐树荫。井,井栏,保护花木的围栏。古诗文中常以梧桐、井栏连用。 ㊶倾城貌:绝美的容貌。旧时以倾国倾城形容女子极其美丽,典出《汉书·孝武李夫人传》。这里指杨贵妃。 ㊷天荒地老:这里极言离恨之深,使天地动情而衰老。 ㊸一弄儿:一派、一片的意思。 ㊹氤氲(yīn yūn 因晕):烟气弥漫的样子。串烟:香烟缭绕,盘旋相贯。 ㊺昏惨剌:昏暗的样子。惨剌,语助词。亦作昏擦剌、昏支剌。 ㊻玉漏迢迢:比喻时间漫长。漏,即漏壶,计时器。古代用漏滴计时,夜间凭漏刻传更,借指夜间的时间。玉漏,镶有玉饰的漏壶。㊼初更:旧时将一夜分为五个更次,每更约两小时,打更报时。初更即头更,刚入夜的时候。 ㊽却不道:常言道。口是心苗:意为心里的念头会在语言中表露出来。㊾一会家:一会儿。亦作一会价。家、价,语助词。 ㊿四壁厢:四边,四周。壁厢,边,面。 (51)帏屏:遮隔床帐的屏风。 (52)业眼难交:作孽的眼睛难合,意即不能入睡。业,佛教称身、口、意三方面的活动为"三业",业有善有恶,决定在六道中的生死轮回。一般偏指恶业,引申为罪孽,常用为詈骂之辞。 (53)滴溜溜:形容迅速飘落旋转的样子。 (54)疏剌剌:形容秋风扫落叶的声音。 (55)厮琅琅:象声词。铎:风铃。(56)朱箔:即珠箔,珠帘。 (57)玉马儿:玉制的檐马。檐马俗称风铃、风马儿,悬挂在房檐下,风吹时互相碰撞发出叮当声。通常是马形铁片,称为铁马。 (58)闷打颏:闷闷地。打颏,语助词。 (59)软兀剌:疲软无力地。兀剌,语助词。 (60)青衣:古时卑贱者皆着青衣,因用作奴婢的代称。这里指宫娥。 (61)梨园子弟:唐玄宗曾选数百乐工和宫女在梨园教练歌舞,时称“皇帝梨园弟子”。后世泛称戏曲演员。 (62)亸(duǒ朵):下垂。翠鸾翘:古代女子的头饰,形似翠鸾尾翎。 (63)浑一似:即浑似,完全像。出浴的旧风标:白居易《长恨歌》:“春寒赐浴华清池,温泉水滑洗凝脂。”旧风标,昔日的风姿。 (64)鲛绡(jiāo xiāo 交消):传说南海中有鲛人(即人鱼),善织绡。泛称质地轻而薄的丝织物。 (65)窨(yìn 印)约:揣度、思忖的意思。 (66)砌:台阶。蛩(qióng 穷):蟋蟀。 (67)定虐:打搅,扰乱。 (68)谁望道:谁说是,谁以为。膏:油。(69)必剥:雨打在树叶上的声音。 (70)歇和:凑合,凑在一起。亦作叶和、协和。 (71)子管里:即只管里,顾自、一味的意思。 (72)瀽瓮翻盆:犹言倾盆。形容雨势之猛。(73)玳(dài 代)筵:豪华奢侈的筵席。 (74)鼙(pí 皮):古代军中所击的小鼓。一说骑鼓。操:敲,擂。 (75)聒(guō 郭)噪:喧闹,吵闹。 (76)金井银床:指雕饰华美的围栏。井、床,这里指井栏,保护花木的围栏。 (77)泼:詈骂之辞,有恶劣、讨厌、轻贱的意思,略近今言“破玩意儿”的“破”字。 (78)六幺(yāo 腰):唐大曲名。又名绿腰。 (79)宫商:古代五声音阶宫、商、角、徵、羽的省称。代指曲调。 (80)栽排:安排,布置。这里指今日凄凉在当年欢会时即已注定,埋伏下来。 (81)厮辏(còu 凑):聚集到一起。辏,车轮辐条向中心聚集。 (82)江干(gān 甘):江岸,江边。 (83)红湿:指花带雨水而湿。阑干:纵横散乱的样子。 (84)“莫不”二句:佛教的观世音菩萨有多种化身形象,俗传观音持净瓶杨柳枝洒露,民间供奉的多为此法像。 (85)床(chuáng 床)床:泉水喷流的声音。喷泉瑞兽:传说中龙一类象征吉祥的神异动物。 (86)刷刷:蚕吃桑叶的声音。箔:指蚕箔,养蚕用的竹帘、苇垫。 (87)琼阶:玉石雕砌的台阶。 (88)更残漏断:夜将尽。更漏,指夜晚的时间。 (89)高凤麦:东汉人高凤好读书,一次看守晒的麦子,天降暴雨,仍持竿诵读,全不知流水冲走了麦子。事见《后汉书·逸民传》。(90)哨:呼哨,吹响。 (91)前度铃声响栈道:相传唐玄宗避乱入蜀时,于栈道雨中闻马铃声,因悼念杨贵妃,仿铃声作《雨霖铃》曲,哀怨凄切。见《杨太真外传》。栈道,在悬崖陡壁上架木修成的道路。 (92)花奴:唐汝南王李琎的小名。琎善击羯鼓,为玄宗所宠爱。羯(jié 杰)鼓:古羯族乐器,其声急促高烈。这里借以形容雨声骤急。 (93)伯牙:春秋时人,精于琴艺。水仙操:琴曲名。相传伯牙“闻海上水汩没澌澌之声,山林窅冥,群鸟悲号”,作成此曲。见《琴操》注引《乐府解题》。 (94)黄花:指菊花。(95)石窍:石孔,石穴。 (96)促织:蟋蟀的别名。 (97)砧(zhēn 贞):捣衣石。 (98)厮熬:互相煎熬。这里指雨声折磨人。

卢　挚

卢挚(1242？—1314？),字处道,又字莘老,号疏斋,又号蒿翁,涿郡(今河北涿州)人。元至元五年(1268)进士,官至翰林学士承旨。诗文与刘因、姚燧齐名。散曲存者尽为小令,风格典雅蕴藉,文辞清丽,间有俚俗本色、活泼风趣之作。著有《疏斋集》(已佚)。今人有《卢疏斋集辑存》。

〔双调〕沉醉东风
秋　景

挂绝壁枯松倒倚,落残霞孤鹜齐飞①。四围不尽山,一望无穷水。散西风满天秋意,夜静云帆月影低,载我在潇湘画②里。

①"落残霞"句:用唐王勃《滕王阁序》"落霞与孤鹜齐飞"句。鹜(wù 务),野鸭。
②潇湘画:指宋代画家宋迪所画的潇湘八景。潇、湘是湖南的两条江,合流于今永州市零陵区。

张 炎

张炎(1248—1320?),字叔夏,号玉田,晚号乐笑翁,祖籍凤翔(今陕西凤翔),寓居临安(今浙江杭州)。出身南宋世家,宋亡资产尽失,落魄纵游。他是宋元之际的著名词人。论词强调"意趣"和"雅正",崇尚"清空"。其词艺术形式工巧,音韵谐婉,典雅深蕴。宋亡后的不少作品抒写身世盛衰之感,寄寓故国之思,凄怆掩抑,间有峭拔激越之作。著有《山中白云词》和词学专著《词源》。

高 阳 台

西湖春感①

接叶巢莺②,平波卷絮③,断桥④斜日归船。能几番游?看花又是明年。东风且伴蔷薇住,到蔷薇春已堪怜⑤。更凄然,万绿西泠⑥,一抹荒烟。当年燕子知何处?但苔深韦曲,草暗斜川⑦。见说新愁,如今也到鸥边⑧。无心再续笙歌梦,掩重门浅醉闲眠。莫开帘,怕见飞花⑨,怕听啼鹃。

①这首词为南宋灭亡后作者重游西湖时所作。 ②接叶巢莺:密接的树叶掩蔽了莺巢。杜甫《陪郑广文游何将军山林》诗:"接叶暗巢莺。" ③平波卷絮:微波卷去飘落水面的柳絮。 ④断桥:西湖名胜,在孤山侧,白堤东。 ⑤"到蔷薇"句:蔷薇在春夏间开花,春到此时将尽,故云"堪怜"。 ⑥西泠(líng 灵):桥名,在孤山下,白堤西。 ⑦"当年"三句:用唐刘禹锡《乌衣巷》"旧时王谢堂前燕,飞入寻常百姓家"诗意,嗟叹旧日胜地无论显隐已一例荒芜,燕子无定巢之处。韦曲,长安名胜,以唐时外戚韦氏世居于此而得名。斜川,在江西星子、都昌二县间的湖泊中,陶渊明曾游此并赋诗纪行。这里以韦曲、斜川借指贵游和隐栖之处。 ⑧"见说"二句:意谓听说那本来无忧无虑的鸥鸟,如今也知道"愁"了。见说,听说。鸥,水鸟名。旧时有"鸥鸟忘机"的

典故,喻指隐居自乐,与世无争。这里是作者自谓。 ⑨飞花:落花。

解 连 环

孤 雁①

楚江②空晚,怅离群万里,恍然③惊散。自顾影④欲下寒塘,正沙净草枯,水平天远。写不成书,只寄得相思一点⑤。料因循误了,残毡拥雪,故人心眼⑥。 谁怜旅愁荏苒⑦?漫长门夜悄,锦筝弹怨⑧。想伴侣犹宿芦花,也曾念春前,去程应转⑨。暮雨相呼,怕蓦地玉关重见⑩。未羞他双燕归来,画帘半卷⑪。

①这首词借孤雁失群之悲,自伤羁旅漂泊的落魄生涯。 ②楚江:洞庭湖一带江流,泛指南方。 ③恍然:失意的样子。 ④顾影:看看自己的身影,有自怜孤独之意。 ⑤"写不"二句:群雁飞行时成"一"或"人"字形,孤雁无从列队,故云写不成书信,只能寄一"点"相思。暗用《汉书·苏武传》雁足传书的典故。 ⑥"料因循"三句:是说孤雁失群误事,未能传达留滞北方遭难的故人的心事。残毡拥雪,汉代苏武出使匈奴被囚于窖中,曾以雪就毡毛充饥。见《汉书·苏武传》。后用以比喻身陷异邦的困苦和坚守节操的艰辛。 ⑦荏苒(rěn rǎn 忍染):辗转,延搁。 ⑧"漫长门"二句:借冷宫深夜里哀怨的筝声,衬托孤雁的凄苦。长门,汉宫殿名。陈皇后失宠于武帝,被弃置于此。后泛指冷宫。锦筝,筝的美称。其声凄清哀怨,古人称为哀筝。 ⑨"也曾"二句:是说失散的伴侣也会想到春前北归。 ⑩"暮雨"二句:想象与旧日伴侣重逢的情形。怕,倘若。玉关,即玉门关,故址在今甘肃省敦煌市西北。 ⑪"未羞"二句:是说当画帘半卷、双燕飞归时,就不再会自惭孤独了。

刘 因

刘因(1249—1293),字梦吉,号静修,保定容城(今河北容城)人。精研理学,时为北方名儒,长期居家教授生徒。元至元年间诏征为承德郎、右赞善大夫,未几辞归。后以集贤学士征召,以疾固辞。其诗表现出较多的民族意识,诗风豪健雄浑。五古学陶渊明,质朴自然。散文道学气味较浓,间有佳作。著有《静修文集》。

白 沟①

宝符藏山自可攻,儿孙谁是出群雄②。幽燕不照中天月③,丰沛空歌海内风④。赵普⑤元无四方志,澶渊堪笑百年功⑥。白沟移向江淮去⑦,止罪宣和恐未公⑧。

①这首诗表达了作者对北宋灭亡历史教训的见解。白沟:河名,在今河北省高碑店市、霸州市至天津市境内。北宋时宋辽分界于此,故亦称界河。 ②"宝符"二句:宝符,所谓代表天命的符节。《史记·赵世家》载,春秋末晋卿赵简子考察诸子的才能,假称在常山藏了宝符。诸子搜寻未获,独庶生子毋恤说已得符:"从常山上临代,代可取也。"赵简子遂改立毋恤为太子。后代国果为毋恤攻取。这里借指宋太祖赵匡胤曾图谋收取幽燕,但其儿孙并无出类拔萃的人物能实现这个遗愿。 ③幽燕(yān烟):古地名,在今河北北部及辽宁一带。五代时晋石敬瑭割让给契丹,北宋时先后为辽、金所有。不照中天月:意指不在宋朝统治之下。中天月,喻宋王朝。 ④"丰沛"句:是说赵匡胤未能收复幽燕,像汉高祖刘邦那样统一全国,抵御外侮。刘邦是沛县(今江苏徐州沛县)丰邑人,称帝后回故里,宴请父老,即席唱《大风歌》:"大风起兮云飞扬,威加海内兮归故乡,安得猛士兮守四方。"事见《史记·高祖本纪》。 ⑤赵普:宋太祖、宋太宗两朝宰相,曾谏阻宋太祖北伐取燕,故承前句言其原无四方之志。 ⑥"澶(chán蝉)渊"句:嘲讽宋王朝把屈辱求和的澶渊之盟视为不世之功。澶渊,古

湖泊名,故址在今河南濮阳东南。真宗时,宋辽在澶州(今河南濮阳)议和,宋每年输辽银十万两、绢二十万匹。史称"澶渊之盟"。　⑦"白沟"句:指宋南渡后,宋同辽、金的分界线由白沟移到淮河和长江。　⑧"止罪"句:是说把北宋灭亡的罪责只归于宋徽宗恐怕是不公允的。宣和,宋徽宗赵佶的年号(1119—1125),这里指宋徽宗。宣和末年,金兵南侵,赵佶怯于抵抗,匆匆传位于其子钦宗赵桓。金兵攻破汴京,掳走徽、钦二帝,北宋遂亡。

康进之

康进之,元前期杂剧作家,棣州(今山东惠民)人。生平事迹俱不可考。作有水浒题材杂剧二种,今存《李逵负荆》是元代水浒戏的代表作。

李逵负荆①

第 一 折

(冲末扮宋江,同外扮吴学究,净扮鲁智深,领卒子上。宋江诗云)涧水潺潺绕寨门,野花斜插渗青巾。杏黄旗上七个字:替天行道救生民。某②,姓宋名江,字公明,绰号顺天呼保义③者是也。曾为郓州郓城县把笔司吏④,因带酒杀了阎婆惜,迭配江州牢城⑤。路经这梁山过,遇见晁盖哥哥,救某上山。后来哥哥三打祝家庄身亡,众兄弟推某为首领。某聚三十六大伙,七十二小伙,半垓来⑥的小偻儸,威镇山东,令行河北。某喜的是两个节令:清明三月三,重阳九月九。如今遇这清明三月三,放众弟兄下山,上坟祭扫。三日已了,都要上山,若违令者,必当斩首。(诗云)俺威令谁人不怕,只放你三日严假;若违了半个时辰,上山来决无干罢。(下)(老王林上)(云)曲律竿头悬草稕⑦,绿杨影里拨琵琶。高阳公子⑧休空过,不比寻常卖酒家。老汉姓王名林,在这杏花庄居住,开着一个小酒务儿⑨,做些生意。嫡亲的三口儿家属:婆婆⑩早年亡化过了,止有一个女孩儿,年长十八岁,唤做满堂娇,未曾许聘他人。俺这里靠着这梁山较近,但是山上头领,都在俺家买酒吃。今日烧的旋锅儿⑪热着,看有甚么人来。(净扮宋刚,丑扮鲁智恩上)(宋刚云)柴又不贵,米又不贵。两个油嘴,正是一对。某乃宋刚,这个兄弟叫做鲁智恩。俺与这梁山泊较近,俺两个则是假名托姓,我便认做宋江,兄弟便认做鲁智深。来到这杏花庄老王林家,买一钟酒吃。(见王林科,云)

老王林,有酒么?(王林云)哥哥,有酒有酒,家里请坐。(宋刚云)打五百长钱[12]酒来。老王林,你认得我两人么?(王林云)我老汉眼花,不认的哥哥们。(宋刚云)俺便是宋江,这个兄弟便是鲁智深。俺那山上头领,多有来你这里打搅,若有欺负你的,你上梁山来告我,我与你做主。(王林云)你山上头领,都是替天行道的好汉,并没有这事。只是老汉不认的太仆[13],休怪休怪。早知太仆来到,只合远接;接待不及,勿令见罪。老汉在这里,多亏了头领哥哥,照顾老汉。(做递酒科,云)太仆,请满饮此杯。(宋刚饮科)(王林云)再将酒来。(鲁智恩饮酒科,云)哥哥,好酒。(宋刚云)老王,你家里还有甚么人?(王林云)老汉家中并无甚么人,有个女孩儿,唤做满堂娇,年长一十八岁,未曾许聘他人。老汉别无甚么孝顺,着孩儿出来,与太仆递钟酒儿,也表老汉一点心。(宋刚云)既是闺女,不要他出来罢。(鲁智恩云)哥哥怕甚么?着他出来。(王林云)满堂娇孩儿,你出来。(旦儿扮满堂娇,云)父亲唤我做甚么?(王林云)孩儿,你不知道,如今有梁山上宋公明,亲身在此,你出来递他一钟儿酒。(旦儿云)父亲,则怕不中么?(王林云)不妨事。(旦儿做见科)(宋刚云)我一生怕闻脂粉气,靠后些!(王林云)孩儿,与二位太仆递一钟儿酒。(旦做递酒科)(宋刚云)我也递老王一钟酒。(做与王林酒科)(宋刚云)你这老人家,这衣服怎么破了?把我这红绢褡膊[14]与你补这破处。(老王林接衣科)(鲁智恩云)你还不知道,才此这杯酒是肯酒[15],这褡膊是红定[16],把你这女孩儿与俺宋公明哥哥做压寨夫人[17]。只借你女孩儿去三日,第四日便送来还你。俺回山去也。(领旦下)(王林云)老汉眼睛一对,臂膊一双,只看着这个女孩儿,似这般怎么了也!(做哭科)(正末扮李逵做带醉上,云)吃酒不醉,不如醒也。俺,梁山泊上山儿李逵的便是。人见我生得黑,起个绰号,叫俺做黑旋风。奉宋公明哥哥将令,放俺三日假限,踏青[18]赏玩。不免下山,去老王林家,再买几壶酒,吃个烂醉也呵。(唱)

〔仙吕〕【点绛唇】饮兴难酬,醉魂依旧。寻村酒,恰问罢王留[19],(云)俺问王留道,那里有酒?那厮不说便走,俺喝道,走那里去?被俺赶上,一把揪住张口毛[20],恰待要打,那王留道,休打休打,爹爹,有。(唱)王留道,兀那里人家有。

【混江龙】可正是清明时候,却言"风雨替花愁"。和风渐起,暮雨初收。俺则见杨柳半藏沽酒市,桃花深映钓鱼舟。更和这碧粼粼春水波纹绉,有往来社燕[21],远近沙鸥。

（云）人道我梁山泊无有景致,俺打那厮的嘴!（唱）

【醉中天】俺这里雾锁着青山秀,烟罩定绿杨洲。（云）那桃树上一个黄莺儿,将那桃花瓣儿呩㉒啊呩啊,呩的下来,落在水中,是好看也。我曾听的谁说来,我试想咱:哦!想起来了也,俺学究哥哥道来。（唱）他道是"轻薄桃花逐水流"㉓。（云）俺绰起㉔这桃花瓣儿来,我试看咱。好红红的桃花瓣儿!（做笑科,云）你看我好黑指头也!（唱）恰便是粉衬的这胭脂透㉕。（云）可惜了你这瓣儿,俺放你趁那一般的瓣儿去。我与你赶,与你赶,贪赶桃花瓣儿。（唱）早来到这草桥店垂杨的渡口。（云）不中,则怕误了俺哥哥的将令,我索回去也。（唱）待不吃呵,又被这酒旗儿将我来相迤逗㉖。他他他,舞东风在曲律竿头。

（云）兀那王林,有酒么?不则这般白吃你的,与你一抄㉗碎金子,与你做酒钱。（王林做揣科,云）要他那碎金子做甚么?（正末笑科,云）他口里说不要,可揣在怀里。老王,将酒来。（王林云）有酒,有酒。（做筛酒㉘科）（正末云）我吃这酒在肚里,则是翻也翻的;不吃,更待干罢㉙。（唱）

【油葫芦】往常时"酒债寻常行处有"㉚,十欠着九。（带云）老王也,（唱）则你这杏花庄压尽他谢家楼㉛。你与我便熟油般造下春醅酒㉜,你与我花羔般㉝煮下肥羊肉。一壁厢肉又熟,一壁厢酒正笃㉞,抵多少锦封㉟未拆香先透,我则待乘兴饮两三瓯㊱。

【天下乐】可正是一盏能消万种愁。（云）老王也,咱吃了这酒呵,（唱）把烦恼都也波丢,都丢在脑背后,这些时吃一个没了休㊲。（带云）我醉了呵,（唱）遮莫㊳我倒在路边,遮莫我卧在瓮头。（做吐科,云）老王俫㊴,（唱）直醉的来在这搭里㊵呕。

（云）老王,这酒寒,快旋㊶热酒来。（王林云）老汉知道。（做换酒科,哭云）我那满堂娇儿也!（正末云）快酾㊷热酒来。（王林又哭云）我那满堂娇儿也!（正末云）老王,我不曾与你酒钱来?你怎么这般烦恼?（王林云）哥哥,不干你事,我自有撇不下的烦恼哩,你则吃酒。（正末唱）

【赏花时】咱两个每日尊前语话投,今日呵,为甚么将咱伴不瞅㊸?（王林云）你不知道,我自嫁我的女孩儿,为此着恼。（正末唱）哎!你个呆老子,畅好是忒挡搜㊹。（云）比似㊺你这般烦恼,休嫁他不的。（王林哭科,云）哎哟!我那满堂娇儿也!（正末唱）你何不养着他,到苍颜皓首?（云）你晓得世上有三不留么?（王林云）哥,是那三不留?（正末云）蚕老不中留,人老不中留,（唱）呆老子,常言道:女大不中留。

（云）我问你,那女孩儿嫁了个甚么人?（王林云）哥,我那女孩儿嫁人,我怎么烦恼?则是悔气,被一个贼汉夺将去了。（正末做打科,云）你道是贼汉,是我夺了你女孩儿来?（唱）

【金盏儿】我这里猛睁睁⁴⁶,他那里巧舌头,是非只为多开口。但半星儿虚谬,恼翻我,怎干休?一把火将你那草团瓢⁴⁷烧成为腐炭,盛酒瓮摔做碎瓷瓯。（带云）绰起俺两把板斧来,（唱）砍折你那蟠根桑枣树,活杀你那阔角水黄牛。

（云）兀那老王,你说的是,万事皆休;说的不是,我不道的⁴⁸饶你哩。（王林云）太仆停嗔息怒,听老汉慢慢的说与你听。有两个人来吃酒,他说:我一个是宋江,一个是鲁智深。老汉便道:正是梁山泊上太仆,我无甚孝顺,我只一个十八岁女孩儿,叫做满堂娇,着他出来拜见,与太仆递一杯儿酒,也表老汉的一点心。我叫出我那女孩儿来,与那宋江、鲁智深递了三杯酒,那宋江也回递了我三钟酒,他又把红褡膊揣在我怀里。那鲁智深说:这三钟酒是肯酒,这红褡膊是红定;俺宋江哥哥有一百八个头领,单只少一个人哩。你将这十八岁的满堂娇,与俺哥哥做个压寨夫人,则今日好日辰,俺两个便上梁山泊去也。许我三日之后,便送女孩儿来家。他两个说罢,就将女孩儿领去了。老汉偌大年纪,眼睛一对,臂膊一双,则觑着我那女孩儿。他平白地把我女孩儿强抢将去,哥,教我怎么不烦恼?（正末云）有甚么见证?（王林云）有红绢褡膊,便是见证。（正末云）我待不信来,那个士大夫有这东西?老王,你做下一瓮好酒,宰下一个好牛犊儿,只等三日之后,我轻轻的把着手儿,送将你那满堂娇孩儿来家,你意下如何?（王林云）哥,你若送将我那女孩儿来家,老汉莫要说一瓮酒,一个牛犊儿,便杀身也报答大恩不尽。
（正末唱）

【赚煞】管着你目下见仇人,则不要口似无梁斗⁴⁹,一句句言如劈竹。（带云）宋江俫,（唱）不争⁵⁰你这一度风流,倒出了一度丑。誓今番泼水难收。到那里问缘由,怎敢便信口胡诌?则要你肚囊里揣着状本⁵¹熟。不要你将无来作有,则要你依前来依后⁵²。（云）我如今回去,见俺宋公明,数说他这罪过,就着他辞了三十六大伙,七十二小伙,半垓来小偻儸,同着鲁智深,一径离了山寨,到你庄上。那时节,我若叫你出来,你可休似乌龟一般缩了头,再也不肯出来。（王林云）老汉若不见他,万事休论,我若见了他,我认的他两个,恨不得咬掉他一块肉来,我怎么肯不出见他?（正末云）老王,兀的不是俺宋江哥哥?他道没也。老儿,俺斗⁵³你耍哩。（唱）你可也休翻做了镴

枪头㉝。(下)

(王林云)李逵哥哥去了,我也收拾过铺面,专等三日之后,送满堂娇孩儿来家。满堂娇孩儿,则被你痛杀我也!(下)

①《李逵负荆》全名为《梁山泊李逵负荆》。写歹徒假冒梁山头领宋江、鲁智深之名强抢民女,李逵误信为真,回山大闹聚义堂。真相查清后,李逵负荆请罪,并擒获歹徒。 ②某:自称,相当于"我"。 ③呼保义:宋元时称善于奔走办事的人为"保义","呼"是嘉奖褒义词,似有呼之即来之意。 ④郓州郓城县:今山东省郓城县。把笔司吏:掌管刑狱文书的小吏,俗称刀笔吏。 ⑤迭配:即递配,把被处流刑的犯人押解到指定地点。江州:今江西省九江市。牢城:监狱。 ⑥半垓来:垓,数目单位,古以万万为垓。半垓,极言数目之多。来,表示概数。 ⑦曲律:弯曲。草稕(zhùn):用草绑扎成的圆圈或草团,系在竹竿上挂在门首,是酒店的标识。 ⑧高阳公子:《史记·郦生陆贾列传》载,汉高祖刘邦初起兵时,陈留高阳乡(在今河南省杞县西南)人郦食其(lì yì jī 丽义基)去求见。刘邦因为他是儒生,推托不见。郦食其高叫道:"吾高阳酒徒,非儒人也。"遂得入见。后因以高阳酒徒或高阳公子指称嗜酒豪饮的人。 ⑨酒务儿:酒店。宋代规定酒是专卖品,设酒务官管理,因称酒店为酒务。 ⑩婆婆:这里指妻子。 ⑪旋(xuàn 渲)锅儿:即旋子,温酒用的器具。多用铜、锡制成,圆筒形。 ⑫长钱:古时铜钱用绳穿串计数,以八十或九十个钱穿成一串当一百的为短钱,足够一百个钱的则称长钱。 ⑬太仆:本是古代官名,职掌车马和畜牧等事。后用为对绿林好汉的敬称。 ⑭褡膊(dā bó 搭搏):一种中间开口而两端可装钱物的长方口袋,通常束在衣外作腰巾,也可搭在肩上。 ⑮肯酒:订婚酒。表示女方允亲。 ⑯红定:订婚时男方送给女方的聘礼酒物担子上要扎红绸,叫作"缴担红",即红定。 ⑰压寨夫人:山寨头领的妻子。 ⑱踏青:旧俗,清明节前后到郊外扫墓或游玩,叫踏青。 ⑲王留:元曲中习用的泛名,犹今张三、李四之类。 ⑳张口毛:指胡须。 ㉑社燕:社,即社日,古代祭祀土地神之日,分春秋两祭,一般在立春、立秋后的第五个戊日。燕子春社时来,秋社时去,故称社燕。 ㉒啖(dàn 淡):吃。 ㉓轻薄桃花逐水流:杜甫《绝句漫兴五首》其五的诗句。 ㉔绰(chāo 抄)起:抄起,抓起。绰,通"抄"。 ㉕粉衬的这胭脂透:指桃花的颜色白里透红。 ㉖迤逗(tuō dòu 拖豆):挑逗,勾引。 ㉗抄:古量名,十撮为一抄。这里是约数。 ㉘筛酒:斟酒。 ㉙更待干罢:岂肯罢休。 ㉚酒债寻常行处有:杜甫《曲江二首》其二的诗句。意为平常所去的地方都赊欠了酒钱。 ㉛谢家楼:也称谢公楼,唐代有名的酒楼,为纪念南朝诗人谢朓(或说谢灵运)而建,在今福建省长汀县。唐张九龄《题谢公楼》诗云:"谢公楼上好醇酒,三百青蚨买一斗。" ㉜熟油般:像熟油一样浓腻、芬芳。春醅(pēi 胚)酒:即春酒,冬季酿制,及春而成,故称。醅,酿熟而未过滤的酒。 ㉝花羔般:像乳羔肉一样鲜嫩。 ㉞筀(chōu 抽):用竹篾编成的滤酒器具。这里作动词用,滤酒。 ㉟抵:

胜过。锦封:酒坛封闭得很考究。指陈酒。 ㊱瓯(ōu 欧):盛酒的器皿。 ㊲没了休:没个完。 ㊳遮莫:莫非,怎么。 ㊴俫:语尾助词,如同"哩"。 ㊵这搭里:这边,这地方。 ㊶旋:这里用作动词,指用旋锅儿将酒温热。 ㊷酾(shāi 筛):斟酒。 ㊸佯不瞅:假装不理睬。 ㊹挡(chōu 抽)搜:固执。 ㊺比似:既然,与其。 ㊻眸:眼珠子。 ㊼草团瓢:草房。 ㊽不道的:不会,不见得。 ㊾口似无梁斗:闭口不言的意思。无梁斗,"不提"的隐语。斗上无提梁则无法提起来,故云。 ㊿不争:这里是只为的意思。 ㊀状本:告状的词呈,即状纸。 ㊁依前来依后:意思是对质时所说的话要和现在所讲的一致。 ㊃斗:逗。 ㊄镴(là 腊)枪头:镴是铅锡合金,做成的枪头色泽如银而不锐利。比喻中看不中用。

马致远

马致远(1250?—约1321),号东篱,大都(今北京市)人。曾任江浙行省官吏,晚年隐居。他是元前期著名杂剧、散曲作家,与关汉卿、郑光祖、白朴并称"元曲四大家"。所作杂剧今知十五种,现存七种。剧作暴露和谴责不合理的社会现实,同时又主张逃避现实,宣扬神仙道化。情调悲凉激愤,曲辞典雅清丽,代表作是历史剧《汉宫秋》。散曲多叹世之作,风格豪放清逸,语言本色流畅而有文采。有近人辑本《东篱乐府》。

〔越调〕天净沙

秋　思

枯藤老树昏鸦[1],小桥流水人家,古道[2]西风瘦马。夕阳西下,断肠人在天涯[3]。

[1]昏鸦:黄昏时分归巢的乌鸦。　[2]古道:古老荒凉的道路。　[3]断肠人:指漂泊异乡、极度哀伤的旅人。天涯:犹天边。极远的地方。

〔双调〕夜行船

秋　思[1]

【夜行船】百岁光阴一梦蝶[2],重回首往事堪嗟。今日春来,明朝花谢,急罚盏夜阑灯灭[3]。

【乔木查】想秦宫汉阙,都做了衰草牛羊野,不恁么渔樵没话说[4]。纵荒坟横断碑,不辨龙蛇[5]。

【庆宣和】投至狐踪与兔穴,多少豪杰[6]。鼎足虽坚半腰里折,魏耶[7]?晋耶[7]?

【落梅风】天教你富,莫太奢⑧,没多时好天良夜。富家儿更做道你心似铁⑨,争辜负了锦堂风月⑩。

【风入松】眼前红日又西斜,疾似下坡车。不争镜里添白雪⑪,上床与鞋履相别⑫。莫笑巢鸠计拙⑬,葫芦提一向装呆。

【拨不断】利名竭,是非绝,红尘⑭不向门前惹。绿树偏宜⑮屋角遮,青山正补墙头缺⑯,更那堪⑰竹篱茅舍。

【离亭宴煞】蛩吟罢一觉才宁贴⑱,鸡鸣时万事无休歇,何年是彻⑲。看密匝匝蚁排兵,乱纷纷蜂酿蜜,急攘攘蝇争血⑳。裴公绿野堂㉑,陶令白莲社㉒。爱秋来时那些:和露摘黄花,带霜分紫蟹,煮酒烧红叶。想人生有限杯,浑几个重阳节㉓。人问我顽童㉔记者:便北海探吾来,道东篱醉了也㉕。

①这篇套曲抨击竞名逐利的世态人心,美化远避尘世的隐栖生活,愤激旷达中亦反映出超然物外、及时行乐的颓废情调。　②"百岁"句:慨叹百年岁月不过像做了一场梦那样短促、缥缈。梦蝶,典出《庄子·齐物论》。庄周梦见自己变成一只蝴蝶,醒后发现自己仍是庄周,不知是庄周梦中变为蝴蝶,还是蝴蝶梦中变为庄周。　③"急罚盏"句:意思是来日无多,及时行乐。罚盏,即罚酒。夜阑,夜深。　④"不恁么"句:是说若非世事兴衰更替如此,渔翁和樵夫也就没有故事可以谈说了。恁(nèn 嫩)么,这样,如此。　⑤"纵荒坟"二句:荒坟断碑纵横其间,碑上的字迹已剥蚀而无法辨认。龙蛇,比喻书法的笔势蜿蜒盘屈,暗喻当年那些风云人物的贤愚忠奸。　⑥"投至"二句:是说多少英雄豪杰的葬身之处,已成为狐狸和野兔出没的场所。　⑦"鼎足"三句:是说魏、蜀、吴三国的鼎峙局面很快就完结了,最后的胜利者究竟是魏还是晋呢?鼎,古代烹饪食物用的金属器皿,三足两耳,因常以"鼎足"喻三方对峙之势。　⑧莫太奢:不要存任何奢望,贪得无厌。　⑨更做道:即使,纵使。心似铁:指守财奴的悭吝。　⑩争:同"怎",怎能。锦堂风月:华贵的堂室和美好的景色,指富家的奢靡生活。　⑪不争:不料,岂料。白雪:指白发。　⑫"上床"句:意思是生死难保。今晚脱鞋睡觉,不知明天能否再穿,故云"相别"。　⑬巢鸠计拙:相传斑鸠性拙,不自营巢,常占鹊巢而居。这里取其拙而易安之意。　⑭红尘:指世间竞逐名利、褒贬是非的俗务。　⑮偏宜:刚好,恰巧。　⑯缺:缺口,豁口。　⑰更那堪:更何况。　⑱宁贴:安宁,妥帖。　⑲彻:尽,终结。　⑳"看密"三句:形容世人终日奔竞名利的丑态。密匝匝,密密麻麻。　㉑裴公绿野堂:裴公,指唐代宰相裴度。他晚年因宦官专权而退隐洛阳,筑别墅名绿野堂,与诸名士在此饮酒赋诗,不问世事。　㉒陶令白莲社:陶令,指东晋诗人陶渊明。他曾任彭泽县令,后弃官隐居。同时名僧慧远等在庐山组建白莲社,研修佛理,曾邀他入社。陶渊明实际并未加入。　㉓浑:总共。重阳节:农历九月初九。古以九为阳数,故称九月九日为重阳。旧时重阳节有登高饮菊花酒的习俗。　㉔顽童:指童仆。　㉕"便北海"二句:是说即使像孔北海那样的名

士来访问我,也说我马东篱酒醉不能出见。便,即便,纵使。北海,东汉末年名士孔融,曾任北海相,世称孔北海。

汉 宫 秋①

第 三 折

(番使②拥旦上,奏胡乐③科,旦云)妾身王昭君④,自从选入宫中,被毛延寿⑤将美人图点破,送入冷宫。甫能得蒙恩幸⑥,又被他献与番王形像⑦。今拥兵来索,待不去,又怕江山有失;没奈何将妾身出塞和番。这一去,胡地风霜,怎生消受⑧也!自古道:"红颜胜人多薄命,莫怨春风当自嗟。"⑨(驾引文武内官上⑩,云)今日灞桥饯送明妃⑪,却早来到也。(唱)

〔双调〕【新水令】锦貂裘生⑫改尽汉宫妆,我则索⑬看昭君画图模样。旧恩金勒短,新恨玉鞭长⑭。本是对金殿鸳鸯;分飞翼,怎承望⑮!

(云)您文武百官计议,怎生退了番兵,免明妃和番者。(唱)

【驻马听】宰相每商量,大国使还朝多赐赏。早是俺夫妻悒怏⑯,小家儿出外也摇装⑰。尚兀自渭城衰柳⑱助凄凉,共那灞桥流水添惆怅。偏您不断肠,想娘娘那一天愁都撮⑲在琵琶上。

(做下马科)(与旦打悲科)(驾云)左右慢慢唱者,我与明妃饯一杯酒。(唱)

【步步娇】您将那一曲阳关⑳休轻放,俺咫尺如天样,慢慢的捧玉觞㉑。朕本意待尊前㉒挨些时光,且休问劣了宫商㉓,您则与我半句儿俄延㉔着唱。

(番使云)请娘娘早行,天色晚了也。(驾唱)

【落梅风】可怜俺别离重,你好是㉕归去的忙。寡人心先到他李陵台㉖上,回头儿却才魂梦里想,便休题贵人多忘。

(旦云)妾这一去,再何时得见陛下?把我汉家衣服都留下者。(诗云)正是:今日汉宫人,明朝胡地妾;忍着主衣裳,为人作春色㉗!(留衣服科)(驾唱)

【殿前欢】则甚么㉘留下舞衣裳,被西风吹散旧时香,我委实怕宫车再过青苔巷㉙,猛到椒房㉚,那一会想菱花镜里妆㉛,风流相㉜,兜的㉝又横心上。看今日昭君出塞,几时似苏武还乡㉞?

(番使云)请娘娘行罢,臣等来多时了也。(驾云)罢罢罢!明妃你这一去,休怨朕躬㉟也。(做别科,驾云)我那里是大汉皇帝!(唱)

【雁儿落】我做了别虞姬楚霸王㊱,全不见守玉关征西将㊲。那里取保亲的李左车,送女客的萧丞相㊳?

(尚书云)陛下不必挂念。(驾唱)

【得胜令】那里也架海紫金梁㊴?枉养着那边庭上铁衣郎㊵。您也要左右人扶侍,俺可甚糟糠妻下堂㊶?您但提起刀枪,却早小鹿儿心头撞㊷。今日央及煞㊸娘娘,怎做的男儿当自强!

(尚书云)陛下,咱回朝去罢。(驾唱)

【川拨棹】怕不待㊹放丝缰,咱可甚鞭敲金镫响㊺?你管燮理阴阳㊻,掌握朝纲㊼,治国安邦,展土开疆㊽;假若俺高皇㊾,差你个梅香㊿,背井离乡,卧雪眠霜,若是他不恋恁春风画堂,我便官封你一字王㉛。

(尚书云)陛下不必苦死留他,着他去了罢。(驾唱)

【七弟兄】说甚么大王、不当、恋王嫱、兀良㉜,怎禁他临去也回头望!那堪这散风雪旌节㉝影悠扬,动关山㉞鼓角声悲壮。

【梅花酒】呀!俺向着这迥野㉟悲凉。草已添黄,兔早迎霜。犬褪得毛苍㊱,人挪起缨枪,马负着行装,车运着糇粮㊲,打猎起围场㊳。他他他,伤心辞汉主;我我我,携手上河梁㊴。他部从入穷荒㊵,我銮舆返咸阳㊶。返咸阳,过宫墙;过宫墙,绕回廊;绕回廊,近椒房;近椒房,月昏黄;月昏黄,夜生凉;夜生凉,泣寒螀㊷;泣寒螀,绿纱窗;绿纱窗,不思量!

【收江南】呀!不思量除是铁心肠!铁心肠也愁泪滴千行。美人图今夜挂昭阳㊸,我那里供养,便是我高烧银烛照红妆㊹。

(尚书云)陛下回銮罢,娘娘去远了也。(驾唱)

【鸳鸯煞】我只索大臣行说一个推辞谎,又则怕笔尖儿那火编修㊺讲。不见他花朵儿精神,怎趁㊻那草地里风光?唱道㊼伫立多时,徘徊半晌,猛听的塞雁南翔,呀呀的声嘹亮,却原来满目牛羊,是兀那载离恨的毡车㊽半坡里响。(下)

(番王引部落拥昭君上,云)今日汉朝不弃旧盟,将王昭君与俺番家和亲。我将昭君封为宁胡阏氏㊾,坐我正宫。两国息兵,多少是好。众将士,传下号令,大众起行,望北而去。(做行科)(旦问云)这里甚地面了?(番使云)这是黑龙江,番汉交界去处;南边属汉家,北边属我番国。(旦云)大王,借一杯酒,望南浇奠,辞了汉家,长行去罢。(做奠酒科,云)汉朝皇帝,妾身今生已矣,尚待来生也。(做跳江科)(番王惊救不及,叹科,云)嗨!可惜,可惜!昭君不肯入番,投江而死。罢罢罢!就葬在此江边,号为青冢㊿者。我想来,人也死了,枉与汉朝结下这般仇隙,都是毛延寿那厮搬弄出来的。把都儿⑦,将毛延寿拿下,解送汉朝处治。我依旧与汉朝结和,永为甥舅,却不是好?(诗云)则为他丹青画⑫误了昭君,背汉主暗地私奔;将美人图又来哄我,要索取出塞和亲。岂知道投江而死,空落的一见消魂。似这等奸邪逆贼,留着他终是祸根;不如送他去汉朝哈喇⑬,依还的甥舅礼,两国长存。(下)

①《汉宫秋》全名为《破幽梦孤雁汉宫秋》。写匈奴单于强索汉元帝妃王昭君,元帝迫于威胁,忍痛送昭君出塞和亲,昭君行至边境投河自杀,最后以元帝思念昭君入梦,惊醒后闻孤雁哀鸣作结。 ②番使:番,古时对外族的通称。番使,外族的使节,这里指匈奴呼韩邪单于的使臣。下文的"番王",指呼韩邪单于。 ③胡乐:胡,古时对北方和西方少数民族的泛称。因称其音乐为胡乐,地域为胡地。 ④王昭君:名嫱,字昭君。本为汉元帝宫人,后因和亲,被赐嫁匈奴呼韩邪单于,称宁胡阏氏。呼韩邪死,从胡俗复为其前阏氏之子复株累单于的阏氏。昭君和番是后世文学创作的流行题材,所记与史实不尽相合。 ⑤毛延寿:晋葛洪《西京杂记》载,元帝后宫宫女很多,不得常见,乃使画工画像,按图召幸。诸宫女皆贿赂画工,独昭君不肯,遂不得见。后匈奴求美人为阏氏,元帝按图赐昭君行,召见时发现昭君貌为后宫第一。元帝反悔不得,诛杀毛延寿等画工。后世由此衍成的故事多归咎毛延寿一人。 ⑥甫能:刚刚能够,好不容易的意思。恩幸:皇帝的宠幸。 ⑦形像:图像,画像。 ⑧消受:承受,忍受。 ⑨"红颜"二句:宋欧阳修《再和明妃曲》诗的两句。意谓女子容色过人则命运多不佳,不必怨尤而只应自叹。 ⑩驾:帝王的车乘,借作帝王的代称。这里指汉元帝。内官:宦官,太监。 ⑪灞桥:即霸桥,在长安东灞水上。汉唐时送人东行多别于此。明妃:即王昭君。西晋时为避文帝司马昭讳,改昭君为明君,后世遂有明妃之称。 ⑫生:硬,勉强。 ⑬则索:只得,只能。 ⑭"旧恩"二句:用马具比喻恩爱之日短、别离之恨长。勒,套在马头上带嚼口的笼头。 ⑮承望:料到,指望。 ⑯早是:本来已是。悒怏(yì yàng 义样):忧郁愁闷。 ⑰小家儿:小户人家,普通百姓。摇装:古代风俗,远行者择吉日出门,亲友在江边饯行,登舟移动一会旋即返回,另日再正式启程。亦作遥装。 ⑱渭城衰柳:用唐王维《送元二使安西》"渭城朝雨浥轻尘,客舍青青柳色新"诗意,改为"衰柳"写秋景,表达临别的凄凉心境。渭城,在今陕西省咸阳市渭城区。这里非实指。 ⑲撮:聚集。 ⑳一曲阳关:指《阳关曲》,又称《渭城曲》或《阳关三叠》,以王维《送元二使安西》诗为主要歌词谱成的琴曲。诗中有"西出阳关无故人"句。 ㉑玉觞:玉制的酒杯。 ㉒尊前:在酒尊之前,指宴饮时。尊,酒具,又写作樽。 ㉓劣了宫商:音调不协。劣,误。 ㉔俄延:拖延,迟缓。 ㉕好是:甚是,真是。 ㉖李陵台:遗址在今内蒙古自治区锡林郭勒盟正蓝旗,当时属匈奴地界。李陵,汉武帝时武将,孤军出击匈奴,战败无援而降。 ㉗"今日"四句:前二句出自李白《王昭君》诗;后二句出自宋陈师道《妾薄命》诗。忍着,怎忍心穿上。 ㉘则其

么:做什么。 ㉙委实:确实,的确。 青苔巷:指永巷,宫中的长巷,汉代是囚禁有罪宫女的地方。青苔,言其冷僻荒凉。本剧第一折写昭君于永巷夜弹琵琶,元帝得以发现昭君的美貌。 ㉚椒房:后妃的居室。以椒和泥涂壁,取其温暖有香气,兼有多子之意,故名。这里指昭君曾居住的宫室。 ㉛想菱花镜里妆:本剧第二折有元帝暗窥昭君对镜晚妆的情节。 ㉜风流相:娇美妩媚的容貌。 ㉝兜的:即陡地,猛然、突然的意思。 ㉞苏武还乡:汉代苏武出使匈奴,被扣十九年,坚贞不屈。后匈奴与汉和好,始返故国。 ㉟朕(zhèn 阵)躬:皇帝自称。朕,本古人自称之词,秦始皇始定为皇帝专用自称。躬,身体,引申为自身。 ㊱别虞姬楚霸王:指秦汉之际的西楚霸王项羽。他兵败垓下时,忍痛与宠姬虞姬诀别,突围至乌江自尽。此用其典,言无可奈何的离别之苦。 ㊲守玉关征西将:指东汉名将班超。他曾在西域活动达三十一年,平定匈奴等贵族的变乱,官至西域都护,封定远侯。昭君和番是西汉时事,将后朝事用于前朝为戏曲小说所习见。玉关,即玉门关,汉时为通向西域的门户。 ㊳"那里"二句:意思是李左车从不保亲,萧丞相从不送女客。讥责朝中素以贤臣良将自居的文武官员,只能干保媒送亲之类勾当,而别无良策以平边患。李左车,秦汉间谋士,初依赵王武臣,后归附韩信。萧丞相,指汉初丞相萧何。 ㊴架海紫金梁:指国家栋梁。元剧中常以"擎天白玉柱,架海紫金梁"喻重臣名将。梁,桥。 ㊵铁衣郎:身着铁甲战袍的将士。 ㊶可甚:犹言却算什么,意思是算不得、说不上。糟糠妻下堂:《后汉书·宋弘传》载,汉光武帝想把湖阳公主嫁给宋弘,让他先休掉妻子。宋弘拒绝说:"臣闻贫贱之知不可忘,糟糠之妻不下堂。"糟糠妻,贫贱时共过患难的妻子。下堂,指遗弃妻子。 ㊷小鹿儿心头撞:形容心里紧张发慌,怦怦跳得厉害。 ㊸央及煞:大大地累及。央,这里借作"殃"。 ㊹怕不待:岂不想,难道不。 丝缰:丝制马缰绳。 ㊺鞭敲金镫响:元剧中常以"鞭敲金镫响,人唱凯歌回"形容得胜而归的气概。金镫,铜制马镫,马鞍两边的脚踏。 ㊻燮(xiè 卸)理阴阳:比喻宰相治理国事。语出《尚书·周官》。燮理,协调治理。 ㊼朝纲:朝廷的法度纲纪。 ㊽展土开疆:扩张领土疆域。 ㊾高皇:指汉高祖刘邦。 ㊿梅香:旧时戏曲小说对婢女的通称。 ㈠一字王:指用一个字做封号的王,是辽、元时地位最高的王爵,如赵王、魏王等。用两个字做封号的王爵则次一等,如咸安郡王、兰陵郡王等。汉代无此建制,这里是借用。 ㈡兀良:语气词,有时表示惊讶的意思,略同"啊呀"。 ㈢旌节:古代使者所持的符节。 ㈣关山:泛指关隘山川。 ㈤迥野:辽阔的原野。 ㈥苍:这里指灰白色。 ㈦餱(hóu 侯)粮:干粮。 ㈧打猎起围场:打猎的人撒起了围场。围场,合围打猎的场地。 ㈨携手上河梁:表示惜别之意。语出《文选·李少卿与苏武诗》:"携手上河梁,游子暮何之?" ㈩部从:部属随从。穷荒:遥远的荒野。 ㈠銮舆:皇帝的车驾。銮,指车上的銮铃。咸阳:秦故都,在今陕西省咸阳市东北,这里是叶韵,用以代指长安。 ㈡寒螀(jiāng 浆):寒蝉。 ㈢昭阳:汉宫殿名。后世小说戏曲中以之为皇后所居之宫。 ㈣高烧银烛照红妆:苏轼《海棠》诗:"只恐夜深花睡去,故烧高烛照红妆。"

⑥⑤那火:即那伙。编修:宋以后掌修国史、实录、会要的官职名。这里泛指史官。
⑥⑥趁:追逐,追寻。 ⑥⑦唱道:亦作畅道。【鸳鸯煞】曲定格,第五句开头的衬字。
⑥⑧毡车:唐代回鹘的后妃所坐的车子,用毡子做车篷,名为毡车。 ⑥⑨阏氏(yān zhī 烟支):匈奴君主嫡妻的称号,相当于皇后。 ⑦⑩青冢(zhǒng 肿):在今内蒙古自治区呼和浩特市南。冢,坟墓。相传塞草皆白,独昭君墓草青,故称青冢。 ⑦①把都儿:蒙古语"勇士"的音译。 ⑦②丹青画:绘画。古代绘画常用丹青二色,故称。 ⑦③哈喇:蒙古语"杀"的音译。

王实甫

王实甫(生卒年不详),一作实父,名德信,大都(今北京市)人。主要创作活动约在元成宗元贞、大德年间(1295—1307),和关汉卿同为元代最杰出的杂剧作家。所作杂剧今知十三种,现存三种。他擅长写"儿女风情",剧作多以青年女性反抗封建礼教为题材。曲辞清丽华美,风格优雅,颇具抒情诗的韵致。代表作《西厢记》历来极受推崇,对元杂剧和后世戏曲的发展有深远影响。

西 厢 记①

第二本　崔莺莺夜听琴

第 三 折

(夫人排桌子上,云)红娘去请张生,如何不见来?(红见夫人云)张生着红娘先行,随后便来也。(末上见夫人施礼科)(夫人云)前日若非先生,焉得有今日;我一家之命,皆先生所活也。聊备小酌,非为报礼,勿嫌轻意。(末云)"一人有庆,兆民赖之。"②此贼之败,皆夫人之福。万一杜将军不至,我辈皆无免死之术。此皆往事,不必挂齿。(夫人云)将酒来,先生满饮此杯。(末云)"长者赐,少者不敢辞。"③(末做饮酒科)(末把夫人酒了)(夫人云)先生请坐!(末云)小子侍立座下,尚然越礼,焉敢与夫人对坐。(夫人云)道不得④个"恭敬不如从命"。(末谢了,坐)(夫人云)红娘,去唤小姐来,与先生行礼者!(红朝鬼门道⑤唤云)老夫人后堂待客,请小姐出来哩!(旦应云)我身子有些不停当⑥,来不得。(红云)你道请谁哩?(旦云)请谁?(红云)请张生哩!(旦云)若请张生,扶病也索走一遭。(红发科⑦了)(旦上)免除崔氏全家祸，尽在张生半纸书。

〔双调〕【五供养】若不是张解元[8]识人多，别一个怎退干戈。排着酒果，列着笙歌。篆烟[9]微，花香细，散满东风帘幕。救了咱全家祸，殷勤呵正礼，钦敬呵当合。

【新水令】恰才向碧纱窗下画了双蛾，拂拭了罗衣上粉香浮涴[10]，只将指尖儿轻轻的贴了钿窝[11]。若不是惊觉人呵，犹压着绣衾卧。

(红云)觑俺姐姐这个脸儿吹弹得破，张生有福也呵！(旦唱)

【幺篇】没查没利谎偻㑩[12]，你道我宜梳妆的脸儿吹弹得破。(红云)俺姐姐天生的一个夫人的样儿。(旦唱)你那里休聒[13]，不当一个信口开合。知他命福是如何？我做一个夫人也做得过。

(红云)往常两个都害，今日早则喜也！(旦唱)

【乔木查】我相思为他，他相思为我，从今后两下里相思都较可[14]。酬贺间礼当酬贺，俺母亲也好心多。

(红云)敢着小姐和张生结亲呵！怎生不做大筵席，会亲戚朋友，安排小酌为何？(旦云)红娘，你不知夫人意。

【搅筝琶】他怕我是赔钱货，两当一便成合[15]。据着他举将除贼，也消得[16]家缘过活。费了甚一股那[17]，便待要结丝萝[18]。休波，省人情[19]的奶奶忒虑过，恐怕张罗[20]。

(末云)小子更衣咱[21]。(做撞见旦科)(旦唱)

【庆宣和】门儿外，帘儿前，将小脚儿挪。我恰待目转秋波，谁想那识空便[22]的灵心儿早瞧破。唬得我倒躲，倒躲。

(末见旦科)(夫人云)小姐近前拜了哥哥者！(末背云)呀，声息不好了也！(旦云)呀，俺娘变了卦也！(红云)这相思又索害也。(旦唱)

【雁儿落】荆棘剌[23]怎动挪！死没腾无回豁[24]！措支剌[25]不对答！软兀剌难存坐[26]！

【得胜令】谁承望这即即世世[27]老婆婆，着莺莺做妹妹拜哥哥。白茫茫溢起蓝桥水[28]，不邓邓点着祆庙火[29]。碧澄澄清波，扑剌剌将比目鱼分破[30]；急攘攘因何，扢搭地把双眉锁纳合[31]。

(夫人云)红娘看热酒，小姐与哥哥把盏者！(旦唱)

【甜水令】我这里粉颈低垂，蛾眉频蹙，芳心无那[32]。俺可甚"相见话偏多"[33]？星眼朦胧，檀口嗟咨[34]，攧窨[35]不过，这席面儿畅好是乌合[36]！

(旦把酒科)(夫人央科)(末云)小生量窄。(旦云)红娘接了台盏[37]者！

【折桂令】他其实咽不下玉液金波[38]。谁承望月底西厢，变做了梦里南柯[39]。

泪眼偷淹,酩子里揾湿香罗⁴⁰。他那里眼倦开软瘫做一垛⁴¹;我这里手难抬称⁴²不起肩窝。病染沉疴⁴³,断然难活。则被你送⁴⁴了人呵,当什么偻㑩。

（夫人云）再把一盏者!（红递盏了）（红背与旦云）姐姐,这烦恼怎生是了!（旦唱）

【月上海棠】而今烦恼犹闲可⁴⁵,久后思量怎奈何?有意诉衷肠,争奈母亲侧坐,成抛躲,咫尺间如间阔⁴⁶。

【幺篇】一杯闷酒尊前过,低首无言自摧挫⁴⁷。不甚醉颜酡⁴⁸,却早嫌玻璃盏大。从因我,酒上心来较可⁴⁹。

（夫人云）红娘送小姐卧房里去者!（旦辞末出科）（旦云）俺娘好口不应心也呵!

【乔牌儿】老夫人转关儿⁵⁰没定夺,哑谜儿怎猜破;黑阁落甜话儿将人和⁵¹,请将来着人不快活。

【江儿水】佳人自来多命薄,秀才每从来懦。闷杀没头鹅⁵²,撇下赔钱货;不争你不成亲呵,下场头那答儿发付我!

【殿前欢】恰才个笑呵呵,都做了江州司马泪痕多⁵³。若不是一封书将半万贼兵破,俺一家儿怎得存活。他不想结姻缘想甚么?到如今难着莫⁵⁴。老夫人谎到天来大;当日成也是您个母亲,今日败也是您个萧何⁵⁵。

【离亭宴带歇指煞】从今后玉容寂寞梨花朵⁵⁶,胭脂浅淡樱桃颗,这相思何时是可?昏邓邓⁵⁷黑海来深,白茫茫陆地来厚,碧悠悠青天来阔;太行山般高仰望,东洋海般深思渴。毒害的恁么。俺娘呵,将颤巍巍双头花蕊搓,香馥馥同心缕带割,长挼挼连理琼枝挫。白头娘不负荷⁵⁸,青春女成担搁,将俺那锦片也似前程蹬脱⁵⁹。俺娘把甜句儿落空了他,虚名儿误赚了我。（下）

（末云）小生醉也,告退。夫人根前,欲一言以尽意,未知可否?前者贼寇相迫,夫人所言:"能退贼者,以莺莺妻之。"小生挺身而出,作书与杜将军,庶几得免夫人之祸。今日命小生赴宴,将谓有喜庆之期;不知夫人何见,以兄妹之礼相待?小生非图哺啜⁶⁰而来,此事果若不谐,小生即当告退。（夫人云）先生纵有活我之恩,奈小姐先相国在日,曾许下老身侄儿郑恒。即日有书赴京唤去了,未见来。如若此子至,其事将如之何?莫若多以金帛相酬,先生拣豪门贵宅之女,别为之求,先生台意⁶¹若何?（末云）既然夫人不与,小生何慕金帛之色!却不道"书中有女颜如玉"⁶²。则今日便索告辞。（夫人云）你且住者,今日有酒也。红娘扶将哥哥去书房中歇息,到明日咱别有话说。（下）（红扶末科）（末念）有分只熬萧寺⁶³夜,无缘难遇洞房春。（红云）张生,少吃一盏却不好!(末云)我吃甚么来!(末跪红科)小生为小姐,昼夜忘餐废寝,魂劳梦断,常忽忽如有所失。自寺中一见,隔墙酬和,迎风待月,受无限之苦楚。甫能得成就婚姻,夫人变了卦,使小生智竭思穷,此事几时是了!小娘子怎生可怜见小生,将此意申与小姐,知小生之心。就小娘子前解下腰间之带,寻个自尽。(末念)可怜刺股悬梁㊿志,险作离乡背井魂。(红云)街上好贱柴,烧你个傻角㊺。你休慌,妾当与君谋之。(末云)计将安在?小生当筑坛拜将㊻。(红云)妾见先生有囊琴一张,必善于此。俺小姐深慕于琴。今夕妾与小姐同至花园内烧夜香;但听咳嗽为令,先生动操㊼。看小姐听得时,说甚么言语,却将先生之言达知㊽。若有话说,明日妾来回报。这早晚怕夫人寻我,回去也。(下)

①《西厢记》全名为《崔莺莺待月西厢记》。写书生张珙和相国小姐崔莺莺自由相爱,在侍女红娘的帮助下,冲破封建礼教的束缚,终成眷属的故事。全剧共五本二十折(一作二十一折)。　②"一人"二句:语出《尚书·吕刑》。意谓一人有善行,众人便会得到幸福。　③"长者"二句:语本《礼记·曲礼》:"长者赐,幼者贱者不敢辞。"　④道不得:可不道,岂不闻,即常言道、有道是的意思。　⑤鬼门道:即古门,宋元时称舞台通向后台的出入口。明朱权《太和正音谱》:"构栏中戏房出入之所,谓之鬼门道。鬼者,言其所扮者皆是以往昔人。"　⑥不停当:不舒服。　⑦发科:元杂剧术语。演员做出种种逗乐取笑的情态。　⑧解(jiè借)元:科举考试乡试第一名称为解元,宋元时用作对读书人的敬称。　⑨篆烟:指香烟缭绕,像篆文一样盘旋曲折。　⑩浮渥(wò卧):浮尘。渥,污。　⑪钿(diàn垫)窝:钿,金花,女子的首饰。钿窝,指贴金花的地方。　⑫没查没利:言语不实、无凭准的意思。亦作没查利、卖查梨。偻㑩:能干、伶俐、狡黠之意,亦作喽罗。这里用作名词,与今言"家伙"相近。　⑬聒(guō锅):聒噪,啰嗦。　⑭较可:减轻,多指病情减轻、病愈。　⑮两当一便成合:以两个当一个成交。意指廉价推销出去。　⑯消得:消受得了。　⑰一股那:即一股脑儿。那,语助词。　⑱丝萝:菟(tù兔)丝和女萝都是蔓生植物,缠绕在一起不易分开,比喻男女婚配。　⑲省(xǐng醒)人情:犹言懂世情。　⑳张罗:筹措。　㉑更衣:如厕的托词。　㉒识空(kòng控)便:知机,聪明识窍。　㉓荆棘剌:形容神态惊慌。荆,"惊"的同音假借字。棘剌,和以下几句的没腾、支剌、兀剌,都是语助词。　㉔死没腾:发呆,没有生气。回黏:反应。　㉕㩗支剌:慌张失态。　㉖软兀剌:软瘫无力。存坐:稳坐。　㉗即即世世:即积世,指阅世甚深,引申出虚伪、巧言等意思。　㉘蓝桥水:传说尾生与恋人约定在蓝桥相会,尾生先至,河水突涨,他不肯失信而抱着桥柱等候,终被淹死。事见《战国策·燕策》和《汉书·东方朔传》注。　㉙不邓邓:即勃腾腾,形容飞腾兴起。袄(xiān先)庙火:传说蜀帝的公主和乳母陈氏之子青梅竹马,分离六载后,约定在袄庙相会。公主去时见陈生熟睡,留下玉环别去。陈生醒后非常

悔恨，怨气顿成火焰，把他和庙宇一起烧掉了。事见《渊鉴类函》引《蜀志》。元明戏曲中常用"祆庙火"喻指使相爱者分离的力量。祆庙，波斯拜火教寺庙。 ㉚扑剌剌：动作迅猛的声音。比目鱼：鲽鱼。旧传此鱼一目，须两两相并才能游行。比喻恋人、夫妻。 ㉛疙(gē哥)搭：象声词，形容动作快速。双眉锁纳合：双眉紧锁。 ㉜无那(nuó挪)：无奈何。 ㉝"俺可"句：意思是我哪里有什么话可说。相见话偏多，当时成语。 ㉞檀口：浅红的嘴唇。嗟咨：即咨嗟，叹息。 ㉟撷窨(diān yìn 掂印)：顿足吞声，愁闷怨恨。 ㊱乌合：杂乱地凑在一起。 ㊲台盏：有托盘的酒盏。 ㊳玉液金波：指美酒。 ㊴梦里南柯：唐李公佐《南柯太守传》传奇故事，淳于棼梦至槐安国，为南柯太守，梦醒后发觉槐安国、南柯郡不过是槐树下的蚁穴。 ㊵酩子里：暗地里。揾(wèn问)揩拭。香罗：香罗巾，手帕。 ㊶一垛：一堆。 ㊷称：支撑。 ㊸沉疴(kē苛)：久治不愈的病。 ㊹送：断送。 ㊺闲可：轻闲，等闲。 ㊻"争奈"三句：是说因母亲在座而不得不回避，咫尺间有如远别。抛躲：抛撇，回避。间(jiàn建)阔，远别的意思。 ㊼摧挫：摧残，折磨。这里指痛苦、伤心。 ㊽酡(tuó驼)：饮酒脸红。 ㊾"从因"二句：是说张生因为我才不胜酒力，假若真的因酒而醉，心里还好受些。 ㊿转关儿：曲折，反复。这里指玩弄权谋。 ㉑黑阁落：暗地里。和：哄骗。 ㉒没头鹅：比喻晕头转向、无所适从的人。这里指张生。 ㉓江州司马泪痕多：白居易《琵琶行》："座中泣下谁最多，江州司马青衫湿。"江州司马，白居易当时的官职，因以自称。这里借指张生。 ㉔着摸：捉摸，揣测。 ㉕"当日"二句：活用当时成语"成也萧何，败也萧何"，指责老夫人出尔反尔。韩信因萧何引荐而拜将，又由萧何定计而被杀，故云。 ㉖"从今"句：用白居易《长恨歌》"玉容寂寞泪阑干，梨花一枝春带雨"诗意。 ㉗昏邓邓：形容昏暗的样子。 ㉘不负荷：不担责任。 ㉙蹬脱：踏空，踢开。 ㉚哺啜(chuò绰)：饮食。 ㉛台意：您的意思。台，敬称对方。 ㉜书中有女颜如玉：语出宋真宗《劝学诗》。 ㉝萧寺：指佛寺。梁武帝萧衍崇信佛教，广造佛寺，后人遂别称佛寺为萧寺。 ㉞刺股：战国时苏秦发愤读书，瞌睡时用锥子刺大腿。事见《战国策·秦策》。悬梁：汉代孙敬苦读不懈，用绳系住头发拴在梁上，以防发困。事见《楚国先贤传》。 ㉟"街上"二句：是说想死很容易，街上柴价很贱，死了就烧化你。这是红娘嘲笑张生迂懦。 ㊱筑坛拜将：用汉高祖刘邦设坛拜韩信为大将的典故。见《史记·淮阴侯列传》。 ㊲动操：弹琴。古代琴曲叫操。 ㊳达知：传达给对方知道。

第三本　张君瑞害相思

第 二 折

(旦上，云)红娘伏侍老夫人不得空便，偌早晚①敢待来也。起得早了些儿，困思上来，我再睡些儿咱。(睡科)(红上，云)奉小姐言语去看张

生,因伏侍老夫人,未曾回小姐话去。不听得声音,敢又睡哩,我入去看一遭。(红唱)

〔中吕〕【粉蝶儿】风静帘闲,透纱窗麝兰香散,启朱扉摇响双环。绛台②高,金荷③小,银釭④犹灿。比及⑤将暖帐轻弹,先揭起这梅红罗软帘⑥偷看。

【醉春风】则见他钗軃玉斜横,髻偏云乱挽。日高犹自不明眸,畅好是懒、懒。(旦做起身长叹科)(红唱)半晌抬身,几回搔耳,一声长叹。

(红云)我待便将简帖儿⑦与他,恐俺小姐有多少假处哩。我则将这简帖儿放在妆盒儿上,看他见了说甚么。(旦做照镜科,见帖看科)(红唱)

【普天乐】晚妆残,乌云軃,轻匀了粉脸,乱挽起云鬟。将简帖儿拈,把妆盒儿按,开拆封皮孜孜⑧看,颠来倒去不害心烦。(旦怒叫)红娘!(红做意⑨云)呀!决撒⑩了也!(红唱)厌的早挖皱了黛眉⑪。(旦云)小贱人,不来怎么!(红唱)忽的波低垂了粉颈,氲的⑫呵改变了朱颜。

(旦云)小贱人,这东西那里将来的?我是相国的小姐,谁敢将这简帖来戏弄我?我几曾惯看这等东西?告过夫人,打下你个小贱人下截来。(红云)小姐使将我去,他着我将来。我不识字,知他写着甚么?

【快活三】分明是你过犯,没来由把我摧残;使别人颠倒恶心烦⑬。你不"惯",谁曾"惯"?

姐姐休闹,比及你对夫人说呵,我将这简帖儿去夫人行出首去来。(旦做揪住科)我逗你耍来。(红云)放手,看打下下截来!(旦云)张生近日如何?(红云)我则不说。(旦云)好姐姐,你说与我听咱!(红唱)

【朝天子】张生近间、面颜,瘦得来实难看。不思量茶饭,怕待动弹;晓夜将佳期盼,废寝忘餐。黄昏清旦,望东墙淹泪眼。(旦云)请个好太医看他证候咱。(红云)他证候吃药不济。(红唱)病患、要安,则除是出几点风流汗。

(旦云)红娘,不看你面时,我将与老夫人看,看他有何面目见夫人?虽然我家亏他,只是兄妹之情,焉有外事。红娘,早是你口稳哩;若别人知呵,甚么模样。(红云)你哄着谁哩!你把这个饿鬼弄的他七死八活,却要怎么?

【四边静】怕人家调犯⑭,"早共晚夫人见些破绽,你我何安"。问甚么他遭危难?撺断得上竿,掇了梯儿看⑮。

(旦云)将描笔儿过来,我写将去回他,着他下次休是这般。(旦做写科,起身科,云)红娘,你将去说:"小姐看望先生,相待兄妹之礼如此,非有他意。再一遭儿是这般呵,必告夫人知道。"和你个小贱人都有说

话。(旦掷书,下)(红唱)

【脱布衫】小孩儿家口没遮拦⑯,一味的将言语摧残。把似⑰你使性子,休思量秀才,做多少好人家风范。(红做拾书科)

【小梁州】他为你梦里成双觉后单,废寝忘餐。罗衣不奈五更寒,愁无限,寂寞泪阑干⑱。

【幺篇】似这等辰勾⑲空把佳期盼,我将这角门儿世不曾牢拴⑳,则愿你做夫妻无危难。你向这筵席头上整扮,我做一个缝了口的撮合山㉑。

(红云)我若不去来,道我违拗他,那生又等我回报;我须索走一遭。(下)(末上,云)那书倩红娘将去,未见回话。我这封书去,必定成事。这早晚敢待来也。(红上,云)须索回张生话去。小姐,你性儿忒惯得娇了;有前日的心,那得今日的心来?

【石榴花】当日个晚妆楼上杏花残,犹自怯衣单,那一片听琴心清露月明间㉒。昨日个向晚,不怕春寒,几乎险被先生馔㉓。那其间岂不胡颜㉔。为一个不酸不醋风魔汉,隔墙儿险化做了望夫山。

【斗鹌鹑】你用心儿拨雨撩云㉕,我好意儿传书寄简。不肯搜自己狂为,则待要觅别人破绽。受艾焙㉖权时忍这番,畅好是奸。"张生是兄妹之礼,焉敢如此!"对人前巧语花言;没人处便想张生,(唱)背地里愁眉泪眼。

(红见末科)(末云)小娘子来了。擎天柱㉗,大事如何了也?(红云)不济事了,先生休傻。(末云)小生简帖儿是一道会亲的符箓㉘,则是小娘子不用心,故意如此。(红云)我不用心?有天哩!你那简帖儿好听!(唱)

【上小楼】这的是先生命悭㉙,须不是红娘违慢。那简帖儿倒做了你的招伏,他的勾头㉚,我的公案。若不是觑面颜,厮顾盼,担饶㉛轻慢。(云)先生受罪,礼之当然。贱妾何辜。争些儿把你娘拖犯㉜。

【幺篇】从今后相会少,见面难。月暗西厢,风去秦楼㉝,云敛巫山㉞。你也赸,我也赸,请先生休讪,早寻个酒阑人散㉟。

(红云)只此再不必申诉足下肺腑,怕夫人寻,我回去也。(末云)小娘子此一遭去,再着谁与小生分剖;必索做一个道理,方可救得小生一命。(末跪下,揪住红科)(红云)张先生是读书人,岂不知此意,其事可知矣。

【满庭芳】你休要呆里撒奸㊱;你待要恩情美满,却教我骨肉摧残。老夫人手执着棍儿摩挲㊲看,粗麻线怎透得针关㊳。直待我拄着拐帮闲钻懒,缝合唇送暖偷寒㊴。待去呵,小姐性儿撮盐入火㊵。消息儿踏着泛㊶;待不去呵——

（末跪，哭云）小生这一个性命，都在小娘子身上。（红唱）禁不得你甜话儿热趣[42]，好着我两下里做人难。

我没来由分说！小姐回与你的书，你自看者。（末接科，开读科，云）呀，有这场喜事！撮土焚香，三拜礼毕。早知小姐简至，理合远接，接待不及，勿令见罪！小娘子，和你也欢喜。（红云）怎么？（末云）小姐骂我都是假。书中之意，着我今夜花园里来，和他"哩也波哩也罗[43]"哩。（红云）你读书我听。（末云）是四句诗："待月西厢下，迎风户半开。隔墙花影动，疑是玉人来。"（红云）怎见得他着你来？你解与我听咱。（末云）"待月西厢下"，着我月上来。"迎风户半开"，他开门待我。"隔墙花影动，疑是玉人来"，着我跳过墙来。（红笑云）他着你跳过墙来，你做下来。端的有此说么？（末云）俺是个猜诗谜的社家[44]，风流隋何，浪子陆贾[45]，我那里有差的勾当。（红云）你看我姐姐，在我行也使这般道儿[46]。

【耍孩儿】几曾见寄书的颠倒瞒着鱼雁[47]，小则小心肠儿转关。写着道"西厢待月"等得更阑，着你跳东墙"女"字边"干"。原来那诗句儿里包笼着三更枣[48]，简帖儿里埋伏着九里山[49]。他着紧处将人慢，您会云雨闹中取静，我寄音书忙里偷闲。

【四煞】纸光明玉板[50]，字香喷麝兰，行儿边涴透非春汗？一缄情泪红犹湿，满纸春愁墨未干。从今后休疑难，放心波玉堂学士[51]，稳情取金雀鸦鬟[52]。

【三煞】他人行别样的亲，俺根前取次[53]看，更做道孟光接了梁鸿案[54]。别人行甜言美语三冬暖，我根前恶语伤人六月寒。我为头儿看：看你个离魂倩女[55]，怎发付掷果潘安[56]。

（末云）小生读书人，怎跳得那花园过也？（红唱）

【二煞】隔墙花又低，迎风户半拴，偷香手段今番按[57]。怕墙高怎把龙门跳，嫌花密难将仙桂攀[58]。放心去，休辞惮；你若不去呵，（唱）望穿他盈盈秋水，蹙损他淡淡春山[59]。

（末云）小生曾到那花园里，已经两遭，不见那好处；这一遭知他又怎么？（红云）如今不比往常。

【煞尾】你虽是去了两遭，我敢道不如这番。你那隔墙酬和都胡侃[60]，证果[61]的是今番这一简。（红下）

（末云）万事自有分定，谁想小姐有此一场好处。小生是猜诗谜的社家，风流隋何，浪子陆贾，到那里扢扎帮[62]便倒地。今日颏天百般的难得晚。天！你有万物于人，何故争此一日？疾下去波！读书继晷[63]怕黄昏，不觉西沉强掩门；欲赴海棠花下约，太阳何苦又生根？（看天云）呀，才晌午也！再等一等。（又看科）今日万般的难得下去也呵。碧天万里无云，空劳倦客身心，恨杀鲁阳贪战[64]，不教红日西沉！呀，却早倒西也，再等一等咱。无端三足乌[65]，团团光烁烁；安得后羿[66]弓，射此一轮落！谢天地！却早日下去也！呀，却早发擂[67]也！呀，却早撞钟也！拽上书房门，到得那里，手挽着垂杨滴流扑[68]跳过墙去。（下）

①偌早晚：这时候。偌，这。　②绛台：烛台。　③金荷：烛台上承烛泪的铜盘，状似荷叶。　④银釭（gāng 缸）：灯。这里指烛光。　⑤比及：这里是未及的意思。下文“比及你对夫人说呵”，作与其解。　⑥梅红罗软帘：紫红色的罗纱门帘。　⑦简帖儿：书信。　⑧孜孜：仔细注视的样子。　⑨做意：故意造作地装出某种表情、姿态或动作。　⑩决撒：败露，被识破。　⑪厌的：突然地。扢皱：即疙皱，皱眉。　⑫氲（yūn 晕）的：意同“忽的”，忽然，一下子。　⑬别人：红娘自指。颠倒：反倒。　⑭调犯：作弄，调侃。　⑮“撺断”二句：当时成语，意为哄人爬上高竿，却撤了梯子旁观寻开心。撺断，怂恿、唆使。掇，这里作搬走解。　⑯口没遮拦：嘴不严实，说话无所顾忌。　⑰把似：与其。　⑱阑干：形容眼泪交错纵横。或解作“栏杆”。　⑲辰勾：即水星。古人认为它很不容易见到，元时常用盼辰勾形容切盼佳期，暗喻佳期难得。⑳“我将”句：意思是我从来都给你们提供方便。角门儿，旁门。世不曾，从来不曾。㉑“你向”二句：意思是你尽管放心和张生成就婚姻，我这个媒人决不会走漏风声。整扮，装扮整齐。撮合山，媒人的别称。　㉒“当日”三句：是说莺莺怯寒，却在夜露中偷听张生弹琴。见本剧第二本第四折。　㉓“昨日”三句：指本剧第一本第三折莺莺和张生隔墙酬诗的情节。险被先生馔，《论语·为政》：“有酒食，先生馔。”原意是说有酒食应供奉年长者吃喝。这里借以调笑，说那天张生曾闯到莺莺面前，莺莺差点被他吃了。　㉔胡颜：丢人现丑，羞愧无颜。　㉕拨雨撩云：挑逗、勾引之意。旧时常以云雨喻指男女欢会。　㉖受艾焙（bèi 倍）：吃苦头，受折磨。艾焙，中医的一种疗法，用艾草制成的艾炷或艾卷熏灼穴位，通常称“灸”。　㉗擎天柱：元剧中常用以比喻重臣良将。这里是张生对红娘表示倚重的奉承话。　㉘符箓（lù 录）：道家的秘密文书。这里指符咒。　㉙命悭（qiān 牵）：命运不好。悭，欠缺。　㉚勾头：即拘票，拘捕犯人的文书。　㉛担饶：宽恕。　㉜争些儿：险些，差一点。拖犯：拖累，连累。㉝凤去秦楼：传说秦穆公把女儿弄玉嫁给萧史，萧史善吹箫，教弄玉作凤鸣，招来凤凰，二人乘之飞去。见汉刘向《列仙传》。此用其典，是说欢会难期。下句意同。㉞云敛巫山：宋玉《高唐赋》序说楚怀王曾梦与神女幽会，神女自称：“妾在巫山之阳，高唐之下，旦为朝云，暮为行雨。”　㉟“你也赸”四句：意即大家趁早散伙。赸（shàn 善），走开。讪，怨濿，羞惭。　㊱呆里撒奸：外装痴呆，内怀奸诈。　㊲摩挲：抚弄。㊳针关：针孔。　㊴“直待”二句：是说简直要我被老夫人打得腿跛嘴破，还为你们奔

波效劳,传递消息。帮闲钻懒,指逢迎达官贵人消闲作乐。送暖偷寒,指在男女关系中传递消息。　⑩撮盐入火:盐入火立刻爆炸,比喻性急。　㊶消息儿踏着泛:消息儿,机关、暗窍。泛,即泛子,机关的开关枢纽,误踏之则中机关。比喻再拔莺莺明摆着要惹她发作。　㊷热趲(zǎn攒):紧紧催逼。　㊸哩也波哩也罗:不便说出的话,有音无义,犹今言"如此这般"。这里暗示男女交合。　㊹社家:宋元时代的许多伎艺都有社会组织,如商谜社(猜谜)、绯绿社(杂剧)、齐云社(蹴鞠)等。社家,即行家。　㊺"风流"二句:隋何、陆贾均为汉初谋士,以多才善辩著称。　㊻道儿:诡计,圈套。㊼鱼雁:古代有鱼腹藏信、雁足书传的传说,后因以鱼雁代指书信或信使。这里指信使。　㊽三更枣:佛教传说,禅宗五祖弘忍欲传法于六祖慧能,交他粳米三粒,枣一枚,慧能悟出:"师令我三更早来也。"事见《传灯录》。　㊾九里山:在今江苏省徐州市北。传说楚汉相争时,韩信在此设十面埋伏击败项羽。　㊿玉板:即玉版纸,一种光洁匀厚的白棉纸。　㊑玉堂学士:即翰林学士。宋以后翰林院亦称玉堂。此时张生尚未中举,这是红娘取笑他的称呼。　㊒稳情:准定。金雀鸦鬟:指莺莺。唐李绅《莺莺歌》:"金雀鸦鬟年十七。"金雀,金雀钗。　㊓取次:等闲,随便。　㊔更做道:兼之,加上。孟光接了梁鸿案:用举案齐眉的典故,见《窦娥冤》第二折注⑰。举案的孟光反倒接了梁鸿献上的案,借以讥笑莺莺主动约张生幽会。　㊕离魂倩女:用唐陈玄祐《离魂记》传奇故事。张镒曾言将其女倩娘许于王宙,后又改许他人,倩娘的魂魄脱离身体随王宙而去。这里借指莺莺。　㊖掷果潘安:传说晋代潘岳(字安仁)貌美,乘车出行时,许多妇女争相以果投之,表示爱慕。事见《世说新语》刘孝标注引《语林》。这里借指张生。　㊗按:实行。　㊘"怕墙"二句:龙门跳,传说黄河鲤鱼跳过龙门便能成龙。仙桂攀,攀折月宫仙桂。科举时代比喻读书人登科及第。这两句鼓励张生用追逐功名的劲头跳墙赴约。　㊙"望穿"二句:旧时诗文常以秋水比喻眼睛,春山比喻眉毛。　㉖胡侃:胡调。侃,调笑的意思。　㉑证果:佛教称长期修炼、悟道有得为证果。这里借喻好事成就。　㉒扢扎帮:形容动作迅速、干脆。　㉓继晷(guǐ鬼):韩愈《进学解》:"焚膏油(点灯)以继晷。"晷,日影,引申为时光。　㉔鲁阳贪战:传说鲁阳公与韩国人酣战至日暮,举戈挥之,使太阳倒回九十里。见《淮南子·览冥训》。这里借指太阳迟迟不落。　㉕三足乌:太阳。古代神话,太阳内有三只脚的金色乌鸦。　㉖后羿(yì艺):神话传说中的善射者。尧时天下十日并出,草木焦枯,尧命后羿援弓射落九日。　㉗发擂:击鼓起更。　㉘滴流扑:形容跌倒、坠落的声音。

第四本　草桥店梦莺莺

第三折

(夫人、长老①上,云)今日送张生赴京,就十里长亭②,安排下筵席。我和长老先行,不见张生小姐来到。(旦、末、红同上)(旦云)今日送张生上朝取应。早是离人伤感，况值那暮秋天气，好烦恼人也呵！悲欢聚散一杯酒，南北东西万里程。

〔正宫〕【端正好】碧云天，黄花地，西风紧，北雁南飞。晓来谁染霜林醉③？总是离人泪。

【滚绣球】恨相见得迟，怨归去得疾。柳丝长玉骢④难系，恨不得倩疏林挂住斜晖。马儿迍迍⑤的行，车儿快快的随。却告了相思回避，破题儿又早别离⑥。听得道一声"去也"，松了金钏⑦；遥望见十里长亭，减了玉肌。此恨谁知！

（红云）姐姐今日怎么不打扮？（旦云）你那知我的心里呵！（唱）

【叨叨令】见安排着车儿、马儿，不由人熬熬煎煎的气。有甚么心情将花儿、靥儿⑧，打扮的娇娇滴滴的媚。准备着被儿、枕儿，则索⑨昏昏沉沉的睡。从今后衫儿、袖儿，都揾做重重叠叠的泪。兀的不闷杀人也么哥，兀的不闷杀人也么哥！久已后书儿、信儿，索与我恓恓惶惶⑩的寄。

（做到、见夫人科）（夫人云）张生和长老坐，小姐这壁坐，红娘将酒来。张生，你向前来，是自家亲眷，不要回避。俺今日将莺莺与你，到京师休辱没⑪了俺孩儿，挣揣⑫一个状元回来者。（末云）小生托夫人余荫⑬，凭着胸中之才，视得官如拾芥⑭耳。（洁⑮云）夫人主见不差，张生不是落后的人。（把酒了，坐）（旦长吁科）

【脱布衫】下西风黄叶纷飞，染寒烟衰草萋迷⑯。酒席上斜签着坐的⑰，蹙愁眉死临侵⑱地。

【小梁州】我见他阁泪汪汪不敢垂，恐怕人知。猛然见了把头低，长吁气，推⑲整素罗衣。

【幺篇】虽然久后成佳配，奈时间⑳，怎不悲啼。意似痴，心如醉，昨宵今日，清减㉑了小腰围。

（夫人云）小姐把盏者！（红递酒了，旦把盏长吁科，云）请吃酒！

【上小楼】合欢未已，离愁相继。想着俺前暮私情，昨夜成亲，今日别离。我谂知㉒这几日相思滋味，却原来此别离情更增十倍。

【幺篇】年少呵轻远别，情薄呵易弃掷。全不想腿儿相压，脸儿相偎，手儿相携。你与俺崔相国做女婿，妻荣夫贵㉓，但得一个并头莲㉔，煞强如状元及第㉕。

（红云）姐姐不曾吃早饭，饮一口儿汤水。（旦云）红娘，甚么汤水咽得下！

【满庭芳】供食太急，须臾对面，顷刻别离。若不是酒席间子母每当回避，有心待与他举案齐眉。虽然是厮守得一时半刻,也合着俺夫妻每共桌而食。眼底空留意,寻思起就里㉕,险化做望夫石。

(夫人云)红娘把盏者!(红把酒科)(旦唱)

【快活三】将来的酒共食,尝着似土和泥;假若便是土和泥,也有些土气息,泥滋味。

【朝天子】煖溶溶玉醅㉖,白泠泠㉗似水,多半是相思泪。眼面前茶饭怕不待㉘要吃,恨塞满愁肠胃。"蜗角虚名,蝇头微利"㉙,拆鸳鸯在两下里。一个这壁,一个那壁,一递一声㉚长吁气。

(夫人云)辆起车儿㉛,俺先回去,小姐随后和红娘来。(下)(末辞洁科)(洁云)此一行别无话儿,贫僧准备买登科录㉜看,做亲的茶饭少不得贫僧的。先生在意,鞍马上保重者!"从今经忏无心礼㉝,专听春雷第一声㉞。"(下)(旦唱)

【四边静】霎时间杯盘狼藉,车儿投东,马儿向西。两意徘徊,落日山横翠。知他今宵宿在那里?有梦也难寻觅。

张生,此一行得官不得官,疾便回来。(末云)小生这一去,白夺一个状元。正是:"青霄有路终须到,金榜无名誓不归"。(旦云)君行别无所赠,口占一绝㉟,为君送行:"弃掷今何在,当时且自亲。还将旧来意,怜取眼前人。"㊱(末云)小姐之意差矣,张珙更敢怜谁?谨赓㊲一绝,以剖寸心:"人生长远别,孰与最关亲?不遇知音者,谁怜长叹人?"(旦唱)

【耍孩儿】淋漓襟袖啼红泪㊳,比司马青衫㊴更湿。伯劳东去燕西飞㊵,未登程先问归期。虽然眼底人千里,且尽樽前酒一杯。未饮心先醉,眼中流血,心内成灰。

【五煞】到京师服水土,趁程途㊶节饮食,顺时自保揣身体㊷。荒村雨露宜眠早,野店风霜要起迟!鞍马秋风里,最难调护,最要扶持。

【四煞】这忧愁诉与谁?相思只自知,老天不管人憔悴。泪添九曲黄河溢㊸,恨压三峰华岳低㊹。到晚来闷把西楼倚,见了些夕阳古道,衰柳长堤。

【三煞】笑吟吟一处来,哭啼啼独自归。归家若到罗帏里,昨宵个绣衾香暖留春住,今夜个翠被生寒有梦知。留恋你别无意,见据鞍上马,阁不住㊺泪眼愁眉。

(末云)有甚么言语嘱咐小生咱?(旦唱)

【二煞】你休忧"文齐福不齐"㊻,我则怕你"停妻再娶妻"㊼。休要"一春鱼雁无消息"!我这里青鸾㊽有信频须寄,你却休"金榜无名誓不归"。此一节君须记:若见了那异乡花草,再休似此处栖迟㊾。

（末云）再谁似小姐？小生又生此念。小姐放心，小生就此拜辞。（旦唱）

【一煞】青山隔送行，疏林不做美，淡烟暮霭相遮蔽。夕阳古道无人语，禾黍秋风听马嘶。我为甚么懒上车儿内，来时甚急，去后何迟？

（红云）夫人去好一会，姐姐，咱家去！（旦唱）

【收尾】四围山色中，一鞭残照里㉛，遍人间烦恼填胸臆，量这些大小车儿㉜如何载得起？

（旦红下）（末云）仆童赶早行一程儿，早寻个宿处。泪随流水急，愁逐野云飞。（下）

①长(zhǎng 掌)老：寺庙的住持和尚。这里指普救寺的法本长老。 ②十里长亭：古代驿路上供行人休息的亭舍，十里一长亭，五里一短亭。饯别送行常至长亭。 ③霜林醉：形容经霜的树叶像醉酒一样颜色发红。 ④玉骢(cōng 聪)：毛色青白相杂的马。后用作马的美称。 ⑤迍(zhūn 谆)迍：行动迟缓的样子。 ⑥"却告"二句：是说刚刚摆脱了相思之苦，又开始了别离之愁。却，元剧中可通"恰"。破题儿，唐宋人称诗赋起首点破题意的几句为破题，引申为事情的开端。 ⑦松了金钏：形容肌体瘦损。钏，手镯。 ⑧靥(yè 夜)儿：面颊上的酒窝。古时女子有在这里施朱粉的习惯。 ⑨则索：只得，只能。 ⑩恓恓惶惶：匆忙不安的样子。这里作急忙、赶紧解。 ⑪辱没：玷辱，使不光彩。 ⑫挣揣(chuài 踹)：博取、夺得。 ⑬余荫：恩泽、福分所及之意。 ⑭如拾芥：像拾取小草那样容易。芥，小草。 ⑮洁：元代俗称和尚为洁郎，省称为洁。这里指法本长老。 ⑯衰草：枯草。萋迷：模糊、迷茫的样子。 ⑰斜签着坐的：指张生。斜签着坐，侧身直腰坐在凳子边沿，是表示谦恭的坐姿。 ⑱死临侵：死气沉沉的样子。 ⑲推：这里是假作之意。 ⑳奈时间：无奈眼前这个时候。奈，无奈。时间，时下，目前。 ㉑清减：消瘦之意。 ㉒谂(shěn 审)知：深知，熟知。 ㉓妻荣夫贵：反用成语"夫贵妻荣"，意说自己是相国小姐，张生可以凭相国女婿的身份得到荣华富贵。 ㉔并头莲：即并蒂莲，比喻男女恩爱。 ㉕煞强如：远胜似。状元：科举考试殿试第一名称为状元，为科名中最高荣誉。 ㉖就里：内中的实情。 ㉗玉醅(pēi 胚)：美酒。 ㉘白泠(líng 灵)泠：这里形容清淡寡味。 ㉙不待要：不愿或不想做某事，有懒得的意思。怕不待要吃，意即实在懒得去吃。 ㉚蜗角虚名，蝇头微利：语出苏轼【满庭芳】词，比喻微不足道的功名利禄。蜗角，蜗牛的触角，和蝇头都比喻极其细微的东西。《庄子·则阳》说，蜗牛的两条触角上有两个国家，相与争地而战。 ㉛一递一声：一声接一声，彼此交替。 ㉜辆起车儿：套上车子。辆，这里用作动词。 ㉝登科录：科举考试的录取名册。 ㉞经忏：指佛经。礼：这里作诵习解。 ㉟春雷第一声：指科举考试夺魁的捷报。 ㊱口占一绝：随口吟成一首绝句。 ㊲"弃掷"四句：出自唐元稹《会真记》传奇，是崔莺莺另嫁后，谢绝

张生约她会面的请求时所作。这里借来写莺莺告诫张生不要变心。 ㊳赓（gēng庚）：续。 ㊴红泪：《拾遗记》载，魏文帝时，薛灵芸被选入宫，别父母，“以玉唾壶承泪，壶则红色……及至京师，壶中泪凝如血”。后因泛称女子的眼泪为红泪。 ㊵司马青衫：见60页注(53)。 ㊶“伯劳”句：比喻离散。乐府诗《东飞伯劳歌》：“东飞伯劳西飞燕，黄姑（牵牛）织女时相见。”伯劳，鸟名。 ㊷趁程途：赶路程。 ㊸“顺时”句：是说根据时令变化，自己保重身体。揣，囊揣的省词，指身体虚弱。 ㊹“泪添”句：极言眼泪之多。九曲，黄河从积石山到龙门一段弯曲甚多，有九曲黄河之称。㊺“恨压”句：极言别恨之重。华岳，即西岳华山，在今陕西省华阴市。华山以莲花峰、朝阳峰、落雁峰最为高峻，称为“天外三峰”。 ㊻阁不住：禁受不起。这里作忍不住解。 ㊼文齐福不齐：文才够格而时运不济，意即考不中。 ㊽停妻再娶妻：即重婚。旧律有“停妻再娶”条例。 ㊾青鸾：传说中能够传递书信的鸟。 ㊿“若见”二句：提醒张生见了异乡女子，不要像在普救寺遇见她那样便滞留不走。花草，喻女色。栖迟，停留，耽搁。 (51)“四围”二句：马致远《寿阳曲》：“四围山一竿残照里。”一鞭残照，落日距离山峰只有一鞭之长。 (52)这些大小车儿：这么点大的小车儿。

郑光祖

郑光祖(生卒年不详),字德辉,平阳襄陵(今山西临汾)人。曾任杭州路吏。他是元后期重要杂剧作家,与关汉卿、白朴、马致远并称"元曲四大家"。所作杂剧今知十八种,现存八种。多取材于历史故事,而以描写爱情的《倩女离魂》成就较高。其剧作缺乏前期杂剧的积极战斗精神,艺术上以清丽典雅见长。

倩女离魂①

第二折

(夫人慌上,云)欢喜未尽,烦恼又来。自从倩女孩儿在折柳亭与王秀才送路,辞别回家,得其疾病,一卧不起。请的医人看治,不得痊可②,十分沉重,如之奈何?则怕孩儿思想汤水吃,老身亲自去绣房中探望一遭去来。(下)(正末上,云)小生王文举,自与小姐在折柳亭相别,使小生切切于怀,放心不下。今夜舣舟③江岸,小生横琴于膝,操一曲以适闷④咱。(做抚琴科)(正旦别扮离魂上,云)妾身倩女,自与王生相别,思想的无奈,不如跟他同去;背着母亲,一径的赶来。王生也,你只管去了,争知我如何过遣⑤也呵!(唱)

〔越调〕【斗鹌鹑】人去阳台,云归楚峡⑥。不争他江渚停舟⑦,几时得门庭过马⑧?悄悄冥冥,潇潇洒洒。我这里踏岸沙,步月华⑨;我觑这万水千山,都只在一时半霎。

【紫花儿序】想倩女心间离恨,赶王生柳外兰舟⑩,似盼张骞天上浮槎⑪。汗溶溶琼珠莹脸,乱松松云髻堆鸦,走的我筋力疲乏。你莫不夜泊秦淮卖酒家⑫。向断桥西下,疏剌剌秋水菰蒲⑬,冷清清明月芦花。

(云)走了半日,来到江边,听的人语喧闹,我试觑咱。(唱)

【小桃红】我蓦听得马嘶人语闹喧哗,掩映在垂杨下,唬的我心头丕不⑭那惊怕,原来是响珰珰鸣榔板⑮捕鱼虾。我这里顺西风悄悄听沉罢,趁着这厌厌⑯露华,对着这澄澄月下,惊的那呀呀呀寒雁起平沙。

【调笑令】向沙堤款踏⑰,莎草带霜滑;掠湿湘裙翡翠纱,抵多少苍苔露冷凌波袜⑱。看江上晚来堪画,玩冰壶潋滟天上下⑲,似一片碧玉无瑕。

【秃厮儿】你觑远浦孤鹜落霞,枯藤老树昏鸦,听长笛一声何处发,歌欸乃⑳,橹咿哑。

(云)兀那船头上琴声响,敢是王生?我试听咱。(唱)

【圣药王】近蓼洼,缆钓槎,有折蒲衰柳老兼葭㉑;近水凹,傍短槎,见烟笼寒水月笼沙,茅舍两三家。

(正末云)这等夜深,只听得岸上女人音声,好似我倩女小姐,我试问一声波。(做问科,云)那壁不是倩女小姐么?这早晚来此怎的?(魂旦相见科,云)王生也,我背着母亲,一径的赶将你来,咱同上京去罢。

(正末云)小姐,你怎生直赶到这里来?(魂旦唱)

【麻郎儿】你好是舒心的伯牙㉒,我做了没路的浑家。你道我为甚么私离绣榻,待和伊同走天涯㉓。

(正末云)小姐是车儿来,是马儿来?(魂旦唱)

【幺】险把、咱家、走乏。比及你远赴京华,薄命妾为伊牵挂,思量心几时撇下。

【络丝娘】你抛闪咱,比及见咱,我不瘦杀,多应害杀㉔。(正末云)若老夫人知道怎了也?(魂旦唱)他若是赶上咱,待怎么?常言道:做着不怕。

(正末做怒科,云)古人云:聘则为妻,奔则为妾㉕。老夫人许了亲事,待小生得官回来,谐两姓之好,却不名正言顺!你今私自赶来,有玷风化,是何道理?(魂旦云)王生,(唱)

【雪里梅】你振色㉖怒增加,我凝睇㉗不归家;我本真情非为相吓,已主定心猿意马㉘。

(正末云)小姐,你快回去罢。(魂旦唱)

【紫花儿序】只道你急煎煎趱㉙登程路,元来是闷沉沉困倚琴书,怎不教我痛煞煞泪湿琵琶。有甚心着雾鬓轻笼蝉翅,双眉淡扫宫鸦㉚。似落絮飞花,谁待问出外争如只在家。更无多话,愿秋风驾百尺高帆,尽春光付一树铅华㉛。

(云)王秀才,赶你不为别,我只防你一件。(正末云)小姐,防我那一件来?(魂旦唱)

【东原乐】你若是赴御宴琼林㉜罢，媒人每拦住马，高挑起染渲佳人丹青画，卖弄他生长在王侯宰相家。你恋着那奢华，你敢㉝新婚燕尔在他门下。

（正末云）小生此行，一举及第，怎敢忘了小姐。（魂旦云）你若得登第呵，（唱）

【绵搭絮】你做了贵门娇客，一样矜夸；那相府荣华，锦绣堆压。你还想飞入寻常百姓家？那时节似鱼跃龙门播海涯㉞，饮御酒插宫花，那其间占鳌头㉟、占鳌头登上甲。

（正末云）小生倘不中呵，却是怎生？（魂旦云）你若不中呵，妾身荆钗裙布㊱，愿同甘苦。（唱）

【拙鲁速】你若是似贾谊困在长沙㊲，我敢似孟光般显贤达。休想我半星儿意差，一分儿抹搭㊳。我情愿举案齐眉傍书榻，任粗粝淡薄生涯㊴；遮莫㊵戴荆钗，穿布麻。

（正末云）小姐既如此真诚志意，就与小生同上京去如何？（魂旦云）秀才肯带妾身去呵。（唱）

【幺篇】把梢公快唤咱，恐家中厮捉拿。只见远树寒鸦，岸草汀沙，满目黄花，几缕残霞。快先把云帆高挂，月明直下；便东风刮，莫消停㊶，疾进发。

（正末云）小姐，则今日同我上京应举去来。我若得了官，你便是夫人县君㊷也。（魂旦唱）

【收尾】各刺刺㊸向长安道上把车儿驾，但愿得文苑客当时㊹奋发；则我这临邛市沽酒卓文君，甘伏侍你濯锦江题桥汉司马㊺。（同下）

①《倩女离魂》全名为《迷青琐倩女离魂》。写张倩女和王文举相爱，为张母梗阻，文举被迫进京赴考，倩女魂魄离躯赶上文举，结为夫妻。后文举得官携倩女同归，魂体合一。　②痊可：病情好转，病愈。　③舣（yǐ倚）舟：泊船。舣，船拢岸。　④适闷：解闷。适，意同"舒"，解除。　⑤争知：怎知。过遣：过活，度日。　⑥"人去"二句：意谓情侣离别，天各一方。阳台，传说中楚怀王在高唐和巫山神女欢会之处。楚峡，即巫峡，巫山神女的住处。　⑦不争：倘若，如果。江渚（zhǔ主）：江边。　⑧门庭过马：指衣锦荣归，马过门庭。　⑨步月华：踏着月光。　⑩兰舟：即木兰舟，船的美称。　⑪张骞天上浮槎（chá查）：张骞，西汉人。传说他出使西域时到了黄河源，曾乘木筏直上天河。浮槎，木筏。　⑫夜泊秦淮卖酒家：唐杜牧《泊秦淮》诗"烟笼寒水月笼沙，夜泊秦淮近酒家"。　⑬菰蒲：菰和蒲草，生长在水边的两种草本植物。菰的根茎俗称茭白。　⑭丕丕：即扑扑，形容心慌。　⑮鸣榔板：一种捕鱼方法。榔板，捕鱼时用以敲船的长木条，敲击发声，可惊鱼入网。　⑯厌厌：浓重的样子。　⑰款踏：慢步行走。　⑱"掠湿"二句：是说在郊野夜行，衣袜上所沾的露水比站在家里台阶上痴

望要多得多。凌波袜，妇女所穿袜子的美称，典出曹植《洛神赋》："凌波微步，罗袜生尘。" ⑲"玩冰壶"句：是说赏玩明月照在水中，天光水色交相辉映。冰壶，盛冰的玉壶，形容月色晶莹澄澈。潋滟（liàn yàn 练艳），形容波光闪动。 ⑳欸（ǎi 矮）乃：本是摇橹的声音，后成为船夫的棹歌名。唐元结有《欸乃曲》。 ㉑蒹葭（jiān jiā 尖加）：即荻，生长在水边的草本植物。 ㉒好是：真是。伯牙：春秋时人，善弹琴。 ㉓待：打算，将要。伊：你。 ㉔害杀：这里指害相思病而死。 ㉕聘则为妻，奔则为妾：语出《礼记・内则》。意谓男方向女方行聘之后结婚，是正式夫妻关系，女方才有"妻"的名分；私相结合的，女方只能作"妾"（小老婆）。 ㉖振色：作色，即板起脸。 ㉗凝睇（dì 弟）：注视。 ㉘"已主"句：是说主意已定。心猿意马，佛家语，比喻人的心思纷驰不定。 ㉙趱（zǎn 攒）：赶，奔。 ㉚"有甚"二句：是说没有什么心思梳妆打扮。蝉翅，头饰。 ㉛"愿秋风"二句：是说但愿王生一帆风顺，自己则听凭青春消逝。尽，任凭。铅华，本指妇女妆饰用的铅粉，这里承上文兼指飞絮。 ㉜御宴琼林：宋太宗曾于琼林苑赐宴新科进士，后遂以"琼林宴"称皇帝赐新科进士的宴会。 ㉝敢：这里作助动词，有包管、准定的意思。 ㉞鱼跃龙门：传说黄河鲤鱼跳过龙门即可成龙，比喻科举登第。播：迁。 ㉟占鳌头：科举时代称状元及第为"独占鳌头"。 ㊱荆钗布裙：木制发钗，粗布衣裙。指贫穷俭朴的生活。 ㊲贾谊困在长沙：贾谊，西汉政论家、文学家。曾任太中大夫，受排挤出任长沙王太傅，抑郁而死。 ㊳抹搭：怠慢，懒散。 ㊴粗粝淡薄生涯：粗茶淡饭的清苦生活。粗粝，粗糙的食物。 ㊵遮莫：拼着。 ㊶消停：停留。 ㊷夫人、县君：封建时代按官阶赐予臣下妻、母的称号。 ㊸各剌剌：形容车子走动的声音。 ㊹当时：这里是适逢其时、走运的意思。 ㊺濯锦江题桥汉司马：汉司马，即司马相如，这里借指王生。濯锦江，即岷江。传说司马相如由成都去长安，路过江上的升仙桥时，曾在桥柱题词："不乘高车驷马，不过此桥。"

睢景臣

睢景臣(生卒年不详,1303年在世),一作舜臣,字嘉贤,后字景贤,扬州(今江苏扬州)人。著有杂剧三种和《睢景臣词》,均不传。散曲仅存套数三篇,代表作《高祖还乡》对封建帝王的尊严极尽挪揄嘲讽之能事,粗犷朴野,诙谐泼辣。

〔般涉调〕哨遍

高祖还乡①

【哨遍】社长排门告示②,但有的差使无推故③。这差使不寻俗④,一壁厢纳草也根⑤,一边又要差夫,索应付。又言是车驾,都说是銮舆,今日还乡故⑥。王乡老执定瓦台盘⑦,赵忙郎抱着酒葫芦⑧。新刷⑨来的头巾,恰糨来的绸衫⑩,畅好是妆么大户⑪!

【耍孩儿】瞎王留引定火乔男女⑫,胡踢蹬⑬吹笛擂鼓。见一彪⑭人马到庄门,匹头里几面旗舒⑮:一面旗白胡阑套住个迎霜兔⑯,一面旗红曲连打着个毕月乌⑰,一面旗鸡学舞⑱,一面旗狗生双翅⑲,一面旗蛇缠葫芦⑳。

【五煞】红漆了叉㉑,银铮了斧㉒,甜瓜苦瓜黄金镀㉓。明晃晃马镫枪尖上挑㉔,白雪雪鹅毛扇上铺㉕。这几个乔人物,拿着些不曾见的器仗,穿着些大作怪㉖衣服。

【四煞】辕条上都是马,套顶上不见驴,黄罗伞柄天生曲㉗。车前八个天曹判㉘,车后若干递送夫㉙。更几个多娇女㉚,一般穿着,一样妆梳。

【三煞】那大汉下的车,众人施礼数㉛。那大汉觑得人如无物。众乡老展脚舒腰拜,那大汉挪身着手扶。猛可里㉜抬头觑,觑多时认得,险气破我胸脯!

【二煞】你须㉝身姓刘,你妻须姓吕㉞,把你两家儿根脚㉟从头数。你本身做亭长耽几盏酒㊱,你丈人教村学读几卷书。曾在俺庄东住,也曾与我喂牛切草,拽坝㊲扶锄。

【一煞】春采了桑,冬借了俺粟,零支了米麦无重数㊳。换田契强秤了麻三秤㊴,还酒债偷量了豆几斛㊵。有甚胡突处?明标着册历㊶,见放着文书㊷。
【尾】少我的钱,差发内旋拨还㊸;欠我的粟,税粮中私准除㊹。只道刘三谁肯把你揪摔住㊺,白甚么改了姓更了名唤做汉高祖㊻!

①高祖:指汉高祖刘邦。史载,高祖十二年(前195),刘邦平定淮南王英布后,在故乡沛县(今江苏徐州沛县)留住了十余日。这篇套曲假托一个被抓来迎驾的乡民的口吻,用辛辣嘲讽的笔法对此作了描绘。　②社长:相当于里正、村长。社,古时地方区域的基层单位,汉以二十五户为一社,元以五十户为一社。排门告示:挨家挨户地通知。　③"但有"句:凡是摊派的差使不得借故推托。　④不寻俗:不寻常。　⑤纳草也根:交纳去根的草料。也,疑为"去"字之误。一说"也"是语助词。　⑥"又言"三句:车驾、銮舆,皇帝乘坐的车子,代指皇帝。乡故,故乡。　⑦乡老:乡里较有地位的年长者。瓦台盘:陶制托盘。　⑧忙郎:宋元俗语,称牧童为忙郎,亦作芒郎。这里指童仆。一说是乡民的通称。　⑨刷:洗刷。　⑩恰糨(jiāng匠)来:刚浆洗过。糨,用米汁给洗净的衣服上浆,使干后硬挺而穿。　⑪妆么:装模作样。大户:财主,地主。　⑫乔男女:不三不四的家伙。乔,恶劣、怪模怪样。　⑬胡踢蹬:胡闹,瞎折腾。　⑭一彪(diū丢):一大队。　⑮匹头里:即劈头里,迎头。舒:舒展。　⑯白胡阑套住个迎霜兔:指月旗。胡阑,"环"字的复音。迎霜兔,指白兔。传说月中有玉兔捣药,故用白环套着白兔代表月亮。乡民不识皇帝的仪仗,只能用他所熟识的事物来描绘,下同。　⑰红曲连打着个毕月乌:指日旗。曲连,"圈"字的复音。毕月乌,旧星历家以七曜(日月水火木金土)配二十八宿,又以各种鸟兽配二十八宿,如昴日鸡、毕月乌等。这里毕月乌即指乌。传说太阳内有三足金乌,故用红圈套着乌鸦代表太阳。　⑱鸡学舞:指凤凰旗。　⑲狗生双翅:指飞虎旗。　⑳蛇缠葫芦:指蟠龙戏珠旗。　㉑红漆了叉:指叉形兵器。　㉒银铮了斧:指镀银的斧钺。铮,镀。　㉓"甜瓜"句:指不同形状的金瓜锤。　㉔"明晃晃"句:指朝天镫。　㉕"白雪雪"句:指鹅毛宫扇。　㉖大作怪:十分奇怪。　㉗"黄罗"句:指仪仗中的曲盖,形状像伞,柄把弯曲。　㉘天曹判:神庙里的泥塑判官,借指导驾的侍从官员。　㉙递送夫:指奔走伏侍的宫廷内官。　㉚多娇女:指嫔妃宫女,言其千娇百媚。　㉛施礼数:行礼。　㉜猛可里:猛然间。　㉝须:本来,本是。　㉞你妻须姓吕:刘邦的妻子叫吕雉,史称吕后。　㉟根脚:根底,出身。　㊱亭长:秦制十里为亭,十亭为乡。刘邦发迹前曾做过泗水亭长。耽:嗜好。　㊲拽坝:拉耙。坝,通"耙"。　㊳无重数:数不清,无法计算。　㊴"换田契"句:是说刘邦曾趁乡民换田契之机敲诈勒索。前一个"秤",同"称"(chēng撑),动词。后一个"秤",量词,乡间以十斤为一秤,三秤即三十斤。　㊵斛(hú胡):古代容量单位,初以十斗为斛,南宋末改为五斗。　㊶册历:指账本。

㊷见(xiàn现):同"现"。文书:指字据。 ㊸"差发"句:立即在官差钱里扣还。差发,当官差。不能应役当差的,可出钱雇人代替。旋,立即。 ㊹私准除:暗中抵偿扣除。 ㊺刘三:刘邦排行第三。揪捽(zuó昨)住:揪住不放。 ㊻"白甚么"句:意承前句,说没人愿意揪住你讨债,为什么要改名换姓叫汉高祖?白甚么,为什么。高祖是刘邦死后的庙号,他还乡时并无此称,这里是故意挖苦。

刘时中

刘时中,洪都(今江西南昌)人。约生活在元代后期。作品仅存套数三篇。《上高监司》把散曲作为陈言献策的"说帖",直接评议现实政治,揭露社会黑暗,反映民生疾苦,扩大了散曲的表现范围,在元代曲坛独树一帜。语言纯朴自然,感情色彩强烈,迥异于元后期散曲典雅工丽的习尚。

〔正宫〕端正好

上高监司(前套)①

【端正好】众生灵遭磨障②,正值着时岁饥荒。谢恩光拯济皆无恙,编做本词儿唱。

【滚绣球】去年时正插秧,天反常,那里取若时雨降?旱魃③生四野灾伤。谷不登,麦不长,因此万民失望,一日日物价高涨。十分料钞加三倒④,一斗粗粮折四量⑤,煞是凄凉。

【倘秀才】殷实户欺心不良,停塌户⑥瞒天不当。吞象心肠⑦歹伎俩,谷中添秕屑,米内插粗糠,怎指望他儿孙久长。

【滚绣球】甑⑧生尘老弱饥,米如珠少壮荒。有金银那里每⑨典当?尽枵腹⑩高卧斜阳。剥榆树餐,挑野菜尝。吃黄不老⑪胜如熊掌,蕨根粉⑫以代糇粮。鹅肠⑬苦菜连根煮,荻笋芦莴带叶咥⑭,则留下杞柳株樟⑮。

【倘秀才】或是捶麻柘⑯稠调豆浆,或是煮麦麸稀和细糠,他每早合掌擎拳谢上苍⑰。一个个黄如经纸⑱,一个个瘦似豺狼,填街卧巷。

【滚绣球】偷宰了些阔角牛,盗斫了些大叶桑⑲。遭时疫无棺活葬,贱卖了些家业田庄。嫡亲儿共女,等闲参与商⑳。痛分离是何情况!乳哺儿没人要撇入长江。那里取厨中剩饭杯中酒,看了些河里孩儿岸上娘,不由我不哽咽悲伤!

【倘秀才】私牙子船湾外港㉑,行过河中宵㉒月朗。则发迹了些无徒㉓米麦行。牙钱加倍解㉔,卖面处两般装㉕,昏钞早先除了四两㉖。

【滚绣球】江乡相㉗,有义仓㉘,积年系税户掌㉙。借贷数补搭㉚得十分停当,都侵用过将官府行唐㉛。那近日劝粜㉜到江乡,按户口给月粮。富户都用钱买放㉝,无实惠尽是虚桩㉞。充饥画饼诚堪笑,印信凭由㉟却是谎,快活了些社长知房㊱。

【伴读书】磨灭尽诸豪壮,断送了些闲浮浪㊲。抱子携男扶筇杖㊳,尪羸伛偻㊴如虾样,一丝游气沿途创㊵,阁泪汪汪。

【货郎】见饿殍㊶成行街上,乞丐拦门斗抢。便财主每也怀金鹄立㊷待其亡。感谢这监司主张,似汲黯㊸开仓。披星带月热中肠,济与粜亲临发放。见孤孀疾病无皈向㊹,差医煮粥分厢巷。更把赃输钱分例米多般儿区处的最优长㊺。众饥民共仰,似枯木逢春,萌芽再长。

【叨叨令】有钱的贩米谷置田庄添生放㊻,无钱的少过活分骨肉无承望;有钱的纳宠妾买人口偏兴旺,无钱的受饥馁填沟壑遭灾障㊼。小民好苦也么哥,小民好苦也么哥,便秋收鬻㊽妻卖子家私丧。

【三煞】这相公爱民忧国无偏党㊾,发政施仁有激昂。恤老怜贫,视民如子,起死回生,扶弱摧强。万万人感恩知德,刻骨铭心,恨不得展草垂缰㊿。覆盆之下,同受太阳光(51)。

【二煞】天生社稷真卿相,才称朝廷作栋梁。这相公主见宏深,秉心仁恕,治政公平,莅事(52)慈祥,可与萧曹(53)比并,伊傅(54)齐肩,周召(55)班行。紫泥宣诏(56),花衬马蹄忙(57)。

【一煞】愿得早居玉笋朝班(58)上,伫看金瓯姓字香(59)。入阙朝京,攀龙附凤(60),和鼎调羹(61),论道兴邦。受用取貂蝉济楚(62),衮绣峥嵘(63),珂佩(64)丁当。普天下万民乐业,都知是前任绣衣郎(65)。

【尾声】相门出相前人奖,官上加官后代昌。活彼生灵恩不忘,粒我烝民德怎偿(66)。父老儿童细较量,樵叟渔夫曾论讲。共说东湖柳岸旁,那里清幽更舒畅。靠着云卿苏圃场(67),与徐孺子流芳挹清况(68)。盖一座祠堂人供养,立一统(69)碑碣字数行,将德政因由都载上,使万万代官民见时节想。

①高监司:指高纳麟。监司,监察地方属吏的官员。宋置转运使监察各路,始以监司为通称。元提刑按察使(后改称肃政廉访使)掌管刑狱和监察事务,亦称监司。天历二年(1329)江西大旱,高纳麟时任江西道廉访使,主持赈灾。《上高监司》是作者以散曲形式向高献呈的说帖,共前后两套。 ②磨障:即魔障。这里指灾难。 ③旱魃

(bá拔):传说中的旱神。 ④"十分"句:是说用破旧的钞票换新钞,要贴加三成。料钞,元代发行的纸币,以丝料做合价标准,故称。倒,倒换。 ⑤"一斗"句:是说购粮时又要打四折,一斗只量给六升。指货币贬值。 ⑥停塌户:指囤积居奇的豪富奸商。停塌,即囤塌,积聚、囤积的意思。宋元时有租给商人存放货物的"塌房"。 ⑦吞象心肠:喻贪心不足。俗谚:"人心不足蛇吞象。" ⑧甑(zèng赠):做饭用的瓦器。 ⑨那里每:即那里。每,这里表揣度语气。 ⑩枵(xiāo消)腹:空腹,指饿着肚子。 ⑪黄不老:即黄檗(bò),落叶乔木,果实如黄豆,可食。 ⑫蕨(jué决)根粉:蕨即蕨菜,其根茎含淀粉可食用,俗称蕨粉。 ⑬鹅肠:野菜名。 ⑭荻笋芦蒿(wō窝):荻苇的嫩芽、芦苇的嫩茎。荻,生在水边的草本植物,类似芦苇。哐(zhuāng庄):吞咽。 ⑮株樟:树木一棵叫一株,株樟即指樟树。 ⑯麻柘(zhè浙):柘树的果实,形似桑葚。 ⑰擎拳:高举拳头,表示谢意。上苍:上天。 ⑱经纸:印抄经卷用的黄表纸。 ⑲斫(zhuó浊):砍。私自宰牛、伐树是违反禁令的,故云"偷""盗"。 ⑳等闲:轻易。参(shēn身)与商:参星和商星。参在东,商在西,此出彼没,不可互见。比喻骨肉分离。 ㉑私牙子:私贩。牙子,旧时贸易市场的中间商。湾:停泊。 ㉒中宵:半夜。 ㉓无徒:无赖之徒。 ㉔牙钱:牙子介绍买卖双方成交后所得的佣金。解:付给,送交。 ㉕卖面处两般装:意指卖粮时做手脚捣鬼,克扣买主。 ㉖昏钞:破旧的钞票。因用久票面磨损而模糊不清,故称。元制有昏钞倒换法,昏钞换新钞须打折扣。除了四两:是说打了四折,十两银值的昏钞只能当六两买粮。 ㉗江乡:沿江一带的乡村。相:即"厢",那边。 ㉘义仓:地方公共储粮备荒的粮仓。丰年按人口纳粮入仓,贫富差等,荒年开仓赈灾。 ㉙积年:历年,多年。税户:管理收粮纳税的民户,实际是地方上的豪富。 ㉚补搭:掩盖、弥缝,使无破绽。 ㉛行唐:搪塞、蒙蔽的意思。 ㉜劝粜:动员有粮户卖粮。这是旧时带有强制性的一种赈灾措施。 ㉝买放:指用行贿的手段买脱了卖粮的差使。 ㉞虚桩:虚的,空的。 ㉟印信凭由:盖有官印的公告、文书。 ㊱知房:县衙各房(办事部门)的主管人员。 ㊲闲浮浪:这里指游手好闲的浪荡汉。 ㊳筇(qióng穷)杖:竹杖。筇,一种竹子。 ㊴尪羸(wāng léi汪雷):瘦弱的样子。伛偻(yǔ lǚ雨吕):驼背弯腰。 ㊵创:借作"闯",闯荡,流浪。 ㊶饿莩(piǎo瞟):饿死的人。 ㊷鹄(hú胡)立:鹄,俗称天鹅。鹄立,指像天鹅那样延颈而立,形容盼望等待之状。 ㊸汲黯:西汉人,曾奉汉武帝之命至河内(今河南黄河以北地区)巡视火灾,在河南发现水灾危急,遂矫命发仓赈济灾民。见《史记·汲黯列传》。 ㊹皈(guī归)向:归宿,依附。皈,同"归"。 ㊺赃输钱:贪污税款,接受贿赂。赃,贪污、受贿。输,缴纳、献纳,特指纳税。分例米:私分按定额分给灾民的救济粮。多般儿区处:分别情况予以处理。 ㊻生放:放债生息。 ㊼灾障:灾殃。 ㊽鬻(yù玉):卖。 ㊾偏党:偏向,偏私。 ㊿展草:三国时李信纯醉卧草地中,草地起火,他的爱犬以溪水湿身,在他卧处周围把草弄湿,救了主人,力尽而死。事见《搜神记》。垂缰:前秦苻坚被慕容冲追击,策马坠入涧中,马跪在涧边垂下缰绳,使苻坚得以攀缘登岸逃脱。事见《异苑》。这是两个旧时常用的犬马感恩图报的故事。　　㉑"覆盆"二句:反用"覆盆不照太阳晖"的成语,赞颂高监司赈济灾民的功德。覆盆,反扣着的盆子,比喻黑暗而绝望的境地。　㉒莅事:处理政事。　㉓萧曹:指汉初名臣萧何、曹参。　㉔伊傅:指殷代名相伊尹、傅说(yuè月)。㉕周召(shào邵):指周初名臣周公旦、召公奭(shì式)。　㉖紫泥宣诏:是说皇帝将下诏书宣高监司进京。古时简牍用胶泥封固加印,以防偷拆,其泥称封泥,颜色分青泥和紫泥。皇帝诏书用紫泥,故称紫泥诏。　㉗花衬马蹄忙:是说高监司奉召入朝,策马疾驰。含有祝愿春风得意、走马京华之意。　㉘玉笋朝班:即玉笋班,原指风貌才华卓异的朝廷官员,后以此称誉朝官。玉笋,比喻人才济济,如笋并列。　㉙金瓯姓字香:唐李德裕《明皇十七事》载,唐玄宗"命相,先以八分书(隶书的一种)姓名,以金瓯覆之"。　㉚攀龙附凤:指辅佐帝王以建立功业。　㉛和鼎调羹:调和鼎中羹汤的味道。古以"调鼎"比喻治理国家,特指宰相的职责。　㉜貂蝉济楚:貂蝉帽整齐漂亮。貂蝉,指貂蝉冠,古代达官显贵的官帽,帽上饰有貂尾和蝉翼。　㉝衮绣峥嵘:衮绣服华贵出众。衮服,古代帝王和公侯绣有龙纹的礼服。峥嵘,这里是出众、显耀的意思。　㉞珂佩:古代官员礼服佩带上的玉制装饰物。　㉟绣衣郎:汉武帝时设"绣衣直指"官职,由侍御史充任。元廉访使隶属御史台,故借称高监司。　㊱粒我烝(zhēng争)民:使百姓有饭吃。语出《诗经·周颂·思文》。粒,这里用作动词。烝民,众民。偿:报答。　㊲云卿苏圃场:南宋苏云卿在豫章(今江西南昌)东湖结庐隐居,辟园种菜。圃场,菜园。　㊳徐孺子:东汉豫章人徐穉,字孺子,隐居自耕,不肯应诏出仕,时称"南州高士"。挹清况:揽取清幽胜景。　㊴一统:一座,一块。

张养浩

张养浩(1270—1329),字希孟,号云庄,济南(今山东济南)人。曾任监察御史,因抨击朝政为权贵所忌,免官闲居。后复官累迁至礼部尚书、参议中书省事,又辞官归隐。元天历二年(1329)出任陕西行台中丞,未几病卒。以散曲名世,多是隐居时啸傲山林之作。有些作品关心民生疾苦,反映官场黑暗,较有现实意义。风格豪放飘逸。著有散曲集《云庄休居自适小乐府》(简称《云庄乐府》)和诗集《云庄类稿》。

〔中吕〕山坡羊

潼关怀古①

峰峦如聚②,波涛如怒,山河表里潼关路③。望西都④,意踟蹰⑤。伤心秦汉经行处,宫阙万间都做了土⑥。兴,百姓苦;亡,百姓苦⑦。

①作者晚年到陕西赈灾,用【山坡羊】曲牌写了九首怀古曲,这是其中之一。潼关:在今陕西省潼关县,关城扼秦、晋、豫三省要冲,为古代入陕门户和军事重地。 ②峰峦如聚:形容群峰攒集,层峦叠嶂。聚,聚集,凑集。 ③"山河"句:是说潼关外临黄河,内倚华山,形势险要。表里,即内外。《左传·僖公二十八年》:"表里山河,必无害也。"注:"晋国外河而内山。" ④西都:指西汉都城长安(今陕西西安)。东汉建都洛阳,遂称洛阳为东都,长安为西都。 ⑤踟蹰(chí chú 迟除):徘徊,犹豫。这里是思潮起伏、感慨万千的意思。 ⑥"伤心"二句:是说目睹秦汉遗迹,旧日宫殿尽成废墟,内心伤感。 ⑦兴、亡:指朝代的盛衰更替。

张可久

张可久(1270？—1348以后)，字小山，一说名伯远，字可久，号小山，庆元(今浙江宁波鄞州区)人。以路吏转首领官，做过桐庐典史和昆山幕僚。晚年居杭州。散曲与乔吉并称"双璧"，多描绘自然风景，歌咏颓放生活，抒写闺情相思。少数作品咏史叹世，较有现实意义。他以诗词作法写曲，注重形式格律和文字技巧，风格典雅清丽，与前期元散曲的质朴本色大异其趣。有近人辑本《小山乐府》。

〔中吕〕卖花声

怀　古

美人自刎乌江岸①，烈火曾烧赤壁山②，将军空老玉门关③。伤心秦汉，生民涂炭④，读书人一声长叹。

①美人：指项羽的宠姬虞姬。乌江：在今安徽省和县。项羽兵败垓下时与虞姬诀别，突围至乌江自尽。后人衍成虞姬自刎于楚军营帐的故事。　②赤壁山：在今湖北省赤壁市。东汉建安十三年(208)，孙权、刘备联军在此用火攻大败曹操。　③将军：指东汉名将班超。超镇守西域三十一年，年老思归，上疏曰："臣不敢望到酒泉郡，但愿生入玉门关。"见《后汉书·班超传》。　④生民：人民。涂炭：泥泞和炭火，比喻极端困苦的境地。

〔正宫〕醉太平

失　题

人皆嫌命窘①，谁不见钱亲。水晶环入面糊盆，才沾粘便滚②。文章糊了盛钱囤③,门庭改做迷魂阵④。清廉贬入睡馄饨,胡芦提倒稳⑤。

①窨:贫困。　②"水晶"二句:比喻精明圆滑的人一旦投身功名利禄的竞逐,也立即会利令智昏,胡作非为。　③"文章"句:是说读书写文章成了谋取金钱的手段。囤(dùn盾),原指用席箔等围成的盛粮食的器物。　④迷魂阵:指坑骗人的圈套、陷阱。一般指妓院。　⑤"清廉"二句:是说清正廉洁被贬斥为愚钝无知,糊里糊涂反倒安稳。睡馄饨,原指贪睡的糊涂汉,这里有混沌迂执、不明事理的意思。

〔越调〕凭阑人

江　夜

江水澄澄江月明,江上何人挡玉筝①?隔江和泪听,满江长叹声。

①挡(chōu抽):用手指弹拨乐器。

乔 吉

乔吉(1280？—1345)，字梦符，号笙鹤翁，又号惺惺道人，太原(今山西太原)人，流寓杭州。一生穷困潦倒。所作杂剧今知十一种，现存三种，都是爱情喜剧，以情节的曲折变幻和辞藻的华美工丽著称。散曲与张可久齐名，多写闲适放逸生活，偶有愤世嫉俗之作。注重辞藻音律，雅正清丽，且能雅俗并赅，不脱质朴本色，常以奇特警拔取胜。有近人辑本《梦符散曲》。

〔中吕〕山坡羊

寓 兴

鹏抟九万①，腰缠十万，扬州鹤背骑来惯②。事间关，景阑珊③。黄金不富英雄汉，一片世情天地间。白，也是眼；青，也是眼④。

①鹏抟九万：典出《庄子·逍遥游》引《齐谐》："鹏之徙于南冥(南海)也，水击三千里，抟扶摇直上者九万里。"比喻抱负不凡。抟(tuán 团)，盘旋。　②"腰缠"二句：唐无名氏《商芸小说》："有客相从，各言所志，或愿为扬州刺史，或愿多赀财，或愿骑鹤上升。其一人曰：'腰缠十万贯，骑鹤上扬州。'欲兼三者。"此用其典，言曾有远大的志向。　③事间关，景阑珊：程途艰难，景况凄凉。间关，道路崎岖难行。阑珊，衰歇，零落。　④"白，也是眼"二句：《晋书·阮籍传》说籍"能为青白眼"。青眼，用黑眼珠看人，表示尊重或喜爱；白眼，用眼白看人，表示鄙视或憎恶。这里用以描写世态炎凉。

〔双调〕水仙子

寻 梅

冬前冬后几村庄，溪北溪南两履霜，树头树底孤山①上。冷风来何处香？忽相逢缟袂绡裳②。酒醒寒惊梦③,笛凄春断肠④。淡月昏黄⑤。

①孤山:在杭州西湖,旧时多梅,是号称"梅妻鹤子"的北宋诗人林逋的隐居处。这里借指多梅的地方。 ②缟袂(gǎo mèi 稿妹)绡裳:将梅花比作淡妆素服的女子。缟袂,白绢做的衣袖。绡裳,生丝薄绸做的下衣。 ③"酒醒"句:是说醉卧梅下,因寒气侵袭而惊醒。旧题柳宗元《龙城录》载,隋代赵师雄在罗浮,天寒日暮,醉憩酒店旁,梦遇一淡妆素服的女子与之共饮为乐。酒醒后发觉自己宿于梅花树下,始悟所梦乃梅花仙子。 ④"笛凄"句:是说笛声引起惆怅感伤。笛曲中有《梅花落》,故云。 ⑤淡月昏黄:用林逋《梅花》"暗香浮动月昏黄"诗意。

〔正宫〕绿么遍

自　述

不占龙头①选,不入名贤②传。时时酒圣,处处诗禅③。烟霞状元④,江湖醉仙。笑谈便是编修院⑤。流连⑥,批风抹月⑦四十年。

①龙头:状元的别称。亦称龙首。 ②名贤:名人贤士。旧时方志多有为之立传的。 ③"时时"二句:是说不论何时何地,都以诗酒消磨生涯。酒圣,酒之清者,指好酒。诗禅,这里指作诗。禅,佛学。古代文人有以禅入诗、以禅喻诗的风气。 ④烟霞状元:寄情山水的"状元"。烟霞,指山水胜景。 ⑤编修院:指掌修国史、实录、会要的机构。 ⑥流连:依恋不舍。 ⑦批风抹月:犹言吟风弄月。批、抹,原意为接触,引申为吟赏。

贯云石

贯云石(1286—1324),原名小云石海涯,以父名贯石哥得姓,号酸斋,又号芦花道人,维吾尔族人。初袭父职为两淮万户府达鲁花赤,官至翰林学士知制诰同修国史,后称疾辞官隐居江南。他能诗工曲,是元诗绮丽清新之派的代表人物,散曲风格豪放爽朗,飘洒清逸,与同时散曲作家徐再思(号甜斋)齐名。近人合辑二家散曲为《酸甜乐府》。

〔双调〕清江引

抒 怀

竞功名有如车下坡①,惊险谁参破②?昨日玉堂臣③,今日遭残祸。争如我避风波走在安乐窝④。

①"竞功名"句:是说追逐功名利禄有如车子滑坡一样危险。竞,争逐。 ②参破:佛家语,指参禅有所悟。这里是看破、看透的意思。 ③玉堂臣:泛指高官。玉堂,官署名,汉侍中有玉堂署,宋以别称翰林院为玉堂。 ④争如:怎如。安乐窝:宋代邵雍自号安乐先生,称其隐居住所为安乐窝。元曲中常指避祸的隐栖地。

钟嗣成

钟嗣成(生卒年不详),字继先,号丑斋,祖籍大梁(今河南开封),寓居杭州。累试不第,做过江浙行省掾史。所作杂剧七种,皆不传。有戏曲史料著作《录鬼簿》及若干首散曲传世。

〔正宫〕醉太平

落　魄

风流①贫最好,村沙②富难交。拾灰泥补砌了旧砖窑,开一个教乞儿市学③。裹一顶半新不旧乌纱帽④,穿一领半长不短黄麻罩⑤,系一条半联不断皂环绦⑥,做一个穷风月训导⑦。

①风流:有才学而不拘礼法,异乎庸俗。　②村沙:粗俗,愚蠢。亦作村桑、沙村。③乞儿:指穷孩子。市学:义学,私塾。　④乌纱帽:原为官帽,后渐行于民间,贵贱皆可戴用。　⑤黄麻罩:麻布做成的罩袍。　⑥皂环绦(tāo 涛):黑色的腰带。绦,扁平的带子。　⑦穷风月:言一无所有,惟清风明月而已,指生活贫困但却高雅脱俗。训导:学官名,借称教书先生。

王　冕

　　王冕(1287—1359),字元章,号煮石山农、梅花屋主等,诸暨(今浙江诸暨)人。出身农家,以力学成通儒。屡试进士不第,遂绝意功名,布衣终老。晚年隐居浙东九里山。其诗伤时感事,反映社会矛盾和民生疾苦,抒写耿介自守的志趣,诗风朴直豪健。著有《竹斋集》。

伤　亭　户①

　　清晨度东关②,薄暮曹娥宿③。草床未成眠,忽起西邻哭。敲门问野老④,谓是盐亭族⑤。大儿去采薪,投身归虎腹。小儿出起土,冲恶入鬼箓⑥。课额⑦日以增,官吏日以酷。不为公所干,惟务私所欲⑧。田关⑨供给尽,嗟⑩数屡不足。前夜总催⑪骂,昨日场胥督。今朝分运来,鞭笞更残毒。灶下无尺草,瓮中无粒粟。旦夕不可度,久世⑫亦何福!永夜⑬声语冷,幽咽向古木⑭。天明风启门,僵尸挂荒屋。

①亭户:古代煮盐的地方称"亭场",制盐户称"亭户"或"灶户"。宋元时沿海盐民分"亭户"和"锅户"。亭户的盐称"正盐",交给官府;锅户的盐称"浮盐",卖给私商。　②东关:东关市,在今浙江省绍兴市东运河旁。　③薄暮:傍晚。曹娥:江名,在今浙江境内。　④野老:古称郊外为野。野老,即田野老人,老农。　⑤盐亭族:煮盐的亭户家。　⑥冲恶:迷信说法,在所谓"忌日"破土,会冲犯值岁的凶神太岁,招致祸殃。鬼箓(lù 录):鬼魂的名册。入鬼箓,意即死亡。　⑦课额:赋税的定额。　⑧"不为"二句:是说酷吏增加课额,并非出于公家的要求,而是为了中饱私囊。干(gān 甘),求取。　⑨田关:即田赋,按田亩征收的赋税。　⑩嗟(cuó):盐。　⑪总催:和下文的场胥、分运,都是盐务官吏的名称。　⑫久世:久活在世。　⑬永夜:长夜,深夜。　⑭幽咽:低声断续地悲泣。古木:老树。

墨　梅①

我家洗砚池头树②,朵朵花开淡墨痕③。不要人夸好颜色,只留清气满乾坤④。

①这是一首题画诗。作者借墨梅自喻,表现出鄙薄流俗、淡泊明志的品格。墨梅:水墨画的梅花。　②洗砚池:画家洗砚的池塘。树:指梅树。　③"朵朵"句:是说朵朵梅花用淡淡的墨色点染画成。水墨画以水调节墨色的浓淡干湿,分为浓墨、淡墨、重墨、清墨等色。　④清气:幽香。乾坤:天地。

萨都剌

萨都剌(1301?—?),字天锡,号直斋,蒙古族人,其祖父以军功留镇云、代,遂定居雁门(今山西代县)。元泰定四年(1327)进士,授镇江录事司达鲁花赤,后做过几任小官。至正九年(1349)以弹劾权贵左迁淮西江北道廉访司经历,未几致仕。工诗词。诗初以擅写宫词和丽情乐府著称,反映社会现实和山水纪游之作亦多佳制,流丽清婉,豪迈俊健。词以怀古伤今最见特色,境界开阔,风格近苏、辛一派。著有《雁门集》。

过 嘉 兴①

三山②云海几千里,十幅蒲帆挂烟水③。吴中过客④莫思家,江南画船如屋里。芦芽短短穿碧沙⑤,船头鲤鱼吹浪花。吴姬⑥荡桨入城去,细雨小寒生绿纱⑦。我歌《水调》⑧无人续,江上月凉吹紫竹⑨。春风一曲《鹧鸪》词⑩,花落莺啼满城绿。

①这首诗作于顺帝至元二年(1336)。时作者授福建闽海道肃政廉访司知事,自京入闽赴任途经嘉兴。嘉兴:今浙江省嘉兴市。 ②三山:旧时福州的别称。福州旧城中有九仙山(于山)、闽山、越王山三座山。 ③十幅:指船帆的宽度。蒲帆:用蒲草做的船帆。烟水:雾霭苍茫的水面。 ④吴中过客:经过吴中的旅客。这里是作者自谓。嘉兴为古吴国旧地。 ⑤碧沙:碧水清浅见底,河沙看上去也像是碧色的。 ⑥吴姬:吴地的女子。 ⑦"细雨"句:是说细雨蒙蒙,略生寒意,水面泛起微波,如同皱起的绿纱。⑧《水调》:商调曲调名。 ⑨紫竹:指箫、笛一类竹管乐器。 ⑩《鹧鸪》词:即【鹧鸪天】词,【鹧鸪天】是词牌名。词,别本作"吟"。

百 字 令

登石头城①

　　石头城上,望天低吴楚②,眼空无物。指点六朝形胜地③,惟有青山如壁。蔽日旌旗,连云樯橹④,白骨纷如雪。一江南北,消磨多少豪杰。寂寞避暑离宫⑤,东风辇路⑥,芳草年年发。落日无人松径里,鬼火⑦高低明灭。歌舞尊前,繁华镜里⑧,暗换青青发⑨。伤心千古,秦淮一片明月⑩。

①石头城:三国时孙权所建。背山临江,形势险固,古为兵家必争之地。故址在今南京市草场门一带。　②吴楚:泛指长江中下游地区,为春秋战国时吴国、楚国旧地。　③六朝:指先后建都于建康(今南京市)的三国吴、东晋和南朝的宋、齐、梁、陈六朝。形胜地:地势优越便利,风景优美的地方。　④樯橹(lǔ):船上的桅杆和桨,代指战船。橹,同"橹"。　⑤离宫:古代帝王于正式宫殿外别筑宫室,以便随时游处,称为离宫。　⑥辇(niǎn)路:帝王车驾所经之路。辇,帝王乘坐的车驾。　⑦鬼火:即磷火。动物尸骨散发的磷在空气中氧化发出的青绿色微光,通常出现于荒郊野外。迷信称为"鬼火"。　⑧繁华镜里:犹言镜里繁华,言繁华之空幻。繁华镜,亦可解作花纹繁细的铜镜,引出下句。繁华,即繁花,古代铜镜背面常刻有花纹。　⑨青青发:黑发。　⑩"伤心"二句:用刘禹锡《石头城》"淮水东边旧时月,夜深还过女墙来"诗意,慨叹人世沧桑,惟有秦淮明月如昔。秦淮,即秦淮河,流经今南京市区。

高　明

　　高明(1305?—1359?),字则诚,号莱根道人,温州瑞安(今浙江瑞安)人。元至正五年(1345)进士,曾任处州录事、江浙行省丞相掾等职。后隐居鄞县栎社,以词曲自娱。他以南戏《琵琶记》名世,被誉为"南戏中兴之祖"。另有南戏《闵子骞单衣记》和诗文《柔克斋集》(均已佚),仅存诗文五十余篇。

琵琶记

糟糠自厌①

　　(旦②上,唱)

【山坡羊】乱荒荒不丰稔③的年岁,远迢迢不回来的夫婿。急煎煎不耐烦④的二亲,软怯怯不济事的孤身己⑤。衣尽典,寸丝不挂体。几番要卖了奴身己,争奈没主公婆教谁看取⑥?(合⑦)思之,虚飘飘命怎期?难挨,实丕丕⑧灾共危。

【前腔】滴溜溜难穷尽的珠泪,乱纷纷难宽解的愁绪。骨崖崖⑨难扶持的病体、战钦钦⑩难挨过的时和岁。这糠呵,我待不吃你,教奴怎忍饥?我待吃呵,怎吃得?(介)⑪苦!思量起来不如奴先死,图得不知他亲死时。(合前)

　　(白)奴家早上安排些饭与公婆,非不欲买些鲑菜⑫,争奈无钱可买。不想婆婆抵死埋冤⑬,只道奴家背地吃了甚么。不知奴家吃的却是细米皮糠,吃时不敢教他知道,只得回避。便埋冤杀了,也不敢分说。苦!真实这糠怎的吃得。(吃介)(唱)

【孝顺歌】呕得我肝肠痛,珠泪垂,喉咙尚兀自牢嗄住⑭。糠!遭砻⑮被舂杵,筛你簸扬你,吃尽控持⑯。悄似⑰奴家身狼狈,千辛万苦皆经历。苦人吃着苦味,两苦相逢,可知道⑱欲吞不去。(吃吐介)(唱)

【前腔】糠和米,本是两倚依,谁人簸扬你作两处飞?一贱与一贵,好似奴家共夫婿,终无见期。丈夫,你便是米么,米在他方没寻处。奴便是糠么,怎的把糠救得人饥馁?好似儿夫出去,怎的叫奴供给得公婆甘旨⑲?(不吃放碗介)(唱)

【前腔】思量我生无益,死又值甚的!不如忍饥为怨鬼。公婆年纪老,靠着奴家相依倚,只得苟活片时。片时苟活虽容易,到底日久也难相聚。谩把糠来相比,这糠尚兀自有人吃,奴家骨头,知他埋在何处?

(外、净上探,白)媳妇,你在这里说甚么?(旦遮糠介)(净搜出,打旦介)(白)公公,你看么?真个背后自逼逻⑳东西吃,这贱人好打!(外白)你把他吃了,看是什么物事?(净慌吃介)(吐介)(外白)媳妇,你逼逻的是甚么东西?(旦哭介)(唱)

【前腔】这是谷中膜,米上皮,将来逼逻堪疗饥。(外、净白)这是糠,你却怎的吃得?(旦唱)尝闻古贤书,狗彘食人食㉑,公公,婆婆,须强如草根树皮。(外、净白)这不嗄杀了你?(旦唱)嚼雪餐毡,苏卿㉒犹健;餐松食柏㉓,到做得神仙侣,纵然吃些何虑?(白)公公,婆婆,别人吃不得,奴家须是吃得。(外、净白)胡说!偏你如何吃得?(旦唱)爹妈休疑,奴须是你孩儿的糟糠妻室㉔!

(外、净哭介,白)原来错埋冤了人,兀的不痛杀了我!(倒介)(旦叫介,唱)

【雁过沙】他沉沉向冥途,空教我耳边呼。公公,婆婆,我不能尽心相奉事,番㉕教你为我归黄土。公公,婆婆,人道你死缘何故?公公,婆婆,你怎生割舍抛弃了奴?

(白)公公,婆婆。(外醒介,唱)

【前腔】媳妇,你耽饥㉖事公姑。媳妇,你耽饥怎生度?错埋冤你也不肯辞㉗,我如今始信有糟糠妇。媳妇,我料应㉘不久归阴府。媳妇,你休便为我死的把生的受苦。(旦叫婆婆介,唱)

【前腔】婆婆,你还死教奴家怎支吾㉙,你若死教我怎生度?我千辛万苦回护丈夫㉚,如今到此难回护。我只愁母死难留父,况衣衫尽解,囊箧㉛又无。(外叫净介,唱)

【前腔】婆婆,我当初不寻思,教孩儿往皇都。把媳妇闪㉜得苦又孤,把婆婆送入黄泉路,只怨是我相耽误。我骨头未知埋在何处所?

(旦白)婆婆都不省人事了,且扶入里面去。正是:青龙共白虎㉝同行,吉凶事全然未保。(并下)

高明

（末上，白）福无双至犹难信，祸不单行却是真。自家为甚说这两句？为邻家蔡伯喈妻房，名唤做赵氏五娘子，嫁得伯喈秀才，方才两月，丈夫便出去赴选。自去之后，连年饥荒，家里只有公婆两口，年纪八十之上，甘旨之奉，亏杀这赵五娘子，把些衣服首饰之类尽皆典卖，籴些粮米做饭与公婆吃，他却背地里把些细米皮糠逼逻充饥。唧唧㉝，这般荒年饥岁，少甚么有三五个孩儿的人家，供膳不得爹娘。这个小娘子，真个今人中少有，古人中难得。那公婆不知道，颠到把他埋冤；今来㉞听得他公婆知道，却又痛心都害了病。俺如今去他家里探取消息则个。（看介）这个来的却是蔡小娘子，怎生恁地走得慌？（旦慌走上介，白）天有不测风云，人有旦夕祸福。（见末介）公公，我的婆婆死了。（末介）我却要来。（旦白）公公，我衣衫首饰尽行典卖，今日婆婆又死，教我如何区处？公公可怜见，相济㉟则个。（末白）不妨，婆婆衣衾棺椁㊱之费皆出于我，你但尽心承值㊲公公便了。（旦哭介，唱）

【玉包肚】千般生受㊳，教奴家如何措手？终不然把他骸骨，没棺椁送在荒丘？（合）相看到此，不由人不珠泪流，正是不是冤家不聚头㊵。（末唱）
【前腔】不须多忧，送婆婆是我身上有。你但小心承值公公，莫教又成不救。（合前）（旦白）如此，谢得公公！只为无钱送老娘。（末白）娘子放心，须知此事有商量。（合）正是：归家不敢高声哭，只恐人闻也断肠。（并下）

①《琵琶记》为南戏剧本。写蔡伯喈新婚不久即赴京应试，得中状元，被牛相国强招为婿。其妻赵五娘在家侍奉公婆，遇饥荒公婆双亡，五娘抱琵琶弹唱行乞，进京寻夫，得牛女之助，与伯喈团聚。元本《琵琶记》不分段落，由明人分出并标目。《糟糠自厌》是第二十一出。厌：通"餍"，饱，满足。 ②旦：戏曲角色名，扮演剧中女主角。这里扮演赵五娘。这出戏共四个角色，外、净分别扮演蔡伯喈的父母，末扮演邻居张太公。 ③稔（rěn忍）：庄稼成熟。不丰稔，即歉收。 ④不耐烦：犹言不能忍受。 ⑤身己：身体。亦作身起。 ⑥争奈：怎奈。看取：即看觑，关照、照顾。 ⑦合：南戏中的过曲常连用两支以上，最后几句相同的，称为"合头"。在上曲合头上只注一"合"字，下曲不再重出曲文，仅注"合前"二字，意为"合头同前"。合头合唱时多，也有独唱的。有时没有合头，"合"则专指独唱。 ⑧实丕丕：实实在在。 ⑨骨崖崖：瘦骨嶙峋的样子。 ⑩战钦钦：即战兢兢。 ⑪介：戏曲术语，南戏、传奇剧本里关于动作、表情及效果等的舞台提示，同元杂剧剧本中的"科"。 ⑫鲑（xié鞋）菜：泛指鱼类菜肴。 ⑬埋冤：即埋怨。 ⑭牢嗄（shà霎）住：紧紧地卡住。 ⑮砻（lóng龙）：磨碾。这里用作动词。 ⑯控持：折磨，磨难。 ⑰悄似：浑如，直似。悄，同"肖"。 ⑱可知道：难怪，无怪其然。 ⑲甘旨：美味的食物。特指供养父母的食物。

⑳逼逻:张罗,安排,有设法搜罗之意。亦作铧锣。　㉑狗彘(zhì 制)食人食:语出《孟子·梁惠王》。原意是"狗彘,食人食",是说狗和猪吃人的食物;这里的意思是"狗彘食,人食",指狗和猪的食物给人食用。彘,猪。　㉒苏卿:苏武字子卿,省称为苏卿。他出使匈奴被羁押时,曾以雪就毡毛充饥,得以不死。　㉓餐松食柏:相传神仙不食人间烟火,以松柏之实为食,得以长寿。　㉔糟糠妻室:参见前《汉宫秋》注㊶。原意并非指真的吃糠,赵五娘借以自辩,安慰公婆。　㉕番:通"翻",反而。　㉖耽饥:即担饥,承受饥饿。　㉗不肯辞:不愿辩白。　㉘料应:估计。　㉙还:如,若。支吾:对付,应付。　㉚回护:这里是委曲维护的意思。回护丈夫,意为委曲维护丈夫的体面。　㉛囊箧(qiè 怯):口袋和小箱子,代指家中的资财。　㉜闪:抛撇,抛弃。　㉝青龙、白虎:均星宿名。古代星命家以青龙为吉星,白虎为凶星。两者同行,意为吉凶未定。　㉞唧唧:即啧啧,赞叹声。　㉟今来:现今。来,语助词。　㊱相济:周济,帮助。　㊲衣衾(qīn 钦):这里指殓尸的衣被。衾,被子。棺椁:棺材。椁,棺外的套棺。　㊳承值:照应,侍候。　㊴生受:这里是为难的意思。　㊵不是冤家不聚头:民间俗语,一般对夫妻而言,迷信说法以为有前世缘分才有今世夫妻。这里泛指一家,意思是今世成为一家骨肉,也无非是前世因果,命中注定的。

明

宋　濂

宋濂(1310—1381),字景濂,号潜溪,浦江(今浙江浦江)人。元末召为翰林院编修,以亲老不赴。元至正二十年(1360)朱元璋征授江南儒学提举,明洪武初任《元史》修撰总裁,官至翰林学士承旨、知制诰致仕。后因长孙宋慎涉胡惟庸谋反案受牵连,全家流放茂州,途中病卒。宋濂学识渊博,散文宗法唐宋,平易畅达,尤工于叙事记传。著有《宋学士文集》。

秦　士　录

邓弼,字伯翊,秦①人也。身长七尺,双目有紫棱②,开合闪闪如电,能以力雄人③。邻牛方斗,不可擘④,拳其脊,折仆地。市门石鼓,十人舁⑤弗能举,两手持之行。然好使酒⑥,怒视人,人见辄避,曰:"狂生不可近,近则必得奇辱。"

一日,独饮娼楼,萧、冯两书生过其下,急牵入共饮。两生素贱⑦其人,力拒之。弼怒曰:"君终不我从⑧,必杀君,亡命走山泽耳,不能忍君苦⑨也!"两生不得已,从之。弼自据中筵⑩,指左右揖两生坐,呼酒歌啸以为乐。酒酣,解衣箕踞⑪,拔刀置案上,铿然鸣。两生雅⑫闻其酒狂,欲起走,弼止之曰:"勿走也!弼亦粗知书,君何至相视如涕唾?今日非速⑬君饮,欲少吐胸中不平气耳。四库书⑭从君问,即不能答,当血是刃⑮。"两生曰:"有是哉?"遽摘七经数十义叩之⑯,弼历举传疏⑰,不遗一言。复询历代史,上下三千年,缅缅如贯珠⑱。弼笑曰:"君等伏⑲乎未也?"两生相顾惨沮⑳,不敢再有问。弼索酒被发㉑跳叫曰:"吾今日压倒老生矣!古者学在养气㉒,今人一服儒衣㉓,反奄奄欲绝㉔,徒欲驰骋文墨㉕,儿抚一世豪杰㉖。此何可哉!此何可哉!君等休矣!"两生素负多才艺,闻弼言,大愧,下楼足不得成步。归询其所与游㉗,亦未尝见其挟册呻吟㉘也。

泰定㉙末，德王执法西御史台㉚，弼造书数千言袖谒之㉛。阍卒㉜不为通，弼曰："若不知关中有邓伯翊耶㉝？"连击踣㉞数人。声闻于王，王令隶人捽入㉟，欲鞭之。弼盛气曰："公奈何不礼壮士㊱？今天下虽号无事，东海岛夷尚未臣顺㊲，间者驾海舰互市于鄞㊳，即不满所欲，出火刀斫柱，杀伤我中国民。诸将军控弦引矢㊴，追至大洋，且战且却，其亏国体为已甚！西南诸蛮㊵，虽曰称臣奉贡，乘黄屋㊶、左纛㊷，称制㊸与中国等，尤志士所同愤。诚得如弼者一二辈，驱十万横磨剑㊹伐之，则东西至日所出入㊺，莫非王土㊻矣！公奈何不礼壮士？"庭中人闻之，皆缩颈吐舌，舌久不能收。王曰："尔自号壮士，解持矛鼓噪前登坚城乎㊼？"曰："能。""百万军中，可刺大将乎？"曰："能。""突围溃阵㊽，得保首领㊾乎？"曰："能。"王顾左右曰："姑试之。"问所须，曰："铁铠良马各一，雌雄剑二㊿。"王即命给与。阴戒善槊者(51)五十人驰马出东门外，然后遣弼往。王自临观，空一府随之(52)。暨(53)弼至，众槊并进，弼虎吼而奔，人马辟易(54)五十步，面目无色。已而(55)烟尘涨天，但见双剑飞舞云雾中，连斫(56)马首堕地，血涔涔滴(57)。王抚髀(58)欢曰："诚壮士！诚壮士！"命勺酒劳弼(59)，弼立饮不拜。由是狂名振一时，至比之王铁枪(60)云。

王上章荐诸天子。会丞相与王有隙(61)，格(62)其事不下。弼环视四体(63)，叹曰："天生一具铜筋铁肋，不使立勋万里外，乃槁死三尺蒿下(64)，命也，亦时也！尚何言！"遂入王屋山(65)为道士，后十年终。

史官(66)曰：弼死未二十年，天下大乱，中原数千里，人影殆绝。玄鸟来降失家(67)，竞栖林木间。使弼在，必当有以自见(68)。惜哉！弼鬼不灵则已，若有灵，吾知其怒发上冲也！

①秦：今陕西省一带，春秋战国时为秦国辖地。　②紫棱：形容目光锐利有锋芒。　③以力雄人：以气力称雄于人。　④擘（bò 檗）：分开。　⑤舁（yú 于）：抬。　⑥使酒：借酒发脾气。　⑦贱：轻视，看不起。　⑧不我从："不从我"的倒装句。　⑨忍君苦：忍受你们的轻视。　⑩据中筵：占坐了饭桌正中的座位。　⑪箕踞：两腿岔开而坐，状如簸箕。这是一种轻慢无礼的坐姿。　⑫雅：素来，向来。　⑬速：邀请。　⑭四库书：古代将图书分类为经、史、子、集四部，分库收藏。后因以四库为四部的代称。　⑮血是刃：血染这把刀。　⑯七经：指儒家的七部经典著作。各说略异，《小学绀珠》以《易》《书》《诗》《周礼》《仪礼》《礼记》《春秋》为七经。这里泛指儒家经典。叩：问。　⑰传（zhuàn 撰）疏：解说经书的文字叫"传"，对传再加阐释发挥的文字叫"疏"。　⑱缅（shǎi）缅：连绵不断的样子，形容议论滔滔不绝。贯珠：成串的珠子。⑲伏：同"服"，信服、认输。　⑳惨沮：沮丧失色。　㉑索酒：喝完了酒。索，这里作"尽"解。被（pī 披）发：披散头发。被，同"披"。　㉒养气：指陶冶情操，培养气质。

《孟子·公孙丑上》:“我善养吾浩然之气。”气,是一种主观的精神状态。㉓服:这里是动词,穿戴。儒衣:读书人的衣着。㉔奄奄欲绝:气息微弱,行将死亡的样子。这里形容人的精神气质极度委顿鄙琐。㉕驰骋文墨:这里是掌握文书写作的意思。驰骋,涉猎。㉖儿抚一世豪杰:把举世豪杰当小儿来抚弄。比喻对豪杰的极端轻视。㉗其所与游:指邓弼与之有交往的人。㉘挟册呻吟:手拿书本吟咏、诵读。㉙泰定:元泰定帝也孙铁木耳的年号(1324—1328)。㉚德王:指马札儿台,泰定四年(1327)出任陕西行台治书侍御史,后封忠王,死后改封德王。执法:这里是掌握的意思。御史台是监察机构,故云执法。西御史台:元制,除中央监察机关御史台外,在江南和陕西特设两个行御史台,分别简称南台和西台。㉛造书:作书。袖谒之:藏于袖中去拜见德王。㉜阍(hūn 昏)卒:守门的士兵。㉝若:你。关中:今陕西省关中盆地一带。㉞踣(bó 博):仆倒。㉟隶人:家丁,差役。捽(zuó 昨):揪。㊱奈何不礼壮士:为什么不以礼对待壮士。礼,这里可作“尊重”解。㊲东海岛夷:指日本。夷,古代对少数民族和外国的泛称。臣顺:称臣归顺。㊳“间者”句:是说日本人不时驾海船来鄞进行贸易。㊴控弦引矢:拉弓射箭。控、引,都是开弓的意思。矢,箭。㊵西南诸蛮:指西南地区的少数民族部落和国家。㊶黄屋:指皇帝的车驾。皇帝所乘车的车盖,用黄缯(丝帛)做里子,所以称为黄屋。㊷左纛(dào 道):纛,毛羽所制的幢,设在皇帝所乘车的左边做装饰品,称为左纛。㊸称制:行使皇帝的权力。㊹十万横磨剑:《旧五代史·景延广传》载,五代后晋出帝致书契丹时称孙不称臣,契丹责晋。景延广对契丹使臣说:“晋朝有十万口横磨剑,翁若要战则早来。”后因以“横磨剑”比喻精锐善战的士卒。㊺日所出入:太阳升起和落下的地方,指东方和西方的尽头。㊻莫非王土:《诗经·小雅·北山》:“溥天之下,莫非王土。”㊼解:懂得。鼓噪:擂鼓呐喊。㊽溃阵:冲垮敌方的阵地。㊾保首领:犹言保住脑袋。首领,头和颈。㊿雌雄剑二:雌雄剑一对。相传春秋时吴人干将与其妻莫邪善铸剑,铸成二剑,雄号干将,雌号莫邪。后借指成对的宝剑。(51)阴戒:暗中命令。善槊(shuò 朔)者:善使长矛的人。槊,长矛,古代兵器。(52)空一府随之:全王府的人都随德王前往观看。(53)暨(jì 既):及,等到。(54)辟易:惊退。(55)已而:旋即,不久。(56)斫(zhuó 卓):用刀斧砍。(57)血涔涔滴:血不断地向下滴流。(58)抚:通“拊”,拍、击之意。髀(bì 必):大腿。(59)勺酒劳弼:用勺取酒慰劳邓弼。(60)王铁枪:五代后梁将领王彦章,骁勇绝伦,每战都用两支铁枪,各重百余斤,直冲阵前,所向无敌,军中称为王铁枪。(61)会:刚巧。丞相:泰定末,右丞相是塔失帖木儿,左丞相是倒剌沙。隙:嫌隙,不和。(62)格:阻隔。(63)四体:即四肢。(64)槁死三尺蒿下:枯死在长长的野草之下。意即埋没在民间郁郁而终。三尺蒿下,即“草野”之意。古时以草野与庙堂相对,指民间。(65)王屋山:在今河南省济源市和山西省阳城县、垣曲县之间。(66)史官:作者自谓。(67)玄鸟来降失家:燕子归来时已找不到以往筑巢的房舍。玄鸟,即燕子,玄是黑色。降,飞落。(68)必当有以自见:必定会有表现自己才能的机会。

送东阳马生序①

余幼时即嗜学②,家贫无从致③书以观,每假借④于藏书之家,手自笔录,计日⑤以还。天大寒,砚冰坚,手指不可屈伸,弗之怠⑥。录毕,走⑦送之,不敢稍逾约。以是人多以书假余,余因得遍观群书。

既加冠⑧,益慕圣贤之道,又患无硕师、名人与游⑨。尝趋⑩百里外,从乡之先达⑪,执经叩问⑫。先达德隆望尊⑬,门人弟子填其室,未尝稍降辞色⑭。余立侍左右,援疑质理⑮,俯身倾耳以请。或遇其叱咄⑯,色愈恭,礼愈至⑰,不敢出一言以复。俟其忻悦⑱,则又请焉。故余虽愚,卒⑲获有所闻。

当余之从师也,负箧曳屣⑳,行深山巨谷中。穷冬㉑烈风,大雪深数尺,足肤皲裂㉒而不知。至舍㉓,四肢僵劲不能动,媵人持汤沃灌㉔,以衾拥覆,久而乃和。寓逆旅㉕,主人日再食㉖,无鲜肥滋味之享。同舍生皆被绮绣㉗,戴朱缨宝饰㉘之帽,腰白玉之环,左佩刀,右备容臭㉙,烨然㉚若神人。余则缊袍敝衣㉛处其间,略无慕艳㉜意;以中有足乐者㉝,不知口体之奉㉞不若人也。盖余之勤且艰若此。

今虽耄老㉟,未有所成,犹幸预㊱君子之列,而承天子之宠光㊲,缀㊳公卿之后,日侍坐备顾问㊴,四海亦谬称其氏名㊵;况才之过于余者乎?

今诸生学于太学㊶,县官日有廪稍之供㊷,父母岁有裘葛之遗㊸,无冻馁之患矣;坐大厦之下而诵诗书,无奔走之劳矣;有司业、博士㊹为之师,未有问而不告、求而不得者也;凡所宜有之书,皆集于此,不必若余之手录,假诸人而后见也。其业有不精,德有不成者,非天资之卑㊺,则心不若余之专耳,岂他人之过哉!

东阳马生君则,在太学已二年,流辈㊻甚称其贤。余朝京师㊼,生以乡人子谒余㊽,撰长书以为贽㊾,辞甚畅达;与之论辩,言和而色夷㊿。自谓少时用心于学甚劳,是可谓善学者矣!其将归见其亲也,余故道为学之难以告之。谓余勉乡人以学者,余之志也;诋我夸际遇之盛而骄乡人者㊀,岂知予者哉!

①东阳:今浙江省东阳市。马生字君则,生平不详。序:文体名。分书序和赠序两种。本篇是赠序,写于明洪武十一年(1378)。 ②嗜(shì 试)学:酷爱读书。 ③致:得到,这里有买的意思。 ④假借:借取。假,也是借的意思。 ⑤计日:约定日期。 ⑥弗之怠:不因此而懈怠。 ⑦走:跑。 ⑧加冠:指年满二十岁。古时男子二十岁

时举行加冠礼(束发戴帽),表示已经成年。 ⑨患:忧虑,担心。硕师:学问渊博而有名望的老师。与游:同(硕师、名人)交往。 ⑩趋:奔赴。 ⑪先达:有德行学问的前辈。 ⑫执经叩问:拿着经书求教。经,指儒家经典著作。叩,询问。 ⑬德隆望尊:犹德高望重。隆,高。望,名望。 ⑭未尝稍降辞色:态度始终非常严肃。未尝,不曾。降,谦抑。辞色,言语和脸色。 ⑮援疑质理:提出疑难问题,询问其中的道理。 ⑯叱咄(chì duō 赤多):训斥,呵责。 ⑰至:周到。 ⑱俟(sì 四):等到。忻:同"欣"。 ⑲卒:终于。 ⑳负箧曳屣(xǐ 喜):背着书箱,拖着鞋子。 ㉑穷冬:深冬,严冬。 ㉒皲(jūn 军)裂:皮肤因干燥或寒冷而开裂。 ㉓舍:传舍,古时供来往客人住宿的旅店。 ㉔媵(yìng 应)人:这里指服侍的人。汤:热水。沃灌:浇灌,用水浇洗。 ㉕逆旅:旅店。 ㉖日再食(sì 四):每天给吃两顿饭。食,作动词用,给食物吃的意思。 ㉗被:穿着。绮绣:华丽的丝绸衣服。 ㉘朱缨:红色的帽穗。宝饰:宝石制成的装饰品。 ㉙容臭(xiù 秀):装着香料的小袋子。 ㉚烨(yè 夜)然:光彩闪烁的样子。 ㉛缊(yùn 运)袍:以乱麻为絮的袍子。这里指破旧的袍子。敝衣:破旧的衣服。 ㉜慕艳:羡慕,艳羡。 ㉝以中有足乐者:因为心中有足以感到快乐的事。 ㉞口体之奉:衣食享受。 ㉟耄(mào 冒)老:《礼记·曲礼》:"八十、九十曰耄。"这里泛指年老。当时宋濂六十九岁。 ㊱预:参与。 ㊲承:蒙受。宠光:恩宠荣光。 ㊳缀:联结。这里引申为跟随之意。 ㊴备顾问:意为随时准备接受皇帝的咨询。 ㊵谬称其氏名:不当地称道我的名字。这是作者的自谦之辞。 ㊶诸生:指太学的学生。太学:古代设于京城的全国最高学府。明以后只称国子监,这里沿用旧称。 ㊷县官:古代称天子为县官,后引申为朝廷。廪(lǐn 凛)稍:官府供给的膳食。 ㊸裘:皮衣。葛:夏天穿的葛布衣。遗(wèi 位):赠送,给予。这里是给予的意思。 ㊹司业、博士:都是当时国子监的学官兼导师。 ㊺天资之卑:天资的低下。 ㊻流辈:同辈。 ㊼余朝京师:作者于洪武十年(1377)以翰林学士承旨致仕,时退居乡里,但有时仍要到京城去。朝,臣见君。 ㊽乡人子:同乡的晚辈。东阳和作者的家乡浦江相邻,同属金华府,故云。谒:拜访。 ㊾撰长书:写长信。贽(zhì 治):旧时初次求见人时所送的礼物。 ㊿言和而色夷:说话谦和,脸色平易。夷,平。 ㉛诋:毁谤。际遇:遭遇。多指好的遭遇。

刘 基

刘基(1311—1375),字伯温,处州青田(今浙江文成)人。元至顺四年(1333)进士,曾任江浙儒学副提举、浙东元帅府都事等职,因政见与朝廷不合被革职。后辅佐朱元璋建立明王朝,为开国功臣之一。官御史中丞兼太史令,封诚意伯。明洪武四年(1371)辞归,受构陷而死。刘基博通经史,兼擅诗文。散文锋利遒劲,洗练明畅,尤善于运用寓言形式,富于形象性。诗歌哀时愤世,古朴雄放,沉郁顿挫,入明后多悲穷叹老之作。著有《诚意伯文集》。

梁 甫 吟①

谁谓秋月明?蔽之不必一尺翳②。谁谓江水清?淆③之不必一斗泥。人情旦暮有翻覆,平地倏忽成山溪④。君不见桓公相仲父,竖刁终乱齐⑤;秦穆信逢孙,遂违百里奚⑥。赤符天子明见万里外,乃以薏苡为文犀⑦。停婚仆碑何震怒⑧,青天白日生虹霓⑨。明良际会有如此,而况童角不辨粟与稊⑩。外间皇父中艳妻,马角突兀连牝鸡⑪。以聪为聋狂作圣,颠倒衣裳行蒺藜⑫。屈原怀沙子胥弃⑬,魑魅⑭叫啸风凄凄。梁甫吟,悲以凄。岐山竹实日稀少,凤凰憔悴将安栖⑮!

①梁甫吟:乐府古题。又作"梁父吟"。 ②翳(yì 艺):遮蔽物。 ③淆:混乱,错杂。这里是搅浑的意思。 ④倏(shū 书)忽:极快地。山溪:山峰和溪谷。 ⑤"君不见"二句:齐桓公用管仲为相并尊为仲父,齐国得以成就霸业。管仲死后,齐桓公宠信宦官竖刁等人,齐国发生内乱,齐桓公被饿死并停丧六十日。事见《史记·管晏列传》《管子》。仲父,《荀子·仲尼》载:"(齐桓公)倓然见管仲之能足以托国也……"杨倞注:"仲者,夷吾之字;父者,事之如父。" ⑥"秦穆"二句:秦穆公用百里奚为相

成就霸业,后听信大夫逢孙之言,不顾百里奚等人反对而发兵袭郑,惨败而归。事见《左传·僖公三十三年》《史记·秦本纪》。 ⑦"赤符"二句:东汉马援南征交趾时,食薏苡以祛瘴气,还军时装了一车带回北方。马援死后,有人诬报马援所载皆为明珠文犀,刘秀大怒。事见《后汉书·马援传》。赤符天子,指汉光武帝刘秀。赤符,即赤伏符。新莽末年谶纬家炮制的符箓,称刘秀上应天命,当继汉统为帝。事见《后汉书·光武帝纪上》。后泛指帝王受命于天的符瑞。薏苡,多年生草本植物,果实仁即薏米。文犀,有纹理的犀角。 ⑧"停婚"句:魏徵以直谏深得唐太宗敬重。魏徵临终时,唐太宗将公主许配给魏徵的长子。魏徵死后,唐太宗下令解除婚约,并推倒了魏徵的墓碑。事见《资治通鉴》唐纪十二、十三。 ⑨"青天"句:《史记·鲁仲连邹阳列传》:"昔者荆轲慕燕丹之义,白虹贯日,太子畏之。"意谓荆轲仰慕燕太子丹的高义要去行刺秦王,尽管天空出现白虹贯日的征兆,但燕太子丹仍然担心荆轲因为害怕不能成行。虹霓,这里就是虹的意思,古代人认为白虹贯日的天象是君王遇害的凶兆。⑩"明良"二句:意谓上述明君与良臣的遇合尚且如此,何况那些年轻登基,连粟米和稗草都分不清的君王呢? 际会,际遇,遇合。童角,即总角,古代未成年人的发型,头顶两侧束发为髻,形如牛角。稊(tí题),稗子一类的草。 ⑪"外间"二句:写唐肃宗时李辅国与张良娣内外勾结祸乱朝政。皇父,指李辅国,唐肃宗时的宦官,肃宗尊其为"皇父",代宗继位后亦尊其为"尚父",权倾朝野。艳妻,指张良娣,唐肃宗的皇后。马角突兀,马生角是不可能的事,故云突兀。牝(pìn聘)鸡,母鸡。古代称女性掌权为牝鸡司晨(报晓),视为不详之兆。 ⑫"以聪"二句:写李辅国把持朝政时的乱象。唐广德元年(763)吐蕃攻陷长安,代宗逃至陕州避难。颠倒衣裳,语出《诗经·齐风·东方未明》,形容手忙脚乱,仓皇无章。蒺藜,草名,生长于沙地。 ⑬怀沙:屈原所作楚辞《九章》中的篇名,相传为屈原的绝命词。这里指屈原自杀。子胥:指伍子胥,原楚国大夫伍奢次子,其父兄被楚王诛杀,逃至吴国。后辅佐吴王阖闾富国强兵,成为诸侯一霸。夫差继位后,因主张拒绝接受越国求和并停止伐齐而触怒夫差,夫差赐剑命其自尽。死后九年,吴国为越国所灭。 ⑭魑魅(chī mèi痴妹):古代神话传说中的山神,也指山林中害人的鬼怪。 ⑮"岐山"二句:慨叹岐山上的竹实日渐稀少,凤凰已经难觅栖身之处了。岐山,在今陕西省岐山县,为周朝的发祥地。竹实,又称竹米,竹子所结的子实。凤凰,传说中的祥鸟,"非梧桐不止,非练实不食,非醴泉不饮",天下有德乃现。传说周文王在岐山时有凤凰到此栖息,后世附会是因文王有德之故。

卖柑者言①

杭有卖果者,善藏柑,涉寒暑不溃②。出之烨然③,玉质④而金色。置于市,贾⑤十倍,人争鬻⑥之。

予贸得⑦其一,剖之,如有烟扑口鼻,视其中,则干若败絮⑧。予怪而问之曰:"若所市⑨于人者,将以实笾豆⑩、奉祭祀、供宾客乎?将炫外以惑愚瞽也⑪?甚矣哉,为欺也!"

卖者笑曰:"吾业是有年⑫矣。吾赖是以食⑬吾躯,吾售之,人取之,未尝有言,而独不足子所乎⑭?世之为欺者不寡矣,而独我也乎?吾子⑮未之思也。今夫佩虎符、坐皋比者⑯,洸洸乎干城之具也⑰,果能授孙吴之略耶⑱?峨大冠、拖长绅者⑲,昂昂乎庙堂之器也⑳,果能建伊皋之业耶㉑?盗起而不知御,民困而不知救,吏奸而不知禁,法䵝㉒而不知理,坐糜廪粟㉓而不知耻。观其坐高堂,骑大马,醉醇醲而饫肥鲜者㉔,孰不巍巍㉕乎可畏,赫赫乎可象也㉖?又何往而不金玉其外,败絮其中也哉?今子是之不察,而以察吾柑!"

予默默无以应。退而思其言,类东方生滑稽之流㉗。岂其愤世嫉邪者耶?而托于柑以讽耶㉘?

①本文作于元末。文章假托卖柑者的议论,讽刺和揭露当时腐朽没落的政治现实。②涉:经历,经过。溃:腐烂。 ③烨(yè 业)然:光彩闪烁的样子。这里指柑色泽鲜亮,像是新采摘的。 ④玉质:形容柑的质地像玉一样润泽。 ⑤贾(jià 价):同"价",价格。 ⑥鬻:卖。这里应作"买"解。 ⑦贸得:购得。 ⑧败絮:破旧的棉絮。 ⑨市:出售。 ⑩实:充满,填装。笾(biān 边)豆:古代用于祭祀和宴会的礼器。笾,盛果脯等用的竹器;豆,盛齑酱用的木器,也有用陶或铜制的。 ⑪炫(xuàn):夸耀。愚瞽(gǔ 古):傻子和瞎子。 ⑫业是有年:以此为业已有好多年。⑬食(sì 四):以食物供给人。这里是养活的意思。 ⑭不足子所:不能满足您的(需求)。子:对对方的敬称。 ⑮吾子:对对方表示亲近的敬称。 ⑯佩虎符、坐皋比(pí 皮)者:指武将。虎符,虎形的兵符,古代调兵遣将的凭信。皋比,虎皮,这里指将帅的虎皮座席。 ⑰洸(guāng 光)洸:威武的样子。干城之具:保国御敌的将才。《诗经·周南·兔罝》:"赳赳武夫,公侯干城。"干,盾牌。干和城在古代战争中都是防御物,比喻捍卫者。具,才具,指人才。 ⑱孙吴:指春秋战国时著名的军事家孙武和吴起。略:韬略,即兵法。 ⑲峨大冠、拖长绅者:指文官。峨,高耸,这里用作动词,高戴。大冠,原为武冠,这里指高冠。绅,古代士大夫束在腰间并垂下一段作为装饰的大带子。 ⑳昂昂:高傲轩昂的样子。庙堂之器:指朝廷的栋梁之才。庙堂,宗庙明堂,引申指朝廷。器,材具。 ㉑伊皋:指伊尹和皋陶(yáo 摇)。伊尹,商汤的大臣,曾辅佐汤攻灭夏桀。皋陶,传说是虞舜时掌管刑狱的大臣。两人都被后世称为贤臣的代表。业:勋业。 ㉒䵝(dù 杜):败坏。 ㉓坐糜廪粟:无所事事而白白消耗国库的粮食。糜,耗费。廪,粮仓。 ㉔醇醲(chún nóng 纯农):味道淳厚的甜酒。饫(yù 玉):饱食。肥鲜:精美的食物。 ㉕巍巍:高大的样子。 ㉖赫赫:气势壮盛的

样子。象:效法。　㉗东方生:指东方朔(前154—前93),字曼倩,西汉时人。武帝时为太中大夫,常以滑稽的言辞讽谏皇帝。滑(gǔ古)稽:机智辩捷,诙谐幽默。司马迁《史记》有《滑稽列传》。　㉘托:假借。讽:讽劝,用婉言隐语进行劝告或指责。

高　启

高启(1336—1374),字季迪,号槎轩,长洲(今江苏苏州)人。元末隐居吴淞青丘,因自号青丘子。明洪武初应召修《元史》,授翰林院国史编修。擢户部右侍郎,坚辞不就,隐居教读。后因苏州知府魏观改修府志案,被腰斩于南京。高启兼擅诗文,尤长于诗。他才情富赡,众长咸备而浑然自成,诗风俊逸奔放,以七言歌行和七言律诗最具特色。著有《高太史大全集》。

登金陵雨花台望大江①

大江来从万山中,山势尽与江流东。钟山如龙独西上,欲破巨浪乘长风②。江山相雄③不相让,形胜争夸天下壮。秦皇空此瘗黄金④,佳气葱葱至今王⑤。我怀郁塞⑥何由开?酒酣走上城南台⑦。坐觉苍茫万古意⑧,远自荒烟落日之中来。石头城下涛声怒,武骑千群谁敢渡⑨?黄旗入洛竟何祥⑩?铁锁横江⑪未为固。前三国⑫,后六朝⑬,草生宫阙何萧萧⑭!英雄乘时务割据,几度战血流寒潮。我生幸逢圣人起南国⑮,祸乱初平事休息⑯。从今四海永为家,不用长江限南北⑰。

①这首诗作于明洪武二年(1369),其时作者正在金陵参加修撰《元史》。金陵:今江苏省南京市。当时为明朝国都。雨花台:在今南京市南聚宝山上,高处可远眺钟山,俯瞰长江。大江:指长江。　②"大江"四句:是说长江自千山万壑中奔涌而出,沿江山势都随江流走向东方;唯独钟山游龙般蜿蜒西上,乘风破浪似与江流相对抗。钟山,又名紫金山,在今南京市东。　③相雄:彼此争雄。　④"秦皇"句:传说秦始皇曾在钟山埋下黄金珠宝,企图镇压金陵的所谓"天子气"。空此,白白地在这里,谓秦始皇此举不过是枉费心机。瘗(yì义),埋。　⑤"佳气"句:是说金陵至今仍是气运旺盛,指朱元璋在金陵建都称帝。佳气,指天子气。葱葱,茂盛的样子。王(wàng旺),通"旺"。　⑥郁塞:抑郁苦闷。　⑦城南台:指雨花台。　⑧坐:遂。万古意:

怀古之幽思。　⑨"武骑"句:三国时魏文帝曹丕兴兵伐吴,曾望长江兴叹:"魏虽有武骑千群,无所用之,未可图也。"事见《资治通鉴·魏纪》。骑(jì计),骑兵。　⑩黄旗入洛:古代迷信,以为天空出现黄旗紫盖状的云气是帝王应运而生的吉兆。《三国志·孙皓传》注引《江表传》载,吴主孙皓听信"黄旗紫盖见于东南"的谣言,以为天意属已,吴将灭晋,带领王室后宫等数千人前往洛阳以"顺天命"。途中遇雪,军士苦寒而扬言倒戈,只得返回。竟何祥:究竟是什么征兆呢？意即实是吴亡的先兆,指孙皓降晋后,举家被迫西迁入洛。　⑪铁锁横江:晋太康元年(280),西晋大将王濬率水军伐吴。吴军用铁缆拦江封锁,在江中暗置铁锥。晋军攻破封锁,直逼吴都建业(今南京市)。孙皓降,吴亡。　⑫三国:魏、蜀、吴三国。这里专指吴。　⑬六朝:见前萨都剌《百字令·登石头城》注③。这里指东晋而下各朝。　⑭萧萧:风吹草木摇落的声音。　⑮圣人起南国:圣人,指明太祖朱元璋。他是濠州钟离(今安徽凤阳)人,元末随郭子兴起兵于濠州,故云"起南国"。　⑯祸乱:指元末的混战。事休息:从事于休养生息。　⑰"从今"二句:是说从此四海之内都是明的一统天下,长江不再成为阻隔南北的界限。

清明呈馆中诸公①

新烟著柳禁垣斜②,杏酪分香③俗共夸。白下有山皆绕郭④,清明无客不思家⑤。卞侯⑥墓上迷芳草,卢女⑦门前映落花。喜得故人同待诏⑧,拟沽春酒醉京华。

①这首诗作于明洪武三年,作者时为翰林院编修。馆中诸公:指翰林院的同僚。　②"新烟"句:寒食后的新烟缠绕着宫墙边随风飘拂的垂柳。新烟,旧俗以清明前一天为寒食节,禁火寒食,清明日重新燃火起炊,故称新烟。禁垣(yuán元),宫墙。　③杏酪分香:烧煮杏酪的香味四处飘散。杏酪,用杏仁煮成的糊状食品。《玉烛宝典》:"今人寒食日,煮麦粥,研杏仁为酪,以饧沃之。"　④白下:南京的别称。郭:外城,古代在城的外围加筑的一道城墙。　⑤"清明"句:客,指旅居他乡的人。旧俗清明节要扫墓祭祖,更易引发客子思乡之情,故云"无客不思家"。　⑥卞侯:指东晋尚书令卞壸(kǔn捆)。晋成帝时苏峻反叛,卞壸扶病战死,葬于冶城(故址在今南京市朝天宫一带)。　⑦卢女:即莫愁女,古乐府中所传的女子。古乐府《河中之水歌》说她"十五嫁为卢家妇",故称卢女。今南京水西门外有莫愁湖,相传莫愁曾居住于此。　⑧待诏:唐代翰林院置有待诏,见前《梧桐雨》注㉒。这里借指翰林院编修,亦有听候诏命之意。

王 磐

王磐(1470?—1530?),字鸿渐,号西楼,高邮(今江苏高邮)人。鄙弃举业,以琴棋诗画自娱。其散曲以清俊秀美见长,多抒写闲适生活情绪,间有讽刺和抨击社会现实之作。著有《西楼乐府》。

朝 天 子

咏 喇 叭①

喇叭,锁哪②,曲儿小,腔儿大③。官船来往乱如麻,全仗你抬身价。军听了军愁,民听了民怕,那里去辨什么真共假④?眼见的吹翻了这家,吹伤了那家,只吹的水净鹅飞罢⑤。

①蒋一葵《尧山堂外纪》:"正德间阉寺当权,往来河下无虚日,每到辄吹号头,齐丁夫,民不堪命。西楼乃作《咏喇叭》以嘲之。"　②喇叭、锁哪:两种簧管乐器。锁哪,即唢呐,金元时由波斯、阿拉伯一带传入我国,原译名苏尔奈。　③曲儿小,腔儿大:曲调简单而音量很大。讽刺宦官身份本很卑微,却倚恃皇帝的威势,气焰嚣张。
④"那里"句:是说辨别不出这官船是真奉了皇帝的诏令,还是宦官假借名义。
⑤水净鹅飞罢:意为把百姓搜刮得倾家荡产。罢,完,尽。

李梦阳

　　李梦阳(1473—1530),字天锡,又字献吉,号空同子,庆阳(今甘肃庆城)人,后徙河南扶沟。明弘治七年(1494)进士,任户部主事,迁郎中。因疏劾宦官刘瑾,下狱几死。后起复官至江西提学副使。他倡言复古,主张"文必秦汉,诗必盛唐",是明"前七子"的领袖人物。其诗多蹈袭前人,少数作品抚时感事,较有价值。著有《空同集》。

秋　　望①

　　黄河水绕汉宫墙②,河上秋风雁几行。客子过壕追野马③,将军韬箭射天狼④。黄尘古渡迷飞挽⑤,白月横空冷战场。闻道朔方多勇略⑥,只今谁是郭汾阳⑦?

①这首诗别题《出使云中》,当为作者奉使临边时所作。　②汉宫墙:指汉代长安城。　③客子:客游在外的人。这里是作者自谓。壕:通"濠",护城河。野马:蒸腾浮游的云气,借指塞外风沙。　④韬(tāo 滔)箭:套子里装着箭。韬,弓套。射天狼:用屈原《九歌·东君》"举长矢兮射天狼"句,指迎击外族的侵扰。天狼,星名。迷信以为它主贪残侵掠,引申为来犯的敌人。　⑤古渡:指黄河渡口。飞挽:指疾驶在黄河上的船只。黄河水势湍急,船只顺流而下其快如飞。　⑥"闻道"句:是说听说古来守卫朔方的多为有勇有谋的将领。朔方,汉置朔方郡,唐为方镇名,在今宁夏回族自治区灵武市西南。这里泛指北方边防要塞。　⑦"只今"句:郭汾阳,即唐朝名将郭子仪。唐玄宗时曾为朔方节度使,以平定安史之乱有功,唐肃宗时封汾阳郡王。这句是说,如今哪里有像郭子仪那样杰出的将领呢?

何景明

何景明(1483—1521),字仲默,号大复山人,信阳(今河南信阳)人。明弘治十五年(1502)进士,官至陕西提学副使。其间曾因愤宦官刘瑾专权而一度辞官。他与李梦阳并称,同为明"前七子"的领袖人物。其文学主张亦以复古相号召,但不赞成李梦阳机械模拟的观点,认为学古应该"领会神情","以有求似",目的是"舍筏达岸",自成一家。其诗较注重内容的现实性,诗风比较清新秀逸,拟古而能有所变化。著有《大复集》。

鲥 鱼[①]

五月鲥鱼已至燕[②],荔枝卢橘未应先[③]。赐鲜遍及中珰第[④],荐熟谁开寝庙筵[⑤]。白日风尘驰驿骑,炎天冰雪护江船[⑥]。银鳞细骨堪怜汝,玉箸金盘敢望传[⑦]。

[①]鲥(shí时)鱼:江南名贵鱼类,肉味鲜美。生活在海洋中,春夏之交溯江产卵,南方各大河流中都有,以长江下游所产为最有名。 [②]"五月"句:是说江南鲥鱼刚进捕捞旺季,便已作为贡品运至北京。燕,燕京,即今北京市。当时是明朝的都城。 [③]"荔枝"句:是说荔枝、卢橘两种名贵鲜果运到北京都较鲥鱼为晚。荔枝,南方所产果品,果肉白嫩多汁,味甜美。卢橘,即金橘。初生时黑色,黄熟则如金,汁多而味甜,亦产于南方。 [④]"赐鲜"句:是说皇帝赏赐时鲜(指鲥鱼)遍及宦官的府第,极言宦官之受宠。中珰,宦官。宦官执事宫中,称中人、中官,而以貂珰为冠饰,故别称中珰。 [⑤]"荐熟"句:荐熟,也叫荐新,以新谷或时鲜果品献祭祖先。寝庙,即宗庙,国君的祖庙。《礼记·月令》注:"凡庙,前曰庙,后曰寝。"这句承上句说赐宦官而不荐寝庙。 [⑥]"白日"二句:是说驿马奔驰在烈日风尘之中,船中鲥鱼用冰块冷藏以防腐。分别写江南鲥鱼由陆路和水路运往北京的情形。 [⑦]"银鳞"二句:是说白鳞细刺的鲥鱼诚然令人生羡,但自己这样的朝臣却不敢有得到颁赐的奢望。怜,爱。玉箸(zhù住)金盘,指皇帝赐食所用的餐具。玉箸,玉制的筷子。传,指传赐。

陈 铎

陈铎(1488?—1521?),字大声,号秋碧,下邳(今江苏邳州市)人,家居金陵。明正德初年世袭济州卫指挥,但不问政事。他工诗画,精通音律,以散曲见称,教坊子弟称之为"乐王"。其散曲作品多写闲情逸致和颓放生活。《滑稽余韵》收小令一百三十六首,以城市下层人民的生活为题材,描绘了当时社会各行各业的人物。著有《陈大声乐府全集》。

雁儿落带得胜令

铁 匠

锋芒①在手高,煅炼②由心妙。衠钢③煨得软,生铁搏④得燥。彻夜与通宵,今日又明朝;两手何曾住,三伏不定交⑤。到处里锤敲,无一个嫌聒噪。八九个炉烧,看见的热晕了。

①锋芒:指铁器的刃口和尖端。 ②煅(xiā 虾,又读 xià 下)炼:烧炼。煅,火气猛。
③衠(zhūn 谆)钢:纯钢。 ④搏:这里作"锻打"解。 ⑤定交:停歇,罢手。

李开先

李开先(1502—1568),字伯华,号中麓,山东章丘(今山东济南章丘)人。明嘉靖八年(1529)进士,官至太常寺少卿。因上书抨击朝政罢官归里,闲居终老。他致力于词曲、戏剧和民间文学的研究和创作,家藏词曲、戏剧作品极为丰富,时称"词山曲海"。著有杂剧六种,传奇三种,代表作是传奇《宝剑记》。另有诗文集《中麓闲居集》等。今人汇编为《李开先集》。

宝 剑 记

夜 奔①

(生②上,唱)

【点绛唇】数尽更筹,听残银漏③。逃秦寇④,好教我有国难投,那搭儿⑤相求救?

(白)欲送登高千里目,愁云低锁衡阳路⑥。鱼书不至雁无凭⑦,几番欲作悲秋赋⑧。回首西山日又斜,天涯孤客真难度。丈夫⑨有泪不轻弹,只因未到伤心处。念我一时忿怒,杀死奸细⑩,幸得深夜无人知觉,密投柴大官人⑪庄上隐藏。昨闻故人公孙胜使人报知:今遣指挥徐宁领兵,沧州地界捉拿⑫。亏承柴大官人怜我孤穷,写书荐达⑬,径往梁山逃命。日里不敢前行,今夜路经济州⑭地界。恰才天明月朗,霎时雾暗云迷;况山路崎岖,高低不辨,教我怎生行暮⑮?那前边黑洞洞的,想是村店,只得紧行几步。呀!原来是一座禅林⑯。夜深无人,我向伽蓝殿⑰前,暂憩片时。(生作睡介)(净扮神上,白)生前能护国,没世号伽蓝⑱,眼观十万里,日赴九千坛。吾乃本庙护法之神,今有上界武曲星⑲受难,官兵追急,恐伤他性命。兀那林冲,休推睡梦,今有官兵过了黄河,咫尺赶上,急急起来逃命去罢!吾神去也。凡人心不昧,处处有灵神;

但愿人行早,神天不负人。(生醒白)吓死我也!刚才合眼,忽见神象指着道:"林冲急急起来,官兵到了!"想是伽蓝神圣指引迷途。我林冲若得一步之地⑳,重修宝殿,再塑金身,撒开脚步去也!(唱)

〔双调〕【新水令】按龙泉血泪洒征袍㉑,恨天涯一身流落。专心投水浒,回首望天朝㉒,急走忙逃,顾不的忠和孝。

【驻马听】良夜迢迢㉓,投宿休将门户敲。遥瞻残月,暗度重关,急步荒郊。身轻不惮路迢遥,心忙只恐人惊觉。魄散魂消,魄散魂消,红尘误了武陵年少㉔。

【水仙子】一朝谏诤触权豪,百战勋名做草茅㉕,半生勤苦无功效。名不将青史㉖标,为家国总是徒劳。再不得倒金樽杯盘欢笑,再不得歌《金缕》等琵络索㉗,再不得谒金门环佩逍遥㉘。

【折桂令】封侯万里班超㉙,生逼做叛国的红巾、背主的黄巢㉚。恰便似脱扣苍鹰,离笼狡兔,摘网腾蛟。救急难,谁诛正卯㉛?掌刑罚,难得皋陶㉜!鬓发萧骚㉝,行李萧条。这一去,博得个斗转天回㉞,须教他海沸山摇。

【雁儿落】望家乡去路遥,想妻母将谁靠?我这里吉凶未可知,他那里生死应难料。

【得胜令】呀!吓的我汗浸浸,身上似汤浇,急煎煎,心内类油调㉟。幼妻室今何在?老尊堂㊱恐丧了。劬劳㊲,父母恩难报;悲嚎,英雄气怎消。

【沽美酒】怀揣着雪刃刀㊳,行一步哭号咷。拽长裾急急蓦羊肠路绕㊴,且喜这灿灿明星下照。

【太平令】忽然间昏惨惨云迷雾罩,疏喇喇风吹叶落,振山林声声虎啸,绕溪涧哀哀猿叫。吓的我魂飘胆消,百忙里走不出山前古庙。

【收江南】呀!又只见乌鸦阵阵起松梢,数声残角断渔樵㊵,忙投村店伴寂寥。想亲帏梦杳㊶,空随风雨度良宵。

  故国徒劳梦,思归未得归;
  此身无所托,空有泪沾衣。

①《宝剑记》取材于小说《水浒传》而有不少改动。写林冲疏劾权奸高俅祸国殃民的罪行,遭到构陷迫害,被逼上梁山,后受朝廷招安,处死高俅,与妻子团聚。全剧五十二出,原无出目。《夜奔》是第三十七出,题为后人所加。 ②生:戏曲角色名。多扮演青壮年男子,是剧中的主要角色。这里扮演林冲。 ③"数尽"两句:意为彻夜未眠。更筹,古代夜间计时报更的竹签。这里指报更声。银漏,银饰的漏壶。漏壶也叫漏刻,古代利用滴水、沙来计时的一种装置。 ④秦寇:古时常用秦代表虐政,这里借

指高俅及其党羽。　⑤那搭儿:什么地方。　⑥衡阳路:衡阳,今湖南省衡阳市。境内有回雁峰,相传雁南飞至此就要回转。暗喻通向家乡的道路被阻绝,音信难凭。⑦"鱼书"句:是说既无家书到达,又无从托人捎信。鱼书,书信的代称。典出乐府《饮马长城窟行》:"呼儿烹鲤鱼,中有尺素书。"雁无凭,无雁传递书信。　⑧悲秋赋:原指宋玉的《九辩》,其中有"悲哉秋之为气也"句。后亦用以泛称悲痛伤感的文字。⑨丈夫:男子汉。　⑩奸细:指剧中高俅派往沧州暗害林冲的爪牙陆谦和傅安。⑪柴大官人:即《水浒传》中梁山头领柴进。他投梁山前是大庄主,故称"大官人"。⑫"昨闻"三句:公孙胜、徐宁,都是《水浒传》中的梁山头领。剧中写公孙胜曾任参军并搭救林冲以及徐宁捉拿林冲诸情事,均不见于《水浒传》,是作者改编时添加的。⑬荐达:推荐,介绍。　⑭济州:旧治在今山东省巨野县。　⑮行幕(mò 末):疾行。幕,大步跨越。　⑯禅林:禅院,佛寺。《智度论》:"僧聚居处得名丛林。"　⑰伽(qié茄)蓝殿:佛寺供奉伽蓝神的殿堂。伽蓝,梵语音译"僧伽蓝摩"的省称,意为众园或僧院,后因称佛寺为伽蓝。伽蓝神是佛教寺院护法神的通称。　⑱没世:死,死后。⑲上界:天界。武曲星:迷信说法,世间的重要人物都是天上的星宿下凡。武曲星是表示武功的星宿,这里指林冲。　⑳得一步之地:有了出头发迹之日。得地,犹言得意,出头、发迹的意思。　㉑龙泉:古剑名,泛指宝剑。征袍:即征衣,出门远行人的衣服。　㉒"专心"二句:写林冲被逼投奔梁山,同时又眷恋朝廷的矛盾心理。水浒,水边。这里指梁山泊。天朝,朝廷,京都。　㉓良夜迢迢:形容长夜漫漫。良夜,犹深夜。　㉔红尘:指繁华杂乱的名利场。武陵年少:疑为"五陵年少"之误。五陵,指汉代五个皇帝的陵墓(长陵、安陵、阳陵、茂陵、平陵),陵区地处长安附近,为豪门贵族聚居地。　㉕勋名:勋业,功名。草茅:杂草,喻微贱之物。一说即草茅之臣,"做草茅"指失了官职,成为在野的平民百姓。　㉖青史:古代用竹简记事,因称史册为青史。　㉗歌《金缕》等琵络索:指征歌逐舞的生活。《金缕》即《金缕曲》,曲调名,这里泛指声歌。络索,乐器上的装饰物。　㉘谒金门:指进宫上朝。金门,金马门的省称,汉代宫门名。当时征召来的人,才能优异者令待诏金马门。这里借指朝堂。环佩:古人衣带上所系的佩玉。　㉙"封侯"句:用东汉名将班超万里封侯事,比喻自己本有效忠朝廷、建功立业的志向。　㉚"生逼"二句:是说却被逼走上了反叛朝廷的道路。红巾,元末农民起义军,因以红巾包头和红旗为号,称为红巾军;黄巢,唐末农民起义领袖。这里泛指与朝廷为敌的造反者。　㉛正卯:即少正卯,春秋时鲁国大夫。相传他因扰乱朝政,被当时担任鲁国司寇的孔子诛杀。这里借指高俅等奸党。　㉜皋陶(yáo 尧):传说中虞舜时掌管刑狱的贤臣。后世常用以称公正刚廉的执法官吏。㉝萧骚:萧条凄凉。这里形容鬓发稀疏散乱。　㉞斗转天回:比喻朝廷形势发生重大变化。斗转,北斗转向。古以北斗星象征天子之政。　㉟类油调:好像油煎一样。㊱尊堂:旧时对母亲的尊称。　㊲劬(qú 渠)劳:语出《诗经·小雅·蓼莪》:"哀哀父母,生我劬劳。"后因以专指父母养育子女的劳苦。　㊳雪刃:形容刀刃锋利,明亮如雪。　㊴拽长裾(jū居)：撩起衣服的前大襟。羊肠路绕：羊肠小道迂回弯曲。
㊵残角：若断若续的号角声。断渔樵：渔人和樵夫停止了劳作。　㊶想亲帏梦杳(yǎo咬)：意为想念亲人，梦中难觅。杳，深远幽暗，无影无声。

归有光

归有光(1506—1571),字熙甫,号震川,昆山(今江苏昆山)人。嘉靖十九年(1540)举人。后屡试不中,退居嘉定,设馆授徒。嘉靖四十四年始中进士,授浙江长兴县令,官至南京太仆寺丞。他是"唐宋派"成就较高的散文家,反对前后七子的拟古主义文风。所作抒情叙事散文,以纡徐疏淡的笔调记叙日常琐事,朴素简洁,真挚亲切。著有《震川先生集》。

项脊轩志①

项脊轩,旧南阁子②也。室仅方丈③,可容一人居。百年老屋,尘泥渗漉④,雨泽下注⑤;每移案,顾视无可置者⑥。又北向⑦,不能得日,日过午已昏。余稍为修葺⑧,使不上漏;前辟四窗,垣墙周庭⑨,以当⑩南日,日影反照,室始洞然⑪。又杂植兰桂竹木于庭,旧时栏楯⑫,亦遂增胜⑬。积书满架,偃仰啸歌⑭,冥然兀坐⑮,万籁有声⑯。而庭阶寂寂,小鸟时来啄食,人至不去。三五之夜⑰,明月半墙,桂影斑驳⑱,风移影动,珊珊⑲可爱。

然余居于此,多可喜,亦多可悲。先是⑳,庭中通南北为一。迨诸父异爨㉑,内外多置小门墙,往往而是㉒。东犬西吠,客逾庖而宴㉓,鸡栖于厅。庭中始为篱,已为墙,凡再变矣㉔。

家有老妪㉕,尝居于此。妪,先大母婢也㉖,乳二世㉗,先妣抚之甚厚㉘。室西连于中闺㉙,先妣尝一至。妪每谓余曰:"某所而母立于兹㉚。"妪又曰:"汝姊在吾怀,呱呱而泣,娘以指扣门扉㉛曰:'儿寒乎?欲食乎?'吾从板外相为应答。"语未毕,余泣,妪亦泣。余自束发㉜,读书轩中。一日,大母过㉝余曰:"吾儿,久不见若影㉞,何竟日㉟默默在此,大类㊱女郎也?"比去㊲,以手阖门㊳,自语曰:"吾家读书久不效㊴。儿之成,则可待乎!"顷之㊵,持一象笏㊶至,曰:"此吾祖太常公宣德间执此以朝㊷,他日汝当用之!"瞻顾遗迹,如在昨日,令人长号㊸不自禁。

轩东,故㊹尝为厨;人往㊺,从轩前过。余扃牖㊻而居,久之,能以足音辨人。轩凡四遭火,得不焚,殆㊼有神护者。

项脊生㊽曰:蜀清守丹穴,利甲天下,其后秦皇帝筑女怀清台㊾;刘玄德与曹操争天下,诸葛孔明起陇中㊿。方二人之昧昧于一隅也,世何足以知之(51)? 余区区处败屋中(52),方扬眉瞬目(53),谓有奇景;人知之者,其谓与坎井之蛙何异(54)?

余既为此志(55),后五年,吾妻来归(56)。时至轩中,从余问古事,或凭几学书(57)。吾妻归宁(58),述诸小妹语(59)曰:"闻姊家有阁子,且何谓阁子也?"其后六年,吾妻死,室坏不修。其后二年,余久卧病无聊,乃使人复葺南阁子,其制(60)稍异于前。然自后余多在外,不常居。

庭有枇杷树,吾妻死之年所手植也,今已亭亭如盖(61)矣。

①项脊轩:作者的书斋名。归氏远祖、宋朝人归隆道曾居住太仓项脊泾,取以名轩,有纪念先祖之意。志:一种叙述性的文体。 ②阁子:这里指小屋。 ③方丈:一丈见方。 ④渗漉:缓慢地渗透,由孔隙中流下。 ⑤雨泽:雨水。注:灌注,流注。 ⑥"顾视"句:环顾室内,找不到安置(书桌)的地方。意指无处不漏雨。 ⑦北向:坐南朝北。 ⑧修葺(qì 气):修理房屋。 ⑨"前辟"二句:是说南墙开了四个窗户,环绕庭院砌起了围墙。辟,开,打通。垣,矮墙,也泛指墙。 ⑩当:对着。 ⑪洞然:豁亮的样子。 ⑫栏楯(shǔn 吮):即栏杆。栏杆上的木条,纵的叫栏,横的叫楯。 ⑬增胜:犹言增色,增加美观。 ⑭偃仰啸歌:仰面而卧,吟咏高歌。形容读书有心得而兴高采烈的样子。 ⑮冥然兀坐:默默地端坐着。冥然,静默的样子。兀坐,危坐,端坐。 ⑯万籁有声:形容环境极为安静,连最细微的声响也能听见。籁,从孔穴中发出的声音。万籁,指自然界的各种声响。 ⑰三五之夜:农历每月十五日的夜晚。 ⑱斑驳:杂乱错落。 ⑲珊珊:形容树影摇动时舒缓、娴雅的样子。 ⑳先是:在此之前,以前。 ㉑迨(dài 代):等到。诸父:伯叔父们。异爨(cuàn 窜):各起炉灶,意即分家而居。爨,烧柴做饭。 ㉒往往而是:处处如此,指随处都是小门墙。 ㉓客逾庖而宴:是说宴客的时候,客人不得不穿过厨房去赴宴。意指那许多小门墙阻断了家中通道。庖,厨房。 ㉔"庭中"三句:是说庭院中先是扎篱笆,不久又砌了墙,共换两个样子了。已,已而,意为不久、随后。再,两次。 ㉕妪(yù 玉):老年妇女。 ㉖先大母:已去世的祖母。先,对死者的尊称。婢:使女。 ㉗乳二世:指做过父亲和自己这两代人的乳母。乳,这里用作动词,以乳喂养。 ㉘先妣(bǐ 比):已去世的母亲。抚:这里是对待、照顾的意思。 ㉙中闺:妇女居住的内室。 ㉚某所:某某地方。而母:你母亲。而,通"尔"。兹:此,这里。 ㉛扣:通"叩",敲打。门扉:门扇。

㉜束发:古时男孩长到十五岁(一说八岁),束发为髻,表示已经成童。因以为成童的代称。　㉝过:探望。　㉞若影:你的身影。　㉟竟日:终日,整天。　㊱大类:非常像。　㊲比去:临离开时。比,及、到之意。　㊳阖:同"合",关上,掩上。　㊴不效:没有成效。这里指不曾有人考得功名。　㊵顷之:一会儿。　㊶象笏(hù 户):象牙朝笏。朝笏亦称手板,是古代官僚上朝时所持的狭长板条,以为指画及记事备忘之用,用象牙、玉或竹片制成。　㊷太常公:指作者祖母夏氏的祖父夏昶(chǎng 厂),明永乐进士,宣德间官至太常寺卿。宣德:明宣宗朱瞻基的年号(1426—1435)。朝:上朝议事。　㊸长号(háo 豪):放声痛哭。　㊹故:从前,旧日。　㊺往:指往厨房去。　㊻扃牖(jiōng yǒu 坰友):关上窗户。扃,门窗箱柜上的插关。这里用作动词,关闭。牖,窗。　㊼殆有神护者:或许是有神灵护持的吧。殆,大概,也许。　㊽项脊生:作者自称。　㊾"蜀清"三句:《史记·货殖列传》载,秦代蜀地有寡妇名清,"其先得丹穴,而擅其利数世。……能守其业,用财自卫,不见侵犯。秦始皇以为贞妇而客之(待以宾客之礼),为筑女怀清台"。丹穴,朱砂矿。利甲天下,所获之利天下第一。女怀清台,故址在今重庆市长寿区。　㊿陇中:陇亩之中。诸葛亮辅佐刘备前曾躬耕于隆中(在今湖北襄阳,一说在今河南南阳),故云。　㉛"方二人"二句:是说当后来出了大名的蜀清和诸葛亮正默默居于一隅时,不可能为世人所知。昧昧,幽暗不明,这里是默默无闻的意思。隅,偏僻的地方。　㉜区区:自谦之称,意为微不足道之人。败屋:破旧的房屋。　㉝扬眉瞬目:形容自得其乐的样子。瞬目,眨眼。　㉞"其谓"句:恐怕会认为我和井底之蛙没有什么不同吧。坎井之蛙,浅井里的蛙。比喻见识浅陋而又自以为是的人。　㉟既为此志:写成这篇《项脊轩志》。此志大约是作者十八岁时所作,全文至"与坎井之蛙何异"止。这句以下是作者十多年后补记的文字。㉠来归:嫁过来。古时称女子出嫁为"归"。　㉡学书:学写字。　㉢归宁:已婚女子回娘家看望父母。　㉣述诸小妹语:(回来后)转述娘家诸小妹的话。　㉤制:格局,样式。　㉥亭亭如盖:树干挺立,枝叶繁茂,犹如伞盖。亭亭,直立的样子。

冯惟敏

冯惟敏(1511—1580?),字汝行,号海浮,临朐(今山东临朐)人。明嘉靖十六年(1537)举人,后屡试不中。曾任涞水知县、镇江儒学教授、保定通判。晚年辞官归田。能诗文,尤以词曲见称。所作散曲题材较广泛,不少作品揭露社会现实,反映农民疾苦,对封建官僚的贪婪横暴亦有所讽刺。风格刚劲朴直,语言本色泼辣。著有散曲集《海浮山堂词稿》及杂剧《僧尼共犯》等。

玉 江 引

农 家 苦①

倒了房宅,堪怜生计蹙②。冲了田园,难将双手扤③。陆地水平铺,秋禾风乱舞,水旱相仍④,农家何日足?墙壁通连,穷年何处补⑤?往常时不似今番苦,万事由天做。又无糊口粮,那有遮身布?几桩儿不由人不叫苦。

①原注:"次洞厓韵。"洞厓,生平未详,当是作者的诗友。 ②蹙(cù 促):紧迫,困窘。 ③"难将"句:是说困难得束手无策。扤(wù 误):动,摇。 ④相仍:相连,一个接着一个。 ⑤"墙壁"二句:墙壁坍塌而与邻居相通,灾年无力修补。

胡 十 八

刈麦有感①

穿和吃不索②愁,愁的是遭官棒③。五月半间便开仓④,里正哥过堂⑤,花户每比粮⑥。卖田宅无买的,典儿女陪不上⑦。

①本题共四首,这里选录一首。刈(yì义):割。 ②索:须,应。 ③遭官棒:被官府棒打。 ④开仓:指官府开仓征收赋税。 ⑤里正:即里长,略如后来的地保。《大明律附例》:"凡各处人民,每一百户内议设里长一名,甲首一十名,轮年应役,催办钱粮,勾摄公事。"过堂:指里正被传至官衙受责催缴赋税。 ⑥花户:旧时登录户口,称人名为"花名",户口为"花户"。这里指平民百姓。比粮:催逼交粮。比,追征。 ⑦典:典卖。出卖时约定期限,到期可备价赎回。这里即是卖的意思。陪不上:指不足官府催缴的钱粮数。陪,通"赔"。

李攀龙

李攀龙(1514—1570),字于鳞,号沧溟,历城(今山东济南)人。明嘉靖二十三年(1544)进士,官至河南按察使。他和王世贞同为"后七子"的领袖,认为"文自西京,诗自天宝而下,俱无足观"。散文生吞活剥三代两汉,佶屈聱牙。乐府古体模拟汉魏,近乎"临摹帖"。七言律绝则专学盛唐,偶有佳作,但题材狭隘,情境蹈袭。著有《沧溟集》。

杪秋登太华山绝顶①

其 一

缥缈真探白帝宫②,三峰③此日为谁雄?苍龙半挂秦川雨④,石马长嘶汉苑风⑤。地敞中原秋色尽,天开万里夕阳空。平生突兀看人意,容尔深知造化功⑥。

①本题共四首。杪(miǎo秒)秋:暮秋。太华山:即西岳华山,在今陕西省华阴市。绝顶:最高峰。 ②缥缈:高远隐约的样子。白帝宫:形容华山高耸神奇若似天宫。白帝,神话传说中五天帝之一,掌管西方之神,五行属白,季节属秋。华山是西岳,故属之白帝。 ③三峰:指华山的"天外三峰"。见前《西厢记》第四本第三折注㊸。 ④"苍龙"句:是说半空中黑云低垂,秦川一带正在下雨。秦川,泛指秦岭以北平原地带。这里古为秦地,故称。 ⑤"石马"句:是说石马立于汉苑之中,临风长嘶。石马,石刻之马,多列于陵墓前。 ⑥"平生"二句:意谓尽管素来自许对人世间各种事物的了解高出于人,也不能不承认唯有华山才深知大自然创造化育之功。突兀,高。

徐　渭

徐渭(1521—1593),初字文清,改字文长,号天池山人、青藤道士,山阴(今浙江绍兴)人。明嘉靖间秀才,屡应乡试不中。曾为闽浙总督胡宗宪幕僚,协助谋划抗倭。胡获罪被杀,他一度惧祸发狂,因误杀继室下狱七年。晚年以诗文书画自给。多才多艺,诗文书画和戏曲皆卓然大家。著有戏曲论著《南词叙录》、杂剧《四声猿》、诗文《徐文长全集》等。今人汇编为《徐渭集》。

渔　阳　弄①

(外扮判官②引鬼上)咱这里算子③忒明白,善恶到头来撒不得赖,就如那少债的会躲也躲不得几多时,却从来没有不还的债。咱家姓察名幽,字能平,别号火珠道人。平生以善断持公,在第五殿阎罗天子殿下④,做一个明白洒落的好判官。当日祢正平先生与曹操老瞒对讦那一宗案卷⑤,是咱家所掌。俺殿主向来以祢先生气概超群,才华出众,凡一应文字,皆属⑥他起草,待以上宾。昨日晚衙⑦,殿主对咱家说:"上帝旧用一伙修文郎⑧,并皆迁次⑨别用。今拟召劫⑩满应补之人,祢生亦在数中。汝可预备装送之资⑪,万一来召,不得有误时刻。"我想起来,当时曹瞒召客,令祢生奏鼓为欢,却被他横睛裸体,掉板掀槌,翻⑫古调作《渔阳三弄》,借狂发愤,推哑装聋,数落得他一个有地皮没躲闪。此乃岂不是踢弄乾坤、提大傀儡⑬的一场奇观!他如今不久要上天去了,俺待要请将他来,一并放出曹瞒,把旧日骂座的情状,两下里演述一番,留在阴司中做个千古的话靶;又见得善恶到头,就是少债还债一般。有何不可?手下,与我请过祢先生,就一面放出曹操并他旧使唤的一两个人,在左壁厢伺候指挥。(鬼)领台旨⑭。(下)(引生扮祢、净扮曹、从二人上)(曹、从留左边)(鬼)禀上爷,祢先生请到了。(相见介)(祢上座,判下陪云)先生当日借打鼓骂曹操,此乃天下大奇。下官虽从鞫问时左证得闻一二⑮,终以未曾亲睹为歉。(判立云)又一件,而今恭喜先生为上帝所知,有请召修文的消息,不久当行,而此事缺然,终为一生耿耿⑯。这一件尚是小事。阴司僚属,并那些诸鬼众,传流激劝,更是少此一桩不可。下官斗胆,敢请先生权做旧日行径,把曹操也扮做旧日规模,演述那旧日骂座的光景,了此夙愿。先生意下如何?(祢)这个有何不可!只是一件,小生骂座之时,那曹瞒罪恶尚未如之多,骂将来冷淡寂寥,不甚好听。今日要骂呵,须直捣到铜雀台分香卖履⑰,方痛快人心。(判)更妙,更妙!手下,带曹操与他的从人过来。曹操,今日要你仍旧扮做丞相,与祢先生演述旧日打鼓骂座那一桩事。你若是乔做⑱那等小心畏惧,藏过了那狠恶的模样,手下就与他一百铁鞭,再从头做起。(曹、众扮介)(祢)判翁大人,你一向谦厚,必不肯坐观,就不成一场戏耍。当日骂座,原有宾客在座,今日就权屈大人为曹瞒之宾,坐以观之,方成一个体面。(判)这也见教得是。(揖云)先生告罪,却斗胆了也。(判左曹右举酒坐)(祢以常衣进前,将鼓)(曹喝云)野生!你为鼓史⑲,自有本等服色,怎么不穿?快换!(校喝云)还不快换!(祢脱旧衣,裸体向曹立)(校喝云)禽兽!丞相跟前,可是你裸体赤身的所在!却不道:"驴臁子朝东,马臁子朝西。"⑳(祢)你那颓丞相臁子朝南,我的臁子朝北。(校喝云)还不换上衣服,买甚么嘴?(祢换锦巾、绣服、扁绦介)

【点绛唇】俺本是避乱辞家,遨游许下㉑,登楼罢㉒,回首天涯。不想道屈身躯扒出他们胯㉓。

【混江龙】他那里开筵下榻,教俺操槌按板把鼓来挝㉔。正好俺借槌来打落㉕,又合着鸣鼓攻他。俺这骂一句句锋铓飞剑戟,俺这鼓一声声霹雳卷风沙。曹操,这皮是你身儿上躯壳,这槌是你肘儿下肋巴,这钉孔儿是你心窝里毛窍,这板仗儿是你嘴儿上獠牙。两头蒙总打得你泼皮穿,一时间也酬㉖不尽你亏心大。且从头数起,洗耳听咱。

(鼓一通)(曹)狂生,我教你打鼓,你怎么指东话西,将人比畜?我这里铜锤铁刃,好不利害,你仔细你那舌头和那牙齿。(判)这生果是无礼。(祢)

【油葫芦】第一来逼献帝迁都㉗,又将伏后来杀,使郗虑去拿㉘。唉,可怜那九重㉙天子救不得一浑家。帝道:后,少不得你先行,咱也只在目下。更有那两个儿,又不是别树上花,都总是姓刘的亲骨血在宫中长大。却怎生把龙雏凤种,做一瓮鲊鱼虾[30]!

(鼓一通)(曹)说着我那一桩事了。(祢)

【天下乐】有一个董贵人[31],是汉天子第二位美娇娃,他该甚么刑罚?你差也不差?他肚子里又怀着两三月小哇哇[32],既杀了他的娘,又连着胞一搭,把娘儿们两口砍做血虾蟆[33]。

(鼓一通)(曹)狂生,自古道:"风来树动。"人害虎,虎也要害人。伏后与董承等阴谋害俺,我故有此举,终不然[34]是俺先怀歹意害他?(判)丞相说得是。(祢)你也想着他们要害你,为着甚么来?你把汉天子逼迁来许昌,禁着就是这里的鬼一般,要穿没有,要吃没有,要使用的没有,要传三指大一块纸条儿,鬼也没得理他。你又先杀了董贵人,他们极[35]了,不谋你待几时?你且说就是天子无故要杀一个臣下,那臣下可好就去当面一把手采将他妈妈过来,一刀就砍做两段?世上可有这等事么?(判)这又是狂生说得有理。且请一杯解嘲。(祢)

【那吒令】他若讨吃么你与他几块歪剌[36],他若讨穿么你与他一匹蒜麻[37],他有时传旨么教鬼来与拿。是石人也动心,总[38]痴人也害怕,羊也咬人家[39]。

(鼓一通)(判)丞相,这却说他不过。(曹)说得他过,我倒不到这田地了。(祢)

【鹊踏枝】袁公那两家[40]不留他片甲,刘琮那一答[41]又逼他来献纳。那孙权呵,几遍几乎[42];玄德呵,两遍价抢他妈妈。是处儿[43]城空战马,递年来尸满啼鸦。

(鼓一通)(曹)大人,那时节乱纷纷,非只我曹操一人如此。(判)这个俺阴司各衙门也都有案卷。(祢)

【寄生草】仗威风只自假[44],进官爵不由他。一个女孩儿竟坐中宫驾[45],骑中郎直做了侯王霸[46],铜雀台直把那云烟架,僭车旗直按倒朝廷胯[47]。在当时险夺了玉皇尊,到如今还使得阎罗怕。

(鼓一通)(判低声分付小鬼,令扮女乐鼓吹[48]介)(判)丞相,女儿嫁做皇后,造房子大了些,这还较不妨。打鼓的,且停了鼓,俺闻的丞相有好女乐,请出来劳一劳[49]。(曹)这是往事,如今那里讨?(判)你莫管,叫就有,只要你纵好生放着使用他。(曹)领台命。分付手下,叫我那女乐出来。(二女持乌悲词[50]、乐器上)(曹)你两人今日却要自造一个小令,好生弹唱着,劝俺们三杯酒。(祢对曹蹐地坐介)(女唱[51])

那里一个大鹈鹕[52],呀一个低都,呀一个低都。变一个花猪低打都,打低都,唱鹧鸪㊿。呀一个低都,呀一个低都。唱得好时犹自可,呀一个低都,呀一个低都。不好之时低打都,打低都,唤王屠。呀一个低都,呀一个低都。

（曹）怎说"唤王屠"?（女）王屠杀猪。（进判酒）（又一女唱）
丞相做事太心欺,呀一个跷蹊,呀一个跷蹊。引惹得旁人跷打蹊,打跷蹊,说是非。呀一个跷蹊,呀一个跷蹊。雪隐鹭鸶㊾飞始见,呀一个跷蹊,呀一个跷蹊。柳藏鹦鹉跷打蹊,打跷蹊,语方知。呀一个跷蹊,呀一个跷蹊。

（曹）这两句是旧话。（女）虽是旧话,却贴题。（曹）这妮子朝外叫㊿。（女）也是道其实,我先首㊿免罪。（进曹酒）（一女又唱）
抹粉搽脂只一会儿红,呀一个冬烘,呀一个冬烘。（又一女唱）报恩结怨烘打冬,打冬烘,落花的风。呀一个冬烘,呀一个冬烘。（二女合唱）万事不由人计较,呀一个冬烘,呀一个冬烘。算来都是烘打冬,打冬烘,一场空。呀一个冬烘,呀一个冬烘。

（二女各进酒）（判）这一曲才妙,合着咱们天机㊿。（曹）女乐且退,我倦了。（判笑介）（祢起立云）你倦了,我的鼓儿骂儿可还不了。

【六幺序】哄他人口似蜜,害贤良只要耍。把一个杨德祖㊿,立断在辕门㊿下,碜可可血唬零喇㊿。孔先生是丹鼎灵砂㊿,月邸金蟆㊿,仙观琼花㊿,《易》奇而法,《诗》正而葩㊿。他两人嫌隙㊿,于你只有针尖大,不过是口唠噪有甚争差㊿?一个为忒聪明参透了鸡肋话㊿,一个则是一言不洽,都双双命掩黄沙。

（鼓一通）（判）丞相,这一桩却去不得㊿。（曹）俺醉了,要睡了。（打顿㊿介）（判）手下,采将下去,与他一百铁鞭,再从头做起。（曹慌介,云）我醒,我醒。（判）你才省得㊿哩。（祢）
【幺】哎,我的根芽也没大兜搭㊿,都则为文字儿奇拔,气概儿豪达,拜帖儿长拿,没处儿投纳㊿。绣斧金挝㊿,东阁西华㊿,世不曾挂齿沾牙㊿。唉,那孔北海没来由也,说有些缘法,送在他家。井底虾蟆也一言不洽,怒气相加。早难道投机少话,因此上暗藏刀,把我送与黄江夏㊿。又逢着鹦鹉撩咱,彩毫端满纸高声价,竟躬身持觞劝酒,俺掷笔还未了杯茶㊿。

（鼓一通）（判）这祸从这上头起。咳!仔细《鹦鹉赋》害事。（祢）
【青哥儿】日影移窗棂、窗棂一罅㊿,赋草掷金声㊿、金声一下。黄祖的心肠忒狠辣,陡起鳞甲㊿,放出槎枒㊿。香怕风刮,粉怪娟搽,士忌才华,女妒娇娃。昨日菩萨,顷刻罗刹㊿。哎,可怜俺祢衡的头呵,似秋尽壶瓜㊿,断藤无计再生发,霜檐挂。

（鼓一通）（判）这贼元来这每㊿巧弄了这生。（曹）大人,这也听他不得,俺前日也是屈招的。（判）这般说,这生的头也是自家掉下来的?

（曹）祢的爷,饶了罢么。（判）还要这等虚小心。手下,铁鞭在那里?（曹慌作怒介）狂生!俺也有好处来,俺下令求贤⑥,让还三州县⑥,也埋没了俺。（祢）

【寄生草】你狠求贤为自家,让三州直甚么？大缸中去几粒芝麻罢,馋猫哭一会慈悲诈,饥鹰饶半截肝肠挂,凶屠放片刻猪羊假。你如今还要哄谁人？就还魂改不过精油滑。

（鼓一通）（判）痛快,痛快!大杯来一杯,先生尽着说。（祢）

【葫芦草混】你害生灵呵,有百万来的还添上七八;杀公卿呵,那里查？借廒仓的大斗来斛芝麻⑧。恶心肝生就在刀枪上挂,狠规模描不出丹青的画⑧,狡机关我也抬不尽仓猝里骂。曹操,你怎生不再来牵犬上东门⑧,闲听唳鹤华亭⑨坝,却出乖弄丑带锁披枷？

（鼓一通）（判）老瞒,就教你自家处此,也饶自家不过了。先生尽着说。（祢）

【赚煞】你造铜雀要锁二乔⑨,谁想道梦巫峡⑨羞杀。靠赤壁那火烧一把。你临死时和些歪剌⑧们活离别,又卖履分香待怎么？亏你不害羞,初一十五教望着西陵月月的哭他⑨。不想这些歪剌们呵,带衣麻就搂别家⑤。曹操你自说,且休提你一世的贤达,只临了这一桩呵,也该几管笔题跋⑨。咳,俺且饶你罢,争奈我《渔阳三弄》的鼓槌儿乏。

（末扮阎罗鬼使上）（判）手下,快把曹操等收监。（鬼）禀上老爹,玉帝差人召祢先生,殿主爷说刻限甚急,教老爹这里径自厚资远饯,记在殿主爷的支应簿上;爷呵会勘⑨事忙,不得亲送,教老爹多上复先生,他日朝天⑨,自当谢过⑨。（判）知道了,你自去回话。（鬼应下）（判）叫掌簿的,快备第一号的金帛与饯送果酒伺候。（内应介）（小生扮童、旦扮女捧书、节上,云）汉阳江草摇春日,天帝亲闻鹦鹉笔。可知昨夜玉楼成⑩,不用陇西李长吉。咱两人奉玉帝符命,到此召请祢衡,不免径入宣旨。那一个是第五殿判官？（判跪介）玉帝有旨,召祢衡先生。你请他过来,待俺好宣旨。（祢同判跪,二使付书介）祢先生,上帝有旨召你,你可受了这符册自看,临到却要拜还。就此起行,不得有违时刻。（童唱）

【耍孩儿】文章自古真无价,动天廷玉皇亲迓⑩。飞凫降鹤踏红霞⑩,请先生即刻登遐⑩。修葺了旧衔螭首⑩黄金阁,准办着新鲊麟羔⑩白玉叉,倒琼浆三奏钧天罢⑩。校书郎侍玉京香案⑩,支机女倚银汉仙槎⑩。

（内作细乐⑩）（女唱）

【三煞】祢先生,你挟鸿名⑪懒去投,赋鹦哥点不加⑪,文光直透俺三台⑫下。奇禽瑞兽虽嘉兆,倚马雕龙⑬却祸芽。祢先生,谁似你这般前凶后吉?这好花样谁能拓⑭?待枣儿甜口,已橄榄酸牙。(祢)

【二煞】向天门渐不遥,辞地主⑮痛愈加,几时再得陪清话?叹风波满狱君为主,已后呵,倘裘马朝天我即家⑯。小生有一句说话。(判)愿闻。(祢)大人包容饶了曹瞒罢,(判)这个可凭下官不得。(祢)我想眼前业景⑰,尽雨后春花。(判)

【一煞】谅先生本太山,如电目一似瞎⑱。俺此后呵,扫清斋图一幅尊容挂。你那里飞仙作队游春圃,俺这里押鬼成群闹晚衙,怎再得邀文驾⑲?又一件,倘三彭⑳诬枉,望一笔涂抹。

这里已到阴阳交界之处,下官不敢越境再送。(祢)就请回。(判)俺殿主有薄赆㉑,令下官奉上,伏望俯纳。下官自有一个小果酒,也要仰屈㉒三杯,表一向侍教的薄意。(祢)小生叨㉓向天廷,要赆物何用?仰烦带回,多多拜上殿主。携楮㉔该领,却不敢稽留天使。(判)这等,就此拜别了。(各磕头共唱)

【尾】自古道胜读十年书,与君一夕话。提醒人多因指驴说马㉕,方信道曼倩㉖诙谐不是耍。(祢下)

(判曰)看了这祢正平渔阳三弄,笑得我察判官眼睛一缝。若没有狠阎罗刑法千条,都只道曹丞相神仙八洞㉗。(下)

①《渔阳弄》全名为《狂鼓史渔阳三弄》,是《四声猿》杂剧的第一种。渔阳:即《渔阳参(cān 餐)挝》,鼓曲名,亦简作《渔阳掺》。 ②外:戏曲角色名。在元代戏曲中扮演末、旦、净等行当的次要人物,明、清时逐渐成为专演老年男子的角色。判官:佛教传说中辅佐阎王的冥官。 ③算子:古时计数用的筹码,又称算筹。这里是谋划、计算的意思。 ④第五殿:即佛教所谓"大叫地狱",以刑法残酷,使入此地狱之人痛苦大叫,故名。阎罗:梵语音译"阎魔罗阇"的省称,佛教所说地狱的统治者,俗称阎罗王、阎王。殿下:本是对太子、亲王、皇后的敬称,借用为对阎罗的敬称。 ⑤祢(mí 迷)正平:祢衡(173—198),字正平,东汉末名士。曹操欲一见,衡自称狂疾拒绝。操乃强召为鼓史,大会宾客,想当众羞辱他,反受其辱。操怒欲杀之而忌其名望,遂遣送荆州牧刘表,表又转送江夏太守黄祖,终因辱骂黄祖被杀。老瞒:曹操小名阿瞒。老瞒是对他的蔑称。对讦(jié 杰):互相揭发、攻击。 ⑥属(zhǔ 主):通"嘱"。交付,吩咐。 ⑦晚衙:古时官府早晚两次坐衙理事,傍晚的一次称为晚衙。 ⑧修文郎:传说中在天上或阴曹掌管起草典章文书的官。相传孔子的弟子颜渊、子夏死后即在地下为修文郎。 ⑨迁次:按资历次第升迁。 ⑩劫:厄运,灾难。 ⑪装送之资:送给出行人

的路费或礼物。 ⑫翻：按照旧曲谱制作新词。 ⑬踢弄乾坤、提大傀儡：意为像玩木偶戏一样随意耍弄。傀儡，木偶人。 ⑭台旨：旧时下级称上级指令的敬辞。下“台命”义同。 ⑮鞫（jū 居）问：审问，审讯。左证：证据，证实。 ⑯耿耿：形容心中不能宁贴。 ⑰“须直”句：意思是要一直骂到曹操临死时。铜雀台，曹操于东汉建安十五年（210）冬在邺城所建，故址在今河北省临漳县西南，因楼顶置有大铜雀而得名。分香卖履，曹操临终遗命：将平日所藏的名香分与众妾；众妾闲居寂寞，可学作丝带和鞋子（履）出卖。见晋陆机《吊魏武帝文并序》。 ⑱乔做：假装。 ⑲鼓史：掌鼓的小吏。 ⑳“驴膫子”二句：骂人的粗话。意思是各人应守本分，不要放肆无礼。㉑许下：即许都，在今河南省许昌市东。当时是东汉的国都。 ㉒登楼：东汉末文学家王粲避难荆州时，曾作《登楼赋》，抒发伤乱怀乡和自悲不遇的情绪。此用其事，比喻客居无依的情状。 ㉓“不想”句：韩信青年时曾受辱于淮阴恶少，被迫从其胯下爬过。此用其事，比喻屈居人下所受的屈辱。 ㉔挝（zhuā 抓）：敲，打。 ㉕打落：数落。 ㉖酹（lèi 泪）：洒酒于地表示祭奠或立誓。这里反用其意以讥刺曹操，可作历数、倾诉解。 ㉗逼献帝迁都：建安元年（196），曹操挟持汉献帝由洛阳迁都许县（今河南省许昌市东）。 ㉘“又将”二句：建安十九年（214），汉献帝和伏皇后深忧曹操篡位，由伏后写密信给其父伏完，谋除曹操。事泄，曹操命御史大夫郗（xì 戏）虑逼帝废后，继而杀害伏后及其二子，族诛伏完全家。 ㉙九重：指帝王所住的地方。㉚鲊（zhǎ）鱼虾：经过加工制作的鱼虾食品。比喻惨遭杀害。 ㉛董贵人：汉献帝的妃嫔。其兄董承受汉献帝密诏谋诛曹操，事泄，董承等五大臣被杀，夷三族，董贵人也被杀害。贵人，妃嫔的称号，位仅次于皇后。 ㉜哇：通“娃”。 ㉝虾（há 蛤）蟆：即蛤蟆。虾，通“蛤”。 ㉞终不然：难道。 ㉟极：通“急”。 ㊱歪剌：牛角中的臭肉。这里泛指粗劣的食物。 ㊲蘔（qǐng 请）麻：麻类植物。这里指粗麻布。 ㊳总：通“纵”。虽然，即使。 ㊴羊也咬人家：意思是即使驯顺如羊，逼急了也要咬人。㊵袁公那两家：指袁绍、袁术两股势力，先后为曹操击败。 ㊶刘琮：荆州太守刘表的次子。刘表死，刘琮继位，不久向曹操投降。那一搭：那一处，那里。 ㊷几遍几乎：几度陷于危险的境地。几（几乎），危险。 ㊸是处儿：到处。 ㊹仗威风只自假：指曹操挟天子以令诸侯，擅政专权。假，这里是替代的意思。 ㊺“一个”句：曹操的女儿原为汉献帝的妃子，伏后被杀，献帝被逼立曹女为皇后。中宫，皇后的住处，以别于东西二宫。常用为皇后的代称。 ㊻“骑中郎”句：曹操二十岁举孝廉为中郎（皇帝的侍卫小官），后受封武平侯、魏公、魏王。 ㊼“僭车旗”句：指曹操的车旗仪仗超越本分，竟至于压倒了皇帝。僭，超越本分。旧指下级冒用上级的名义、礼仪和器物。㊽女乐：歌舞伎。鼓吹（chuì）：乐队。 ㊾劳一劳：慰劳慰劳。 ㊿乌悲词：即火不思。一种类似琵琶的弦乐器。 (51)女乐所唱的三首曲子，各只有四句歌词。如第一首：“那里一个大鹈鹕，变一个花猪唱鹧鸪。唱得好时犹自可，不好之时唤王屠。”其余都是帮腔。第二、三首同例。 (52)鹈鹕（tí hú 提胡）：水鸟。身长约二米，翼白而阔,好群居。《诗经·曹风·候人》以鹈鹕在梁喻小人在朝,后因以比喻地位和才德不相称。 ㊿鹧鸪:曲牌【鹧鸪天】的省称。 ㊾鹭鸶:即白鹭。 ㊿朝外叫:帮外人说话。 ㊽先首:先行出面自首。 ㊼天机:犹天意。 ㊻杨德祖:杨修,字德祖,汉末文学家。任曹操的主簿。因谋立曹操第三子曹植为魏太子,被曹操借故杀害。 ㊺辕门:古代帝王巡狩、田猎时止宿郊野,用车子围作屏藩,以两车的车辕相向交接成营门,称为辕门。后引申指领兵将帅的营门及督抚等官署的外门。 ㊴硶可可:悲惨可怕的样子。血唬零喇:即血糊淋拉,形容血淋淋的样子。 ㊶孔先生:指孔融。汉末文学家。历任北海相、少府、大中大夫等官。世称"孔北海"。为人恃才负气,放言无忌惮,因触怒曹操被杀。丹鼎:三足炼丹炉。灵砂:炼丹的原料。和下文的月邸金蟆、仙观琼花都是比喻孔融的卓异不凡。 ㊷月邸金蟆:传说中月宫里的蟾蜍。 ㊸仙观琼花:仙观即道观,这里指扬州蕃釐(xǐ禧)观。始建于西汉元延年间,宋徽宗赵佶赐匾额题为"蕃釐观"。琼花是种极珍贵的花卉,据载昔时唯蕃釐观有一株,俗称琼花观。 ㊹《易》奇"二句:语出唐韩愈《进学解》。意谓《易经》变易甚奇而文章有法度,《诗经》内容雅正而词采斐然。这里借以形容孔融学识渊博,文辞华美。 ㊺嫌隙:因怀疑或不满而产生的仇隙。 ㊻唠嗽:唠叨,啰嗦。争差:差错。 ㊼参透了鸡肋话:曹操攻汉中,久而无功,意欲还军,出令曰"鸡肋"。众莫能解,独杨修据此料定曹操已无意恋战:"夫鸡肋,弃之如可惜,食之无所得,以比汉中,知王欲还也。"见《三国志·魏武帝纪》注引《九国春秋》。参透,这里是看破、看透的意思。 ㊽去不得:推脱不掉。 ㊾打顿:即打盹。 ㊿省(xǐng)得:晓得,明白。 ㊶根芽:指获罪的原因。兜搭:周折,复杂。 ㊷"拜帖"二句:《后汉书·祢衡传》载,祢衡"来游许下。始达颍川,乃阴怀一刺(谒见的名帖);既而无所之适,至于刺字漫灭"。 ㊸绣斧金挝:汉武帝曾派人衣绣衣、杖斧至各地巡捕群盗。后因以"绣斧"为皇帝特遣的执法官吏的别称。挝,杖、鞭类兵器。 ㊹东阁:《汉书·公孙弘传》载,汉武帝时丞相公孙弘"开东阁(小门)以延贤人"。后因称宰相招贤的地方为"东阁"。西华:明代紫禁城的西门。东阁西华,指当权的贵官显宦。 ㊺"世不曾"句:从不曾给过一点关顾重视。 ㊻黄江夏:即黄祖。他曾任江夏太守,故称。 ㊼"又逢"四句:相传黄祖长子黄射(yì义)在江夏长江小岛(今鹦鹉洲)上大宴宾客,有人献鹦鹉,请祢衡即席作《鹦鹉赋》。衡笔不停辍,文不加点而成。 ㊽"日影"句:意为只过了很短的时间。窗棂(líng灵):旧式窗户上的格子。罅(xià下),瓦器的裂缝。这里比喻很小的距离。 ㊾赋草:写作诗赋。掷金声:《晋书·孙绰传》载,绰曾作《天台山赋》,对其友人说:"卿试掷地,当作金石声也。"后用以形容文辞优美,声调铿锵。 ㊿鳞甲:比喻巧诈之心。 ㊶槎枒:树木的枝杈。这里比喻害人的凶狠手段。 ㊷罗刹:梵文音译"阿落刹婆"的省称,佛经中恶鬼的通名。 ㊸壶瓜:即瓠瓜。葫芦科植物。 ㊹这每:这么。 ㊺下令求贤:建安十五年(210),曹操下求贤令。内有"唯才是举,吾得而用之"句,故下文祢衡讥责他"狠求贤为自家"。 ㊻让还三州县:曹操曾受封武平、阳夏、柘、苦四县之地,后只留武平,让还其余三县。 ⑧⑦"借廒(áo 熬)仓"句:形容所杀公卿多到数不清。廒仓,即粮仓。秦、汉、魏三代均在敖山(今河南荥阳北)上置谷仓,名敖仓。后泛称国家粮仓为敖仓或廒仓。斛,这里作动词用,量的意思。⑧⑧狠规模:凶狠的模样。丹青:中国画多用丹、青二色,引申为绘画所用的颜色。⑧⑨牵犬上东门:《史记·李斯列传》载,秦丞相李斯临刑时对其子说:我想与你再牵黄犬,同出上蔡(李斯的故乡,今河南上蔡西南)东门打猎,难道还有可能吗? ⑨⑩唳鹤华亭:《晋书·陆机传》载,陆机遭人诬陷被杀,临刑前说:"华亭鹤唳,岂可复闻乎?"华亭,陆机的故乡,今上海市松江区。以上两句讥刺曹操落得在地狱受罪,再也休想逍遥自在。 ⑨⑴造铜雀要锁二乔:用唐杜牧《赤壁》诗"东风不与周郎便,铜雀春深锁二乔"意。二乔,指大乔、小乔姐妹,分嫁孙策和周瑜。后人讹"桥"为"乔",称为"二乔"。 ⑨⑵梦巫峡:用宋玉《高唐赋》序楚怀王梦与巫山神女幽会事,讥刺曹操欲得二乔不过是梦想。⑨⑶歪剌:亦作歪剌骨,犹言臭货,辱骂妇女的话。这里指曹操的妻妾。 ⑨⑷"初一"句:曹操临死时,遗命诸妾与伎人皆居铜雀台,早晚设祭,每月初一、十五在灵帐前奏乐歌唱;令诸子时时登铜雀台,瞻望西陵墓田。见《乐府诗集·相和歌辞六》引《邺都故事》。 ⑨⑸"带衣麻"句:《世说新语·贤媛》载,曹操死后,他的宫人悉为曹丕占用。带衣麻,指穿着丧服。 ⑨⑹题跋:这里是书写、记载的意思。⑨⑺会勘:审理案件。 ⑨⑻朝天:上天朝见玉帝。 ⑨⑼谢过:请罪,致歉。 ⑩⓪"可知"二句:李商隐《李长吉小传》说,唐诗人李贺(字长吉)将死,昼见绯衣人传玉帝诏令,谓白玉楼成,召他前往作记。遂卒。这里借指玉帝宣召祢衡上天。 ⑩⑴迓(yà 亚):迎接。 ⑩⑵"飞凫"句:相传东汉王乔有仙术,任叶县县令时,从叶县到京城见皇帝,即将自己的鞋子变作一对凫鸟,乘凫鸟而飞。事见《后汉书·方术列传》。凫(fú 扶),野鸭。又传王乔即仙人王子乔,曾乘白鹤飞上缑氏山头。借喻祢衡将由地狱飞往天界。 ⑩⑶登遐(xiá 暇):成仙。这里指启程上天。 ⑩⑷衔:官阶。引申为官署。 螭(chī 痴)首:又称螭头。古代宫殿、官署等建筑物上刻凿的螭形花饰。螭,传说中一种无角的龙。 ⑩⑸麟羔:麟,即麒麟,传说中的珍奇动物。羔,小羊。这里泛指佳肴。⑩⑹琼浆:美酒。钧天:钧天广乐的省称。神话中天上的音乐。 ⑩⑺校书郎:旧时掌管校勘书籍、订正讹误的官。借指天庭的近侍官。玉京:玉帝所居之处。 ⑩⑻"支机女"句:相传汉代张骞乘槎(木筏)直至天河,有浣纱女给一石。携回问识者,方知是织女支机石。银汉,即银河。 ⑩⑼细乐:用丝竹管弦乐器所奏的轻清之乐。 ⑾⓪鸿名:大名。 ⑾⑴赋鹦哥点不加:指祢衡作《鹦鹉赋》文不加点,一挥而就。鹦哥,鹦鹉的俗称。 ⑾⑵三台:星名。上台、中台、下台共六星,两两而居。古时用以象征人间朝廷中的三公之位。这里指天宫。 ⑾⑶倚马:东晋袁虎曾在战场上倚马草拟文告,手不辍笔,片刻即成七纸。后世喻文思敏捷。雕龙:战国时齐人驺奭(zōu shì 邹示)所写文章"饰若雕镂成文",时称"雕龙奭"。后世借喻善于修饰文辞。 ⑾⑷花样:榜样。拓(tà 榻):把石碑或器物上的文字或图案印在纸上。引申为模仿。 ⑾⑸地主:指地狱的统治者阎罗王。　⑯裘马:穿皮衣,乘车马。形容达官显宦的气派。我即家:即以我处为家。　⑰业景:作孽造恶的情状。　⑱"如电"句:如同电光一样明亮的眼睛竟像瞎了一般。　⑲文驾:对文人的敬称。　⑳三彭:道教认为人身上有三尸神作祟,专门伺察人的过恶,向玉帝报告。又说三尸名彭倨、彭质、彭矫,故亦称"三彭"。　㉑赆(jìn 尽):赠送的路费或送行礼品。　㉒仰屈:敬辞,意思是敬请屈就。　㉓叨:谦辞,辱承之意。　㉔榼(kē 磕):古代盛酒的器具。这里指酒。　㉕指驴说马:用比喻的方法说明道理。　㉖曼倩:东方朔,字曼倩。见前刘基《卖柑者言》注㉗。　㉗八洞:道教传说中神仙所居住的洞府。

宗　臣

宗臣(1525—1560)，字子相，兴化(今江苏兴化)人。明嘉靖二十九年(1550)进士，任刑部主事、吏部员外郎等职。因触忤权相严嵩，出为福建布政参议。后以御倭有功，升福建提学副使。他是明代"后七子"之一，所作诗文较少拟古习气，尤以散文著称，风格刚健雄厉。著有《宗子相集》。

报刘一丈书①

数千里外，得长者②时赐一书，以慰长想③，即亦甚幸矣；何至更辱馈遗④，则不才⑤益将何以报焉！书中情意甚殷，即长者之不忘老父，知老父之念长者深也⑥。

至以"上下相孚，才德称位"语不才⑦，则不才有深感焉。夫才德不称，固自知之矣；至于不孚之病，则尤不才为甚。

且今世之所谓孚者何哉？日夕策马⑧，候权者⑨之门。门者故不入⑩，则甘言媚词⑪，作妇人状，袖金以私之⑫。即门者持刺⑬入，而主者又不即出见，立厩中仆马之间⑭，恶气袭衣袖，即饥寒毒热不可忍，不去也。抵暮，则前所受赠金者出，报客曰："相公⑮倦，谢客⑯矣；客请明日来。"即明日，又不敢不来。夜披衣坐，闻鸡鸣，即起盥栉⑰，走马抵门。门者怒曰："为谁？"则曰："昨日之客来。"则又怒曰："何客之勤也？岂有相公此时出见客乎？"客心耻之⑱，强忍而与言曰："亡奈何⑲矣，姑容我入。"门者又得所赠金，则起而入之，又立向⑳所立厩中。幸主者出，南面㉑召见，则惊走匍匐阶下。主者曰："进。"则再拜，故迟不起，起则上所上寿金㉒。主者故不受，则固请；主者故固不受，则又固请；然后命吏内㉓之，则又再拜，又故迟不起，起则五六揖，始出。出，揖门者曰："官人幸顾我㉔，他日来，幸㉕亡阻我也。"门者答揖。大喜，奔出，马上遇所交识，即扬鞭语曰："适自相公家来，相公厚我！厚我！"

且虚言状㉖。即所交识,亦心畏相公厚之矣。相公又稍稍语人曰:"某也贤,某也贤。"闻者亦心计交赞㉗之。此世所谓上下相孚也,长者谓仆㉘能之乎?

前所谓权门者,自岁时伏腊一刺之外,即经年不往也㉙。间㉚道经其门,则亦掩耳闭目,跃马疾走过之,若有所追逐者。斯则仆之褊衷㉛,以此常不见悦于长吏㉜。仆则愈益不顾也,每大言曰:"人生有命,彼将奈我何矣!"长者闻此,得无厌其为迂乎㉝?

乡园多故㉞,不能不动客子之愁。至于长者之抱才而困㉟,则又令我怆然㊱有感。天之与先生者甚厚,亡论长者不欲轻弃之,即天意亦不欲长者之轻弃之也㊲,幸宁心㊳哉!

①报:答。刘一丈:名玠,字国珍,号墀石。博学多才而屡试不第,遂绝意仕进,以布衣而殁。他是作者之父宗周的至交,排行第一,故称一丈。丈,对长辈的尊称,犹今称"老伯"。　②长者:年纪大的长辈。这里指刘一丈。　③长想:长久的思念。　④辱:谦辞,犹言承蒙,有不敢当之意。馈遗(kuì wèi 愧位):赠送礼物。　⑤不才:没有才能。用为自称的谦辞。　⑥"书中"三句:由刘信中所表现的深厚情意,推及自己父亲同刘的情谊。作者的父亲宗周一直游宦在外,此为三人各处一方的推测之词。殷,殷切,深厚。　⑦上下相孚,才德称位:上下级互相信任,才能和品德与官位相称。孚,信任。语:这里是劝勉、告诫的意思。　⑧策马:驰马。策,鞭打。　⑨权者:居高位的权要人物。暗指当时的权相严嵩之流。　⑩门者:守门的仆役。故不入:故意不进去通报。　⑪甘言媚词:甜言蜜语,谄媚奉承的话。　⑫袖金以私之:把钱藏在袖筒里偷偷地送给他。指向门者行贿。　⑬刺:名帖,名片。明时官场谒见,用红纸写官衔、姓名投递通报。　⑭厩(jiù 旧):马棚。仆马:驾车的马。　⑮相公:宰相的别称。　⑯谢客:婉辞,意即不见客。　⑰盥栉(guàn zhì 贯志):洗脸梳头。　⑱耻之:对此感到羞辱。　⑲亡(wú 无)奈何:没有办法。亡,通"无"。　⑳向:从前,这里指昨天。　㉑南面:古代以面南而坐为尊位。　㉒寿金:礼金。古称以金帛奉献于人为寿。这里指贿赂。　㉓内:同"纳",接受。　㉔官人:这里是对门者的奉承之称。幸顾我:意为多亏看顾我。　㉕幸:希望、请求之词。　㉖虚言状:指夸张地编造相公厚待他的情状。　㉗心计:心里盘算。交赞:交口称赞。　㉘仆:自称的谦辞。　㉙"自岁"二句:是说除了过年过节去投张名帖为贺外,终年不往。岁时,一年四季。伏腊,夏天的伏日和冬天的腊日,古代两种祭祀的名称。这里泛指节日时令。　㉚间(jiàn 践):有时,偶尔。　㉛斯则:这便是。褊(biǎn 扁)衷:狭隘的心胸。这里是作者自云性格孤傲,不屑逢迎权贵的反语。　㉜长吏:上级官吏。　㉝得无:岂不是。迂:迂执而不通人情。　㉞乡园多故:家乡多变故。　㉟抱才而困:有才能而陷于困厄的境地,即怀才不遇。　㊱怆(chuàng)然:悲伤的样子。　㊲"天之"三句:是说刘的才德禀赋很好,且不说你自己不愿轻易丢弃它,就是老天爷也不希望你轻易丢弃它。　㊳宁心:安心。

王世贞

王世贞(1526—1590),字元美,号凤洲,又号弇州山人,太仓(今江苏太仓)人。明嘉靖二十六年(1547)进士,官至南京刑部尚书。他和李攀龙同为"后七子"的领袖,独主文坛二十年。提倡"文必秦汉,诗必盛唐",晚年主张略有转变,不复如前偏颇。其诗亦以拟古为能事,有些作品用古词古调写时事,现实性较强。著有《弇州山人四部稿》《弇州山人续稿》。

钦䲹行①

飞来五色鸟,自名为凤凰②。千秋不一见,见者国祚③昌,响以钟鼓坐明堂④。明堂饶梧竹⑤,三日不鸣意何长⑥?晨不见凤凰,凤凰乃在东门之阴啄腐鼠⑦,啾啾唧唧不得哺⑧。夕不见凤凰,凤凰乃在西门之阴媚苍鹰⑨:"愿尔肉攫分遗腥⑩。梧桐长苦寒,竹实长空饥⑪。"众鸟惊相顾,不知凤凰是钦䲹。

①钦䲹(pī丕):神话传说中的凶神。为天帝所戮,化为大鹗,其状如雕而黑文,白首赤喙而虎爪,其音如晨鹄,相传它出现时必有兵灾。这首诗写钦䲹冒充凤凰窃居庙堂,可能意在讥刺权相严嵩欺世盗名。行:乐府和古诗的一种体裁。 ②凤凰:古代传说中的神鸟。雄者为凤,雌者为凰,通称为凤凰或凤。色具五彩,见则天下太平,国运昌盛。 ③国祚(zuò坐):国家的命运。 ④响以钟鼓:即奏乐。钟鼓,统指乐器。明堂:古代天子举行朝会、祭祀、庆赏、选士等大典的殿堂。 ⑤"明堂"句:是说明堂内有很多梧桐和竹子,足可供凤凰栖止、啄食。相传凤凰非梧桐不止,非竹实不食。饶,多,富足。 ⑥三日:犹言多日。古时常用三表示多数。 ⑦啄腐鼠:《庄子·秋水》说,鸱(恶鸟)得到一只腐鼠,抬头见凤凰飞过,以为凤凰欲夺腐鼠,口作怒声恫吓凤凰。此用其典,说这只"凤凰"取腐鼠为美食,实是鸱一类恶鸟。 ⑧啾(jiū纠)啾唧唧:钦䲹的叫声。不得哺:抱怨没有足够的腐鼠供它啄食。 ⑨媚:献媚,讨好。苍

鹰:鹰的一种,性凶猛恶戾,捕食野兔、野鼠及鹑类等。　⑩"愿尔"句:乞求苍鹰分些剩肉给它吃。肉攫(jué决),捕获到肉。攫,用爪抓取。遗腥,吃剩的肉。腥,生肉。⑪"梧桐"二句:抱怨栖梧桐、食竹实,经常受冻挨饿。空饥,腹空饥饿。

薛论道

薛论道(1531?—1600?),字谈德,号莲溪居士,保定定兴(今河北定兴)人。弃文从军三十年,以战功官至神枢参将。后因宦官弄权遭排斥,称疾归隐。其散曲多讽时讥俗,抒发怀才不遇的激愤,描写边塞风光和军旅生活的作品尤有独到之处。风格雄健豪爽,笔锋犀利。著有《林石逸兴》。

水 仙 子

愤 世①

翻云覆雨太炎凉②,博利③逐名恶战场,是非海边波千丈。笑藏着剑与枪,假慈悲论短说长。一个个蛇吞象④,一个个兔赶獐⑤,一个个卖狗悬羊⑥。

①本题共三首,这里选录一首。 ②炎凉:冷热。比喻人情势利,反复无常。 ③博:讨取,追求。 ④蛇吞象:《山海经·海内南经》:"巴蛇食象,三岁而出其骨。"后因以"蛇吞象"比喻人的贪得无厌。 ⑤兔赶獐:比喻竞逐名利一个快似一个。獐,鹿科动物,行动敏捷,善跳跃。 ⑥卖狗悬羊:意即挂羊头卖狗肉。比喻表里不符,狡诈欺骗。

汤显祖

汤显祖(1550—1616),字义仍,号海若、若士,别署清远道人,临川(今江西抚州临川)人。明万历十一年(1583)进士,任南京太常寺博士、南京礼部主事,因上疏批评时政,贬广东徐闻典史,迁浙江遂昌知县。后弃官家居近二十年,以词曲自娱。他是明代最杰出的戏剧家。戏曲创作主张"以意趣声色为主",反对拟古和拘泥于格律。所作传奇《紫钗记》《牡丹亭》《南柯记》《邯郸记》合称"临川四梦"或"玉茗堂四梦"。剧作暴露和抨击封建礼教和黑暗政治,具有鲜明的时代特征,以重内容和富文采著称。诗文存《红泉逸草》《问棘邮草》《玉茗堂集》等。今人辑有《汤显祖集》。

牡丹亭

闺 塾①

(末上)"吟余改抹前春句②,饭后寻思午晌茶。蚁上案头沿砚水,蜂穿窗眼咂③瓶花。"我陈最良杜衙设帐④,杜小姐家传《毛诗》⑤。极承老夫人管待。今日早膳已过,我且把毛注潜玩⑥一遍。(念介)"关关雎鸠,在河之洲。窈窕淑女,君子好逑。"⑦好者好也,逑者求也⑧。(看介)这早晚了,还不见女学生进馆。却也娇养的凶。待我敲三声云板⑨。(敲云板介)春香,请小姐解书。

【绕地游】(旦引贴捧书上⑩)素妆⑪才罢,缓步⑫书堂下,对净几明窗潇洒。(贴)《昔氏贤文》⑬,把人禁杀⑭,恁时节则好教鹦哥唤茶⑮。

(见介)(旦)先生万福⑯。(贴)先生少怪。(末)凡为女子,鸡初鸣,咸盥、漱、栉、笄,问安于父母⑰。日出之后,各供其事。如今女学生以读书为事,须要早起。(旦)以后不敢了。(贴)知道了。今夜不睡,三更时分,请先生上书。(末)昨日上的《毛诗》,可温习?(旦)温习了。则待讲解。(末)你念来。(旦念书介)"关关雎鸠,在河之洲。窈窕淑女,君子好逑。"(末)听讲。"关关雎鸠",雎鸠是个鸟,关关鸟声也。(贴)怎样声儿?(末作鸠声)(贴学鸠声诨⑱介)(末)此鸟性喜幽静,在河之洲。(贴)是了。不是昨日是前日,不是今年是去年,俺衙内关着个斑鸠儿,被小姐放去,一去去在何知州⑲家。(末)胡说,这是兴⑳。(贴)兴个甚的那?(末)兴者起也,起那下头。窈窕淑女,是幽闲女子,有那等君子好好的来求他。(贴)为甚好好的求他?(末)多嘴哩。(旦)师父,依注解书,学生自会。但把《诗经》大意,敷演㉑一番。

【掉角儿】(末)论六经㉒,《诗经》最葩㉓,闺门内许多风雅:有指证,姜嫄产哇㉔;不嫉妒,后妃贤达㉕。更有那咏鸡鸣㉖,伤燕羽㉗,泣江皋㉘,思汉广㉙,洗净铅华㉚。有风有化㉛,宜室宜家㉜。(旦)这经文偌多㉝?(末)《诗》三百,一言以蔽之,没多些,只"无邪"两字㉞,付与儿家㉟。

书讲了。春香取文房四宝来模字㊱。(贴下,取上)纸、墨、笔、砚在此。(末)这么么墨?(旦)丫头错拿了,这是螺子黛㊲,画眉的。(末)这甚么笔?(旦作笑介)这便是画眉细笔。(末)俺从不曾见。拿去,拿去!这是甚么纸?(旦)薛涛笺㊳。(末)拿去,拿去!只拿那蔡伦㊴造的来。这是甚么砚?是一个是两个?(旦)鸳鸯砚。(末)许多眼㊵?(旦)泪眼㊶。(末)哭甚么子?一发换了来。(贴背介)好个标老儿㊷!待换去。(下,换上)这可好?(末看介)着㊸。(旦)学生自会临书。春香还劳把笔㊹。(末)看你临。(旦写字介)(末看惊介)我从不曾见这样好字。这甚么格㊺?(旦)是卫夫人传下美女簪花之格㊻。(贴)待俺写个奴婢学夫人㊼。(旦)还早哩。(贴)先生,学生领出恭牌㊽。(下)(旦)敢问师母尊年?(末)目下平头㊾六十。(旦)学生待绣对鞋儿上寿,请个样儿。(末)生受㊿了。依《孟子》[51]上样儿,做个"不知足而为屦"[52]罢了。(旦)还不见春香来。(末)要唤他么?(末叫三度介)(贴上)害淋[53]的。(旦作恼介)劣丫头那里来?(贴笑介)溺尿去来。原来有座大花园,花明柳绿,好耍子哩。(末)咳也!不攻书,花园去。待俺取荆条[54]来。(贴)荆条做甚么?

【前腔】女郎行,那里应文科判衙[55]?止不过识字儿书涂嫩鸦[56]。(起介)(末)古人读书,有囊萤的[57],趁月亮的[58]。(贴)待映月,耀蟾蜍眼花;待囊萤,把虫蚁儿活支煞[59]。(末)悬梁、刺股呢?(贴)比似你悬了梁,损头发;刺了股,添疤疼[60]。有甚光华!(内叫卖花介)(贴)小姐,你听,一声声卖花,把读书声差[61]。(末)又引逗小姐哩,待俺当真打一下。(末做打介)(贴闪介)

你待打、打这哇哇,桃李门墙⑥,崄把负荆人唬煞⑥。

（贴抢荆条投地介）（旦）死丫头,唐突⑥了师父,快跪下！（贴跪介）

（旦）师父,看他初犯,容学生责认⑥一遭儿。

【前腔】手不许把秋千索拿,脚不许把花园路踏。（贴）则瞧罢。（旦）还嘴！这招风嘴⑥,把香头来绰疤⑥;招花眼⑥,把绣针儿签⑦瞎。（贴）瞎了中甚用？（旦）则要你守砚台,跟书案,伴"诗云",陪"子曰"⑦,没的争差⑦。（贴）争差些罢。（旦持⑦贴发介）则问你几丝儿头发,几条背花⑦？敢也怕些夫人堂上那些家法⑦。

（贴）再不敢了。（旦）可知道？（末）也罢,松⑦这一遭儿。起来。（贴起介）

【尾声】（末）女弟子则争个不求闻达⑦,和男学生一般儿教法。你们工课完了,方可回衙。咱和公相陪话⑦去。（合）怎辜负的这一弄明窗新绿纱。

（末下）（贴作背后指末骂介）村⑦老牛,痴老狗,一些趣也不知。（旦作扯介）死丫头,"一日为师,终身为父",他打不的你？俺且问你那花园在那里？（贴做不说）（旦做笑问介）（贴指介）兀那不是！（旦）可有什么景致？（贴）景致么,有亭台六七座,秋千一两架。绕的流觞曲水⑧,面着太湖山石⑧。名花异草,委实华丽。（旦）原来有这等一个所在,且回衙去。

  （旦）也曾飞絮谢家庭⑧,　　李山甫

  （贴）欲化西园蝶未成⑧,　　张　泌

  （旦）无限春愁草相问,　　赵　嘏

  （合）绿阴终借暂时行⑧。　　张　祜

①《牡丹亭》又名《还魂记》。写太守小姐杜丽娘向往自由爱情,梦与书生柳梦梅幽会,醒后寻梦不得抑郁而死;后鬼魂和柳梦梅结为夫妇,感而还魂复生。柳梦梅考中状元,御赐正式成婚。全剧五十五出。《闺塾》是第七出,通称《春香闹学》。闺塾:为女孩子读书而设的家塾。　　②改抹:即抹改。前春句:泛指以前所作的诗。　　③咂(zā匝):用嘴吮吸并品尝。　　④杜衙:指南安太守杜宝的官邸。设帐:东汉经学家马融讲学时设绛纱帐,后因称坐馆教书为"设帐"。　　⑤《毛诗》:指汉初毛亨和毛苌所著《毛诗故训传》,是解释《诗经》的一部书。汉代传习《诗经》者有鲁诗、齐诗、韩诗和毛诗四家,后前三家诗亡佚而毛诗独盛,遂成为《诗经》的代称。　　⑥潜玩:潜心玩味研习。　　⑦"关关"四句:《诗经》首篇《周南·关雎》的头四句。关关,鸟叫声。雎鸠,水鸟名,相传此鸟喜欢成对地生活。洲,水中陆地。窈窕(yǎo tiǎo咬挑),体态容貌美好的样子。淑女,好女子。君子,有道德的男子。逑(qiú球):配偶。　　⑧"好者"

二句:这是作者故意讽刺陈最良的迂腐空疏,说明他完全不懂诗意。 ⑨云板:一种铁制的敲击乐器,因外形铸作云状而得名,俗称点。旧时官署以敲击云板作为向后堂通报事情的信号。 ⑩旦:戏曲角色名,扮演剧中女主角。这里扮演杜丽娘。贴:贴旦的省称,扮演剧中较次要的女角色。这里扮演杜丽娘的丫头春香。 ⑪素妆:家常的简朴打扮。 ⑫缓步:迈着轻盈徐缓的步子。 ⑬《昔氏贤文》:辑录旧时圣贤格言编成的一种启蒙读物。一说泛指古代圣贤的文章。 ⑭禁杀:拘束死了。 ⑮恁(nèn 嫩)时节:这时候。教鹦哥唤茶:指教鹦鹉学说话取乐。 ⑯万福:古时妇女相见行礼请安,多口称"万福",表示祝福之意。后引申为妇女行礼的代称。 ⑰"鸡初鸣"三句:语见《礼记·内则》,是封建时代妇女的生活守则之一。栉(zhì 治),梳(头发)。笄(jī 机),发簪,这里指插好发簪。 ⑱诨:打诨。指戏曲演员在表演中即兴添加幽默诙谐的语言来逗趣。 ⑲何知州:知州,宋代州的最高行政长官。这里是春香用谐音故意曲解"河之洲"为"何知州",借以嘲弄陈最良的调笑语。 ⑳兴:诗歌常用的表现手法之一。即先言他事,引起关联性的触发,导出所要歌咏的本事。这种手法多用于歌谣的开端。 ㉑敷演:这里是讲解、阐述的意思。 ㉒六经:指儒家的六部经典,即《诗》《书》《礼》《乐》《易》《春秋》。 ㉓《诗经》最葩(pā 趴):是说在六经中《诗经》最富有文采。葩,本义是花,也作华丽、华美解,这里指文辞华美。韩愈《进学解》有"《诗》正而葩"之句,后因称《诗经》为"葩经"。 ㉔姜嫄产哇:古代传说,黄帝的曾孙帝喾(kù 库)的妃子姜嫄,因踏天帝的大脚趾印而有孕,遂生周族的始祖后稷。《诗经·大雅·生民》首章记载其事。哇,通"娃"。 ㉕"不嫉妒"二句:《诗经·周南》中的《樛木》《螽斯》等篇,本是古代恋歌,旧时经学家解为是写后妃贤达、不嫉妒的。贤达,贤德而明事理。 ㉖咏鸡鸣:指《诗经·齐风·鸡鸣》篇。这是一首描写夫妇生活的诗。 ㉗伤燕羽:指《诗经·邶风·燕燕》篇。这是一首描写送嫁惜别的诗。 ㉘泣江皋:指《诗经·召南·江有汜》篇。这是一首描写被遗弃妇女哀怨的诗。 ㉙思汉广:指《诗经·周南·汉广》篇。这是一首描写男子求偶失望的诗。以上四首诗,旧时经学家都解释为是歌颂贤妇德行的,陈最良用来对杜丽娘进行封建道德说教。 ㉚洗净铅华:意为一扫华丽侈靡之气而归于质朴。 ㉛有风有化:有关于风化,指具有教育感化的意义。 ㉜宜室宜家:语本《诗经·周南·桃夭》:"之子于归,宜其室家。"意谓女子嫁往夫家后,调理得合家和顺。宜,适合。室,夫妻的居室。家,整个家庭。 ㉝偌(ruò 若)多:这么多。 ㉞"《诗》三百"四句:语本《论语·为政》,"《诗》三百,一言以蔽之,曰:思无邪"。《诗》三百,《诗经》共有诗三百零五篇,"三百"是取其约数。蔽,概括。无邪,有多种不同解读,这里指不违背道德规范。 ㉟儿家:后辈,小辈。 ㊱文房四宝:旧时对纸、墨、笔、砚四种文具的统称。模字:临帖写字。下文"临书"义同。 ㊲螺子黛:亦称螺黛,古时妇女画眉用的一种青黑色颜料。 ㊳薛涛笺:薛涛,唐代蜀中名妓。她极有才情,善诗词,工书法。曾自制深红小彩笺,录诗其上,文士仿效风行,时称薛涛笺。后世泛指女子所用的漂亮彩笺。

㊴蔡伦:东汉和帝时人。曾任主管制造御用器物的尚方令,封龙亭侯。他发明用树皮、麻头、破布、旧渔网等废弃物为原料造纸,人称蔡侯纸。后世传为我国造纸术的发明者。　㊵眼:砚眼。端砚的砚面经磨制后现出的天然纹理,圆晕如眼,故称。　㊶泪眼:砚眼有活眼、泪眼、死眼之分。《砚谱》:"四旁浸渍,不甚鲜明,谓之泪眼。"泪眼次于活眼而优于死眼。　㊷标老儿:性情执拗的老头儿。　㊸着:对话中应答之词。意即行、对、可以。　㊹把笔:初学写字时,由会写字的人握住执笔者的手教着运笔。　㊺格:范本,法式。　㊻卫夫人:名铄,字茂猗,东晋女书法家,擅隶书和楷书。相传王羲之、王献之的书法皆她所传。美女簪花:形容书法娟秀。　㊼奴婢学夫人:典出《说郛》引《宾退录》:"羊欣书似婢作夫人,不堪位置。而举止羞涩,终不似真。"比喻怎么也学不像。这里春香是说要学着小姐写几笔。　㊽领出恭牌:意为请假上厕所。明代科场不准学生擅离座位,考生上厕所必须领取"出恭入敬"牌,凭牌出入。后因以"出恭"为上厕所的雅称。　㊾平头:凡计数逢十,称为齐头数或平头数,意思是恰逢整数。　㊿生受:犹言麻烦、有劳,向人表示谢意的客套话。　㉛《孟子》:记录战国时著名思想家孟轲言行的一部书,相传是孟子及其弟子所著(一说是孟子弟子、再传弟子的记录),儒家经典之一。　㉜不知足而为屦(jù 具):语出《孟子·告子》,意思是不知道脚的大小就做鞋子。这里用来表现陈最良的书呆子气。　㉝害淋的:骂人的话。淋,一种泌尿系统的疾病。　㉞荆条:用荆类灌木的枝条做成的刑杖。　㉟"女郎"二句:是说女孩儿家哪里会去应考做官、坐衙理事呢? 行(háng 杭),用在人称词后有家、辈的意思,女郎行即女孩儿家。应文科,应科举考试。判衙,指官员坐堂理事。这在封建时代是不允许女子参与的。　㊱书涂嫩鸦:随便涂抹几个字儿。涂鸦,比喻书法拙劣或胡乱写作。　㊲囊萤:晋代车胤(yìn 印)家贫常无灯油,夏夜盛萤火虫于绢袋内,借萤光照书苦读。事见《晋书·车胤传》。　㊳趁月亮:南齐江泌家贫,夜间在月光下读书,月光斜,则握卷爬到屋顶上去读。事见《南齐书·江泌传》。　㊴耀蟾蜍(chán chú 蝉除)眼花:蟾蜍,俗称癞蛤蟆。传说月中有蟾蜍,旧时常以蟾蜍代指月亮,称月光为蟾光。春香取笑陈最良,说假若长时间映月读书,蟾蜍都要累花眼了。　㉠虫蚁儿:泛指昆虫。这里指萤火虫。活支煞:活活地折磨死。　㉡疤疤(nà 捺):疤痕。　㉢差(chà 岔):同"岔",搅扰、打断。　㉣桃李:学生的代称。门墙:《论语·子张》:"夫子之墙数仞,不得其门而入,不见宗庙之美,百官(房舍)之富。"后因以"门墙"代指师门。　㉤崄:同"险",险些,差点儿。负荆人:请罪的人。《史记·廉颇蔺相如列传》载,廉颇对蔺相如以口舌之功而位居己上不满,屡欲凌侮蔺相如;相如以国事为重多所避让,终使廉颇醒悟,肉袒负荆,登门谢罪。　㉥唐突:冒犯、冲撞的意思。　㉦责认:批评责罚。　㉧招风嘴:胡说乱道,招惹是非的嘴。　㉨把香头来绰疤:用点燃着的香戳上几个疤痕。绰,通"戳"。　㉩招花眼:爱瞧热闹,招惹是非的眼。　㉪签:刺。　㉫"伴'诗云'"二句:意即陪伴读书。诗云、子曰,是儒家典籍中的常用语,代指书籍。　㉬没的争差:不要出差错。　㉭挦(xún 寻):

扯,拔。　㉔背花:脊背上挨打后留下的伤痕。　㉕家法:指封建家长用以责罚奴仆的刑具,如鞭子、棍棒之类。　㉖松:宽恕。　㉗则争个不求闻达:只差个不图到社会上做事扬名。争,差别,区别。闻达,声誉卓著,官位显达。这里是为官作宦、扬名在外的意思。　㉘陪话:做伴聊天。　㉙村:愚蠢粗野。　㉚流觞曲水:古人于上巳节(农历三月初三)祓禊聚会,列于弯曲环绕的水渠边,在上游放置盛有酒的杯子(觞),任其随波泛流,遇水湾处停在谁的面前,谁就取饮,称为曲水流觞之饮。这里指花园中蜿蜒曲折的溪流。　㉛太湖山石:用太湖石堆砌的假山。太湖产的石头形状怪异,多孔洞,宜作点缀庭院和堆叠假山之用。　㉜"也曾"句:《世说新语·言语》载,东晋女诗人谢道韫聪敏过人。一日遇雪,其叔父谢安问:"白雪纷纷何所似?"道韫以"柳絮因风起"应答。这里借喻杜丽娘聪明有才华。　㉝"欲化"句:用庄子梦蝶的典故,借喻因受陈最良的束缚,不能自由自在地去花园游玩。　㉞以上四句是用唐人诗句集成的下场诗。古代有截取一代、一家或数家诗句拼集成诗的作诗方式(也有集句为词、联、文的),称为"集句"。明清传奇的下场诗常采用这种"集句"的形式。

惊　　梦①

【绕地游】(旦上)梦回莺啭②,乱煞年光遍③。人立小庭深院。(贴)炷尽沉烟④,抛残绣线,恁今春关情似去年⑤?

【乌夜啼】⑥(旦)晓来望断梅关⑦,宿妆残⑧。(贴)你侧着宜春髻子⑨,恰凭阑。(旦)剪不断,理还乱⑩,闷无端。(贴)已分付催花莺燕借春看。"(旦)春香,可曾叫人扫除花径?(贴)分付了。(旦)取镜台衣服来。(贴取镜台衣服上)"云髻罢梳还对镜,罗衣欲换更添香。"⑪镜台衣服在此。

【步步娇】(旦)袅晴丝⑫吹来闲庭院,摇漾春如线。停半晌⑬,整花钿⑭。没揣菱花,偷人半面,迤逗的彩云偏⑮。(行介)步香闺怎便把全身现!

(贴)今日穿插⑯的好。

【醉扶归】(旦)你道翠生生出落的裙衫儿茜⑰,艳晶晶花簪八宝填⑱,可知我常一生儿爱好是天然⑲。恰三春好处⑳无人见。不提防沉鱼落雁㉑鸟惊喧,则怕的羞花闭月㉒花愁颤。

(贴)早茶时了,请行。(行介)你看:"画廊金粉半零星,池馆苍苔一片青。踏草怕泥㉓新绣袜,惜花疼煞小金铃㉔。"(旦)不到园林,怎知春色如许㉕!

【皂罗袍】原来姹紫嫣红㉖开遍,似这般都付与断井颓垣㉗。良辰美景奈何天,赏心乐事谁家院㉘!恁般景致,我老爷和奶奶㉙再不提起。(合)朝飞暮卷㉚,云霞翠轩㉛;雨丝风片,烟波画船㉜——锦屏人忒看的这韶光贱㉝!

（贴）是㉝花都放了，那牡丹不早。

【好姐姐】（旦）遍青山啼红了杜鹃㉟，荼蘼外烟丝醉软㊱。春香呵，牡丹虽好，他春归怎占的先㊲！（贴）成对儿莺燕呵。（合）闲凝眄㊳，生生燕语明如剪㊴，呖呖莺歌溜的圆㊵。

（旦）去罢。（贴）这园子委是观之不足㊶也。（旦）提他怎的！（行介）

【隔尾】观之不足由他缱㊷，便赏遍了十二亭台是枉然。到不如兴尽回家闲过遣㊸。

（作到介）（贴）"开我西阁门，展我东阁床㊹；瓶插映山紫㊺，炉添沉水香。"小姐，你歇息片时，俺瞧老夫人去也。（下）

---

①这是《牡丹亭》第十出。演出本通常分为"游园"和"惊梦"两个部分。这里节录前一部分。　②啭（zhuàn 撰）：形容鸟鸣婉转。　③乱煞年光遍：意为撩乱人心的春光到处皆是。　④炷（zhù 柱）：燃烧。沉烟：沉香木所制之烟，熏用的香料。又名沉水香。　⑤恁（nèn 嫩）：即怎么，为什么。关情：牵动人的情怀。这里指春愁。似：比拟之词，有胜过的意思。　⑥乌夜啼：词牌名。明清传奇的说白有时采用诗词的形式，旦和贴的这段对话是按【乌夜啼】词牌的规格填写的。　⑦望断：望尽，望到看不见。梅关：即今江西与广东交界的大庾岭，宋代曾在此设梅关。位于本剧故事发生地南安府之南。　⑧宿妆残：隔夜的梳妆凌乱不整。意指无心梳理装扮。　⑨宜春髻子：相传旧时逢立春日，妇女剪彩绸为燕子形，上贴"宜春"二字，戴在发髻上。　⑩剪不断，理还乱：南唐李煜【相见欢】词中的两句。这里借以形容无端的愁闷难以驱遣，无法摆脱。　⑪"云髻"二句：唐薛逢《宫词》诗中的两句。云髻，形容妇女的发髻卷曲如云。更添香，指再熏些香料。　⑫晴丝：在春天的晴空中飘荡的游丝，虫类吐出的丝缕。亦即后文所说的烟丝。　⑬半晌（shǎng 赏）：片刻。　⑭花钿：古代妇女鬓发两边插戴的花朵形首饰。　⑮"没揣"三句：意谓没想到镜子偷照了她，害得她羞答答地把发卷也弄偏了。没揣，料想不到。迤（tuō 拖）逗，引惹，挑逗。彩云，妇女发髻的美称。　⑯穿插：穿戴。穿是对衣服而言，插是对首饰而言。　⑰翠生生：形容色彩鲜艳。出落的：显现出，衬托得。茜（qiàn 欠）：茜红色。　⑱艳晶晶：光彩灿烂夺目。花簪八宝填：嵌饰着各种珍宝的簪子。填，镶嵌。　⑲爱好（hǎo 郝）是天然：意谓爱美本是天性使然。　⑳三春好处：比喻自己的青春美貌。三春，即春天。旧称农历正月为孟春，二月为仲春，三月为季春，合称三春。亦专指晚春、暮春。　㉑沉鱼落雁：典出《庄子·齐物论》："毛嫱、丽姬，人之所美也，鱼见之深入，鸟见之高飞。"后世改"鸟飞"为"落雁"，用以形容女子貌美。　㉒羞花闭月：使花儿羞愧，使月亮躲藏。形容女子貌美，常和"沉鱼落雁"连用。　㉓泥：这里用作动词，沾污。　㉔"惜花"句：《开元天宝遗事》："天宝初，宁王……于后园中纫红丝为绳，密缀金铃，系于花梢之上。每有鸟鹊翔集，则令园吏掣铃索以惊。盖惜花之故也。"这里夸张地说因

汤显祖

为惜花而勤于掣铃,把小金铃弄得疼极了。 ㉕如许:如此。 ㉖姹紫嫣红:指各色娇艳绚丽的鲜花。 ㉗断井颓垣:废坏的井,倒塌的墙。指破败冷寂的庭院。 ㉘"良辰"二句:语本南朝谢灵运《拟魏太子邺中集诗序》:"天下良辰美景赏心乐事,四者难并。"意谓美好的春光、春色如此虚度,无奈天何;赏心悦目、快意当前的事,又在哪里呢? ㉙老爷:指父亲。奶奶:指母亲。 ㉚朝飞暮卷:用唐王勃《滕王阁诗》"画栋朝飞南浦云,朱帘暮卷西山雨"诗意,形容亭台楼阁的高旷壮丽。 ㉛翠轩:华丽的亭台楼阁。 ㉜烟波:形容水气弥漫,远望有如烟雾笼罩。画船:装饰华丽的游船。 ㉝锦屏人:幽居深闺的女子。忒(tè 特):太。韶光:春光。 ㉞是:凡是,所有的。 ㉟啼红了杜鹃:用杜鹃鸟啼血的传说,比喻到处盛开鲜红的牡丹花。 ㊱荼蘼(tú mí 途迷):蔷薇科落叶灌木,晚春开白花。醉软:形容花晕游丝柔曲飘忽。 ㊲"牡丹"二句:意谓牡丹虽美,但它迟在暮春才开花,怎能占得春季百花之先呢?暗寓杜丽娘对青春被耽搁的伤感。 ㊳凝眄(miǎn 免):斜眼注视。 ㊴"生生"句:形容燕子清脆的叫声明快如剪。 ㊵"呖呖"句:形容清脆流利的莺叫声圆润柔和。 ㊶委是观之不足:实在是看它不够。 ㊷缱(qiǎn 遣):缱绻,留恋。 ㊸过遣:过活,打发日子。 ㊹"开我"二句:改用《木兰辞》"开我东阁门,坐我西阁床"两句。 ㊺映山紫:即映山红,杜鹃花的一种。

高　濂

高濂,字深甫,号瑞南道人、湖上桃花渔,钱塘(今浙江杭州)人。生卒年不详。主要活动时期在明嘉靖、隆庆、万历年间。曾任鸿胪寺官。所作传奇二种,以《玉簪记》较著名。另有诗文集《雅尚斋诗草》《芳芷楼词》和杂著《遵生八笺》等。

玉　簪　记

弦里传情①

(生扮潘必正上,唱)

【懒画眉】月明云淡露华浓,欹枕②愁听四壁蛩。伤秋宋玉赋西风③。落叶惊残梦,闲步芳尘数落红④。

小生看此溶溶⑤夜月,悄悄闲庭。背井离乡,孤衾独枕。好生烦闷。只得在此闲玩片时。不免到白云楼下,散步一番。多少是好⑥。(下)

(旦⑦上唱)

【前腔】粉墙花影自重重⑧,帘卷残荷水殿风⑨,抱琴弹向月明中。香袅金猊⑩动,人在蓬莱⑪第几宫。

妙常连日冗冗⑫俗事,未得整此冰弦⑬。今夜月明风静,水殿凉生。不免弹《潇湘水云》⑭一曲,少寄幽情,有何不可。(作弹科)(生上听琴科)(唱)

【前腔】步虚声度许飞琼⑮,乍听还疑别院风。凄凄楚楚那声中。谁家夜月琴三弄⑯,细数离情曲未终。

此是陈姑弹琴,不免到他堂中,细听一番。(旦唱)

【前腔】朱弦声杳恨溶溶⑰,长叹空随几阵风。(生)仙姑弹得好琴!(旦惊科)仙郎何处入帘栊⑱,早是人惊恐。(生)小生得罪了!(旦)莫不是为听云水声寒[19]一曲中。

（生）小生孤枕无眠，步月闲吟。忽听花下琴声嘹呖[20]，清响绝伦[21]，不觉步入到此。（旦）小道亦见月明如洗，夜色新凉，故尔操弄丝桐[22]，少寄岑寂[23]。欲乘此兴，请教一曲如何？（生）小生略知一二，弄斧班门[24]，休笑休笑。（生弹科，吟曰）雉朝雊兮清霜，惨孤飞兮无双[25]，念寡阴兮少阳[26]，怨鳏[27]居兮彷徨。（旦）此曲乃《雉朝飞》[28]也。君方盛年，何故弹此无妻之曲？（生）小生实未有妻。（旦）也不干我事。（生）敢请仙姑，面教一曲。（旦）既听佳音，以清俗耳[29]。何必初学，又乱芳声。（生）休得太谦。（旦）污耳[30]，污耳。（作弹科，吟曰）烟淡淡兮轻云，香霭霭[31]兮桂阴，喜长宵兮孤冷，抱玉琴兮自温。（生）此《广寒游》[32]也。正是仙姑所弹。争奈终朝孤冷，难消遣些儿。（旦）相公，你听我道。（唱）

【朝元歌】长清短清[33]，那管人离恨？云心水心[34]，有甚闲愁闷？一度春来，一番花褪[35]，怎生上我眉痕。云掩柴门，钟儿磬儿[36]枕上听。柏子[37]坐中焚，梅花帐绝尘[38]。果然是冰清玉润[39]。长长短短，有谁评论，怕谁评论？（生唱）

【前腔】更深漏深，独坐谁相问。琴声怨声，两下无凭准。翡翠衾[40]寒，芙蓉月印[41]，三星照人如有心[42]。露冷霜凝，衾儿枕儿谁共温。（旦作怒科）先生出言太狂，屡屡讥讪，莫非春心[44]飘荡，尘念[45]顿起。我就对你姑娘说来，看你如何分解！（作背立科）（生）小生信口相嘲[46]，出言颠倒，伏乞海涵[48]！（作跪科）（旦扶科）（生）巫峡恨云深[49]，桃源羞自寻[50]。你是个慈悲方寸[51]，望恕却少年心性、少年心性。

小生就此告辞。肯把心肠铁石坚，（旦背立科）岂无春意恋尘凡。（生）今朝两下轻离别，一夜相思枕上看。（生作下科）（旦）潘相公，花阴深处，仔细行走。（生回转科）借一灯行如何？（旦急闭门科）（生暗云）陈姑十分有情，不免躲在此间，听他说些甚么，便知分晓。（旦）潘郎，（唱）

【前腔】你是个天生后生，曾占[52]风流性。无情有情，只看你笑脸来相问。我也心里聪明，脸儿假狠，口儿里装做硬。待要应承，这羞惭、怎应他那一声。我见了他假惺惺[53]，别了他常挂心。我看这些花阴月影，凄凄冷冷，照他孤另[54]，照奴孤另。

夜深人静，不免抱琴进去安宿则个。此情空满怀，未许人知道。明月照孤帏，泪落知多少。（下）（生）小生在此听了半晌，虽不甚明白，（唱）

【前腔】我想他一声两声，句句含愁恨。我看他人情道情，多是尘凡性。妙常,你一曲琴声,凄清风韵,怎教你断送青春。那更玉软香温㉟,情儿意儿,那些儿不动人。他独自理瑶琴㊱,我独立苍苔冷,分明是西厢形境㊲。(揖科)老天老天!早成就少年秦晋㊳、少年秦晋!(诗)

闲庭看明月,有话和谁说。

榴花解相思,瓣瓣飞红血㊴。

(下)

①传奇《玉簪记》写道姑陈妙常和书生潘必正冲破封建礼教和宗教清规的束缚而终成眷属的爱情故事。全剧三十三出。《弦里传情》是第十六出,又题《寄弄》。演出本通称为《琴挑》。　②攲(qī期)枕:斜倚在枕上。　③宋玉:战国时楚国的辞赋家。所作《九辩》描写悲凉的秋景以自伤,开辟了后世文学"悲秋"的主题领域。赋西风:《文选》收录宋玉的作品有《风赋》,后人或以为伪托之作。　④芳尘:散发出芳香气息的土地。落红:落花。　⑤溶溶:形容月光荡漾。　⑥多少是好:该有多好。　⑦旦:这里扮演女贞观道姑陈妙常。　⑧"粉墙"句:月光映着花影在白粉墙上重重叠叠。　⑨水殿风:用宋代苏轼《洞仙歌》"水殿风来暗香满"诗意。水殿,建在水上的亭阁。　⑩金猊(ní尼):狮形的香炉,在腹中燃香,烟从狮子口中喷出。猊,狻猊的省称,即狮子。　⑪蓬莱:传说中神仙所住的神山。　⑫冗冗:繁杂琐碎。　⑬冰弦:一种光洁明透如水的丝弦。这里指琴弦。　⑭《潇湘水云》:琴曲名。宋末琴家郭沔作,抒发故国之痛和身世之感。　⑮"步虚声"句:形容琴声悠雅精妙如仙人所奏。步虚声,即步虚词,乐府杂曲歌辞。《乐府解题》:"步虚词,道家曲也,备言众仙缥缈轻举之美。"度,度曲,按曲谱歌唱。许飞琼,传说中西王母的侍女,善乐。　⑯琴三弄:一再弹琴的意思。　⑰朱弦:琴弦。声杳:声音幽远。恨溶溶:形容哀怨像水波一样荡漾起伏。　⑱入帘栊:进入屋内。栊,窗格子。　⑲云水声寒:《潇湘云水》曲调凄清悲凉,故云"声寒"。　⑳嘹呖:嘹亮而清脆流利。　㉑绝伦:特异超群。　㉒丝桐:指琴。琴多用桐木制成,上按练丝为弦,故称。　㉓岑寂:寂寞、孤独。　㉔弄斧班门:即班门弄斧。比喻在行家面前卖弄本领,不自量力。班,指鲁班,古代的巧匠,旧时木匠奉为祖师。　㉕"雉朝雊"二句:语本《诗经·小雅·小弁》:"雉之朝雊,尚求其雌。"雉(zhì志),俗称野鸡。这里指雄雉。雊(gòu够),雄雉的叫声。惨,这里用作动词,哀伤。　㉖寡阴:指男子无妻。少阳:指女子无夫。　㉗鳏(guān关):无妻或丧妻的男子。　㉘《雉朝飞》:琴曲名。相传战国时,齐人犊木子年五十而无妻,打柴时见雉雌雄双飞而有感,乃作此曲以自伤。见《古今注》。　㉙俗耳:自谦之词。普通的、平常的耳朵。　㉚污耳:自谦琴艺低劣,会玷污听者的耳朵。　㉛香霭霭:形容香气浓烈。　㉜《广寒游》:琴曲名。广寒,即广寒宫,传说中的月中仙宫。　㉝长清短清:两种琴曲名。相传为东汉蔡邕所作。明朱权《神奇秘谱》解题说此曲"取兴于雪,言其清洁而无尘滓之志,厌世途超空明之趣"。　㉞云心水心:指

出家人清净淡泊的心境。云水,游方道士和行脚僧的别称,以其行踪无定,有如行云流水之故。 ㉟花褪(tuì退):花谢。 ㊱钟儿磬(qìng庆)儿:钟磬,两种击打乐器,佛教法器。这里指钟磬发出的声音。 ㊲柏子:一种香料。 ㊳梅花帐:绣有梅花的床帐。绝尘:隔绝尘俗。 ㊴冰清玉润:形容人的品行纯洁无邪,如冰之清,如玉之润。 ㊵翡翠衾:翡翠绿色的被子。 ㊶芙蓉月印:月光照在绣着芙蓉花的被子上。㊷"三星"句:《诗经·唐风·绸缪》有"三星在天"句。旧注认为这首诗是"婚姻不得其时"之作。此用其意,形容陈妙常孤眠无聊的心理。 ㊸讥讪:讥笑。这里有嘲弄的意思。 ㊹春心:怀春求偶的欲念。 ㊺尘念:尘世间的俗念。这里指男女私情。㊻姑娘:姑母。潘必正的姑母是女贞观观主。 ㊼嘲:玩笑,取笑。 ㊽海涵:形容气量大,能容物。用为请人宽容或谅解之词。 ㊾"巫峡"句:用宋玉《高唐赋》序楚怀王与巫山神女幽会事,比喻陈妙常拘束于封建礼教和道教戒律而不敢表露真情,故潘必正引以为恨。 ㊿"桃源"句:相传东汉时刘晨、阮肇入天台山采药,遇二仙女在桃源洞中结成婚姻。此用其典,说因陈妙常作恼而无颜再追求她。 (51)方寸:指心。《三国志·诸葛亮传》载,刘备的谋士徐庶因其母被曹操所获,为救母辞别刘备,手指其心说:"本欲与将军共图王霸之业者,以此方寸之地也。今已失老母,方寸乱矣,无益于事,请从此别。"后即以"方寸"为心的别称。 (52)曾:乃。占:具有。 (53)假惺惺:这里是假装正经的意思。 (54)孤另:同孤零,孤单,孤独。 (55)那更:况且。玉软香温:即软玉温香,形容女子的美好体态。 (56)瑶琴:饰以玉石的琴。用作琴的美称。(57)西厢形境:像《西厢记》中张君瑞和崔莺莺相爱的情状。《西厢记》有莺莺夜听张生弹奏琴曲《凤求凰》的情节。 (58)秦晋:春秋时秦、晋两国世为婚姻,后因以"秦晋"代指联姻结亲。 (59)"榴花"二句:是说石榴花似乎懂得人的相思之苦,鲜红的花瓣犹如情人飞洒的血泪。

袁宏道

袁宏道(1568—1610),字中郎,号石公,公安(今湖北公安)人。明万历二十年(1592)进士,官至吏部郎中。他反对前后七子的复古模拟倾向,主张"独抒性灵,不拘格套",与其兄宗道、弟中道同为"公安派"的代表人物,时称"三袁"。诗文力图摆脱传统的法度规范,真率自然,但题材狭窄,多描写封建士大夫的闲适生活,也有少量抨击时政、同情人民的篇章。小品文清隽洒脱,成就较高。著有《袁中郎全集》。

满井游记①

燕②地寒,花朝节③后,余寒犹厉,冻风时作④,作则飞沙走砾⑤。局促⑥一室之内,欲出不得。每冒风驰行⑦,未百步辄返。

廿二日,天稍和⑧,偕数友出东直⑨,至满井。高柳夹堤,土膏微润⑩,一望空阔,若脱笼之鹄。于时冰皮始解⑪,波色乍明,鳞浪⑫层层,清澈见底,晶晶然⑬如镜之新开,而冷光之乍出于匣也⑭。山峦为晴雪⑮所洗,娟然⑯如拭,鲜妍明媚,如倩女之靧面⑰,而髻鬟之始掠也⑱。柳条将舒未舒,柔梢披风⑲。麦田浅鬣⑳寸许。游人虽未盛,泉而茗者㉑,罍而歌者㉒,红装而蹇者㉓,亦时时有。风力虽尚劲,然徒步则汗出浃背。凡曝沙㉔之鸟,呷浪之鳞㉕,悠然自得,毛羽鳞鬣㉖之间,皆有喜气。始知郊田之外,未始㉗无春,而城居者未之知也。

夫能不以游堕事㉘,而潇然㉙于山石草木之间者,惟此官㉚也。而此地适与余近,余之游将自此始,恶能无纪㉛?己亥㉜之二月也。

①满井:明清时北京东北角的一个游览地。因其地有一古井,井中泉水时常高出井边而得名。　②燕(yān烟):古国名,今河北省北部一带。北京旧属燕地,故也称燕。

③花朝节:旧俗以农历二月十五日为百花的生日,称为花朝节。 ④冻风时作:寒风时起。 ⑤砾(lì历):碎石子。 ⑥局促:狭窄,拘束。这里有困居的意思。 ⑦驰行:急走。 ⑧和:暖和。 ⑨东直:东直门,北京内城东北的一个城门。 ⑩土膏:肥沃的土地。润:湿润。 ⑪冰皮:水面上冻结的冰。解:融化,消融。 ⑫鳞浪:状似鱼鳞的波纹。 ⑬晶晶然:明亮的样子。 ⑭泠(líng灵)光:清光。匣:指镜匣。 ⑮晴雪:晴天的积雪。 ⑯娟然:美好的样子。 ⑰倩女:美丽的少女。靧(huì会)面:洗脸。 ⑱髻鬟:环形的发髻。掠:用手轻拂。这里指梳理。 ⑲柔梢披风:柔嫩的柳梢在风中披散。 ⑳浅鬣(liè列):短短的鬃毛。这里借喻低矮的麦苗。 ㉑泉而茗者:汲泉水煮茶的人。茗,茶芽,引申为茶的通称。泉、茗在这里均用作动词。 ㉒罍(léi雷)而歌者:边饮酒边唱歌的人。罍,古盛酒器。这里用作动词,意为手中拿着酒杯。 ㉓红装而蹇(jiǎn简)者:骑驴的盛装女子。蹇,驴。这里用作动词,意为骑驴。 ㉔曝沙:在沙滩上晒太阳。 ㉕呷(xiā虾)浪之鳞:指吞吐水波的鱼。 ㉖毛羽鳞鬣:鸟的羽毛、鱼的鳞和鳍。 ㉗未始:未尝,并非。 ㉘堕事:耽误正事。 ㉙潇然:悠闲自得、毫无拘束的样子。 ㉚此官:作者时任顺天府儒学教授,是个清闲官职。 ㉛恶(wū乌):何,怎么。纪:通"记"。 ㉜己亥:明万历二十七年。

冯梦龙

冯梦龙(1574—1646),字犹龙,又字子犹,号墨憨斋主人等,长洲(今江苏苏州)人。明崇祯三年(1630)贡生,曾任福建寿宁知县。清兵入关后忧愤而死,一说被清兵所杀。他毕生致力于通俗文学的搜集、整理、改编和创作,涉及小说、民歌、笔记和戏剧等许多方面,编著多达五十余种。所编订的三部白话短篇小说集《喻世明言》(初刻时称《古今小说》)《警世通言》《醒世恒言》,合称"三言",共收短篇小说一百二十篇,其中有宋元话本,也有明代拟话本,大多经过他的整理加工,有的可能是他本人的创作。

沈小霞相会出师表[①]

闲向书斋阅古今,偶逢奇事感人心;忠臣翻受奸臣制,肮脏[②]英雄泪满襟。 休解绶,慢投簪[③],从来日月岂常阴?到头祸福终须应,天道还分贞与淫。

话说国朝嘉靖[④]年间,圣人在位,风调雨顺,国泰民安。只为用错了一个奸臣,浊乱了朝政,险些儿不得太平。那奸臣是谁?姓严名嵩,号介溪,江西分宜人氏。以柔媚得幸[⑤],交通宦官,先意[⑥]迎合,精勤斋醮[⑦],供奉青词[⑧],由此骤致贵显。为人外装曲谨[⑨],内实猜刻[⑩]。谮害了大学士夏言[⑪],自己代为首相,权尊势重,朝野侧目[⑫]。儿子严世蕃,由官生直做到工部侍郎[⑬]。他为人更狠,但有些小人之才,博闻强记,能思善算。介溪公最听他的说话,凡疑难大事,必须与他商量,朝中有"大丞相""小丞相"之称。他父子济恶[⑭],招权[⑮]纳贿,卖官鬻爵。官员求富贵者,以重赂献之,拜他门下做干儿子,即得超迁[⑯]显位。由是不肖之人,奔走如市,科道[⑰]衙门,皆其心腹牙爪。但有与他作对的,立见奇祸,轻则杖谪[⑱],重则杀戮,好不利害!除非不要性命的,才敢开口说句公道话儿。若不是真正关龙逢[⑲]、比干[⑳],十二分忠君爱国的,宁可误了朝廷,岂敢得罪宰相？其时有无名子感慨时事,将《神童诗》㉑改成四句云：

少小休勤学,钱财可立身。君看严宰相,必用有钱人。

又改四句,道是：

天子重权豪,开言惹祸苗。万般皆下品,只有奉承高。

只为严嵩父子恃宠贪虐,罪恶如山,引出一个忠臣来,做出一段奇奇怪怪的事迹,留下一段轰轰烈烈的话柄㉒。一时身死,万古名扬。正是：

家多孝子亲安乐,国有忠臣世泰平。

那人姓沈名炼,别号青霞,浙江绍兴人氏。其人有文经武纬之才㉓,济世安民之志。从幼慕诸葛孔明之为人,孔明文集上有《前出师表》《后出师表》,沈炼平日爱诵之,手自抄录数百遍,室中到处粘壁。每逢酒后,便高声背诵,念到"鞠躬尽瘁,死而后已",往往长叹数声,大哭而罢。以此为常,人都叫他是狂生。嘉靖戊戌年㉔中了进士,除授㉕知县之职。他共做了三处知县,那三处？溧阳、茌平、清丰㉖。这三任官做得好,真个是：

吏肃惟遵法,官清不爱钱。豪强皆敛手,百姓尽安眠。

因他生性伉直㉗,不肯阿奉上官,左迁锦衣卫经历㉘。一到京师,看见严家赃秽狼藉㉙,心中甚怒。忽一日值公宴,见严世蕃倨傲之状,已自九分不象意。饮至中间,只见严世蕃狂呼乱叫,旁若无人,索巨觥飞酒㉚,饮不尽者罚之。这巨觥约容酒斗余,两坐客㉛惧世蕃威势,没人敢不吃。只有一个马给事㉜,天性绝饮㉝。世蕃固意㉞将巨觥飞到他面前,马给事再三告免,世蕃不依。马给事略沾唇,面便发赤,眉头打结,愁苦不胜。世蕃自去下席,亲手揪了他的耳朵,将巨觥灌之。那给事出于无奈,闷着气,一连几口吸尽。不吃也罢,才吃下时,觉得天在下,地在上,墙壁都团团转动,头重脚轻,站立不住。世蕃拍手呵呵大笑,沈炼一肚子不平之气,忽然揎袖而起,抢那只巨觥在手,斟得满满的,走到世蕃面前说道："马司谏承老先生赐酒,已沾醉㉟不能为礼,下官代他酬㊱老先生一杯。"世蕃愕然,方欲举手推辞,只见沈炼声色俱厉道："此杯别人吃得,你也吃得。别人怕着你,我沈炼不怕你！"也揪了世蕃的耳朵灌去。世蕃一饮而尽。沈炼掷杯于案,一般拍手呵呵大笑。吓得众官员面如土色,一个个低着头,不敢则声。世蕃假㊲醉,先辞去了。沈炼也不送,坐在椅上,叹道："咳,'汉贼㊳不两立'！'汉贼不两立'！"一连念了七八句。这句书也是《出师表》上的说话,他把严家比着曹操父子。众人只怕世蕃听见,倒替他捏两把汗。沈炼全不为意,又取酒连饮几杯,尽醉方散。

睡到五更醒来，想道："严世蕃这厮，被我使气㊴，逼他饮酒，他必然记恨，来暗算我。一不做，二不休，有心只是一怪，不如先下手为强。我想严嵩父子之恶，神人怨怒。只因朝廷宠信甚固，我官卑职小，言而无益，欲待觑个机会，方才下手。如今等不及了，只当做张子房在博浪沙中椎击秦始皇㊵，虽然击他不中，也好与众人做个榜样。"就枕头上思想疏稿㊶，想到天明有了，起来焚香盥手，写就表章。表上备说严嵩父子招权纳贿，穷凶极恶，欺君误国十大罪，乞诛之以谢天下。圣旨下道："沈炼谤讪大臣，沽名钓誉，着锦衣卫重打一百，发去口外㊷为民。"严世蕃差人分付锦衣卫官校，定要将沈炼打死。喜得堂上官㊸是个有主意的人，那人姓陆名炳㊹，平时极敬重沈公的节气；况且又是属官，相处得好的。因此反加周全，好生打个出头棍儿㊺，不甚利害。户部注籍㊻，保安州㊼为民。沈炼带着棒疮，即日收拾行李，带领妻子，雇着一辆车儿，出了国门㊽，望保安进发。

原来沈公夫人徐氏，所生四个儿子。长子沈襄，本府廪膳秀才㊾，一向留家。次子沈衮、沈褒，随任读书。幼子沈褒，年方周岁。嫡亲五口儿上路，满朝文武惧怕严家，没一个敢来送行。有诗为证：

　　一纸封章忤庙廊㊿，萧然行李入遐荒。相知不敢攀鞍送，恐触权奸惹祸殃。

一路上辛苦，自不必说，且喜到了保安州了。那保安州属宣府㉛，是个边远地方，不比内地繁华。异乡风景，举目凄凉，况兼连日阴雨，天昏地黑，倍加惨戚。欲赁间民房居住，又无相识指引，不知何处安身是好。正在彷徨之际，只见一人打个小伞前来，看见路旁行李，又见沈炼一表非俗，立住了脚，相了一回，问道："官人尊姓？何处来的？"沈炼道："姓沈，从京师来。"那人道："小人闻得京中有个沈经历，上本要杀严嵩父子，莫非官人就是他么？"沈炼道："正是。"那人道："仰慕多时，幸得相会，此非说话之处，寒家离此不远，便请携宝眷㉜同行，到寒家权下㉝，再作区处。"沈炼见他十分殷勤，只得从命。行不多路便到了，看那人家，虽不是个大大宅院，却也精致。那人揖沈炼至于中堂，纳头便拜。沈炼慌忙答礼，问道："足下㉞是谁？何故如此相爱？"那人道："小人姓贾名石，是宣府卫一个舍人㉟。哥哥是本卫千户㊱，先年身故无子，小人应袭。为严贼当权，袭职者都要重赂，小人不愿为官。托赖祖荫㊲，有数亩薄田，务农度日。数日前闻阁下弹劾㊳严氏，此乃天下忠臣义士也。又闻编管㊴在此，小人渴欲一见，不意天遣相遇，三生有幸㊵！"说罢又拜下去。沈公再三扶起，便教沈衮、沈褒与贾石相见。贾石教老婆迎接沈奶奶到内宅安置。交卸了行李，打发车夫等去了。分付庄客㊶，宰猪买酒，管待沈公一家。贾石道："这等雨天，料阁下也无处去，只好在寒家安歇了。请安心多饮几杯，以宽劳顿。"沈炼谢道："萍水相逢，便承款宿，何以当此？"贾石道："农庄粗粝，休嫌简慢。"当日宾主酬酢(62)，无非说些感慨时事的说话。两边说得情投意合，只恨相见之晚。

过了一宿，次早沈炼起身，向贾石说道："我要寻所房子，安顿老小，有烦舍人指引。"贾石道："要什么样的房子？"沈炼道："只像宅上这一所，十分足意了。租价但凭尊教。"贾石道："不妨事。"出去踅(63)了一回，转来道："赁房尽有，只是龌龊低洼，急切难得中意的。阁下不若就在草舍权住几时，小人领着家小，自到外家(64)去住。等阁下还朝，小人回来，可不稳便。"沈炼道："虽承厚爱，岂敢占舍人之宅？此事决不可。"贾石道："小人虽是村农，颇识好歹。慕阁下忠义之士，想要执鞭坠镫(65)，尚且不能；今日天幸降临，权让这几间草房与阁下作寓，也表得我小人一点敬贤之心。不须推逊。"话毕，慌忙分付庄客，推个车儿，牵个马儿，带个驴儿，一伙子(66)将细软家私搬去，其余家常动使家伙，都留与沈公日用。沈炼见他慨爽，甚不过意，愿与他结义为兄弟。贾石道："小人是一介(67)村农，怎敢僭扳(68)贵宦？"沈炼道："大丈夫意气相许，那有贵贱？"贾石小沈炼五岁，就拜沈炼为兄。沈炼教两个儿子拜贾石为义叔，贾石也唤妻子出来都相见了，做了一家儿亲戚。贾石陪过沈炼吃饭已毕，便引着妻子到外舅李家去讫。自此沈炼只在贾石宅子内居住，时人有诗叹贾舍人借宅之事，诗曰：

倾盖(69)相逢意气真，移家借宅表情亲。世间多少亲和友，竞产争财愧死人。

却说保安州父老，闻知沈经历为上本参严阁老(70)贬斥到此，人人敬仰，都来拜望，争识其面。也有运柴运米相助的，也有携酒肴来请沈公吃的，又有遣子弟拜于门下听教的。沈炼每日间与地方人等，讲论忠孝大节，及古来忠臣义士的故事。说到关心处(71)，有时毛发倒竖，拍案大叫；有时悲歌长叹，涕泪交流。地方若老若小(72)，无不耸听欢喜。或时唾骂严贼，地方人等齐声附和，其中若有不开口的，众人就骂他是不忠不义，一时高兴，以后率以为常(73)。又闻得沈经历文武全材，都来合他去射箭。沈炼教把稻草扎成三个偶人(74)，用布包裹，一写"唐奸相李林甫(75)"，一写"宋奸相秦桧(76)"，一写"明奸相严嵩"，把那三个偶人做个射鹄(77)。假如要射李林甫的，便高声骂道："李贼看箭！"秦贼、严贼，都是如此。北方人性直，被沈经历聒(78)得热闹了，全不虑及严家知道。自古道："若要不知，除非莫为。"世间只有权势之家，报新闻的极多。早有人将此事报知严嵩父子。严嵩父子深以为恨，商议要寻个事头杀却沈炼，方免其患。适值宣大总督⁷⁹员缺，严阁老分付吏部⁸⁰，教把这缺与他门下干儿子杨顺做去。吏部依言，就将杨侍郎杨顺差往宣大总督。杨顺往严府拜辞，严世蕃置酒送行，席间屏人⁸¹而语，托他要查沈炼过失。杨顺领命，唯唯而去。正是：

> 合成毒药惟需酒，铸就钢刀待举手。可怜忠义沈经历，还向偶人夸大口。

却说杨顺到任不多时，适遇大同鞑虏俺答⁸²，引众入寇应州⁸³地方，连破了四十余堡⁸⁴，掳去男妇无算。杨顺不敢出兵救援，直待鞑虏去后，方才遣兵调将，为追袭之计。一般筛锣击鼓，扬旗放炮，都是鬼弄，那曾看见半个鞑子的影儿？杨顺情知失机⁸⁵，惧罪，密谕将士，搜获避兵的平民，将他劓头⁸⁶斩首，充做鞑虏首级，解往兵部⁸⁷报功，那一时不知杀死了多少无辜的百姓。

沈炼闻知其事，心中大怒，写书一封，教中军官⁸⁸送与杨顺。中军官晓得沈经历是个揽祸的太岁⁸⁹，书中不知写甚么说话，那里肯与他送。沈炼就穿了青衣小帽⁹⁰，在军门伺候杨顺出来，亲自投递。杨顺接来看时，书中大略说道：一人功名事极小，百姓性命事极大。杀平民以冒功，于心何忍？况且遇鞑贼止于掳掠，遇我兵反加杀戮，是将帅之恶，更甚于鞑虏矣。书后又附诗一首，诗云：

> 杀生报主意何如？解道"功成万骨枯"⁹¹。试听沙场风雨夜，冤魂相唤觅头颅。

杨顺见书大怒，扯得粉碎。

却说沈炼又做了一篇祭文，率领门下子弟，备了祭礼，望空祭奠那些冤死之鬼。又作《塞下吟》云：

> 云中一片虏烽高⁹²，出塞将军已著劳。不斩单于⁹³诛百姓，可怜冤血染霜刀。

又诗云：

> 本为求生来避虏，谁知避虏反戕生⁹⁴！早知虏首将民假，悔不当时随虏行。

杨总督标下有个心腹指挥⁹⁵，姓罗名铠，抄得此诗并祭文，密献于杨顺。杨顺看了，愈加怨恨，遂将第一首诗改窜数字，诗曰：

> 云中一片虏烽高，出塞将军枉著劳。何似借他除佞贼⁹⁶，不须奏请上方刀⁹⁷。

写就密书，连改诗封固，就差罗铠送与严世蕃。书中说：沈炼怨恨相国父子，阴结死士剑客⁹⁸，要乘机报仇。前番鞑虏入寇，他吟诗四句，诗中有借虏除佞之语，意在不轨。

世蕃见书大惊，即请心腹御史㉙路楷商议。路楷曰："不才若往按彼处⑩，当为相国了当这件大事。"世蕃大喜，即分付都察院⑩，便差路楷巡按宣大。临行，世蕃治酒款别，说道："烦寄语杨公，同心协力，若能除却这心腹之患，当以侯伯世爵㉚相酬，决不失信于二公也。"路楷领诺⑩。不一日，奉了钦差敕令⑭，来到宣府到任，与杨总督相见了。路楷遂将世蕃所托之语，一一对杨顺说知。杨顺道："学生为此事朝思暮想，废寝忘餐，恨无良策，以置此人于死地。"路楷道："彼此留心，一来休负了严公父子的付托，二来自家富贵的机会，不可错过。"杨顺道："说得是。倘有可下手处，彼此相报。"当日相别去了。

杨顺思想路楷之言，一夜不睡。次早坐堂，只见中军官报道："今有蔚州⑯卫拿获妖贼二名，解到辕门外，伏听钧旨⑩。"杨顺道："唤进来。"解官磕了头，递上文书。杨顺拆开看了，呵呵大笑。这二名妖贼，叫做阎浩、杨胤夔，系妖人萧芹之党。原来萧芹是白莲教⑩的头儿，向来出入虏地，惯以烧香惑众，哄骗虏酋⑩俺答，说自家有奇术，能咒人使人立死，喝城使城立颓。虏酋愚甚，被他哄动，尊为国师。其党数百人，自为一营。俺答几次入寇，都是萧芹等为之向导，中国屡受其害。先前史侍郎⑫做总督时，遣通事⑪重赂虏中头目脱脱，对他说道："天朝情愿与你通好，将俺家布粟换你家马，名为'马市'，两个息兵罢战，各享安乐，此是美事。只怕萧芹等在内作梗，和好不终。那萧芹原是中国一个无赖小人，全无术法，只是狡伪，哄诱你家抢掠地方，他于中取事。郎主⑬若不信，可要萧芹试其术法。委的喝得城颓，咒得人死，那时合当重用；若咒人人不死，喝城城不颓，显是欺诳，何不缚送天朝？天朝感郎主之德，必有重赏。'马市'一成，岁岁享无穷之利，煞强如抢掠的勾当。"脱脱点头道是，对郎主俺答说了。俺答大喜，约会萧芹，要将千骑随之，从右卫⑫而入，试其喝城之技。萧芹自知必败，改换服色，连夜脱身逃走，被居庸关守将盘诘，并其党乔源、张攀隆等拿住，解到史侍郎处。招称妖党甚众，山陕畿南⑬，处处俱有。一向分头缉捕，今日阎浩、杨胤夔亦是数内有名妖犯。杨总督看见获解到来，一者也算他上任一功，二者要借这个题目牵害沈炼，如何不喜？当晚就请路御史来后堂，商议道："别个题目摆布沈炼不了，只有白莲教通虏一事，圣上所最怒。如今将妖贼阎浩、杨胤夔招⑭中，窜入沈炼名字。只说浩等平日师事沈炼，沈炼因失职怨望，教浩等煽妖作幻，勾虏谋逆。天幸今日被擒，乞赐天诛，以绝后患。先用密禀禀知严家⑯，教他叮嘱刑部作速复本⑰。料这番沈炼之命，必无逃矣。"路楷拍手道:"妙哉,妙哉!"两个当时就商量了本稿,约齐了同时发本。

严嵩先见了本稿及禀帖,便教严世蕃传语刑部。那刑部尚书许论,是个罢软没用的老儿,听见严府分付,不敢怠慢,连忙复本,一依杨、路二人之议。圣旨倒下,妖犯着本处巡按御史即时斩决。杨顺荫一子锦衣卫千户;路楷纪功,升迁三级,俟京堂缺推用。

话分两头。却说杨顺自发本之后,便差人密地里拿沈炼下于狱中。慌得徐夫人和沈衮、沈褒没做理会,急寻义叔贾石商议。贾石道:"此必杨、路二贼为严家报仇之意,既然下狱,必然诬陷以重罪。两位公子及今逃窜远方,待等严家势败,方可出头。若住在此处,杨、路二贼决不干休。"沈衮道:"未曾看得父亲下落,如何好去?"贾石道:"尊大人犯了对头,决无保全之理。公子以宗祀为重,岂可拘于小孝,自取灭绝之祸?可劝令堂老夫人,早为远害全身之计。尊大人处贾某自当央人看觑,不烦悬念。"二沈便将贾石之言对徐夫人说知。徐夫人道:"你父亲无罪陷狱,何忍弃之而去?贾叔叔虽然相厚,终是个外人。我料杨、路二贼奉承严氏,亦不过与你爹爹作对,终不然累及妻子。你若畏罪而逃,父亲倘然身死,骸骨无收,万世骂你做不孝之子,何颜在世为人乎?"说罢,大哭不止。沈衮、沈褒齐声恸哭。贾石闻知徐夫人不允,叹惜而去。

过了数日,贾石打听的实,果然扭入白莲教之党,问成死罪。沈炼在狱中大骂不止。杨顺自知理亏,只恐临时处决,怕他在众人面前毒骂,不好看相,预先问狱官责取病状,将沈炼结果了性命。贾石将此话报与徐夫人知道,母子痛哭,自不必说。又亏贾石多识熟人情,买出尸首,嘱付狱卒;若官府要枭示时,把个假的答应。却瞒着沈衮兄弟,私下备棺盛殓,埋于隙地。事毕,方才向沈衮说道:"尊大人遗体已得保全,直待事平之后,方好指点与你知道,今犹未可泄漏。"沈衮兄弟感谢不已。贾石又苦口劝他弟兄二人逃走。沈衮道:"极知久占叔叔高居,心上不安。奈家母之意,欲待是非稍定,搬回灵柩,以此迟延不决。"贾石怒道:"我贾某生平,为人谋而尽忠,今日之言,全是为你家门户,岂因久占住房,说发你们起身之理?既嫂嫂老夫人之意已定,我亦不敢相强。但我有一小事,即欲远出,有一年半载不回,你母子自小心安住便了。"觑着壁上贴得有前、后《出师表》各一张,乃是沈炼亲笔楷书,贾石道:"这两幅字可揭来送我,一路上做个记念。他日相逢,以此为信。"沈衮就揭下二纸,双手折叠,递与贾石。贾石藏于袖中,流泪而别。原来贾石算定杨、路二贼设心不善,虽然杀了沈炼,未肯干休。自己与沈炼相厚,必然累及,所以预先逃走,在河南地方宗族家权时居住,不在话下。

却说路楷见刑部复本,有了圣旨,便于狱中取出阎浩、杨胤夔斩讫,并要割沈炼之首,一同枭示。谁知沈炼真尸已被贾石买去了,官府也那里辨验得出。不在话下。再说杨顺看见止于荫子,心中不满,便向路楷说道:"当初严东楼[129]许我事成之日,以侯伯爵相酬,今日失言,不知何故?"路楷沉思半晌,答道:"沈炼是严家紧对头,今止诛其身,不曾波及其子。斩草不除根,萌芽复发。相国不足我们之意,想在于此。"杨顺道:"若如此,何难之有?如今再上个本,说沈炼虽诛,其子亦宜知情,还该坐罪[130],抄没家私,庶[131]国法可伸,人心知惧。再访他同射草人的几个狂徒,并借屋与他住的,一齐拿来治罪,出了严家父子之气,那时却将前言取赏,看他有何推托?"路楷道:"此计大妙!事不宜迟,乘他家属在此,一网而尽,岂不快哉!只怕他儿子知风逃避,却又费力。"杨顺道:"高见甚明。"一面写表申奏朝廷,再写禀帖到严府知会,自述孝顺之意;一面预先行牌[132]保安州知州,着用心看守犯属,勿容逃逸。只等旨意批下,便去行事。诗曰:

  破巢完卵从来少[133],削草除根势或然[134]。可惜忠良遭屈死,又将家属媚当权。

再过数日,圣旨下了,州里奉着宪牌[135],差人来拿沈炼家属,并查平素往来诸人姓名,一一挨拿。只有贾石名字,先经出外,只得将在逃开报。此见贾石见几[136]之明也。时人有诗赞云:

  义气能如贾石稀,全身远避更知几。任他罗网空中布,争奈仙禽天外飞?

却说杨顺见拿到沈衮、沈褒,亲自鞫问,要他招承通房实迹。二沈高声叫屈,那里肯招?被杨总督严刑拷打,打得体无完肤,沈衮、沈褒熬炼不过,双双死于杖下。可怜少年公子,都入杜死城[137]中。其同时拿到犯人,都坐个同谋之罪,累死者何止数十人。幼子沈襄尚在襁褓[138],免罪,随着母徐氏,另徙在云州[139]极边,不许在保安居住。

路楷又与杨顺商议道:"沈炼长子沈襄,是绍兴有名秀才,他时得地[140],必然衔恨于我辈。不若一并除之,永绝后患,亦要相国知我用心。"杨顺依言,便行文书到浙江,把做钦犯[141],严提沈襄来问罪。又分付心腹经历金绍,择取有才干的差人,赍[142]文前去,嘱他中途伺便,便行谋害,就所在地方,讨个病状回缴。事成之日,差人重赏,金绍许他荐本[143]超迁。

金绍领了台旨,汲汲[144]而回,着意的选两名积年[145]干事的公差,无过是张千、李万。金绍唤他到私衙,赏了他酒饭,取出私财二十两相赠。张千、李万道:"小人安敢无功受赐?"金绍道:"这银两不是我送你的,是总督杨爷赏你的,教你赍文到绍兴去拿沈襄,一路不要放松他。须要如此如此,这般这般,回来还有重赏。若是怠慢,总督老爷衙门不是取笑的,你两个自去回话。"张千、李万道:"莫说总督老爷钧旨,就是老爷分付,小人怎敢有违?"收了银两,谢了金经历。在本府领下公文,疾忙上路,往南进发。

却说沈襄,号小霞,是绍兴府学廪膳秀才。他在家久闻得父亲以言事获罪,发去口外为民,甚是挂怀。欲亲到保安州一看,因家中无人主管,行止两难。忽一日,本府差人到来,不由分说,将沈襄锁缚,解到府堂。知府教把文书与沈襄看了备细,就将回文和犯人交付原差,嘱他一路小心。沈襄此时方知父亲及二弟俱已死于非命,母亲又远徙极边,放声大哭。哭出府门,只见一家老小,都在那里搅做一团的啼哭。原来文书上有"奉旨抄没"的话,本府已差县尉⑭封锁了家私,将人口尽皆逐出。沈小霞听说,真是苦上加苦,哭得咽喉无气。霎时间,亲戚都来与小霞话别,明知此去多凶少吉,少不得说几句劝解的言语。小霞的丈人孟春元,取出一包银子,送与二位公差,求他路上看顾女婿。公差嫌少不受。孟氏娘子又添上金簪子一对,方才收了。沈小霞带着哭,分付孟氏道:"我此去死多生少,你休为我忧念,只当我已死一般,在爷娘家过活。你是书礼之家,谅无再醮⑭之事,我也放心得下。"指着小妻闻淑女说道:"只这女子年纪幼小,又无处着落,合该教他改嫁。奈我三十无子,他却有两个半月的身孕,他日倘生得一男,也不绝了沈氏香烟⑭。娘子你看我平日夫妻面上,一发带他到丈人家去住几时,等待十月满足,生下或男或女,那时凭你发遣他去便了。"话声未绝,只见闻氏淑英说道:"官人说那里话,你去数千里之外,没个亲人朝夕看觑,怎生放下?大娘⑭自到孟家去,奴家情愿蓬首垢面,一路伏侍官人前行,一来官人免致寂寞,二来也替大娘分得些忧念。"沈小霞道:"得个亲人做伴,我非不欲;但此去多分⑭不幸,累你同死他乡何益?"闻氏道:"老爷在朝为官,官人一向在家,谁人不知?便诬陷老爷有些不是的勾当,家乡隔绝,岂是同谋?妾帮着官人到官申辩,决然罪不至死。就使官人下狱,还留贱妾在外,尚好照管。"孟氏也放丈夫不下,听得闻氏说得有理,极力撺掇丈夫带淑女同去。沈小霞平日素爱淑女有才有智,又见孟氏苦劝,只得依允。

当夜众人齐到孟春元家,歇了一夜。次早,张千、李万催趱上路。闻氏换了一身布衣,将青布裹头,别了孟氏,背着行李,跟着沈小霞便走。那时分别之苦,自不必说。

一路行来,闻氏与沈小霞寸步不离,茶汤饭食,都亲自搬取。张千、李万初时还好言好语,过了扬子江,到徐州起旱⑮,料得家乡已远,就做出嘴脸来,呼幺喝六[151],渐渐难为他夫妻两个来了。闻氏看在眼里,私对丈夫说道:"看那两个泼差人,不怀好意。奴家女流之辈,不识路径,若前途有荒僻旷野的所在,须是用心提防。"沈小霞虽然点头,心中还只是半疑不信。又行了几日,看见两个差人不住的交头接耳,私下商量说话;又见他包裹中有倭刀[152]一口,其白如霜。忽然心动,害怕起来,对闻氏说道:"你说这泼差人其心不善,我也觉得有七八分了。明日是济宁府[153]界上,过了府去,便是太行山、梁山泊[154]。一路荒野,都是响马[155]出入之所。倘到彼处,他们行凶起来,你也救不得我,我也救不得你,如何是好?"闻氏道:"既然如此,官人有何脱身之计,请自方便。留奴家在此,不怕那两个泼差人生吞了我。"沈小霞道:"济宁府东门内,有个冯主事[156],丁忧[157]在家。此人最有侠气,是我父亲极相厚的同年[158],我明日去投奔他,他必然相纳。只怕你妇人家,没志量打发这两个泼差人,累你受苦,于心何安?你若有力量支持他,我去也放胆。不然与你同生同死,也是天命当然,死而无怨。"闻氏道:"官人有路尽走,奴家自会摆布,不劳挂念。"这里夫妻暗地商量,那张千、李万辛苦了一日,吃了一肚酒,齁齁[159]的熟睡,全然不觉。

次日早起上路,沈小霞问张千道:"前去济宁还有多少路?"张千道:"只四十里,半日就到了。"沈小霞道:"济宁东门内冯主事,是我年伯[160]。他先前在京师时,借过我父亲二百两银子,有文契在此。他管过北新关[161],正有银子在家。我若去取讨前欠,他见我是落难之人,必然慨付。取得这项银两,一路上盘缠,也得宽裕,免致吃苦。"张千意思有些作难,李万随口应承了,向张千耳边说道:"我看这沈公子是忠厚之人,况爱妾行李都在此处,料无他故。放他去走一遭,取得银两,都是你我二人的造化,有何不可?"张千道:"虽然如此,到饭店安歇行李,我守住小娘子在店上,你紧跟着同去,万无一失。"

话休絮烦。看看巳牌时分[162],早到济宁城外,拣个洁净店儿,安放了行李。沈小霞便道:"你二位同我到东门走遭,转来吃饭未迟。"李万道:"我同你去,或者他家留酒饭也不见得。"闻氏故意对丈夫道:"常言道'人面逐高低,世情看冷暖'。冯主事虽然欠下老爷银两,见老爷死了,你又在难中,谁肯唾手交还?枉自讨个厌贱。不如吃了饭赶路为上。"沈小霞道:"这里进城到东门不多路,好歹去走一遭,不折了什么便宜[163]。"李万贪了这二百两银子,一力撺掇该去。沈小霞分付闻氏道:"耐心坐坐,若转得快时,便是没想头了。他若好意留款,必然有些赍发[164],明日雇个轿儿抬你去。这几日在牲口上坐,看你好生不惯。"闻氏觑个空,向丈夫丢个眼色,又道:"官人早回,休教奴久待则个。"李万笑道："去多少时,有许多说话,好不老气！"闻氏见丈夫去了,故意招李万转来嘱咐道："若冯家留饭坐得久时,千万劳你催促一声。"李万答应道："不消分付。"比及李万下阶时,沈小霞已走了一段路了。李万托着大意,又且济宁是他惯走的熟路,东门冯主事家,他也认得,全不疑惑。走了几步,又里急起来,觑个毛坑上自在方便了,慢慢的望东门而去。

却说沈小霞回头看时,不见了李万,做一口气急急的跑到冯主事家。也是小霞合当有救,正值冯主事独自在厅。两人京中旧时识熟,此时相见,吃了一惊。沈襄也不作揖,扯住冯主事衣袂道："借一步说话。"冯主事已会意了,便引到书房里面。沈小霞放声大哭。冯主事道："年侄有话快说,休得悲伤,误其大事。"沈小霞哭诉道："父亲被严贼屈陷,已不必说了,两个舍弟随任的,都被杨顺、路楷杀害,只有小侄在家,又行文本府提去问罪。一家宗祀,眼见灭绝。又两个差人,心怀不善,只怕他受了杨、路二贼之嘱,到前途太行、梁山等处暗算了性命。寻思一计,脱身来投老年伯。老年伯若有计相庇,我亡父在天之灵,必然感激。若老年伯不能遮护小侄,便就此触阶而死,死在老年伯面前,强似死于奸贼之手。"冯主事道："贤侄不妨。我家卧室之后,有一层复壁,尽可藏身,他人搜检不到之处。今送你在内权住数日,我自有道理。"沈襄拜谢道："老年伯便是重生父母。"冯主事亲执沈襄之手,引入卧房之后,揭开地板一块,有个地道。从此钻下,约走五六十步,便有亮光,有小小廊屋三间,四面皆楼墙围裹,果是人迹不到之处。每日茶饭,都是冯主事亲自送入。他家法极严,谁人敢泄漏半个字？正是:

　　深山堪隐豹,柳密可藏鸦。不须愁汉吏,自有鲁朱家。

且说这一日,李万上了毛坑,望东门冯家而来。到于门首,问老门公道："主事老爷在家么？"老门公道："在家里。"又问道："有个穿白的官人来见你老爷,曾相见否？"老门公道："正在书房里吃饭哩。"李万听说,一发放心。看看等到未牌,果然厅上走一个穿白的官人出来。李万急上前看时,不是沈襄。那官人径自出门去了。李万等得不耐烦,肚里又饥,不免问老门公道："你说老爷留饭的官人,如何只管坐了去,不见出来？"老门公道："方才出去的不是？"李万道："老爷书房中还有客没有？"老门公道："这到不知。"李万道："方才那穿白的是甚人？"老门公道："是老爷的小舅,常常来的。"李万道："老爷如今在那里？"老门公道："老爷每常饭后,定要睡一觉,此时正好睡哩。"李万听得话不投机,心下早有二分慌了,便道："不瞒大伯说,在下是宣大总督老爷差来的。今有绍兴沈公子名唤沈襄,号沈小霞,系钦提人犯。

小人提押到于贵府,他说与你老爷有同年叔侄之谊,要来拜望。在下同他到宅,他进宅去了。在下等候多时,不见出来,想必还在书房中。大伯,你还不知道,烦你去催促一声,教他快快出来,要赶路走。"老门公故意道:"你说的是甚么话?我一些不懂。"李万耐了气,又细细的说一遍。老门公当面的一啐,骂道:"见鬼!何尝有什么沈公子到来?老爷在丧中,一概不接外客。这门上是我的干纪⑫,出入都是我通禀,你却说这等鬼话!你莫非是白日撞⑬么?强装什么公差名色,掏摸东西的?快快请退,休缠你爷的帐!"李万听说,愈加着急,便发作起来道:"这沈襄是朝廷要紧的人犯,不是当耍的,请你老爷出来,我自有话说。"老门公道:"老爷正瞌睡,没甚事,谁敢去禀?你这獠子⑭,好不达时务!"说罢,洋洋⑮的自去了。

李万道:"这个门上老儿好不知事,央他传一句话甚作难?想沈襄定然在内,我奉军门钧帖⑯,不是私事,便闯进去怕怎的?"李万一时粗莽,直撞入厅来,将照壁⑰拍了又拍,大叫道:"沈公子,好走动了!"不见答应。一连叫唤了数声,只见里头走出一个年少的家童,出来问道:"管门的在那里?放谁在厅上喧嚷?"李万正要叫住他说话,那家童在照壁后张了张儿,向西边走去了。李万道:"莫非书房在那西边?我且自去看看,怕怎的?"从厅后转西走去,原来是一带长廊。李万看见无人,只顾望前而行。只见屋宇深邃,门户错杂,颇有妇人走动。李万不敢纵步,依旧退回厅上,听得外面乱嚷。

李万到门首看时,却是张千来寻李万不见,正和门公在那里斗口。张千一见了李万,不由分说,便骂道:"好伙计,只贪图酒食,不干正事!巳牌时分进城,如今申牌将尽,还在此闲荡,不催趱犯人出城去,待怎么?"李万道:"呸!那有什么酒食?连人也不见个影儿。"张千道:"是你同他进城的!"李万道:"我只登了个东⑱,被蛮子⑲上前了几步,跟他不上。一直赶到这里,门上说有个穿白的官人在书房中留饭,我说定是他了。等到如今不见出来,门上人又不肯通报,清水也讨不得一杯吃。老哥,烦你在此等候等候,替我到下处⑳医了肚皮再来。"张千道:"有你这样不干事的人!是甚么样犯人,却放他独自行走?就是书房中,少不得也随他进去。如今知他在里头不在里头?还亏你放慢线儿㉑讲话。这是你的干纪,不关我事。"说罢便走。李万赶上扯住道:"人是在里头,料没处去。大家在此帮说句话儿,催他出来,也是个道理。你是吃饱的人,如何去得这等要紧?"张千道:"他的小老婆在下处,方才虽然嘱付店主人看守,只是放心不下。这是沈襄穿鼻的索儿,有他在,不怕沈襄不来。"李万道:"老哥说得是。"当下张千先去了。

李万忍着肚饥守到晚,并无消息。看看日没黄昏,李万腹中饿极了,看见间壁有个点心店儿,不免脱下布衫,抵当几文钱的火烧来吃。去不多时,只听得扛门声响,急跑来看,冯家大门已闭上了。李万道:"我做了一世的公人,不曾受这般呕气!主事是多大的官儿,门上直恁作威作势?也有那沈公子好笑,老婆行李都在下处,既然这里留宿,信也该寄一个出来。事已如此,只得在房檐下胡乱过一夜,天明等个知事的管家出来,与他说话。"此时十月天气,虽不甚冷,半夜里起一阵风,簌簌的下几点微雨,衣服都沾湿了,好生凄楚。

挨到天明雨止,只见张千又来了。却是闻氏再三再四催逼他来的。张千身边带了公文解批[182],和李万商议,只等开门,一拥而入,在厅上大惊小怪,高声发话。老门公拦阻不住,一时间家中大小都聚集来,七嘴八张,好不热闹。街上人听得宅里闹吵,也聚拢来,围住大门外闲看。惊动了那有仁有义守孝在家的冯主事,从里面踱将出来。且说冯主事怎生模样?

　　头带栀子花匾折孝头巾,身穿反折缝稀眼粗麻衫,腰系麻绳,足着草履[183]。

众家人听得咳嗽响,道一声:"老爷来了。"都分立在两边。主事出厅问道:"为甚事在此喧嚷?"张千、李万上前施礼道:"冯爷在上,小的是奉宣大总督爷公文来的,到绍兴拿得钦犯沈襄,经由贵府。他说是冯爷的年侄,要来拜望。小的不敢阻挡,容他进见。自昨日上午到宅,至今不见出来,有误程限[184],管家们又不肯代禀。伏乞老爷天恩,快些打发上路。"张千便在胸前取出解批和官文呈上。冯主事看了,问道:"那沈襄可是沈经历沈炼的儿子么?"李万道:"正是。"冯主事掩着两耳,把舌头一伸,说道:"你这班配军[185],好不知利害!那沈襄是朝廷钦犯,尚犹自可;他是严相国的仇人,那个敢容纳他在家?他昨日何曾到我家来?你却乱话。官府闻知传说到严府去,我是当得起他怪的?你两个配军,自不小心,不知得了多少钱财,买放[186]了要紧人犯,却来图赖我!"叫家童与他乱打那配军出去,把大门闭了,不要惹这闲是非,严府知道不是当耍!冯主事一头骂,一头走进宅去了。大小家人,奉了主人之命,推的推,拶[187]的拶,霎时间被众人拥出大门之外,闭了门,兀自听得嘈嘈的乱骂。

张千、李万面面相觑,开了口合不得,伸了舌缩不进。张千埋怨李万道:"昨日是你一力撺掇,教放他进城,如今你自去寻他。"李万道:"且不要埋怨,和你去问他老婆,或者晓得他的路数,再来抓寻便了。"张千道:"说得是。他是恩爱的夫妻,昨夜汉子不回,那婆娘暗地流泪,巴巴的独坐两三个更次。他汉子的行藏[188],老婆岂有不知?"两个一头说话,飞奔出城,复到饭店中来。

却说闻氏在店房里面听得差人声音,慌忙移步出来,问道:"我官人如何不来?"张千指李万道:"你只问他就是。"李万将昨日往毛厕出恭,走慢了一步,到冯主事家,起先如此如此,以后这般这般,备细说了。张千道:"今早空肚皮进城,就吃了这一肚寡气[101]。你丈夫想是真个不在他家了,必然还有个去处,难道不对小娘子说的?小娘子趁早说来,我们好去抓寻。"说犹未了,只见闻氏噙着眼泪,一双手扯住两个公人叫道:"好,好,还我丈夫来!"张千、李万道:"你丈夫自要去拜什么年伯,我们好意容他去走走,不知走向那里去了,连累我们在此着急,没处抓寻;你到问我要丈夫,难道我们藏过了他?说得好笑!"将衣袂撑开[102],气忿忿地对虎[103]一般坐下。闻氏到走在外面,拦住出路,双足顿地,放声大哭,叫起屈来。

老店主听得,忙来解劝。闻氏道:"公公有所不知。我丈夫三十无子,娶奴为妾,奴家跟了他二年了,幸有三个多月身孕。我丈夫割舍不下,因此奴家千里相从,一路上寸步不离。昨日为盘缠缺少,要去见那年伯,是李牌头[102]同去的。昨晚一夜不回,奴家已自疑心。今早他两个自回,一定将我丈夫谋害了。你老人家替我做主,还我丈夫便罢休。"老店主道:"小娘子休得急性,那排长[103]与你丈夫前日无怨,往日无仇,着甚来由[104]要坏他性命?"闻氏哭声转哀道:"公公,你不知道我丈夫是严阁老的仇人,他两个必定受了严府的嘱托来的,或是他要去严府请功。公公,你详情他千乡万里,带着奴家到此,岂有没半句说话,突然去了?就是他要走时,那同去的李牌头怎肯放他?你要奉承严府,害了我丈夫不打紧,教奴家孤身妇女,看着何人?公公,这两个杀人的贼徒,烦公公带着奴家同他去官府处叫冤。"张千、李万被这妇人一哭一诉,就要分析几句,没处插嘴。老店主听见闻氏说得有理,也不免有些疑心,到可怜那妇人起来,只得劝道:"小娘子说便是这般说,你丈夫未曾死也不见得,好歹再等候他一日。"闻氏道:"依公公等候一日不打紧,那两个杀人的凶身乘机走脱了,这干系却是谁当?"张千道:"若果然谋害了你丈夫要走脱时,我弟兄两个又到这里则甚?"闻氏道:"你欺负我妇人家没张智[105],又要指望奸骗我。好好的说,我丈夫的尸首在那里?少不得当官也要还我个明白。"老店官见妇人口嘴利害,再不敢言语。

店中闲看的,一时间聚了四五十人。闻说妇人如此苦切,人人恼恨那两个差人,都道:"小娘子要去叫冤,我们引你到兵备道[106]去。"闻氏向着众人深深拜福[107],哭道:"多承列位路见不平,可怜我落难孤身,指引则个!这两个凶徒,相烦列位替奴家拿他同去,莫放他走了。"众人道:"不妨事,在我们身上。"张千、李万欲向众人分剖时,未说得一言半字,众人便道:"两个排长不消辨得,虚则虚,实则实,若是没有此情,随着小娘子到官,怕他则甚?"妇人一头哭,一头走,众人拥着张千、李万,搅做一阵的,都到兵备道前,道里尚未开门。

那一日正是放告⑩日期,闻氏束了一条白布裙,径抢进栅门,看见大门上架着那大鼓,鼓架上悬着个槌儿,闻氏抢槌在手,向鼓上乱挝,挝得那鼓振天的响。吓得中军官失了三魂,把门吏丧了七魄,一齐跑来,将绳缚住,喝道:"这妇人好大胆!"闻氏哭倒在地,口称泼天冤枉。只见门内吆喝之声,开了大门,王兵备坐堂,问击鼓者何人。中军官将妇人带进。闻氏且哭且诉,将家门不幸遭变,一家父子三口死于非命,只剩得丈夫沈襄,昨日又被公差中途谋害,有枝有叶的细说了一遍。王兵备唤张千、李万上来,问其缘故。张千、李万说一句,妇人就剪⑪一句,妇人说得句句有理,张千、李万抵搪不过。王兵备思想道:"那严府势大,私谋杀人之事,往往有之,此情难保其无。"便差中军官押了三人,发去本州勘审。

那知州姓贺,奉了这项公事,不敢怠慢,即时扣了店主人到来,听四人的口词。妇人一口咬定二人谋害他丈夫。李万招称为出恭慢了一步,因而相失。张千、店主人都据实说了一遍。知州委决不下。那妇人又十分哀切,像个真情;张千、李万又不肯招认。想了一回,将四人闭于空房,打轿去拜冯主事,看他口气若何。

冯主事见知州来拜,急忙迎接归厅。茶罢,贺知州提起沈襄之事。才说得沈襄二字,冯主事便掩着双耳道:"此乃严相公仇家,学生虽有年谊⑫,平素实无交情。老公祖⑬休得下问,恐严府知道,有累学生。"说罢站起身来道:"老公祖既有公事,不敢留坐了。"贺知州一场没趣,只得作别,在轿上想道:"据冯公如此惧怕严府,沈襄必然不在他家,或者被公人所害也不见得;或者去投冯公见拒不纳,别走个相识人家去了,亦未可知。"

回到州中,又取出四人来,问闻氏道:"你丈夫除了冯主事,州中还认得有何人?"闻氏道:"此地并无相识。"知州道:"你丈夫是甚么时候去的?那张千、李万几时来回复你的说话?"闻氏道:"丈夫是昨日未吃午饭前就去的,却是李万同出店门。到申牌时分,张千假说催趱上路,也到城中去了,天晚方回来。张千兀自向小妇人说道:'我李家兄弟跟着你丈夫冯主事家歇了,明日我早去催他出城。'今早张千去了一个早晨,两人双双而回,单不见了丈夫,不是他谋害了是谁?若是我丈夫不在冯家,昨日李万就该追寻了,张千也该着忙,如何将好言语稳住小妇人?其情可知:一定张千、李万两个在路上预先约定，却教李万乘夜下手；今早张千进城，两个乘早将尸首埋藏停当，却来回复我小妇人。望青天爷爷明鉴！"贺知州道："说得是。"张千、李万正要分辨，知州相公喝道："你做公差所干何事？若非用计谋死，必然得财买放，有何理说？"喝教手下将那张、李重责三十，打得皮开肉绽，鲜血迸流。张千、李万只是不招。妇人在旁，只顾哀哀的痛哭。知州相公不忍，便讨夹棍将两个公差夹起。那公差其实不曾谋死，虽然负痛，怎生招得？一连上了两夹，只是不招。知州相公再要夹时，张、李受苦不过，再三哀求道："沈襄实未曾死，乞爷爷立个限期，差人押小的挨寻[203]沈襄，还那闻氏便了。"知州也没有定见，只得勉从其言。闻氏且发尼姑庵住下。差四名民壮[204]，锁押张千、李万二人，追寻沈襄，五日一比[205]。店主释放宁家。将情具由申详[206]兵备道，道里依缴[207]了。

张千、李万一条铁链锁着，四名民壮轮番监押。带得几两盘缠，都被民壮搜去，为酒食之费；一把倭刀，也当酒吃了。那临清[208]去处又大，茫茫荡荡，来千去万，那里去寻沈公子？也不过一时脱身之法。闻氏在尼姑庵住下，刚到五日，准准的又到州里去啼哭，要生要死。州守相公没奈何，只苦得批较[209]差人张千、李万，一连比了十数限，不知打了多少竹批[210]，打得爬走不动。张千得病身死，单单剩得李万，只得到尼姑庵来拜求闻氏道："小的情极[211]，不得不说了。其实奉差来时，有经历金绍，口传杨总督钧旨，教我中途害你丈夫，就所在地方，讨个结状[212]回报。我等口虽应承，怎肯行此不仁之事？不知你丈夫何故，忽然逃走，与我们实实无涉。青天在上，若半字虚情，全家祸灭！如今官府五日一比，兄弟张千已自打死，小的又累死[213]也是冤枉。你丈夫的确未死，小娘子他日夫妇相逢有日。只求小娘子休去州里啼啼哭哭，宽小的比限，完全狗命，便是阴德。"闻氏道："据你说不曾谋害我丈夫，也难准信。既然如此说，奴家且不去禀官，容你从容查访。只是你们自家要上紧用心，休得怠慢。"李万喏喏连声而去。有诗为证：

　　白金廿两酿凶谋，谁料中途已失囚。锁打禁持熬不得，尼庵苦向妇人求。

官府立限缉获沈襄，一来为他是总督衙门的紧犯，二来为妇人日日哀求，所以上紧严比。今日也是那李万不该命绝，恰好有个机会。却说总督杨顺、御史路楷，两个日夜商量，奉承严府，指望旦夕封侯拜爵。谁知朝中有个兵科给事中吴时来，风闻杨顺横杀平民冒功之事，把他尽情劾奏一本，并劾路楷朋奸[214]助恶。嘉靖爷正当设醮祝禧[215]，见说杀害平民，大伤和气，龙颜大怒，着锦衣卫扭解来京问罪。严嵩见圣怒不测，一时不及救护；到底亏他于中调停，止于削爵为民。可笑杨顺、路楷杀人媚人，至此徒为人笑，有何益哉？再说贺知州听得杨总督去任，已自把这公事看得冷了；又闻氏连次不来哭禀，两个差人又死了一个，只剩得李万，又苦苦哀求不已。贺知州分付打开铁链，与他个广捕文书㉑，只教他用心缉访，明是放松之意。李万得了广捕文书，犹如捧了一道赦书，连连磕了几个头，出得府门，一道烟走了，身边又无盘缠，只得求乞而归。不在话下。

却说沈小霞在冯主事家复壁之中，住了数月，外边消息无有不知，都是冯主事打听将来，说与小霞知道。晓得闻氏在尼姑庵寄居，暗暗欢喜。过了年余，已知张千、李万都逃了，这公事渐渐懒散。冯主事特地收拾内书房三间，安放沈襄在内读书，只不许出外，外人亦无有知者，冯主事三年孝满，为有沈公子在家，也不去起复㉒做官。

光阴似箭，一住八年。值严嵩一品夫人欧阳氏卒，严世蕃不肯扶柩还乡，唆父亲上本留己侍养，却于丧中簇拥姬妾，日夜饮酒作乐。嘉靖爷天性至孝，访知其事，心中甚是不悦。时有方士㉑蓝道行，善扶鸾㉒之术。天子召见，教他请仙，问以辅臣贤否㉓。蓝道行奏道："臣所召乃是上界真仙，正直无阿，万一箕㉔下判断有忤圣心，乞恕微臣之罪。"嘉靖爷道："朕正愿闻天心正论，与卿何涉？岂有罪卿之理？"蓝道行书符念咒，神箕自动，写出十六个字来，道是：

　　高山番草，父子阁老。日月无光，天地颠倒。

嘉靖爷爷看了，问蓝道行道："卿可解之。"蓝道行奏道："微臣愚昧未解。"嘉靖爷道："朕知其说。'高山'者，'山'字连'高'，乃是'嵩'字。'番草'者，'番'字'草'头，乃是'蕃'字。此指严嵩、严世蕃父子二人也。朕久闻其专权误国，今仙机示朕，朕当即为处分，卿不可泄于外人。"蓝道行叩头，口称"不敢"，受赐而出。

从此，嘉靖爷渐渐疏了严嵩。有御史邹应龙，看见机会可乘，遂劾奏严世蕃凭藉父势，卖官鬻爵，许多恶迹，宜加显戮㉕。其父严嵩溺爱恶子，植党蔽贤，宜亟赐休退，以清政本。嘉靖爷见疏大喜，即升应龙为通政右参议㉒。严世蕃下法司㉓，拟成充军之罪；严嵩回籍。未几，又有江西巡按御史林润，复奏严世蕃不赴军伍㉓，居家愈加暴横，强占民间田产，畜养奸人，私通倭房㉒，谋为不轨。得旨，三法司提问，问官勘实复奏。严世蕃即时处斩，抄没家财，严嵩发养济院㉙终老。被害诸臣尽行昭雪。

冯主事得此喜信，慌忙报与沈襄知道，放他出来，到尼姑庵访问那闻淑女。夫妇相见，抱头而哭。闻氏离家时，怀孕三月，今在庵中生下一孩子，已十岁了。闻氏亲自教他念书,五经皆已成诵。沈襄欢喜无限。冯主事方上京补官,教沈襄同去讼理父冤,闻氏暂迎归本家园上居住。沈襄从其言。

到了北京,冯主事先去拜了通政司邹参议,将沈炼父子冤情说了,然后将沈襄讼冤本稿送与他看。邹应龙一力担当。次日,沈襄将奏本往通政司挂号投递。圣旨下:沈炼忠而获罪,准复原官,仍进一级,以旌其直;妻子召还原籍;所没入财产,府县官照数给还;沈襄食廪年久,准贡㉑,敕授知县之职。沈襄复上疏谢恩,疏中奏道:"臣父炼向在保安,因目击宣大总督杨顺杀戮平民冒功,吟诗感叹。适值御史路楷阴受严世蕃之嘱,巡按宣大,与杨顺合谋,陷臣父于极刑,并杀臣弟二人,臣亦几于不免。冤尸未葬,危宗几绝,受祸之惨,莫如臣家。今严世蕃正法,而杨顺、路楷安然保首领于乡,使边廷万家之怨骨衔恨无伸,臣家三命之冤魂含悲莫控,恐非所以肃刑典而慰人心也。"圣旨准奏,复提杨顺、路楷到京,问成死罪,监刑部牢中待决。

沈襄来别冯主事,要亲到云州,迎接母亲和兄弟沈褒到京,依傍冯主事寓所相近居住;然后往保安州访求父亲骸骨,负归埋葬。冯主事道:"老年嫂㉒处适才已打听个消息,在云州康健无恙。令弟沈褒,已在彼游庠㉓了。下官当遣人迎之。尊公遗体要紧,贤侄速往访问,到此相会令堂可也。"

沈襄领命,径往保安。一连寻访两日,并无踪迹。第三日,因倦借坐人家门首,有老者从内而出,延㉔进草堂吃茶。见堂中挂一轴子㉕,乃楷书诸葛孔明两次《出师表》也。表后但写年月,不着姓名。沈小霞看了又看,目不转睛。老者道:"客官为何看之?"沈襄道:"动问老丈,此字是何人所书?"老者道:"此乃吾亡友沈青霞之笔也。"沈小霞道:"为何留在老丈处?"老者道:"老夫姓贾名石,当初沈青霞编管此地,就在舍下作寓。老夫与他八拜之交,最相契厚。不料后遭奇祸,老夫惧怕连累,也往河南逃避。带得这二幅《出师表》,裱成一幅,时常展视,如见吾兄之面。杨总督去任后,老夫方敢还乡。嫂嫂徐夫人和幼子沈褒,徙居云州,老夫时常去看他。近日闻得严家势败,吾兄必当昭雪,已曾遣人去云州报信。恐沈小官人要来移取父亲灵柩,老夫将此轴悬挂在中堂,好教他认认父亲遗笔。"沈小霞听罢,连忙拜倒在地,口称"恩叔"。贾石慌忙扶起道:"足下果是何人?"沈小霞道:"小侄沈襄,此轴乃亡父之笔也。"贾石道:"闻得杨顺这厮,差人到贵府来提贤侄,要行一网打尽之计。老夫只道也遭其毒手,不知贤侄何以得全?"沈小霞将临清事情,备细说了一遍。贾石口称"难得",便分付家童治饭款待。沈小霞问道:"父亲灵柩,恩叔必知,乞烦指引一拜。"贾石道:"你父亲屈死狱中,是老夫偷尸埋葬,一向不敢对人说知。今日贤侄来此搬回故土,也不枉老夫一片用心。"说罢,刚欲出门,只见外面一位小官人骑马而来。贾石指道:"遇巧,遇巧!恰好令弟来也。"那小官便是沈襄,下马相见。贾石指沈小霞道:"此位乃大令兄讳㉒襄的便是。"此日弟兄方才识面,恍如梦中相会,抱头而哭。

贾石领路,三人同到沈青霞墓所,但见乱草迷离,土堆隐起。贾石引二沈拜了,二沈俱哭倒在地。贾石劝了一回道:"正要商议大事,休得过伤。"二沈方才收泪。贾石道:"二哥、三哥,当时死于非命,也亏了狱卒毛公存仁义之心,可怜他无辜被害,将他尸藁葬㉓于城西三里之外。毛公虽然已故,老夫亦知其处,若扶令先尊㉔柩回去,一起带回,使他父子魂魄相依。二位意下何如?"二沈道:"恩叔所言,正合愚弟兄之意。"当日又同贾石到城西看了,不胜悲感。次日,另备棺木,择吉破土,重新殡殓。二人面色如生,毫不朽败,此乃忠义之气所致也。二沈悲哭自不必说。当时备下车仗,抬了三个灵柩,别了贾石起身。临别,沈襄对贾石道:"这一轴《出师表》,小侄欲问恩叔取去,供养祠堂,幸勿见拒。"贾石慨然许了,取下挂轴相赠。二沈就草堂拜谢,垂泪而别。

沈襄先奉灵柩到张家湾㉕,觅船装载。沈襄复身又到北京,见了母亲徐夫人,回复了说话,拜谢了冯主事起身。此时京中官员,无不追念沈青霞忠义,怜小霞母子扶柩远归,也有送勘合㉖的,也有赠赆金㉗的,也有馈赆仪㉘的。沈小霞只受勘合一张,余俱不受。到了张家湾,另换了官座船,驿递起人夫一百名牵缆㉙,走得好不快。不一日来到临清,沈襄分付座船,暂泊河下。单身入城,到冯主事家投了主事平安书信,园上领了闻氏淑女并十岁儿子下船。先参了灵柩,后见了徐夫人。那徐氏见了孙儿如此长大,喜不可言。当初只道灭门绝户,如今依旧有子有孙;昔日冤家,皆恶死见报。天理昭然,可见做恶人的到底吃亏,做好人的到底便宜。

闲话休题。到了浙江绍兴府,孟春元领了女儿孟氏,在二十里外迎接。一家骨肉重逢,悲喜交集。将丧船停泊码头,府县官员都来吊孝。旧时家产,已自清查给还。二沈扶柩葬于祖茔,重守三年之制,无人不称大孝。抚按㉚又替沈炼建造表忠祠堂,春秋祭祀。亲笔《出师表》一轴,至今供奉在祠堂之中。

服满之日,沈襄到京受职,做了知县。为官清正,直升到黄堂知府㉛。闻氏所生之子,少年登科,与叔叔沈襄同年进士。子孙世世书香不绝。

冯主事为救沈襄一事,京中重其义气,累官至吏部尚书。忽一日,梦见沈青霞来拜候道:"上帝怜某忠直,已授北京城隍㉜之职。屈年兄为南京城隍，明日午时上任。"冯主事觉来甚以为疑，至日午，忽见轿马来迎，无疾而逝。二公俱已为神矣。有诗为证，诗曰：

生前忠义骨犹香，魂魄为神万古扬。料得奸魂沉地狱，皇天果报自昭彰。

①本篇选自《古今小说》第四十卷。出师表：指三国时蜀汉丞相诸葛亮的《前出师表》和《后出师表》。 ②肮脏（kǎng zǎng）：高亢刚直。 ③休解绶，慢投簪：绶，印绶，系官印的丝带。簪，簪缨，达官贵人用来把冠固着在头上的冠饰。解绶、投簪，比喻辞官。 ④国朝：本朝。这里指明朝。嘉靖：明世宗朱厚熜（cōng 聪）的年号（1522—1566）。 ⑤以柔媚得幸：靠逢迎献媚得到皇帝的宠幸。 ⑥先意：预先揣摩别人的意向。 ⑦斋醮（jiào 教）：僧道斋戒祭神的一种仪式。 ⑧青词：道教斋醮时荐告神灵的奏章表文。因用朱笔写于青藤纸上，故名。明世宗崇奉道教，屡兴斋醮，严嵩等词臣以善撰青词取宠，有"青词宰相"之称。 ⑨曲谨：小心谨慎。 ⑩猜刻：猜忌刻毒。 ⑪大学士：官名。明制不设宰相，由大学士入阁理政。其中设一首辅，权位有如宰相。夏言：字公谨，明正德进士，官至武英殿大学士，被严嵩构陷处斩。 ⑫朝野：朝廷和民间。侧目：不敢正视。 ⑬官生：明代高级官员的子弟可按定额入国子监就读，称为官生。工部：朝廷六部之一，掌管营造、工役等事务。侍郎：官名。部的副长官。 ⑭济恶：助恶，相与为恶。 ⑮招权：弄权，揽权。 ⑯超迁：越级提升。⑰科道：明代六科给事中和都察院各道监察御史的统称，职掌百官纠察弹劾等事。⑱杖谪：处以杖刑，降职或发配。 ⑲关龙逢（péng 朋）：夏朝大臣。夏桀暴虐荒淫，他犯颜直谏被杀。 ⑳比干：商朝大臣，纣王的叔父。相传因屡谏纣王，被剖心而死。㉑《神童诗》：旧时用五言韵文写成的一种儿童启蒙读物。下面所改的八句，原文是："少小须勤学，文章可立身。满朝朱紫贵，尽是读书人。""天子重英豪，文章教尔曹。万般皆下品，唯有读书高。" ㉒话柄：被他人当作谈资的言论或行为。 ㉓文经武纬之才：治理国家的文武全才。经、纬，都是治理的意思。 ㉔嘉靖戊戌年：嘉靖十七年（1538）。 ㉕除授：除、授都是任命官职的意思，这里是叠用。 ㉖溧阳、茌（chí 迟）平、清丰：分别在今江苏省、山东省、河南省。 ㉗伉（kàng 抗）直：刚直。伉，通"亢"。 ㉘左迁：降职。锦衣卫：明代官署名。全称为锦衣亲军都指挥使司。初为护卫皇宫的亲军，后兼掌缉捕、刑狱等事务。明中叶后发展成为特务组织。经历：负责文书出纳的官。 ㉙赃秽狼藉：贪赃枉法，一塌糊涂。 ㉚觥（gōng 弓）：酒器。这里泛指酒杯。飞酒：传杯劝酒。 ㉛两坐客：古时宴会用长条桌，客人分坐两旁，故称。 ㉜给事：给事中的省称。明代设吏、户、礼、兵、刑、工六部，各设给事中，掌侍从规谏及稽查六部百司等事，故下文称"司谏"。 ㉝天性绝饮：生来不能饮酒。 ㉞固意：执意。 ㉟沾醉：犹言大醉。 ㊱酬：酬谢，回敬。 ㊲假：假借，借口。 ㊳汉贼：原指三国时的蜀汉和曹氏父子。这里沈炼借喻自己同严嵩父子势不两立。 ㊴使

气:逗意气,使性子。 ㊵"只当"句:汉初名臣张良,字子房。他是韩国贵族后裔,韩为秦所灭后,曾结纳刺客,在博浪沙(今河南原阳东南)用铁椎狙击秦始皇,误中侍从车辆。事见《史记·留侯世家》。椎,一种捶击的武器。 ㊶疏稿:疏,奏章。稿,这里指腹稿。 ㊷口外:指长城以外地区。 ㊸堂上官:即堂官,衙署的长官。这里指锦衣卫都指挥。 ㊹陆炳:明世宗乳母之子。初授锦衣副千户,后升都指挥同知掌锦衣卫,官至太保兼少傅。 ㊺出头棍儿:旧时行杖刑时徇情的一种手法。将棍头探出,用棍子的中段打着人身,受刑者受伤较轻。 ㊻户部:朝廷六部之一,掌管土地、户口、财赋等事务。注籍:登记户籍。 ㊼保安州:今河北张家口市涿鹿县。 ㊽国门:京都的城门。 ㊾廪膳秀才:科举时代,府、州、县学生员由官府供给膳食者,称为廪膳生员。秀才,生员的俗称。 ㊿封章:奏章事涉机密者,须用皂囊封缄,称为封章。庙廊:朝廷的代称。 ㉛宣府:宣府镇,明置北方九个边防重镇之一,治所在今河北省张家口市宣化区。 ㉜宝眷:对别人家属的尊称。 ㉝权下:权且住下。权,姑且。 ㉞足下:古代下称上或同辈相称的敬辞。 ㉟卫:明代军队编制之一,约五千六百人,一般以驻地命名。卫下设所,合称卫所。舍人:明代卫所武官的应袭子弟。 ㊱千户:卫所世袭武官,千户所的指挥使,统千余人。 ㊲祖荫:祖宗的恩泽和庇佑。 ㊳弹劾:向朝廷检举官吏的罪状。 ㊴编管:将发配官吏编入所配地方的户籍,由当地官员管束。 ㊵三生:即三世。本佛家语,指前生、今生、来生。三生有幸,意即极为幸运。 ㊶庄客:亦称田客,地主田庄中佃农和雇农的通称。除耕种田地外,还要服其他劳役。 ㊷酬酢(zuò 坐):宾主互相敬酒。酬,客人在主人敬酒后回敬主人。酢,主人在客人回敬后复敬客人。 ㊸趷(xué 学):来回走。 ㊹外家:外祖父家,岳父家。这里指岳父家。 ㊺执鞭坠镫:比喻仰慕、追随某人。执鞭,为人驾驭车马。镫,马鞍两旁的脚踏。 ㊻一伙子:这里是一股脑儿的意思。 ㊼介:通"个"。 ㊽僭扳(jiàn pān 践潘):超越本分攀附,意即高攀。扳,通"攀"。 ㊾倾盖:两车紧靠,车盖(车篷)相接而稍有倾斜。《孔丛子·杂训》:孔子"遇程子于途,倾盖而语,终日而别"。后因以"倾盖"形容一见如故,相交甚得。 ㊿参:弹劾。阁老:明代大学士及翰林学士入阁办事者均可称阁老。严嵩以武英殿大学士入阁,时为首辅,故称。 ㉛关心处:犹言动情处,激动的地方。 ㉜若:或。若老若少,犹言无论老少。 ㉝率以为常:把这个当作经常的事情。率,遵循,依照。 ㉞偶人:用土、木、柴草等制成的人形物。 ㉟李林甫:唐玄宗时宰相。性情柔佞狡黠,人称其"口蜜腹剑"。 ㊱秦桧:南宋高宗时宰相。卖国求和,曾构陷杀害抗金将领岳飞,是历史上有名的奸相。 ㊲射鹄(gǔ 古):箭靶。 ㊳咶(guō 锅):即聒噪,吵闹的意思。 ㊴宣大总督:宣府镇、大同镇两镇总督。明代总督原是朝廷用兵时临时派遣总督军务的部院官,后成定员,为地方统辖文武的最高长官。 ㊵吏部:朝廷六部之一,掌管官员的任免、升降等事务。 ㊶屏(bǐng 丙)人:让在场的人回避。 ㊷鞑(dá 达)房:鞑,即鞑靼(dá 达),蒙古族的别称。房,旧时对异族的蔑称。俺答:明代蒙古族支派土默特部落的首领。 ⑧³应州：今山西省应县。 ⑧⁴堡(bǔ补)：集镇。 ⑧⁵失机：贻误军机。 ⑧⁶剷(chán蝉)头：即剃头。古时汉人留发盘于头顶，鞑靼人则剪发留辫。将百姓剷头斩首，以充作鞑靼人冒功。 ⑧⁷兵部：朝廷六部之一，掌管武官的任免和军务。 ⑧⁸中军官：旧时军中主将及所在处称为中军，守护主将营帐的军吏俗称中军或中军官。 ⑧⁹太岁：迷信说法中值岁的神祇，是不可触犯的凶神恶煞。俗以借喻招惹不得的厉害角色。 ⑨⁰青衣小帽：明代普通百姓的服饰。 ⑨¹解道：会说，会咏。功成万骨枯：语出唐曹松《己亥岁》诗："凭君莫话封侯事，一将功成万骨枯。" ⑨²云中：今山西省大同市一带。唐宋先后在此设云中县和云中府。明置大同镇，是当时北方九个边防重镇之一。虏烽：指鞑虏的进犯骚扰。烽，示警的烽火、烽烟。 ⑨³单(chán蝉)于：古代匈奴君长的称号，后亦泛称外族首领。这里指俺答。 ⑨⁴戕(qiāng枪)生：断送了性命。戕，残害。 ⑨⁵标下：部下。指挥：武官名。 ⑨⁶何似：倒不如。佞(nìng宁)贼：谄媚奸邪之人。 ⑨⁷上方刀：即上方剑。皇帝的御用宝剑，授予官员可代行使部分权力，先斩后奏。 ⑨⁸死士：敢死的勇士。剑客：精于剑术的人。特指刺客。 ⑨⁹御史：即监察御史，分道行使纠察，亦可以巡按御史之衔临时出巡或常驻某处。 ⑩⁰按彼处：到那个地方巡按。 ⑩¹都察院：明代最高监察机关，掌管监察弹劾官吏，参与审理重大案件。长官是都御史，次置副都御史、佥都御史及十三道监察御史。 ⑩²侯伯世爵：封建时代的爵位分公、侯、伯、子、男五等，可世代承袭，故称世爵。 ⑩³领诺：犹言答应。 ⑩⁴钦差：皇帝亲派出外办理重大事务的官员。敕(chì斥)令：皇帝的诏令。 ⑩⁵蔚州：州名，在今河北省蔚县一带。 ⑩⁶钧旨：旧时下级称上级指令的敬辞。 ⑩⁷白莲教：古代民间的一种带有浓厚宗教色彩的秘密结社。起源于宋代，元明以来常为农民起义所利用，被统治者视为邪教、乱党。 ⑩⁸酋(qiú求)：部落首领。 ⑩⁹史侍郎：即史道，字克弘。曾任宣大总督，在职期间主持开设了大同、宣府马市。 ⑩⑩通事：翻译官。 ⑩⑪郎主：旧时对外国国君和少数民族部落首领的尊称。 ⑩⑫右卫：指大同右卫，治所设定边卫城，在今山西省右玉县西。 ⑩⑬山陕畿南：山西、陕西、京城以南。 ⑩⑭招：口供。 ⑩⑮怨望：怨恨。 ⑩⑯"先用"句：前一个"禀"是名词，即下文的"禀帖"，地方官请示报告上级的一种文书。后一个"禀"是动词，报告的意思。 ⑩⑰刑部：朝廷六部之一，掌管法律、刑狱等事务。复本：再上一道奏章。 ⑩⑱尚书：朝廷各部的正长官。 ⑩⑲罢(pí皮)软：疲沓懦弱，办事无主见。罢，通"疲"。 ⑩⑳倒下：批复下来。 ⑩㉑荫：封建时代子孙承袭前辈官爵或因前辈功劳推恩得官，谓之荫。 ⑩㉒京堂：朝廷各部院长官的通称。推用：明制，官员须等现职任满方能升迁；若员缺当补，不等任满即予擢用，叫推升，或称推用。 ⑩㉓没做理会：没有办法，无可奈何。 ⑩㉔及今：趁现在。 ⑩㉕宗祀：祖宗的香火，指嗣续。 ⑩㉖病状：病死的证明书。 ⑩㉗枭(xiāo消)示：即枭首示众，把人头割下来悬挂在木杆上示众。 ⑩㉘严东楼：严世蕃，号东楼。 ⑩㉙坐罪：犯罪受判处。这里指连坐，与罪犯有牵连者连带一同治罪。 ⑩㉚庶：大概，差不多。 ⑩㉛行牌：上级给下级下达命令公文。 ⑩㉜"破巢"句：

东汉末,曹操派人捕孔融。融问来使,两个幼子可否免罪。其子答道:"岂见覆巢之下复有完卵乎?"事见《世说新语·言语》。后用此典比喻灭门之祸。破巢,即覆巢。 ⑬势或然:势之必然。或,语助词。 ⑭宪牌:司法部门下达的捕人命令。 ⑮见几(jī机):事前洞察事物细微的动向。下文"知几"义同。几,隐微,不明显,特指事情的苗头或预兆。 ⑯枉死城:迷信所说冤屈而死的人在阴间所住的地方。 ⑰襁褓(qiǎng bǎo抢保):背负、裹覆婴儿的背兜和包被。 ⑱云州:即今河北省赤城县北的云州。 ⑲得地:犹言得志、发迹,由微贱而显达的意思。 ⑳钦犯:皇帝下令查办的罪犯。 ㉑赍(jī机):带着。 ㉒荐本:举荐人才的奏章。 ㉓汲汲:心情迫切的样子。 ㉔积年:见多识广、老于世故的角色。 ㉕县尉:县里掌管治安、捕盗事务的官。 ㉖再醮(jiào叫):醮是古代婚礼的一种斟酒仪式,故称男子再娶或女子改嫁为再醮。元明以后专指女子夫死改嫁。 ㉗香烟:后嗣。旧俗,子孙祭祖必焚香,故称传宗接代为接续香烟。 ㉘大娘:旧时小妾对正妻的尊称。 ㉙多分:多半是。 ㉚起早:走陆路。 ㉛呼幺喝六:本指赌博掷骰时希望得彩而高声呼喊,幺、六是骰子的点子。后形容言语粗暴,高声呵斥。 ㉜倭(wō窝)刀:古时日本所产的一种犀利的佩刀,向为日本贡品。 ㉝济宁府:元置府名,明洪武年间改为州。治所在今山东省济宁市。 ㉞梁山泺(pō坡):即梁山泊。在今山东省梁山县、郓城县一带。泺,通"泊"。 ㉟响马:旧时结伙拦路抢劫的强盗。因其骑马放响箭为号行动,故称响马。 ㊱主事:朝廷六部之下设司,司的主管官是郎中,副手是员外郎。主事位在员外郎之下,在司官中级别最低。 ㊲丁忧:遭父母之丧。古代丧制,亲丧须守孝三年,不得做官(做官的离职居家),不得应考,不得婚嫁筵宴,叫作"遵制丁忧",或称"守制"。 ㊳同年:科举时代,同榜考中的士子互称同年。 ㊴齁(hōu)齁:打鼾声。 ㊵年伯:对父亲的同年或同年的父辈的称呼。后亦泛称父辈。 ㊶北新关:故址在今浙江省杭州市武林门外。明代曾在此设关征税,曾为运河七关之一。 ㊷巳牌时分:上午九时至十一时。古代计时将一昼夜分为十二个时辰,以十二地支标记。下文的未牌、申牌,分别是下午一时至三时、三时至五时。 ㊸折:损失。便宜:好处。 ㊹赍发:以钱物送人。 ㊺老气:老脸皮,不识羞。 ㊻里急:指急于要大便。 ㊼衣袂(mèi妹):衣袖。 ㊽借一步:求人的客气话,意思是请稍挪动几步,到个方便地方。 ㊾年侄:对同年的儿子的称呼。 ㊿复壁:两重的壁,即夹墙。中空,可藏人或匿物。 ⑰"不须"二句:朱家,秦末汉初鲁地人,以任侠闻名。刘邦打败项羽后,追捕原项羽部将季布。朱家将布藏在家中,并设法使他得到赦免。事见《史记·季布列传》。这里借指冯主事藏匿沈襄。 ⑫干纪:干系,责任。 ⑬白日撞:白天闯入人家行窃的小偷。 ⑭獠(lǎo老)子:骂人的话。犹言野蛮人。 ⑮洋洋:通"扬扬",对人不理不睬的样子。 ⑯军门钧帖:指宣大总督衙门的公文。军门,统兵官的尊称。明代文官总督军务或提督军务,别称军门。 ⑰照壁:即影壁、照墙,建于门内或门外以作屏障和装饰的墙壁。 ⑱登了个东:上了趟厕所。厕所俗称东司、东厕,故称上厕所为登东。 ⑰蛮子：旧时北方人对南方人的蔑称。 ⑱下处：歇宿的地方，客店。 ⑱放慢线儿：慢条斯理，悠然自得。 ⑱解(jiè 介)批：解送犯人的公文。因上有发送衙门规定期限的批语，故称解批。 ⑱"头戴"四句：写冯主事居丧的孝服。栀(zhī 枝)子，常绿灌木，春夏开白花。这里形容白色。匾折孝头巾，明代官员和士子便装时头戴方巾，守孝时则用布折成匾状。 ⑱程限：押解犯人用在路上的规定时间。 ⑱配军：充军发配的罪犯。旧时常用以咒骂兵士。 ⑱买放：指得了贿赂而将犯人私自放掉。 ⑱扠(sǒng 耸)：推。 ⑱行藏(xíng cáng)：行止，踪迹。 ⑱寒气：无来由地受气，窝囊气。 ⑲掣(chè 彻)开：抽出，拽脱。 ⑲对虎：一种儿童游戏。两人撑眉怒目对视，先发笑者为输。比喻两个公差面面相觑的样子。 ⑲牌头：差役奉派外出都带腰牌，故差役头目称为牌头。这里是对公差的敬称。 ⑲排长：排军的头目。这里也是对公差的敬称。排军，或作牌军，将领的卫兵，后泛称一般士兵。 ⑲着甚来由：为着什么缘故。 ⑲张智：主意，见识。 ⑲兵备道：明代各省按察司下设分巡道，兼管整饬兵备的分巡道，称作兵备道。 ⑲拜福：即万福，妇女行礼。参见《牡丹亭·闺塾》注⑰。 ⑲放告：州、府、县官定期悬牌通告，让百姓鸣冤告状，亲自受理，称为放告。 ⑲剪：指截断别人的话，插嘴打岔或驳斥。 ⑳年谊：同榜考中进士者之间的关系，叫作年谊。 ㉑老公祖：明代士绅尊称知府以上地方官为公祖，对地位较高者称老公祖。这里用以称知州。 ㉒揑寻：追寻，寻访。 ㉓民壮：被征募到州、县衙门服役的壮丁。 ㉔五日一比：旧时官府限期令吏役完成某项差事，到期查验未能完成者即加杖责，叫作比或比较。五日一比，指每五天为一限期，未能完成即比较一次。下文"比限"，指限定的日期。 ㉕具由：全部情况。申详：详细报告。 ㉖依缴：上级批准下级缴差的报告。依，批准。缴，缴差的复呈。 ㉗临清：今山东省临清市。这里当是"济宁"之误。下同。 ㉘批较：即比较。因用竹批行刑，故称。 ㉙竹批：一端劈开的竹杖，或将竹片捆束成把。 ㉚情极：情急，被逼无奈。 ㉛结状：官府证明案子了结的文书。 ㉜累死：连累致死。 ㉝朋奸：拉党结派，狼狈为奸。 ㉞祝禧：祈祷上天赐福。 ㉟广捕文书：通缉令，随处可以缉捕人犯归案的文书。 ㊱起复：原指官吏守制孝服未满便起用复职，后统称服满而起用为"起复"，服未满即起用或留职守制称为"夺情"。 ㊲方士：旧时以神仙怪异的方式为人占卜相命、祈福禳灾的迷信职业者。 ㊳扶鸾：又称扶乩、扶箕，一种迷信骗术。两人合作，用木制丁字架为笔或以箕插笔，假托鬼神赐示在沙盘上划字，预测吉凶祸福。 ㊴否(pǐ 匹)：恶，坏。 ㊵箕：指扶箕所用的工具畚箕或筲箕。 ㊶显戮：明正典刑，斩首示众。 ㊷通政右参议：通政司，掌管内外奏章的官署。长官是通政使，次设左右通政、左右参议。 ㊸法司：即三法司，刑部、都察院、大理寺三个最高司法机关的合称。重大案件由三法司会审。 ㊹不赴军伍：定充军罪并未执行。 ㊺倭房：指当时经常在中国沿海地区侵扰抢掠的日本海盗。 ㊻养济院：又称孤老院，收容老残孤贫无依者的慈善机构。 ㊼准贡：准作贡生。贡生，在京师国子监读书的生员。这里指由皇帝特赐贡生头衔。生员取得贡生的资格即可做官。　㉘年嫂:对同年之妻的称呼。　㉙游庠(xiáng详):庠,州县的学校。经考试录取为生员而入学,称为游庠。　㉚延:邀请,引进。　㉛轴子:装裱成卷轴形的字画。　㉜讳:古人讲避讳,对尊长不直称其名。引申以"讳"指所要避讳的名字。讳襄,即名襄。　㉝藁(gǎo搞)葬:用草席裹尸埋葬。　㉞令先尊:对对方已故父亲的敬称。　㉟张家湾:在今北京市通州区东南。明时为南北水陆交通枢纽。　㊱勘合:明代官府公文,一式两份,中盖骑缝印以供勘验,称为勘合。这里指沿途使用驿站的凭证。　㊲赙(fù付)金:帮人治丧的礼金。　㊳赆(jìn尽)仪:即程仪,送行礼金。　㊴驿递:即驿传。《大明会典》:"自京师达于四方,设有驿传。在京曰会同馆,在外曰水马驿并递运所,以便公差人员往来。"起:征发。　㊵抚按:巡抚和按察使。分别是一省的最高行政长官和最高司法长官。　㊶黄堂知府:知府衙门的正厅,涂饰雌黄以驱邪除灾,称作黄堂,因称知府为黄堂知府。　㊷城隍:道教所传守护城池的神。

杜十娘怒沉百宝箱①

　　扫荡残胡立帝畿②,龙翔凤舞势崔嵬③。左环沧海天一带,右拥太行山万围④。戈戟九边雄绝塞⑤,衣冠万国仰垂衣⑥。太平人乐华胥世⑦,永永金瓯⑧共日辉。

　　这首诗,单夸我朝燕京⑨建都之盛。说起燕都的形势,北倚雄关⑩,南压区夏⑪,真乃金城天府⑫,万年不拔之基。当先洪武爷⑬扫荡胡尘,定鼎⑭金陵,是为南京。到永乐爷从北平起兵靖难⑮,迁于燕都,是为北京。只因这一迁,把个苦寒地面,变作花锦世界。自永乐爷九传至于万历爷⑯,此乃我朝第十一代的天子。这位天子,聪明神武,德福兼全,十岁登基,在位四十八年,削平了三处寇乱。那三处?日本关白平秀吉⑰、西夏哱承恩⑱、播州杨应龙⑲。平秀吉侵犯朝鲜,哱承恩、杨应龙是土官⑳谋叛,先后削平。远夷莫不畏服,争来朝贡。真个是:

　　一人有庆民安乐,四海无虞国太平。

　　话中单表万历二十年间,日本国关白作乱,侵犯朝鲜,朝鲜国王上表告急,天朝发兵泛海往救。有户部官奏准:目今兵兴之际,粮饷未充,暂开纳粟入监㉑之例。原来纳粟入监的有几般便宜:好读书,好科举,好中,结末来又有个小小前程结果。以此宦家公子,富室子弟,到不愿做秀才,都去援例做太学生㉒。自开了这例,两京㉓太学生各添至千人之外。内中有一人,姓李名甲,字干先,浙江绍兴府人氏。父亲李布政㉔所生三儿,惟甲居长。自幼读书在庠,未得登科,援例入于北雍㉕。因在京坐监㉖,与同乡柳遇春监生同

游教坊司[27]院内,与一个名姬相遇。那名姬姓杜名媺,排行第十,院中都称为杜十娘,生得:

> 浑身雅艳,遍体娇香。两弯眉画远山青,一对眼明秋水润。脸如莲萼[28],分明卓氏文君[29];唇似樱桃,何减白家樊素[30]。可怜一片无瑕玉,误落风尘花柳中。

那杜十娘自十三岁破瓜[31],今一十九岁,七年之内,不知历过了多少公子王孙,一个个情迷意荡,破家荡产而不惜。院中传出四句口号[32]来,道是:

> 坐中若有杜十娘,斗筲之量[33]饮千觞;院中若识杜老媺,千家粉面[34]都如鬼。

却说李公子风流年少,未逢美色;自遇了杜十娘,喜出望外,把花柳情怀,一担儿挑在他身上。那公子俊俏庞儿,温存性儿,又是撒漫[35]的手儿,帮衬的勤儿[36],与十娘一双两好,情投意合。十娘因见鸨儿[37]贪财无义,久有从良[38]之志;又见李公子忠厚志诚,甚有心向他。奈李公子惧怕老爷,不敢应承。虽则如此,两下情好愈密,朝欢暮乐,终日相守,如夫妇一般,海誓山盟,各无他志。真个:

> 恩深似海恩无底,义重如山义更高。

再说杜妈妈,女儿被李公子占住,别的富家巨室,闻名上门,求一见而不可得。初时李公子撒漫用钱,大差大使,妈妈胁肩谄笑[39],奉承不暇。日往月来,不觉一年有余,李公子囊箧渐渐空虚,手不应心,妈妈也就怠慢了。老布政在家闻知儿子嫖院,几篇写字来唤他回去。他迷恋十娘颜色,终日延捱。后来闻知老爷在家发怒,越不敢回。

古人云:"以利相交者,利尽而疏。"那杜十娘与李公子真情相好,见他手头愈短,心头愈热。妈妈也几遍教女儿打发李甲出院,见女儿不统口[40],又几遍将言语触突[41]李公子,要激怒他起身。公子性本温克[42],词气愈和。妈妈没奈何,日逐只将十娘叱骂道:"我们行户[43]人家,吃客穿客,前门送旧,后门迎新,门庭闹如火,钱帛堆成垛。自从那李甲在此,混帐[44]一年有余,莫说新客,连旧主顾都断了。分明接了个钟馗[45]老,连小鬼也没得上门。弄得老娘一家人家,有气无烟[46],成什么模样!"杜十娘被骂,耐性不住,便回答道:"那李公子不是空手上门的,也曾费过大钱来。"妈妈道:"彼一时,此一时。你只教他今日费些小钱儿,把与老娘,办些柴米,养你两口也好。别人家养的女儿便是摇钱树,千生万活;偏我家晦气,养了个退财白虎[47]。开了大门七件事[48],般般都在老身心上,倒替你小贱人白白养着穷汉,教我衣食从何处来?你对那穷汉说,有本事出几两银子与我,到得你跟了他去,我别讨个丫头过活却不好?"十娘道:"妈妈,这话是真是假?"妈妈晓得李甲囊无一钱,衣衫都典尽了,料他没处设法,便应道:"老娘从不说谎,当真哩。"十娘道:"娘,你要他许多银子?"妈妈道:"若是别人,千把银子也讨了;可怜那穷汉出不起,只要他三百两,我自去讨一个粉头[49]代替。只一件:须是三日内交付与我,左手交银,右手交人。若三日没有银时,老身也不管三七二十一,公子不公子,一顿孤拐[50]打那光棍出去,那时莫怪老身。"十娘道:"公子虽在客边[51]乏钞,谅三百金还措办得来。只是三日忒近,限他十日便好。"妈妈想道:"这穷汉一双赤手,便限他一百日,他那里来银子? 没有银子,便铁皮包脸,料也无颜上门。那时重整家风,嫩儿也没得话讲。"答应道:"看你面,便宽到十日。第十日没有银子,不干老娘之事。"十娘道:"若十日内无银,料他也无颜再见了。只怕有了三百两银子,妈妈又翻悔起来。"妈妈道:"老身年五十一岁了,又奉十斋[52],怎敢说谎? 不信时与你拍掌为定[53]。若翻悔时,做猪做狗!"

  从来海水斗难量,可笑虔婆[54]意不良;料定穷儒囊底竭,故将财礼难娇娘。

  是夜,十娘与公子在枕边议及终身之事。公子道:"我非无此心,但教坊落籍[55],其费甚多,非千金不可。我囊空如洗,如之奈何?"十娘道:"妾已与妈妈议定,只要三百金,但须十日内措办。郎君游资虽罄,然都中岂无亲友,可以借贷? 倘得如数,妾身遂为君之所有,省受虔婆之气。"公子道:"亲友中为我留恋行院,都不相顾。明日只做束装起身,各家告辞,就开口假贷路费,凑聚将来,或可满得此数。"起身梳洗,别了十娘出门。十娘道:"用心作速,专听佳音。"公子道:"不须分付。"

  公子出了院门,来到三亲四友处,假说起身告别,众人倒也欢喜。后来叙到路费欠缺,意欲借贷。常言道:"说着钱,便无缘。"亲友们就不招架[56]。他们也见得是,道:"李公子是风流浪子,迷恋烟花,年许不归,父亲都为他气坏在家。他今日抖然[57]要回,未知真假。倘或说骗盘缠到手,又去还脂粉钱,父亲知道,将好意翻成恶意,始终只是一怪,不如辞了干净。"便回道:"目今正值空乏,不能相济,惭愧,惭愧!"人人如此,个个皆然,并没有个慷慨丈夫,肯统口许他一十二十两。

  李公子一连奔走了三日,分毫无获。又不敢回决十娘,权且含糊答应。到第四日又没想头,就羞回院中。平日间有了杜家,连下处也没有了,今日就无处投宿,只得往同乡柳监生寓所借歇。柳遇春见公子愁容可掬,问其来历。公子将杜十娘愿嫁之情,备细说了。遇春摇首道:"未必,未必。那杜嫩曲中[58]第一名姬,要从良时,怕没有十斛明珠,千金聘礼,那鸨儿如何只要三百两?想鸨儿怪你无钱使用,白白占住他的女儿,设计打发你出门。那妇人与你相处已久,又碍却面皮,不好明言,明知你手内空虚,故意将三百两卖个人情,限你十日。若十日没有,你也不好上门;便上门时,他会说你笑你,落得一场亵渎[59],自然安身不牢。此乃烟花逐客之计。足下三思,休被其惑。据弟愚意,不如早早开交[60]为上。"公子听说,半晌无言,心中疑惑不定。遇春又道:"足下莫要错了主意。你若真个还乡,不多几两盘费,还有人搭救;若是要三百两时,莫说十日,就是十个月也难。如今的世情,那肯顾缓急[61]二字的?那烟花也算定你没处告债,故意设法难你。"公子道:"仁兄所见良是。"口里虽如此说,心中割舍不下,依旧又往外边东央西告,只是夜里不进院门了。

公子在柳监生寓中,一连住了三日,共是六日了。杜十娘连日不见公子进院,十分着紧,就教小厮四儿街上去寻。四儿寻到大街,恰好遇见公子。四儿叫道:"李姐夫,娘在家里望你。"公子自觉无颜,回复道:"今日不得功夫,明日来罢。"四儿奉了十娘之命,一把扯住,死也不放,道:"娘叫咱寻你,是必同去走一遭。"李公子心上也牵挂着婊子,没奈何,只得随四儿进院。见了十娘,嘿嘿[62]无言。十娘问道:"所谋之事如何?"公子眼中流下泪来。十娘道:"莫非人情淡薄,不能足三百之数么?"公子含泪而言,道出二句:"'不信上山擒虎易,果然开口告人难。'一连奔走六日,并无铢两[63],一双空手,羞见芳卿[64],故此这几日不敢进院。今日承命呼唤,忍耻而来。非某不用心,实是世情如此。"十娘道:"此言休使虔婆知道。郎君今夜且住,妾别有商议。"十娘自备酒肴,与公子欢饮。睡至半夜,十娘对公子道:"郎君果不能办一钱耶?妾终身之事,当如何也?"公子只是流涕,不能答一语。渐渐五更天晓,十娘道:"妾所卧絮褥内,藏有碎银一百五十两,此妾私蓄,郎君可持去。三百金,妾任其半,郎君亦谋其半,庶易为力[65]。限只四日,万勿迟误!"

十娘起身将褥付公子。公子惊喜过望,唤童儿持褥而去。径到柳遇春寓中,又把夜来之情与遇春说了。将褥拆开看时,絮中都裹着零碎银子。取出兑时,果是一百五十两。遇春大惊道:"此妇真有心人也!既系真情,不可相负。吾当代为足下谋之。"公子道:"倘得玉成,决不有负。"当下柳遇春留李公子在寓,自出头各处去借贷。两日之内,凑足一百五十两,交付公子道:"吾代为足下告债,非为足下,实怜杜十娘之情也。"

李甲拿了三百两银子,喜从天降,笑逐颜开,欣欣然来见十娘,刚是第九日,还不足十日。十娘问道:"前日分毫难借,今日如何就有一百五十两?"公子将柳监生事情又述了一遍。十娘以手加额⑩道:"使吾二人得遂其愿者,柳君之力也!"两个欢天喜地,又在院中过了一晚。

次日,十娘早起,对李甲道:"此银一交,便当随郎君去矣。舟车之类,合当预备。妾昨日于姊妹中借得白银二十两,郎君可收下为行资也。"公子正愁路费无出,但不敢开口,得银甚喜。说犹未了,鸨儿恰来敲门,叫道:"嫩儿,今日是第十日了。"公子闻叫,启户相延道:"承妈妈厚意,正欲相请。"便将银三百两放在桌上。鸨儿不料公子有银,嘿然变色,似有悔意。十娘道:"儿在妈妈家中八年,所致⑩金帛,不下数千金矣。今日从良美事,又妈妈亲口所订。三百金不欠分毫,又不曾过期。倘若妈妈失信不许,郎君持银去,儿即刻自尽。恐那时人财两失,悔之无及也。"鸨儿无词以对。腹内筹画了半晌,只得取天平兑准了银子,说道:"事已如此,料留你不住了。只是你要去时,即今就去。平时穿戴衣饰之类,毫厘休想。"说罢将公子和十娘推出房门,讨锁来就落了锁。此时九月天气。十娘才下床,尚未梳洗,随身旧衣,就拜了妈妈两拜。李公子也作了一揖。一夫一妇,离了虔婆大门。

　　鲤鱼脱却金钩去,摆尾摇头再不来。

　　公子教十娘且住片时:"我去唤个小轿抬你,权往柳荣卿寓所去,再作道理。"十娘道:"院中诸姊妹平昔相厚,理宜话别。况前日又承他借贷路费,不可不一谢也。"乃同公子到各姊妹处谢别。姊妹中惟谢月朗、徐素素与杜家相近,尤与十娘亲厚。十娘先到谢月朗家。月朗见十娘秃髻⑧旧衫,惊问其故。十娘备述来因,又引李甲相见。十娘指月朗道:"前日路资,是此位姐姐所贷,郎君可致谢。"李甲连连作揖。月朗便教十娘梳洗,一面去请徐素素来家相会。十娘梳洗已毕,谢、徐二美人各出所有,翠钿金钏⑩,瑶簪宝珥⑩,锦袖花裙,鸾带绣履⑪,把杜十娘装扮得焕然一新,备酒作庆贺筵席。月朗让卧房与李甲、杜媺二人过宿。次日,又大排筵席,遍请院中姊妹。凡十娘相厚者,无不毕集,都与他夫妇把盏称喜,吹弹歌舞,各逞其长,务要尽欢,直饮至夜分。十娘向众姊妹一一称谢。众姊妹道:"十娘为风流领袖,今从郎君去,我等相见无日。何日长行,姊妹们尚当奉送。"月朗道:"候有定期,小妹当来相报。但阿姊千里间关,同郎君远去,囊箧萧条,曾无约束⑫。此乃吾等之事,当相与共谋之,勿令姊有穷途之虑也。"众姊妹各唯唯而散。

　　是晚,公子和十娘仍宿谢家。至五鼓,十娘对公子道:"吾等此去,何处安身？郎君亦曾计议有定着(73)否？”公子道：“老父盛怒之下，若知娶妓而归，必然加以不堪，反致相累。辗转寻思，尚未有万全之策。”十娘道：“父子天性，岂能终绝。既然仓卒难犯，不若与郎君于苏杭胜地，权作浮居(74)。郎君先回，求亲友于尊大人面前劝解和顺，然后携妾于归(75)，彼此安妥。”公子道：“此言甚当。”

次日，二人起身，辞了谢月朗，暂住柳监生寓中，整顿行装。杜十娘见了柳遇春，倒身下拜，谢其周全之德：“异日我夫妇必当重报。”遇春慌忙答礼道：“十娘钟情所欢，不以贫窭(76)易心，此乃女中豪杰。仆因风吹火(77)，谅区区何足挂齿！”三人又饮了一日酒。

次早，择了出行吉日，雇倩轿马停当。十娘又遣童儿寄信，别谢月朗。临行之际，只见肩舆(78)纷纷而至，乃谢月朗与徐素素拉众姊妹来送行。月朗道：“十姊从郎君千里间关，囊中消索(79)，吾等甚不能忘情。今合具薄赆，十姊可检收，或长途空乏，亦可少助，”说罢，命从人挈一描金文具(80)至前，封锁甚固，正不知什么东西在里面。十娘也不开看，也不推辞，但殷勤作谢而已。须臾，舆马齐集，仆夫催促起身。柳监生三杯别酒，和众美人送出崇文门(81)外，各各垂泪而别。正是：

他日重逢难预必，此时分手最堪怜。

再说李公子同杜十娘行至潞河(82)，舍陆从舟，却好有瓜洲差使船(83)转回之便，讲定船钱，包了舱口。比及下船时，李公子囊中并无分文余剩。你道杜十娘把二十两银子与公子，如何就没了？公子在院中嫖得衣衫蓝缕，银子到手，未免在解库(84)中取赎几件穿着，又制办了铺盖，剩来只够轿马之费。公子正当愁闷，十娘道：“郎君勿忧。众姊妹合赠，必有所济。”乃取钥开箱。公子在傍，自觉惭愧，也不敢窥觑箱中虚实。只见十娘在箱里取出一个红绢袋来，掷于桌上道：“郎君可开看之。”公子提在手中，觉得沉重。启而观之，皆是白银，计数整五十两。十娘仍将箱子下锁，亦不言箱中更有何物，但对公子道：“承众姊妹高情，不惟途路不乏，即他日浮寓吴越间(85)，亦可稍佐吾夫妻山水之费(86)矣。”公子且惊且喜道：“若不遇恩卿，我李甲流落他乡，死无葬身之地矣！此情此德，白头不敢忘也！”自此，每谈及往事，公子必感激流涕，十娘亦曲意抚慰。一路无话。

不一日，行至瓜洲，大船停泊岸口。公子别雇了民船，安放行李，约明日侵晨剪江而渡(87)。其时仲冬(88)中旬，月明如水，公子和十娘坐于舟首。公子道：“自出都门，困守一舱之中，四顾有人，未得畅语。今日独据一舟，更无避忌；且已离塞北，初近江南，宜开怀畅饮，以舒向来抑郁之气。恩卿以为何如?"十娘道:"妾久疏谈笑,亦有此心。郎君言及,足见同志耳。"公子乃携酒具于船首,与十娘铺毡并坐,传杯交盏。饮至半酣,公子执卮⑱对十娘道:"恩卿妙音,六院⑲推首,某相遇之初,每闻绝调⑳,辄不禁神魂之飞动。心事多违㉒,彼此郁郁,鸾鸣凤奏㉓,久矣不闻。今清江明月,深夜无人,肯为我一歌否?"十娘兴亦勃发,遂开喉顿嗓,取扇按拍,呜呜咽咽,歌出元人施君美《拜月亭》杂剧㉔上"状元执盏与婵娟"一曲,名《小桃红》。真个:

声飞霄汉云皆驻,响入深泉鱼出游。

却说他舟有一少年,姓孙名富,字善赉,徽州新安⑤人氏。家资巨万,积祖扬州种盐⑯。年方二十,也是南雍中朋友。生性风流,惯向青楼⑰买笑,红粉追欢,若嘲风弄月,到是个轻薄的头儿。事有偶然,其夜亦泊舟瓜洲渡口,独酌无聊。忽听得歌声嘹亮,凤吟鸾吹不足喻其美。起立船头,伫听半晌,方知声出邻舟。正欲相访,音响倏已寂然。乃遣仆者潜窥踪迹,访于舟人,但晓得是李相公雇的船,并不知歌者来历。孙富想道:"此歌者必非良家,怎生得他一见?"辗转寻思,通宵不寐。捱至五更,忽闻江风大作。及晓,彤云密布,狂雪飞舞。怎见得?有诗为证:

千山云树灭,万径人踪绝。扁舟蓑笠翁,独钓寒江雪⑱。

因这风雪阻渡,舟不得开。孙富命艄公移船,泊于李家舟之傍。孙富貂帽狐裘,推窗假作看雪。值十娘梳洗方毕,纤纤玉手,揭起舟傍短帘,自泼盂中残水,粉容微露,却被孙富窥见了,果是国色天香⑲。魂摇心荡,迎眸注目,等候再见一面,杳不可得。沉思久之,乃倚窗高吟高学士⑩《梅花诗》二句道:

雪满山中高士卧,月明林下美人来。

李甲听得邻舟吟诗,舒头⑪出舱,看是何人。只因这一看,正中了孙富之计:孙富吟诗,正要引李公子出头,他好乘机攀话。当下慌忙举手,就问:"老兄尊姓何讳?"李公子叙了姓名乡贯,少不得也问那孙富。孙富也叙过了。又叙了些太学中的闲话,渐渐亲热。孙富便道:"风雪阻舟,乃天遣与尊兄相会,实小弟之幸也。舟次⑫无聊,欲同尊兄上岸,就酒肆中一酌,少领清诲⑬,万望不拒。"公子道:"萍水相逢,何当厚扰?"孙富道:"说那里话!'四海之内,皆兄弟也'。"喝教艄公打跳⑭,童儿张伞,迎接公子过船,就于船头作揖。然后让公子先行,自己随后,各各登跳上涯。行不数步,就有个酒楼。二人上楼,拣一副洁净坐头,靠窗而坐。酒保列上酒肴。孙富举杯相劝,二人赏雪饮酒。先说些斯文中套话⑮,渐渐引入花柳之事。二人都是过来之人,志同道合,说得入港⑯,一发成相知了。

孙富屏去左右,低低问道:"昨夜尊舟清歌者何人也?"李甲正要卖弄在行,遂实说道:"此乃北京名姬杜十娘也。"孙富道:"既系曲中姊妹,何以归兄?"公子遂将初遇杜十娘,如何相好,后来如何要嫁,如何借银讨他,始末根由,备细述了一遍。孙富道:"兄携丽人而归,固是快事,但不知尊府中能相容否?"公子道:"贱室⑩不足虑。所虑者,老父性严,尚费踌躇耳。"孙富将机就机,便问道:"既是尊大人未必相容,兄所携丽人,何处安顿?亦曾通知丽人,共作计较否?"公子攒眉而答道:"此事曾与小妾议之。"孙富欣然问道:"尊宠⑩必有妙策?"公子道:"他意欲侨居苏杭,流连山水,使小弟先回,求亲友宛转于家君⑩之前,俟家君回嗔作喜,然后图归。高明⑩以为何如?"孙富沉吟半晌,故作愀然⑪之色道:"小弟乍会之间,交浅言深,诚恐见怪。"公子道:"正赖高明指教,何必谦逊?"孙富道:"尊大人位居方面⑫,必严帷薄之嫌⑬。平时既怪兄游非礼之地⑭,今日岂容兄娶不节之人?况且贤亲贵友,谁不迎合尊大人之意者?兄枉去求他,必然相拒。就有个不识时务的进言于尊大人之前,见尊大人意思不允,他就转口了。兄进不能和睦家庭,退无词以回复尊宠,即使流连山水,亦非长久之计。万一资斧困竭,岂不进退两难!"公子自知手中只有五十金,此时费去大半,说到资斧困竭,进退两难,不觉点头道是。孙富又道:"小弟还有句心腹之谈,兄肯俯听否?"公子道:"承兄过爱,更求尽言。"孙富道:"疏不间亲⑩,还是莫说罢。"公子道:"但说何妨?"孙富道:"自古道:'妇人水性无常⑰。'况烟花之辈,少真多假。他既系六院名姝,相识定满天下,或者南边原有旧约,借兄之力,挈带而来,以为他适⑱之地。"公子道:"这个恐未必然。"孙富道:"即不然,江南子弟,最工轻薄⑲,兄留丽人独居,难保无逾墙钻穴⑳之事;若挈之同归,愈增尊大人之怒。为兄之计,未有善策。况父子天伦㉑,必不可绝。若为妾而触父,因妓而弃家,海内必以兄为浮浪不经㉒之人。异日妻不以为夫,弟不以为兄,同袍㉓不以为友,兄何以立于天地之间?兄今日不可不熟思也!"公子闻言,茫然自失,移席㉔问计:"据高明之见,何以教我?"孙富道:"仆有一计,于兄甚便。只恐兄溺枕席之爱,未必能行,使仆空费词说耳。"公子道:"兄诚有良策,使弟再睹家园之乐,乃弟之恩人也,又何惮而不言耶?"孙富道:"兄飘零岁余,严亲怀怒,闺阁㉕离心,设身以处兄之地,诚寝食不安之时也。然尊大人所以怒兄者,不过为迷花恋柳,挥金如土,异日必为弃家荡产之人,不堪承继家业耳。兄今日空手而归,正触其怒。兄倘能割衽席之爱㉖,见机而作,仆愿以千金相赠。兄得千金,以报尊大人,只说在京授馆㉗,并不曾浪费分毫,尊大人必然相信。从此家庭和睦,当无间言㉘。须臾之间,转祸为福。兄请三思。仆非贪丽人之色,实为兄效忠于万一也。"李甲原是没主意的人,本心惧怕老子,被孙富一席话,说透胸中之疑,起身作揖道:"闻兄大教,顿开茅塞⑫。但小妾千里相从,义难顿绝,容归与商之。得其心肯,当奉复耳。"孙富道:"说话之间,宜放婉曲。彼既忠心为兄,必不忍使兄父子分离,定然玉成兄还乡之事矣。"二人饮了一回酒,风停雪止,天色已晚。孙富教家童算还了酒钱,与公子携手下船。正是:

逢人且说三分话,未可全抛一片心。

却说杜十娘在舟中摆设酒果,欲与公子小酌,竟日未回,挑灯以待。公子下船,十娘起迎,见公子颜色匆匆⑬,似有不乐之意,乃满斟热酒劝之。公子摇首不饮,一言不发,竟自上床睡了。十娘心中不悦,乃收拾杯盘,为公子解衣就枕,问道:"今日有何见闻,而怀抱郁郁如此?"公子叹息而已,终不启口。问了三四次,公子已睡去了。十娘委决不下,坐于床头而不能寐。

到夜半,公子醒来,又叹一口气。十娘道:"郎君有何难言之事,频频叹息?"公子拥被而起,欲言不语者几次,扑簌簌掉下泪来。十娘抱持公子于怀间,软言抚慰道:"妾与郎君情好,已及二载,千辛万苦,历尽艰难,得有今日。然相从数千里,未曾哀戚;今将渡江,方图百年欢笑,如何反起悲伤?必有其故。夫妇之间,死生相共,有事尽可商量,万勿讳⑬也。"公子再四被逼不过,只得含泪而言道:"仆天涯穷困,蒙恩卿不弃,委曲相从,诚乃莫大之德也。但反复思之,老父位居方面,拘于礼法,况素性方严,恐添嗔怒,必加黜逐⑫,你我流荡,将何底止⑬?夫妇之欢难保,父子之伦又绝。日间蒙新安孙友邀饮,为我筹此事,寸心如割!"十娘大惊道:"郎君意将如何?"公子道:"仆事内之人,当局而迷。孙友为我画⑬一计颇善,但恐恩卿不从耳。"十娘道:"孙友者何人?计如果善,何不可从?"公子道:"孙友名富,新安盐商,少年风流之士也。夜间闻子清歌,因而问及。仆告以来历,并谈及难归之故。渠⑬意欲以千金聘汝。我得千金,可借口以见吾父母;而恩卿亦得所天⑬。但情不能舍,是以悲泣。"说罢,泪如雨下。十娘放开两手,冷笑一声道:"为郎君画此计者,此人乃大英雄也。郎君千金之资既得恢复,而妾归他姓,又不致为行李之累⑬;发乎情,止乎礼⑬,诚两便之策也。那千金在那里?"公子收泪道:"未得恩卿之诺⑭,金尚留彼处,未曾过手。"十娘道:"明早快快应承了他,不可挫过机会。但千金重事,须得兑足,交付郎君之手,妾始过舟,勿为贾竖子⑭所欺。"

时已四鼓,十娘即起身挑灯梳洗道:"今日之妆,乃迎新送旧,非比寻常。"于是脂粉香泽⑭,用意修饰,花钿绣袄,极其华艳,香风拂拂,光彩照人。装束方完,天色已晓。孙富差家童到船头候信。十娘微窥公子,欣欣似有喜色,乃催公子快去回话,及早兑足银子。公子亲到孙富船中,回复依允。孙富道:"兑银易事,须得丽人妆台⁽¹⁴²⁾为信。"公子又回复了十娘。十娘即指描金文具道:"可便抬去。"孙富喜甚,即将白银一千两,送到公子船中。十娘亲自检看,足色⁽¹⁴³⁾足数,分毫无爽⁽¹⁴⁴⁾。乃手把船舷,以手招孙富。孙富一见,魂不附体。十娘启朱唇,开皓齿道:"方才箱子可暂发来,内有李郎路引⁽¹⁴⁵⁾一纸,可检还之也。"孙富视十娘已为瓮中之鳖,即命家童送那描金文具,安放船头之上。十娘取钥开锁,内皆抽替⁽¹⁴⁶⁾小箱。十娘叫公子抽第一层来看,只见翠羽明珰⁽¹⁴⁷⁾,瑶簪宝珥,充牣⁽¹⁴⁸⁾于中,约值数百金。十娘遽投之江中。李甲与孙富及两船之人,无不惊诧。又命公子再抽一箱,乃玉箫金管。又抽一箱,尽古玉紫金玩器,约值数千金。十娘尽投之于大江中。岸上之人,观者如堵⁽¹⁴⁹⁾,齐声道:"可惜,可惜!"正不知什么缘故。最后又抽一箱,箱中复有一匣。开匣视之,夜明之珠,约有盈把;其他祖母绿,猫儿眼⁽¹⁵⁰⁾,诸般异宝,目所未睹,莫能定其价之多少。众人齐声喝彩,喧声如雷。十娘又欲投之于江。李甲不觉大悔,抱持十娘恸哭。那孙富也来劝解。

十娘推开公子在一边,向孙富骂道:"我与李郎备尝艰苦,不是容易到此。汝以奸淫之意,巧为诳说,一旦破人姻缘,断人恩爱,乃我之仇人。我死而有知,必当诉之神明,尚妄想枕席之欢乎?"又对李甲道:"妾风尘⁽¹⁵¹⁾数年,私有所积,本为终身之计。自遇郎君,山盟海誓,白首不渝。前出都之际,假托众姊妹相赠,箱中韫藏百宝,不下万金。将润色⁽¹⁵²⁾郎君之装,归见父母,或怜妾有心,收佐中馈⁽¹⁵³⁾,得终委托,生死无憾。谁知郎君相信不深,惑于浮议⁽¹⁵⁴⁾,中道见弃,负妾一片真心。今日当众目之前,开箱出视,使郎君知区区千金,未为难事。妾椟⁽¹⁵⁵⁾中有玉,恨郎眼内无珠。命之不辰⁽¹⁵⁶⁾,风尘困瘁⁽¹⁵⁷⁾,甫得脱离,又遭弃捐。今众人各有耳目,共作证明,妾不负郎君,郎君自负妾耳!"于是众人聚观者,无不流涕,都唾骂李公子负心薄幸。公子又羞又苦,且悔且泣,方欲向十娘谢罪,十娘抱持宝匣向江心一跳。众人急呼捞救,但见云暗江心,波涛滚滚,杳无踪影。可惜一个如花似玉的名姬,一旦葬于江鱼之腹!

  三魂渺渺归水府,七魄悠悠入冥途。

当时旁观之人,皆咬牙切齿,争欲拳殴李甲和那孙富。慌得李、孙二人手足无措,急叫开船,分途遁去。李甲在舟中,看了千金,转忆十娘,终日愧悔,郁成狂疾,终身不痊。孙富自那日受惊得病,卧床月余,终日见杜十娘在傍诉骂,奄奄而逝。人以为江中之报也。

却说柳遇春在京坐监完满,束装回乡,停舟瓜步⁽¹⁵⁸⁾。偶临江净脸,失坠铜盆于水,觅渔人打捞。及至捞起,乃是个小匣儿。遇春启匣观看,内皆明珠异宝,无价之珍。遇春厚赏渔人,留于床头把玩。是夜梦见江中一女子,凌波而来,视之,乃杜十娘也。近前万福,诉以李郎薄幸之事。又道:"向承君家慷慨,以一百五十金相助,本意息肩⑲之后,徐图报答。不意事无终始;然每怀盛情,悒悒⑳未忘。早间曾以小匣托渔人奉致,聊表寸心,从此不复相见矣。"言讫,猛然惊醒,方知十娘已死,叹息累日。

后人评论此事,以为孙富谋夺美色,轻掷千金,固非良士;李甲不识杜十娘一片苦心,碌碌蠢才,无足道者。独谓十娘千古女侠,岂不能觅一佳侣,共跨秦楼之凤㉑!乃错认李公子,明珠美玉,投于盲人,以致恩变为仇,万种恩情,化为流水,深可惜也!有诗叹云:

　　　　不会风流莫妄谈,单单情字费人参;若将情字能参透,唤作风流也不惭。

①本篇选自《警世通言》卷三十二。　②"扫荡"句:指朱元璋推翻元朝的统治,建立明王朝。残胡,指元朝统治者。帝畿(jī机):京城及其附近地区。　③龙翔凤舞:形容气势奔放雄壮。崔嵬(wéi韦):高峻雄伟的样子。　④"左环"二句:是说北京东临大海,海天相接,辽阔无际;西接太行山,重峦叠嶂,山势雄伟。沧海,古代对东海的别称。　⑤戈戟:戈、戟都是古代兵器,这里用以代指军队。九边:明代北方的九个边防重镇,即辽东、蓟州、宣府、大同、延绥、宁夏、甘肃、偏头、固原,合称九边。绝塞:极远的边塞。　⑥衣冠:古代士以上的上等人的服装,引申指士绅、世族。垂衣:意为垂衣拱手,无为而治,是旧时奉承皇帝、称颂天下太平的套语。　⑦华胥世:《列子·黄帝》说,黄帝曾梦游华胥国,那里国无君长,民无嗜欲,一派太平景象。后世遂以华胥比喻理想国度。　⑧金瓯:《南史·朱异传》记齐武帝语:"我国家犹若金瓯,无一伤缺。"后因以"金瓯"比喻国土的完整巩固。　⑨我朝:指明朝。燕京:今北京市。　⑩雄关:指居庸关,长城要口之一。在今北京市昌平区。　⑪区夏:犹言华夏,指中原地区。　⑫金城:喻城池坚固。天府:指形胜富庶之地。　⑬洪武爷:指明太祖朱元璋,洪武(1368—1398)是他的年号。　⑭定鼎:建都。史传夏禹铸九鼎以象九州,历商至周,都作为传国重器置于王都。后因称定都为定鼎。　⑮永乐爷:指明成祖朱棣,永乐(1403—1424)是他的年号。靖难:平定祸乱。朱棣初封燕王,镇守北平(今北京市)。朱元璋死,皇太孙朱允炆继位,用齐泰、黄子澄之谋,欲削宗藩权。朱棣以"清君侧"为名,起兵南下夺得皇位,称其兵为"靖难之师"。　⑯万历爷:指明神宗朱翊钧,万历(1573—1620)是他的年号。　⑰关白:日本古代掌握军政大权的最高级大臣,地位相当于中国的宰相。平秀吉:即丰臣秀吉。万历二十年,平秀吉统兵侵略朝鲜,明王朝发兵救援。后平秀吉死,日军撤归。　⑱西夏:即宁夏镇,防区相当于今宁

夏西北黄河沿岸地区。哱(bō 波)承恩:时袭父职任宁夏副总兵。万历二十年,与其父哱拜起兵叛乱,同年兵败被杀。 ⑲播州:今贵州省遵义市。杨应龙:万历初袭封播州宣慰使。万历二十四年举兵谋叛,二十八年被平定,自焚死。 ⑳土官:对边远地区当地人任官职者的称呼。 ㉑纳粟入监:捐纳粟米或银子入国子监,即捐监,亦称例监。明制,未进学为生员者援例监取得监生资格,就可以去考举人,一般未必入监读书。 ㉒援例:引用成例。太学生:即监生。 ㉓两京:北京和南京。明永乐十九年,明成祖朱棣迁都北京,改原京师为南京,并以南京为留都,保留朝廷建制,设六部等机构。顺天府(北京)和应天府(南京)合称二京府。 ㉔布政:即布政使。明初分全国为十三个承宣布政司,所辖区即十三省,各置布政使掌一省之政。后以巡抚主省政,布政使为掌管民政、财政事务的长官。 ㉕北雍:雍即辟雍,原为周代太学名,后世用为国学的代称。明代两京均设有国子监,南京的称南雍,北京的称北雍。 ㉖坐监:国子监生在监注册读书。 ㉗教坊司:明代专管乐舞伎艺的官署,属礼部。妓女列名乐籍,归教坊司管理。这里代指妓院。 ㉘莲萼(è 饿):莲花瓣。 ㉙卓氏文君:卓文君,参见《窦娥冤》楔子注⑩。《西京杂记》:"文君姣好,眉色如望远山,脸际常若芙蓉。" ㉚樊素:唐代诗人白居易的侍姬,善歌。白居易有"樱桃樊素口"的诗句。 ㉛破瓜:指女子破身。 ㉜口号:带有赞颂性质的谣谚。 ㉝斗筲(shāo 烧)之量:形容酒量很小。斗、筲都是量器,斗容十升,筲容一斗二升。《论语·子路》:"斗筲之人,何足算也。"后因以"斗筲"形容才短量浅。 ㉞粉面:原指年轻貌美的女子,这里指妓女。 ㉟撒漫:随便花钱,挥霍无度的意思。 ㊱帮衬:体贴凑趣,会献殷勤。勤儿:风流浪子,嫖客。 ㊲鸨儿:妓院的老板娘,又称老鸨、鸨母。 ㊳从良:妓女隶属乐籍,脱籍嫁作良家妻妾,叫作从良。 ㊴胁肩谄笑:耸肩强笑,作出恭敬媚悦的样子。 ㊵统口:吐口,答应。 ㊶触突:冒犯。 ㊷温克:温恭谦让。 ㊸行(háng 杭)户:亦作行院,妓院的隐称。 ㊹混帐:这里是胡混的意思。 ㊺钟馗(kuí 奎):传说中的唐朝进士,死后成神,专事捉鬼。旧俗,除夕或端午节多悬钟馗像以辟鬼驱邪。 ㊻有气无烟:形容穷得快到断炊的地步。 ㊼白虎:星宿名。迷信以白虎为主倒运的凶神恶煞。 ㊽七件事:俗称柴、米、油、盐、酱、醋、茶为开门七件事。泛指日常生活的必需品。 ㊾粉头:妓女。 ㊿孤拐:脚踝骨。这里是敲打脚踝骨的意思。 51客边:以客人的身份寄居在别人家里。 52十斋:佛教的一种斋戒,规定每月持斋十天,禁杀生,素食。 53拍掌为定:两人起誓打赌时,互相拍掌以示信用。 54虔婆:犹言贼婆,常特指妓院的鸨母。 55落籍:除名脱籍。明代妓女隶属乐籍,批准除名后方可从良。 56招架:本是抵挡之意,这里作应承解。 57抖然:陡然,突然。 58曲中:指妓院。因妓院多居曲巷(偏僻的狭巷)而得名。 59亵渎(xiè dú 谢读):轻慢,这里有羞辱的意思。 60开交:分开,撒手。 61缓急:复词偏义,就是急的意思。 62嘿(mò 末)嘿:同"默默"。 63铢(zhū 朱)两:这里作分文解。铢、两都是极小的重量单位,二十四铢为一两。 64芳卿:男子对女子的爱称。

㊿庶易为力:大概容易措办了。 ㊺以手加额:表示庆幸的动作。 ㊻所致:所招致的。这里指所赚来的(钱财)。 ㊽秃髻:未插戴首饰的发髻。 ㊾翠钿:镶嵌翡翠的首饰。金钏:金手镯。 ⑦瑶簪:玉簪。宝珥(ěr耳):镶嵌宝石的耳环。 ㋀鸾带:绣着鸾凤的衣带。绣履:绣花鞋。 ㋁曾无约束:没有什么可以捆扎的东西。约束,捆扎,这里用作名词,指行囊。 ㋂定着:确定的办法。 ㋃浮居:流动不定的居处,即暂住、旅居。下文"浮寓"义同。 ㋄于归:《诗经·周南·桃夭》:"之子于归,宜其室家。"后因称女子出嫁为于归。这里指到婆家。 ㋅贫窭(jù居):贫寒。 ㋆因风吹火:比喻顺势稍加帮助,出力不多。 ㋇肩舆:轿子。 ㋈消索:空乏。 ㋉挈(qiè妾):提着。描金文具:绘有金色图案的文具箱。 ㋊崇文门:北京内城东南的一个城门。 ㋋潞河:即北运河,在今北京市通州区境内。北通北京,东南通天津,与南北大运河对接,可达杭州。 ㋌瓜洲:今江苏省扬州市南瓜洲镇,为大运河入长江处。差使船:给官府当差的船只。 ㋍解(jiè介)库:典当铺。 ㋎吴越间:指苏州、杭州一带,春秋战国时为吴国、越国辖地。 ㋏佐:帮助。山水之费:游山玩水的费用。 ㋐侵晨:破晓,天刚亮。剪江:横穿江面。 ㋑仲冬:农历十一月。 ㋒卮(zhī支):酒器。 ㋓六院:明初南京官妓聚居处有十六楼,后集中于六处,称为六院。后世遂以六院作为妓院的统称。 ㋔绝调:绝世超伦的歌声。 ㋕心事多违:事情多不如意。 ㋖鸾鸣凤奏:形容歌声美妙和谐,极为动听。 ㋗《拜月亭》杂剧:《拜月亭》,又名《幽闺记》,南戏剧本,相传是元代施君美所作。南戏即南曲戏文,又称温州杂剧、永嘉杂剧等。《小桃红》曲见世德堂本第四十三折"成亲团圆"。 ㋘徽州新安:新安郡,古地名,所辖区域大致包括今安徽省黄山市、绩溪县、浙江省建德市、淳安县和江西省婺源县。隋开皇九年(589)分置歙(shè射)州,宋宣和三年(1121)改徽州(治所在歙县)。后徽州亦别称新安。 ㋙积祖:祖祖辈辈。种盐:做盐商。 ㋚青楼:妓院。 ㋛"千山"四句:根据唐柳宗元《江雪》诗改写。原诗是:"千山鸟飞绝,万径人踪灭。孤舟蓑笠翁,独钓寒江雪。" ㋜国色天香:本形容牡丹花的香色可贵,异乎寻常,引申形容女子容貌绝美。 ㋝高学士:指明初诗人高启。他曾任翰林院编修,故称学士。 ㋞舒头:伸头。 ㋟舟次:住在船中。 ㋠少领清诲:邀人攀谈的客套话。清诲,高雅的教诲。 ㋡打跳:搭跳板。跳,船上跳板。 ㋢斯文中套话:读书人之间应酬的客套话。 ㋣入港:这里是言语投机的意思。 ㋤贱室:对人谦称自己的妻子。这里李甲是指家中的正妻。 ㋥尊宠:对对方小老婆的敬称。 ㋦家君:在他人面前对自己父亲的称呼,同"家父"。 ㋧高明:对人的敬称。 ㋨愀(qiǎo巧)然:神色庄重严肃的样子。 ㋩位居方面:古时称独当一面的封疆大吏、军政长官为方面官。李甲的父亲是布政使,故孙富这样恭维他。 ㋪帏薄之嫌:指男女之间的礼防。帏薄,帐幔和帘子,都是障隔内室和外室的东西。 ㋫非礼之地:指妓院。 ㋬资斧:《易·旅》:"旅于处,得其资斧。"原谓途中安居,必须以斧斫除荆棘。后因称旅费为"资斧"。 ㋭疏不间亲:关系疏远的人不应离间关系亲近的人。

⑰水性无常:像水一样流动不定,随物赋形。旧时常用以比喻女子用情不专。 ⑱他适:指另投所好。 ⑲工:善于。轻薄:指勾引妇女。 ⑳逾墙钻穴:指男女偷情幽会之类事情。语出《孟子·滕文公下》:"不待父母之命,媒妁之言,钻穴隙相窥,逾墙相从,则父母国人皆贱之。" ㉑天伦:指父子、兄弟等天然的亲属关系。 ㉒浮浪不经:轻浮放浪,不守礼法。 ㉓同袍:指交情深厚的朋友。《诗经·秦风·无衣》:"岂曰无衣,与子同袍。" ㉔移席:将座位挪近。古人席地而坐,故云。 ㉕闺阁:这里指李甲家里的正妻。 ㉖衽(rèn 任)席之爱:指男女之爱。衽席,床席。 ㉗授馆:指做家庭教师。 ㉘间(jiàn 践)言:嫌隙之言。 ㉙茅塞顿开:豁然醒悟。茅塞,比喻思路闭塞,像被茅草塞住一样。 ㉚颜色匆匆:神色焦急不安。 ㉛讳:这里是隐瞒的意思。 ㉜黜(chù 触)逐:指赶出家门。 ㉝将何底止:到什么时候才有归宿。 ㉞画:策划,谋划。 ㉟渠:他。 ㊱所天:封建社会中君权、族权、夫权被认为是至高无上的,故称君、父、夫为"所天"。这里指丈夫。 ㊲行李之累:旅途中的累赘。 ㊳发乎情,止乎礼:《诗·大序》:"变风发乎情,止乎礼义。"这里是杜十娘用反语表示对李甲负心行为的极度愤慨。 ㊴诺:允许,答应。 ㊵贾(gǔ 古)竖子:做买卖的小子。对商人的贱称。 ㊶香泽:润发的香油。 ㊷妆台:梳妆台。借指嫁妆。 ㊸足色:指银子的成色纯正。 ㊹爽:差错。 ㊺路引:官府发给的通行凭证。 ㊻抽替:即抽屉。 ㊼翠羽:又名翠翅,一种羽毛形状的翡翠首饰。明珰:明珠耳饰。 ㊽充牣(rèn 任):充满。 ㊾如堵:形容人多。堵,墙壁。 ㊿祖母绿:又名绿柱玉,一种纯绿色的宝石,通体透明如玻璃。猫儿眼:又名猫睛石,因其光彩折射变化如猫眼而得名。两者都是名贵的宝石。 ○51风尘:指妓女生涯。 ○52润色:装点,充实。 ○53佐中馈(kuì 愧):中馈,主持饮食。古人认为这是主妇的职责,引申为妻子的代称。佐中馈,帮助主妇料理家务,意即做妾。 ○54浮议:没有根据的言论。 ○55椟(dú 读):匣子。 ○56不辰:生不逢时。 ○57困瘁:困苦忧患。 ○58瓜步:镇名,在今江苏省六合区东南瓜步山下。这里疑为"瓜洲"之误。 ○59息肩:放下担子。这里是立足、安顿的意思。 ○60悒(yì 义)悒:忧愁烦闷的样子。 ○61共跨秦楼之凤:用萧史、弄玉的传说故事,参见《西厢记》第三本第二折注㉝。这里用以比喻美满的婚姻生活。

张 岱

张岱(1597—1679),字宗子,又字石公,号陶庵,又号蝶庵,山阴(今浙江省绍兴市)人。出身显宦家庭,不求仕进,喜游山水,通晓音乐剧曲。明亡,避居山中,专事著述。他的散文造诣较高,尤以小品文见长。其作兼取公安、竟陵二体之长而自成一格,结构精巧,文笔清新流丽,细腻生动。不少篇章追忆往昔,寄寓故国之思。著有《陶庵梦忆》《西湖梦寻》《琅嬛文集》等。

湖心亭①看雪

崇祯五年②十二月,余住西湖。大雪三日,湖中人鸟声俱绝。

是日③,更定④矣,余拿⑤一小舟,拥毳衣⑥炉火,独往湖心亭看雪。雾凇沆砀⑦,天与云与山与水,上下一白。湖上影子,惟长堤一痕⑧,湖心亭一点,与余舟一芥⑨,舟中人两三粒⑩而已。

到亭上,有两人铺毡对坐,一童子烧酒⑪,炉正沸。见余大喜,曰:"湖中焉得更有此人!"拉余同饮。余强饮三大白而别⑫。问其姓氏,是金陵人,客此⑬。

及下船,舟子喃喃⑭曰:"莫说相公⑮痴,更有痴似⑯相公者。"

①湖心亭:在今浙江省杭州市的西湖中。 ②崇祯五年:公元1632年。崇祯,明思宗朱由检的年号(1628—1644)。 ③是日:这一天。 ④更定:初更开始,犹言入夜。古时一夜分为五更,每更约二小时。晚八时左右,击鼓报告初更开始,谓之定更。 ⑤拿:牵引。这里是划动、引舟前行的意思。 ⑥拥:持,围裹。毳(cuì 翠)衣:毛皮衣。毳,鸟兽的细毛。 ⑦雾凇:现作"雾凇"。水气附着于树木枝叶及其他物体上凝成的冰珠或冰花。沆砀(hàng dàng 巷荡):天上的白气。形容雾气混蒙的样子。

⑧长堤:指西湖里的白堤。一痕:形容大雪覆盖的长堤模糊不清,只见一道痕迹。
⑨芥:小草。《庄子·逍遥游》:"覆杯水于坳堂之上,则芥为之舟。"后常以芥比喻小船。 ⑩粒:谷粒。这里比喻人在大雪迷茫中显得极其渺小。 ⑪烧酒:烫酒,温酒。
⑫强:勉强。大白:酒杯名。这里泛指酒杯。 ⑬客此:旅居于此。 ⑭舟子:船夫。喃喃:低声咕噜。 ⑮相公:旧时对士子的敬称。 ⑯似:超过,胜过。

张　溥

张溥(1602—1641),字乾度,后改字天如,号西铭,太仓(今江苏省太仓市)人。明崇祯四年进士,选翰林院庶吉士,授编修,次年即告假归家。他是明末"复社"的发起者之一,主张"兴复古学",革除弊政。后为魏忠贤余党构陷,狱未成而病逝。散文多有抨击时政之作,文笔朴实豪健。著有《七录斋集》,编有《汉魏六朝百三家集》。

五人墓碑记①

五人者,盖当蓼洲周公②之被逮,激于义而死焉者也。至于今,郡之贤士大夫请于当道③,即除逆阉废祠④之址以葬之,且立石于其墓之门,以旌⑤其所为。呜呼,亦盛矣哉!夫五人之死,去今之墓而葬焉⑥,其为时止十有一月⑦耳。夫十有一月之中,凡富贵之子,慷慨得志之徒,其疾病而死,死而湮没⑧不足道者,亦已众矣,况草野⑨之无闻者欤!独五人之皦皦⑩,何也?

予犹记周公之被逮,在丁卯三月之望⑪。吾社之行为士先者⑫,为之声义⑬,敛赀财⑭以送其行,哭声震动天地。缇骑⑮按剑而前,问:"谁为哀者?"⑯众不能堪,抶而仆之⑰。是时大中丞抚吴者⑱,为魏之私人⑲,周公之逮所由使也⑳。吴之民方痛心焉,于是乘其厉声以呵,则噪而相逐㉑,中丞匿于溷藩㉒以免。既而以吴民之乱请于朝,按诛㉓五人,曰颜佩韦、杨念如、马杰、沈扬、周文元,即今之傫然㉔在墓者也。然五人之当刑㉕也,意气扬扬㉖,呼中丞之名而詈㉗之,谈笑以死。断头置城上,颜色不少变㉘。有贤士大夫发五十金㉙,买五人之脰而函之㉚,卒与尸合㉛。故今之墓中,全乎为五人也。

嗟夫!大阉之乱,缙绅㉜而能不易其志者,四海之大,有几人欤?而五人生于编伍㉝之间,素不闻诗书之训,激昂大义,蹈死㉞不顾,亦曷㉟故哉?且矫诏㊱纷出,钩党之捕㊲,遍于天下,卒以吾郡之发愤一击,不敢复有株治㊳;

大阉亦逡巡畏义㊟,非常之谋㊵,难于猝发㊶。待圣人之出㊷,而投缳道路㊸,不可谓非五人之力也。

由是观之,则今之高爵显位㊹,一旦抵罪㊺,或脱身以逃,不能容于远近,而又有剪发杜门㊻,佯狂不知所之者,其辱人贱行㊼,视五人之死,轻重固何如哉?是以蓼洲周公,忠义暴㊽于朝廷,赠谥美显㊾,荣于身后;而五人亦得以加其土封㊿,列其姓名于大堤之上,凡四方之士,无有不过而拜且泣者,斯固百世之遇㉒也。不然,令五人者保其首领㉓,以老于户牖㉔之下,则尽其天年㉕,人皆得以隶使之㉖,安能屈豪杰之流,扼腕㉗墓道,发其志士之悲哉?故予与同社诸君子,哀斯墓之徒有其石㉘也,而为之记,亦以明死生之大,匹夫之有重于社稷也㉙。

贤士大夫者,冏卿因之吴公㉚、太史文起文公㉛、孟长姚公也㉜。

①明熹宗天启年间(1621—1627),宦官魏忠贤独擅朝政,残酷镇压反对派东林党人。天启七年,魏忠贤派人到苏州逮捕前吏部官员周顺昌,激起苏州市民的暴动。事后官府搜捕市民,颜佩韦等五人为保护众人,挺身投案,以"倡乱"罪名被杀。次年魏忠贤垮台,苏州市民合资安葬五人,并为之立碑。这篇墓碑记即记其事。 ②蓼(liǎo了)洲周公:周顺昌,字景文,号蓼洲。明万历进士,曾任福州推官、吏部主事、文选员外郎,后辞职家居。因触忤魏忠贤被捕下狱,受酷刑死。 ③郡:指吴郡,即今江苏省苏州市。当道:当政的人。 ④除:清理,收拾。逆阉:指宦官魏忠贤。明熹宗时任司礼监秉笔太监。阉,对宦官的贬称。废祠:魏忠贤的党羽曾在各地为他广建生祠,魏败后俱废弃。这里指苏州虎丘山塘的魏忠贤生祠废址。 ⑤旌:表彰。 ⑥去:距离。墓而葬:修墓安葬。墓,这里用作动词。 ⑦十有一月:即十一个月。 ⑧湮(yān烟)没:埋没。 ⑨草野:乡野。这里指民间。 ⑩皦(jiǎo矫)皦:明亮,显耀。 ⑪丁卯三月之望:明天启七年三月十五日。《明史》载周顺昌被捕在天启六年(丙寅)三月。 ⑫吾社:指几社,明末文社。后张溥等人合并江南若干文社,成立复社。行为士先者:行为可作为读书人表率的人。 ⑬声义:伸张正义。 ⑭敛赀(zī资)财:募集钱财。赀,同"资"。 ⑮缇骑(tí jì提寄):汉代执金吾(负责京城治安的官)手下的骑士。因他们身着丹黄色(缇)服装,故称缇骑。后用以称逮捕犯人的禁卫吏役。 ⑯谁为哀者:为谁悲伤。 ⑰抶(chì翅)而仆之:把他打倒在地。抶,击,鞭打。 ⑱大中丞抚吴者:以大中丞职衔到吴郡任巡抚的人,指毛一鹭。明代称副都御史、佥都御史为中丞,当时毛一鹭以副都御史为应天巡抚(驻苏州府)。 ⑲魏之私人:魏忠贤的私党。 ⑳"周公"句:周顺昌的被捕,是由他指使的。 ㉑噪而相逐:乱哄哄地吵嚷着追赶。 ㉒匿于溷(hùn混)藩:躲藏在厕所里。 ㉓按诛:依照法律处死。 ㉔傫(lěi垒)然:重叠相连的样子。 ㉕当刑:临刑时。 ㉖意气扬扬:昂然自若的样子。 ㉗詈(lì立):骂。 ㉘不少变:一点儿都不变。少,稍微。 ㉙发五十金:拿出五十两银子。 ㉚脰(dòu豆):颈项。这里指头颅。函之:指把人头装在匣子里。

㉛卒与尸合：终于同尸体合在一起。　㉜缙绅：亦作搢绅。指搢笏（将笏插在腰间）、垂绅的人，即士大夫。　㉝编伍：指平民。古代户籍编制以五户为一伍。五人中，颜佩韦是商人之子，马念如是成衣商人，马杰是市民，沈扬是牙行中人，周文元是周顺昌的轿夫，都是平民。　㉞蹈死：身履死地。意指冒着犯死罪的危险。　㉟曷(hé)：同"何"。　㊱矫诏：假托皇帝名义发出的诏书。　㊲钩党之捕：钩相牵连，罗织为同党而加以逮捕。　㊳株治：株连治罪，一人有罪而牵连惩治多人。　㊴逡(qūn)巡畏义：因害怕人民的正义斗争而犹豫退缩。逡巡，徘徊不定的样子。　㊵非常之谋：指魏忠贤篡夺帝位的阴谋。　㊶猝(cù 醋)发：突然发动。　㊷圣人之出：指明思宗朱由检即位。　㊸投缳(huán 环)道路：明思宗即位不久，即贬魏忠贤往凤阳看守皇陵。魏忠贤行至阜城，闻思宗又下诏逮治，畏罪自缢死。缳，绳圈。　㊹高爵显位：地位显赫的高官。指魏忠贤的党羽。　㊺抵罪：当罪，因犯法而受到相应的惩处。　㊻剪发：削发为僧。杜门：闭门索居。　㊼佯狂不知所之：装疯出走而不知下落。之，往，到。　㊽辱人贱行：使人感到可耻的卑鄙行为。　㊾暴(pù 铺)：显露。　㊿赠谥(shì示)：追赠谥号。谥，古代帝王及官僚死后，按其生前事迹评定褒贬所给予的称号。美显：表扬其美名。崇祯年间，朝廷赠给周顺昌"忠介"的谥号。　㉛加其土封：增土于坟，表示加礼于死者，称为封墓。这里指重新厚葬。　㉜百世之遇：百代难逢的机遇。　㉝保其首领：犹言保住性命。首领，头和颈。　㉞户牖：门和窗。这里代指自家的房舍。　㉟尽其天年：老死，善终。天年，人的自然寿命。　㊱隶使之：把他们当奴仆来使唤。　㊲扼腕：用手握腕，表示悲愤和慨叹的动作。　㊳徒有其石：空有碑石，没有镌刻碑记。　㊴"匹夫"句：普通百姓对国家的兴亡有重大的作用。　㊵冏(jiǒng 窘)卿：太仆寺卿的别称。因之吴公：吴默，字因之，曾官太仆少卿。　㊶太史：翰林的别称。文起文公：文震孟，字文起，曾官翰林院修撰。　㊷孟长姚公：姚希孟，字孟长，曾官翰林院检讨。

陈子龙

陈子龙(1608—1647),字卧子,号大樽,松江华亭(今上海市松江区)人。明崇祯十年进士,选绍兴推官。南明弘光朝迁兵部给事中,见朝政腐败,辞职归乡。清兵破南京后,在松江起兵抵抗,事败被捕,投水殉国。他曾与夏允彝等组织几社,与复社相呼应,声誉甚著。其文学主张继承后七子传统,标榜复古。早期诗作颇多拟古浮艳之习,后期诗风发生深刻变化,忧时伤事,雄浑悲凉。各体诗中以七律最富特色。著有诗文集多种,后人辑为《陈忠裕公全集》。

小 车 行①

小车班班②黄尘晚,夫为推,妻为挽③。出门茫然何所之④?青青者榆疗我饥⑤,愿得乐土共哺糜⑥。风吹黄蒿⑦,望见垣堵⑧,中有主人当饲汝⑨。叩门无人室无釜⑩,踯躅⑪空巷泪如雨。

①明崇祯十年,北京附近和山西大旱,山东蝗虫成灾。是时作者出京南行,途中目击饥民流离失所之状。诗即作于此时。 ②班班:车行的声音。 ③挽:牵引,拉车子。 ④何所之:往哪里去。 ⑤"青青"句:是说只能用青青的榆树叶聊以充饥。疗饥,止饥饿。 ⑥"愿得"句:是说希望找到个好地方,大家能有稀粥喝。乐土,用《诗经·魏风·硕鼠》"适彼乐土"成语。哺糜,吃粥。 ⑦黄蒿:因干旱而枯黄的蒿草。 ⑧垣堵:墙。指房屋。 ⑨"中有"句:此为流民由切盼而生的猜想和自慰之语。饲汝,给你吃的。汝,流民自谓。 ⑩釜(fǔ斧):锅。 ⑪踯躅(zhí zhú 直竹):徘徊不进。这里形容失望彷徨的样子。

辽事杂诗①

其 七

卢龙雄塞倚天开②,十载三逢敌骑来③。碛里角声摇日月④,回中烽色⑤动楼台。陵园白露年年满⑥,城郭青磷⑦夜夜哀。共道安危任樽俎⑧,即今谁是出群才?

①辽事:指辽东边事。明万历末,东北女真贵族努尔哈赤统一女真各部,建立后金(清的前身)。其后不断入关侵扰,至天启、崇祯年间尤甚。作者深怀忧虑,于崇祯十年前后写了这组诗,共八首。　②卢龙:即卢龙塞,在今河北省喜峰口一带,是东北通往河北平原的要塞。倚天:形容高峻险要。　③"十载"句:指后金(清)兵于崇祯二年、七年、九年三次入关,进逼北京。　④碛(qì气):沙漠。摇日月:形容清兵声势浩大,惊天动地。　⑤回中:即回中宫。秦代所建,故址在今陕西省陇县西北。汉文帝时匈奴入侵,烧毁此宫。这里借指北京附近明朝皇帝的离宫。烽色:指战火。　⑥"陵园"句:明代的皇陵由于战乱无人过问,景象荒凉。明帝诸陵在今北京市昌平区天寿山。崇祯九年,清兵曾连陷昌平等十六城。　⑦城郭:指曾遭清兵劫掠的城镇。青磷:即磷火,俗称鬼火。这里借指死于战争的人。　⑧任:依靠。樽俎(zǔ祖):"折冲樽俎"的省称,意思是不用武力而在宴会谈判中制胜敌方。冲,战车,折冲即击退敌军之意。樽,盛酒器具;俎,盛肉器具。因以樽俎为宴席的代称。

秋日杂感①

其 四

行吟坐啸独悲秋,海雾江云引暮愁②。不信有天常似醉③,最怜无地可埋忧④。荒荒葵井多新鬼⑤,寂寂瓜田识故侯⑥。见说五湖供饮马,沧浪何处着渔舟⑦?

①这组诗共十首。约作于清世祖顺治三年(1646)。时作者抗清兵败,避居于嘉兴(今浙江省嘉兴市)武塘一带。　②"海雾"句:当时作者与唐王朱聿键、鲁王朱以海分别在福建、浙东建立的抗清政权均有联系,故望"海雾江云"而引发力殚势孤的愁绪,为明亡而悲叹。　③"不信"句:相传春秋时秦穆公梦朝天帝,天帝醉中赐秦一块国土。此用其典,说不相信天帝会长久昏聩如醉,让清永远占有明朝的江山。　④无地可埋忧:反用汉仲长统《见志》诗"寄愁天上,埋忧地下"语,意说国土已非我有,连

消愁解忧之处也没有了,极言亡国的悲痛。 ⑤荒荒葵井:荒芜的井台上野葵丛生。形容清兵掳掠屠戮后的荒凉景象。新鬼:指惨遭杀戮的百姓和抗清死难者。 ⑥瓜田识故侯:秦朝东陵侯邵平,秦亡后沦为庶民,因贫于长安城东种瓜为生。见《史记·萧相国世家》。这里借以哀叹明朝的公侯贵族入清后流落于草野之中。 ⑦"见说"二句:是说太湖一带全被清兵占领,哪里还可作隐居的地方呢?意即已无存身之处。五湖,泛指太湖流域一带的湖泊。沧浪,水青苍色,这里代指江湖。着渔舟,喻隐居。相传春秋时越国大夫范蠡(lí里)辅助越王勾践灭吴后,功成隐退,乘舟泛五湖而去。

夏完淳

夏完淳(1631—1647),原名复,字存古,松江华亭(今上海市松江区)人。十四岁即随师陈子龙、父夏允彝起兵抗清。失败后仍为抗清而奔走联络,终被清政府逮捕,英勇就义,时年仅十七。早期诗歌多模拟因袭之作,明亡后所作诗文,充溢国破家亡的哀痛和浓烈的战斗生活气息,激昂慷慨,凄楚沉郁。著有诗文集多种,今人汇辑为《夏完淳集》。

细 林 夜 哭①

细林山上夜乌啼,细林山下秋草齐。有客扁舟②不系缆,乘风直下松江西。却忆当年细林客③,孟公四海文章伯④。昔日曾来访白云⑤,落叶满山寻不得。始知孟公湖海人⑥,荒台古月水粼粼⑦。相逢对哭天下事,酒酣睥睨意气亲⑧。去岁平陵鼓声死⑨,与公同渡吴江水。今年梦断九峰云⑩,旌旗犹映暮山紫⑪。潇洒秦庭泪已挥⑫,仿佛聊城矢更飞⑬。黄鹄欲举六翮折⑭,茫茫四海将安归?天地局蹐⑮日月促,气如长虹葬鱼腹⑯。肠断当年国士恩⑰,剪纸招魂⑱为公哭。烈皇乘云御六龙⑲,攀髯控驭先文忠⑳;君臣地下会相见,泪洒阊阖㉑生悲风。我欲归来振羽翼㉒,谁知一举入罗弋㉓。家世堪怜赵氏孤㉔,到今竟作田横客㉕。呜呼!抚膺㉖一声江云开,身在罗网且莫哀。公乎!公乎!为我筑室傍夜台,霜寒月苦行当来㉗。

①细林:细林山,或称辰山、秀林山,在今上海市松江区。作者的老师陈子龙抗清失败后曾一度避居于此。作者在松江被捕后,押赴南京途中船经细林山,因作此诗哀悼不久前殉国的陈子龙。　②扁舟:小船。　③细林客:指曾避居细林山中的陈子龙。　④孟公:陈子龙晚号于陵孟公。文章伯:旧时对文章德行堪为世人表率者的尊称。　⑤白云:古诗文中常以白云代指隐者。这里指陈子龙。　⑥湖海人:四海为家、意气

豪迈的人。语出《三国志·陈登传》：" 陈元龙(陈登字) 湖海之士, 豪气不除。" ⑦粼(lín 林) 粼：形容水清澈明净。 ⑧睥睨(pì nì 僻逆)：斜视, 这里有目空一切的意思。亲：相投, 相近。 ⑨" 去岁" 句：指清顺治三年吴易(yáng 扬) 领导的太湖地区抗清起义失败事。作者曾参加吴易军并任参谋。平陵, 用汉乐府《平陵东》事。诗叙西汉末翟义起兵诛讨王莽, 兵败而死。鼓声死, 犹鼓声绝。古时作战擂鼓以进军, 鼓声死意即战败。 ⑩" 今年" 句：指清顺治四年四月, 清松江提督吴胜兆反正失败事。陈子龙参与其事, 事败被捕, 在押往南京途中投水死。九峰, 指松江青浦一带的细林山、佘山、陆宝山等九座山峰。 ⑪" 旌旗" 句：意谓陈子龙虽已殉国, 但抗清的旗帜仍在飘扬。暮山紫, 唐王勃《滕王阁序》有" 烟光凝而暮山紫" 句, 这里借指九峰山在旌旗、烟火映照下的夜景。 ⑫" 潇洒" 句：春秋时, 吴破楚, 楚贵族申包胥入秦乞师, 依秦庭墙痛哭七昼夜, 终于使秦出兵救援。事见《左传·定公四年》。 ⑬" 仿佛" 句：战国时, 燕攻齐, 齐城几乎全部陷落。田单破燕复齐, 独聊城久攻不下。鲁仲连附书箭上射入城中, 劝说燕将撤兵, 燕将果弃城而去。事见《战国策·齐策》。以上二句, 指陈子龙四处奔走联络, 为抗清复明所做的种种努力。 ⑭" 黄鹄" 句：比喻陈子龙起事未成而被捕身死。黄鹄, 传说中的大鸟, 能一举千里。举, 起飞。六翮(hé 合), 翮, 鸟类羽毛的茎。传说鸟高飞主要依靠六根有力的羽毛, 称为六翮, 引申指翅膀。 ⑮天地局蹐(jí 急)：极言环境恶劣。《诗经·小雅·正月》："谓天盖高, 不敢不局；谓地盖厚, 不敢不蹐。" 局, 弯腰。蹐, 累足小步而行。 ⑯葬鱼腹：指陈子龙被捕后投水自杀。 ⑰国士恩：指陈子龙对作者的器重和教诲之恩。旧称举国敬仰的杰出人物为国士, 这里指陈子龙。 ⑱剪纸招魂：旧时迷信习俗, 剪纸为钱形, 悬挂在门檐上, 以召唤死者的灵魂。 ⑲" 烈皇" 句：指明思宗朱由检自杀身死。朱由检谥庄烈愍皇帝, 故称烈皇。乘云御六龙, 用黄帝乘龙升天的故事。 ⑳" 攀髯" 句：指作者的父亲夏允彝自杀殉国。允彝字彝仲, 曾参与抗清斗争, 清兵攻陷南京后愤而自沉松塘, 南明鲁王赠谥" 文忠"。攀髯, 相传黄帝乘龙升天时, 小臣不得上, 皆攀持龙髯。控驭, 驾驭。 ㉑阊阖(chāng hé 昌合)：传说中的天门。 ㉒振羽翼：指重整旗鼓, 继续抗清。 ㉓入罗弋：指被捕。罗, 捕鸟的网；弋, 带绳的箭。都是捕鸟用具。 ㉔赵氏孤：春秋时, 晋贵族赵盾全家被权臣屠岸贾杀, 遗孤赵武幸得程婴、公孙杵臼救护并抚养成人。事见《史记·赵世家》。这里作者以赵氏孤儿自比, 以程、公孙比陈子龙。 ㉕田横客：田横, 原齐国贵族, 秦末自立为齐王。汉高祖刘邦即位, 横率门客五百人逃亡入海。后刘邦招降, 横在赴洛阳途中自杀, 其门客皆投海死。事见《史记·田横列传》。这里作者以陈子龙比田横, 自比其客。 ㉖抚膺(yīng 鹰)：搥胸。表示悲愤的动作。 ㉗" 为我" 二句：作者请陈子龙在冥间为他准备住的地方, 说他也快到地下去了。筑室傍夜台, 表示在九泉之下仍要依随陈子龙。室、夜台, 皆指墓穴。行当, 即将。

清初至清中叶

李 玉

李玉(1605？—1680？)，字玄玉，一作元玉，号苏门啸侣、一笠庵主人，吴县(今江苏省苏州市)人。出身寒微，好奇学古，精于曲律之学。明崇祯年间中乡试副榜，明亡后绝意仕进，专事戏剧创作。他是明末清初戏剧流派"苏州派"的代表人物。其剧作多取材于时事或近代史事，密切联系舞台演出实际，戏剧性强，文辞雅俗共赏。作有传奇约四十种，现存《清忠谱》等近二十种。所编《北词广正谱》是研究北曲曲律的重要著作。

清 忠 谱

闹 诏①

(贴②青衣、小帽上)苦差合县有，惟我独充当。自家吴县青带③便是。北京校尉来捉周乡宦④，该应吴县承值⑤。校尉坐在西察院⑥，本县老爷要拨人去听差。这些大阿哥⑦，都叮嘱了书房里⑧，不开名字进去。竟拿我新着役苦恼子公人⑨，点去承值，关在西察院内。那些校尉动不动叫差人，叫差人要长要短。偶然迟了，轻则靴尖乱踢，重则皮鞭乱打。一个钱也没处去赚，倒受了无数的打骂！方才攒⑩了一肚子烧酒，如今在里边吆吆喝喝，又走出来了。不免躲在厢房，听他说些什么。(暗下)(付扮差官，丑、小生扮二校⑪，喝上)

【梨花儿】(付)驾上⑫差来天也塌，推托穷官没钱刮，恼得咱家心性发。嗏！拿到京中活打杀。

李老爷呢？(小生)李老爷睡在那里。(付)快请出来。(校向内介)张老爷请李老爷。(净内应介)来了！(净扮差官上)

【前腔】(净)久惯拿人手段滑，这番差使差了瞎⑬。自家干儿⑭不设法。嗏！一把松香便决撒⑮。

（付）李老爷，咱们奉了驾帖⑯，差千差万，到处拿人，不知赚了多少银子。如今差到苏州，又拿一个吏部。自古道：上说天堂，下说苏、杭。岂不晓得苏州是个富饶的所在？况且吏部是个美官⑰，值不得拿万把银子，送与咱们？开口说是个穷官，一个钱也没有。你道恼也不恼！难道咱们三千七百里路来到这里，白白回去了不成？（净）可笑那毛一鹭，做了咱家的官儿，咱们到来，他也该竭力设法，怎么丢咱们住在冷屋里边，自己来也不来？哥啊！若是周顺昌弄不出，咱们定要倒毛一鹭的包⑱哩！（付）李老爷说的是！差人那里？（连叫介）（丑）差人！差人！（贴走出跪介）老爷有何分付？（付）差你在这里伺候，脸面子也不见，不知躲在那里？（净）连连叫唤，才走出来，要你这里做什么！（付）李老爷不要与他说，只是打便了。（净）拿皮鞭来！（贴磕头介）小的在这里伺候，求老爷饶打。（付）你快去与毛一鹭说：俺老爷们奉了皇爷的圣旨，厂爷⑲的钧旨，到此拿人，你做那一家的官儿，不值得在犯官身上弄万把银子送俺们！若有银子，快快抬来；若没有银子，咱们也不要周顺昌了。咱们自上去，教他自己送周顺昌到京便了。快去说！就来回复。（贴）小的是个县差，怎敢去见都老爷⑳？怎敢把许多言语去禀？（净、付大怒介）咦㉑！你这狗头不走么？（贴拜介）小的委实不敢说。（付）要你这狗头何用？（将皮鞭乱打介）（净乱踢介）（贴在地乱滚，叫痛哀求介）（付）这样狗攮的㉒，不中用。（贴爬下）（付向丑介）你照方才的言语，快去与毛一鹭说！俺们立等回话。（内众声喧喊介）（丑望介）呀！门外人山人海，想是来看开读㉓的。这般挨挤，如何走得！（付又与小生说介）你把皮鞭打开了路，送他出去便了。（向净介）咱家到里边喝杯凉酒。少不得毛一鹭定然自来回复。（净）有理。（付）只等飞廉㉔传信去，（净）管教贯索㉕就擒来。（同下）（小生）咄！百姓们闪开，闪开！咱家奉旨来拿犯官，什么好看！什么好看！（丑）闪开，闪开！让咱走路！（将皮鞭乱打下）（旦、贴扮二皂㉖喝上）（外黑三髯、冠带扮寇太守上㉗）

【西地锦】（外）民愤雷呼辕下㉘，泪飞血洒尘沙。（内众乱喊介）周吏部第一清廉乡宦，地方仰赖，众百姓专候太老爷做主，鼎言㉙救援哩！（大哭介）（末短胡髯、冠带扮陈知县㉚急上）（向内摇手介）众百姓休得啼哭！休得啼哭！上司自有公平话。且从容，莫用喧哗。

（内众又喊介）陈老爷是周乡宦第一门生，益发坐视不得的呢！爷爷嗄！（又哭介）（末见外介）老大人，众百姓执香号泣者，塞巷填街，哀声震地,这却怎么处?(外)足见周老先生平日深得人心,所以致此。贵县且去吩咐士民中一二老成的上前讲话。(末)是!(向内介)众百姓听着!寇太爷分付,士民中老成的,止唤一二人上前讲话。(小生、老旦,扮生员[31]上)(作仓惶状介)(小生)生……生……生员王节[32]。(老旦)生……生员刘羽仪。(小生、老旦)老……老……老公祖,老……老……老父母在上[33]。周……周……周铨部居官侃侃[34],居乡表表[35]。如此品行,卓然千古。蓦雁[36]奇冤,实实万姓怨恫[37]。老公祖,老父母,在地方亲炙高风[38],若无一言主持公道,何以安慰民心?(净[39]急上跪介)青天爷爷阿!周乡宦若果得罪朝廷,小的们情愿入京代死。(丑喊上)不是这样讲,不是这样讲!让我来说。青天爷爷阿!今日若是真正圣旨来拿周乡宦,就冤枉了周乡宦,小的们也不敢说了。今日是魏太监假传圣旨,杀害忠良,众百姓其实不服。就杀尽了满城百姓,再不放周乡宦去的。(大哭介)(内齐声号哭介)(外)众百姓听着!这桩事非府县所能主张。少刻都老爷到了,你们百姓齐声叩求,本府与吴县自然极力周旋。(内齐声应介)太爷是真正青天了。(内敲锣、喝道声介)(净、丑)都老爷来了!列位,大家上前号哭去!(喊介)(小生、老旦)全赖老公祖、老父母鼎力挽回。(外、末)自然,自然!(小生、老下)(外、末在场角伺候,打躬迎接介)(内喊介)(付胡髯、冠带,扮毛抚台[40],歪带纱帽,脱带撒袍,众百姓乱拥上)(众喊介)求宪天[41]爷爷做主,出疏保留周乡宦呢!(外、末喝退众下介)(付作大怒乱喘,乱喘大叫介)反了,反了!有这等事!皇上拿人,百姓抗拒,地方大变了,大变了!罢了,罢了!做官不成了!(外、末跪介)老大人请息怒。周宦深得民心,也是平日正气所感。或者有一线可生之路,还望大人挽回。(付大怒介)咳!逆党聚众,抗提钦犯,叛逆显然了。有什么挽回?有什么挽回?(作怒状,冷笑介)

【风入松】呼群鼓噪闹官衙,圣旨公然不怕。你府县有地方干系[42],可晓得官旗[43]是那一家差来的?天家[44]缇骑魂惊唬,(作手势介)若抗拒,一齐搭咤[45]。(外、末拱介)是!(付低说介)且住了!逆了朝廷,还好弥缝。今日逆了厂公,(皱眉介)噢!比着抗圣旨,题目[46]倍加。头颅上,怎好戴乌纱!
(内众又乱喊介)宪天爷爷,若不题疏[47]力救周乡宦,众百姓情愿一个个死在宪天台下。(外、末又跪介)老大人,卑职不敢多言。民情汹汹如此,还求老大人一言抚慰才是。(付)抚慰些什么来?抚慰些什么来?拿几个进来打罢了!(外、末又跪介)老大人息怒。众百姓呵,

【前腔】(外、末)哭声震地惨嗟呀！卑职呵，不敢施威喝打。倘一言激变难禁架^㊽，定弄出祸来天大。(末又跪介)老大人若无一言抚慰，就是周宦在外，卑职也不敢解进辕门。(付)为何？(末)人儿拥，纷如乱麻，就有几皂隶，也难拿。

(付沉思介)嗄！也罢！既如此，快去传谕百姓且散。若要保留周宦，且具一公呈进来，或者另有商量。(外、末起介)是！领命！(即下)(付)哈哈哈！好个骏^㊾官儿。苦苦要本院保留，这本儿怎么样写？怎么样写？且待犯官进来，再作道理。(向内叫介)张爷那里？李爷那里？(叫下)(小生扮校尉上，扯住付立定介)毛老爷，不要乱叫。我们的心事怎么样了？到京去，还要咱们在厂爷面前讲些好话的哩！(付)知道了！知道了！自然从厚。(携手下)(生青衣、小帽，旦、贴扮皂押上)(生)平生尽忠孝，今日任风波。(净、丑、末拥上)周老爷且慢。我们众百姓已裹过都爷，出疏保留了。(生拱谢介)列位素昧平生，多蒙过爱。我周顺昌自矢无他^㊿，料到京师，决不殒命^㊶。列位请回。(净、丑、末)当今魏太监弄权，有天无日，决不放周爷去的。(哭，唱)

【前腔】(净、丑、末)权珰^㊷势焰把人挝，到口便成肉鲊^㊸。周老爷呵，死生交界应非耍，怎容向鬼门占卦^㊹？(老、小生急上)周老先生，好了！好了！晚生辈三学^㊺朋友，已具公呈保留，台驾且回尊府。晚生辈静候抚公批允便了。(生)多谢诸兄盛情。咳！诸兄，小弟与兄俱读圣书，君命召，驾且不俟^㊻。今日奉旨来提，敢不趋赴。顺昌此去，有日还苏，再与诸兄相聚，万分有幸了。(小生、老旦)老先生说出此言，晚生辈愈觉心痛。(大哭介)(净、丑、末，各抱生哭介)(小生、老旦)老先生，你看被逮诸君，那一个保全的？还是不去的是。投坑阱都成浪花，见那个得还家。(生)列位休得悲哀。我周顺昌呵，

【前腔】(生)打成草稿在唇牙，指佞^㊼庭前拼骂。叠成满腹东林^㊽话，苦挣着正人声价。诸兄日后将我周顺昌呵，姑苏志^㊾休教谬夸。我只是完臣节，死非差^㊿。

(外扮中军上)都老爷吩咐开读且缓，传请周爷快进商议。(净、丑、小生、老旦、末)有何商量？(外)列位且具公呈，自然要议妥出本的。(众)出本保留，是士民公事，何消周爷自议？不要听他！(生)列位还是放学生进去的是。(众)不妨，料没后门走了。(外扶生入介)(内)分付掩门。(内付掩门介)(众)奇怪！为何掩门起来？列位，大家守定大门，听着里边声息便了。(作互相窥听介)(内念诏介)跪听开读。

(众惊介)列位,不是了!为何开读起来?(又听介)(内高声喊介)犯官上刑具。(众怒介)益发不是了!列位,拼着性命,大家打进去!(打门介)(付扮差官执械上)咄!砍头的,皇帝也不怕;敢来抢犯人么?叫手下拿几个来,一并解京去砍头!

【前腔】(付)妖民结党起波查⑥,倡乱苏城独霸。抢咱钦犯思逆驾,擒将去千刀万剐。(众)咳!你传假旨,思量吓咱!(拍胸介)我众好汉,怎饶他!

(付)嗄!你这般狗头,这等放肆,都拿来砍!都拿来砍!(作拔刀介)(净)你这狗头,不知死活!可晓得苏州第一个好汉颜佩韦么?(末)可晓得真正杨家将杨念么?(丑、旦、贴)可晓得十三太保周老男、马杰、沈扬么?(付)真正是一班强盗!杀!杀!杀!(将刀砍介)(净)众兄弟,大家动手!(打倒付介)(付奔进介)(众赶入打介)天花板上还有一个。(众打进打出三次介)(二旦扛一死尸上)打得好快活!这样不经打的,把尸骸抛在城脚下喂狗便了。(下)(外扮寇太守扶生上)(生)老公祖,此番大闹,我周顺昌倒无生路了。怎么处?怎么处?(外)老先生休虑。且到本府衙内,再有商量。(扶生下)(末扮陈知县扶付上)(付)这等放肆。快走!快走!各执事⑫不知那里去了,怎么处?(末)执事都在前面。只得步行前去。知县护送老大人。(付)走,走,走!(同末下)(净、丑、旦、贴内大喊。众复上)还有几个狗头,再去打!再去打!(作赶入介)(即出介)一个人也不见了,官府也去了,连周乡宦也不知那里去了。怎么处?快寻,快寻!(各奔介)

【前腔】(合)凶徒打得尽成租⑬,倒地翻天无那⑭。遁逃⑮没影真奇诧,空察院止堪⑯养马。周乡宦,深藏那家?细详察,觅根芽。(共奔下)

①《清忠谱》取材于明熹宗天启年间的真实事件。写原吏部员外郎周顺昌与专权乱政的宦官魏忠贤之流进行斗争,魏派校尉到苏州逮捕周,市民颜佩韦等五人发起请愿闹诏。周顺昌被解往北京,死于狱中,颜佩韦等亦被杀害。后崇祯即位,魏党事败,周和五人得昭雪。全剧二十五折,《闹诏》是第十一折。 ②贴:这里扮演男性人物。本折戏人物众多,演员角色分配不受行当的限制。 ③青带:衙役。 ④校尉:这里指明代锦衣卫的军士。周乡宦:指周顺昌。乡宦,辞官或退休在乡的官员。 ⑤承值:承应遣派。 ⑥察院:明代都察院的省称,亦用以称御史派驻地方任职的官署。这里指应天巡抚毛一鹭的署衙。 ⑦大阿哥:吴语,大哥。这里指老衙役。 ⑧书房里:指衙署中管办文书的属吏书办。 ⑨新着役:新当差役。苦恼子:吴语,倒霉、辛苦的意思。 ⑩攮(nǎng囊):即馕,拼命地吃。 ⑪付、丑、小生:戏曲角色名。付,即副净,一般扮演性格粗豪莽撞的人物。丑,一般扮演幽默诙谐或刁诈卑鄙的人物。

小生,生行中扮演青少年男子的角色。 ⑫驾上:指皇帝。魏忠贤矫旨派锦衣卫捕人,故云"驾上差来"。 ⑬差了瞎:落空的意思。指没有油水可捞。 ⑭干儿:魏忠贤专权时,趋炎附势的官吏"相率归忠贤称义儿"。这里指毛一鹭。 ⑮"一把"句:旧时戏曲舞台撒松香以制造烟火效果。一把松香,大概是说要快速地闹腾一场。决撒,败露、完蛋的意思。 ⑯驾帖:皇帝发下的逮捕状。 ⑰吏部是个美官:吏部是朝廷掌管官员任免升降事务的机构,在吏部任职被看成权重缺肥的美差,故云。 ⑱倒包:讹诈、敲竹杠的意思。 ⑲厂爷:魏忠贤兼掌皇家特务机关东厂,其党羽尊称他为厂爷或厂公、厂臣。 ⑳都老爷:对都察院上官的称呼。加副都御史或佥都御史外放任职者,如总督、巡抚等,亦有此称。这里指巡抚兼副都御史的毛一鹭。 ㉑嗾(dōu兜):呵斥声。 ㉒狗攮的:骂人的话,义近狗养的。 ㉓开读:宣读皇帝的诏旨。 ㉔飞廉:亦作蜚廉,殷商时人,善走。这里借指出去传话的吴县差役。 ㉕贯索:星名。《晋书·天文志》:"贯索九星,贱人之牢也。"这里借指犯人周顺昌。 ㉖皂:皂隶,衙役。 ㉗黑三髯(rán然):三绺黑须。这是对演员所带髯口样式的舞台提示。寇太守:指寇慎,字礼亭。天启三年(1623)任苏州知府。史称其为官清廉,深得民心。太守,明清时为知府的别称。 ㉘辕下:署衙大门外。 ㉙鼎言:有分量的话。语出"一言重于九鼎"。 ㉚陈知县:指陈文瑞,字应萃。天启五年进士,时任吴县县令。 ㉛生员:明清时凡经过本省各级考试取入府、州、县学的,通名生员,亦称诸生。俗称为秀才。 ㉜王节:和下文刘羽仪都是吴县人,诸生。据载,周顺昌被捕时,他们曾和毛一鹭抗争,辞气激烈。本剧则表现他们的迂执懦弱。 ㉝老公祖、老父母:明代士绅称知府以上的地方官为公祖,称州县官为父母。这里分别指寇慎、陈文瑞。 ㉞铨部:吏部掌铨选,故别称铨部。亦用以尊称吏部的官员。铨,权衡轻重,引申为量才授官。侃侃:刚直的样子。 ㉟表表:卓异,行为出众。 ㊱蓦罹(lí离):突然遭到(不幸)。 ㊲怨恫(tōng通):怨恨哀痛。 ㊳亲炙高风:指亲身感受到周顺昌高尚的德行。 ㊴净:扮演颜佩韦。下"闹衙"一段,丑扮周文元(老男),末扮杨念如,旦扮马杰,贴扮沈扬。 ㊵抚台:即巡抚。台,本指官署,后亦引申为对官员的尊称。 ㊶宪天:御史台(明为都察院)通称为宪台,宪天是对都察院官员的尊称。 ㊷有地方干系:负有地方上的责任。 ㊸官旗:官府的军士。 ㊹天家:皇家。 ㊺搕咤(kè chà客岔):形容砍头的声音。这里指砍头。 ㊻题目:这里作"罪名"解。 ㊼题疏:即题本。明制,奏章有题本、奏本之别。凡政务、军事、钱粮等公事皆用题本,由官员用印具题,送通政司转交内阁入奏。私事则用奏本,不准用印。 ㊽难禁架:难以对付,招架不起。 ㊾骏(ái皑):痴呆。 ㊿自矢无他:这里的意思是自己断定没有别的事。矢,通"誓"。 ㉛殒(yǔn允)命:丧命。 ㉜权珰:专权的宦官。珰,汉代宦官充任武职者的冠饰,后世用为宦官的代称。 ㉝肉鲊(zhǎ眨):肉酱。 ㉞鬼门占卦:鬼门,鬼关的省称,迷信传说中通往阴间的门。向鬼门占卜吉凶,意即有死无生。 ㉟三学:唐代称国子学、太学、四门学为三学;宋代将太学分为外、内、上三舍,也称三学。这里泛指学校中人。 ㊴君命召,驾且不俟(sì 四):语出《论语·乡党》:"君命召,不俟驾行矣!"意谓国君有召命,不等车马备好即启程。俟,等待。 ㊵指佞(nìng 泞):草名,又称屈轶草。相传尧时有指佞草生于庭,见奸臣入朝,则屈而指之。这里是周顺昌引以自喻。 ㊶东林:东林党,明后期以江南士大夫为主的政治集团。其代表人物顾宪成、高攀龙讲学于无锡东林书院,讽议朝政,裁量人物,朝野士大夫闻风向附,被称为东林党。东林党主张开放言路,改良政治,与魏忠贤之流进行了尖锐的斗争,遭到残酷镇压。 ㊷姑苏志:苏州的地方志。姑苏,苏州的别称,因其西南有姑苏山而得名。 ㊸完臣节,死非差:保持了为臣的节操,死时没有变节。 ㊹波查:波折,风波。 ㊺执事:侍从左右供役使的人。 ㊻柤(zhā 渣):烂梨。《缀白裘》本作"渣"。 ㊼无那(nuó 挪):无奈何。 ㊽逋(bū)逃:逃亡者。 ㊾止堪:只能。

吴伟业

吴伟业(1609—1672),字骏公,号梅村,太仓(今江苏省太仓市)人。曾师事张溥,为复社成员。明崇祯四年进士,官左庶子。南明弘光朝任少詹事。清顺治十年(1653)官国子监祭酒,后托故辞归。其诗取法盛唐及元(稹)、白(居易)诸家,诗风流丽清转,入清后多沉郁苍凉之音。不少作品写明清易代之际的时事,寄寓身世兴亡之感,号称"诗史"。诸体皆工,尤长于七言歌行,被称为"梅村体"。著有《梅村家藏稿》。

圆 圆 曲①

鼎湖当日弃人间②,破敌收京下玉关③。恸哭六军俱缟素,冲冠一怒为红颜④。红颜流落非吾恋⑤,逆贼天亡自荒宴⑥。电扫黄巾定黑山⑦,哭罢君亲⑧再相见。

相见初经田窦家,侯门歌舞出如花⑨。许将戚里箜篌伎,等取将军油壁车⑩。家本姑苏浣花里⑪,圆圆小字娇罗绮⑫。梦向夫差苑⑬里游,宫娥拥入君王起。前身合是采莲人⑭,门前一片横塘水⑮。横塘双桨去如飞,何处豪家强载归⑯?此际岂知非薄命,此时只有泪沾衣⑰。熏天意气连宫掖,明眸皓齿无人惜⑱。夺归永巷闭良家⑲,教就新声倾坐客⑳。坐客飞觞红日暮,一曲哀弦向谁诉?白皙通侯最少年㉑,拣取花枝屡回顾㉒。早携娇鸟出樊笼㉓,待得银河几时渡㉔?恨杀军书底死催㉕,苦留后约将人误。

相约恩深相见难,一朝蚁贼满长安㉖。可怜思妇楼头柳,认作天边粉絮看㉗。遍索绿珠围内第,强呼绛树出雕栏㉘。若非壮士全师胜,争得蛾眉匹马还㉙?蛾眉马上传呼进,云鬟不整惊魂定。蜡炬迎来在战场㉚,啼妆满面残红印㉛。专征箫鼓向秦川㉜,金牛道㉝上车千乘。斜谷云深起画楼㉞,散关㉟月落开妆镜。

传来消息满江乡,乌桕红经十度霜㊱。教曲妓师㊲怜尚在,浣纱女伴㊳忆同行。旧巢共是衔泥燕,飞上枝头变凤凰㊴。长向尊前悲老大㊵,有人夫婿擅侯王㊶。当时只受声名累,贵戚名豪竞延致㊷。一斛珠连万斛愁㊸,关山漂泊腰肢细。错怨狂风飏落花,无边春色来天地㊹。

尝闻倾国与倾城,翻使周郎受重名㊺。妻子岂应关大计㊻? 英雄无奈是多情。全家白骨成灰土,一代红妆照汗青㊼。君不见馆娃㊽初起鸳鸯宿,越女㊾如花看不足。香径㊿尘生鸟自啼,屧廊(51)人去苔空绿。换羽移宫(52)万里愁,珠歌翠舞古梁州(53)。为君别唱吴宫曲,汉水东南日夜流(54)。

①圆圆:陈圆圆,本姓邢,名沅,字畹芬,小字圆圆。明末苏州名妓,后归明辽东总兵吴三桂为妾。崇祯十七年(1644),李自成起义军攻入北京,圆圆被俘,清兵入关后复归吴三桂。此诗约作于清顺治八年,写吴三桂为了宠妾陈圆圆叛明降清,侧面反映了清兵入关前后的历史。　②"鼎湖"句:指明思宗朱由检在李自成起义军攻占北京时自缢而死。鼎湖,相传黄帝铸鼎于荆山(在今河南灵宝南)下,鼎成,乘龙升天。后因称其地为鼎湖,用为帝王去世的代称。　③"破敌"句:指吴三桂引清兵入关击败李自成起义军,攻陷北京。玉关,玉门关,借指山海关。关城在今河北省秦皇岛市东,扼东北至河北的咽喉,时为吴三桂驻地。　④"恸哭"二句:是说吴三桂令全军为明思宗服丧发哀,实则为圆圆被俘而发怒。意指吴三桂献关降清,并非如其标榜的是要为明思宗复仇,实因圆圆被俘的缘故。缟(gǎo 稿)素,白衣,指丧服。冲冠,怒发冲冠,形容盛怒的样子。　⑤红颜流落:指圆圆被李自成部将刘宗敏(一说李自成)携获。吾,吴三桂自称。以下四句拟写吴三桂口吻写其辩解。　⑥逆贼:指李自成起义军。天亡:天意使之灭亡。荒宴:沉酣于宴饮作乐,指荒淫腐化的生活。　⑦电扫:形容进击神速,疾如闪电。黄巾、黑山:东汉末农民起义军,张角领导的黄巾军和张燕领导的黑山军。借指李自成起义军。　⑧君:指明思宗。亲:指吴三桂的父母。李自成曾令吴三桂之父吴襄写信招降吴三桂,吴三桂引清兵入关合击起义军,李自成遂将吴襄全家处死。　⑨"相见"二句:写吴三桂在田宏遇家初见圆圆。田窦,武安侯田蚡和魏其侯窦婴,西汉外戚。这里借指明思宗田妃的父亲田宏遇(一说指思宗周后的父亲嘉定伯周奎)。如花,娇艳如花的美女,指陈圆圆,其时为田家歌妓。　⑩"许将"二句:是说田宏遇愿将圆圆送给吴三桂。戚里,帝王外戚的住所,指田宏遇家。篌篌伎,弹篌篌的歌妓,指陈圆圆。篌篌,古弦乐器。将军,指吴三桂。油壁车,古代妇女乘坐的用油涂饰车壁的车子。　⑪浣花里:未详。或说借用唐代蜀中名妓薛涛居浣花溪事,以点明圆圆的妓女身份。　⑫娇罗绮:语本江淹《别赋》"罗与绮兮娇上春"。形容圆圆的娇美艳丽。　⑬夫差苑:春秋时吴王夫差的宫苑。苏州为吴都旧地,夫差曾在此为宠姬西施筑馆娃宫。这里有以圆圆与西施相比的意思。　⑭前身:前世之身。合是:应是。采莲人:指西施。　⑮横塘:在今江苏省苏州市西南。　⑯"横塘"二句:据冒襄

《影梅庵忆语》载,陈圆圆于崇祯十五年春被外戚"以势逼去"。豪家,指田宏遇(取《鹿樵纪闻》说)。或谓周奎。 ⑰"此际"二句:是说当时哪里知道这并非命运不好,因而只是伤心落泪。据说圆圆思嫁才子冒襄,北上入京非其所愿,故云。 ⑱"熏天"二句:据传圆圆曾被田宏遇送入皇宫,但未被思宗所纳。熏天意气,形容外戚气势威赫。宫掖,后宫。明眸皓齿,形容女子美好的容貌。 ⑲永巷:宫中长巷,宫女居住的地方。闭良家:指圆圆被遣从宫中回田宏遇家。 ⑳新声:时下流行的歌曲。倾坐客:使座上宾客为之倾倒。 ㉑白皙(xī西):肤色白净。通侯,汉代最高爵位。本作彻侯,武帝时因避讳(武帝名刘彻)改称通侯。这里借指吴三桂。明思宗曾封三桂为平西伯。 ㉒"拣取"句:写吴三桂为圆圆声容所动。 ㉓娇鸟:喻陈圆圆。樊笼:关鸟兽的笼子,比喻不自由的境地。这里指田宏遇家。 ㉔"待得"句:传说牛郎、织女阻隔于天河(银河)两侧,只能在每年七月初七渡河相会。此用其典,比喻佳期难料。吴三桂得到圆圆,因军情紧急,未及娶而去,故云。 ㉕军书底死催:指明思宗多次严令吴三桂返山海关驻地镇守。底死催,拼命地催逼。 ㉖"一朝"句:指李自成起义军攻占北京。长安,借指北京。 ㉗"可怜"二句:是说圆圆已是有夫之妇,却仍被视作风尘妓女。思妇楼头柳,语本唐王昌龄《闺怨》诗:"闺中少妇不知愁,春日凝妆上翠楼。忽见陌头杨柳色,悔教夫婿觅封侯。"比喻圆圆已为三桂之妾。粉絮,白色的柳絮,喻指未从良的妓女。 ㉘"遍索"二句:写起义军搜掠圆圆。索,寻找,搜索。绿珠,西晋石崇的美妾,借指圆圆。内第,妇女所居的内室。绛树,汉末著名舞伎,也借指圆圆。 ㉙"若非"二句:指吴三桂与清兵合击李自成于一片石,获全胜,圆圆遂归三桂军中。圆圆何时复归三桂,其说不一。此取王永章《甲申日记》说。争得,即怎得。蛾眉,美女的代称。此指圆圆。 ㉚"蜡炬"句:写吴三桂在军中盛仪迎还圆圆。蜡炬迎来,用《拾遗记》典。相传魏文帝迎美人薛灵芸入宫,未至京师数十里,膏烛之光相继不灭。蜡炬,即蜡烛。 ㉛啼妆满面:东汉时妇女用粉抹在眼睛下,有似啼痕,谓之啼妆。这里指圆圆满脸啼痕,仪容不整。残红印:胭脂为泪水所洗的残迹。 ㉜专征:古代帝王授予将帅掌握军旅的特权,得自专征伐。秦川:指陕西、甘肃秦岭以北平原地区。吴三桂于顺治五年(1648)奉命移镇汉中(旧治在今陕西省南郑县),圆圆随行。 ㉝金牛道:古栈道名,又称石牛道,即褒斜道。古为巴蜀通秦川的主干道路,在今陕西省眉县斜谷口至褒城之间。由褒城继续南行,即达汉中府治。 ㉞斜(yé爷)谷:即褒斜道的斜谷一段,在今陕西省眉县西南。画楼:装饰华丽的楼阁。 ㉟散关:即大散关。在今陕西宝鸡西南大散岭上。 ㊱"传来"二句:是说圆圆的消息传到苏州,距她离此已经十年。乌桕(jiù臼),树名,深秋时叶色变红。十度霜,十年。圆圆北上至作者写此诗,其间正约十年。 ㊲教曲妓师:指当年教过圆圆习曲的妓师。 ㊳浣纱女伴:指圆圆在苏州做妓女时的同伴。 ㊴"旧巢"二句:是说当初同是身份卑贱的妓女,圆圆骤然荣贵。衔泥燕,喻地位低贱。变凤凰,语本南朝宋王微《与王僧绰书》:"吾得当此,则鸡鹜变作凤凰。"比喻圆圆由卑贱而显贵。 ㊵"长向"句:写圆圆旧日同伴的自我怜悯。尊前,即樽前,有借酒浇愁之意。悲老大,为年长色衰而悲哀。 ㊶"有人"句:写旧日同伴对圆圆贵为平西王次妃的艳羡。夫婿,丈夫。擅侯王,吴三桂于顺治元年被封为平西王。擅,居,据有。 ㊷"当时"二句:是说圆圆早年做妓女时颇负盛名。竞延致,争相招请。 ㊸"一斛"句:相传唐玄宗曾将西域进贡的明珠封送一斛给梅妃,以示恩宠。事见《梅妃传》。此用其典,说虽备受宠爱,却招致无穷的哀愁。 ㊹"错怨"二句:意谓曾经哀怨命运多磨难,如同随风飘荡的落花,却意外地得到了荣华富贵。 ㊺"尝闻"二句:倾国、倾城,形容女子容貌绝美。周郎,指三国时的周瑜,其妻小乔是东吴有名的美女。这里以周瑜借指吴三桂,讽刺他因为陈圆圆而扬名于世。 ㊻大计:指国家大事的决策。 ㊼"全家"二句:意承前几句,讽刺吴三桂为女色而叛明降清,断送了全家的性命,反使陈圆圆因之名垂青史。汗青,古人在竹简上写字,为易于书写和防蛀,先用火炙烤青竹使之出汗(水),称为汗青。引申指史册。 ㊽馆娃:馆娃宫,吴王夫差为西施而建的避暑行宫。故址在今苏州市西灵岩山。 ㊾越女:指西施。相传西施是越国苎萝(今浙江省诸暨市)人,越败于吴,她被越王勾践献入吴宫,使吴王沉湎于声色,终致亡国。 ㊿香径:即采香径,在今苏州市西南香山上。相传吴王曾遣美人采香草于此,故名。 ㋱屧(xiè 泻)廊:即响屧廊,故址在今苏州市西灵岩山。《姑苏志》:"相传吴王建廊,而虚其下,令西施与宫人步屧绕之,则响,故名。"屧,古时的一种木底鞋,底是空心的。 ㋲换羽移宫:演奏音乐时变换曲调,暗喻朝代更替。羽、宫,古代五声音阶的两个音级。 ㋳"珠歌"句:写吴三桂在汉中沉湎声色。古梁州,汉中府治南郑,晋太康中为梁州治所,故以古梁州代称汉中。 ㋴"为君"二句:别唱,另唱。吴宫曲,咏叹吴宫兴衰的歌曲。汉水,流经汉中向东南入长江。这里化用李白《江上吟》"功名富贵若长在,汉水亦应西北流"诗意,以吴宫之盛衰,汉水之流逝,暗示吴三桂的荣华富贵不能长久。

过吴江有感[①]

落日松陵[②]道,堤长欲抱城[③]。塔[④]盘湖势动,桥[⑤]引月痕生。市静人逃赋,江宽客避兵[⑥]。廿年交旧散[⑦],把酒叹浮名[⑧]。

①吴江:今江苏省苏州市吴江区。 ②松陵:即松陵镇,原属吴县,后析置吴江市,遂为吴江的别称。 ③"堤长"句:吴江市城东吴淞江岸有长堤,宋庆历二年(1042)筑,以御松江风涛,明万历年间重筑,堤长八十里。抱城,围城。 ④塔:指吴江东门外宁境华严讲寺方塔,建于宋元祐四年(1089)。 ⑤桥:指吴江长桥。据说桥有七十二孔。 ⑥"市静"二句:是说百姓因赋税沉重和兵灾而逃亡躲避,景况萧条凄清。 ⑦"廿年"句:慨叹明亡后旧友四散。此诗约作于清康熙二年(1663)或稍后,距明亡

约二十年。一说暗指吴江遗民组织的惊隐诗社,在康熙二年因《明史》案受株连而星散事。 ⑧把酒:拿着酒杯。叹浮名:作者因文名而被迫一度出仕清廷,故有虚名累人之叹。

顾炎武

顾炎武(1613—1682),初名绛,字宁人,曾自署蒋山佣,昆山(今江苏省昆山市)亭林镇人,学者称亭林先生。少年时参加过复社。清兵南下时参加昆山、嘉定抗清起义。失败后亡命各地,考究山川地理,联络遗民,不忘光复。他是我国十七世纪具有进步思想的启蒙学者,学识广博,提倡治学"经世致用",于经学、史学、音韵学等皆有精深研究。论诗推崇白居易"文章合为时而著,歌诗合为事而作"的主张,其诗沉郁苍劲,多伤时感事、咏史叹今之作。文学方面著有《亭林诗文集》。

京口即事[①]

其 一

白羽出扬州[②],黄旗下石头[③]。六双归雁落[④],千里射蛟浮[⑤]。河上三军合,神京一战收[⑥]。祖生多意气,击楫正中流[⑦]。

[①]清顺治元年(1644),清军进占北京后,南明弘光政权在南京建立,力主抗清的兵部尚书史可法出镇扬州。次年初春,作者以荐授兵部司务,诗当作于此时。京口:今江苏省镇江市。 [②]"白羽"句:指史可法督师扬州。裴启《语林》:诸葛武侯"乘素舆,著葛巾,持白羽扇,指麾三军,众军皆随其进止"。这里或用其事,以诸葛亮比史可法。 [③]"黄旗"句:指弘光帝即位于南京。黄旗,古时迷信,以为天空出现黄旗紫盖状云气,则有帝王应运而生。石头,即石头城,指南京。 [④]"六双"句:《史记·楚世家》:"楚人有好以弱弓微缴加归雁之上者,顷襄王闻,召而问之。对曰:'……见鸟六双,以王何取?王何不以圣人为弓,以勇士为缴,时张而射之?此六双者,可得而橐载也。'"缴(zhuó酌),系在箭上的生丝绳,射鸟用。此用其典,希望弘光朝任用贤臣良将,完成恢复大业。 [⑤]"千里"句:《汉书·武帝纪》,武帝"行南巡狩……自浔阳浮江,亲射蛟江中,获之"。此用其典,希望弘光帝整军经武,亲征杀虏。 [⑥]"河上"二

句:希望明朝军队会合于黄河,一举收复北京。 ⑦"祖生"二句:以东晋名将祖逖比史可法,寄予厚望。祖逖率部北伐,渡江至中流,击楫发誓说:"祖逖不能清中原而复济者,有如大江。"事见《晋书·祖逖传》。楫,划船的短桨。一说这里是作者以祖逖自喻。

其　二

大将临江日,中原望捷时。两河通诏旨①,三辅②急王师。转战收铜马③,还兵饮月氏④。从军无限乐,早赋仲宣诗⑤。

①"两河"句:南宋初,宰相李纲奏请宋高宗"于河北置招抚司,河东置经制司,择有材略者为之使,宣谕天子恩德,所以不忍弃两河于敌国之意"。事见《宋史·李纲传》。两河,河北、河东,指黄河以北和今山西省境内黄河以东地区。这里泛指沦陷区。
②三辅:指京都及附近地区。　③铜马:即铜马军,西汉末王莽时期河北的农民起义军。后为刘秀所败,其部众多被改编。这里借指李自成等领导的农民起义队伍。
④饮月氏(zhī支):《史记·大宛列传》:"至匈奴老上单于,杀月氏王,以其头为饮器。"月氏,也作月支。秦汉时西域一个游牧民族建立的国家。这里借指清统治者。
⑤"从军"二句:汉末文学家王粲,字仲宣。他曾写过《从军诗》五首,中有"从军有苦乐,但问所从谁。所以神且武,焉得久劳师"诸句。此用其意,表达作者投身恢复中原武装斗争的强烈意愿。

秋　山①

其　二

秋山复秋水,秋花红未已②。烈风吹山冈,磷火来城市③。天狗下巫门④,白虹属军垒⑤。可怜壮哉县,一旦生荆杞⑥。归元贤大夫⑦,断脰良家子⑧。楚人固焚麇,庶几歆旧祀⑨。勾践栖山中,国人能致死⑩。叹息思古人,存亡⑪自今始。

①本题共二首,作于清顺治二年。是年五月,清军南渡,迅速击灭南明弘光政权,继又连下江南数城。江阴、昆山、嘉定等地军民殊死抵抗,失败后惨遭屠戮劫掠。这两首诗即记其事。　②"秋花"句:暗喻抗清牺牲者和遇难者的鲜血还在流淌。　③"磷火"句:磷火俗称鬼火,动物尸骨散发的磷在空气中氧化的青绿色微光,通常出现于荒郊野外。城市里飘游磷火,言战事之酷和屠戮之惨。　④天狗:陨星的一种,它的降落被认为是灾祸来临的凶兆。这里比喻清兵。巫门:苏州城门名。这里代指苏州及其

附近地区。 ⑤白虹:古代人认为白虹贯日(白色的光晕穿日而过)的天象是君王遇害的凶兆,这里借以代表兵害。属(zhǔ主):连接。 ⑥"可怜"二句:哀叹富庶繁盛的江南地区变成了荆棘丛生的荒野。壮哉县,富庶的地方。 ⑦归元:死亡的代称。语出《左传·僖公三十三年》:先轸"免胄入狄师,死焉。狄人归其元,面如生"。元,头颅。贤大夫:好官吏。指聚众守城而死难的明朝官吏。 ⑧断脰(dòu豆):犹言砍头。脰,颈项。良家子:好百姓。 ⑨"楚人"二句:《左传·定公五年》载,吴军攻占了楚国的麇(jūn军)地,楚将子期欲用火攻。子西说:"父兄暴骨焉而不能收,又焚之,不可。"子期说:"国亡矣,死者若有知,可以歆旧祀,岂惮焚之。"焚麇再战,终于击败吴军。庶几,也许可以。歆(xīn辛),谓祭祀时神灵先享其气。 ⑩"勾践"二句:春秋末越败于吴,越国君勾践栖身会稽山中,卧薪尝胆,"十年生聚,十年教训",终赖国人齐心协力,灭吴雪耻。致死,尽力至死。 ⑪存亡:使已经覆亡的国家重新存在,意即恢复故国。

酬王处士九日见怀之作①

是日惊秋老②,相望各一涯③。离怀销浊酒,愁眼见黄花④。天地存肝胆⑤,江山阅鬓华⑥。多蒙千里讯⑦,逐客已无家⑧。

①这首诗作于清顺治十三年,是时作者正在江南过着隐姓埋名的亡命生活。酬:以诗文相赠答。王处士:指王炜,字雄右。处士,古时称有才德而隐居不仕的人。九日:指农历九月九日,即重阳节。 ②是日:此日。秋老:秋深,暮秋时节。 ③"相望"句:是说两人各在一方,彼此怀念。涯,边际。 ④"离怀"二句:王炜原诗有"满眼黄花无限酒,不知元亮可销忧"句,故以此作答。 ⑤肝胆:指作者的民族气节和爱国心志。 ⑥阅:经历。鬓华:鬓发花白。 ⑦讯:问讯。 ⑧"逐客"句:流落在外的人已经是没有家的了。意谓自己无意听从亲友的劝告,回家乡做清朝的顺民。逐客,被贬谪而失意的人。这里指流亡者。

侯方域

侯方域(1618—1654),字朝宗,号雪苑,商丘(今河南省商丘市)人。明末曾为复社的领袖之一。清顺治八年(1651)应河南乡试,中副榜,并献《剿抚十议》。因此抑郁寡欢而病逝。能诗文,以散文著称,与魏禧、汪琬并称清初古文三大家。其作师法《史记》、韩、欧,又吸取传奇小说的表现手法,以传记文最为出色。著有《壮悔堂文集》《四忆堂诗集》。

马 伶 传①

马伶者,金陵梨园部②也。金陵为明之留都③,社稷④、百官皆在,而又当太平盛时,人易为乐⑤。其士女之问桃叶渡⑥、游雨花台者,趾相错⑦也。梨园以技鸣⑧者,无虑数十辈⑨。而其最著者二:曰兴化部,曰华林部。

一日,新安贾⑩合两部为大会,遍征⑪金陵之贵客文人,与夫妖姬静女⑫,莫不毕集。列兴化于东肆⑬,华林于西肆。两肆皆奏《鸣凤》所谓椒山先生者⑭。迨半奏⑮,引商刻羽⑯,抗坠疾徐⑰,并称善也。当两相国论河套⑱,而西肆之为⑲严嵩相国者曰李伶,东肆则马伶。坐客乃西顾而叹⑳,或大呼命酒㉑,或移坐更近之,首不复东㉒。未几更进㉓,则东肆不复能终曲㉔。询其故,盖马伶耻出李伶下,已易衣㉕遁矣。

马伶者,金陵之善歌者也。既去,而兴化部又不肯辄以易之㉖,乃竟辍㉗其技不奏。而华林部独著。

去后且㉘三年,而马伶归。遍告其故侣㉙,请于新安贾曰:"今日幸为开宴,招前日宾客,愿与华林部更奏㉚《鸣凤》,奉㉛一日欢。"既奏,已而论河套,马伶复为严嵩相国以出,李伶忽失声㉜,匍匐㉝前称弟子。兴化部是日遂凌出㉞华林部远甚。

其夜,华林部过㉟马伶曰:"子,天下之善技也,然无以易㊱李伶。李伶之为严相国至㊲矣,子又安从授之而掩其上哉㊳?"马伶曰:"固然㊴,天下无以易李伶,李伶即又不肯授我。我闻今相国昆山顾秉谦㊵者,严相国俦㊶也。我走京师,求为其门卒㊷三年。日侍昆山相国于朝房㊸,察其举止,聆㊹其言语,久乃得之。此吾之所为师也。"华林部相与罗拜㊺而去。

马伶名锦,字云将,其先西域㊻人,当时犹称马回回云。

侯方域曰:异哉!马伶之自得师也。夫其以李伶为绝技,无所于求㊼,乃走事昆山㊽,见昆山犹之见分宜㊾也。以分宜教分宜㊿,安得不工哉!呜呼!耻其技之不若[51],而去数千里,为卒三年;倘三年犹不得,即犹不归尔。其志如此,技之工又须问耶?

①马伶:姓马的戏曲演员。伶,伶人,旧时对戏曲演员的称呼。 ②梨园部:戏班子。梨园,唐玄宗时教练宫廷歌舞艺人的地方,后用以称戏班子。 ③明之留都:明代开国时建都金陵,成祖朱棣迁都北京,以原京师为留都,改名南京。 ④社稷:古代帝王、诸侯设坛祭祀的土神和谷神。通常用作国家的代称。这里指皇家的宗庙。 ⑤为乐:寻欢作乐。 ⑥问:探访。桃叶渡:南京古渡,位于秦淮河与古青溪水道合流处附近。相传因晋代王献之曾与其妾桃叶在此作别,作《桃叶歌》相赠而得名。 ⑦趾相错:脚相交错杂,形容人多。趾,脚。 ⑧以技鸣:因技艺高而闻名。 ⑨无虑:大概,约计。辈:同列者,同等者。 ⑩新安:指徽州(治所在今安徽省歙县)。贾(gǔ古):商人。 ⑪遍征:广泛招请。 ⑫妖姬:艳丽的女子。静女:娴雅的少女。 ⑬列:安排。肆:本指店铺或手工业作坊,这里指戏场。 ⑭奏:这里是演出的意思。《鸣凤》:指明传奇《鸣凤记》。据传为王世贞门客或王本人所作,写明嘉靖年间杨继盛等朝臣同权相严嵩斗争的故事。椒山:杨继盛,字仲芳,号椒山。明嘉靖进士,官至兵部武选员外郎,因弹劾严嵩十大罪而被杀害。 ⑮迨(dài代):至,等到。半奏:演到中间。 ⑯引商刻羽:指发声运腔严格按照乐律,音调极和谐。商、羽,古代五声音阶的两个音级,这里泛指节拍声律。 ⑰抗坠疾徐:高低快慢。指音调抑扬顿挫,张弛有致。 ⑱两相国论河套:指《鸣凤记》第六出《二相争朝》。剧情是大学士夏言、严嵩辩论是否要收复被北方民族鞑靼占据的河套地区。河套,地名,今内蒙古和宁夏境内贺兰山以东、狼山和大青山南的黄河沿岸地区。黄河经此流成一个大弯曲,故统称河套。 ⑲为:扮演。 ⑳西顾:往西看,指为西肆的演出所吸引。叹:赞叹。 ㉑命酒:吩咐拿酒来。 ㉒首不复东:头不再向东看。意思是不再看东肆马伶的演出。 ㉓未几:不久。更进:继续进行。指往下演出。 ㉔终曲:演完戏。 ㉕易衣:这里指卸装,脱下戏装,换上常服。 ㉖辄以易之:随便用别人代替马伶。 ㉗辍(chuò绰):停止,中断。 ㉘且:将近。 ㉙故侣:旧日的伴侣。这里指同戏班的艺人。 ㉚更奏:再演。 ㉛奉:侍奉,伺候。 ㉜失声:因惊愕而不由自主地叫出声来。 ㉝匍匐(pú fú 蒲伏):伏在地上爬行。 ㉞凌出:高出,超出。 ㉟华林部:指

华林部的人。过:拜访,走访。 ㊱易:轻视。引申为胜过、超出。 ㊲至:尽善尽美,达到顶点。 ㊳安从授之:从哪里学到的。掩其上:盖过他,压倒他。 ㊴固然:诚然,确实。 ㊵昆山顾秉谦:顾秉谦,昆山(今江苏省昆山市)人。明万历进士,天启年间因依附魏忠贤,曾任首辅。崇祯初年入阉党逆案,被判流放,赎身为民。 ㊶俦(chóu 仇):同类,同一流人。 ㊷门卒:门下的差役。 ㊸朝房:等候朝见皇帝的处所。 ㊹聆(líng 灵):听。 ㊺罗拜:环列而下拜。 ㊻西域:汉以后对玉门关以西地区的总称。 ㊼无所于求:没有办法得到。 ㊽事:侍奉,服事。昆山:古文中习惯以籍贯指代人,这里即指昆山人顾秉谦。 ㊾分宜:指严嵩。严嵩为分宜(今江西省分宜县)人。 ㊿以分宜教分宜:以生活中的严嵩(顾秉谦)来教马伶扮演舞台上的严嵩。 ㉛不若:不如,比不上。

陈维崧

陈维崧(1625—1682),字其年,号迦陵,宜兴(今江苏省宜兴市)人。初无意于仕进,后屡试不第,远游南北。清康熙十八年(1679)举博学鸿词科,授翰林院检讨,参加纂修《明史》。能诗工骈文,尤长于词。其词效法苏辛,开阳羡词派。多感旧怀古,抒发抑塞磊落的胸怀,间有反映民生疾苦之作。风格粗豪奔放,造语雄奇突出。著有《陈迦陵文集》《湖海楼诗集》《迦陵词》等。

贺 新 郎①

纤 夫 词

战舰排江口②。正天边③、真王拜印④,蛟螭蟠钮⑤。征发棹船郎⑥十万,列郡风驰雨骤⑦。叹闾左⑧、骚然鸡狗⑨。里正前团催后保⑩,尽累累⑪锁系空仓后。捽头⑫去,敢摇手⑬?　稻花恰称霜天秀⑭。有丁男⑮、临歧诀绝⑯,草间病妇⑰。"此去三江牵百丈,雪浪排樯夜吼。背耐得、土牛鞭否?"⑱"好倚后园枫树下,向丛祠亟倩巫浇酒。神佑我,归田亩。"⑲

①清初统治者为进行军事征服,连年对东南、西南用兵,强征大批民夫服役。这首词反映了当时人民所遭受的深重苦难。　②江口:指长江渡口。　③天边:指清朝的国都北京。此词写江南事,江南与北京相距遥远,故称天边。　④真王:即实授王,相对权宜暂署的假王而言。《史记·淮阴侯列传》载,韩信平齐后欲称王,假称齐人伪诈多变,请为"假王"以镇服。刘邦迫于无奈,便说:"大丈夫定诸侯,即为真王耳,何以假为!"这里借指清朝的亲王。拜印:拜受帅印。指受命统兵出征。　⑤蛟螭(chī痴)钮:指印钮雕镂成盘曲的蛟螭形状。蛟,传说中一种能发洪水的龙。螭,传说中一种没有角的龙。蟠,盘曲。　⑥棹船郎:船夫。这里指纤夫。棹,船桨。这里作动

词用。　⑦列郡:各个郡县。风驰雨骤:形容各郡县雷厉风行地强征民夫,势如暴风雨袭来。　⑧闾左:闾,里巷的大门,引申为里巷的代称。《史记·陈涉世家》索隐:"闾左,谓居闾里之左也……凡居,以富强为右,贫弱为左。"因以闾左代指平民百姓居住的地方。　⑨骚然鸡狗:搅扰得鸡犬不宁。骚然,纷乱的样子。　⑩里正:这里泛指地方上的胥吏。团、保:均为旧时户籍编制单位。　⑪累累:相连成串的样子。⑫捽(zuó昨)头:揪住头发。　⑬敢摇手:怎敢摇手。意思是被抓的民夫不敢有任何抗拒。　⑭称(chèn趁):适宜。霜天:秋天。秀:指稻禾吐穗扬花。　⑮丁男:成年男子。旧称能任赋役的男子为丁。　⑯临歧:到了岔路口。诀绝:诀别,永别。⑰草间病妇:指丁男生病的妻子躺在路旁杂草间。　⑱"此去"三句:病妇对丁男此去命运表示担忧的话。三江,异说甚多,这里指长江下游。百丈,牵拉上水船的篾缆。土牛鞭,土牛是泥塑的牛,又称春牛。旧俗立春日举行劝农仪式,用彩鞭抽打春牛,象征农事开始,称为打春。这里借喻兵士对纤夫的残酷鞭打。　⑲"好倚"四句:丁男对病妇的嘱咐,要她赶紧请巫师求神,保佑他平安归来。丛祠,丛林中的神庙。亟(jí吉),急。浇酒,把酒浇在地上表示祭祀。

朱彝尊

朱彝尊(1629—1709),字锡鬯(chàng 畅),号竹垞,秀水(今浙江省嘉兴市)人。清康熙十八年(1679)举博学鸿词科,授翰林院检讨,曾参加纂修《明史》。博通经史,擅长诗词古文。诗清新浑朴,与王士禛齐名,时称"南朱北王"。词宗姜夔、张炎,开浙西词派,与陈维崧同为词坛盟主。其词多在字句声律方面用功夫,风格淳雅清丽。著有《曝书亭集》等。

桂 殿 秋

思往事,渡江干①。青蛾低映越山看②。共眠一舸③听秋雨,小簟轻衾各自寒④。

①江干:江边。 ②青蛾:古代女子用青黛画的眉。越山:泛指浙江一带的山。 ③舸(gě 葛):船。 ④簟(diàn 垫):竹席。衾(qīn 钦):被子。

王士禛

王士禛(1634—1711),字子真,一字贻上,号阮亭,又号渔洋山人,新城(今山东省桓台县)人。死后因避雍正帝(胤禛)讳改名士正,乾隆时诏命改称士禛。清顺治十五年(1658)进士,官至刑部尚书。他是康熙时期诗坛的领袖。论诗推崇盛唐,标举司空图"不着一字,尽得风流"和严羽"妙悟""兴趣"之说,创神韵诗派。诗作各体兼擅,以七绝最工,主要表现士大夫的闲情逸致。著有《带经堂全集》等。

江　　上①

吴头楚尾②路如何？烟雨秋深暗白波。晚趁③寒潮渡江去,满林黄叶雁声多。

①顺治十七年八月,作者任江南乡试同考官,由扬州渡江到南京。这首诗即作于此时。　②吴头楚尾:《方舆胜览》:"豫章之地,吴头楚尾。"豫章,古地名,其地在江北淮南,古为楚国辖地,而淮南邗沟流域属吴国,故称吴头楚尾。　③趁:就着,乘着。

为愚山侍讲题严荪友画①

山气化云云作烟,幽人蓑笠不知年②。清溪曲逐③枫林转,红叶无风落满船。

①这是一首题画诗。愚山:施闰章,字尚白,号愚山。清初诗人。顺治进士,康熙时举博学鸿词,授侍讲,转侍读。严荪友:严绳孙,字荪友。清初文学家,亦能画。康熙时举博学鸿词,授检讨,官中允。　②幽人:幽居的隐士。不知年:与世事隔绝,不知世道变迁。　③逐:追随,随着。

蒲松龄

蒲松龄(1640—1715),字留仙,一字剑臣,别号柳泉居士,世称聊斋先生,淄川(今山东省淄博市)人。屡应乡试不第,七十一岁始成贡生。除中年一度外出做幕宾外,长期居乡以授徒自给。他是清代著名的小说家。所著文言短篇小说集《聊斋志异》"用传奇法,而以志怪",借谈狐说鬼反映社会现实,揭露封建政治的黑暗和科举制度的弊端,尤多抨击封建婚姻制度的不合理、描写青年男女冲破封建礼教束缚的爱情婚姻故事,在思想上和艺术上都达到了我国古代文言短篇小说的最高成就。另有诗文、俚曲、戏曲及其他杂著多种,今人汇辑为《蒲松龄集》。

婴　　宁①

　　王子服,莒②之罗店人。早孤③,绝慧,十四入泮④。母最爱之,寻常不令游郊野。聘⑤萧氏,未嫁而夭,故求凰未就⑥也。会上元⑦,有舅氏子⑧吴生,邀同眺瞩⑨。方至村外,舅家有仆来,招吴去。生见游女如云,乘兴独遨⑩。有女郎携婢,捻⑪梅花一枝,容华绝代⑫,笑容可掬。生注目不移,竟忘顾忌。女过去数武⑬,顾婢子笑曰:"个儿郎目灼灼似贼⑭!"遗花地上,笑语自去。生拾花怅然,神魂丧失,怏怏⑮遂返。至家,藏花枕底,垂头而睡,不语亦不食。母忧之。醮禳益剧⑯,肌革锐减⑰。医师诊视,投剂发表⑱,忽忽若迷。母抚问所由⑲,默然不答。适吴生来,嘱密诘之。吴至榻前,生见之泪下。吴就榻⑳慰解,渐致研诘㉑。生具吐其实,且求谋画。吴笑曰:"君意亦复痴!此愿有何难遂?当代访之。徒步于野,必非世家㉒。如其未字㉓,事固谐㉔矣;不然,拼以重赂,计必允遂㉕。但得痊瘳㉖,成事在我。"生闻之,不觉解颐㉗。吴出告母,物色女子居里㉘,而探访既穷,并无踪绪。母大忧,无所为计。然自吴去后,颜顿开,食亦略进。数日,吴复来。生问所谋,吴绐㉙之曰:"已得之矣。我以为谁何人,乃我姑氏女,即君姨妹,今尚待聘。虽内戚有婚姻之嫌㉚,实告之,无不谐者。"生喜溢眉宇,问:"居何里?"吴诡曰:"西南山中,去此可三十余里。"生又付嘱再四,吴锐身自任㉛而去。

生由此饮食渐加,日就平复。探视枕底,花虽枯,未便凋落。凝思把玩,如见其人。怪吴不至,折柬㉜招之。吴支托不肯赴召。生恚怒㉝,悒悒不欢。母虑其复病,急为议姻。略与商榷,辄摇首不愿。惟日盼吴。吴迄无耗㉞,益怨恨之。转思三十里非遥,何必仰息㉟他人?怀梅袖中,负气自往,而家人不知也。伶仃独步,无可问程,但望南山行去。约三十余里,乱山合沓㊱,空翠爽肌,寂无人行,止有鸟道㊲。遥望谷底,丛花乱树中,隐隐有小里落。下山入村,见舍宇无多,皆茅屋,而意甚修雅㊳。北向一家,门前皆丝柳,墙内桃杏犹繁,间以修竹㊴,野鸟格磔㊵其中。意其园亭,不敢遽入。回顾对户,有巨石滑洁,因据坐少憩。俄闻墙内有女子长呼:"小荣!"其声娇细。方伫听间,一女郎由东而西,执杏花一朵,俯首自簪;举头见生,遂不复簪,含笑捻花而入。审视之,即上元途中所遇也。心骤喜,但念无以阶进㊶。欲呼姨氏,顾从无还往,惧有讹误。门内无人可问。坐卧徘徊,自朝至于日昃㊷,盈盈望断㊸,并忘饥渴。时见女子露半面来窥,似讶其不去者。忽一老媪㊹扶杖出,顾生曰:"何处郎君?闻自辰刻㊺便来,以至于今,意将何为?得勿㊻饥耶?"生急起揖之,答云:"将以盼亲㊼。"媪聋聩㊽不闻。又大言之。乃问:"贵戚何姓?"生不能答。媪笑曰:"奇哉!姓名尚自不知,何亲可探?我视郎君,亦书痴㊾耳。不如从我来,啖以粗粝㊿,家有短榻可卧。待明朝归,询知姓氏,再来探访,不晚也。"生方腹馁思啖,又从此渐近丽人,大喜,从媪入。见门内白石砌路,夹道红花,片片坠阶上。曲折而西,又启一关㉛,豆棚花架满庭中。肃㉜客入舍,粉壁光明如镜;窗外海棠,枝朵探入室中;裀藉㉝几榻,罔不洁泽㉞。甫坐,即有人自窗外隐约相窥。媪唤:"小荣,可速作黍㉟。"外有婢子嗷声㊱而应。坐次㊲,具展宗阀㊳。媪曰:"郎君外祖,莫姓吴否?"曰:"然。"媪惊曰:"是吾甥也!尊堂㊴,我妹子。年来以家窭贫㊵又无三尺男㊶,遂致音问梗塞。甥长成如许,尚不相识。"生曰:"此来即为姨也,匆遽遂忘姓氏。"媪曰:"老身秦姓,并无诞育,弱息㊷仅存,亦为庶产㊸。渠母改醮㊹,遗我鞠养㊺,颇亦不钝;但少教训,嬉不知愁。少顷,使来拜识。"未几,婢子具饭,雏尾盈握㊻。媪劝餐已,婢来敛具㊼。媪曰:"唤宁姑来。"婢应去。良久,闻户外隐有笑声。媪又唤曰:"婴宁!汝姨兄在此。"户外嗤嗤笑不已。婢推之以入,犹掩其口,笑不可遏。媪瞋目㊽曰:"有客在,咤咤叱叱㊾,是何景象!"女忍笑而立,生揖之。媪曰:"此王郎,汝姨子。一家尚不相识,可笑人也。"生问:"妹子年几何矣?"媪未能解,生又言之。女复笑,不可仰视。媪谓生曰:"我言少教诲,此可见矣。年已十六,呆痴才如婴儿。"生曰:"小于甥一岁。"曰:"阿甥已十七矣,得非庚午属马⑩者耶?"生首应⑪之。又问:"甥妇阿谁?"答云:"无之。"曰:"如甥才貌,何十七岁犹未聘?婴宁亦无姑家⑫,极相匹敌,惜有内亲之嫌。"生无语,目注婴宁,不遑他瞬⑬。婢向女小语云:"目灼灼,贼腔未改。"女又大笑,顾婢曰:"视碧桃开未?"遽起,以袖掩口,细碎连步而出。至门外,笑声始纵。媪亦起,唤婢襆被⑭,为生安置。曰:"阿甥来不易,宜留三五日,迟迟送汝归。如嫌幽闷,舍后有小园可供消遣,有书可读。"

次日,至舍后,果有园半亩,细草铺毡,杨花糁径⑮。有草舍三楹⑯,花木四合其所。穿花小步,闻树头苏苏有声,仰视,则婴宁在上。见生来,狂笑欲堕。生曰:"勿尔!堕矣!"女且下且笑,不能自止。方将及地,失手而堕,笑乃止。生扶之,阴㨶其腕⑰。女笑又作,倚树不能行,良久乃罢。生俟其笑歇,乃出袖中花示之。女接之曰:"枯矣!何留之?"曰:"此上元妹子所遗,故存之。"问:"存之何意?"曰:"以示相爱不忘也。自上元相遇,凝思成疾,自分化为异物⑱,不图得见颜色,幸垂怜悯!"女曰:"此大细事⑲!至戚何所靳惜⑳。待兄行时,园中花,当唤老奴来,折一巨捆负送之。"生曰:"妹子痴耶?"女曰:"何便是痴?"生曰:"我非爱花,爱捻花之人耳。"女曰:"葭莩㉑之情,爱何待言?"生曰:"我所谓爱,非瓜葛㉒之爱,乃夫妻之爱。"女曰:"有以异乎?"曰:"夜共枕席耳。"女俯思良久,曰:"我不惯与生人睡。"语未已,婢潜至,生惶恐遁去。少时,会母所。母问:"何往?"女答以园中共话。媪曰:"饭熟已久,有何长言,喃喃乃尔㉓?"女曰:"大哥欲我共寝。"言未已,生大窘,急目瞪之,女微笑而止。幸媪不闻,犹絮絮㉔究诘。生急以他词掩之,因小语责女。女曰:"适此语不应说耶?"生曰:"此背人语。"女曰:"背他人,岂得背老母?且寝处亦常事,何讳㉕之?"生恨其痴,无术可以悟之。

食方竟,家中人捉双卫㉖来寻生。先是,母待生久不归,始疑。村中搜觅几遍,竟无踪兆,因往询吴。吴忆曩㉗言,因教于西南山行觅。凡历数村,始至于此。生出门,适相值。便入告媪,且请偕女同归。媪喜曰:"我有志,匪伊朝夕㉘,但残躯不能远涉。得甥携妹子去,识认阿姨,大好。"呼婴宁,宁笑至。媪曰:"有何喜,笑辄不辍?若不笑,当为全人。"因怒之以目。乃曰:"大哥欲同汝去,可便装束。"又饷㉙家人酒食,始送之出,曰:"姨家田产丰裕,能养冗人㉚。到彼且勿归,小学诗礼㉛,亦好事翁姑㉜。即烦阿姨为汝择一良匹㉝。"二人遂发。至山坳回顾,犹依稀见媪倚门北望也。

抵家，母睹妹丽[94]，惊问为谁。生以姨妹对。母曰："前吴郎与儿言者，诈也。我未有姊，何以得甥？"问女，女曰："我非母出。父为秦氏，没[95]时，儿在襁中[96]，不能记忆。"母曰："我一姊适[97]秦氏，良确。然殂谢[98]已久，那得复存？"因细诘面庞痣赘[99]，一一符合。又疑曰："是矣。然亡已多年，何得复存？"疑虑间，吴生至，女避入室。吴询得故，惘然久之。忽曰："此女名婴宁耶？"生然之[100]。吴极称怪事。问所自知[101]，吴曰："秦家姑去世后，姑丈鳏居，祟于狐[102]，病瘵死[103]。狐生女名婴宁，绷[104]卧床上，家人皆见之。姑丈殁，狐犹时来。后求天师符[105]粘壁间，狐遂携女去。将勿此耶？"彼此疑参[106]。但闻室中吃吃，皆婴宁笑声。母曰："此女亦太憨生[107]。"吴请面之[108]。母入室，女犹浓笑不顾。母促令出，始极力忍笑，又面壁移时，方出。才一展拜，翻然遽入，放声大笑。满室妇女，为之粲然[109]。吴请往觇其异[110]，就便执柯[111]。寻至村所，庐舍全无，山花零落而已。吴忆姑葬处，仿佛不远，然坟垄湮没，莫可辨识，诧叹而返。母疑其为鬼，入告吴言，女略无骇意[112]；又吊[113]其无家，亦殊无悲意，孜孜[114]憨笑而已。众莫之测。母令与少女同寝止，昧爽即来省问[115]。操女红[116]，精巧绝伦。但善笑，禁之亦不可止。然笑处嫣然，狂而不损其媚，人皆乐之。邻女少妇，争承迎之。母择吉将为合卺[117]，而终恐为鬼物。窃于日中窥之，形影殊无少异[118]。至日，使华妆行新妇礼，女笑极，不能俯仰[119]，遂罢。生以其憨痴，恐漏泄房中隐事，而女殊密秘，不肯道一语。每值母忧怒，女至，一笑即解。奴婢小过，恐遭鞭楚，辄求诣[120]母共话，罪婢投见，恒得免。而爱花成癖，物色遍戚党[121]；窃典金钗，购佳种，数月，阶砌藩溷[122]，无非花者。

庭后有木香[123]一架，故邻西家[124]。女每攀登其上，摘供簪玩。母时遇见，辄诃之，女卒不改。一日，西邻子见之，凝注倾倒，女不避而笑。西邻子谓女意属己[125]，心益荡。女指墙底，笑而下。西邻子谓示约处，大悦。及昏而往，女果在焉。就而淫之，则阴如锥刺，痛彻于心，大号而踣[126]。细视，非女，则一枯木卧墙边，所接乃水淋窍也。邻父闻声，急奔研问，呻而不言。妻来，始以实告。爇火烛窍[127]，见中有巨蝎，如小蟹然。翁碎木，捉杀之。负子至家，半夜寻[128]卒。邻人讼生，讦发[129]婴宁妖异。邑宰[130]素仰生才，稔知其笃行士[131]，谓邻翁讼诬，将杖责之。生为乞免，遂释而归。母谓女曰："憨狂尔尔[132]，早知过喜而伏忧也。邑令神明，幸不牵累；设糊涂官宰，必逮妇女质公堂[133]，我儿何颜见戚里[134]？"女正色，矢不复笑。母曰："人罔不笑，但须有时[135]。"而女由是竟不复笑，虽故逗之，亦终不笑；然竟日未尝有戚容。

一夕，对生涕零。异之。女哽咽曰："曩以相从日浅，言之恐致骇怪；今日察姑及郎,皆过爱无有异心,直告或无妨乎?妾本狐产。母临去,以妾托鬼母,相依十余年,始有今日。妾又无兄弟,所恃者惟君。老母岑寂山阿[133],无人怜而合厝[138]之,九泉辄为悼恨。君倘不惜烦费,使地下人消此怨恫[139],庶养女者不忍溺弃[140]。"生诺之,然虑坟冢迷于荒草。女但言:"无虑。"刻日[141],夫妻舁榇[142]而往。女于荒烟错楚[143]中,指示墓处,果得媪尸,肤革犹存。女抚哭哀痛。舁[144]归,寻秦氏墓合葬焉。是夜,生梦媪来称谢,寤[145]而述之。女曰:"妾夜见之,嘱勿惊郎君耳。"生恨不邀留,女曰:"彼鬼也,生人[146]多,阳气盛,何能久居?"生问小荣,曰:"是亦狐,最黠[147]。狐母留以视妾。每摄果饵[148]相哺,故德之[149],常不去心[150]。昨问母,云已嫁之。"由是,岁至寒食[151],夫妻登秦墓,拜扫无缺。女逾年[152]生一子,在怀抱中,不畏生人,见人辄笑,亦大有母风[153]云。

异史氏[154]曰:"观其孜孜憨笑,似全无心肝者;而墙下恶作剧,其黠孰甚焉[155]?至凄恋鬼母,反笑为哭,我婴宁殆隐于笑[156]者矣。窃闻山中有草,名'笑矣乎'[157],嗅之,则笑不可止。房中植此一种,则合欢[158]、忘忧[159]并无颜色矣;若解语花[160],正嫌其作态[161]耳。"

①本篇选自《聊斋志异》卷二。 ②莒(jǔ 举):地名,今山东日照莒县一带。 ③早孤:幼年丧父。 ④入泮(pàn 判):考取秀才,得以入泮宫读书。泮宫,古代地方官办学校的别称。 ⑤聘:订婚。旧时婚俗,订婚时男方要向女方先送聘礼,后因以聘为订婚的代称。 ⑥求凰未就:求妻未成。传说中的凤凰,雄者为凤,雌者为凰,因喻男子求偶为"求凰"。 ⑦会:正值。上元:旧以农历正月十五日为上元节。 ⑧舅氏子:舅舅的儿子,即表兄弟。 ⑨眺瞩(tiào zhǔ 跳煮):远望。这里作游览解。 ⑩遨(áo 熬):游。 ⑪捻:用手指轻巧地捏着。 ⑫容华:美丽的容貌。绝代:冠绝当代,意为世上没有第二人。 ⑬数武:几步。旧称迈一次脚的距离为一武。 ⑭个:这个。灼灼:明亮的样子。这里指睁大眼睛直盯着。 ⑮怏(yàng 样)怏:郁郁不乐的样子。 ⑯醮禳(jiào ráng 叫瓤)益剧:求神拜佛病情反而更为严重。醮禳,请和尚或道士设坛祈祷以消灾祛邪的迷信活动。 ⑰肌革锐减:身体很快消瘦下去。肌革,肌肉和皮肤。锐,快速地。 ⑱投剂:下药,用药。发表:中医术语。中医认为有些病潜伏在身体内部,需服药发散表托出来,称为发表。 ⑲抚问所由:温和地询问得病的原因。 ⑳就榻:坐在床上。 ㉑研诘:细问,盘问。 ㉒世家:世代做官的名门望族。 ㉓字:许婚。古时女子许婚时才起表字,故称许婚为字。未字,即尚未许配人家。 ㉔谐:成功。 ㉕"拚以"二句:是说不惜多送财礼,想来必定会答应。拚,犹言豁出去。 ㉖瘳瘳(chōu 抽):病愈。 ㉗解颐:开颜欢笑。颐,面颊。 ㉘物色:寻访。居里:住所。里,古时百姓聚居的地方。下文"里落",即村庄。 ㉙给(dài

代）：哄骗。 ㉚内戚有婚姻之嫌：内戚，又称内亲，母系的亲戚。嫌，避忌。姨表血缘较近不宜通婚，故须避嫌。 ㉛锐身自任：自告奋勇承担此事。锐身，挺身。 ㉜折柬：裁纸写信。亦作“折简”。 ㉝恚（huì 会）怒：愤怒。恚，怨恨。 ㉞迄（qì 气）：毕竟，终究。耗：消息，音信。 ㉟仰息：仰人鼻息，意即仰仗、依赖。 ㊱合沓（tà 踏）：集聚重叠。 ㊲鸟道：形容山路险绝，只有飞鸟可度。 ㊳意：意境，意态。修雅：整洁幽雅。 ㊴间（jiàn 践）：夹杂。修竹：长竹。 ㊵格磔（zhé 哲）：鸟鸣的声音。这里用作动词，鸣叫的意思。 ㊶无以阶进：找不到进去的门路或借口。阶，台阶，引申为门路、理由。 ㊷日昃（zè 仄）：太阳偏西。 ㊸盈盈望断：犹言望眼欲穿。盈盈，形容眼光流转的样子。 ㊹媪（ǎo 袄）：老妇人。 ㊺辰刻：上午七时至九时。 ㊻得勿：是否，莫非。下文“将勿”义同。 ㊼盼亲：探望亲戚。 ㊽聋聩（kuì 愧）：古称耳不别五声之和为聋，天生耳聋为聩。聋聩，泛指耳聋。 ㊾书痴：书呆子。
㊿啖（dàn 淡）以粗粝：吃点糙米饭。这是自谦没有好的菜饭招待客人的客气话。啖，吃。 (51)关：门闩。引申为门。 (52)肃：恭敬地引进。 (53)裀（yīn 因）籍：坐垫，垫褥。 (54)罔不洁泽：无不洁净明亮。罔，无。泽，光泽。 (55)作黍：做饭。黍，一种黏性的黄米。 (56)噭（jiào 叫）声：高而响的声音。 (57)坐次：坐着的时候。次，指某一行动正在进行中间。 (58)具展宗阀：详细介绍宗族门第。 (59)尊堂：旧时对他人母亲的尊称。 (60)窭（jù 具）贫：贫寒。 (61)三尺男：泛指男童。无三尺男，意为家中一个男人也没有。 (62)弱息：对人谦称自己的子女。这里指婴宁。 (63)庶产：妾所生的。旧时正妻称嫡，妾称庶。 (64)渠：他（她）。这里指婴宁。改醮：又称再醮，即改嫁。 (65)遗我鞠养：留给我抚养。 (66)雏尾盈握：形容做菜肴的家禽的肥嫩。雏，鸡鸭之类的幼禽。盈握，满把。《礼记·内则》：“雏尾不盈握，不食。” (67)敛具：收拾餐具。 (68)瞋（chēn 琛）目：怒目。 (69)咤（zhà 乍）咤叱（chì 斥）叱：吵吵闹闹。
(70)庚午属马：生在庚午年，属相为马。旧时用干支纪年，又以十二种动物配十二地支来标志人的生年，称为生肖。 (71)首应：点头认可。 (72)姑家：婆家。姑，婆婆。古时妇女称公婆为舅姑或翁姑。 (73)不遑他瞬：顾不上朝别处看一眼。瞬，眨眼。这里是看的意思。 (74)襆（fú 浮）被：原指以包袱装束衣被。这里是铺设被褥的意思。
(75)“细草”二句：形容细密的小草像铺在地上的毡子，杨花像米粒一样散落在小路上。糁（sǎn 伞），原指把米和在羹汤里。 (76)楹：原指厅堂的前柱，后用为计算房屋的单位，一间为一楹（一说一列为一楹）。 (77)阴捘（zùn）其腕：暗中捏她的手腕。捘，捏，按。 (78)自分（fèn 奋）：自料，自以为。异物：指鬼。 (79)大细事：很小的事。 (80)靳（jìn 近）惜：吝惜。 (81)葭莩（jiā fú 家浮）：芦苇管里黏附的薄膜。比喻疏远的亲戚，也用作亲戚的代称。 (82)瓜葛：瓜和葛是两种蔓生植物。比喻辗转牵连的亲戚关系。
(83)啁嗻（zhāo zhè 招蔗）：声音繁杂细碎。形容话多。乃尔：竟然如此。 (84)絮絮：形容唠叨个没完。 (85)讳：忌讳。指因有所避忌而不能说。 (86)捉双卫：牵着两只驴子。捉，这里作牵引解。卫，驴的别称。 (87)曩（nǎng 攮）：从前，往日。 (88)匪伊朝夕：不是一朝一夕。匪，通“非”。伊，语助词。　(89)饷（xiǎng 响）：款待。　(90)冗（rǒng 容）人：多余的人，闲人。　(91)小学：稍微学点。诗礼：诗书、礼仪。这里指做人的知识和礼节。　(92)事翁姑：侍奉公婆。事，作动词用，服侍、伺候的意思。翁姑，公婆。　(93)良匹：好配偶。　(94)姝（shū 殊）丽：美女。　(95)没（mò 末）：通“殁”，死亡。(96)褓：包裹婴儿的被服。　(97)适：出嫁，嫁给。　(98)殂（cú 促阳平）谢：去世。　(99)痣赘：这里指人的体貌特征。赘，皮肤上长的小瘤子。　(100)然之：肯定这是对的。然，表示同意的意思。　(101)问所自之：问他是从哪里知道的。　(102)祟于狐：被狐狸精缠住而遭祸害。祟，迷信说法，鬼神或妖怪为害于人。　(103)病瘠（jí 吉）死：得了虚症而死。病，作动词用，害病。瘠，虚弱症。　(104)绷：婴儿的包被。这里用作动词，指用包被裹束着。　(105)天师：东汉张道陵创五斗米道，并用符水咒法为人治病，其后裔和徒众尊为天师，故五斗米道亦称天师道。其子孙世代从事炼丹画符、捉鬼拿妖的迷信职业，沿称张天师。符：道士用朱笔或墨笔画在纸上的所谓秘文，诡称可以招神驱祟，治病延年。　(106)疑参：疑惑猜测。　(107)憨（hān 酣）生：娇痴。生，语助词。　(108)面之：见她一面。面，作动词用，见面的意思。　(109)粲然：露齿而笑的样子。　(110)觇（chān 搀）其异：看看她有什么奇怪的地方。觇，窥视。　(111)执柯：做媒。《诗经·豳风·伐柯》：“伐柯如何？匪斧不克。取妻如何，匪媒不得。”后因称作媒为执柯或伐柯、作伐。(112)略无骇意：没有一点害怕的样子。　(113)吊：这里是同情、怜惜的意思。　(114)孜孜：不停地。　(115)昧爽：拂晓，天将亮未亮的时候。省（xǐng 醒）问：问候。　(116)女红（gōng 工）：指妇女的针线活之类。红，通“工”。　(117)合卺（jǐn 锦）：古代婚礼的一种仪式。将葫芦剖为两半，谓之“卺”；新郎新娘各执一半饮酒漱口，谓之“合卺”。后因称举行婚礼为合卺。　(118)“窃于”二句：是说悄悄地在太阳光下观察婴宁，其形影和别人绝无二致。迷信说法，鬼在日光下没有影子。　(119)俯仰：这里指行礼时的跪拜、起立等动作。　(120)鞭楚：鞭打，杖击。楚，荆杖，打人的木棍。这里用作动词。　(121)诣（yì 意）：前往，去到。　(122)戚党：亲戚朋友。　(123)阶砌：台阶。藩：篱笆。溷（hùn 混）：厕所。　(124)木香：蔷薇科蔓生灌木。初夏开白花，有芳香，可供观赏。　(125)故邻西家：本和西院一家相邻。　(126)谓女意属（zhǔ 主）已：以为婴宁有意于自己。属，属意。(127)踣（bó 勃）：跌倒。　(128)爇（ruò 弱）火烛窍：点火照亮枯木的孔洞。爇，点燃。烛，作动词用，照。　(129)寻：旋即，随即。　(130)讦（jié 洁）发：用言辞攻击别人或揭发别人的隐私。　(131)邑宰：县令。下文“邑令”同。邑，县的别称。　(132)稔（rěn 忍）知：熟知。笃行士：品行敦厚志诚的读书人。　(133)尔尔：如此。　(134)质公堂：到公堂上对质，受审问。　(135)戚里：亲戚和乡邻。　(136)有时：合于时宜。指适当的时候。　(137)山阿（ē 鹅阴平）：山中曲处。　(138)合厝（cuò 错）：合葬。厝，本指停柩待葬或浅埋以待改葬，这里即埋葬之意。　(139)怨恫（tōng 通）：怨恨哀痛。　(140)“庶养”句：或许可使生了女孩的人家不再忍心溺死或抛弃女婴吧。庶，庶几，也许可以。　(141)刻日：定下个日子。(142)舆榇（chèn 衬）：用车载着棺材。榇，棺材。　(143)错楚：丛杂的树木。　(144)舁（yú

于):共同抬东西。 ⑭寤(wù 悟):睡醒。 ⑯生人:活人。下文"生人"指陌生人。
⑰黠(xiá 侠):聪慧,狡猾。 ⑱摄果饵:取来果子和食物。饵,糕饼,泛指食物。
⑭德之:感激她。德,作动词用。 ⑮不去心:念念不忘的意思。 ⑯寒食:寒食节,
在清明前一或二日。相传春秋时晋文公为纪念抱木焚死的介子推,定这天禁火寒食,
后世相沿成俗。旧俗每年寒食至清明为扫墓之期。 ⑯逾年:过了一年。 ⑯母风:
母亲的风度、秉性。 ⑭异史氏:作者的自称。以下一段是作者模仿司马迁《史记》
"论赞"的形式,在正文后发表议论。司马迁自称"太史公",《聊斋志异》所记并非正
史而多"怪异"故事,故作者自称"异史氏"。 ⑮其黠孰甚焉:谁能比她更机敏、狡猾
呢? 孰,谁。甚,超过,胜于。 ⑯殆:大约是。隐于笑:意指用憨笑隐藏真相以掩护
自己。 ⑰笑矣乎:相传有一种菌蕈,人吃了会无故发笑,故戏称为"笑矣乎"。
⑱合欢:即马缨花,豆科植物。其叶至夜成对相合,故又称夜合、昏合。夏季开花,花
淡红色。相传它可以使人消怨合好,故别称合欢。 ⑲忘忧:原指谖草,传说中能使
人消愁忘忧的假想之草。后因谖和萱同音,便别称萱草为忘忧草。萱草是春秋间开
花的百合科植物,花呈橘红或橘黄色。 ⑯解语花:《开元天宝遗事》载,唐玄宗与贵
戚赏千叶白莲花,"指(杨)贵妃示于左右曰:'争如我解语花。'"后世即以喻美人。
⑯作态:矫揉造作的样子。

促　　织①

宣德②间,宫中尚③促织之戏,岁征④民间。此物故非西产⑤,有华阴令
欲媚上官⑥,以一头进,试使斗而才⑦,因责常供⑧。令以责之里正。市中游
侠儿⑨,得佳者笼养之,昂其值⑩,居为奇货⑪。里胥猾黠⑫,假此科敛丁口⑬,
每责一头,辄倾数家之产。

邑有成名者,操童子业⑭,久不售⑮。为人迂讷⑯,遂为猾胥报充里正役,
百计营谋不能脱。不终岁,薄产累尽⑰。会征促织,成不敢敛户口⑱,而又无
所赔偿⑲,忧闷欲死。妻曰:"死何裨益⑳? 不如自行搜觅,冀有万一之得。"
成然之。早出暮归,提竹筒、铜丝笼,于败堵㉑丛草处,探石发穴,靡计不
施㉒,迄无济㉓。即捕得三两头,又劣弱不中于款㉔。宰严限追比㉕,旬余,杖
至百,两股间脓血流离㉖,并虫亦不能行捉矣。转侧床头,惟思自尽。

时村中来一驼背巫,能以神卜㉗。成妻具资诣问,见红女白婆㉘,填塞门
户。入其舍,则密室垂帘,帘外设香几㉙。问者爇香于鼎㉚,再拜。巫从傍望
空代祝,唇吻翕辟㉛,不知何词。各各竦立㉜以听。少间,帘内掷一纸出,即
道人意中事,无毫发爽㉝。成妻纳钱案上,焚拜如前人。食顷㉞,帘动,片纸
抛落。视之,非字而画。中绘殿阁,类兰若㉟;后小山下怪石乱卧,针针丛

棘,青麻头㊱伏焉;旁一蟆,若将跳舞。展玩㊲不可晓。然睹促织,隐中胸怀。折藏之,归以示成。成反复自念:得无教我猎虫所耶㊳? 细瞻景状,与村东大佛阁逼似㊴。乃强起扶杖,执图诣寺后,有古陵蔚起㊵。循陵而走,见蹲石鳞鳞㊶,俨然类画。遂于蒿莱中,侧听徐行,似寻针芥,而心目耳力俱穷,绝无踪响。冥搜㊷未已,一癞头蟆猝然跃去。成益愕,急逐趁之,蟆入草间。蹑迹披求㊸,见有虫伏棘根。遽扑之,入石穴中。掭㊹以尖草,不出;以筒水灌之,始出,状极俊健。逐而得之,审视,巨身修尾,青项金翅,大喜。笼归,举家庆贺,虽连城拱璧不啻㊺也。上于盆而养之,蟹白栗黄㊻,备极护爱。留待限期,以塞官责㊼。

　　成有子九岁,窥父不在,窃发盆㊽。虫跃掷径出,迅不可捉。及扑入手,已股落腹裂,斯须㊾就毙。儿惧,啼告母。母闻之,面色灰死,大骂曰:"业根㊿! 死期至矣! 而翁归,自与汝覆算㉑耳!"儿涕而出。未几成归,闻妻言,如被冰雪。怒索儿,儿渺然不知所往。既得其尸于井,因而化怒为悲,抢呼㉒欲绝。夫妻向隅㉓,茅舍无烟,相对默然,不复聊赖㉔。日将暮,取儿藁葬,近抚之,气息惙然㉕。喜置榻上,半夜复苏。夫妻心稍慰。但儿神气痴木,奄奄思睡。成顾蟋蟀笼虚,则气断声吞,亦不复以儿为念。自昏达曙,目不交睫。

　　东曦既驾㉖,僵卧长愁。忽闻门外虫鸣,惊起觇视㉗,虫宛然尚在。喜而捕之,一鸣辄跃去,行且速。覆之以掌,虚若无物;手才举,则又超忽㉘而跃。急趁之,折过墙隅,迷其所往。徘徊四顾,见虫伏壁上。审谛㉙之,短小,黑赤色,顿非前物。成以其小,劣之。惟彷徨瞻顾,寻所逐者。壁上小虫,忽跃落衿袖间。视之,形若土狗㉚,梅花翅,方首长胫㉛,意似良㉜,喜而收之。将献公堂,惴惴㉝恐不当意,思试之斗以觇之。村中少年好事者,驯养一虫,自名"蟹壳青",日与子弟角㉞,无不胜。欲居之以为利,而高其值,亦无售㉟者。径造庐㊱访成。视成所蓄,掩口胡卢㊲而笑。因出己虫,纳比笼㊳中。成视之,庞然修伟,自增惭怍㊴,不敢与较。少年固强之。顾念蓄劣物终无所用,不如拼博一笑㊵,因合纳斗盆。小虫伏不动,蠢若木鸡㊶。少年又大笑。试以猪鬣毛撩拨虫须,仍不动。少年又笑。屡撩之,虫暴怒,直奔,遂相腾击,振奋作声。俄见小虫跃起,张尾伸须,直龁敌领㊷。少年大骇,解令休止。虫翘然矜鸣㊸,似报主知。成大喜。方共瞻玩,一鸡瞥来,径进以啄。成骇立愕呼。幸啄不中,虫跃去尺有咫㊹。鸡健进,逐逼之,虫已在爪下矣。成仓卒莫知所救,顿足失色。旋见鸡伸颈摆扑,临视,则虫集冠上㊺,力叮不释。成益惊喜,掇㊻置笼中。

翌日⁷⁹进宰,宰见其小,怒诃成。成述其异,宰不信。试与他虫斗,虫尽靡⁸⁰;又试之鸡,果如成言。乃赏成,献诸抚军⁸¹。抚军大悦,以金笼进上,细疏其能⁸²。既入宫中,举天下所贡蝴蝶、螳螂、油利挞、青丝额……一切异状,遍试之,无出其右者⁸³。每闻琴瑟之声,则应节⁸⁴而舞。益奇之。上大嘉悦,诏赐抚臣名马衣缎。抚军不忘所自⁸⁵,无何⁸⁶,宰以"卓异"闻⁸⁷。宰悦,免成役;又嘱学使⁸⁸,俾入邑庠⁸⁹。后岁余,成子精神复旧,自言:"身化促织,轻捷善斗,今始苏耳。"抚军亦厚赉⁹⁰成。不数岁,田百顷,楼阁万椽⁹¹,牛羊蹄躈各千计⁹²。一出门,裘马过⁹³世家焉。

异史氏曰:"天子偶用一物,未必不过此已忘,而奉行者即为定例。加以官贪吏虐,民日贴妇⁹⁴卖儿,更无休止。故天子一跬步⁹⁵,皆关民命,不可忽也。独是成氏子以蠹⁹⁶贫,以促织富,裘马扬扬⁹⁷。当其为里正,受扑责时,岂意其至此哉!天将以酬长厚者⁹⁸,遂使抚臣、令尹⁹⁹,并受促织恩荫¹⁰⁰。闻之:一人飞升,仙及鸡犬¹⁰¹。信夫¹⁰²!"

①本篇选自《聊斋志异》卷四。促织:蟋蟀的别名。 ②宣德:明宣宗朱瞻基的年号(1426—1435)。 ③尚:崇尚,爱好。 ④岁征:每年征收。 ⑤故非西产:本来不是陕西一带的特产。西,这里指陕西。 ⑥华阴:今陕西省华阴市。令:县令。媚:巴结,讨好。 ⑦才:有才能,有本领。这里指蟋蟀善斗。 ⑧责:责成,命令。常供:确立定规,按时供奉。 ⑨游侠儿:古称轻身重义、救困扶危的人为"游侠"。这里指游手好闲、惹是生非的顽劣子弟。 ⑩昂其值:抬高它的价格。 ⑪居为奇货:当作珍稀的东西留着,以待索取高价。 ⑫里胥:官府委派管理乡里事务的吏役。猾黠(xiá xiá):狡猾刁诈。 ⑬假此科敛丁口:借此名目按人口摊派费用,敲诈勒索。科敛,摊派,征收。丁口,人口。 ⑭操童子业:为进学做秀才准备课业。操,从事。童子,即童生。明清科举制度,应考的读书人在未考取生员(秀才)前,不论年龄大小,皆称儒童,习称为童生。 ⑮久不售:长期没有考取。售,达到,实现,亦用作科举考试得中的意思。 ⑯迂讷(yū nà 淤呐):迂执古板,言语迟钝。 ⑰薄产累尽:微薄的家产因受连累而赔光。 ⑱敛户口:按户头、人头摊派征收。 ⑲无所赔偿:指没有钱财可以贴补。 ⑳裨(bì 币)益:补益。 ㉑败堵:倒塌的墙壁。 ㉒靡(mǐ 米):无。施:用。 ㉓迄无济:终究没有成功。 ㉔不中(zhòng 众)于款:不合格。中,符合。款,规格。 ㉕宰:县令的别称。严限:严定期限。追比:按期追逼查验,杖责以示警诫。比,见前《沈小霞相会出师表》注㉓。 ㉖股:大腿。流离:义同"淋漓"。 ㉗能以神卜:能够降神占卜以预告吉凶祸福。 ㉘红女白婆:红颜少女,白发老妇。 ㉙香几:烧香的几案。 ㉚爇香:烧香。鼎:这里指三足的大香炉。 ㉛翕(xī 西)辟:忽闭忽张的样子。翕,合。辟,开。 ㉜竦(sǒng 耸)立:恭敬严肃地站着。 ㉝无毫

发爽:没有丝毫差错。爽,差错。 ㉞食顷:吃一顿饭的时间。 ㉟兰若(rě惹):寺庙。梵文音译"阿兰若"的省称。 ㊱青麻头:和后文的蟹壳青、蝴蝶、螳螂、油利挞、青丝额等,都是根据蟋蟀的不同外形所起的名称,均为蟋蟀中的上品。 ㊲展玩:展视、琢磨。 ㊳"得无"句:莫非是指点我捉蟋蟀的地方吧?所,处所,地方。 ㊴逼似:极为相似。 ㊵陵:坟墓。蔚起:形容隆起的古墓上长有很多草木。蔚,草木茂盛的样子。 ㊶蹲石鳞鳞:形容地上的石头像鱼鳞似地密密层层地排列着。 ㊷冥搜:穷尽心力搜索。冥,深。 ㊸蹑迹:跟踪。披求:拨开丛草寻找。披,分开。 ㊹掭(tiàn 天去声):轻轻地拨弄。 ㊺连城拱璧:价值连城的璧玉。《史记·廉颇蔺相如列传》载,战国时赵惠文王得到楚国的和氏璧,秦昭王欲以十五城来交换。后因以"连城璧"比喻极其珍贵的物品。拱璧,需用两手合抱的大璧玉。不啻(chì 翅):不止。 ㊻蟹白栗黄:蟹腿肉和栗子肉。指不惜代价用各种精细饲料喂养蟋蟀。 ㊼塞官责:向官府交差。 ㊽发盆:揭开盆盖。 ㊾斯须:片刻,一会儿。 ㊿业根:犹言祸根。业,见前《梧桐雨》注52。 ㉑而:你。翁:这里指父亲。 ㉒覆算:彻底算账。 ㉓抢(qiāng 枪)呼:以头撞地,仰天呼喊。形容悲痛欲绝。 ㉔向隅:面对墙角。 ㉕不复聊赖:不再有一点生趣。聊赖,指生活或情感的凭借。 ㉖惙(chuò 绰)然:气息微弱的样子。 ㉗东曦(xī 西)既驾:太阳已从东方升起。古代神话,太阳神羲和每天早晨乘着六龙驾驭的车子由东方升上天空,故云"驾"。曦,早晨的阳光。这里指太阳。 ㉘觇(chān 搀)视:窥视。觇,看,窥看。 ㉙歘忽:勃发,突然而迅速。 ㉚审谛:仔细察看。 ㉛土狗:蝼蛄的别名。《帝京景物略》:蟋蟀"长翼、梅花翅,土狗形,螳螂形,飞铃为一等"。 ㉜胫(jìng 静):小腿。这里指腿。 ㉝意似良:看样子似乎是良种。 ㉞惴(zhuì 坠)惴:恐惧不安。 ㉟角:角斗,较量。 ㊱售:兼买、卖二义。这里作购买解。 ㊲造:往,去。庐:本指乡村一户人家所占的房地。引申为房屋、家户。 ㊳胡卢:由喉咙里发出的笑声。 ㊴比笼:比较蟋蟀大小优劣的笼子。《帝京景物略》:"初斗,虫主者各内(纳)虫乎比笼,身等,色等,合而纳乎斗盆。" ㊵惭怍(zuò 坐):惭愧。 ㊶拼博一笑:豁出去以取得一笑之乐。 ㊷木鸡:木雕的鸡。《庄子·达生》:"望之似木鸡矣,其德全矣。"原喻人修养到很高的境界,决无虚狂骄傲之气。后用以形容外形的蠢呆或发愣的样子。 ㊸龁(hé合):咬。领:脖子。 ㊹翘然矜鸣:昂起身子,得意地鸣叫着。矜,骄傲。 ㊺瞥(piē):本是眼光匆匆掠过的意思。引申为眨眼的工夫,突然。 ㊻尺有咫:一尺八寸。周制八寸为咫。 ㊼集冠上:落在鸡冠上。集,停,落。 ㊽掇(duō 多):双手捧取。 ㊾翌(yì 义)日:明天,次日。 ㊿靡(mǐ 米):倒下。引申为被打败。 ㉛抚军:巡抚的别称。下文"抚臣"同。 ㉜细疏其能:详细向皇帝奏明蟋蟀的本领。疏,分条陈述。 ㉝无出其右者:没有能胜过它的。古代以右为上。 ㉞应节:合着音乐的节拍。 ㉟所自:指所得好处的由来。 ㊱无何:不久。 ㊲宰以"卓异"闻:抚军给县令以"卓异"的评语呈报朝廷。卓异,卓绝优异。这是明清两代考核地方官吏政绩所用的最优评语。　⑧学使：主管一省学政的官员。明代叫提督学道,清代叫提督学政,亦称督学使者。　⑧俾入邑庠：使成进入县学,意即给成秀才的资格。科举时代考中秀才才能入县学读书。　⑨赉(lài 赖)：赏赐。　⑨椽(chuán 船)：安在梁上支撑屋面和瓦片的木条,也用作房屋间数的代称。万椽,和上句"百顷"、下句"千计"都是夸张其多,并非实指。　⑨蹄𪘏(qiào 窍)各千计：各二百头。𪘏,肛门。一说同"嗷",口。古人以蹄𪘏为计算牛羊头数的单位,五蹄𪘏(一𪘏四蹄)为一头,千蹄𪘏合二百头。　⑨裘马：语出《论语·雍也》："乘肥马,衣轻裘。"形容生活的奢华。过：超过,胜过。　⑨贴妇：典当妻子。　⑨一跬(kuǐ 傀)步：指一举一动。古时称举足一次为跬,举足两次为步。跬步,即半步。　⑨蠹(dù 杜)：蛀虫。这里隐喻敲诈勒索的里胥之流。　⑨扬扬：得意的样子。　⑨长厚者：忠厚老实的人。　⑨令尹：明清时县官的别称。　⑩恩荫：本指子孙凭借前辈的勋绩和地位得到朝廷恩赐的功名或官爵。这里说抚臣、县官受促织恩荫是带讽刺意味的。　⑩"一人"二句：传说汉代淮南王刘安修炼得道升天,家中的鸡狗舐食剩下的丹药,也都成仙飞升。事见《神仙传》。后世用以比喻一人做官,与他有关系的人都跟着得势。　⑩信夫：确实不错啊！

司文郎①

　　平阳②王平子,赴试北闱③,赁居报国寺。寺中有余杭④生先在,王以比屋⑤居,投刺⑥焉。生不之答。朝夕遇之,多无状⑦。王怒其狂悖⑧,交往遂绝。

　　一日,有少年游寺中,白服裙帽,望之傀然⑨。近与接谈,言语谐妙,心爱敬之。展问邦族,云："登州⑩宋姓。"因命苍头⑪设座,相对嚄谈⑫。余杭生适过,共起逊坐。生居然上座,更不扴挹⑬。卒然⑭问宋："尔亦入闱者耶？"答曰："非也。驽骀⑮之才,无志腾骧⑯久矣。"又问："何省？"宋告之。生曰："竟不进取,足知高明。山左右并无一字通者⑰。"宋曰："北人固少通者,而不通者未必是小生；南人固多通者,然通者亦未必是足下。"言已,鼓掌；王和⑱之,因而哄堂。生惭忿,轩眉攘腕⑲而大言曰："敢当前命题,一校文艺乎⑳？"宋他顾而哂㉑曰："有何不敢！"便趋寓所,出经授王。王随手一翻,指曰："'阙党童子将命㉒。'"生起,求笔札。宋曳之曰："口占㉓可也。我破㉔已成：'于宾客往来之地,而见一无所知之人焉。'"王捧腹大笑。生怒曰："全不能文,徒事嫚骂,何以为人！"王力为排难㉕,请另命佳题。又翻曰："'殷有三仁焉㉖。'"宋立应曰："三子者不同道,其趋㉗一也。夫一者何也？曰：仁也。君子亦仁而已矣,何必同？"生遂不作,起曰："其为人也小有才㉘。"遂去。王以此益重宋,邀入寓室,款言移晷㉙,尽出所作质㉚宋。宋流览绝疾，逾刻已尽百首。曰："君亦沉深于此道㉛者；然命笔时无求必得之念，而尚有冀幸得之心㉜，即此已落下乘㉝。"遂取阅过者一一诠说㉞。王大悦，师事之。使庖人以蔗糖作水角㉟。宋啖而甘之，曰："生平未解此味，烦异日更一作也。"由此相得甚欢。宋三五日辄一至，王必为之设水角焉。余杭生时一遇之，虽不甚倾谈，而傲睨㊱之气顿减。一日，以窗艺㊲示宋。宋见诸友圈赞已浓，目一过，推置案头，不作一语。生疑其未阅，复请之。答已览竟。生又疑其不解。宋曰："有何难解？但不佳耳！"生曰："一览丹黄㊳，何知不佳？"宋便诵其文，如夙读者，且诵且訾㊴。生局蹐㊵汗流，不言而去。移时，宋去，生入，坚请王作㊶。王拒之，生强搜得，见文多圈点㊷，笑曰："此大似水角子㊸！"王故朴讷，觍然㊹而已。次日，宋至，王具以告。宋怒曰："我谓'南人不复反矣'㊺，伧楚何敢乃尔㊻，必当有以报之！"王力陈轻薄之戒以劝之，宋深感佩。

既而场后㊼，以文示宋，宋颇相许。偶与涉历殿阁，见一瞽僧坐廊下，设药卖医。宋讶曰："此奇人也！最能知文，不可不一请教。"因命归寓取文。遇余杭生，遂与俱来。王呼师而参㊽之。僧疑其问医者，便诘症候。王具白请教之意。僧笑曰："是谁多口？无目何以论文？"王请以耳代目。僧曰："三作两千余言，谁耐久听！不如焚之，我视以鼻可也。"王从之。每焚一作，僧嗅而颔之㊾曰："君初法大家㊿，虽未逼真，亦近似矣。我适受之以脾。"问："可中否？"曰："亦中得。"余杭生未深信，先以古大家文烧试之。僧再嗅曰："妙哉！此文我心受之矣，非归、胡(51)何解办此！"生大骇，始焚己作。僧曰："适领一艺，未窥全豹(52)，何忽另易一人来也？"生托言："朋友之作，止彼一首；此乃小生作也。"僧嗅其余灰，咳逆数声，曰："勿再投矣！格格(53)而不能下，强受之以鬲；再焚，则作恶(54)矣。"生惭而退。数日榜发，生竟领荐(55)，王下第(56)。宋与王走告僧，僧叹曰："仆虽盲于目，而不盲于鼻，帘中人(57)并鼻盲矣。"俄余杭生至，意气发舒，曰："盲和尚，汝亦啖人水角耶？今竟何如？"僧笑曰："我所论者文耳，不谋(58)与君论命。君试寻诸试官之文，各取一首焚之，我便知孰为尔师。"生与王并搜之，止得八九人。生曰："如有舛错(59)，以何为罚？"僧愤曰："剜我盲瞳去！"生焚之，每一首，都言非是；至第六篇，忽向壁大呕，下气如雷。众皆粲然。僧拭目向生曰："此真汝师也！初不知而骤嗅之，刺于鼻，棘于腹，膀胱所不能容，直自下部出矣！"生大怒去，曰："明日自见，勿悔！勿悔！"越二三日，竟不至；视之，已移去矣。——乃知即某门生(60)也。

宋慰王曰："凡吾辈读书人，不当尤人(61)，但当克己(62)：不尤人则德益弘，能克己则学益进。当前踧落[63]，固是数之不偶[64]；平心而论，文亦未便登峰。其由此砥砺[65]，天下自有不盲之人。”王肃然起敬。又闻次年再行乡试[66]，遂不归，止而受教。宋曰：“都中薪桂米珠[67]，勿忧资斧。舍后有窖镪[68]，可以发用。”即示之处。王谢曰：“昔窦、范贫而能廉[69]，今某幸能自给，敢自污乎？”王一日醉眠，仆及庖人窃发之。王忽觉，闻舍后有声；窃出，则金堆地上。情见事露，并相慑伏。方诃责间，见有金爵[70]，类多镌款[71]，审视，皆大父字讳[72]。盖王祖曾为南部郎[73]，入都寓此，暴病而卒，金其所遗也。王乃喜，秤得金八百余两。明日告宋，且示之爵，欲与瓜分，固辞乃已。以百金往赠瞽僧，僧已去。积数月，敦习[74]益苦。及试，宋曰：“此战不捷，始真是命矣！”俄以犯规被黜。王尚无言，宋大哭，不能自止。王反慰解之。宋曰：“仆为造物[75]所忌，困顿至于终身，今又累及良友。其命也夫！其命也夫！”王曰：“万事固有数在，如先生乃无志进取，非命也。”宋拭泪曰：“久欲有言，恐相惊怪：某非生人，乃飘泊之游魂也。少负才名，不得志于场屋[76]，佯狂至都，冀得知我者，传诸著作。甲申之年[77]，竟罹于难，岁岁飘蓬[78]。幸相知爱，故极力为他山之攻[79]。生平未酬之愿，实欲借良朋一快[80]之耳。今文字之厄若此，谁复能漠然哉！”王亦感泣，问：“何淹滞[81]？”曰：“去年上帝有命，委宣圣[82]及阎罗王核查劫鬼，上者备诸曹[83]任用，余者即俾转轮[84]。贱名已录，所未投到者，欲一见飞黄[85]之快耳。今请别矣。”王问：“所考何职？”曰：“梓潼府中缺一司文郎[86]，暂令聋僮署篆[87]，文运所以颠倒。万一幸得此秩[88]，当使圣教昌明。”明日，忻忻[89]而至，曰：“愿遂矣！宣圣命作《性道论》，视之色喜，谓可司文。阎罗稽簿[90]，欲以‘口孽’[91]见弃。宣圣争之，乃得就。某伏谢已，又呼近案下，嘱云：‘今以怜才，拔充清要[92]，宜洗心[93]供职，勿蹈前愆。’此可知冥[94]中重德行更甚于文学也。君必修行未至，但积善勿懈可耳。”王曰：“果尔，余杭其德行何在？”曰：“此即不知，要[95]冥司赏罚，皆无少爽。即前日瞽僧，亦一鬼也，是前朝名家。以生前抛弃字纸过多，罚作瞽。彼自欲医人疾苦，以赎前愆，故托游廛肆[96]耳。”王命置酒，宋曰：“无须；终岁之扰，尽此一刻，再为我设水角足矣。”王悲怆不食。坐令自啖，顷刻，已过三盛[97]。捧腹曰：“此餐可饱三日，吾以志君德耳。向所食，都在舍后，已成菌矣。藏作药饵，可益儿慧。”王问后会，曰：“既有官责，当引嫌[98]也！”又问：“梓潼祠中，一相酹祝，可能达否？”曰：“此都无益。九天甚远，但洁身力行，自有地司牒报[99]，则某必与知之。”言已，作别而没。王视舍后，果生紫菌，采而藏之。旁有新土坟起，则水角宛然在焉。

王归，弥自刻厉[100]。一夜，梦宋舆盖[101]而至，曰：“君向以小忿，误杀一婢，削去禄籍⑫,今笃行已折除矣。然命薄不足任仕进也。"是年,捷于乡⑬;明年,春闱⑭又捷,遂不复仕。生二子,其一绝钝⑮,哄以菌,遂大慧。后以故诣金陵,遇余杭生于旅次,极道契阔⑯,深自降抑⑰,然鬓毛斑矣。

异史氏曰:"余杭生公然自诩,意其为文,未必尽无可观;而骄诈之意态颜色,遂使人顷刻不可复忍。天人之厌弃已久,故鬼神皆玩弄之。脱能增修厥德⑱,则帘内之'刺鼻棘心'者,遇之正易,何所遭之仅也⑲!"

①本篇选自《聊斋志异》卷八。　②平阳:府名,治所在今山西省临汾市。　③北闱:闱,科举考试的试场。明清科举,称顺天府(北京)乡试为北闱,江南乡试为南闱。④余杭:今浙江省杭州市余杭区。　⑤比屋:住房挨着住房。　⑥投刺:投送名帖,表示谒见或结交之意。　⑦无状:没有礼貌。　⑧狂悖(bèi 备):狂妄而悖于事理。⑨傀(guī 归)然:身材高大魁梧的样子。　⑩登州:府治在今山东省蓬莱市。　⑪苍头:仆人。　⑫噱(jué 绝)谈:笑谈,谈笑。噱,大笑。　⑬抝挹(huī yì 挥义):谦逊,谦让。挹,通"抑"。　⑭卒(cù 促)然:突然。形容冒冒失失的样子。卒,同"猝"。⑮驽骀(nú tái 奴台):劣马。比喻才能平庸。　⑯腾骧(xiāng 香):原指马的奔腾跳跃,比喻人在科举场上求取功名利禄。骧,奔驰。　⑰"山左"句:讥诮宋、王二人不通文字。山左右,指分处太行山左右的山东、山西。宋生,山东人;王平子,山西人。⑱和(hè 贺):随声附和。　⑲轩眉攘(rǎng 壤)腕:竖眉毛,捋袖子。形容盛气凌人的样子。　⑳校(jiào 较):比试,较量。文艺:作文的技艺。文,这里指明清科举考试规定的文体八股文。　㉑他顾而哂(shěn 审):眼睛看着别处而冷笑。有不屑一顾的意思。　㉒阙党童子将命:《论语·宪问》中的一句。八股文的命题大都摘取四书五经的句子,故王平子随意指这一句为作文题目。阙党,孔子住的地方。将命,奉命奔走传达。阙党童子在宾客间往来传命,孔子认为他大模大样地坐在位上,又与长辈并肩同行,是不明礼节。下文破题两句,既是对此题旨的解释,又借以讥刺余杭生,是双关的话。　㉓口占:不打草稿而随口念出。　㉔破:破题。八股文规定起首两句要说破题目要义,称为破题。　㉕排难:调解。　㉖殷有三仁焉:语出《论语·微子》。三仁,指微子、箕子、比干,都是殷商纣王时的贵族。纣王昏乱暴虐,微子离去以求避祸,箕子佯狂而为奴隶,比干直谏被剖心而死。孔子认为三人的行为虽不同,但都是仁人。　㉗趋:趋向,旨趣。㉘其为人也小有才:语出《孟子·尽心下》。余杭生引此以反唇相讥并自我解嘲。　㉙款言:亲密地交谈。移晷(guǐ 轨):日影移动。指时间过了很久。　㉚质:询问,请教。　㉛沉深于此道:对这项技艺(指八股文)很有研究。　㉜冀:希望。侥幸之心:侥幸成功的心理。　㉝下乘:下等。　㉞诠说:解说,评说。诠,解释。　㉟水角:水饺。　㊱傲睨(nì 匿):骄傲自大,目空一切。睨,斜视。　㊲窗艺:平日习作的八股文。古人读书临窗而学,称八股文习作为窗课、窗艺。㊳丹黄:红色和黄色。古时校勘书籍或评点文章,多用朱笔书写,遇误字则用雌黄涂

蒲松龄

抹,称为丹黄。这里指阅者所加的评语。 ㊴訾(zǐ 子):指摘,非议。 ㊵局蹐(jí 及):局促不安的样子。 ㊶坚请王作:强请王平子出示所作。 ㊷圈点:旧时评点文章,常在精彩的词句旁加圈(∘)或点(·)。 ㊸此大似水角子:挖苦王平子的话。意谓宋生因为吃了水角子,才用那些圈点恭维王的文章精彩。 ㊹觍(tiǎn 舔)然:不好意思的样子。 ㊺南人不复反矣:诸葛亮征南夷,对其酋长孟获七擒七纵,孟获心悦诚服地说:"公,天威也,南人不复反矣。"事见《三国志·诸葛亮传》注引《汉晋春秋》。这里以"南人"指余杭生,说本来以为他已经拜服了。 ㊻伧(cāng 仓)楚:骂人的话。伧,伧父,愚蠢粗鄙的家伙。楚,泛指南方人。 ㊼场后:指考试结束以后。 ㊽参:参见,拜见。 ㊾颔(hàn 汉)之:点头。 ㊿法:效法,模仿。大家:著名的专家。 (51)归、胡:指明代八股文大家归有光和胡友信。《明史·归有光传》:"有光制举义,湛深经术,卓然成大家。后德清胡友信与齐名,世并称归、胡。" (52)未窥全豹:没有看到全貌。语本《晋书·王献之传》:"管中窥豹,时见一斑。" (53)格格:抵触,被阻遏。 (54)作恶:作呕,恶心。 (55)领荐:中举。乡试得中即有资格参加进士考试,故称中举为领荐。 (56)下第:科举考试落选。亦作落第。 (57)帘中人:指科举考试的考官。明清乡、会试时,考官必须居于闱内,不准出堂帘之外,故称帘官。按其所负职责,又有内外帘之分。 (58)不谋:没有打算。 (59)舛(chuǎn 喘)错:差错,错误。 (60)即某门生:就是某人的门生。某,指瞽僧嗅文章所指出的试官。门生,科举及第者称本科主考官为座师或座主,考官称及第者为门生。 (61)尤人:埋怨人,归咎于人。 (62)克己:约制自己的欲望。意即严于律己。 (63)蹴(cù 促)落:倒霉,不得意。 (64)数之不偶:犹言命运不好。数,气数,命运。不偶,古人认为命数成单不成双,则机遇不佳。 (65)砥砺:砥、砺都是磨刀石,引申为磨砺、磨炼。 (66)乡试:明清时在各省省城(包括京城)举行的考试。考中者称为举人。 (67)薪桂米珠:柴像桂枝、米像珍珠那样昂贵。 (68)窖镪(qiǎng 抢):埋在地下的金银。镪,本作"繦",钱串子,后多引申指银子或银锭。 (69)窦、范贫而能廉:窦、范,指宋代的窦仪、范仲淹。相传窦仪贫困时,有金精戏弄他,但他不为所动。范仲淹贫寒时在醴泉寺读书,偶然发现地窖的银子,认为是不义之财而分文不取。 (70)爵:古代的一种三足酒器。亦用为饮酒器的通称。 (71)镌(juān 娟)款:雕刻的题款。 (72)大父字讳:祖父的名号。 (73)南部郎:明成祖朱棣迁都北京后,在南京仍保留朝廷建制,设立六部等机构。南部郎,指南京六部郎中、员外郎一类的官。 (74)敦习:刻苦学习。 (75)造物:创造化育万物的主宰。 (76)场屋:即科场,科举考试的试场。 (77)甲申之年:指明崇祯十七年(1644)。是年,李自成起义军攻进北京,明思宗朱由检自缢身死。 (78)飘蓬:比喻行踪漂泊无定。蓬,蓬蒿,遇风常吹折离根,飘转不止。 (79)他山之攻:语本《诗经·小雅·鹤鸣》"它山之石,可以攻玉"。原谓别国的贤才可用为本国的辅佐。这里比喻对朋友的勉励、帮助。 (80)快:快意,称心。 (81)淹滞:久留。 (82)宣圣:指孔子。历代封建统治者皆崇祀孔子,追赠多种谥号。明代封孔子为"至圣文宣王",清顺治初定谥号为"大成至圣文宣先师",故称宣圣。　㉝诸曹:诸衙。曹,古代分科办事的官署。　㉞转轮:即轮回。见《窦娥冤》第二折注㉗。　㉟飞黄:"飞黄腾达"的省词。本指神马的腾越飞驰,借喻人仕宦得志。飞黄,神马名。　㊱梓潼府:亦称文昌府。道教传说,梓潼帝君姓张名亚子,死后成为主持文昌府事和人间文运禄籍的神。司文郎:掌管文教的官。唐代置司文局,其佐郎称司文郎。这里是借用。　㊲聋僮:传说梓潼帝君手下有"天聋""地哑"二神,故这里说"聋僮",借以讽刺考官的昏聩。署篆:代掌官印。　㊳秩:官阶。这里指官职。　㊴忻(xīn欣)忻:欣喜得意的样子。　㊵稽簿:这里指查看所谓"功过簿"。迷信说法,人的善恶在阴司都记录在册,作为死后六道轮回的依据。　㊶口孽:口所造的罪孽,指说话刻薄。　㊷清要:清贵而重要的职位。　㊸洗心:涤除内心的邪恶。　㊹冥:迷信以为人死后所居的地方,俗称冥间或阴间。下文"冥司"指阴间的官府。　㊺要:总之。　㊻廛(chán蝉)肆:人烟稠密的市镇。　㊼盛(chéng成):杯盂之类容器。　㊽引嫌:避免嫌疑。　㊾牒(dié蝶)报:用公文呈报。　㊿弥自刻厉:自己更加刻苦努力。弥,更加。　㉜舆盖:有华盖的车子。　㉜禄籍:迷信传说中注定人的功名福禄的簿册。　㉜捷于乡:在乡试中告捷,即考中举人。　㉜春闱:在京城举行的会试。明清时会试在春天举行,故称春闱。举人即有资格参加会试,考中者称进士。　㉜绝钝:极笨,非常迟钝。　㉜契阔:久别的情怀。　㉜降抑:谦卑。　㉜脱:倘或,或许。厥:其。　㉜何所遭之仅也:为什么仅仅考上一次呢?指余杭生只在乡试时得中,终未能考中进士。

席　方　平①

　　席方平,东安②人。其父名廉,性戆拙③。因与里中富室羊姓有郤④,羊先死;数年,廉病垂危,谓人曰:"羊某今贿嘱冥使榜我矣⑤。"俄而身赤肿,号呼遂死。席惨怛⑥不食,曰:"我父朴讷⑦,今见陵⑧于强鬼;我将赴地下,代伸冤气耳。"自此,不复言,时坐时立,状类痴,盖魂已离舍⑨矣。

　　席觉初出门,莫知所往,但见路有行人,便问城邑。少选⑩,入城。其父已收狱中。至狱门,遥见父卧檐下,似甚狼狈;举目见子,潸然涕流⑪。便谓:"狱吏悉受赇嘱⑫,日夜搒掠,胫股⑬摧残甚矣!"席怒,大骂狱吏:"父如有罪,自有王章⑭,岂汝等死魅所能操耶⑮!"遂出,抽笔为词⑯。值城隍早衙⑰,喊冤以投。羊惧,内外贿通,始出质理⑱。城隍以所告无据,颇不直席⑲。席忿气无所复伸,冥行⑳百余里,至郡,以官役私状㉑,告之郡司㉒。迟㉓之半月,始得质理。郡司扑㉔席,仍批城隍覆案㉕。席至邑,备受械梏㉖,惨冤不能自舒。城隍恐其再讼,遣役押送归家。役至门辞去。席不肯入,遁赴冥府,诉郡邑之酷贪。冥王㉗立拘质对。二官密遣腹心,与席关说㉘,许以千金。席不听。过数日,逆旅主人告曰:"君负气已甚,官府求和而执不从。今闻于王前各有函进,恐事殆㉒矣。"席以道路之口㉚,犹未深信。俄有皂衣人㉛唤入。升堂,见冥王有怒色,不容置词,命笞二十。席厉声问:"小人何罪?"冥王漠若不闻。席受笞,喊曰:"受笞允当㉜,谁教我无钱耶!"冥王益怒,命置火床。两鬼捽席下,见东墀㉝有铁床,炽火其下,床面通赤。鬼脱席衣,掬㉞置其上,反复揉捺之。痛极,骨肉焦黑,苦不得死。约一时许,鬼曰:"可矣。"遂扶起,促使下床着衣,犹幸跛而能行。复至堂上,冥王问:"敢再讼乎?"席曰:"大冤未伸,寸心不死,若言不讼,是欺王也。必讼!"又问:"讼何词?"席曰:"身所受者,皆言之耳。"冥王又怒,命以锯解其体。二鬼拉去,见立木,高八九尺许,有木板二,仰置其下,上下凝血模糊。方将就缚,忽堂上大呼"席某",二鬼即复押回。冥王又问:"尚敢讼否?"答云:"必讼!"冥王命捉去速解。既下,鬼乃以二板夹席,缚木上。锯方下,觉顶脑渐辟,痛不可禁,顾亦忍而不号㉟。闻鬼曰:"壮哉此汉!"锯隆隆然㊱寻至胸下。又闻一鬼云:"此人大孝无辜,锯令稍偏,勿损其心。"遂觉锯锋曲折而下,其痛倍苦。俄顷,半身辟矣。板解,两身俱仆。鬼上堂大声以报。堂上传呼,令合身来见。二鬼即推令复合,曳使行。席觉锯缝一道,痛欲复裂,半步而踣。一鬼于腰间出丝带一条授之,曰:"赠此以报汝孝。"受而束之,一身顿健,殊无少苦㊲。遂升堂而伏。冥王复问如前;席恐再罹酷毒㊳,便答:"不讼矣。"冥王立命送还阳界㊴。隶㊵率出北门,指示归途,反身遂去。

席念阴曹之暗昧㊶尤甚于阳间,奈无路可达帝听㊷。世传灌口二郎㊸为帝勋戚,其神聪明正直,诉之当有灵异。窃喜两隶已去,遂转身南向,奔驰间,有二人追至,曰:"王疑汝不归,今果然矣。"捽回复见冥王。窃意冥王益怒,祸必更惨;而王殊无厉容,谓席曰:"汝志诚孝。但汝父冤,我已为若雪之矣。今已往生富贵家,何用汝鸣呼㊹。今送汝归,予以千金之产、期颐之寿㊺,于愿足乎?"乃注籍中,嵌以巨印,使亲视之。席谢而下。鬼与俱出,至途,驱而骂曰:"奸猾贼!频频翻覆,使人奔波欲死!再犯,当捉入大磨中,细细研之!"席张目叱曰:"鬼子胡为者!我性耐刀锯,不耐挞楚㊻。请反见王,王如令我自归,亦复何劳相送。"乃返奔。二鬼惧,温语㊼劝回。席故蹇缓㊽,行数步,辄憩路侧。鬼含怒不敢复言。

约半日。至一村,一门半辟,鬼引与共坐;席便据门阈㊾。二鬼乘其不备,推入门中。惊定自视,身已生为婴儿。愤啼不乳,三日遂殇㊿。魂摇摇[51]不忘灌口,约奔数十里,忽见羽葆[52]来,旛[53]盖横路。越道避之,因犯卤簿[54],为前马[55]所执,絷[56]送车前。仰见车中一少年,丰仪瑰玮[57]。问席:"何人?"

席冤愤正无所出，且意是必巨官，或当能作威福，因缅诉毒痛。车中人命释其缚，使随车行。俄至一处，官府十余员，迎谒道左，车中人各有问讯。已而指席谓一官曰："此下方㊳人，正欲往诉，宜即为之剖决。"席询之从者，始知车中即上帝殿下九王，所嘱即二郎也。席视二郎，修躯多髯㊴，不类世间所传。九王既去，席从二郎至一官廨㊵，则其父与羊姓并衙隶俱在。少顷，槛车㊶中有囚人出，则冥王及郡司、城隍也。当堂对勘㊷，席所言皆不妄。三官战栗，状若伏鼠。二郎援笔立判；顷之，传下判语，令案中人共视之。判云："勘得冥王者：职膺王爵，身受帝恩。自应贞洁以率臣僚㊸，不当贪墨以速官谤㊹。而乃繁缨棨戟㊺，徒夸品秩㊻之尊；羊狠狼贪㊼，竟玷㊽人臣之节。斧敲斨㊾，斨入木，妇子㊿之皮骨皆空；鲸吞鱼，鱼食虾，蝼蚁㉛之微生可悯。当掬西江之水，为尔湔肠㉜；即烧东壁之床，请君入瓮㉝。城隍、郡司：为小民父母之官，司上帝牛羊之牧㉞。虽则职居下列，而尽瘁者不辞折腰；即或势逼大僚，而有志者亦应强项㉟。乃上下其鹰鸷之手㊱，既罔念夫民贫；且飞扬其狙狯㊲之奸，更不嫌乎鬼瘦。惟受赃而枉法，真人面而兽心！是宜剔髓伐毛㊳，暂罚冥死㊴；所当脱皮换革，仍令胎生㊵。隶役者：既在鬼曹㊶，便非人类。只宜公门修行㊷，庶还落蓐之身；何得苦海生波，益造弥天之孽㊸？飞扬跋扈㊹，狗脸生六月之霜；趑突㊺叫号，虎威断九衢之路。肆淫威于冥界，咸知狱吏为尊；助酷虐于昏官，共以屠伯㊻是惧。当于法场之内，剁其四肢；更向汤镬㊼之中，捞其筋骨。羊某：富而不仁㊽，狡而多诈。金光盖地㊾，因使阎摩殿㊿上，尽是阴霾㉛；铜臭熏天㉜，遂教枉死城中，全无日月。余腥犹能役鬼㉝，大力直可通神。宜籍㉞羊氏之家，以赏席生之孝。即押赴东岳㉟施行。"又谓席廉："念汝子孝义，汝性良懦，可再赐阳寿三纪㊱。"因使两人送之归里。席乃抄其判词，途中父子共读之。既至家，席先苏；令家人启棺视父，僵尸犹冰，俟之终日，渐温而活。及索抄词，则已无矣。自此，家日益丰；三年间，良沃㊲遍野；而羊氏子孙微㊳矣，楼阁田产，尽为席有。里人或有买其田者，夜梦神人叱之曰："此席家物，汝乌得有之！"初未深信；既而种作，则终年升斗无所获，于是复鬻㊴归席。席父九十余岁而卒。

异史氏曰："人人言净土㊵，而不知生死隔世，意念都迷㊶，且不知其所以来，又乌知其所以去；而况死而又死，生而复生者乎？忠孝志定，万劫㊷不移，异哉席生，何其伟也！"

①本篇选自《聊斋志异》卷十。　②东安：今河北省廊坊市安次区。　③戆（zhuàng壮）拙：刚直朴拙。　④郤（xì隙）：通"隙"，空隙。引申为嫌怨。　⑤冥使：阴司的差

役,指前来拘魂的鬼卒。榜(péng 朋):笞打。 ⑥惨怛(dá 达):悲伤,痛悼。⑦朴讷(nà 呐):朴实而言语迟钝。 ⑧见陵:被欺侮。 ⑨魂已离舍:魂魄已离开躯体。舍,原指房舍,引申为人的躯体。迷信说法,人死后魂即离体而去。 ⑩少选:一会儿,不多久。 ⑪潸(shān 衫)然:流泪的样子。涕:眼泪。 ⑫赇(qiú 求)嘱:贿赂请托。赇,贿赂。 ⑬胫(jìng 径):小腿。股:大腿。 ⑭王章:王法。 ⑮魅(mèi 妹):鬼怪。操:把持,掌握。 ⑯词:指讼词,状子。 ⑰城隍:道教所说守护城邑的神。这里是阴间的地方官,相当于阳世的县令。早衙:古时官府早晚两次坐衙理事,早晨的一次叫早衙。 ⑱质理:审问。 ⑲不直席:不认为席方平有理。直,有理,和曲(理屈)相对。 ⑳冥行:摸黑走路。 ㉑官役私状:指县城隍和吏役徇私舞弊的情况。 ㉒郡司:州府的长官。这里指府城隍,阴间一郡的长官。 ㉓迟(zhí 直):等待。 ㉔扑:拷打。 ㉕覆案:重新审理。 ㉖械梏(gù 固):古代拘系犯人的刑具。 ㉗冥王:即阎罗王,阴间的最高统治者。 ㉘关说:通关节,说人情。 ㉙殆:危险。 ㉚道路之口:没有根据的传闻之辞。 ㉛皂衣人:穿黑衣的人。指皂隶,衙役。 ㉜允当:适宜,得当。这里犹言活该,是愤激不平的反语。 ㉝墀(chí 迟):台阶,阶面之上。 ㉞掬(jū 居):双手捧起。 ㉟顾:但。号(háo 豪):叫喊。 ㊱隆隆然:形容锯声像雷鸣一般。 ㊲殊无少苦:完全没有一点痛苦。殊,绝。 ㊳再罹酷毒:再遭毒刑摧残。罹,遭受。酷毒,指残酷的刑罚。 ㊴阳界:即阳间,人世间,与阴间相对。 ㊵隶:差役。这里指鬼卒。 ㊶阴曹:阴间的官府。暗昧:黑暗。 ㊷达帝听:上达给玉皇大帝听到。 ㊸灌口二郎:神话传说中的二郎神。或名杨戬(jiǎn 剪),住灌口(今四川省都江堰市),是玉帝的外甥。 ㊹何用汝鸣呼为:哪里用得着你来鸣冤叫屈?鸣呼,指喊冤。 ㊺期颐(jī yí 机仪)之寿:百岁的寿命。《礼记·曲礼》:"百年曰期颐。" ㊻挞楚:棒打。 ㊼温语:温和的话。 ㊽蹇(jiǎn 俭)缓:跛着脚慢行。 ㊾门阈(yù 域):门槛,门限。 ㊿殇(shāng 伤):未成年而夭折。 ㉑摇摇:形容心神不定。 ㉒羽葆:即羽盖,用鸟羽装饰的车盖。 ㉓旛(fān 番)戟:指仪仗。旛,长方形而下垂的旗子。 ㉔卤(lǔ 鲁)簿:古代帝王后妃和王公大臣出行时的仪仗队。 ㉕前马:开路的马队。 ㉖絷(zhí 执):拘捕。 ㉗丰仪:丰姿仪表。瑰玮:奇伟,卓异。 ㉘下方:下界。迷信称天上为"上方",人世为"下方"。 ㉙修躯多髯:高身材,多胡须。 ㉚官廨(xiè 卸):官署,衙门。 ㉛槛车:囚车。四面围有栏杆或木板,以防犯人逃脱,故称。 ㉜对勘:对质,一同审问。勘,推究,审问。 ㉝贞洁:坚守节操,廉洁奉公。率臣僚:作为百官的表率。 ㉞贪墨:同"贪冒",贪图财利。速:招致。官谤:因居官不称职而受到的非议。 ㉟繁(pán 盘)缨:古代高官贵族骆马的带饰。这里指车马。棨(qǐ 启)戟:有缯衣或油漆的木戟,用作前导的仪仗。 ㊱品秩:官阶,品级。 ㊲羊狠狼贪:语出《史记·项羽本纪》:"(宋义)因下令军中曰:'猛如虎,狠如羊,贪如狼,强不可使者,皆斩之。'"这里形容冥王的凶狠贪婪。 ㊳玷(diàn 店):玉上的斑点,比喻人的缺点、过失。这里作玷污解。

⑩斫(zhuó 茁):砍削。这里借作"凿",指凿子,木匠用来挖槽或穿孔的工具。 ⑪妇子:妇女儿童。泛指贫弱百姓。 ⑪蝼蚁:蝼蛄和蚂蚁。比喻微贱的百姓。 ⑫"当掬"二句:《旧五代史·王仁裕传》载,后周王仁裕曾"梦剖其肠胃,引西江水以浣之"。湔(jiān 煎),洗涤。 ⑬"即烧"二句:是说用同样的刑罚来处治冥王。东壁之床,指前文席方平在东壖受刑的铁床。请君入瓮,典出《资治通鉴·唐纪》。来俊臣和周兴同为武则天时的酷吏。周兴被告发通谋犯罪,来俊臣奉旨审问。"俊臣与兴方推事以食,谓兴曰:'囚多不承,当为何法?'兴曰:'此甚易耳!取大瓮,以炭四周炙之,令囚入中,何事不承!'俊臣乃索大瓮,火围如其法,因起谓兴曰:'有内状推兄,请兄入此瓮!'兴惶恐叩头服罪。"后因以"请君入瓮"比喻以其人之道还治其人之身。 ⑭"司上帝"句:奉上帝之命治理百姓。牛羊,比喻老百姓。旧时把地方官统治百姓比作牧养牲畜,故云牛羊之牧。 ⑮尽瘁:尽心竭力,不辞劳瘁。折腰:弯身行礼。这里指对职守兢兢业业。 ⑯强项:硬着脖子,不肯低头。形容刚直不屈。《后汉书·董宣传》载,东汉董宣为洛阳令,杀湖阳公主恶奴。光武帝令向公主谢罪,宣两手据地,终不肯俯首。光武帝称之为"强项令"。 ⑰上下其鹰鸷之手:上下其手,指通同作弊。鹰鸷,猛禽,比喻官吏的凶残暴虐。 ⑱狙(jū 居)狯:像猴子那样的狡诈。狙,一种性情狡猾的猕猴。狯,狡猾。 ⑲剔髓伐毛:剔出骨髓,削除毛发。《太平广记》引《洞冥记》:"三千年一返骨洗髓,二千年一剥皮伐毛,吾生来已三洗髓五伐毛矣。"原谓仙人脱胎换骨。这里指严刑惩处。 ⑳冥死:阴间的死刑。迷信说法,人死为鬼,鬼死为魙(jiàn 渐)。 ㉑脱皮换革,仍令胎生:剥去人皮,换上兽皮,投胎转生为畜类。佛教把世界众生的出生分为胎生、卵生、湿生、化生四类,人和牛马等牲畜都算作胎生类,故云"仍令胎生"。 ㉒鬼曹:鬼类。曹,辈,类。 ㉓公门修行:公门,指官署。修行,佛教徒称依据佛说教义去实行为"修行"。旧时有"公门里面好修行"的俗语,认为官府操生杀予夺之权,在官署任职可随时行善积德。 ㉔庶还落蓐(rù 褥)之身:也许可以转生为人。蓐,草席。旧时称妇女临产为坐蓐,落蓐指人的降生。 ㉕弥天之孽:极大的罪恶。弥天,满天。 ㉖飞扬跋扈:骄横恣肆,任意妄为。 ㉗六月之霜:见《窦娥冤》第三折注㉙。这里形容隶役的脸色像蒙上严霜一样冷酷无情,也有因隶役贪赃枉法而造成冤狱的双关意义。 ㉘隳(huī 灰)突:破坏,毁坏。 ㉙九衢(qú 渠):四通八达的大路。通常指京城的道路。断九衢之路,有使得"无路可达帝听"的意思。 ㉚屠伯:犹言刽子手。《汉书·严延年传》载,严延年性情残忍,在河南太守任上处决囚犯,流血数里,人称"屠伯"。后多用以称嗜杀的酷吏。 ㉛汤镬(huò 货):汤,滚水。镬,无足大鼎。古代酷刑,把人投入滚汤中煮死。 ㉜富而不仁:富有而多行不义。语本《孟子·滕文公上》:"为富,不仁矣;为仁,不富矣。"一般作"为富不仁"。 ㉝金光盖地:金钱的光亮笼罩了地府。指羊某用钱贿通阴司官吏。 ㉞阎摩殿:即阎王殿。阎摩,梵文音译"阎魔罗阇"的省称,通常作"阎罗"。 ㉟阴霾(mái 埋):阴暗的风沙。这里形容暗无天日的情状。 ㊱铜臭(xiù 秀)熏天:

蒲松龄

《后汉书·崔寔传》载,东汉崔烈用钱买得司徒之职,问其子崔钧:"吾居三公,于议者何如?"钧说:"论者嫌其铜臭。"这里指羊某贿赂阴司官吏,气焰嚣张。 ⑰"余腥"句:是说金钱威力之大,能够买通、役使鬼神。余腥,承铜臭言,指少量的金钱。 ⑱籍:即籍没,查抄没收所有财产。 ⑲东岳:即泰山。迷信传说,泰山神东岳大帝掌管阴间的刑罚。 ⑳阳寿三纪:阳间的寿命三十六年。古以十二年为一纪。 ㉑良沃:肥沃的土地。 ㉒微:衰微,败落。 ㉓鬻(yù玉):卖。 ㉔净土:佛教传说中的西方极乐世界。《法苑珠林》:"西方常清净自然,无一切杂秽,故名净土。" ㉕意念都迷:意识知觉都模糊了。 ㉖万劫:无穷无尽的时间。劫,佛家语,梵文音译"劫波"的省称,意为"远大前程"。佛教认为,世界有周期性的生灭过程,经历若干万年就要毁灭一次,重又形成,这一周期称为一劫。

洪　昇

洪昇(1645—1704)，字昉思，号稗畦，又号稗村、南屏樵者，钱塘(今浙江省杭州市)人。清康熙七年(1668)国子监肄业，长期旅居北京，穷愁潦倒。康熙二十八年，因在"国恤"期间演出《长生殿》，被革去国学生籍。后漫游江南，醉后落水死。他是清代杰出的戏剧家，与孔尚任齐名，时称"南洪北孔"。所作剧本十种，今存《长生殿》传奇和《四婵娟》杂剧。亦以诗名，善词曲。著有诗集《稗畦集》《稗畦续集》《啸月楼集》。

长　生　殿

疑　谶①

(外扮郭子仪②将巾、佩剑上)"壮怀磊落有谁知？一剑防身且自随。整顿乾坤济时了③，那回方表是男儿。"自家姓郭名子仪，本贯华州郑县人氏。学成韬略④，腹满经纶⑤。要思量做一个顶天立地的男儿，干一桩安国定邦的事业。今以武举⑥出身，到京谒选⑦，正值杨国忠窃弄威权，安禄山滥膺宠眷⑧。把一个朝纲⑨，看看弄得不成模样了。似俺郭子仪，未得一官半职，不知何时，才得替朝廷出力也呵！

〔商调〕【集贤宾】论男儿壮怀须自吐，肯空向杞天呼⑩？笑他每似堂间处燕⑪，有谁曾屋上瞻乌⑫！不提防柙虎樊熊⑬，任纵横社鼠城狐⑭。几回家听鸡鸣，起身独夜舞⑮。想古来多少乘除⑯，显得个勋名垂宇宙，不争便姓字老樵渔⑰！

且到长安市上，买醉一回。(行科)

【逍遥乐】向天街⑱徐步，暂遣牢骚，聊宽逆旅⑲。俺则见来往纷如⑳，闹昏昏似醉汉难扶，那里有独醒行吟楚大夫㉑！俺郭子仪呵，待觅个同心伴侣，怅钓鱼人㉒去，射虎人㉓遥，屠狗人㉔无。(下)

（丑扮酒保上）"我家酒铺十分高，罚誓无赊挂酒标㉕。只要有钱凭你饮，无钱滴水也难消。"小子是这长安市上，新丰馆大酒楼，一个小二哥的便是。俺这酒楼，在东、西两市中间，往来十分热闹。凡是京城内外，王孙公子，官员市户，军民百姓，没一个不到俺楼上来吃三杯。也有吃寡酒的㉖，吃案酒的㉗，买酒去的，包酒来的，打发个不了。道犹未了，又一个吃酒的来也。

【上京马】（外行上）遥望见绿杨斜靠画楼隅，滴溜溜一片青帘㉘风外舞，怎得个燕市酒人㉙来共沽！（唤科）酒家有么？（丑迎科）客官，请楼上坐。（外作上楼科）是好一座酒楼也。敞轩窗日朗风疏，见四周遭㉚粉壁上，都画着醉仙图。

（丑）客官自饮，还是待客？（外）独饮三杯。有好酒呵取来。（丑）有好酒。（取酒上科）酒在此。（内叫科）小二哥，这里来。（丑应，忙下）（外饮酒科）

【梧叶儿】俺非是爱酒的闲陶令㉛，也不学使酒的莽灌夫㉜，一谜价㉝痛饮兴豪粗。撑着这醒眼儿谁偢睬㉞？问醉乡深可容得吾？听街市恁喧呼，偏冷落高阳酒徒㉟。

（作起看科）（老旦扮内监，副净、末、净扮官，各吉服㊱，杂捧金币、牵羊担酒随行上，绕场㊲下）（丑捧酒上）客官，热酒在此。（外）酒保，我问你咱，这楼前那些官员，是往何处去来？（丑）客官，你一面吃酒，我一面告诉你波。只为国舅杨丞相，并韩国、虢国、秦国三位夫人㊳，万岁爷各赐造新第㊴。在这宣阳里中，四家府门相连，俱照大内㊵一般造法。这一家造来，要胜似那一家的；那一家造来，又要赛过这一家的。若见那家造得华丽，这家便拆毁了，重新再造。定要与那家一样，方才住手。一座厅堂，足费上千万贯㊶钱钞。今日完工，因此合朝大小官员，都备了羊酒礼物，前往各家称贺，打从这里过去。（外惊科）哦，有这等事！（丑）待我再去看热酒来波。（下）（外叹科）呀，外戚宠盛，到这个地位，如何是了也！

【醋葫芦】怪私家恁僭窃㊷，竞豪奢夸土木。一班儿公卿甘作折腰趋㊸，争向权门如市附㊹。再没有一个人呵，把舆情向九重分诉㊺。可知他朱甍碧瓦㊻，总是血膏涂！

（起科）心中一时忿懑，不觉酒涌上来，且向四壁闲看一回。（作看科）这壁厢细字数行，有人题的诗句。我试觑波。（作念科）"燕市人皆去，函关马不归；若逢山下鬼，环上系罗衣。"㊼呀，这诗是好奇怪也！

【幺篇】我这里停睛一直看,从头儿逐句读。细端详,诗意少祯符㊽。且看是什么人题的?(又看念科)李遐周题。(作想科)李遐周,这名字好生熟识!哦,是了,我闻得有个术士㊾李遐周,能知过去未来,必定就是他了。多则是㊿就里难言藏谶语,猜诗谜杜家何处㊶?早难道醉来墙上信笔乱鸦涂㊷!

(内作喧闹科)(外唤科)酒保那里?(丑上)客官,做什么?(外)楼下为何又这般喧闹?(丑)客官,你靠着这窗儿,往下看去就是。(外看科)(净王服、骑马,头踏职事㊸前导引上,绕场行下科)(外)那是何人?(丑笑指科)客官,你不见他那个大肚皮么?这人姓安名禄山。万岁爷十分宠爱他,把御座的金鸡步障都赐与他坐过㊹,今日又封他做东平郡王㊺。方才谢恩出朝,赐归东华门外新第㊻,打从这里经过。(外惊怒科)呀,这、这就是安禄山么?有何功劳,遽封王爵?唉,我看这厮面有反相,乱天下者,必此人也!

【金菊香】见了这野心杂种㊼牧羊的奴,料蜂目豺声㊽定是狡徒。怎把个野狼引来屋里居?怕不将题壁诗符?更和那私门贵戚,一例逞妖狐㊾。

(丑)客官,为甚事这般着恼来?(外)

【柳叶儿】哎,不由人冷飕飕冲冠发竖,热烘烘气夯㊿胸脯,咭当当㊶把腰间宝剑频频觑。(丑)客官,请息怒,再与我消一壶波。(外)呀,便教俺倾千盏,饮尽了百壶,怎把这重沉沉一个愁担儿消除!

(作起身科)不吃酒了,收了这酒钱去者。(丑作收科)别人来"三杯和万事",这客官"一气惹千愁"。(下)(外作下楼、转行科)我且回到寓中去波。

【浪来里】见着那一桩桩伤心的时事迕㊷,凑着那一句句感时的诗谶伏。怕天心人意两难摸,好教俺费沉吟,趷踏地将眉对蹙㊸。看满地斜阳欲暮,到萧条客馆,兀自意踟蹰。

(作到寓进坐科)(副净扮家将上)(见科)禀爷,朝报㊹到来。(外看科)"兵部一本:为除授官员事。奉圣旨,郭子仪授为天德军㊺使。钦此㊻。"原来旨意已下,索早收拾行李,即日上任去者。(副净应科)(外)俺郭子仪虽则官卑职小,便可从此报效朝廷也呵!

【高过随调煞】赤紧似尺水中展鬐鳞,枳棘中拂毛羽㊼。且喜奋云霄有分上天衢㊽,直待的把乾坤重整顿,将百千秋第一等勋业图。纵有妖氛孽蛊㊾,少不得肩担日月㊿,手把大唐扶。

　　马蹄空踏几年尘,　　胡　宿
　　长是豪家据要津㊶。　　司空图

卑散自应霄汉隔㉒，　　王　建
不知忧国是何人㉓？　　吕　温

①《长生殿》写唐玄宗李隆基和贵妃杨玉环的爱情悲剧。全剧五十出。《疑谶》是第十出，通常题作《酒楼》。谶(chèn趁)：迷信说法，谓将来要应验的预兆、预言。这里指谶语。　②郭子仪(697—781)：唐代华州郑县(今陕西省渭南市华州区)人。玄宗时为朔方节度使，以平定安史之乱有功升中书令，进封汾阳郡王。代宗时联合回纥兵抗御吐蕃，德宗即位后尊为"尚父"。　③济时：匡时救世。了：完，罢。　④韬略：古代兵书有《六韬》《三略》，后因称用兵的谋略为"韬略"。　⑤经纶：整理丝缕。引申为治国的政治才能。　⑥武举：科举考试中为选拔武官专设的科目。　⑦谒选：官吏进京等候朝廷任用。选，铨选，量才授官。　⑧宠眷：指皇帝的恩遇宠幸。眷，关怀。　⑨朝纲：朝廷的纲纪法度。引申为朝廷。　⑩"肯空"句：岂肯徒劳地向苍天呼唤。《列子·天瑞》："杞国有人，忧天地崩坠，身亡所寄，废寝食者。"后因称无根据或不必要的忧虑为"杞人忧天"。此用其典，表示不作无益的忧虑。肯，怎肯。　⑪堂间处燕：在屋间居处的燕子。比喻灾祸将至而不自知。典出《孔丛子·论势》："燕雀处屋，子母相哺，煦煦焉其相乐也，自以为安矣。灶突炎上，栋宇将焚，燕雀颜色不变，不知祸之将及己也。"　⑫屋上瞻乌：语出《诗经·小雅·正月》："瞻乌爰止，于谁之屋？"意思是看乌鸦将栖止在谁家屋上，比喻百姓将不知何所归依。这里指为国家的命运而担忧。　⑬柙(xiá匣)虎樊熊：拘困在笼子里的老虎和熊。比喻安禄山虽然暂时驯顺，有机会必然作乱。柙，关猛兽的木笼。樊，樊笼，关鸟兽的笼子。　⑭社鼠城狐：藏身于土地庙里的老鼠和城墙中的狐狸。比喻仗势作恶而很难除去的人。《晋书·谢鲲传》："(王敦)谓鲲曰：'刘隗奸邪，将危社稷，吾欲除君侧之恶，匡主济时，何如？'对曰：'隗诚始祸，然城狐社鼠也。'"这里指杨国忠等朝臣。　⑮听鸡鸣，起身独夜舞：《晋书·祖逖传》载，东晋大将祖逖投军前与刘琨同为司州主簿，闻荒鸡(半夜啼叫的鸡)鸣即起而舞剑。后因以"闻鸡起舞"比喻志士及时奋发以报效国家。　⑯乘除：世事的消长盛衰。　⑰"显得"二句：意谓如果不能建功立业而名垂宇宙，便只有埋名隐姓以樵夫或渔人终老了。不争，若非。　⑱天街：京城的街市。　⑲逆旅：旅店。这里引申为客居的心情。　⑳纷如：纷繁杂乱。如，语助词。　㉑独醒行吟楚大夫：指屈原。屈原曾任楚国三闾大夫，被贬逐后行吟泽畔，云"众人皆醉我独醒"。见楚辞《渔父》。　㉒钓鱼人：指西周的开国功臣吕尚。他发迹前曾在渭水滨钓鱼。一说指汉初功臣韩信。　㉓射虎人：指西汉名将李广。广善骑射，曾射杀若干猛虎。　㉔屠狗人：指汉初功臣樊哙。他在随刘邦起义前以屠狗为业。　㉕罚誓无赊：意为绝对不能赊酒喝。酒标：酒招子，旧时酒家的标志。　㉖吃寡酒的：光喝酒而不买佐酒的菜肴。　㉗吃案酒的：喝酒时买了下酒的菜肴。　㉘青帘：旧时酒家的青布招子。　㉙燕市酒人：指战国时的侠客荆轲、高渐离。《史记·刺客列传》："荆

辄嗜酒,日与狗屠及高渐离饮于燕市。”燕市,当时燕国的首都。 ㉚周遭:周围。㉛爱酒的闲陶令:指东晋诗人陶渊明。他曾任彭泽县令,后归田闲居,性极好饮。㉜使酒的莽灌夫:灌夫,西汉时人。历官中郎将、太仆、燕相。为人刚直使酒,因借酒痛骂丞相田蚡,被诬族诛。 ㉝一谜价:尽管、尽情的意思。 ㉞偢(chǒu 丑)睬:理睬。 ㉟高阳酒徒:参见《李逵负荆》注⑧。这里是郭子仪自谓。 ㊱吉服:喜庆服装。 ㊲绕场:戏曲术语。剧中人由上场门出场,在前场绕行一两周,再由下场门下场,表示由此地路过。 ㊳韩国、虢(guó 国)国、秦国三位夫人:杨贵妃的三个姐姐,因杨贵妃而受到唐玄宗的宠幸,分别封为夫人。韩、虢、秦,都是地名。 ㊴第:府第。㊵大内:皇帝居住的宫殿。 ㊶贯:古时用绳索穿钱,每一千文为一贯。 ㊷怪:惊异,惊讶。私家:臣下,与官家(皇帝)相对而言。这里指杨国忠兄妹。僭(jiàn 践)窃:古制等级限制很严,皇帝和臣子所住的房子、所用的器物各有规定,擅自超越本分的名位,称为僭窃。 ㊸折腰:卑躬屈膝。趋:趋奉,归附。 ㊹市附:赶集。 ㊺舆情:民众的意见。九重:皇帝居住的地方。这里指皇帝。 ㊻朱甍(méng 盟)碧瓦:指高大而华丽的建筑物。甍,屋脊。 ㊼“燕市”四句:即出目所谓“谶”,原见于乐史《杨太真外传》。前两句暗指安禄山起兵渔阳,燕地尽归其统治;哥舒翰奉命收复陕洛兵败被俘,安禄山攻入潼关。后两句暗指唐玄宗出逃至马嵬驿发生兵变,杨玉环被逼自缢身死。函关,即函谷关,有旧关和新关之分。旧关为战国时秦国所置,在今河南省灵宝市东北。新关为汉武帝时所置,在今河南省新安县东。这里泛指陕洛一带。㊽祯符:吉祥的征兆。 ㊾术士:这里指以占卜、星相等为职业的人。 ㊿多则是:多半是,大概是。 (51)“猜诗谜”句:意谓能解破这诗谜的行家在哪里呢?杜家,《辍耕录》所录金元院本名目,猜谜有《杜大伯》一种。或说杜家即指这个杜大伯,引申为猜谜的行家。一说为“社家”之误。社家,即行家。 (52)鸦涂:即涂鸦,胡乱涂抹。(53)头踏职事:古代官员出行时的仪仗队伍。头踏,前导的马队。 (54)“把御座”句:《资治通鉴・唐纪》载:“上(唐玄宗)尝宴勤政楼,百官列坐楼下,独为禄山于御座东间设金鸡障,置榻使坐其前,仍命卷帘以示荣宠。”障,坐障,坐榻的围屏,上绣金鸡图案,称金鸡步障。 (55)“今日”句:唐天宝九年(750),玄宗封安禄山为东平郡王。唐代以将帅而封王的,他是第一人。 (56)“赐归”句:据《资治通鉴》记载,天宝九年和十年,唐玄宗先后敕令为安禄山在昭应城(故址在今陕西省西安市临潼区)和长安亲仁坊建造府第。东华门,唐代长安没有这样一个门。 (57)杂种:安禄山的父亲是胡人,母亲是突厥人,所以这里骂他是“杂种”。 (58)蜂目豺声:形容恶人的相貌和声音。语出《左传・文公元年》:“蜂目而豺声,忍人也。” (59)一例:一样。逞妖狐:比喻肆行奸恶,胡作非为。 (60)夯(hāng):胀满,冲撞。 (61)咭当当:象声词。这里形容宝剑的响声。 (62)遻(wǔ 午):不顺遂,不如意。 (63)跒(kē 科)踏地:形容动作很快,犹言一下子。蹙(cù 促):紧皱。 (64)朝报:又称邸钞、邸报,朝廷的公报。内容包括诏令、奏议、官员任免等官方文书及其他新闻记事。 (65)天德军:唐代军镇名。在今内蒙古乌拉特前旗北。天宝十二年(753),郭子仪任天德军使。此前已官至朔方右厢兵马使,兼九原郡太守。剧本对史实有所改动。　⑥⑥钦此:皇帝诏旨末尾的专用语。　⑥⑦"赤紧"二句:以鱼游浅水、鸟入棘丛比喻身居下僚,无法施展身手。赤紧似,正如,恰似。鬣鳞,鱼鳍和鱼鳞,代指鱼。枳(zhǐ 止)棘,泛指带刺的灌木。　⑥⑧分(fèn 奋):缘分,机缘。天衢(qú 渠):本指帝京的街路。引申为朝廷。　⑥⑨妖氛孽蛊(gǔ 古):比喻邪恶势力。这里指安禄山。蛊,相传是一种人工培养成的毒虫。　⑦⑩肩担日月:比喻担当拯救国家的重任。　⑦①要津:比喻朝廷中的显要官职。津,本指渡口。　⑦②卑散:卑官散职,指地位低下的官员。霄汉隔:比喻不能参与朝政。　⑦③以上四句是本出的下场诗。《长生殿》各出的下场诗都是集句,采自唐诗。

惊　　变①

(丑上)"玉楼天半起笙歌,风送宫嫔②笑语和。月殿影开闻夜漏,水晶帘卷近秋河③。"咱家高力士,奉万岁爷之命,着咱在御花园中安排小宴,要与贵妃娘娘同来游赏,只得在此伺候。(生、旦乘辇④,老旦、贴随后,二内侍引,行上)

〔北中吕〕【粉蝶儿】⑤天淡云闲,列长空数行新雁。御园中秋色斓斑⑥:柳添黄,蘋减绿,红莲脱瓣。一抹⑦雕阑,喷清香桂花初绽。

(到介)(丑)请万岁爷娘娘下辇。(生、旦下辇介)(丑同内侍暗下)(生)妃子,朕与你散步一回者。(旦)陛下请。(生携旦手介)(旦)

【南泣颜回】携手向花间,暂把幽怀同散。凉生亭下,风荷映水翩翩。爱桐阴静悄,碧沉沉并绕回廊看。恋香巢秋燕依人,睡银塘鸳鸯蘸眼⑧。

(生)高力士,将酒过来,朕与娘娘小饮数杯。(丑)宴已排在亭上,请万岁爷娘娘上宴。(旦作把盏,生止住介)妃子坐了。

【北石榴花】不劳你玉纤纤⑨高捧礼仪烦,子待借小饮对眉山⑩。俺与你浅斟低唱互更番,三杯两盏,遣兴消闲。妃子,今日虽是小宴,倒也清雅。回避了御厨中,回避了御厨中烹龙炮凤堆盘案⑪,咿咿哑哑乐声催趱⑫。只几味脆生生⑬,只几味脆生生蔬和果清肴馔,雅称⑭你仙肌玉骨美人餐。

妃子,朕与你清游小饮,那些梨园⑮旧曲,都不耐烦听他。记得那年在沉香亭上赏牡丹,召翰林李白草《清平调》三章⑯,令李龟年度成新谱⑰,其词甚佳。不知妃子还记得么?(旦)妾还记得。(生)妃子可为朕歌之,朕当亲倚玉笛以和⑱。(旦)领旨。(老旦进玉笛,生吹介)(旦按板⑲介)

【南泣颜回】花繁、秾艳想容颜,云想衣裳光璨⑳。新妆谁似,可怜飞燕娇懒[21]。名花国色,笑微微常得君王看。向春风解释春愁,沉香亭同倚阑干[22]。

（生）妙哉,李白锦心,妃子绣口[23],真双绝矣。宫娥,取巨觥[24]来,朕与妃子对饮。（老旦、贴送酒介）（生）

【北斗鹌鹑】畅好是喜孜孜驻拍停歌[25],喜孜孜驻拍停歌,笑吟吟传杯送盏。妃子干一杯。（作照干[26]介）不须他絮烦烦射覆藏钩[27],闹纷纷弹丝弄板[28]。（又作照杯介）妃子,再干一杯。（旦）妾不能饮了。（生）宫娥每,跪劝。（老旦、贴）领旨。（跪旦介）娘娘,请上这一杯。（旦勉饮介）（老旦、贴作连劝介）（生）我这里无语持觥仔细看,早子见花一朵上腮间。（旦作醉介）妾真醉矣。（生）一会价软哈哈柳嚲花欹[29],软哈哈柳嚲花欹,困腾腾莺娇燕懒。

妃子醉了,宫娥每,扶娘娘上辇进宫去者。（老旦、贴）领旨。（作扶旦起介）（旦作醉态呼介）万岁！（老旦、贴扶旦行）（旦作醉态介）

【南扑灯蛾】态恹恹[30]轻云软四肢,影濛濛空花乱双眼,娇怯怯柳腰扶难起,困沉沉强抬娇腕,软设设金莲倒褪[31],乱松松香肩嚲云鬟,美甘甘思寻凤枕,步迟迟倩宫娥搀入绣帏间。

（老旦、贴扶旦下）（丑同内侍暗上）（内击鼓介）（生惊介）何处鼓声骤发？（副净[32]急上）"渔阳鼙鼓动地来,惊破霓裳羽衣曲。"[33]（问丑介）万岁爷在那里？（丑）在御花园内。（副净）军情紧急,不免径入[34]。（进见介）陛下,不好了。安禄山起兵造反,杀过潼关,不日就到长安了。（生大惊介）守关将士何在？（副净）哥舒翰[35]兵败,已降贼了。（生）

【北上小楼】呀,你道失机的哥舒翰,称兵的安禄山,赤紧的[36]离了渔阳,陷了东京[37],破了潼关。唬得人胆战心摇,唬得人胆战心摇,肠慌腹热,魂飞魄散,早惊破月明花粲[38]。

卿有何策,可退贼兵？（副净）当日臣曾再三启奏,禄山必反,陛下不听,今日果应臣言。事起仓卒,怎生抵敌？不若权时幸蜀,以待天下勤王[39]。（生）依卿所奏。快传旨,诸王百官,即时随驾幸蜀便了。（副净）领旨。（急下）（生）高力士,快些整备军马。传旨令右龙武将军陈元礼,统领羽林军士三千扈驾前行[40]。（丑）领旨。（下）（内侍）请万岁爷回宫。（生转行叹介）唉,正尔欢娱,不想忽有此变,怎生是了也！

【南扑灯蛾】稳稳的宫廷宴安,扰扰的边廷造反。咚咚的鼙鼓喧,腾腾的烽火㸌[41]。的溜扑碌[42]臣民儿逃散,黑漫漫乾坤覆翻,碜磕磕[43]社稷摧残,碜磕磕社稷摧残。当不得萧萧飒飒西风送晚,黯黯㊹的一轮落日冷长安。

（向内问介）宫娥每,杨娘娘可曾安寝？（老旦、贴内应介）已睡熟了。（生）不要惊他,且待明早五鼓同行。（泣介）天那,寡人不幸,遭此播迁㊺,累㊻他玉貌花容,驱驰道路,好不痛心也！

【南尾声】在深宫兀自娇慵惯,怎样支吾㊼蜀道难！（哭介）我那妃子呵,愁杀你玉软花柔,要将途路趱。

　　　　宫殿参差落照间㊽,　　卢　纶
　　　　渔阳烽火照函关。　　　吴　融
　　　　遏云㊾声绝悲风起,　　胡　曾
　　　　何处黄云是陇山㊿？　　武元衡

①这是《长生殿》的第二十四出。演出时通常分为"小宴""惊变"两部分。　②宫嫔(pín 贫)：宫女。嫔,宫廷中的女官名。　③水晶帘：珠帘。秋河：银河的别称。近秋河,形容楼台之高。　④生：这里扮演唐玄宗李隆基。旦：这里扮演贵妃杨玉环。下句的老旦和贴,分别扮演宫女念奴、永新。　⑤这出戏用南北曲合套的方法,生唱北曲,旦唱南曲,间有变异。　⑥斓(lán 栏)斑：即斑斓,颜色驳杂灿烂。　⑦一抹：一片,一带。　⑧蘸(zhàn 战)眼：耀眼,引人注目。　⑨玉纤纤：指女子洁白纤细的手。　⑩子待：同"只待"。眉山：古时女子用黛墨画眉,颜色形状如远山,称远山眉。这里代指杨贵妃。以上两句,暗合"举案齐眉"的典故。　⑪烹龙炮(páo 袍)凤：指烧煮各种美味佳肴。炮,烹煮。龙、凤,喻指珍馐。盘案：放菜的器具。　⑫催趱(zǎn 攒)：催促。　⑬脆生生：很脆。生生,形容脆的程度。　⑭雅称(chèn 趁)：非常合适、相称。雅,甚。　⑮梨园：唐玄宗时教练宫廷歌舞艺人的地方。　⑯"记得"二句：相传唐玄宗和杨贵妃在兴庆宫内沉香亭前观赏牡丹花,乐师李龟年率梨园弟子欲歌,玄宗说："赏名花,对妃子,焉用旧乐词为？"即召当时正在长安供奉翰林的李白进《清平调》词三首。事见《杨太真外传》等。　⑰李龟年：唐代宫廷乐师。善歌,又善奏羯鼓。精音律,能自撰曲。玄宗时在梨园供职,颇得宠幸。安史之乱后流落江南,不知所终。度：作曲,谱曲。　⑱倚玉笛以和：用玉笛来伴奏。　⑲按板：敲击节拍。　⑳"花繁"三句：化用传为李白所作的《清平调》其一"云想衣裳花想容,春风拂槛露华浓"两句。秾(nóng 农),花木繁盛的样子。璨(càn 灿),明亮,灿烂。　㉑"新妆"二句：化用《清平调》其二"借问汉宫谁得似？可怜飞燕倚新妆"两句。可怜,可爱。飞燕,指汉成帝的皇后赵飞燕,貌美而善歌舞。这里借指杨贵妃。　㉒"名花"四句：化用《清平调》其三"名花倾国两相欢,长得君王带笑看。解释春风无限恨,沉香亭北倚栏干"。名花,指牡丹。国色,容貌美丽冠绝一国的女子。语出《公羊传·昭公三十一年》："颜夫人者……国色也。"亦指牡丹花。这里名花、国色兼写杨贵妃和牡丹花。解释,解除,消释。　㉓"李白"二句：锦心绣口,语出柳宗元《乞巧文》："骈四俪六,锦

心绣口。"锦心,形容文思优美。绣口,原指辞藻华丽,这里形容歌声优美动听。 ㉔觞(shāng 商):古代酒器。巨觞,大酒杯。 ㉕畅好是:正好是。驻,同"住",停止。 ㉖照干:指演员做饮干杯中的酒,再对观众亮出杯底的动作。 ㉗射覆藏钩:古代的两种游戏。射覆,将物件藏起来让人猜度,亦指类似猜字谜的一种酒令。藏钩,猜物品藏在谁那儿。 ㉘弹丝弄板:指弹奏乐器。丝,泛指各种弦乐器。板,乐器中用来敲节拍的板。 ㉙一会价:一会儿。软咍(hāi)咍:软绵绵。柳䮌(duǒ 朵)花欹(qī 七):和下句的"莺娇燕懒"都是形容杨贵妃的醉态。䮌,下垂。欹,倾斜。 ㉚恹(yān 烟)恹:疲软无力的样子。 ㉛软设设:软绵绵。金莲:女子的小脚。褪(tùn):后退。 ㉜副净:这里扮演杨国忠。 ㉝"渔阳"二句:白居易《长恨歌》中的两句。渔阳鼙鼓,指安禄山起兵的战鼓。渔阳,唐郡名,治所在今天津市蓟州区,时属平卢、范阳、河东三镇节度使安禄山管辖。 ㉞径入:直接进入。 ㉟哥舒翰(?—757):唐玄宗时将领,突厥族人。因破吐蕃有功,封西平郡王。安禄山叛乱时起为兵马副元帅,统兵二十万守潼关。因受杨国忠猜忌,被逼仓卒出战,兵败被俘。 ㊱赤紧的:当真的。 ㊲东京:唐代称洛阳为东都。 ㊳月明花粲:比喻和平安乐的环境。 ㊴勤王:朝廷有难,各地起兵援救。 ㊵羽林军:皇帝的禁卫军。扈(hù 护)驾:护从皇帝车驾。 ㊶黫(yān 烟):黑色。 ㊷的溜扑碌:即滴溜扑,形容跌倒的声音。 ㊸碜(chěn)磕磕:形容凄伤惨痛的样子。或作碜可可、惨可可。碜,惨义通,磕磕、可可是语助词。 ㊹黯黯:昏暗的样子。 ㊺播迁:流离迁徙。 ㊻累:连累,拖累。 ㊼支吾:这里是对付、支应的意思。 ㊽参差:高下不齐的样子。落照:夕阳的余晖。 ㊾遏(è 厄)云:即响遏行云。形容乐声响亮,高入云霄,把流动的云彩也阻住了。语出《列子·汤问》:"抚节悲歌,声振林木,响遏行云。"遏,阻止。 ㊿陇山:在陕西、甘肃一带。由长安往成都,须经陇山东麓而南行。

孔尚任

孔尚任(1648—1718),字聘之、季重,号东塘、岸堂,自署云亭山人,曲阜(今山东省曲阜市)人。孔子六十四代孙。初隐居石门山,康熙南巡至曲阜时被荐讲经,破格授国子监博士,累迁户部主事、员外郎。后因事罢官,家居终老。他是清代杰出的戏剧家,以传奇《桃花扇》名世,时与洪昇并称为"南洪北孔"。其剧作还有与顾彩合撰的《小忽雷》传奇。亦能诗文,著有《湖海集》《岸堂文集》《长留集》等诗文集。

桃 花 扇

骂 筵①

【缕缕金】(副净扮阮大铖②吉服上)风流代,又遭逢,六朝金粉样③,我偏通。管领烟花,衔名供奉④。簇新新帽乌衬袍红⑤,皂皮靴绿缝,皂皮靴绿缝。

(笑介)我阮大铖亏了贵阳相公破格提挈⑥,又取在内庭供奉,今日到任回来,好不荣耀。且喜今上⑦性喜文墨,把王铎⑧补了内阁大学士,钱谦益⑨补了礼部尚书。区区不才,同在文学侍从之班,天颜⑩日近,知无不言。前日进了四种传奇⑪,圣心大悦,立刻传旨,命礼部采选宫人,要将《燕子笺》被之声歌⑫,为中兴一代之乐。我想这本传奇,精深奥妙,倘被俗手教坏,岂不损我文名?因而乘机启奏:"生口不如熟口,清客⑬强似教手。"圣上从谏如流,就命广搜旧院⑭,大罗⑮秦淮,拿了清客妓女数十余人,交与礼部拣选。前日验他色艺,都只平常;还有几个有名的,都是杨龙友⑯旧交,求情免选,下官只得勾去。昨见贵阳相公,说道:"教演新戏是圣上心事,难道不选好的,倒选坏的不成?"只得又去传他,尚未到来。今乃乙酉新年人日佳节⑰,下官约同龙友,移樽赏心亭⑱,邀俺贵阳师相饮酒看雪。早已吩咐把新选的妓女,带到席前验看。正是:花

柳笙歌隋事业,谈谐裙屐晋风流⑲。(下)

【黄莺儿】(老旦扮卞玉京⑳道妆、背包急上)家住蕊珠宫,恨无端业海风,把人轻向烟花送㉑。喉尖唱肿,裙腰舞松,一生魂在巫山洞㉒。俺卞玉京,今日为何这般打扮?只因朝廷搜拿歌妓,逼俺断了尘心。昨夜别过姐妹,换上道妆,飘然出院,但不知那里好去投师?望城东云山满眼,仙界路无穷。

(飘飘㉓下)(副净、外、净扮丁继之、沈公宪、张燕筑㉔三清客上)

【皂罗袍】(副净)正把秦淮箫弄,看名花好月,乱上帘栊。凤纸㉕签名唤乐工,南朝天子春心动。我丁继之年过六旬,歌板久抛。前日托过杨老爷,免我前往。怎的今日又传起来了?(外、净)俺两个也都是免过的,不知又传,有何话说。(副净拱㉖介)两位老弟,大家商量,我们一班清客,感动皇爷,召去教歌,也不是容易的。(外、净)正是。(副净)二位青年上进,该去走走;我老汉多病年衰,也不望什么际遇㉗了。今日我要躲过,求二位遮盖一二。(外)这有何妨?太公钓鱼,愿者上钩㉘。(净)是是。难道你犯了王法,定要拿去审问不成?(副净)既然如此,我老汉就回去了。(回行介)急忙回首,青青远峰;逍遥寻路,森森乱松。(顿足介)若不离了尘埃,怎能免得牵绊?(袖出道巾、黄绦换介)(转头呼介)二位看俺打扮罢,道人醒了扬州梦㉙。

(摇摆下)(外)咦!他竟出家去了,好狠心也。(净)我们且坐廊下晒暖,待他姊妹到来,同去礼部过堂。(坐地介)(小旦扮寇白门,丑扮郑妥娘,杂扮差役跟上)(小旦)桃片随风不结子㉚。(丑)柳绵浮水又成萍㉛。(望介)你看老沈、老张不约俺一声儿,先到廊下向暖,我们走去,打他个耳刮子。(相见,诨介)(外问杂介)又传我们到那里去?(杂)传你们到礼部过堂,送入内庭教戏。(外)前日免过俺们了。(杂)内阁大老爷不依,定要借重你们几个老清客哩。(净)是那几个?(杂)待我瞧瞧票子㉜。(取票看介)丁继之、沈公宪、张燕筑。(问介)那姓丁的如何不见?(外)他出家去了。(杂)既出了家,没处寻他,待我回官罢。(向净、外介)你们到了的,竟往礼部过堂去。(净)等他姊妹们到齐着。(杂)今日老爷们秦淮赏雪,吩咐带着女客,席上验看哩。(外、净)既是这等,我们先去了。正是:传歌留乐府㉝,撅笛傍宫墙㉞。(下)(杂看票问小旦介)你是寇白门么?(小旦)是。(杂问丑介)你是卞玉京么?(丑)不是,我是老妥。(杂)是郑妥娘了。(问介)那卞玉京呢?(丑)他出家去了。(杂)咦!怎么出家的都配成对儿。(问介)后边还有一个脚小走不上来的,想是李贞丽㉟了?(小旦)不是,李贞丽从良去了。(杂)我方才拉他下楼,他说是李贞丽,怎的又不是?(丑)想是他女儿顶名替来的。(杂)母子总是一般,只少不了数儿就好了。(望介)他早赶上来也。

【忒忒令】(旦)下红楼残腊雪浓,过紫陌㊳早春泥冻。不惯行走,脚儿十分痛。传凤诏,选蛾眉,把丝鞭,骑骄马,催花使㊲乱拥。

奴家香君,被捉下楼,叫去学歌,是俺烟花本等;只有这点志气,就死不磨㊳。(杂喊介)快些走动!(旦到介)(小旦)你也下楼了,屈尊,屈尊。(丑)我们造化,就得服侍皇帝了。(旦)情愿奉让罢。(同行介)(杂)前面是赏心亭了,内阁马老爷,光禄阮老爷,兵部杨老爷,少刻即到。你们各人整理伺候。(杂同小旦、丑下)(旦私语介)难得他们凑来一处,正好吐俺胸中之气。

【前腔】赵文华陪着严嵩,抹粉脸席前趋奉;丑腔恶态,演出真《鸣凤》㊴。俺做个女祢衡,挝渔阳,声声骂㊵,看他懂不懂。

(净扮马士英,副净扮阮大铖,末扮杨文聪,外、小生扮从人喝道上)(旦避下)(副净)琼瑶楼阁朱微抹。(末)金碧峰峦粉细勾㊶。(净)好一派雪景也。(副净)这座赏心亭,原是看雪之所。(净)怎么原是看雪之所?(副净)宋真宗曾出周昉雪图,赐与丁谓。说道:"卿到金陵,可选一绝景处张之。"因建此亭㊷。(净看壁介)这壁上单条㊸,想是周昉雪图了。(末)非也。这是画友蓝瑛㊹新来见赠的。(净)妙妙!你看雪压钟山,正对图画,赏心胜地,无过此亭矣。(末吩咐介)就把炉、榼㊺、游具摆设起来。(外、小生设席坐介)(副净向净介)荒亭草具㊻,忝爱高攀,着实得罪了。(净)说那里话。可笑一班小人,奉承权贵,费千金盛设,十分丑态,一无所取,徒传笑柄。(副净)晚生今日扫雪烹茶,清谈攀教,显得老师相高怀雅量,晚生辈也免了几笔粉抹。(净)呵呀!那戏场粉笔,最是利害,一抹上脸,再洗不掉;虽有孝子慈孙,都不肯认做祖父的。(末)虽然利害,却也公道,原以儆戒无忌惮之小人,非为我辈而设。(净)据学生看来,都吃了奉承的亏。(末)为何?(净)你看前辈分宜相公严嵩,何尝不是一个文人,现今《鸣凤记》里抹了花脸,着实丑看。岂非赵文华辈奉承坏了?(副净打恭介)是是。老师相是不喜奉承的,晚生惟有心悦诚服而已。(末)请酒。(同举杯介)(副净问外介)选的妓女,可曾叫到了么?(外禀介)叫到了。(杂领众妓叩头介)(净细看介)(吩咐介)今日雅集,用不着他们,叫他礼部过堂去罢。(副净)特令到此伺候酒席的。(净)留下那个年小的罢。(众下)(净问介)他唤什么名字?(杂禀介)李贞丽。(净笑介)丽而未必贞也。(笑问副净介)我们扮过陶学士了,再扮一折党太尉何如㊼?(副净)妙妙!(唤介)贞丽过来斟酒唱曲。(旦摇头介)(净)为何摇头?(旦)不会。(净)呵呀!样样不会,怎称名妓?(旦)原非名妓。(掩泪介)(净)你有甚心事,容你说来。

【江儿水】(旦)妾的心中事,乱似蓬,几番要向君王控。拆散夫妻惊魂迸,割开母子鲜血涌㊽,比那流贼还猛。做哑装聋,骂着不知惶恐。

(净)原来有这些心事。(副净)这个女子却也苦了。(末)今日老爷们在此行乐,不必只是诉冤了。(旦)杨老爷知道的,奴家冤苦,也值当不的一诉。

【五供养】堂堂列公,半边南朝,望你峥嵘㊾。出身㊿希贵宠,创业选声容㊿,后庭花㊿又添几种。把俺胡撮弄㊿,对寒风雪海冰山,苦陪觞咏㊿。

(净怒介)咦!这妮子胡言乱道,该打嘴了。(副净)闻得李贞丽原是张天如、夏彝仲辈品题之妓㊿,自然是放肆的。该打,该打。(末)看他年纪甚小,未必是那个李贞丽。(旦恨介)便是他待怎的!

【玉交枝】东林伯仲㊿,俺青楼皆知敬重。干儿义子从新用,绝不了魏家种㊿!(副净)好大胆,骂的是那个?快快采去丢在雪中。(外采旦推倒介)(旦)冰肌雪肠原自同,铁心石腹何愁冻!(副净)这奴才,当着内阁大老爷,这般放肆,叫我们都开罪了。可恨,可恨!(下席踢旦介)(末起拉介)(净)罢罢。这样奴才,何难处死,只怕妨了俺宰相之度。(末)是是。丞相之尊,娼女之贱,天地悬绝,何足介意?(副净)也罢。启过老师相,送入内庭,拣着极苦的脚色,叫他去当。(净)这也该的。(末)着人拉去罢。(杂拉旦介)(旦)奴家已拼一死。吐不尽鹃血㊿满胸,吐不尽鹃血满胸。

(拉旦下)(净)好好一个雅集,被这奴才搅乱坏了。可笑,可笑!(副净、末连三揖介)得罪,得罪!望乞海涵,另日竭诚罢。(净)兴尽宜回春雪棹㊿。(副净)客羞应斩美人头㊿。(净、副净、从人喝道下)(末吊场㊿介)可笑香君才下楼来,偏撞两个冤对㊿,这场是非免不了的。若无下官遮盖,香君性命也有些不妥哩。罢罢!选入内庭,倒也省了几日悬挂。只是媚香楼无人看守,如何是好?(想介)有了,画友蓝瑛托俺寻寓,就接他暂住楼上;待香君出来,再作商量。

赏心亭上雪初融,煮鹤烧琴宴巨公㊿。
恼杀秦淮歌舞伴,不同西子㊿入吴宫。

①《桃花扇》是一部借复社文人侯方域和秦淮名妓李香君的爱情故事反映南明弘光王朝兴衰始末的历史剧。《骂筵》是第二十四出。　②阮大铖：字集之，号圆海，安徽怀宁人。明天启时依附阉党魏忠贤，崇祯时废斥，匿居南京。南明时，与马士英拥立福王，得任兵部尚书。清兵南下时投降，从攻仙霞岭而死；一说为清兵所杀。擅词曲，作有《燕子笺》等传奇。　③六朝金粉样：像六朝那样的奢华淫靡。金粉，妇女妆饰用的铅粉。常用以形容繁华绮丽的生活。　④衔名供奉：衔，指官衔。供奉，以文学、伎艺供职内廷的官。　⑤帽乌衬袍红：戴乌纱帽，穿大红袍。泛指做官。　⑥贵阳相公：指马士英。他是贵州贵阳人，时因拥立福王有功，官弘光朝东阁大学士，故称。提挈(qiè妾)：提拔。　⑦今上：当今皇上。指南明弘光帝朱由崧。　⑧王铎：字觉斯，号嵩樵。明天启进士。南明弘光朝官东阁大学士。后降清，官礼部尚书。　⑨钱谦益：字受之，号牧斋，明万历进士。崇祯朝官至礼部侍郎，南明弘光朝官礼部尚书。后降清，官礼部侍郎。　⑩天颜：帝王的容颜。这里指弘光帝。　⑪四种传奇：指阮大铖所作传奇《春灯谜》《燕子笺》《牟合尼》《双金榜》，世称"石巢四种"。　⑫被之声歌：付诸演唱。　⑬清客：在富贵人家帮闲凑趣的门客。这里指教妓女吹弹歌舞的艺人。　⑭旧院：在南京武定桥和钞库街之间，为秦淮歌妓聚居之处。　⑮罗：搜罗。　⑯杨龙友：杨文骢，字龙友，贵阳人。明万历举人。南明弘光朝官兵备副使，出任常、镇二府巡抚。南京陷，从明宗室唐王朱聿键起兵援衢州，兵败被杀。　⑰乙酉：南明弘光二年(1645)，亦即清顺治二年。人日：农历正月初七。　⑱赏心亭：在南京城西下水门城上，下临秦淮，为北宋丁谓出镇金陵时所建。　⑲"花柳"二句：意谓像隋炀帝君臣那样纵情声色，过着晋朝士大夫那样的清谈贵游生活。谈谐，指晋朝士大夫尚清谈诙谐的生活作风。裙屐(jī机)，六朝贵游子弟的衣着。裙，下裳。屐，木鞋。　⑳卞玉京：和下文寇白门、郑妥娘都是明末清初南京的名妓。　㉑"家住"三句：自谓本和神仙有缘，只恨平白遭此业报，沦落烟花。蕊珠宫，道家所说神仙居住的地方。业海，佛经语，意说世人罪业深重无边，有如大海。　㉒魂在巫山洞：指娼妓生涯。巫山洞，用宋玉《高唐赋序》事。　㉓飘飖：同"飘摇"，飘然、潇洒的样子。　㉔丁继之、沈公宪、张燕筑：都是当时南京著名的戏曲艺人。　㉕凤纸：即凤诏，皇帝的诏书。　㉖拱：拱手，古时礼节之一。　㉗际遇：遭遇。多指得到好的机遇。　㉘"太公"二句：太公，即周初的吕尚，俗称姜太公。相传他隐居渭滨时，曾用无饵直钩钓鱼，说："负命者上钩来。"事见《武王伐纣平话》。　㉙醒了扬州梦：意谓已从歌舞繁华中清醒过来。唐杜牧《遣怀》诗："十年一觉扬州梦，赢得青楼薄幸名。"　㉚"桃片"句：比喻飘忽无定的娼妓生涯终无结果。桃片，桃花的花瓣。　㉛"柳绵"句：古代传说，浮萍是柳絮落水所化。这里比喻妓女生涯若浮萍寄身流波，没有归宿。柳绵，即柳絮。　㉜票子：指传票。　㉝乐府：古代音乐官署。始设于秦，汉武帝时乐府规模较大，掌管朝会宴享和出巡时所用的音乐，兼采民间歌辞和乐曲。　㉞"撷(yè夜)笛"句：唐元稹《连昌宫词》："李謩撷笛傍宫墙，偷得新翻数般曲。"李謩为唐开元中吹笛高手。相传唐

玄宗在宫中奏乐时,他在宫墙外偷听,把曲调都记了下来。撾,用手指按捺。　㉟李贞丽:明末秦淮名妓。她是本剧女主人公李香君的假母。　㊱紫陌:旧指京都的道路。　㊲催花使:这里指奉旨传唤妓女的吏役。　㊳磨:灭,消除。　㊴"赵文华"四句:赵文华,明嘉靖进士,认权相严嵩为父。曾任右副都御使,总督浙闽军务。传奇《鸣凤记》写他趋附严嵩,极尽阿谀奉承之能事。这里是说,阮大铖趋奉马士英的丑态,和《鸣凤记》所演赵、严事毫无二致。粉抹脸,指旧时戏曲中扮演奸邪人物的角色所画的白脸谱。　㊵"俺做"三句:是说要学祢衡击鼓骂曹操的榜样,在筵席上痛骂马士英等奸臣。　㊶"琼瑶"二句:形容雪后阳光下的楼台、山峦色彩缤纷,美如图画。琼瑶,美玉。金碧,指国画颜料中的泥金、石青和石绿,形容色彩富丽。抹、勾,绘画的笔法。　㊷"宋真宗"六句:《渑水燕谈录》载:"晋公始典金陵,陛辞日,真宗出周昉《袁安卧雪图》曰:'付卿到金陵,选一绝景张之。'公遂张于赏心亭。"周昉,唐代著名画家,善写人物。丁谓,宋真宗的宠臣,累官至宰相,封晋国公。　㊸单条:条幅画。　㊹蓝瑛:字田叔,明末清初著名画家。擅画山水,兼工人物、花鸟、兰竹。　㊺榼(kuō扩阴平):盛酒的器皿。　㊻草具:粗劣的食物。这里是客套话。　㊼"我们"二句:陶学士指陶谷,后周时曾任翰林学士,入宋历任礼、刑、户三部尚书。《绿窗新话》载,陶谷曾买得太尉党进的家姬,一日取雪水烹茶,对妓说:"党太尉家应不识此。"妓答:"彼粗人也,安有此景,但能销金暖帐下浅斟低唱,饮羊羔美酒耳。"这里以陶学士和党太尉分别代指高雅和粗俗的生活趣味。　㊽"拆散"二句:指本剧第十二出侯方域遭阮大铖诬陷被迫出走,第二十二出马、阮强迫李香君改嫁其党羽田仰,李贞丽冒名替嫁的情事。　㊾流贼:指李自成农民起义军。　㊿峥嵘:这里是振作、昌盛的意思。　㈤出身:犹言立身行事。这里指做官。　㈤创业:指南明弘光朝刚刚建立。声容:歌妓美女。　㈤后庭花:《玉树后庭花》的省称,歌曲名,南朝陈后主作。陈后主以沉湎声色而亡国,"后庭花"遂成为亡国之音的代称。㈣胡撮弄:任意玩弄、摆布。　㈤觞咏:饮酒赋诗。　㈤张天如:明末复社的领袖人物、散文家张溥,天如是他的字。夏彝仲:明末几社领袖人物夏允彝,彝仲是他的字。参见夏完淳《细林夜哭》注⑳。品题:评论人物,定其高下。这里指诗文题咏。　㈤东林伯仲:指东林党及复社、几社文人。复社、几社继东林党而起,与阉党余孽进行斗争,故称伯仲,意为不相上下。㈤"干儿"二句:指阮大铖曾是魏忠贤的干儿子,如今又受到马士英的重用。　㈤鹃血:用杜鹃啼血的典故,比喻冤愤。　㈥"兴尽"句:《世说新语·任诞》载,东晋王子猷居山阴,雪夜忽忆友人戴安道(逵),即夜乘小船往剡溪访戴。经宿方至,不入门而返。人问其故,他说:"吾本乘兴而行,兴尽而返,何必见戴!"　㈥"客羞"句:《世说新语·汰侈》载,晋代石崇宴客时,常令美人劝酒,客饮酒不尽者,即斩美人。这里暗用此典,说李香君斥骂马士英,理该处死。　㈥吊场:戏曲术语。场上大多数角色都已下场,只留一部分或一个角色再作一段相对独立的表演,称为吊场。　㈥冤对:冤家对头。　㈥煮鹤烧琴:指杀风景的事。宋代胡仔《苕溪渔隐丛话》引《西清诗话》:"义山《杂纂》,……其一曰杀风景,谓清泉濯足,花上晒裈,背山起楼,烧琴煮鹤,对花啜茶,松下喝道也。"巨公:大官。 ㊺西子:即西施。

余　韵①

【西江月】(净扮樵子挑担上)放目苍崖万丈,拂头红树千枝;云深猛虎出无时,也避人间弓矢。建业城啼夜鬼,维扬井贮秋尸②;樵夫剩得命如丝,满肚南朝野史③。在下苏崑生④,自从乙酉年⑤同香君到山,一住三载,俺就不曾回家,往来牛首、栖霞⑥,采樵度日。谁想柳敬亭⑦与俺同志,买只小船,也在此捕鱼为业。且喜山深树老,江阔人稀;每日相逢,便把斧头敲着船头,浩浩落落⑧,尽俺歌唱,好不快活。今日柴担早歇,专等他来促膝闲话,怎的还不见到。(歇担盹睡介)(丑扮渔翁摇船上)年年垂钓鬓如银,爱此江山胜富春;歌舞丛中征战里,渔翁都是过来人。俺柳敬亭送侯朝宗⑨修道之后,就在这龙潭江畔,捕鱼三载,把些兴亡旧事,付之风月闲谈。今值秋雨新晴,江光似练,正好寻苏崑生饮酒谈心。(指介)你看,他早已醉倒在地,待我上岸,唤他醒来。(作上岸介)(呼介)苏崑生。(净醒介)大哥果然来了。(丑拱介)贤弟偏杯⑪呀!(净)柴不曾卖,那得酒来。(丑)愚兄也没卖鱼,都是空囊,怎么处?(净)有了,有了,你输水,我输柴,大家煮茗清谈罢。(副末扮老赞礼⑫,提弦携壶上)江山江山,一忙一闲,谁赢谁输,两鬓皆斑。(见介)原来是柳、苏两位老哥。(净、丑拱介)老相公怎得到此?(副末)老夫住在燕子矶⑬边,今乃戊子年⑭九月十七日,是福德星君⑮降生之辰;我同些山中社友,到福德神祠祭赛⑯已毕,路过此间。(净)为何挟着弦子⑰,提着酒壶?(副末)见笑见笑!老夫编了几句神弦歌⑱,名曰〔问苍天〕。今日弹唱乐神,社散之时,分得这瓶福酒⑲。恰好遇着二位,就同饮三杯罢。(丑)怎好取扰。(副末)这叫做"有福同享"。(净、丑)好,好!(同坐饮介)(净)何不把神弦歌领略一回?(副末)使得!老夫的心事,正要请教二位哩。(弹弦唱巫腔)(净、丑拍手衬介)

【问苍天】新历数⑳,顺治朝,岁在戊子;九月秋,十七日,嘉会良时。击神鼓,扬灵旗,乡邻赛社;老逸民㉑,剃白发,也到丛祠。椒作栋,桂为楣㉒,唐修晋建;碧和金,丹间粉,画壁精奇。貌赫赫,气扬扬,福德名位;山之珍,海之宝,总掌无遗。超祖祢㉓,迈君师,千人上寿;焚郁兰㉔,奠清醑㉕,夺户争墀㉖。草笠底,有一人,掀须长叹;贫者贫,富者富,造命奚为㉗?我与尔,较生辰,同月同日;囊无钱,灶断火,不音㉘乞儿。六十岁,花甲周㉙,桑榆暮矣㉚;乱离人,太平犬,未有亨期㉛。称玉斝㉜,坐琼筵㉝,尔餐我看;谁为灵,谁为蠢,贵贱失宜。臣稽首㉞,叫九阍㉟,开聋启瞆㊱;宣命司,检禄籍,何故差池㊲。金阙远,紫宸高㊳,苍天梦梦㊴;迎神来,送神去,舆马风驰。歌舞罢,鸡豚㊵收,须臾社散;倚枯槐,对斜日,独自凝思。浊享富,清享名,或分两例;内才多,外财少,应不同规。热似火,福德君,庸人父母;冷如冰,文昌帝㊶,秀士㊷宗师。神有短,圣有亏,谁能足愿;地难填,天难补,造化如斯。释尽了,胸中愁,欣欣微笑;江自流,云自卷,我又何疑。

(唱完放弦介)出丑之极。(净)妙绝!逼真《离骚》《九歌》㊸了。(丑)失敬,失敬!不知老相公竟是财神一转哩。(副末让介)请干此酒。(净咂舌介)这寡酒好难吃也。(丑)愚兄倒有些下酒之物。(净)是什么东西?(丑)请猜一猜。(净)你的东西,不过是些鱼鳖虾蟹。(丑摇头介)猜不着,猜不着。(净)还有什么异味?(丑指口介)是我的舌头。(副末)你的舌头,你自下酒,如何让客。(丑笑介)你不晓得,古人以《汉书》下酒㊹;这舌头会说《汉书》,岂非下酒之物?(净取酒斟介)我替老哥斟酒,老哥就把《汉书》说来。(副末)妙妙!只恐菜多酒少了。(丑)既然《汉书》太长,有我新编的一首弹词,叫做〔秣陵秋〕,唱来下酒罢。(副末)就是俺南京的近事么?(丑)便是!(净)这都是俺们耳闻眼见的,你若说差了,我要罚的。(丑)包管你不差。(丑弹弦介)六代兴亡,几点清弹千古慨;半生湖海,一声高唱万山惊。(照盲女弹词唱介)

【秣陵秋】陈隋烟月恨茫茫,井带胭脂㊺土带香;驰荡㊻柳绵沾客鬓,叮咛莺舌恼人肠。中兴朝市㊼繁华续,遗孽儿孙㊽气焰张;只劝楼台追后主,不愁弓矢下残唐㊾。蛾眉越女才承选,燕子吴歈㊿早擅场,力士签名搜笛步,龟年协律奉椒房[51]。西昆词赋新温李[52],乌巷冠裳旧谢王[53];院院宫妆金翠镜,朝朝楚梦雨云床[54]。五侯阃外空狼燧,二水洲边自雀舫[55];指马谁攻秦相诈[56],入林都畏阮生狂[57]。春灯已错从头认,社党重钩无缝藏[58];借手杀仇长乐老[59],胁肩媚贵半闲堂[60]。龙钟阁部啼梅岭[61],跋扈将军噪武昌[62]。九曲河流晴唤渡,千寻江岸夜移防[63]。琼花劫到[64]雕栏损,玉树歌终[65]画殿凉;沧海迷家龙寂寞,风尘失伴凤彷徨[66]。青衣衔璧何年返[67],碧血溅沙此地亡[68];南内汤池[69]仍蔓草,东陵辇路又斜阳。全开锁钥淮扬泗[70],难整乾坤左史黄[71]。建帝飘零烈帝惨[72],英宗困顿武宗荒[73];那知还有福王一[74],临去秋波泪数行。

(净)妙妙!果然一些不差。(副末)虽是几句弹词,竟似吴梅村[75]一首长歌。(净)老哥学问大进,该敬一杯。(斟酒介)(丑)倒叫我吃寡酒了。(净)愚弟也有些须下酒之物。(丑)你的东西,一定是山肴野蔌⑦了。(净)不是,不是。昨日南京卖柴,特地带来的。(丑)取来共享罢。(净指口介)也是舌头。(副末)怎的也是舌头?(净)不瞒二位说,我三年没到南京,忽然高兴,进城卖柴。路过孝陵,见那宝城享殿,成了刍牧之场⑱。(丑)呵呀呀!那皇城如何?(净)那皇城墙倒宫塌,满地蒿莱了。(副末掩泪介)不料光景至此。(净)俺又一直走到秦淮,立了半晌,竟没一个人影儿。(丑)那长桥旧院,是咱们熟游之地,你也该去瞧瞧。(净)怎的没瞧,长桥已无片板,旧院剩了一堆瓦砾。(丑捶胸介)咳!恸死俺也。(净)那时疾忙回首,一路伤心;编成一套北曲,名为〔哀江南〕。待我唱来!(敲板唱弋阳腔⑲介)俺樵夫呵!

〔哀江南〕⑳【北新水令】山松野草带花挑,猛抬头秣陵㉑重到。残军留废垒,瘦马卧空壕;村郭萧条,城对着夕阳道。

【驻马听】野火频烧,护墓长楸㉒多半焦。山羊群跑,守陵阿监㉓几时逃。鸽翎蝠粪满堂抛,枯枝败叶当阶罩;谁祭扫,牧儿打碎龙碑帽。

【沉醉东风】横白玉八根柱倒,堕红泥半堵墙高,碎琉璃瓦片多,烂翡翠窗棂少,舞丹墀㉔燕雀常朝,直入宫门一路蒿,住几个乞儿饿殍。

【折桂令】问秦淮旧日窗寮㉕,破纸迎风,坏槛当潮,目断魂消。当年粉黛,何处笙箫㉖。罢灯船端阳不闹,收酒旗重九无聊㉗。白鸟飘飘,绿水滔滔,嫩黄花有些蝶飞,新红叶无个人瞧。

【沽美酒】你记得跨青溪半里桥,旧红板没一条。秋水长天人过少,冷清清的落照,剩一树柳弯腰。

【太平令】行到那旧院门,何用轻敲,也不怕小犬哱哱㉘。无非是枯井颓巢,不过些砖苔砌草。手种的花条柳梢,尽意儿采樵;这黑灰是谁家厨灶?

【离亭宴带歇指煞】俺曾见金陵玉殿莺啼晓,秦淮水榭花开早,谁知道容易冰消。眼看他起朱楼,眼看他宴宾客,眼看他楼塌了。这青苔碧瓦堆,俺曾睡风流觉,将五十年兴亡看饱。那乌衣巷不姓王㉙,莫愁湖鬼夜哭,凤凰台栖枭鸟㉚。残山梦最真,旧境丢难掉,不信这舆图换稿㉛。诌一套哀江南,放悲声唱到老。

(副末掩泪介)妙是绝妙,惹出我多少眼泪。(丑)这酒也不忍入唇了,大家谈谈罢。(副净时服㉜,扮皂隶暗上)朝陪天子辇,暮把县官门㉝;皂隶原无种,通侯岂有根。自家魏国公㉞嫡亲公子徐青君的便是,生来富贵,享尽繁华。不料国破家亡,剩了区区一口。没奈何在上元县㉟当了一名皂隶,将就度日。今奉本官签票,访拿山林隐逸,只得下乡走走。

(望介)那江岸之上,有几个老儿闲坐,不免上前讨火,就便访问。正是:开国元勋留狗尾⑯,换朝逸老缩龟头⑰。(前行见介)老哥们有火借一个?(丑)请坐!(副净坐介)(副末问介)看你打扮,象一位公差大哥。(副净)便是!(净问介)要火吃烟么,小弟带有高烟⑱,取出奉敬罢。(敲火取烟奉副净介)(副净吃烟介)好高烟,好高烟!(作晕醉卧倒介)(净扶介)(副净)不要拉我,让我歇一歇,就好了。(闭目卧介)(丑问副末介)记得三年之前,老相公捧着史阁部衣冠,要葬在梅花岭下,后来怎样?(副末)后来约了许多忠义之士,齐集梅花岭,招魂埋葬,倒也算千秋盛事,但不曾立得碑碣。(净)好事,好事,只可惜黄将军刎颈报主,抛尸路旁,竟无人埋葬。(副末)如今好了,也是我老汉同些村中父老,检骨殡殓,起了一座大大的坟茔,好不体面。(丑)你这两件功德,却也不小哩。(净)二位不知,那左宁南气死战船⑲时,亲朋尽散,却是我老苏殡殓了他。(副末)难得,难得。闻他儿子左梦庚袭了前程⑳,昨日扶枢回去了。(丑掩泪介)左宁南是我老柳知己。我曾托蓝田叔画他一幅影像,又求钱牧斋题赞⑳了几句;逢时遇节,展开祭拜,也尽俺一点报答之意。(副净醒,作悄语介)听他说话,像几个山林隐逸。(起身问介)三位是山林隐逸么?(众起拱介)不敢,不敢,为何问及山林隐逸?(副净)三位不知,现今礼部上本,搜寻山林隐逸。抚按大老爷张挂告示,布政司行文已经月余,并不见一人报名。府县着忙,差俺们各处访拿,三位一定是了,快快跟我回话去。(副末)老哥差矣,山林隐逸乃文人名士,不肯出山的。老夫原是假斯文的一个老赞礼,那里去得。(丑、净)我两个是说书唱曲的朋友,而今做了渔翁樵子,益发不中了。(副净)你们不晓得,那些文人名士,都是识时务的俊杰,从三年前俱已出山了。目下正要访拿你辈哩。(副末)啐,征求隐逸,乃朝廷盛典,公祖父母俱当以礼相聘,怎么要拿起来。定是你这衙役们奉行不善。(副净)不干我事,有本县签票在此,取出你看。(取看签票欲拿介)(净)果有这事哩。(丑)我们竟走开如何?(副末)有理,避祸今何晚,入山昔未深。(各分走下)(副净赶不上介)你看他登崖涉涧,竟各逃走无踪。

【清江引】大泽深山随处找,预备官家要。抽出绿头签⑳,取开红圈票⑳,把几个白衣山人⑳吓走了。

(立听介)远远闻得吟诗之声,不在水边,定在林下,待我信步找去便了。(急下)(内吟诗曰)

渔樵同话旧繁华,短梦寥寥记不差;
曾恨红笺衔燕子,偏怜素扇染桃花。
笙歌西第留何客?烟雨南朝换几家?
传得伤心临去语,年年寒食哭天涯。

①这是《桃花扇》的续四十出。《桃花扇》全剧正文共四十出,分上下两卷。另写"试""闰""加""续"四出,分别作为上下两卷的引子和余波。 ②"建业"二句:写清兵南下时南京、扬州两城惨遭屠戮的情状。建业,今江苏省南京市。淮扬,今江苏省扬州市。 ③南朝:即南明弘光朝。野史:私家编撰的史书。这里指下文所说"兴亡旧事"。 ④苏崑生:明末清初著名唱曲艺人。 ⑤乙酉年:指清顺治二年(1645)。这年清兵攻陷南京,弘光朝亡。 ⑥牛首:山名,在南京西南郊。栖霞:山名,在南京东北郊。 ⑦柳敬亭:明末清初著名说书艺人。为人慷慨任侠,常同复社中人相往来,曾为左良玉幕客。 ⑧浩浩落落:坦荡疏阔,清高超脱。 ⑨富春:江名,在今浙江省境内。奇山异水,天下独绝。东汉严光曾隐耕于江畔的富春山。 ⑩侯朝宗:侯方域,字朝宗。剧中的侯方域形象与历史原型不尽一致。作者避开了原型的晚节不终,写其结局是出家入道。 ⑪偏杯:偏人饮酒。偏,背着的意思。 ⑫赞礼:即赞礼郎,掌祀典赞导的司仪官,属太常寺。 ⑬燕子矶:在南京东北观音山上。矶头屹立长江边,三面悬绝,形如飞燕,故名。 ⑭戊子年:指清顺治五年。 ⑮福德星君:旧时传说中的财神。 ⑯祭赛:为报答神佑举行的祭祀。 ⑰弦子:即三弦,一种拨弦乐器。 ⑱神弦歌:娱神的歌曲。名称源出古乐府中的神弦曲。 ⑲福酒:祭祀所用的酒。祭祀后把祭神的酒食散给众人,叫作散福。 ⑳历数:朝代更替的次序。 ㉑逸民:遁世隐居的人。 ㉒椒作栋,桂为楣:化用《九歌·湘夫人》"荪壁兮紫坛,播芳椒兮成堂。桂栋兮兰橑,辛夷楣兮药房"诸句,形容庙宇的芳香。楣,门上的横木。 ㉓超祖祢(nǐ你):谓对财神祭祀的隆重,超过了祖庙和父庙。祢,父庙。古时生称父,死称考,将其神主(牌位)奉祀于庙,称为祢。 ㉔郁兰:浓烈的香料。 ㉕醑(xǔ许):美酒。 ㉖夺户争墀(chí迟):形容祭赛者的拥挤混乱。墀,台阶。 ㉗造命奚为:意谓老天爷为何这样不公正。造命,即造物主。奚为,为什么。 ㉘不啻(chì赤):无异于。 ㉙花甲周:指六十花甲子。天干地支顺次组合为六十个纪序名号,错综杂互,故称花甲。后称年满六十为花甲。 ㉚桑榆暮矣:比喻人的晚年。桑榆,本指日落时余光所处,因作晚暮的代称。 ㉛"乱离人"三句:语本俗谚"宁作太平犬,莫作乱离人",意指遭逢灾乱,流离失所,未曾享受过太平光景。亨,通达、幸运的意思。 ㉜称玉斝(jiǎ甲):举玉杯。斝,古代酒器,圆口,有鋬和三足,用以温酒。这里泛指酒杯。 ㉝琼筵:珍美的筵席。 ㉞稽(qǐ起)首:古代为表恭敬的跪拜礼。行礼时以头叩地,或说两手拱至地,头至手。 ㉟九阍(hūn昏):指天帝的宫门。 ㊱瞆(guì贵):有目无光。 ㊲"宣命司"三句:老赞礼在以自己的境遇和福德星君比较后,要

天帝宣召司命之神,检查他的禄籍,看是什么原因造成的差别。差(cī 疵)池,参差不齐。或作差错解,亦通。 ㊳金阙、紫宸(chén 辰):都是天帝的宫殿。 ㊴苍天梦(méng 萌)梦:《诗经·小雅·正月》:"视天梦梦。"梦梦,不明,引申为昏愦。 ㊵鸡豚(tún 臀):祭祀用的福物。旧时用鸡、鱼、猪祭祀,称为三牲。豚,小猪,也泛指猪。 ㊶文昌帝:即梓潼帝君,道教传说中主持人间文运禄籍的神。 ㊷秀士:即秀才。这里是读书人的泛称。 ㊸《离骚》《九歌》:屈原所作的《楚辞》作品篇名。 ㊹"古人"句:北宋诗人苏舜卿住在他岳丈杜衍家,每晚观书,率饮酒一斗。读《汉书·张良传》时,连续举杯痛饮。杜衍知之大笑说:"有如此下酒物,一斗诚不为多也。"事见《中吴纪闻》。 ㊺井带胭脂:即胭脂井。隋灭陈时,陈后主与宠妃张丽华、孔贵嫔藏匿景阳宫内井中被擒获。后因称其井为胭脂井,亦名辱井。 ㊻骀(dài 代)荡:形容声调或景色的舒缓荡漾。谢朓《直中书省》诗:"朋情以郁陶,春物方骀荡。"刘良注:"骀荡,春光色也。"这里即指春色。 ㊼中兴朝市:指南明弘光朝。中兴,复兴。 ㊽遗孽儿孙:指马士英、阮大铖等阉党余孽。 ㊾"只劝"二句:意指马、阮之流一味诱导弘光帝大兴土木,恣情享乐,追步南朝陈后主的后尘,全不虑及清兵的南下。弓矢下残唐,用宋太祖灭南唐事。 ㊿燕子:指阮大铖所作传奇《燕子笺》。吴歈(yú 于):吴地的歌曲。这里指源出于江苏昆山一带民间戏曲腔调的昆曲。《燕子笺》是用昆曲演唱的。 (51)"力士"二句:指阮大铖等派人按名单搜罗歌妓、清客,进宫教演《燕子笺》供弘光帝观赏。力士,即唐太宗时的太监高力士,这里泛指太监。笛步,南京地名,教坊所在地,这里指旧院。龟年,即唐代宫廷乐师李龟年,这里泛指教唱的清客。 (52)"西昆"句:宋初杨亿、刘筠、钱惟演等在馆阁赋诗唱和,编成《西昆酬唱集》。其中不少作品专从形式上模仿晚唐李商隐、温庭筠,空疏靡丽,时称西昆体。这里借指弘光朝文风的浮艳卑弱。 (53)"乌巷"句:乌巷,即乌衣巷,在南京城内。自东晋偏安江南,王、谢两大世族都聚居于此。这里借指弘光朝权贵苟且偷安,醉生梦死。 (54)"院院"二句:是说后宫美人着意妆饰以邀宠,皇帝朝夕纵欲,荒淫无度。楚梦雨云,用宋玉《高唐赋序》楚怀王和巫山神女幽会事。 (55)"五侯"二句:是说防边守将传警告急而无人理会,朝中君臣仍在白鹭洲的画舫上恣意游乐。五侯,指武将。阃(kǔn 捆)外,郭门之外。指将帅统兵驻防的区域。阃,特指郭门的门槛。狼燧(suì 遂),即狼烟。古代边防烧狼粪以报警,引申为边警。二水洲,指南京白鹭洲。李白《凤凰台》诗:"二水中分白鹭洲。"雀舫,即朱雀舫,一种华美的游船。 (56)"指马"句:《史记·秦始皇本纪》载:"赵高欲为乱,恐群臣不听,乃先设验,持鹿献于二世,曰:'马也。'二世笑曰:'丞相误邪?谓鹿为马。'问左右,左右或默,或言马以阿顺赵高。或言鹿,高因阴中诸言鹿者以法。后群臣皆畏高。"这里喻指马士英的奸诈有如秦相赵高,朝臣无敢揭露者。 (57)"入林"句:晋时名士阮籍为人恃才傲物,致使"礼法之士,疾之若仇"。常和嵇康等共七人游于竹林,时称"竹林七贤"。这里借用入林、阮生狂的字面,意指人们畏惧阮大铖的猖狂而归隐林下。 (58)"春灯"二句:指阮大铖曾作传奇《春灯谜》表示悔过，得势后又到处拘捕东林、复社人士。《春灯谜》全名为《十错认春灯谜记》，传为阮大铖悔过之作。钩，彼此牵连。 (59)“借手”句：指马、阮之流利用弘光帝和东林党的积怨，打击迫害东林、复社人士。长乐老，五代时宰相冯道，历仕唐、晋、汉、周四朝十帝，且曾屈附契丹，自号长乐老，史称“奸臣之尤”。这里借指马、阮之流。 (60)“胁肩”句：指阮大铖等对马士英的逢迎谄媚。半闲堂，南宋权相贾似道在西湖葛岭所建的院宅名。 (61)“龙钟”句：指史可法在梅花岭痛哭誓师。见本剧第三十五出《誓师》。史可法在明崇祯时任南京兵部尚书，弘光即位后加大学士，故称阁部。龙钟，流泪的样子。梅岭，即梅花岭，在今江苏省扬州市广储门外。
(62)“跋扈”句：指宁南侯左良玉因愤恨马士英专权，在武昌传檄东下讨伐。 (63)“九曲”二句：指马、阮为堵截左良玉军，将驻守黄河的黄得功、刘良佐、刘泽清三镇军马移防江岸，致使河防空虚，清兵得以从容渡河南下。寻，古长度单位，八尺为寻。 (64)琼花劫到：指扬州失陷，全城惨遭屠戮。扬州有琼花观，故称琼花劫。 (65)玉树歌终：指南明弘光朝的灭亡。玉树歌，即陈后主《玉树后庭花》。 (66)“沧海”二句：指南明覆亡之际，弘光和皇室成员仓皇逃散，无所归依。 (67)青衣衔璧：指弘光帝被掳北去。古时以青衣为贱者的服饰，前赵刘聪掳晋怀帝，令其改着青衣斟酒侍宴以示侮辱。古代亡国之君，往往背缚双手，口衔玉璧以请降。 (68)“碧血”句：指黄得功自刎殉节。
(69)南内：即南宫，指南京明故宫。汤池：指宫内的温泉。 (70)东陵：指南京城东的明孝陵，明太祖朱元璋的陵墓。 (71)“全开”句：指江北的淮阴、扬州、泗阳等地相继失守。
(72)左史黄：即左良玉、史可法、黄得功。 (73)“建帝”句：明建文帝朱允炆，在朱棣攻破南京时不知去向。相传他逃出后落发为僧，云游于滇黔巴蜀间。烈帝，指明思宗朱由检，李自成起义军攻占北京时自缢身死。 (74)“英宗”句：明正统十四年(1449)瓦剌入侵，英宗朱祁镇率军亲征，兵败被俘。明武宗朱厚照信用宦官，专事淫乐嬉游，被认为是明朝最荒淫的皇帝。 (75)福王一：福王即弘光帝，在位仅一年而南明亡。应喜臣《青磷屑》载：“思宗御极之元年，五凤楼前获一黄袱，内裹小画一卷，题云：‘天启七，崇祯十七，还有福王一。’” (76)吴梅村：明末清初著名诗人吴伟业，号梅村。他的诗尤以七言歌行见长，多以明清易代之际的史事人物为题材，向有“诗史”之称。
(77)蔌(sù 速)：蔬菜的总称。 (78)刍(chú 锄)牧之场：放养牲畜的地方。刍，用草料喂牲口。 (79)弋阳腔：明代戏曲四大声腔之一，以源出江西弋阳而得名。特点是一人独唱，众人帮腔，只用打击乐伴奏。 (80)〔哀江南〕：套曲摘引自明末清初贾应宠《木皮词》中的《历代史略鼓词》。原曲六支曲子依次标题为“总起”“吊金陵”“吊故宫”“吊秦淮”“吊长桥”“吊旧院”。 (81)秣陵：古县名，秦始皇时改金陵邑置，治所在今南京市江宁区。后用作南京的别称。 (82)楸(qiū 秋)：落叶乔木名。树干端直，可高达三十米。 (83)阿监：太监。 (84)丹墀：宫殿前的石阶，群臣朝见天子的地方。因以红漆涂饰，故名。 (85)窗寮(liáo 辽)：窗户。寮，小窗。 (86)“当年”二句：是说当年的歌妓不知都到哪里去了。 (87)“收酒旗”句：是说重阳佳节也买不到酒，深感无聊。酒旗,酒家的布招子。 ⑱嘹(láo 劳)嘹:犬吠声。 ⑲"乌衣"句:南京乌衣巷是晋代世族王谢诸家聚居地。不姓王,意指朝代更替,世道变迁。 ⑳凤凰台:旧址在今南京市凤凰山。相传南朝宋文帝时有凤凰集于此山,乃筑台。枭(xiāo 消)鸟:枭,通"鸮",猫头鹰。 ㉑舆图换稿:意即江山易主。舆图,地图。 ㉒时服:指清朝的服装。 ㉓"朝陪"二句:上句是说在明朝的得意,下句是说入清后的落魄。㉔魏国公:指明开国功臣徐达。其子孙历代袭封魏国公。 ㉕上元县:清代分南京为江宁、上元二县,其地今均属南京市。 ㉖"开国"句:古代近侍官员以貂尾做冠饰,任官滥而貂尾不足,用狗尾代之。后以"狗尾续貂"比喻以坏续好。徐青君是徐达的后代,沦落为衙役,故以狗尾自嘲。 ㉗"换朝"句:是说明朝遗老都遁迹山林。缩龟头,形容怕事不肯出头。 ㉘高烟:上好的烟草。 ㉙左宁南气死战船:指宁南侯左良玉讨伐马士英,舟至九江呕血身死。 ㉚袭了前程:承继了官职。 ㉛钱牧斋题赞:钱谦益(号牧斋)《有学集》有《为柳敬亭题左宁南画像》诗。 ㉜绿头签:官府捕人用的签,签头漆成绿色。 ㉝红圈票:官府捕人的文据,上用朱笔在要逮捕的人的姓名上加圈。㉞白衣山人:古代平民着白衣,因以"白衣"称无功名的人。山人,隐士的通称。

孔尚任

纳兰性德

纳兰性德(1655—1685),原名成德,字容若,号楞伽山人,满洲正黄旗人。大学士明珠子。清康熙十五年(1676)进士,官至一等侍卫。他是清代最杰出的满族词人,于各派之外卓然成一大家。其词以小令见长,多抒写个人生活的闲愁哀怨,自然真率,凄婉清丽,间有雄浑豪宕之作。亦能诗,诗风清新秀隽。著有《通志堂集》《纳兰词》。

南 乡 子

为亡妇题照①

泪咽却无声,只向从前悔薄情。凭仗丹青重省识②,盈盈③,一片伤心画不成④。　别语忒分明,午夜鹣鹣梦早醒⑤。卿自早醒侬自梦⑥,更更,泣尽风檐夜雨铃⑦。

①这是一首悼亡词。亡妇:指作者的前妻卢氏,死于康熙十六年。　②丹青:丹和青是古代绘画常用的颜色,因用作绘画的代称。省(xǐng 醒)识:察看,认识。　③盈盈:形容女子仪态美好的样子。　④"一片"句:语出唐高蟾《金陵晚望》诗:"世间无限丹青手,一片伤心画不成。"　⑤"午夜"句:比喻恩爱夫妻好梦不长。鹣(jiān 兼)鹣:即比翼鸟。相传此鸟一目一翼,须两两相比而飞。旧时用以比喻夫妻恩爱。　⑥卿:这里是夫妻间的爱称,指卢氏。侬(nóng 农):我。　⑦"泣尽"句:用屋檐下的风铃在夜间风雨中发出的声音衬托孤独哀伤的心境。夜雨铃,用唐玄宗作《雨霖铃》事。见前《梧桐雨》注⑨。

长 相 思①

山一程,水一程,身向榆关那畔行②。夜深千帐③灯。　风一更,雪一更,聒碎乡心梦不成④,故园⑤无此声。

①康熙二十一年,作者随从清圣祖(康熙)东巡,出山海关。词当作于此时。　②榆关:即山海关。山海关古称榆关、渝关,明洪武初改名山海关。那畔:那边。　③帐:指行军扎营用的篷帐。　④聒(guō 郭):喧扰,嘈杂。乡心:思乡之心。　⑤故园:故乡。

方 苞

方苞(1668—1749),字凤九,号灵皋,晚号望溪,桐城(今安徽省桐城市)人。清康熙四十五年(1706)进士。因受《南山集》案牵连,下狱论死,后得赦,累官至礼部右侍郎。他是桐城派古文的创始人,论文提倡"义法",主张"言有物""言有序",要求文章阐发封建伦理道德,追求词语的"雅洁"。其散文大多是阐道翼教的文字及碑志颂序之属,某些记事、抒情的杂记小品较为可读。著有《方望溪先生全集》。

狱 中 杂 记①

康熙②五十一年三月,余在刑部狱,见死而由窦③出者日三四人。有洪洞④令杜君者,作⑤而言曰:"此疫作也。今天时顺正,死者尚希,往岁多至日十数人。"余叩所以⑥。杜君曰:"是疾易传染,遘者⑦虽戚属不敢同卧起。而狱中为老监者四,监五室⑧。禁卒⑨居中央,牖其前⑩以通明,屋极有窗以达气⑪。旁四室则无之,而系囚⑫常二百余。每薄暮下管键⑬,矢溺⑭皆闭其中,与饮食之气相薄⑮。又隆冬,贫者席地而卧,春气动,鲜不疫矣⑯。狱中成法⑰,质明启钥⑱。方夜中,生人与死者并踵顶⑲而卧,无可旋避⑳,此所以染者众也。又可怪者,大盗、积贼、杀人重囚㉑,气杰旺㉒,染此者十不一二,或随有瘳㉓。其骈死皆轻系及牵连佐证法所不及者㉔。"

余曰:"京师有京兆狱㉕,有五城御史司坊㉖,何故刑部系囚之多至此?"杜君曰:"迩年㉗狱讼,情稍重,京兆、五城即不敢专决;又九门提督所访缉纠诘㉘,皆归刑部。而十四司正副郎好事者㉙,及书吏㉚、狱官、禁卒,皆利系者之多㉛,少有连,必多方钩致㉜。苟入狱,不问罪之有无,必械㉝手足,置老监,俾困苦不可忍;然后导以取保㉞,出居于外,量其家之所有以为剂㉟,而官与吏剖分焉。中家㊱以上,皆竭资取保。其次,求脱械居监外板屋,费亦数十金。惟极贫无依,则械系不稍宽,为标准以警其余。或同系㉗,情罪重者,反出在外,而轻者无罪者罹其毒。积忧愤,寝食违节㉘,及病,又无医药,故往往至死。"余伏见圣上好生之德,同于往圣,每质狱辞,必于死中求其生,而无辜者乃至此。倘仁人君子为上昌言㉙:除死刑及发塞外重犯,其轻系及牵连未结正㊵者,别置一所以羁之,手足毋械。所全活可数计哉!或曰:狱旧有室五,名曰现监,讼而未结正者居之。倘举旧典,可小补也。杜君曰:"上推恩㊶,凡职官居板屋。今贫者转系老监,而大盗有居板屋者,此中可细诘哉!不若别置一所,为拔本塞源㊷之道也。"余同系朱翁、余生及在狱同官僧某㊸,遘疫死,皆不应重罚。又某氏以不孝讼其子,左右邻械系入老监,号呼达旦。余感焉,以杜君言泛讯㊹之,众言同,于是乎书㊺。

凡死刑狱上㊻,行刑者先俟于门外,使其党入索财物,名曰"斯罗"㊼。富者就其戚属,贫则面语之。其极刑㊽,曰:"顺我,即先刺心;否则,四肢解尽,心犹不死。"其绞缢㊾,曰:"顺我,始缢即气绝,否则,三缢加别械㊿,然后得死。"惟大辟无可要㉛,然犹质其首㉜。用此㉝,富者赂数十百金,贫亦罄衣装,绝无有者,则治之如所言。主缚者㉞亦然,不如所欲,缚时即先折筋骨。每岁大决,勾者十四三,留者十六七,皆缚至西市待命㉟。其伤于缚者,即幸留,病数月乃瘳,或竟成痼疾㊱。

余尝就老胥㊲而问焉:"彼于刑者、缚者㊳,非相仇也,期有得耳。果无有,终亦稍宽之,非仁术㊴乎?"曰:"是立法㊵以警其余,且惩后也。不如此,则人有幸心。"主梏扑者㊶亦然。余同逮以木讯者三人㊷:一人予三十金,骨微伤,病间月㊸;一人倍之,伤肤,兼旬㊹愈;一人六倍,即夕行步如平常。或叩之曰:"罪人有无不均㊺,既各有得,何必更以多寡为差㊻?"曰:"无差,谁为多与者?"孟子曰:"术不可不慎㊼。"信夫!

部中老胥,家藏伪章,文书下行直省㊽,多潜易之㊾,增减要语,奉行者莫辨也。其上闻及移关诸部㊿,犹未敢然。功令㉛:大盗未杀人及他犯同谋多人者,止主谋一二人立决㉜,余经秋审㉝,皆减等发配。狱辞㉞上,中有立决者,行刑人先俟于门外。命下,遂缚以出,不羁晷刻㉟。有某姓兄弟,以把持公仓,法应立决,狱具矣㊱。胥某谓曰:"予我千金,吾生若。"叩其术,曰:"是无难!别具本章㊲,狱辞无易,取案末㊳独身无亲戚者二人易汝名,俟封奏时潜易之而已。"其同事者㊴曰:"是可欺死者,而不能欺主谳者㊵。倘复请之㊶,吾辈无生理矣。"胥某笑曰:"复请之,吾辈无生理,而主谳者亦各罢去。彼不能以二人之命易其官,则吾辈终无死道也。"竟行之,案末二人立决。主者口呿舌挢㊷,终不敢诘。余在狱,犹见某姓。狱中人群指曰:"是以某某易其首者。"胥某一夕暴卒,众皆以为冥谪⑧云。

凡杀人,狱辞无谋、故者⑭,经秋审入矜疑⑮,即免死。吏因以巧法⑯。有郭四者,凡四杀人,复以矜疑减等,随遇赦。将出,日与其徒置酒,酣歌达曙。或叩以往事,一一详述之,意色扬扬,若自矜诩⑰。噫!渫恶吏忍于鹭狱,无责也⑱;而道⑲之不明,良吏亦多以脱人于死为功,而不求其情⑳。其枉民㉑也,亦甚矣哉!

奸民久于狱,与胥卒表里㉒,颇有奇羡㉓。山阴㉔李姓,以杀人系狱,每岁致数百金。康熙四十八年,以赦出,居数月,漠然无所事。其乡人有杀人者,因代承之㉕。盖以律㉖非故杀,必久系,终无死法也。五十一年,复援赦减等谪戍㉗。叹曰:"吾不得复入此矣!"故例,谪戍者移顺天府羁候㉘。时方冬,停遣。李具状求在狱㉙,候春发遣,至再三,不得所请,怅然而出。

①清康熙五十年,戴名世《南山集》案发。作者因曾为之作序并藏版于家,受牵连被捕,解至北京刑部狱,康熙五十二年经人营救获释。本文记述了他在刑部狱中耳闻目睹的种种黑暗现实。　②康熙:清圣祖玄烨(yè 业)的年号(1662—1722)。　③窦:洞。这里指监狱墙上另开的小门。　④洪洞(tóng 童):今山西省洪洞县。　⑤作:起。这里是站起来的意思。　⑥叩所以:问是什么原因。　⑦遘(gòu 够)者:得病的人。遘,遇、遭受。　⑧"而狱"二句:是说狱中有四个老监,每监有五间牢房。　⑨禁卒:狱中管制囚犯的差役。　⑩牖(yǒu 友)其前:在前面墙上开了窗洞。牖,窗。这里用作动词,意为开窗。　⑪屋极:屋顶。达气:透气。　⑫系囚:拘押囚犯。　⑬薄暮:傍晚。下管键:落锁。管键,锁钥。　⑭矢溺:屎尿。矢,通"屎"。　⑮相薄:相侵,相杂。薄,迫。　⑯鲜(xiǎn 显)不疫矣:极少不得病的了。鲜,少。　⑰成法:老规矩,老制度。　⑱质明:天亮时。启钥:开锁。　⑲并踵(zhǒng 肿)顶:齐头并脚。踵,脚后跟。顶,头顶。　⑳无可旋避:无法回避。　㉑积贼:惯贼,犯案多次的盗贼。重囚:案情重大的囚犯。　㉒气杰旺:血气特别旺盛。　㉓或随有瘳(chōu 抽):或有染病的,随即就痊愈了。瘳,病愈。　㉔"其骈(pián)死"句:那些接连死去的,都是因轻罪被囚以及受牵连捉来作证而并未犯法的人。骈,并列。　㉕京兆狱:京城的监狱。京兆,指当时的顺天府,管辖以北京为中心的京畿地区。　㉖五城御史司坊:指五城御史衙门的监狱。清代北京城内分为东、西、南、北、中五个街区,各设巡查御史掌管治安事务。　㉗迩(ěr 耳)年:近年。　㉘九门提督:清代北京设提督九门步兵统领,掌管京师正阳、崇文、宣武、安定、德胜、东直、西直、朝阳、阜城九门的守卫、巡察事务,通称为九门提督。所访缉纠诘:所查访缉捕和盘问出的犯人。　㉙十四司正副郎:清代朝廷六部分门办事的机构叫"司",长官称郎中,副长官称员外郎,统称郎官。清初刑部设十四司。好事者:这里指为非作歹、营私舞弊的人。　㉚书吏:清代内外

各官署承办例行公事的吏员,统称书吏。 ㉛利系者之多:以系者之多为利,意即认为关押的人愈多则愈有利可图。 ㉜"少有"二句:是说稍微有点联系,必定想方设法牵连入案。 ㉝械:指桎梏(zhì gù 至固),古代拘系罪犯的木制刑具。系足者为桎,系手者为梏。这里用作动词。 ㉞导以取保:诱导犯人找保人,缴保证金。 ㉟"量其"句:意谓估量其家产以确定勒索的数额。剂,这里作尺度、分量解。 ㊱中家以上:中等产业以上的人家。 ㊲同系:同案被拘押的犯人。 ㊳寝食违节:睡觉吃饭都不正常。违节,失常,不合常规。 ㊴为上昌言:向皇帝直言陈说。昌言,直言而无所隐讳。 ㊵结正:定罪,结案。正,治罪。 ㊶推恩:犹言推爱,意为以己所爱,推及他人。 ㊷拔本塞源:拔除根本,堵塞源头。指杜绝前述狱中弊端。 ㊸朱翁、余生:与作者同因《南山集》案被捕入狱的人犯。朱翁,指朱书,曾为《南山集》作序。余生,即余湛,戴名世的学生,《南山集》中有《与余生书》。同官:同僚。一说是地名,即今陕西省铜川市。僧某:姓僧的某人。 ㊹泛讯:广泛地讯问。 ㊺书:记载。 ㊻凡死刑狱上:凡是判处死刑已经上奏的案件。狱,案件。 ㊼斯罗:同"撕掳",料理,解决。这里是行刑者勒索的名目,即所谓料理费。 ㊽极刑:指凌迟,碎割受刑者全身的酷刑。 ㊾绞缢:绞刑。 ㊿三缢加别械:用绳索绞数次再用别的刑具。 ㉛大辟:斩首。要(yāo 腰):要挟。 ㉜质其首:指留下死者的头作抵押以勒索钱财。 ㉝用此:因此。 ㉞主缚者:负责捆绑犯人的差役。 ㉟"每岁"四句:古时规定每年秋天集中处决死刑犯,称为大决或秋决。清制,每年初秋刑部将会审后确定的死罪人犯名单上呈皇帝。皇帝在名单中用朱笔勾掉的立即处决,未勾掉的则暂缓执行,但须缚至刑场观刑,刑毕复入狱。西市,清代京城处决犯人的刑场,在今北京宣武门外菜市口。 ㊱瘸疾:久治不愈的病。这里指终身残疾。 ㊲胥:胥吏,官署中办理文书的小吏。 ㊳刑者、缚者:受刑的和受缚的。 ㊴仁术:善心,好事。语出《孟子·梁惠王上》。 ㊵是:指上述行刑主缚者的做法。立法:建立规矩。 ㊶主梏扑者:掌管上刑具和拷打人的差役。梏,木制手铐;扑,刑杖。这里用作动词。 ㊷同逮:同案被捕。木讯:用板子、夹棍之类木制刑具拷打审讯。 ㊸间月:一个多月。间,隔。 ㊹兼旬:二十天。兼,加倍。 ㊺有无不均:贫富不等。 ㊻以多寡为差:按出钱的多少区别对待。 ㊼术不可不慎:语出《孟子·公孙丑上》:"矢人(造箭者)岂不仁于函人(造甲者)哉?矢人唯恐不伤人,函人唯恐伤人。巫匠亦然。故术不可不慎也。"意谓人选择谋生之术(职业)不能不谨慎。这里是说那些胥吏、禁卒未必生来残忍,但他们选择的职业使他们只能做坏事。 ㊽直省:清代各省直属中央管辖,故称直省。 ㊾潜易之:指偷换公文原件。 ㊿"其上"句:那些上奏皇帝和送达中央各部的公文。移关,移文和关文,平行机构的来往公文。 ㉛功令:政府的法令。 ㉜立决:不待秋审,立即处决。 ㉝秋审:明清两代复审死刑案件的制度。规定各省在每年初秋将已判未决的死刑案件上报刑部,由刑部会同九卿集中审核后,奏请皇帝裁决。 ㉞狱辞:审判书。 ㉟不羁晷(guǐ 轨)刻:片刻也不停留。羁,停留。晷刻,时刻。晷,日影,引申为时光。 ⑦狱具矣:案件已经判决了。 ⑦别具本章:另备一份奏章。 ⑧案末:列在名单后面的同案从犯。 ⑦同事者:参与其事的其他胥吏。 ⑧主谳(yàn厌)者:主审定案的官员。谳,审判定案。 ⑧复请:指皇帝的批复下达后,主审官发现有误,再上本章请示。 ⑧主者:即主谳者。口呿(qū区)舌挢(jiǎo绞):张口咋舌,形容惊讶的神态。呿,张口的样子。挢,翘起。 ⑧冥谪:迷信说法,阴间的惩罚。 ⑧无谋、故者:指不是预谋或故意杀人的。 ⑧矜疑:当时死刑案犯分列情实、缓急、可矜、可疑等类,经秋审归入可矜、可疑两类的则减等处理。矜,通"怜"。 ⑧因以巧法:意为借此玩弄法令,营私舞弊。 ⑧矜诩:夸耀,得意。 ⑧"渫恶"二句:意谓贪官污吏忍心贪赃枉法,不必再指责了。渫(xiè泻):污浊。 ⑧道:这里指治狱之道。 ⑨不求其情:不问案件的实际情形。 ⑨枉民:害民。 ⑨表里:内外勾结。 ⑨奇(jī基)羡:盈余,积累的财物。 ⑨山阴:今浙江省绍兴市。 ⑨代承之:代为承担杀人的罪名。 ⑨以律:按照法律。 ⑨援赦:根据赦免条例。谪戍:发配充军。 ⑨羁候:暂时关押,等候遣送。 ⑨具状求在狱:写呈文请求留在刑部狱中。

郑 燮

郑燮(1693—1765),字克柔,号板桥,兴化(今江苏省兴化市)人。清乾隆元年(1736)进士,曾任山东范县、潍县县令。后因赈灾事触忤上司而去官,寄居扬州,卖画自给。他是清代著名书画家,诗亦有名于时。其诗敢于正视现实,颇多反映民生疾苦之作。诗风质朴泼辣,挥洒淋漓,语言明白晓畅,在清中叶诗坛自成一家。著有《郑板桥集》。

潍县署中画竹呈年伯包大中丞括①

衙斋卧听萧萧竹②,疑是民间疾苦声。些小吾曹③州县吏,一枝一叶总关情④。

①这是一首题画诗。约作于乾隆十一年作者任潍县县令之初。潍县:今山东省潍坊市。包大中丞括:包括,钱塘(今浙江省杭州市)人。时任山东布政使,署理巡抚。中丞,清代对巡抚的别称。 ②衙斋:官署中的书房。萧萧:风吹竹子发出的声音。 ③些小:微小,指官职低微。吾曹:我辈。 ④"一枝"句:以竹子的枝叶比喻百姓生活的每件小事,意谓地方官吏应当关心百姓的疾苦。关情,犹言关心。

还 家 行①

死者②葬沙漠,生者还旧乡。遥闻齐鲁③郊,谷黍等人长④。目营青岱云⑤,足辞辽海⑥霜。拜坟一痛哭,永别无相望。春秋社燕雁,封泪远寄将⑦。归来何所有?兀然⑧空四墙。井蛙跳我灶,狐狸据我床。驱狐窒鼯鼠⑨,扫径开堂皇⑩。湿泥涂旧壁,嫩草覆新黄⑪。桃花知我至,屋角舒红芳;旧燕喜我归,呢喃⑫话空梁。蒲塘春水暖,飞出双鸳鸯。念我故妻子⑬,羁卖⑭东南庄。圣恩许归赎,携钱负橐囊⑮。其妻闻夫至,且喜且彷徨。大义归故夫,新夫非不良。摘去乳下儿,抽刀割我肠。其儿知永绝,抱颈索阿娘。堕地几翻覆,泪面涂泥浆。上堂辞舅姑,舅姑泪浪浪⑯。赠我菱花镜,遗我泥金箱⑰。赐我旧簪珥,包并罗衣裳。"好好作家⑱去,永永无相忘。"后夫年正少,惭惨难禁当。潜身匿邻舍,背树倚斜阳。其妻径以去,绕陇过林塘。后夫携儿归,独夜卧空房。儿啼父不寐,灯短夜何长!

①这首诗是作者在潍县任上所作。当时山东连年灾荒,大批饥民逃往关外谋生,作者有《逃荒行》记其惨状。这首诗记逃荒者侥幸返乡后的痛苦遭遇。 ②死者:指逃荒而死在关外的饥民。 ③齐鲁:齐、鲁,春秋时的两个国家,其辖地都在今山东境内。后因以"齐鲁"为山东的代称。 ④等人长:长得跟人一样高。指庄稼长势好。 ⑤目营:目光萦绕。青岱:指山东境内的青州和泰山,泛指山东一带。岱,泰山的别名。 ⑥辽海:泛指辽河流域以东至海滨的地区。 ⑦"春秋"二句:意谓今后只能托南来北往的燕、雁将生还者的眼泪捎到死者坟上了。社,即社日,古代祭祀土地神之日,分为春秋两祭。燕、雁皆候鸟,春社时北上,秋社时南下。古代有雁足书和传书燕的传说。 ⑧兀然:光秃秃的样子。 ⑨窒(zhì 至):堵塞。鼯(wú 吾)鼠:大飞鼠。这里泛指老鼠。 ⑩堂皇:本指官署的大堂。《汉书·胡建传》"列坐堂皇上"注:"室无四壁曰皇。"这里借指破败的住房。 ⑪新黄:新掘出的黄土。 ⑫呢喃:燕鸣声。 ⑬故妻子:原先的妻子。 ⑭羁卖:封建时代,丈夫可将妻子暂时出卖,到期备价赎回。羁,寄居。 ⑮橐(tuó 驼)囊:袋子。 ⑯浪(láng 郎)浪:流不止的样子。 ⑰遗(wèi 未):赠予。泥金箱:以泥金漆饰的箱奁。泥金,用金箔和胶水制成的金色颜料。 ⑱作家:持家过日子。

袁　枚

袁枚(1716—1798),字子才,号简斋,又号随园老人,钱塘(今浙江省杭州市)人。清乾隆四年(1739)进士,授翰林院庶吉士,出任溧水等地县令。中年辞官,在南京小仓山筑园林名随园,优游其中近五十年。论诗主张抒写性灵,创性灵说,体现出摆脱传统束缚的倾向。其诗多抒写个人的闲情逸致,风格清新灵巧,有时不免流于浮滑纤俳。著有《小仓山房集》《随园诗话》《子不语》等。

马　嵬①

其　四

莫唱当年《长恨歌》②,人间亦自有银河③。石壕村里夫妻别④,泪比长生殿上多⑤。

①本题共四首。马嵬:马嵬驿,位于今陕西省兴平市西。唐天宝年间安禄山叛乱,玄宗奔蜀途经此处时,被迫赐贵妃杨玉环自缢。　②《长恨歌》:白居易的著名长诗,写唐玄宗和杨贵妃的爱情悲剧。　③"人间"句:意谓世间也有夫妻生离死别的悲剧,正如传说中的牛郎、织女被银河阻隔不能相会一样。　④"石壕"句:杜甫《石壕吏》诗写安史之乱时百姓的悲惨遭遇,县吏夜至石壕村抓夫,老翁逾墙逃走,老妇被带去兵营中服役。　⑤"泪比"句:承前句,意谓普通百姓所遭受的离乱之苦,比帝王妃嫔的爱情悲剧更为惨痛。长生殿,唐代华清宫殿名,传说是唐玄宗和杨贵妃盟誓定情的地方。

姚 鼐

姚鼐(1731—1815),字姬传,一字梦谷,室名惜抱轩,世称惜抱先生,桐城(今安徽省桐城市)人。清乾隆二十八年(1763)进士,官至刑部郎中,曾任四库全书纂修官。中年辞官,历主江宁、扬州等地书院凡四十年。他是桐城派古文的主要作家之一。主张文章应兼具义理、考据、辞章之长,提出以神理气味、格律声色区别文章精粗,以阳刚、阴柔区别文章风格。所作散文多为书序碑传之属,风格雅洁严整。著有《惜抱轩全集》,编有《古文辞类纂》等。

登泰山记①

泰山之阳②,汶水③西流;其阴,济水④东流。阳谷⑤皆入汶,阴谷皆入济。当其南北分者⑥,古长城⑦也。最高日观峰⑧,在长城南十五里。

余以乾隆三十九年十二月⑨,自京师乘风雪⑩,历齐河、长清⑪,穿泰山西北谷,越长城之限⑫,至于泰安⑬。是月丁未⑭,与知府朱孝纯子颍由南麓登⑮。四十五里,道皆砌石为磴⑯,其级七千有余。泰山正南面有三谷。中谷绕泰安城下,郦道元所谓环水也⑰。余始循以入⑱;道少半⑲,越中岭;复循西谷,遂至其巅⑳。古时登山,循东谷入,道有天门。东谷者,古谓之天门溪水,余所不至也。今所经中岭及山巅,崖限当道者㉑,世皆谓之天门云。道中迷雾冰滑,磴几不可登。及既上,苍山负雪,明烛天南㉒。望晚日照城郭,汶水、徂徕㉓如画,而半山居雾若带然㉔。

戊申晦㉕,五鼓㉖,与子颍坐日观亭㉗,待日出。大风扬积雪击面。亭东自足下皆云漫㉘,稍见云中白若摴蒱㉙数十立者,山也。极天㉚云一线异色,须臾成五彩,日上,正赤如丹㉛,下有红光,动摇承之。或曰,此东海也。回视日观以西峰,或得日或否㉜,绛皓驳色㉝,而皆若偻㉞。

亭西有岱祠㉟,又有碧霞元君祠㊱。皇帝行宫㊲在碧霞元君祠东。是日,观道中石刻,自唐显庆㊳以来,其远古刻尽漫失㊴。僻不当道者㊵,皆不及往。

山多石,少土。石苍黑色,多平方,少圆。少杂树,多松,生石罅㊶,皆平顶㊷。冰雪,无瀑水㊸。无鸟兽音迹。至日观数里内无树,而雪与人膝齐。

桐城姚鼐记。

①本文是乾隆三十九年末作者辞官归里,道经泰安时所作。泰山:又称岱山、岱宗,为五岳中的东岳。主峰在今山东省泰安市城北。 ②阳:古时称山南为阳,山北为阴。 ③汶(wèn 问)水:即大汶河。发源于山东省沂源县境内,向西南流经泰山南,汇入东平湖。 ④济水:也称沇水。发源于河南省济源市西的王屋山,东流至山东。现在河道的一部分已被黄河所占。 ⑤阳谷:这里指泰山南面山谷里的水。 ⑥当其南北分者:在南北两面山谷的分界处。 ⑦古长城:指战国时齐国修筑的长城。西起今山东省平阴县,东至海。《管子·轻重》:"长城之阳,鲁也;长城之阴,齐也。"即指此。 ⑧日观峰:泰山绝顶诸峰之一。 ⑨以:在。乾隆:清高宗弘历的年号(1736—1795)。 ⑩京师:指清朝都城北京。乘:这里作冒解。 ⑪历:经过。齐河、长清:都是山东省的县名。 ⑫限:门槛。这里是比喻长城横卧泰山如门槛。 ⑬泰安:今山东省泰安市。清代为泰安府治所。 ⑭是月丁未:指乾隆三十九年十二月二十八日。 ⑮朱孝纯子颖:朱孝纯,字子颖。乾隆年间进士,时任泰安府知府,后官至两淮盐运使。他是姚鼐的挚友,能诗画,著有《宝扇楼诗集》。麓(lù 路):山脚。 ⑯磴(dèng 凳):石阶。 ⑰郦道元:字善长,北魏范阳涿州(今河北省涿州市)人。地理学家,著有《水经注》。环水:《水经注·汶水》:"又合环水,水出泰山南溪。" ⑱始循以入:开始沿着中谷进山。 ⑲道少半:走了一小半路。道,作动词用,走路。 ⑳巅:山顶。 ㉑崖限当道者:像门槛似地横在路上的山崖。 ㉒明烛天南:雪光明亮地映照着南面的天空。烛,作动词用,照耀。 ㉓徂徕(cú lái 殂来):山名,在今泰安城东南。 ㉔"而半山"句:半山腰停留的云雾像条带子似的。居,住,引申为停留。 ㉕戊申:指这年农历十二月二十九日。晦:农历每月最后一天。 ㉖五鼓:即五更。黎明之前。 ㉗日观亭:日观峰上的一个亭子。 ㉘"亭东"句:亭子以东从脚下开始都是迷漫的云雾。 ㉙摴蒱(chū pú 出蒲):同"樗蒲"。古代赌博、游戏的器具,类似后来的骰(shǎi)子。 ㉚极天:犹言天边。 ㉛正赤:正红,大红。丹:朱砂。 ㉜或得日或否:有的被日光照着,有的未被照着。 ㉝绛皓(hào 浩)驳色:红白两种颜色错杂。绛,红色。皓,白色。驳,杂。 ㉞皆若偻(lǚ 吕):都像弯腰曲背的样子。 ㉟岱祠:祭祀泰山神东岳大帝的庙。 ㊱碧霞元君:女神,传说为东岳大帝之女。宋真宗登封泰山时封为"天仙玉女碧霞元君",建昭真祠祀之,明改称碧霞灵佑宫。 ㊲行宫:古时京城以外供皇帝出行时居住的宫室。这里指乾隆登封泰山时的住所。 ㊳显庆:唐高宗李治的年号(656—660)。 ㊴漫失:磨灭缺失。 ㊵僻不当道者:偏僻不靠路边的(石刻)。 ㊶罅(xià 下):缝隙。 ㊷平顶:指平顶松。 ㊸"冰雪"句:是说山上到处都是冰雪,没有瀑布。

汪 中

汪中(1744—1794),字容甫,江都(今江苏省扬州市)人。少孤家贫,因助书商贩书,得博览群书而成通儒。三十四岁为拔贡,后绝意仕进,长期过着做幕客和卖文字的清苦生活。他在经学、史学、文学方面均有成就。能诗,尤工骈文,是清代骈文的代表作家。所作不事蹈袭而独具特色,长于讽谕,风格凄丽哀婉,自然爽利,以《哀盐船文》闻名于世。著有《述学》《容甫先生遗诗》等。后人辑有《汪容甫文笺》。

哀盐船文①

乾隆三十五年十二月乙卯②,仪征③盐船火,坏船百有三十,焚及溺死者千有四百。是时盐纲④皆直达,东自泰州⑤,西极于汉阳⑥,转运半天下焉。惟仪征绾其口⑦。列樯蔽空⑧,束江而立,望之隐若城郭。一夕并命⑨,郁为枯腊⑩,烈烈⑪厄运,可不悲邪!

于时玄冥告成⑫,万物休息。穷阴涸凝,寒威凛栗⑬,黑眚拔来⑭,阳光西匿。群饱方嬉⑮,歌号⑯宴食。死气交缠,视面惟墨⑰。夜漏始下⑱,惊飙勃发⑲。万窍怒号⑳,地脉荡决㉑。大声发于空廊㉒,而水波山立。于斯时也,有火作焉。摩木自生㉓,星星㉔如血,炎光一灼,百舫尽赤。青烟睒睒㉕,飘若沃雪㉖。蒸云气以为霞,炙阴崖而焦爇㉗。始连柂以下碇,乃焚如以俱没㉘。跳踯㉙火中,明见毛发,痛覃田田㉚,狂呼气竭。转侧张皇㉛,生涂未绝㉜。倏阳焰之腾高㉝,鼓腥风而一映㉞。洎㉟埃雾之重开,遂声销而形灭㊱。齐千命于一瞬,指人世以长诀。发冤气之焄蒿,合游氛而障日㊲。行当午而迷方㊳,扬沙砾之嫖疾㊴。衣缯败絮㊵,墨查㊶炭屑,浮江而下,至于海不绝。

亦有没者㊷善游,操舟若神。死丧之威㊸,从井有仁㊹。旋入雷渊,并为波臣㊺。又或择音无门㊻,投身急濑㊼。知蹈水之必濡㊽,犹入险而思济㊾。

挟惊浪以雷奔,势若阶而终坠[50],逃灼烂之须臾,乃同归乎死地。积哀怨于灵台[51],乘精爽而为厉[52]。出寒流以浃辰,目睊睊而犹视[53]。知天属之来抚[54],憖流血以盈眦[55]。诉强死[56]之悲心,口不言而以意[57]。若其焚剥支离[58],漫漶[59]莫别。圜者如圈,破者如玦[60]。积埃填窍[61],攦指失节[62]。嗟狸首[63]之残形,聚谁何而同穴[64]。收然灰之一抔[65],辨焚余之白骨。

呜呼哀哉!且夫众生乘化,是云天常[66]。妻孥环之,气绝寝床[67]。以死卫上,用登明堂[68]。离而不惩,祀为国殇[69]。兹也无名,又非其命[70]。天乎何辜,罹此冤横!游魂不归,居人[71]心绝。麦饭壶浆[72],临江呜咽。日堕天昏,凄凄鬼语。守哭迍邅[73],心期冥遇[74]。惟血嗣[75]之相依,尚腾哀而属路[76]。或举族之沉波,终狐祥而无主[77]。悲夫!丛冢有坎[78],泰厉[79]有祀。强饮强食,冯其气类。尚群游之乐,而无为妖祟[80]。

人逢其凶也邪?天降其酷也邪?夫何为而至于此极哉!

①这篇骈文描绘乾隆三十五年(1770)仪征沙漫洲附近江面盐船失火的惨祸。据《嘉庆扬州府志》及《重修仪征县志》载,这次大火发生于乾隆三十六年十二月,与本文所记年代不同。 ②乙卯:指乾隆三十五年十二月十九日。 ③仪征:今江苏省仪征市,位在扬州西南。当时扬州是全国盐业中心,停泊仪征的盐船很多。 ④盐纲:旧时称成批运输货物的组织为纲,如盐纲、茶纲、花石纲等。这里指运盐的船队。 ⑤泰州:今江苏省泰州市。 ⑥极于:尽于,远至于。汉阳:今湖北省武汉市汉阳区。清代为汉阳府治所。 ⑦绾(wǎn 晚)其口:控扼盐船来往的通道。绾,联结,控扼。 ⑧列樯蔽空:船的桅杆排列起来遮蔽了天空。 ⑨并命:同时死亡。 ⑩郁为枯腊(xī 昔):是说在烈火的炙烧下,人的尸体聚结成焦枯的干肉。语出《汉书·杨王孙传》。郁,结聚。腊,干肉。 ⑪烈烈:火焰炽盛的样子。 ⑫于时玄冥告成:是说时近冬末,玄冥的工作即将告成。玄冥,主管冬令的神。《礼记·月令》:“季冬之月,其神玄冥。” ⑬“穷阴”二句:极其阴冷的天气像凝固起来一样,严冬的酷寒令人战栗。 ⑭黑眚(shěng 省)拔来:黑色的云雾突然而来。眚,眼睛生翳,引申为云雾。拔,猝然。 ⑮群饱方嬉:大家吃饱了饭正在游戏。 ⑯歌咢(è 愕):有的唱歌,有的击鼓。咢,只击鼓,不歌唱。 ⑰“死气”二句:死气纠缠着他们,看起来满脸晦色。死气,迷信说法,人有凶兆,必有死气出现。墨,黑,引申指气色晦暗。 ⑱夜漏始下:指夜晚刚刚开始。漏,古代滴水、沙计时的漏壶。始下,即始滴。 ⑲惊飙(biāo 标):暴风。勃发:骤然而起。 ⑳万窍怒号:千孔万穴怒声吼叫。《庄子·齐物论》:“是惟无作,作则万窍怒号。” ㉑地脉荡决:江河震荡而决口。地脉,指江河水流。 ㉒空廓:空旷。㉓摩木自生:《庄子·外物》:“木与木相摩则然(燃)。”这里是说起火原因不明。㉔星星:犹点点。 ㉕睒(shǎn 闪)睒:光焰闪烁的样子。 ㉖熛(biāo 标)若沃雪:

形容飞进的火焰焚烧船只像用沸水浇雪,极言火势蔓延之速。熛,飞火。沃雪,指用沸水浇雪。枚乘《七发》:"如汤沃雪。" ㉗"蒸云"二句:是说烈火把升腾的云气蒸烤成彩霞,阴湿的崖岸也被烧得焦灼起来。爇(ruò弱),烧灼。 ㉘"始连"二句:是说由于原先把船只连接在一起抛锚停泊,所以全都烧毁沉没了。楫,船桨,这里指船。碇(dìng定),船停泊时沉落水中以稳定船身的石块。焚如,焚烧。如,语助词。 ㉙蹢(zhí直):驻足。 ㉚痛誖(bó勃):痛楚的呼喊声。田田:形容很大的声音。 ㉛转侧张皇:辗转翻滚,慌张失措。 ㉜生涂未绝:指被烧的人尚未死去。生涂,生路。涂,通"途"。 ㉝倏(shū书):忽然。阳焰:明亮的火焰。 ㉞呭(xuè穴):轻微的声音。指被烧的人只能发出微弱的呻吟。 ㉟洎(jì记):等到。 ㊱声销而形灭:指被烧的人不但声音消失,其形体也毁灭了。 ㊲"发冤"二句:是说死者的冤气蒸腾而上,聚拢成的凶气遮蔽了天日。焄(xūn勋)蒿,焄,指气;蒿,指气的蒸发。《礼记·祭义》:"众生必死,死必归土,此之谓鬼。骨肉毙于下,阴为野土。其气发扬于上为昭明,焄蒿凄怆,此百物之精也。"游氛,游荡在空中的凶气。 ㊳行当午:将到(次日)正午。迷方:迷失方向。指游氛尚未飘散。 ㊴嫖(piào票)疾:轻捷迅猛。 ㊵衣缯(zēng增)败絮:指衣服的碎片。缯,丝织品的总称。 ㊶墨查:指被烧焦的木头。查,同"楂"。 ㊷没者:潜水的人。 ㊸死丧之威:《诗经·小雅·常棣》:"死丧之威。"郑玄笺:"死丧可畏怖之事。"威,通"畏",可怕的事。 ㊹从井有仁:《论语·雍也》:"仁者,虽告之曰:'井有仁(人)焉。'其从之也?"后以"从井有仁"比喻虽有良好愿望而无实际效果,徒然危害自己的行为。这里意承前句,说死亡虽是可怕的,但那些没者仍甘冒生命危险去救人。 ㊺"旋入"二句:卷入水底,同被溺死。旋入雷渊,语出《楚辞·招魂》。旋,旋转。雷渊,神话中的水名,这里指水底。波臣,水族,这里指溺死者。 ㊻择音无门:犹言逃生无路。《左传·文公十七年》:"鹿死不择音。"音,通"荫",引申指避难处。 ㊼急濑(lài赖):急流。 ㊽蹈水:投水。濡(rú如):沾湿。这里引申为淹没。 ㊾思济:希望得救。济,救助。 ㊿"势若"句:是说看样子像是浮在浪头上,最终还是沉入水底。阡(jī基),同"跻",上升。 ㊿灵台:同"灵府",指心。 ㊿乘:依恃,凭借。精爽:指魂魄。为厉:犹言作祟。厉,恶鬼。 ㊿"出寒流"二句:是说十二天后尸体漂浮出寒冷的江水,眼睛还斜睁着似乎在看什么。浃(jiá夹)辰,古代以干支纪日,自子至亥一周为十二天,称为浃辰。睊(juàn绢)睊,侧视的样子。 ㊿天属:指有血缘关系的亲属。抚:抚慰,悼念。 ㊿"愁(yìn印)流血"句:是说死者哀痛得眼眶流血。迷信说法,人暴死后亲人临尸时,死者会眼鼻流血表示泣诉。愁,哀伤。眦(zì自):眼眶。 ㊿强死:犹言横死,死于意外的灾祸。 ㊿"口不言"句:语出《汉书·贾谊传》:"口不能言,请对以意。"意,胸臆,心意。 ㊿若:至于。焚剥支离:焚烧得肢体残缺。支离,残缺散乱。 ㊿漫漶(huàn患):模糊不清。 ㊿"圜者"二句:是说尸体有的蜷曲成圆圈,有的残破不全如缺口的玉环。 ㊿积埃填窍:积存的尘土填满了尸体的眼、鼻、口、耳七窍。 ㊿捩(lì丽)指失节:折断的手指脱离了骨节。捝,折断。 ㊳狸首:形容形体不全。韩愈《残形操序》:"《琴操》曰:'《残形操》,曾子所作。曾子梦一狸,不见其首,而作此曲也。'" ㊷"聚谁"句:是说聚集不知姓名的人同葬一个墓穴。谁何,谁人,何人。 ㊹然:同"燃"。一抔(póu):一捧,一把。 ㊻"且夫"二句:是说人的正常死亡本是自然的常道。乘化,顺应自然变化。这里指人的善终。 ㊼"妻孥"二句:是说善终的人是妻子儿女环绕着在家中咽气的。孥,儿女。寝床,灵床,停放尸体的床。 ㊽"以死"二句:是说为保卫君王而死的人,因之可以受到君王的祭祀。用,因。明堂,古代天子举行朝会、祭祀、庆赏等大典的殿堂。 ㊾"离而"二句:是说在战场上英勇牺牲的人被奉祀为烈士。离而不惩,语本《九歌·国殇》:"首身离兮心不惩。"意谓身首异处而不悔。国殇,为国作战而死的烈士。 ㋀"兹也"二句:是说这次遇难的人死得没有名堂,又非善终。㋁居人:活着的人。《左传·僖公九年》:"送往事居,耦俱无猜,贞也。"杜预注:"往,死者;居,生者。"这里指死者的亲属。 ㋂麦饭壶浆:指死者的亲属带着面食、水酒前来祭祀。 ㋃迍邅(zhūn zhān 谆沾):徘徊难行的样子。 ㋄冥遇:在阴间相遇。意指死者的亲属痛不欲生,期求追随死者于地下。 ㋅血嗣:嫡亲子孙。 ㋆腾哀:放声哀号。属(zhǔ主)路:相连接于道路。 ㋇狐祥:即孤伤,死后无人祭祀。《战国策·楚策》:"鬼狐祥而无食。"《史记·春申君列传》引作"鬼神孤伤,无所血食。"主:神主,旧时为死者所立以供祭祀的牌位。 ㋈丛冢:许多人埋在一处的乱葬坟。坎,墓穴。 ㋉泰厉:死而无后的鬼。 ㋊"强饮"四句:这是对死者的祝祷之词。意谓勉强吃点喝点吧,找气味相投的鬼聚在一起;希望以群游之乐为重,不要到人间来兴妖作怪。冯,通"凭",凭依。气类,气味相投。

黄景仁

黄景仁(1749—1783),字汉镛,一字仲则,号鹿菲子,武进(今江苏省常州市)人。屡应乡试不第,终身困顿。曾为安徽督学朱筠的幕客。后授县丞,未补官而卒。其诗多抒写穷愁潦倒的情怀,亦有愤世嫉俗之作,俊逸俏丽,哀婉凄恻,在所谓"盛世"吟唱出深蕴怨愤的衰音。著有《两当轩集》。

都门秋思①

其 三

五剧车声隐若雷②,北邙③惟见冢千堆。夕阳劝客登楼去,山色将秋绕郭来④。寒甚更无修竹倚⑤,愁多思买白杨栽⑥。全家都在风声里,九月衣裳未剪裁⑦。

①本题共四首,作于乾隆四十二年(1777)。作者时在北京任武英殿书签官,这年迎家眷至京,生计艰难。这组诗记其困顿状况和由愁苦而悲愤的心境。　②五剧:纵横交错的道路。这里指京城繁华的街市。隐:隐隐,车声。　③北邙(máng 忙):山名,在今河南省洛阳市北。东汉及北魏的王侯公卿多葬于此,后常借以泛指墓地。　④"夕阳"二句:暗用王粲《登楼赋》的典故,言欲遣愁怀而不能。将,送。　⑤"寒甚"句:杜甫《佳人》诗:"天寒翠袖薄,日暮倚修竹。"这里翻用其意而加重一层,说自己甚至连可倚的修竹也没有,极其贫困凄苦。　⑥"愁多"句:《古诗十九首》:"白杨多悲风,萧萧愁杀人。"古代墓地多植白杨,住房前忌栽此树。《宋书·萧惠开传》载,萧惠开铲除书斋前的花草,列种白杨树,常对人说:"人生不得行胸怀,虽寿百岁,犹为夭也。"这里借以抒写穷愁愤激的心情。　⑦"全家"二句:《诗经·豳风·七月》:"七月流火,九月授衣。"此用其意,说秋风已起,而全家寒衣尚无着落。

张惠言

张惠言(1761—1802),原名一鸣,字皋文,武进(今江苏常州)人。清嘉庆四年(1799)进士,后授翰林院编修。他是清代著名经学家,兼善诗文。文与恽敬同为阳湖派首领,词为常州词派创始人。论词倡导比兴寄托,主张"缘情造端,感物而发",词作凝练深沉,无绮靡浓艳之病,题材比较狭窄。著有《茗柯文集》《茗柯词》。

木兰花慢

杨 花①

侭飘零尽了②,何人解,当花看。正风避重帘③,雨回深幕④,云护轻幡⑤。寻他一春伴侣,只断红⑥、相识夕阳间。未忍无声委地⑦,将低重又飞还。　　疏狂情性算凄凉⑧,耐得到春阑⑨。便月地和⑩梅,花天伴雪,合称清寒。收将⑪十分春恨,做一天、愁影绕云山。看取青青池畔,泪痕点点凝班⑫。

①这是一首咏物词。借咏杨花寄托身世感慨。　②侭:听任。尽:完。　③重帘:多层帘子。　④深幕:房屋深处的帷幕。　⑤幡:长条形的旗子。或指护花幡。传说唐崔玄微与众花神相遇于花苑,花神惧怕恶风侵袭,请求崔于每年二月初一立朱幡于苑中,上面绘以日月星辰图案,即可免遭恶风袭扰,崔照办后果如其言。事见唐郑还古《博异记》。　⑥断红:犹言落红,落花。　⑦未忍:不甘心。委地:丢弃、堆积在地上。　⑧疏狂:懒散狂放,无所羁绊。算:料想。　⑨耐:忍受得住,经受得起。春阑:春残,春尽。　⑩和:偕同。　⑪收将:收起。将,语助词。　⑫"看取"二句:古人有杨花入池沼化为浮萍的说法。此用其典,说杨花消亡于水中,似点点泪痕凝结成池中浮萍。班,通"斑"。

方成培

方成培(生卒年不详),字仰松,别署岫云词逸,徽州(今安徽省歙县)人。《安徽通志稿》说他"幼病瘵,不能以举业自奋,遂大肆力于倚声"。现传《雷峰塔》传奇。另著有《方仰松词槑存》《香研居词麈》《香研居谈咫》等。

雷峰塔

断　桥①

〔商调〕【山坡羊】(旦、贴上②)(旦)顿然间鸳鸯折颈③,奴薄命孤鸾照命④。好教我心头暗哽,怎知他一旦多薄幸。(贴)娘娘,吃了苦了。(旦)青儿,不想许郎听信法海言语,竟不下山。我和他争斗,奈他法力高强,险被擒拿,幸借水遁来到临安⑤。哎呀,不然险遭一命。(贴)娘娘,仔细想将起来,都是许宣那厮薄幸。若此番见面,断断不可轻恕!(旦)便是。(贴)如今我每往那里去藏身才好?(旦)我向闻许郎有一姐姐,嫁与李仁,在此居住。我和你且投奔到彼。(贴)只是从未识面,倘不相留,如何是好?(旦)我每到彼,再作区处。(贴)如此,娘娘请。(旦行作腹痛介)哎哟!(贴)娘娘为甚么呵?(旦)青儿,我腹中疼痛,寸步难行,怎生捱得到彼。(贴)只怕要分娩了。前面已是断桥亭,待我且扶到亭内,少坐片时,再行便了。(旦)咳,许郎呵,我为你恩情非小,不想你这般薄幸,阿呀,好不凄惨人也!(贴)可怜。(旦)歹心肠铁做成,怎不教人泪雨零⑥。奔投无处形怜影,细想前情气怎平?(合)凄清,竟不念山海盟;伤情,更说甚共和鸣⑦。(同下)

(生随外上)(外)许宣,你且闭着眼。

【前腔】一程程钱塘⑧将近,蓦过了千山万岭。锦重重遥望层城,虚飘飘到来俄顷。许宣,来此已是临安了。(生惊介)果然是临安了。奇呵!(外)你此去若见此妖,不必害怕。待他分娩之后,你可到净慈寺⑨来,付汝法宝收取便了。(生)是。待弟子相送到彼。(外)不消。你可作速归家,方才之言不可忘了!记此行漏言祸匪轻。(下)(生)前情往事重追省⑩,只怕他怨雨愁云恨未平。萍梗⑪,叹陟危⑫命欲倾;伤情,痛遭魔⑬心暗惊。

　　(旦、贴内)许宣,你好狠心也!(生跌介)阿呀,吓、吓死我也。你看那边,明明是白氏青儿。哎哟,我今番性命休矣!

〔仙吕宫引〕【五供养】今朝蹭蹬⑭。(旦、贴内)许宣,你好薄情也!(生)忽听他怒喊连声,遥看妖孽到,势难撄⑮。空叫苍天,更没处将身遮隐。怎支撑?不如拼命向前行。(奔下)

〔仙吕过曲〕【玉交枝】(贴扶旦上)(旦)轻分鸾镜⑯,那知他似狼心性。思量到此真堪恨,全不念伉俪⑰深情。(贴)娘娘,你看许宣见了我每,略不回头,潜身逃避,咦,好不可恨!(旦)不必多言,我和你急急赶上前去!恶狠狠裴航翻欲绝云英⑱,喘吁吁叹苏卿倒赶不上双渐的影⑲。(闪介)(贴)娘娘看仔细。(旦)哎哟,望长堤疾急前征,顾不得绣鞋帮褪。(同下)(生上)阿呀!阿呀!

【川拨棹】真不幸,共冤家狭路行。吓得我气绝魂惊,吓得我气绝魂惊。且住,方才禅师说:此去若遇妖邪,不必害怕。那、那、那,看他紧紧追来,如何是好?也罢,我且上前相见,生死付之天命便了!我向前时,又不觉心中战兢。(旦、贴上)(旦)谢伊家曩日多情,恨奴家平日无情。

　　(见生扯住介)许宣,你还要往哪里去?你好薄幸也!(哭介)(生)阿呀娘子,为何这般狼狈?(旦、贴)你听信谗言,把夫妇恩情,一旦相抛,累我每受此苦楚,还来问甚么?(生)娘子,请息怒。你且坐了,听卑人一言相告。(贴)那,那,他又来了。(生)那日上山之时,本欲就回,不想被法海那厮,将言煽惑,一时误信他言,致累娘子受此苦楚,实非卑人之故嘘⑳!(哭介)(贴)啐!你且收了这假慈悲。走来,听我一言。(生)青姐,有何说话?(贴)我娘娘何等待你?(生)娘子是好的呵。(贴)可又来,也该念夫妻之情,亏你下得这般狠心!(生)阿呀,冤哉!(贴)于心何忍呢?(生)青姐,这都是那妖僧不肯放我下山。(贴回头不理介)(生)娘子,望恕卑人之罪!(旦)咳,许郎呵!(贴代旦挽发介)

〔商调集曲〕【金落索】【金梧桐】(旦)我与你嗈嗈弋雁鸣㉑,永望鸳交颈。不记当时,曾结三生证㉒。如今负此情,【东瓯令】背前盟。(生)卑人怎敢?(旦)贝锦如簧说向卿㉓,因何耳软轻相信?(拭泪起唱介)【针线箱】摧挫娇花任雨零,【解三酲】真薄幸。【懒画眉】你清夜扪心㉔也自惊。(生)是卑人不是了。【寄生子】(旦)害得我飘泊零丁,几丧残生,怎不教人恨、恨!(转坐哭介)(贴揉旦背介)娘娘,不要气坏了身子。

【前腔】(生)愁烦且暂停,念我诚堪悯。连理交枝,实只愿偕欢庆。风波意外生,望委曲垂情。(旦)你既知夫妇之情,怎么听信秃驴言语?(生)叵耐㉕妖僧忒煞狠,教人怎不心儿惊。听他一划㉖胡言,我合受惩。(旦)阿哟,气死我也!(生)只看平日恩情呵,求容忍。(旦)啐!(贴)这时候赔罪,可不迟了?(生)善言劝解全赖你娉婷㉗,蹙眉山泪雨休零,且暂消停。

(跪介)(旦)下次可再敢如此?(生)再不敢了。(旦)起来,起来,起来耶。(生)多谢娘子。(贴气介)咳!(旦)只是如今我每向何处安身便好?(生)不妨,请娘子权且到我姐丈家中住下,再作区处。(旦)此去切不可说起金山之事,倘若泄漏,我与你决不干休!(贴)与你定不干休!(生)谨依尊命。青姐,我和你扶娘娘到前面去。(贴不应介)(生)娘子,你看青姐,总是怨着卑人,怎么处?(旦)青儿,青儿!(贴)娘娘。(旦)我想此事,非关许郎之过,都是法海那厮不好,你也不要太执性了。(贴)娘娘,你看官人,总是假慈悲,假小心,可惜辜负娘娘一点真心。(旦)咳。(生)娘子请。(旦)哎哟,只是我腹中十分疼痛,寸步难行。(生)不妨,我和青姐且扶到前面,唤乘小轿而行便了。

【尾声】(旦)此行休似东君泄漏柳条青㉘,(生)还学并蒂芙蓉㉙交映,(合)再话前欢续旧盟。

(旦)还恐添成异日愁, 温庭筠
(贴)朝成恩爱暮仇雠。 翁 绶
(生)当年顾我长青眼㉚, 许 浑
纵杀微躯未足酬㉛。 方 干

①《雷峰塔》传奇取材于蛇仙白娘子的民间传说。写白娘子思凡下山,在杭州西湖邂逅许宣,结为夫妇,受到法海禅师的再三破坏,最后白娘子被法海镇压在雷峰塔下。方成培《雷峰塔》是根据黄图珌和陈嘉言父女的两种本子改编的,共三十四出,《断桥》是第二十六出。 ②旦:扮演本剧女主人公白娘子。贴:扮演侍女小青。本出共四个角色,生(小生)扮演许宣,外扮演法海。 ③鸳鸯折颈:比喻夫妻被拆散。 ④孤鸾照命:意为命该孤单。孤鸾,失偶的鸾鸟,比喻失偶或夫妻分离。 ⑤水遁:借水隐身逃遁。临安:今浙江省杭州市。 ⑥零:下雨。 ⑦共和鸣:比喻夫妻恩爱和谐。 ⑧钱塘:今浙江省杭州市。 ⑨净慈寺:在杭州南屏山慧日峰下。 ⑩追省(xǐng):回忆,反思。 ⑪萍梗:浮萍断梗随风飘荡,比喻身无着落。 ⑫阽(diàn)危:危险。阽,临近(危险)。 ⑬魔:梵文音译"魔罗"的省称,佛教称妨碍修行,

破坏佛法的邪恶之神。引申为害人的妖怪。　⑭蹭蹬(cèng dèng):失势难进的样子。　⑮撄(yīng 英):迫近,触犯。　⑯分鸾镜:犹言破镜,比喻夫妻分离。这里指许宣负心。鸾镜,梳妆镜。　⑰伉俪(kàng lì 抗丽):配偶,夫妻。　⑱裴航翻欲绝云英:唐代裴铏《传奇》故事,秀才裴航经蓝桥驿因渴求浆,遇云英而倾心爱慕,至京城倾囊购得玉杵臼,为女捣药百日,终得娶云英而成仙。这里反用其事,比喻许宣狠心绝情于白娘子。　⑲苏卿倒赶不上双渐的影:宋元民间传说和元曲故事,书生双渐和妓女苏小卿相恋,茶商冯魁乘双渐应考之机骗买了小卿。双渐得官后在金山寺见小卿题诗,乘船前往追赶,得结为夫妇。这时反用其事,比喻白娘子追赶许宣。　⑳喏(niǎ):吴语,表祈使语气。　㉑噰(yōng 雍)噰:鸟和鸣声。弋雁鸣:《诗经·郑风·女曰鸡鸣》写一对恩爱夫妻的对话,妻说:"子兴视夜,明星有烂。"夫答:"将翱将翔,弋凫与雁。"此用其典,比喻恩爱和谐的夫妻生活。弋,用生丝做绳系在箭上射鸟。㉒曾结三生证:曾经盟誓永远相爱。三生,佛家语,指前生、今生、来生。　㉓贝锦:织成贝纹的锦,比喻迷惑人的谗言。典出《诗经·小雅·巷伯》:"萋兮斐兮,成是贝锦。彼谮人者,亦已太甚。"簧:乐器中用以发声的片状振动体,比喻动听的言语。　㉔扪(mén 门)心:摸摸胸口。反省自问的意思。　㉕叵(pǒ)耐:不可忍耐。引申为可恨。㉖一划(chǎn 产):一派。　㉗娉婷(pīng tíng 乒亭):美好的样子。引申指美女。㉘东君:春神。柳条青:指春意,春天的信息。　㉙并蒂芙蓉:杜甫《进艇》诗:"俱飞蛱蝶元相逐,并蒂芙蓉本自双。"并蒂,两花共一蒂(花和枝茎相连的部分)。旧时常用以比喻夫妻恩爱。　㉚青眼:眼睛正视,黑珠在中间。表示对人的尊重或喜爱。典出《晋书·阮籍传》。　㉛以上四句下场诗是集句,采自唐诗。

晚　清

张维屏

张维屏(1780—1859),字子树,号南山,晚号松心子,番禺(今广东省广州市番禺区)人。清道光二年(1822)进士,做过几任知县和代理南康知府,晚年辞官乡居。他是嘉庆、道光年间的知名诗人。早期诗歌多应酬赠答、游山玩水之作,晚年目睹英国对中国的侵略,写了一些歌颂人民抗敌御侮的斗争、揭露统治者妥协投降的诗篇,质朴有力,格调高昂。著有《松心诗集》等,辑有《国朝诗人征略》。

三 元 里①

三元里前声若雷,千众万众同时来。因义生愤愤生勇,乡民合力强徒摧②。家室田庐须保卫,不待鼓声群作气③。妇女齐心亦健儿,犁锄在手皆兵器。乡分远近旗斑斓,什队百队沿溪山④。众夷相视忽变色:"黑旗死仗难生还⑤"。夷兵所恃惟枪炮,人心合处天心到⑥。晴空骤雨忽倾盆,凶夷无所施其暴。岂特火器无所施,夷足不惯行滑泥。下者田塍苦踯躅⑦,高者冈阜愁颠挤⑧。中有夷酋⑨貌尤丑,象皮作甲裹身厚。一戈已椿长狄喉,十日犹悬郲支首⑩。纷然欲遁无双翅,歼厥渠魁真易事⑪。不解何由巨网开,枯鱼竟得攸然逝⑫。魏绛和戎且解忧⑬,风人慷慨赋同仇⑭。如何全盛金瓯日,却类金缯岁币谋⑮?

①道光二十一年四月,英侵略军包围广州,当时主持广州军务的清靖逆将军奕山放弃抵抗,和英军订立了丧权辱国的《广州和约》。英军四出骚扰淫掠,激起人民的强烈义愤。广州北郊三元里及附近一百零三乡群众在牛栏冈大败英军,继而数万乡民包围英军驻地四方炮台。英军向清政府求救,奕山急命广州知府余保纯用威胁、欺骗手段解散抗英群众,英军得以狼狈逃出重围。此诗即是这次反侵略斗争的真实记录。

②强徒:指英军。摧:挫败。　③"不待"句:《左传·庄公十年》:"夫战,勇气也。一鼓作气,再而衰,三而竭。"这里反用其意,说抗英群众无须鼓声激励而斗志旺盛。作气,振作勇气。　④"乡分"二句:写远近各乡群众前来参战的浩大声势。参加三元里战斗的群众,都高举"义兵"或"义民"的旗帜,各乡都有乡旗,后又约以三元古庙的北帝三星旗为指挥旗。　⑤"众夷"二句:作者自注:"夷打死仗则用黑旗,适有执神庙七星旗者,夷惊曰:'打死仗者至矣。'"夷,旧时对外国人的泛称。这里指英军。⑥"人心"句:是说只要众人心齐,老天也会加以佑庇。指以下几句所说的天降骤雨,英军火炮湿透而施放不响,道路泥滑难行而言。　⑦塍(chéng 呈):田埂。踯躅(zhí zhú 直竹):徘徊不进的样子。这里形容行进艰难。　⑧冈阜:土山。颠挤:当作"颠隮",坠落。　⑨夷酋:指英军军官伯麦、毕霞等。《夷氛闻记》:"伯麦身肥体健,首大如斗。"故云"貌尤丑"。　⑩"一戈"二句:指三元里人民击毙伯麦、毕霞事。长狄,春秋时北方少数民族狄的一个分支。《左传·文公十一年》:"败敌于咸,获长狄侨如,富父终甥舂其喉以戈,杀之。"舂(chōng 冲),捣。郅(zhì 至)支,汉匈奴呼韩邪单于之兄,本名呼屠吾斯,自立为郅支骨都单于,后西入康居(西域国名)。汉元帝时,汉西域副校尉陈汤等破康居,枭其首,车骑将军许嘉、右将军王商以为"宜悬十日乃埋之"。事见《汉书·陈汤传》。　⑪"纷然"二句:据《夷氛闻记》载,英军曾一再试图突围,"无奈人如山积,围开复合,各弃其鸟枪,徒手延颈待戮,乞命之声震山谷"。歼厥渠魁,语出《尚书·胤征》。厥,其。渠魁,旧时对敌方首脑的通称。渠,通"巨",大。当时英军统帅义律赶来救援,亦陷重围之中,故云。　⑫"不解"二句:指奕山派余保纯等为英军解围事。枯鱼,干鱼。这里比喻被围困的英军有如失水之鱼。攸然逝,《孟子·万章上》:"攸然而逝。"原谓鱼迅速游入深水而不知去向,这里指英军逃窜而去。　⑬"魏绛"句:《左传·襄公四年》载,山戎无终子向晋国求和,晋大夫魏绛力主和戎,于是晋献公命绛与诸戎订盟。这里取其订盟之意,讽刺清政府屈膝求和以聊解眼前之忧。　⑭"风人"句:是说诗人赋诗歌颂人民抗击侵略的壮举。风人,即诗人。原指古代采诗以观民风的官员,后因称诗人为风人。同仇,《诗经·秦风·无衣》:"王于兴师,修我戈矛,与子同仇。"这里借指三元里人民同仇敌忾,群起抗御外侮的斗争。　⑮"如何"二句:是说为什么在国家强盛巩固之时,却采取类似北宋那种屈辱求和的政策呢?金缯(zēng 增)岁币谋,北宋对辽、金、西夏采取的屈辱求和政策,每年输银纳绢以换取暂时安定。缯,丝织品的总称。这里借指奕山同英军订立《广州和约》,向英方缴纳巨额赔款。

龚自珍

龚自珍(1792—1841),字璱(sè 瑟)人,号定盦,仁和(今浙江省杭州市)人。清道光九年(1829)进士,官礼部主事。因触时忌,辞官南归。卒于丹阳云阳书院。精于经学、小学和史地学,讲求经世致用。主张改革政治,抵制外来侵略,为近代改良主义运动的先驱者。其诗采取多种形式揭露和批判封建衰世的社会现实,表达变革现状的要求和对美好未来的向往,奇境独辟,别开生面,散文亦多讥切时政,纵横恣肆,诙诡瑰丽。著有《定盦全集》。

咏　　史[①]

金粉东南十五州[②],万重恩怨属名流[③]。牢盆狎客操全算[④],团扇才人踞上游[⑤]。避席畏闻文字狱,著书都为稻粱谋[⑥]。田横五百人安在,难道归来尽列侯[⑦]?

[①]这首诗作于道光五年十二月(1826年1月)。时作者因母丧离官后寓居昆山。题为咏史,实是讽今。　[②]金粉:古代妇女妆饰用的铅粉。旧时多用以形容繁华靡丽的生活。东南十五州:泛指长江下游地区。　[③]"万重"句:是说那些所谓"名流"彼此勾结倾轧,恩怨重重。名流,社会上有名望的头面人物。　[④]牢盆:煮盐的器具。这里借称把持盐政的官僚。狎客:权贵豪富所亲近狎昵的帮闲清客。这里指盐官门下的食客。操全算:犹言操纵一切。　[⑤]团扇才人:东晋世家王导的孙子王珉,只会清谈玄学而毫无政治才干,二十多岁就当上了掌管政府机密的中书令。珉喜欢手持白团扇,曾与嫂婢私通,嫂挞婢,婢因作《团扇歌》。这里借指不学无术的轻薄文人。踞上游:指占据高位。　[⑥]"避席"二句:意谓读书人慑伏于文字狱而不敢议论时政,即使著书也都是为了糊口而已。避席,古人席地而坐,有所敬畏即离席而起,谓之避席。文字狱,封建统治者为了钳制思想,镇压舆论,往往从文人的著作中寻章摘句,罗织罪状,加以迫害杀戮,称为文字狱。稻粱谋,指谋生。杜甫《同诸公登慈恩寺塔》诗:"君

看随阳雁,各有稻粱谋。" ⑦"田横"二句:是说田横五百壮士哪里去了,难道归顺汉朝都能封侯吗?田横事见前夏完淳《细林夜哭》注㉕。刘邦在招降时说:"田横来,大者王,小者乃侯耳!不来,且举兵加诛焉。"列侯,汉制,异姓因功而封侯称列侯。这里以抗节不屈的田横五百壮士和卑污苟贱的当代"名流"相对照,讽劝醉心功名利禄者不要抱有幻想。

己亥杂诗①

其　　五

浩荡离愁白日斜②,吟鞭东指即天涯③。落红不是无情物,化作春泥更护花④。

①道光十九年己亥四月,作者辞官南归。旋又北上迎眷,岁末返回。在往返途中陆续写成三百十五首七言绝句,总题《己亥杂诗》。　②浩荡离愁:广阔无际的离愁。白日斜:夕阳西下。　③"吟鞭"句:是说策马东行,从此便与京城相隔天涯了。吟鞭,诗人的马鞭。东指,作者当时从北京外城东面的广渠门出城,故云。天涯,天边。指离京城极远的地方。　④"落红"二句:是说落花不是无情的东西,化作春泥还能护育新花。比喻自己虽然辞了官,仍然要为社会尽力。

其 八 十 三①

只筹一缆十夫多,细算千艘渡此河②。我亦曾縻太仓粟,夜闻邪许泪滂沱③。

①作者自注:"五月十二日抵淮浦作。"淮浦,即清江浦,在今江苏省淮安市。其地临淮河、运河。当时东南各省的漕粮主要通过运河北上,清江浦一带置水闸多座,漕船过闸全靠人力拉纤。　②"只筹"二句:是说只计算一根纤绳就要十多个纤夫拉,细算上千条船渡河该用多少拉纤的人。筹,古时计数和计算的用具,多用竹片制成,这里用作动词,计算。缆,系船用的绳索。这里指纤绳。　③"我亦"二句:是说我也曾在京城做官,消耗俸粟;夜里听到纤夫的号子声,不禁泪下如雨。縻,耗费。太仓,古时设在京城的国家粮仓。邪许(yé hǔ 耶虎),劳动号子声。《淮南子·道应训》:"今夫举大木者,前呼邪许,后亦应之,此举重劝力之歌也。"滂沱(pāng tuó 乓驼),大雨倾泻的样子。形容眼泪流得很多。

其 一 百 二 十 三

不论盐铁不筹河①,独倚东南涕泪多②。国赋三升民一斗③,屠牛那不胜栽禾④?

①"不论"句:是说既不议论盐铁,也无权筹划治理黄河。盐铁,封建时代为国家专卖的重要物资。西汉昭帝时,御史大夫桑弘羊和代表地方豪强的"贤良""文学"之士,就是否实行盐铁官营政策展开辩论。辩论记录后由桓宽整理成书,称为《盐铁论》。当时清廷上下侈言盐务和治河成风,作者已辞官离朝,故云"不论""不筹"。　②"独倚"句:是说只身来到东南,所见的情形已足以使我流下许多眼泪。倚,倚立,意即置身其中。　③"国赋"句:是说国家赋税规定三升,农民实际要交纳一斗粮食。大清户律规定民田每亩科税三升三合五勺,但农民实纳数额远远超出于此。东南沿海地区农民所受的盘剥尤为严重。　④"屠牛"句:意谓农民不堪沉重的赋税,已到了宁肯宰杀耕牛,而不愿种田的地步。

其一百二十五①

九州生气恃风雷②,万马齐喑究可哀③。我劝天公重抖擞④,不拘一格降人材⑤。

①作者自注:"过镇江,见赛玉皇及风神、雷神者,祷祠万数,道士乞撰青词。"赛,祭祀酬神。祷祠万数,指祈祷的人极多。青词,见前《沈小霞相会出师表》注⑧。这首诗其实并非所谓青词,而是借题发挥的抒怀之作。　②九州:中国古代分为九州,后世即用以作为中国的代称。恃:依靠。风雷:风神和雷神。这里比喻巨大的社会变革。③万马齐喑(yīn 音):语出苏轼《三马图赞引》:"时西域贡马……振鬣长鸣,万马齐喑。"这里比喻当时社会令人窒息的沉闷局面。喑,哑。究:终究,毕竟。　④天公:即玉皇,神话传说中的天帝。抖擞:奋发,振作精神。　⑤不拘一格:不拘守一定的规格。意即打破常规。格,这里暗指扼杀人才的官僚制度。降(jiàng 匠):降生,产生。

病梅馆记①

江宁之龙蟠②,苏州之邓尉③,杭州之西溪④,皆产梅。或曰:梅以曲为美,直则无姿;以欹⑤为美,正则无景⑥;以疏为美,密则无态。固也⑦。此文人画士,心知其意,未可明诏大号⑧,以绳⑨天下之梅也;又不可以使天下之民,斫直、删密、锄正,以夭梅⑩、病梅为业以求钱也。梅之欹、之疏、之曲,又非蠢蠢求钱之民⑪,能以其智力为⑫也。有以文人画士孤癖之隐⑬,明告鬻梅者,斫其正,养其旁条;删其密,夭其稚枝;锄其直,遏其生气⑭,以求重价,而江、浙之梅皆病。文人画士之祸之烈⑮至此哉!

予购三百盆,皆病者,无一完者⑯。既泣之三日,乃誓疗之、纵之、顺之⑰。毁其盆,悉埋于地,解其棕缚⑱。以五年为期,必复之全之⑲。予本非文人画士,甘受诟厉⑳,辟㉑病梅之馆以贮之。呜呼！安得使予多暇日,又多闲田,以广贮江宁、杭州、苏州之病梅,穷㉒予生之光阴以疗梅也哉？

①本文又题《疗梅说》,作于道光十九年作者辞官南归后。　②江宁:今江苏省南京市。龙蟠:指钟山,亦名紫金山。三国时诸葛亮曾有"钟山龙蟠"之说,故称。南麓有梅花山,向为赏梅胜地。　③邓尉:山名,在今江苏省苏州市西南。相传东汉太尉邓禹曾隐居于此,故名。山上多植梅树,花盛时一望如雪,号称"香雪海"。　④西溪:在今浙江省杭州市灵隐山西北。旧时溪水两岸多梅,与灵峰、孤山同为西湖探梅胜地。　⑤欹(qī 欺):倾斜。　⑥景:同"影"。　⑦固也:向来如此。　⑧明诏大号:公开宣告,大声号召。　⑨绳:木工取直用的墨线。引申为按一定的标准衡量。　⑩夭梅:使梅早死。　⑪蠢蠢求钱之民:指只图赚钱的人。蠢蠢,蠕动的样子。　⑫能以其智力为:能够用他们的才智和本领做得到的。　⑬孤癖之隐:独特嗜好的隐衷。癖,嗜好。　⑭遏其生气:阻抑它的生机。　⑮烈:厉害,严重。　⑯无一完者:没有一株完好的。　⑰疗:医治。纵:放开。顺之:让梅自然生长。　⑱棕缚:棕绳的捆缚。卖梅的人用棕绳把梅绑束起来,使之长成各种不同的形态。　⑲复之:使它恢复自然的形态。全之:使它健全无损。　⑳诟(gòu 够)厉:斥责,辱骂。　㉑辟:开辟,设置。　㉒穷:尽。

魏　源

魏源(1794—1857),字默深,邵阳金潭(今湖南省隆回县)人。清道光二十四年(1844)进士,官至高邮知州。他是近代著名的爱国者和进步思想家,与龚自珍齐名,时称"龚魏"。提倡治学经世致用,主张革除弊政,抵制外国侵略。能诗文。其诗忧时感事,颇多反映鸦片战争前后的社会现实,揭露清统治者的昏聩腐败和丧权辱国的行径,歌颂爱国志士和广大群众抗击侵略的斗争,山水诗也占有很大比重。风格雄浑遒劲,朴素笃实。著有《古微堂诗集》《清夜斋诗稿》等。

江南吟十章　效白香山体①

其　八

阿芙蓉②,阿芙蓉,产海西③,来海东④。不知何国香风⑤过,醉我士女如醇酞⑥。夜不见月与星兮,昼不见白日,自成长夜逍遥国⑦。长夜国,莫愁湖⑧,销金锅里乾坤无⑨。涸六合,迷九有,上朱邸,下黔首⑩,彼昏自痼何足言,藩决膏殚付谁守⑪?语君勿咎⑫阿芙蓉,有形无形朋⑬则同:边臣之朋曰养痈⑭,枢臣之朋曰中庸⑮;儒臣鹦鹉巧学舌⑯,库臣阳虎能窃弓⑰。中朝但断大官朋,阿芙蓉烟可立尽⑱。

①这组诗约作于道光十一年。题为十章,今《古微堂诗集》中仅存五首。效白香山体:仿效唐代诗人白居易即事名篇、讽谕现实的《新乐府》诗体。白居易晚年自号香山居士。　②阿芙蓉:即鸦片。吸食成瘾,便难以戒绝。当时英国等国将鸦片大量输入中国,给中国社会带来无穷祸患,国贫民弱。清政府屡颁禁令,而烟毒愈益泛滥。　③海西:指印度。当时是英属殖民地,盛产鸦片。　④海东:指中国。　⑤香风:指吸食鸦片时喷出烟雾的气味。　⑥醇酞(chún nóng 纯农):浓烈的酒。　⑦"自成"

句:《史记·殷本纪》载,纣王好酒淫乐,常在宫中"为长夜之饮"。这里活用此典,意谓瘾客不分昼夜沉溺于吸食鸦片,自成逍遥天地。 ⑧莫愁湖:在南京水西门外。这里取"莫愁"的字面意义,借指吸食鸦片者麻木不仁、无所忧虑的精神状态。 ⑨销金锅:《武林旧事》载,南宋时杭州的富豪贵族在西湖泛舟作乐,"日糜金钱,靡有纪极",杭州谚语称游船为"销金锅儿"。这里借指吸食鸦片的烟具。乾坤无:指鸦片吸食者神志迷糊,把整个世界置诸脑后。 ⑩"溷(hùn 诨)六合"四句:是说烟毒泛滥整个中国,无论上下贵贱都吸毒入迷。溷,混浊。六合,天地四方,泛指天下。九有,即九州,泛指全中国。朱邸(dǐ 抵),古代诸侯有功者赐朱户(门),因称王侯的第宅为朱邸。这里指贵族官僚之家。黔(qián 前)首,战国及秦代对百姓的称谓,后世沿用。⑪"彼昏"二句:是说那些人神志迷糊,自己吸毒成癖固不足道,但由此导致的边防失守、国库民财耗尽的局面又交付谁来支撑呢?痼(gù 固),病经久难治,比喻难以改变的积习和嗜好。藩,藩篱,喻指边防。膏,油脂,喻指财富。殚,尽。 ⑫咎(jiù 旧):归罪。 ⑬朋:作者自注:"俗语烟瘾之瘾,字书无之。《说文》:'朋,病瘢也。'今借用之。" ⑭边臣:防守边疆之臣。养痈(yōng 拥):养痈遗患。比喻姑息养奸,以致酿成祸患。这里指对外敌一味忍让,怯于抵抗。痈,一种毒疮,不及时治疗则化脓溃烂。 ⑮枢臣:旧时称宰辅之官。泛指朝廷参与决策的重臣。中庸:儒家的道德标准,指处理事情不偏不倚、无过不及的态度。这里是调和折中、平庸守旧的意思。 ⑯儒臣:古称博士官为儒臣,后泛指读书人出身的或有学问的大臣。鹦鹉巧学舌:鹦鹉是一种能模仿人语声的鸟。鹦鹉学舌,比喻人云亦云。 ⑰库臣:掌管库藏的大臣。阳虎:即阳货,春秋时鲁国贵族季孙氏的家臣,曾掌握鲁国国政。他在与鲁国三大贵族作战时,到鲁定公宫中取走鲁国国宝宝玉大弓。事见《左传·定公八年》。此用其典,指库臣监守自盗,官吏贪污盗窃成风。 ⑱"中朝"二句:是说朝廷只要根治大官的上述种种无形之瘾,鸦片就可以立即禁绝。中朝,朝中,朝廷。

寰海十章①

其 九

城上旌旗城下盟②,怒潮已作落潮声③。阴疑阳战玄黄血④,电挟雷攻水火并⑤。鼓角岂真天上降⑥,琛珠合向海王倾⑦。全凭宝气销兵气,此夕蛟宫万丈明⑧。

①这组诗作者自注作于道光二十年,从内容看大部分当作于次年,都是反映鸦片战争的纪实感怀之作。寰海:海内。 ②"城上"句:指奕山和英军签订丧权辱国的《广州和约》事。道光二十一年四月,英军攻陷广州城外全部炮台,包围广州。主持广州军务的清靖逆将军奕山屈膝求和,接受五项停战条款,包括清军六天内退出广州,七天

内付英军赎城费六百万银元和赔偿英商损失三十万银元。城下盟,指敌人兵临城下时订立屈辱的盟约。《左传·桓公十二年》:"楚伐绞,军其南门……大败之,为城下之盟而还。"杜预注:"城下盟,诸侯所深耻。" ③"怒潮"句:是说清王朝这次抵抗侵略的行动已告衰歇。广州之役前,道光帝曾下令调遣军队开赴广州,敕命奕山等"分路兜剿,务使该夷片帆不返"。奕山在毫无切实军事部署的情况下和英军交战溃败,继有英军攻城和签约事,道光帝的抗战姿态也迅即消失。 ④"阴疑"句:《易·坤》上六爻辞:"龙战于野,其血玄黄。"文言:"阴疑于阳必战。"孔颖达正义:"阴盛为阳所疑,阳乃发动,欲除去此阴;阴既强盛,不肯退避,故必战也。"阴阳是《易》关于自然观的两个对立的基本概念。这里借喻英国侵略者凭借军事力量欺压中国,迫使中国不得不浴血抗战。玄黄,杂色。 ⑤"电挟"句:形容战争激烈。 ⑥"鼓角"句:《汉书·周勃传》载,汉景帝派周亚夫平定吴楚七国的叛乱,赵涉建议由敌方无备之路"直入武库,击鸣鼓,诸侯闻之,以为将军从天而下也"。此用其典,意谓英军并非天降神兵,清军的失败只是由于统治者腐败无能而已。 ⑦"琛(chēn 嗔)珠"句:意承前句,讽刺说既无能抵敌,大量财物也就理所应当奉送英军了。指向英军纳款事。琛,珍宝。海王,神话传说中的海龙王。这里借指当时称霸海上的英国侵略者。 ⑧"全凭"二句:讽刺奕山全靠献纳财物以平息战争,英军那里的珠光宝气照亮了万丈海空。蛟宫万丈明,杜光庭《录异记》:"……夜中远望,见此水上红光如日,方百余里,上与天连,船人相传龙王宫在其下矣。"

黄遵宪

　　黄遵宪(1848—1905),字公度,嘉应州(今广东省梅州市)人。清光绪二年(1876)举人,历任驻日、英参赞和旧金山、新加坡总领事。回国后积极参加资产阶级改良主义运动,在代理湖南按察使任上协助巡抚陈宝箴厉行新政。维新变法失败后,被解职放归乡里。他是近代"诗界革命"成就最高的诗人。其诗广泛地描写重大历史事件,突出反映中国近代社会的主要矛盾,揭露帝国主义列强的侵略罪行和清统治者的腐败无能。他努力使旧的诗歌形式和新的内容相谐和,诗多古体长篇,采用散文化笔法,不避"流俗语"和新名词,意境多所创新。著有《人境庐诗草》《日本杂事诗》等。

今　别　离①

其　一

　　别肠转如轮,一刻既万周②。眼见双轮驰,益增中心③忧。古亦有山川,古亦有车舟;车舟载离别,行止犹自由。今日舟与车,并力生离愁;明知须臾景,不许稍绸缪④。钟声一及时,顷刻不少留。虽有万钧柁,动如绕指柔⑤;岂无打头风⑥,亦不畏石尤⑦。送者未及返,君在天尽头;望影倏不见,烟波杳悠悠。去矣一何速,归定留滞不?所愿君归时,快乘轻气球。

①本题共四首,作于光绪十六年,时作者在伦敦任驻英公使馆参赞。今别离:乐府杂曲歌辞旧题。作者借用此题,分别吟咏火车轮船、电报、照相和东西半球昼夜相反等新事物,抒写男女别情。这首写火车、轮船。　②"别肠"二句:化用唐孟郊《远游联句》诗"别肠车轮转,一日一万周"两句,写别情之深长。　③中心:犹言心中。　④绸缪(móu谋):犹缠绵。这里指临别时的依恋温存。　⑤"虽有"二句:晋刘琨《重

赠卢谌》诗:"何意百炼刚,化为绕指柔。"原意比喻人由刚强而变得柔弱。这里借以形容轮船开航后,沉重的船舵转动起来却很柔软灵活。万钧,极言其重。古以三十斤为钧。柂,同"舵"。　⑥打头风:逆风。　⑦石尤:即打头逆风。相传古有石氏女嫁为尤郎妇,尤远出经商不归,妻思念成疾,临亡长叹道:"吾恨不能阻其行,以至于此。今凡有商旅远行,吾当作大风,为天下妇人阻之。"后因称打头逆风为石尤或石尤风。事见《琅嬛记》引《江湖纪闻》。

哀　旅　顺①

　　海水一泓烟九点②,壮哉此地实天险。炮台屹立如虎阚③,红衣大将威望俨④。下有洼池⑤列巨舰,晴天雷轰夜电闪。最高峰头纵远览,龙旗百丈迎风飐⑥。长城万里此为堑⑦,鲸鹏相摩图一啖⑧。昂头侧睨何眈眈⑨,伸手欲攫⑩终不敢。谓海可填山易撼,万鬼聚谋无此胆⑪。一朝瓦解成劫灰,闻道敌军蹈背来⑫。

①旅顺:又称旅顺口,位于辽东半岛南端,形势险要,晚清时为北方重要军港。光绪二十年十月,日军进攻旅顺,清军统帅龚照屿和守将闻风而逃,各炮台相继失陷,旅顺遂为日军所占。作者时任驻新加坡总领事,闻讯作此诗以寄哀愤。　②"海水"句:化用李贺《梦天》诗"遥望齐州九点烟,一泓海水杯中泻"两句,写旅顺面临大海,依傍大陆国土。泓(hónɡ 洪),水深的样子。一泓,意即一片。烟九点,指中国国土,以中国古分九州故。　③"炮台"句:甲午战争时,旅顺军港设海岸炮台十三座,陆路炮台九座。阚(hǎn 喊),虎怒的样子。　④红衣大将:清太宗皇太极天聪五年(1632),红衣大炮造成,命名为"天祐助威大将军"。这里泛指大炮。俨:庄严的样子。　⑤洼池:指港湾。　⑥龙旗:黄龙旗,清朝的国旗。飐(zhǎn 展):招展。　⑦堑(qiàn 欠):做防御用的壕沟。　⑧"鲸鹏"句:韩愈《送无本诗归范阳》:"鲸鹏相摩窣,两举快一啖。"这里借以形容帝国主义列强有如鲸鹏交相进迫,图谋吞食旅顺乃至中国。摩,这里是迫近的意思。啖(dàn 淡),吃。　⑨睨(nì 逆):斜视。眈(dān 单)眈:注视的样子。这里犹言"虎视眈眈"。　⑩攫(jué 决):夺取。　⑪"谓海"二句:是说清统治者自以为进攻旅顺比填海撼山还难,列强聚谋也没有来犯的胆量,极言旅顺要塞的险固。　⑫"一朝"二句:是说敌军从背后攻来,旅顺要塞顷刻间便陷落了。劫灰,佛教称能使世间一切归诸毁灭的灾火为"劫火",劫灰即劫火之灰。这里借指战火的灰烬。敌军蹈背来,写旅顺陷落经过。当时日军虑旅顺正面难攻,遂从花园港登陆,占领金州城和大连湾,再从背后进攻旅顺。

书　愤[①]

其　一

　　一自珠崖弃[②]，纷纷各效尤[③]，瓜分惟客听[④]，薪尽向予求[⑤]。秦楚纵横日[⑥]，幽燕十六州[⑦]，未闻南北海，处处扼咽喉[⑧]。

[①]本题共五首，作于光绪二十四年。光绪二十三年，德国派遣海军强占胶州湾。次年春，迫使清政府签订《胶澳租界条约》，租借胶州湾，租期九十九年。各帝国主义国家继之强迫清政府订立了一系列租借条约，在中国划分势力范围。作者对此极为愤慨，因作《书愤》五首。　[②]珠崖弃：《汉书·贾捐之传》载，汉元帝拟发兵镇压珠崖(汉郡名，辖境相当今海南岛东北部)等地的起义，贾捐之认为珠崖非冠带之国，而关东民众久困，"愿遂弃珠崖，专用恤关东之忧"。后因以"弃珠崖"泛指放弃国土。作者在此句下自注："胶州。"可见是指清政府同意德国"租借"胶州湾事。　[③]"纷纷"句：作者自注："旅顺、大连湾、威海卫、广州湾。"指列强效法德国，俄国强租旅顺、大连，英国强租威海卫，法国强租广州湾。效尤，学坏样子。　[④]"瓜分"句：《左传·成公二年》载，晋攻齐，齐败。齐侯遣使奉献珍宝和土地，请求晋国休战，并说："不可，则听客之所为。"这里借指清政府惟侵略者之命是从，听任帝国主义列强瓜分国土。　[⑤]"薪尽"句：比喻帝国主义列强的侵略野心是永远不会得到满足的。薪尽，《战国策·魏策》载，孙臣对魏王说："以地事秦，譬犹抱薪而救火也，薪不尽，则火不止。"薪，柴禾，这里比喻中国领土。向予求，向我索取。《左传·僖公七年》："女(汝)专利而不厌，予取予求，不女疵瑕也。"予，我。这里指中国。　[⑥]"秦楚"句：战国时七国并峙，而以秦、楚最强。两国都想吞并别国，独霸天下。楚欲六国联合抗秦，灭秦后再灭五国，叫作"合纵"(南北为纵，六国地亘南北，故称)；秦欲与六国分别建立关系，以便各个击破，叫作"连横"(东西为横，秦在西，六国居东，故称)。　[⑦]"幽燕"句：五代时，后唐河东节度使石敬瑭叛，勾结契丹灭后唐，建立后晋，尊契丹为父皇帝，自称儿皇帝，并割让燕云十六州给契丹。　[⑧]"未闻"二句：意承前两句，说秦楚争霸吞并他国、石敬瑭割地做儿皇帝时，也没听说南北沿海的咽喉要地处处被侵略者所侵占。扼，掐住。

康有为

康有为(1858—1927),又名祖诒,字广厦,号长素,南海(今广东省佛山市南海区)人,世称南海先生。清光绪二十一年(1895)进士,授工部主事。他主张变法维新,是清末资产阶级改良主义运动的领袖。变法失败后,思想日趋反动,反对资产阶级革命,成为保皇派的头目,辛亥革命后参与策划清帝复辟。其前期诗歌感慨时势,抒发爱国忧愤,表达变法图强的愿望,想象奇特,文辞瑰丽,风格雄浑。后期诗歌则充斥没落情绪,徒见艺术技巧,不复有前期的光彩。著有《南海先生诗集》等。

出都留别诸公①

其 一

沧海惊波百怪横②,唐衢痛哭万人惊③。高峰突出诸山妒,上帝无言百鬼狞④。岂有汉廷思贾谊⑤?拼教江夏杀祢衡⑥。陆沉预为中原叹,他日应思鲁二生⑦。

①本题共五首。作者自注:"吾以诸生上书请变法,开国未有,群疑交集,乃行。"光绪十四年,作者入京应顺天乡试,首次上书请求变法,为顽固派所阻,未能上达光绪帝,反被视为狂生而遭到攻击,遂于次年离京南归。这组诗即作于出京之时。 ②"沧海"句:意谓政治混乱,社会动荡,帝国主义列强肆意横行。 ③"唐衢"句:唐代唐衢有文才,老无所成,善哭,音调哀切,闻者落泪。事见《旧唐书·唐衢传》。这里借指自己为国家的忧患而痛哭呼吁,希望能以此唤醒国人。 ④"高峰"二句:龚自珍《夜坐》诗"一山突起丘陵妒,万籁无言帝坐灵"。这里化用其句,说自己因陈言变法而招致众人的毁谤,光绪帝无实权,顽固派专横跋扈。妒,妒忌。 ⑤"岂有"句:汉代贾谊因主张改革政制,遭朝廷保守势力排斥,不得为公卿,贬为长沙王太傅,继为梁怀王太傅,终未受重用,抑郁而死。这里以贾谊自比,说朝廷不会重视自己。 ⑥"拼教"

句:用汉末祢衡被江夏太守黄祖所杀事,见前《渔阳弄》注⑤。这里以祢衡自比,表示为变法图强死而不辞。 ⑦"陆沉"二句:意谓等到国家沦亡,"我"的预见被证实时,朝廷当会想到"我"的。陆沉,国土沦丧。鲁二生,《史记·叔孙通列传》载,汉初叔孙通欲兴礼乐,征召鲁地诸生三十余人。有两生鄙薄叔孙通的为人,不愿应征,被叔孙通称为"不知时变"的"鄙儒"。这里作者借以比喻自己是不同流俗的志士。

丘逢甲

丘逢甲(1864—1912),字仙根,号蛰仙,又号仲阏、仓海,台湾彰化人。清光绪十五年(1889)进士,授工部主事。甲午战争失败,清政府割台湾与日本,他组织台湾士民抵抗日军。事败内渡,寄寓广东,致力于教育事业。辛亥革命后,参加孙中山的南京临时政府,为参议院议员,未几病卒。内渡后所作诗歌最具特色,多抒写因台湾沦陷而激发的爱国情感,沉郁苍凉,凌厉雄迈,被誉为"诗界革命之巨子"。著有《岭云海日楼诗钞》。

春　　愁①

春愁难遣强看山,往事惊心泪欲潸②。四百万人③同一哭,去年今日割台湾④。

①这首诗作于光绪二十二年春,《马关条约》签订一周年之际。　②潸(shān 衫):流泪的样子。　③四百万人:台湾本地人合福建、广东籍的台湾人,当时共约四百万。　④"去年"句:指光绪二十一年三月二十三日(1895年4月17日),清政府全权代表李鸿章在日本马关和日本政府签订条约,将台湾割让给日本。

谭嗣同

谭嗣同(1865—1898),字复生,号壮飞,浏阳(今湖南省浏阳市)人。少有大志,中日甲午战争后,发愤救国,积极从事变法维新活动,其思想在资产阶级改良派中最为激进。清光绪二十四年(1898)参加戊戌变法,光绪帝任命为四品卿衔军机章京。同年变法失败被捕,慷慨就义。其诗风格雄健,境界恢廓,充满对人民疾苦的同情和对国家命运的关切,具有强烈的爱国思想和进取精神。著有《谭嗣同全集》。

狱中题壁①

望门投止思张俭②,忍死须臾待杜根③。我自横刀向天笑④,去留肝胆两昆仑⑤。

①戊戌变法失败后,康有为、梁启超先后逃亡,谭嗣同拒绝出奔,被捕入狱,三天后与林旭等五人同时被杀,史称"戊戌六君子"。这是作者题于狱中墙上的绝命诗。
②"望门"句:张俭,东汉末人,曾任东部督邮。因弹劾宦官,被诬结党营私,被迫逃亡避害。人们冒着危险接纳他,"望门投止,莫不重其名行,破家相容"。事见《后汉书·张俭传》。这里以张俭借指康有为等出亡的维新派人士。投止,即投宿。 ③"忍死"句:杜根,东汉末人,安帝时为郎中。因上书要求临朝听政的邓太后还政于皇帝,太后命人将他装在口袋里摔死。行刑者敬其作为,施刑不加力,得不死。太后命人检视,他诈死三日,目中生蛆。后隐身酒店为酒保,邓太后被诛,复官为侍御史。事见《后汉书·杜根传》。这里借以勉励幸存的维新派人士"忍死"以待东山再起。
④"我自"句:是说自己面对屠刀仰天而笑,意即已抱必死的决心。梁启超《谭嗣同传》载,变法失败后,有人劝谭嗣同出奔避难,他拒绝说:"各国变法无不从流血而成,今日中国未闻有因变法而流血者,此国之所以不昌也。有之,请自嗣同始。"横刀,刀架在脖子上。 ⑤"去留"句:意谓死者生者都是肝胆照人,像昆仑山一样巍峨高大。去,作者自指。留,指康有为。一说"去"者指外逃的康有为,"留"者指留下准备牺牲的作者。

章炳麟

章炳麟(1869—1936),字枚叔,一名绛,号太炎,余杭(今浙江省杭州市余杭区)人。早年曾参加维新变法运动,戊戌变法失败后立志革命。清光绪二十九年(1903)因《苏报》案被捕,在狱中参与发起成立光复社。出狱后到日本主编同盟会机关刊物《民报》。辛亥革命后参加倒袁活动,被袁世凯囚禁。后一度任孙中山的护法军政府秘书长。晚年脱离政治,专意讲学,思想渐趋保守。他是近代著名的资产阶级民主革命家和思想家,学识广博,在经学、史学、语言学等方面均有精深造诣。其文学成就主要在散文方面,所作政论散文淹博翔实,组织严密,词锋犀利,具有较强的说服力和感染力。著有《章氏丛书》初编、续编、三编。

革命军序[①]

蜀邹容为《革命军》方二万言[②],示余曰:欲以立懦夫[③],定民志[④],故辞多恣肆[⑤],无所回避,然得无恶其不文耶[⑥]?余曰:凡事之败,在有其唱者而莫与为和[⑦],其攻击者且千百辈,故仇敌之空言[⑧],足以堕吾实事[⑨]。

夫中国吞噬于逆胡,已二百六十年矣[⑩]。宰割之酷,诈暴之工[⑪],人人所身受,当无不昌言革命。然自乾隆以往,尚有吕留良、曾静、齐周华等持正议以振聋俗[⑫],自尔遂寂泊无所闻[⑬]。吾观洪氏之举义师[⑭],起而与为敌者,曾、李则柔煦小人[⑮],左宗棠[⑯]喜功名、乐战事,徒欲为人策使[⑰],顾勿问其韪非枉直[⑱],斯固无足论者[⑲]。乃如罗、彭、邵、刘之伦[⑳],皆笃行有道士[㉑]也。其所操持,不洛、闽而金溪、余姚[㉒],衡阳之《黄书》日在几阁[㉓],孝弟[㉔]之行,华戎之辨[㉕],仇国之痛[㉖],作乱犯上之戒,宜一切习闻之。卒其行事,乃相紾戾如彼[㉗]!材者张其角牙以覆宗国[㉘],其次即以身家殉满洲[㉙],乐文采者则相与鼓吹之[㉚]。无他,悖德逆伦,并为一谈[㉛],牢不可破。故虽有衡阳之书,而视之若无见也。然则洪氏之败,不尽由计画失所,正以空言足与为难耳㉜!

今者风俗臭味少变更矣㉝,然其痛心疾首,恳恳必以逐满为职志者㉞,虑不数人㉟。数人者,文墨议论,又往往务为温藉㊱,不欲以跳踉搏跃㊲言之,虽余亦不免是也。

嗟乎!世皆嚚昧㊳而不知话言,主文讽切,勿为动容㊴,不震以雷霆之声,其能化㊵者几何?异时义师再举,其必堕于众口之不俚㊶,既可知矣。今容为是书,壹以叫咷恣言㊷,发其惭恚㊸,虽嚚昧若罗、彭诸子,诵之犹当流汗祇悔㊹,以是为义师先声,庶几民无异志,而材士亦知所返乎㊺!若夫屠沽负贩之徒㊻,利其径直易知,而能恢发智识㊼,则其所化远矣。藉非不文,何以致是也㊽!抑吾闻之,同族相代,谓之革命;异族攘窃㊾,谓之灭亡;改制同族,谓之革命;驱逐异族,谓之光复。今中国既灭亡于逆胡,所当谋者光复也,非革命云尔。容之署斯名㊿,何哉?谅以其所规画,不仅驱除异族而已,虽政教学术、礼俗材性(51),犹有当革者焉,故大言之曰革命也。

共和二千七百四十四年(52)四月,余杭章炳麟序。

①《革命军》:邹容著,光绪二十九年在上海出版,是一部宣传资产阶级民主革命的著作。全书共七章,全面揭露了清朝专制统治的腐朽,明确提出建立“中华共和国”的主张。章炳麟为撰此序,刊于是年五月十五日(6月10日)《苏报》。不久,清政府制造“苏报案”,章炳麟和邹容先后入狱。　②邹容(1885—1905):字蔚丹,一作威丹,四川巴县(县治在今重庆市渝中区)人。光绪二十八年赴日本留学,参加留学生爱国运动。次年回国,在上海参加“爱国学社”,因写《革命军》被捕,判监禁二年。光绪三十一年病死于狱中。方:将近。　③立懦夫:使懦弱的人振作起来。语本《孟子·万章下》:“懦夫有立志。”　④定民志:使民众意志坚定。语出《易·履》:“君子以辩上下定民志。”　⑤恣肆:放纵,无所顾忌。　⑥得无恶其不文耶:是否会嫌它缺乏文采呢?　⑦“在有”句:在于只有人倡导而无人响应。唱,通“倡”。和(hè 贺),跟着唱。引申为附和、响应。　⑧空言:不切实际的言论。　⑨堕(huī 灰):通“隳”,毁坏。实事:实际的事业。　⑩“夫中国”二句:吞噬(shì 是),吞食。这里是侵占的意思。逆胡,指清朝统治者。清统治者于1644年入关定都北京,至本文发表的1903年,其间约二百六十年。　⑪诈暴:伪诈的欺骗和残酷的镇压。工:巧。　⑫吕留良(1629—1683):崇德(在今浙江省桐乡市)人,明清之际理学家。明亡后拒和清统治者合作,削发为僧,著书宣扬“华夷之辨”,传播反清思想。雍正时因曾静案被剖棺戮尸。曾静(1679—1736):湖南永兴人。读吕留良遗著,深受影响,反对清朝统治。雍正六年(1728),派学生劝川陕总督岳钟琪反清,被告发下狱。乾隆即位后被杀。齐周华:浙江天台人,雍正诸生。乾隆时因作《为吕留良等独抒己见奏稿》被杀。正议:公正的

道理。这里指民族思想。聋俗:美恶不辨的世风。这里指对清朝统治麻木不仁的状态。 ⑬"自尔"句:是说从此以后就听不到反清的声息了。寂泊,沉寂无声。 ⑭洪氏之举义师:指洪秀全领导太平天国起义。 ⑮曾、李:指镇压太平天国起义的曾国藩、李鸿章。曾国藩(1811—1872),湖南湘乡人,官至两江总督。李鸿章(1823—1901),安徽合肥人,官至直隶总督兼北洋大臣。柔煦(xù 绪):柔顺温和。这里是奴颜婢膝的意思。 ⑯左宗棠(1812—1885):湖南湘阴人。官至军机大臣,调两江总督。曾统军镇压太平天国起义。 ⑰策使:鞭策驱使。 ⑱顾:表示转折的连词,相当于"但""而"。韪(wěi 委)非枉直:是非曲直。韪,是。 ⑲"斯固"句:这种人本来就不值得一谈。 ⑳罗、彭、邵、刘:指罗泽南、彭玉麟、邵懿辰、刘蓉。他们都是学者、文士,曾积极参与镇压太平天国起义。伦:类。 ㉑笃行有道士:品行纯厚而有修养的人。 ㉒"其所"二句:是说他们所从事的不是程朱理学,就是陆王心学。操持,从事。洛、闽,指北宋程颢、程颐为首的学派和南宋朱熹为首的学派。因二程是洛阳人,朱熹曾在福建建阳书院讲学(福建别称"闽"),故分别称为洛学和闽学。金溪、余姚,指南宋陆九渊、明王阳明为首的学派。陆是江西抚州金溪人,王是浙江余姚人。 ㉓衡阳之《黄书》:衡阳,指王夫之,他是湖南衡阳人,明末清初思想家。《黄书》是他的政论著作,鼓吹反清,着重总结了汉族历代统治者在民族斗争中失败的历史教训。日在几阁:意为天天放在手边。几,便桌。阁,书架。 ㉔孝弟(tì 替):儒家宣扬的伦理道德。《论语·学而》:"其为人也孝弟。"朱熹注:"善事父母为孝,善事兄长为弟。" ㉕华戎之辨:指汉族和满族的区别。戎,古代对少数民族的蔑称,这里指满族。 ㉖仇国之痛:亡国的痛苦。作者从排满立场出发,认为明朝被清所取代即是汉族亡国,故云。 ㉗"卒其"二句:是说结果他们的行为却和上述的一切乖谬到那种地步。紾戾(zhěn lì 诊力),违背。 ㉘"材者"句:是说他们之中有才能的人张牙舞爪地颠覆本民族的国家。宗国,古称同姓的诸侯国。这里引申为本民族的国家,指太平天国。 ㉙"其次"句:是说他们之中才能较差的人即以身家性命为清王朝殉葬。如前提到的罗泽南在武昌城外被太平军击毙,邵懿辰在杭州城破时被太平军处死。 ㉚"乐文采"句:是说喜弄文墨的人则为上述种种与太平天国为敌的行动鼓吹宣扬。相与,共同。 ㉛"悖(bèi 倍)德"二句:意谓这些人违反传统的道德伦常,把满清王朝的统治和汉族的国家正统混为一谈。悖,违背。 ㉜"然则"三句:意谓洪秀全的失败,不完全是由于策略的不得当,也因为反动舆论足以与之为难。然则,那么。 ㉝风俗臭(xiù 秀)味:指社会风气。少变更:稍有变化。 ㉞恳恳:迫切,至诚。逐满:驱逐满清统治者。 ㉟虑不数人:算来没有几个人。虑,大略。 ㊱温(yùn 运)藉:同"蕴藉",含蓄。温,通"蕴"。 ㊲跳踉(liáng 梁)搏跃:腾跃跳动。形容文章恣肆奔放,慷慨激昂。 ㊳嚚(yín 银)昧:愚昧。 ㊴"主文"二句:意谓用委婉含蓄的言辞进行规劝,世人不会受到触动。动容,内心有所感动而表现于面容。 ㊵化:感化,觉悟。 ㊶不俚:不通俗。 ㊷壹以叫咷(táo 逃)恣言:专门使用大声疾呼、肆无忌惮的语言。壹,专一。 ㊸惭恚(huì 惠):惭愧愤恨。 ㊹祇(qí 其)悔:大悔,彻底悔悟。祇,大。 ㊺亦知所返:也知道回到正路上来。返,回心转意的意思。 ㊻屠沽:屠夫和卖酒的人。负贩:挑担卖货的小贩。泛指社会底层的普通百姓。 ㊼"利其"二句:意谓得其直截了当、通俗易懂的便利,能够扩充见识,启发觉悟。 ㊽"藉非"二句:意谓假如文章不是写得通俗易懂,怎能达到这样的效果呢?藉,假使。 ㊾攘窃:侵占,篡夺。 ㊿署斯名:指邹容把他的著作题为"革命军"。 (51)材性:指人的资质品性。 (52)共和:公元前841年,周厉王因暴虐被国人驱逐,由共伯和摄行王事,号共和元年;一说由周公、召公共同执政,号为"共和"行政。这是中国历史上有可靠纪年的开始。作者不承认清王朝的正统,故不用清帝年号纪元,而用周共和纪元。共和二千七百四十四年,即清光绪二十九年。

梁启超

梁启超(1873—1929),字卓如,号任公,别署饮冰室主人,新会(今广东省江门市新会区)人。清光绪十五年(1889)举人。早年与康有为共同倡导和组织变法维新,是近代资产阶级改良运动的代表人物之一。变法失败后流亡日本,先后主办多种刊物,坚持改良主义立场,反对资产阶级革命。辛亥革命后出任袁世凯政府司法总长,继与蔡锷组织护国军反袁,后出任段祺瑞政府财政总长。晚年脱离政界,专事讲学和著述。他是"诗界革命""小说界革命"和"新文体"运动的倡导者。所作新体散文突破传统的藩篱,务为平易畅达,时杂以俚语、韵语及外文语法,排比铺张,议论纵横,笔锋常带感情,富有煽动性和感染力,风靡一时而成为"五四"白话文运动的先导。著有《饮冰室合集》。

少年中国说(节录)[①]

日本人之称我中国也,一则曰老大帝国,再则曰老大帝国。是语也,盖袭译欧西人之言也[②]。呜呼,我中国其果老大矣乎?任公曰:恶[③],是何言!是何言!吾心目中有一少年中国在。

欲言国之老少,请先言[④]人之老少。老年人常思既往,少年人常思将来。惟思既往也,故生留恋心;惟思将来也,故生希望心。惟留恋也故保守,惟希望也故进取。惟保守也故永旧,惟进取也故日新。惟思既往也,事事皆其所已经者,故惟知照例;惟思将来也,事事皆其所未经者,故常敢破格。老年人常多忧虑,少年人常好行乐。惟多忧也,故灰心;惟行乐也,故盛气。惟灰心也,故怯懦;惟盛气也,故豪壮。惟怯懦也,故苟且;惟豪壮也,故冒险。惟苟且[⑤]也,故能灭世界;惟冒险也,故能造世界。老年人常厌事,少年人常喜事。惟厌事也,故常觉一切无可为者;惟好事也,故常觉一切事无不可为者。老年人如夕照，少年人如朝阳。老年人如瘠牛⑥，少年人如乳虎⑦。老年人如僧，少年人如侠。老年人如字典，少年人如戏文⑧。老年人如鸦片烟，少年人如泼兰地酒⑨。老年人如别行星之陨石，少年人如大洋海之珊瑚岛⑩。老年人如埃及沙漠之金字塔⑪，少年人如西伯利亚之铁路⑫。老年人如秋后之柳，少年人如春前之草。老年人如死海之潴为泽⑬，少年人如长江之初发源。此老年与少年性格不同之大略也。任公曰：人固有之，国亦宜然。

....

呜呼，我中国其果老大矣乎？立乎今日以指畴昔⑭，唐虞三代⑮，若何之郅治⑯，秦皇汉武，若何之雄杰，汉唐来之文学，若何之隆盛，康乾间之武功，若何之烜赫⑰。历史家所铺叙，词章家⑱所讴歌，何一非我国民少年时代、良辰美景赏心乐事之陈迹哉！而今颓然老矣！昨日割五城，明日割十城⑲，处处雀鼠尽，夜夜鸡犬惊。十八省⑳之土地财产，已为人怀中之肉。四百兆㉑之父兄子弟，已为人注籍之奴㉒。岂所谓"老大嫁作商人妇"㉓者耶？呜呼，凭君莫话当年事，憔悴韶光不忍看㉔！楚囚相对㉕，岌岌顾影㉖，人命危浅，朝不虑夕㉗。国为待死之国，一国之民为待死之民。万事付之奈何，一切凭人作弄，亦何足怪！

任公曰：我中国其果老大矣乎？是今日全地球之一大问题也。如其老大也，则是中国为过去之国，即地球上昔本有此国，而今渐渐灭㉘，他日之命运殆㉙将尽也。如其非老大也，则是中国为未来之国，即地球上昔未现此国，而今渐发达，他日之前程且方长也。欲断㉚今日之中国为老大耶？为少年耶？则不可不先明国字之意。夫国也者，何物也？有土地，有人民，以居于其土地之人民，而治其所居之土地之事，自制法律而自守之，有主权，有服从，人人皆主权者，人人皆服从者。夫如是，斯谓之完全成立之国㉛。地球上之有完全成立之国也，自百年以来也。完全成立者，壮年之事也。未能完全成立而渐进于完全成立者，少年之事也。故吾得一言以断之曰：欧洲列邦在今日为壮年国，而我中国在今日为少年国。

夫古昔之中国者，虽有国之名，而未成国之形也。或为家族之国㉜，或为酋长之国㉝，或为诸侯封建㉞之国，或为一王专制之国㉟。虽种类不一，要之㊱，其于国家之体质也，有其一部而缺其一部。正如婴儿自胚胎以迄成童，其身体之一二官支㊲，先行长成，此外则全体虽粗具，然未能得用也。故其唐虞以前为胚胎时代，殷商之际为乳哺时代，由孔子而来至于今为童子时代。逐渐发达，而今乃始将入成童以上少年之界焉。其长成所以若是之迟者,则历代之民贼有窒其生机者也㊳。譬犹童年多病,转类㊴老态。或且疑其死期之将至焉,而不知皆由未完全未成立也;非过去之谓,而未来之谓也㊵。

　　…………

　　龚自珍氏之集有诗一章,题曰《能令公少年行》㊶。吾尝爱读之,而有味㊷乎其用意之所存。我国民而自谓其国之老矣,斯果老大矣。我国民而自知其国之少年也,斯乃少年矣。西谚㊸有之曰:"有三岁之翁,有百岁之童。"然则,国之老少,又无定形,而实随国民之心力以为消长者也。吾见乎玛志尼㊹之能令国少年也,吾又见乎我国之官吏士民能令国老大也。吾为此惧!夫以如此壮丽浓郁翩翩㊺绝世之少年中国,而使欧西日本人谓我老大者何也?则以握国权者皆老朽之人也。非哦几十年八股㊻,非写几十年白折㊼,非当几十年差,非挨几十年俸,非递几十年手本㊽,非唱几十年喏㊾,非磕几十年头,非请几十年安,则不能得一官,进一职。其内任卿贰以上㊿,外任监司以上者[51],百人之中,其五官不备者,殆九十六七人也。非眼盲,则耳聋,非手颤,则足跛,否则半身不遂也。彼其一身饮食步履视听言语,尚不能自了[52],须三四人在左右扶之捉之,乃能度日,于此而乃欲责之以国事,是何异立无数木偶而使之治天下也!且彼辈者,自其少壮之时既已不知亚细亚、欧罗巴[53]为何处地方,汉祖唐宗是那朝皇帝,犹嫌其顽钝腐败之未臻[54]其极,又必搓磨之,陶冶之,待其脑髓已涸,血管已塞,气息奄奄,与鬼为邻之时,然后将我二万里江山、四万万人命,一举而畀[55]于其手。呜呼!老大帝国,诚哉其老大也!而彼辈者,积其数十年八股、白折、当差、捱俸、手本、唱喏、磕头、请安,千辛万苦,千苦万辛,乃始得此红顶花翎[56]之服色,中堂[57]大人之名号,乃出其全副精神,竭其毕生力量,以保持之。如彼乞儿拾金一锭,虽轰雷盘旋其顶上,而两手犹紧抱其荷包,他事非所顾也,非所知也,非所闻也。于此而告之以亡国也,瓜分也,彼乌[58]从而听之,乌从而信之!即使果亡矣,果分矣,而吾今年既七十矣八十矣,但求其一两年内,洋人不来,强盗不起,我已快活过了一世矣!若不得已,则割三头两省[59]之土地,奉申贺敬[60],以换我几个顶门;卖三几百万之人民作仆为奴,以赎我一条老命,有何不可,有何难办。呜呼!今以所谓老后老臣老将老吏者[61],其修身齐家治国平天下[62]之手段,皆具于是矣。西风一夜催人老,凋尽朱颜白尽头。使走无常[63]当医生,携催命符以祝寿,嗟乎痛哉!以此为国,是安得不老且死,且吾恐其未及岁而殇也。

　　任公曰:造成今日之老大中国者,则中国老朽之冤业也。制出将来之少年中国者,则中国少年之责任也。彼老朽者何足道?彼与此世界作别之日不远矣!而我少年乃新来而与世界为缘。如僦屋⁶⁴者然,彼明日将迁居地方,而我今日始入此室处。将迁居者,不爱护其窗櫺,不洁治其庭庑⁶⁵,俗人恒情,亦何足怪?若我少年者,前程浩浩⁶⁶,后顾茫茫,中国而为牛为马为奴为隶,则烹脔棰鞭⁶⁷之惨酷,惟我少年当之。中国如称霸宇内⁶⁸主盟地球,则指挥顾盼之尊荣,惟我少年享之。于彼气息奄奄与鬼为邻者何与焉?彼而漠然置之,犹可言也。我而漠然置之,不可言也。使举国之少年而果为少年也,则吾中国为未来之国,其进步未可量也。使举国之少年而亦为老大也,则吾中国为过去之国,其澌亡可翘足⁶⁹而待也。故今日之责任,不在他人,而全在我少年。少年智则国智,少年富则国富,少年强则国强,少年独立则国独立,少年自由则国自由,少年进步则国进步,少年胜于欧洲,则国胜于欧洲,少年雄于地球,则国雄于地球。红日初升,其道大光;河出伏流⁷⁰,一泻汪洋;潜龙腾渊,鳞爪飞扬;乳虎啸谷,百兽震惶;鹰隼⁷¹试翼,风尘吸张;奇花初胎⁷²,矞矞皇皇⁷³;干将发硎⁷⁴,有作其芒⁷⁵;天戴其苍,地履其黄⁷⁶;纵有千古,横有八荒⁷⁷;前途似海,来日方长。美哉我少年中国,与天不老!壮哉我中国少年,与国无疆!

①本文作于光绪二十六年。说:文体的一种,说明文。吴讷《文章辨体》:"按说者,释也,述也,解释义理而以己意述之也。" ②袭译:照译。欧西:指欧美西方世界。 ③恶(wū 乌):感叹词,表否定、驳斥的意思。 ④请先言:旧时行文常用的话,意思是让我先说或请允许我先说某个问题。 ⑤苟且:得过且过。 ⑥瘠(jí 吉)牛:瘦弱的牛。 ⑦乳虎:初生的小虎。 ⑧戏文:泛称戏曲。这里指戏曲剧本。取其内容生动活泼,与上句枯燥死板的字典对举。 ⑨泼兰地酒:即白兰地酒,性醇烈。 ⑩珊瑚岛:由海中珊瑚虫骨骼长期聚积而成的岛屿。取其日渐增积,与上句崩裂坠落的陨石对举。 ⑪金字塔:古代埃及帝王的陵墓。用石筑成,底面四方形、侧面三角形的方尖塔,远看像汉字的"金"字,故译名金字塔。这里取其古老僵固,与代表新生、发展的西伯利亚铁路对举。 ⑫西伯利亚之铁路:即西伯利亚大铁路。1891年至1916年分段陆续筑成,全长七千四百多公里,为俄罗斯最长的铁路干线。 ⑬死海:西南亚著名的大咸水湖,位于以色列和约旦交界。湖水含盐度很高,水生植物及鱼类不能生存,故称死海。潴(zhū 朱):水停聚。泽:水积聚的地方。 ⑭畴(chóu 筹)昔:往昔。 ⑮唐虞三代:指上古的唐尧、虞舜和夏、商、周三个朝代。 ⑯郅(zhì 至)治:即至治,犹言盛世。郅,极,大。 ⑰"康乾"二句:清康熙、雍正、乾隆三朝国势强盛,多次平定边疆地区的叛乱,并驱逐黑龙江领域的沙俄侵略势力,拒绝英国增开通商口岸给予租界的要求。烜(xuǎn 选)赫,形容声威盛大。 ⑱词章家:诗文作家。词章,

同"辞章",诗文的总称。 ⑲"昨日"二句:宋苏洵《六国论》:"今日割五城,明日割十城,然后得一夕安寝;起视四境,而秦兵又至矣。"这里指清统治者把国土拱手让给帝国主义列强。 ⑳十八省:清初,全国分为十八行省。光绪末年增至二十三省,习惯仍沿称十八省以概指全国。 ㉑四百兆:百万为一兆,四百兆即四亿。这是当时全国的人口总数。 ㉒注籍之奴:注名于主人户籍的奴隶。这里比喻丧失独立性,为帝国主义列强所奴役。 ㉓老大嫁作商人妇:白居易《琵琶行》中的诗句。这里借喻腐朽没落的清帝国。 ㉔"憔悴"句:化用南唐中主李璟《山花子》词"还与韶光共憔悴,不堪看"两句。韶光,美好的时光。比喻青春年华。 ㉕楚囚相对:《世说新语·言语》载,东晋时,南渡的士大夫相邀新亭饮宴。周颙叹道:"风景不殊,正自有山河之异。"众皆相视流泪。王导愀然变色说:"当共勠力王室,克复神州,何至作楚囚相对?"此用其典,比喻身当国家危亡之际不思奋发,束手无策。楚囚,本指被俘的楚国人,语出《左传·成公九年》"郑人所献楚囚也"句。后用以比喻窘迫无计的人。 ㉖岌(jí吉)岌:非常危险的样子。顾影:自顾形影。指为自身的处境而忧虑。 ㉗"人命"二句:语出晋李密《陈情表》。意谓病情危急,早上不能预料晚间的安危。危浅,活不久长的意思。 ㉘澌(sī斯)灭:消灭、灭亡。澌,尽。 ㉙殆(dài代):恐怕。 ㉚断:判断,断定。 ㉛完全成立之国:意即健全合格的国家。这里指近代资本主义国家。 ㉜家族之国:指原始社会的氏族公社。 ㉝酋长之国:指原始部落社会。酋长,部落的首领。 ㉞诸侯封建之国:指古代帝王分封诸侯所建立的邦国。我国商、周实行这种分封制。 ㉟一王专制之国:指中央集权的封建专制主义国家。 ㊱要之:总之。 ㊲官支:器官和肢体。支,通"肢"。 ㊳民贼:残害人民的人。《孟子·告子下》:"今之所谓良臣,古之所谓民贼也。"这里指专制的统治者。窒:阻塞,遏止。 ㊴转类:反而相似。 ㊵"非过去"二句:意谓不能说中国是过去之国,而应该说是未来之国。 ㊶《能令公少年行》:龚自珍三十岁时写的一首抒怀诗,收入《定盦全集》。诗借幻想手法抒发对理想的向往和追求,表现出超脱于污浊社会现实的叛逆精神,说不要因年老而自馁,不要追求功名利禄,放怀痛饮高歌,做自己所应做的事,自然能永葆青春。 ㊷味:作动词用,体会的意思。 ㊸西谚:西方的谚语。 ㊹玛志尼(1805—1872):近代意大利资产阶级民主革命家。罗马帝国灭亡后,意大利受法、奥列强奴役。玛志尼组织少年意大利党,创办《少年意大利》报,从事政治和武装斗争,屡败屡起,终于完成意大利的独立统一事业,与加里波的、哈富尔并称"意大利三杰"。 ㊺翩翩:形容风采美好的样子。 ㊻哦:吟诵。八股:八股文,明清科举考试所规定的文体。每篇由破题、承题、起讲、入手、起股、中股、后股和束股八部分组成,从起股到束股是正式议论,各有两股排比对偶的文字,合共八股,故称八股文。文章题目主要摘自《四书》,内容限于对经义的解释,不允许自由发挥。 ㊼白折:清代科举考卷的一种,用白纸折叠成的折叶。殿试用大卷,殿试通过后在授任官职前举行的朝考用白折。 ㊽手本:明清时门生见座师或下属见上司所用的名帖。清代官场所用手本分红禀、白禀两种。红禀用于书写官衔姓名（官衔手本）、履历（履历手本）或庆贺之事，白禀用于普通叙事。 ㊾唱几十年喏（rě 惹）：古人见面时打躬作揖并口称颂词，这种礼节叫“唱喏”。 ㊿内任：指在朝廷任职。卿贰：指朝廷各部正副长官。旧称六部长官（尚书）为六卿，贰为副职，因合称卿贰。 (51)外任：指在地方任职。监司：清代各省布政使、按察使及各道道员的通称。 (52)自了：自己料理。 (53)亚细亚、欧罗巴：亚洲全称亚细亚洲，欧洲全称欧罗巴洲。 (54)臻（zhēn 真）：至，达到。 (55)畀（bì 必）：给予，付与。 (56)红顶花翎：清代高级官员的冠饰。清制，官员礼帽上的顶珠，以质料和颜色的不同区别官阶的品级，一、二品官的顶珠用红宝石或红珊瑚制成，称红顶。花翎是饰于冠后的孔雀翎，以翎眼多者为贵，初惟有功或受特赐者方得佩带，后五品以上官员皆可佩带一眼花翎，双眼、三眼花翎非皇族或有殊勋的大臣不得佩带。 (57)中堂：唐代于中书省设政事堂，为宰相理事之处，后因称宰相为中堂。清代内阁大学士实际上是宰相，故亦沿用此称。 (58)乌：何，哪里。 (59)三头两省：闽粤方言，即三两省的意思。 (60)奉申贺敬：进献上去作为贺敬的礼物。 (61)“今以”句：指以慈禧太后为首的腐朽没落的封建顽固派。 (62)修身齐家治国平天下：儒家的主张。语本《礼记·大学》：“身修而后家齐，家齐而后国治，国治而后天下平。” (63)走无常：迷信说法，灵魂被勾摄去阴司当差的活人。这种人在当阴差时死去，事毕放还又活转来。 (64)僦（jiù 就）屋：租赁房屋。 (65)庭庑（wǔ 五）：庭院走廊。 (66)浩浩：水势盛大的样子。引申为广大。 (67)脔脔（luán 峦）棰（chuí 垂）鞭：泛指各种酷刑。脔，切成小块的肉，这里用作动词，宰割。棰，刑杖，这里用作动词，捶打。 (68)宇内：世界。 (69)翘足：举足，抬起脚来。形容时间短暂。 (70)河出伏流：《水经注·河水》：“河出昆仑，伏流地中万三千里。”河，黄河。伏流，潜行于地下的水流。 (71)鹰隼（sǔn 笋）：鹰和隼，都是猛禽。隼，隼科鸟类的通称。 (72)奇花初胎：语出唐司空图《诗品》。初胎，指花始发苞。 (73)矞（yù 育）矞皇皇：明盛的样子。 (74)干将：古剑名。春秋时吴人干将善铸剑，因以为名。后用以泛称宝剑。发硎（xíng 刑）：刀刃新磨。硎，磨刀石。 (75)有作其芒：发出光芒。有，语助词。 (76)“天戴”二句：头顶青天，脚踏黄土大地。《墨子·所染》：“染于苍则苍，染于黄则黄；所入者变，其色亦变。”后因以“苍黄”比喻事物的变化。苍，青色。 (77)“纵有”二句：意谓中国历史悠久，疆域辽阔。八荒，八方荒远之地。

秋 瑾

秋瑾(1877—1907),原名闺瑾,字璇卿,留日时改名瑾,易字竞雄,别署鉴湖女侠,山阴(今浙江省绍兴市)人。清光绪三十年(1904)赴日留学,投身革命活动。次年参加同盟会,被推为浙江省主盟人。同年回国,在上海创办《中国女报》,提倡女权,宣传革命。后回绍兴主持大通学堂,联络江浙会党,组织光复军,准备武装起义。事泄被捕,英勇就义。她少时即工于诗词,早期作品多写风花雪月,离情别绪。投身革命后的作品伤时忧国,揭露清王朝的黑暗与腐败,宣传反清革命和妇女解放,抒写其强烈的爱国情感和旺盛的革命斗志,豪放雄健,质朴自然。今人辑有《秋瑾集》。

黄海舟中日人索句并见日俄战争地图[①]

万里乘风去复来[②],只身东海挟春雷[③]。忍看图画移颜色[④],肯使江山付劫灰[⑤]!浊酒不销忧国泪,救时应仗出群才。拼将十万头颅血,须把乾坤[⑥]力挽回。

①这首诗《秋瑾史迹》题作《日人银澜使者索题,并见日俄战地,早见地图,有感》,是作者于光绪三十一年春再次东渡日本时舟中所作。索句:求取诗作。日俄战争:1904年,日、俄为争夺朝鲜和我国东北,在我国东北境内交战,清政府竟宣称"局外中立",听任帝国主义者践踏我国领土,杀戮我国人民。作者作此诗时战争尚未结束,对此表示了极大的愤慨。 ②去复来:作者于光绪三十年夏赴日留学,同年冬回国省亲,此时再赴日本,故云。 ③东海:即黄海。挟春雷:比喻胸怀革命壮志。 ④忍看:岂忍看的意思。图画移颜色:图画,指地图。地图改变颜色,比喻我国领土被帝国主义侵占。 ⑤"肯使"句:意谓岂能听任祖国山河被帝国主义的炮火烧为灰烬。肯使,怎肯使的意思。付,变成,沦为。劫灰,见前《哀旅顺》注⑫。 ⑥乾坤:天地。这里指国家、民族陷于深重危机的局面。

柳亚子

柳亚子(1887—1958),初名慰高,字安如;更名人权,字亚如;再更名弃疾,字亚子。吴江(今江苏省苏州市吴江区)人。早年投身于旧民主主义革命,先后加入上海爱国学社和同盟会,并与陈去病等发起组织革命文学团体"南社",数次被选为主持人。"五四"以后继续从事民主革命活动。中华人民共和国成立后,当选为全国人民代表大会常务委员会委员。著有《磨剑室诗集》《磨剑室词集》《磨剑室文集》。

吊鉴湖秋女士[1]

其　　四

漫说天飞六月霜,珠沉玉碎不须伤[2]。已拼侠骨成孤注,赢得英名震万方[3]。碧血摧残酬祖国[4],怒潮呜咽怨钱塘[5]。于祠岳庙中间路,留取荒坟葬女郎[6]。

①本题共四首,作于光绪三十三年(1907)秋瑾遇害后。鉴湖秋女士:即秋瑾。秋瑾故乡绍兴南有鉴湖,因以自号鉴湖女侠。　②"漫说"二句:是说不要空自议论秋瑾的冤死,也无须为她的遇害而悲伤。漫,枉,徒然。六月霜,见前《窦娥冤》第三折注㉙。这里取其冤愤之意。珠沉玉碎,喻秋瑾遇害。　③"已拼"二句:意承前两句,指出秋瑾甘愿为革命捐躯,名震天下,死得其所。孤注,把全部赌本并作一注以决最后的输赢。这里指秋瑾在形势危急时,豁出性命作最后一次获胜的努力。　④"碧血"句:是说秋瑾为报效祖国而流血牺牲。碧血,见前《窦娥冤》第三折注㉗。旧时诗文常用此典称颂为国死难的烈士。　⑤"怒潮"句:春秋时吴国打败越国后,伍子胥屡谏吴王夫差防备越国复仇,被赐死。相传子胥遗嘱投尸于钱塘江,说要"朝暮乘潮,以观吴之败"。死后其怨气化为怒潮,时有人见他乘素车白马在潮头之中。事见《录异记》。此用其典,比喻秋瑾壮志未酬的巨大悲愤。　⑥"于祠"二句:于祠,于谦的祠庙。于

谦是明代杰出的政治家,曾领导抗击瓦剌的入侵,后被诬以"谋逆罪"处死。岳庙,南宋抗金名将岳飞的祠庙。于、岳的祠庙和秋瑾墓都在杭州西湖旁,这里是赞扬秋瑾的英名将和历史上的民族英雄于谦、岳飞并存于世。